Pusteblume

Marian Keyes

Pusteblume

Roman

Aus dem Englischen von Susanne Höbel

WILHELM HEYNE VERLAG
MÜNCHEN

Die Originalausgabe erschien 1999 unter dem Titel
»Last Chance Saloon« bei Michael Joseph, London

Umwelthinweis:
Dieses Buch wurde auf chlor- und säurefreiem Papier gedruckt.

Satz: Leingärtner, Nabburg
Druck und Bindung: Wiener Verlag, Himberg
Printed in Austria

ISBN 3-453-17310-4

Das Gestern ist nur ein Traum,
Und das Morgen eine Vision,
Aber der heutige Tag, gut gelebt,
Macht aus jedem Gestern einen Traum vom Glück
Und aus jedem Morgen eine Vision der Hoffnung.

Daher achte gut auf den heutigen Tag.

Sprichwort aus dem Sanskrit

1

Das magere Mädchen am Empfang des Restaurants in Camden – einer Konstruktion aus Chrom und Glas – fuhr mit dem purpurfarbenen Fingernagel an den Namen auf der Liste entlang und murmelte: »Casey, Casey, wo bist du denn? Ah, hier, Tisch zwölf. Sie sind –«

»– die erste?« beendete Katherine den Satz für sie. Sie war ziemlich enttäuscht, denn obwohl es ihr widerstrebte, hatte sie sich allergrößte Mühe gegeben, fünf Minuten zu spät zu kommen.

»Sind Sie Jungfrau?« Die Purpurlackierte schwor offensichtlich auf Astrologie.

Als Katherine nickte, fuhr sie fort: »Es ist Ihr Schicksal, krankhaft pünktlich zu sein. Finden Sie sich damit ab.«

Ein Kellner mit Namen Darius, der sich seine Dreadlocks wie die Hepburn zu einem Knoten aufgesteckt hatte, führte sie zu dem reservierten Tisch. Katherine setzte sich, schlug die Beine übereinander, warf ihr zu einem gestuften Pagenkopf geschnittenes Haar aus dem Gesicht und hoffte, den Eindruck kühler Gelassenheit zu vermitteln. Sie tat, als studiere sie die Speisekarte, wünschte, sie würde rauchen, und nahm sich fest vor, das nächste Mal zehn Minuten zu spät zu kommen.

Vielleicht sollte sie, wie Tara immer wieder anregte, zu den Anonymen Ordnungsfetischisten gehen.

Kurz darauf erschien Tara – fast pünktlich, was nicht ihrem Wesen entsprach. Mit wogendem weizenblondem Haar und klappernden Absätzen kam sie über das Buchenparkett. Sie trug ein asymmetrisch geschnittenes Kleid, das den Glanz des Neuen hatte, nach viel Geld aussah und – leider – ein wenig spannte. Ihre Schuhe hingegen waren phantastisch. »Tut mir leid, daß ich nicht zu spät komme«, sagte sie. »Ich weiß, daß du dich lieber moralisch überlegen fühlst, aber der Verkehr hatte sich gegen mich verschworen.«

»Da kann man nichts machen«, sagte Katherine ernst. »Laß es bloß nicht zur Gewohnheit werden. Alles Gute zum Geburtstag!«

»Was ist da gut dran?« fragte Tara bekümmert. »Wie hast du dich an deinem einunddreißigsten Geburtstag gefühlt?«

»Ich habe zehn Gesichtsmassagen gebucht«, bekannte Katherine. »Aber sei ganz beruhigt, du siehst keinen Tag älter aus als dreißig. Na ja, vielleicht einen Tag ...«

Darius kam eilfertig an den Tisch, um Katherines Getränkebestellung aufzunehmen. Als er Tara erkannte, erschrak er sichtlich. Nicht sie schon wieder, dachte er und machte sich stoisch darauf gefaßt, daß es ein langer Abend werden würde.

»Was nimmst du?« fragte Tara Katherine. »Vino? Oder von dem harten Zeug?«

»Gin Tonic.«

»Klingt gut. Zwei Gin Tonic.« Tara rieb sich freudig erregt die Hände. »Und? Wo sind meine Buntstifte und mein Malbuch?«

Tara und Katherine waren von Kindesbeinen an beste Freundinnen, und Tara achtete genau darauf, daß die Traditionen eingehalten wurden.

Katherine schob ein bunt verpacktes Geschenk über den Tisch, Tara riß das Papier auf. »Von Aveda!« rief sie erfreut.

»Aveda-Kosmetik sind Buntstifte und Malbuch der Frau über dreißig«, erklärte Katherine.

»Manchmal vermisse ich die Buntstifte irgendwie«, sagte Tara nachdenklich.

»Meine Mutter kauft dir zu jedem Geburtstag welche«, meinte Katherine.

Tara sah erwartungsvoll auf.

»Im übertragenen Sinn«, fügte Katherine schnell hinzu.

»Du siehst toll aus.« Tara zündete sich eine Zigarette an und ließ neidisch ihren Blick über Katherines Karen-Millen-Hosenanzug gleiten.

»Du aber auch.«

»Red keinen Scheiß.«

»Doch. Dein Kleid ist super.«

»Mein Geburtstagsgeschenk für mich selbst. Weißt du was?« Taras Gesicht überschattete sich. »Ich hasse diese Geschäfte, wo sie solche Spiegel haben, die nach vorn gekippt sind. Dann glaubt man, das Kleid macht einen gertenschlank und elegant. Wie eine Blöde denke ich jedesmal, daß es an dem raffinierten Schnitt liegt und es sich deshalb lohnt, sich in riesige Schulden zu stürzen, die man jahrelang abstottern muß.« Sie machte eine Pause und nahm einen tiefen Zug von ihrer Zigarette. »Und kaum bist du zu Hause und stehst vor einem Spiegel, der nicht nach vorn gekippt ist, dann siehst du aus wie Schweinchen Dick im Sonntagskleid.«

»Du siehst nicht aus wie ein Schwein.«

»Und ob. Und umtauschen kann ich es nur, wenn es einen Fehler hat. Ich habe gesagt, es hat alle möglichen Fehler, zum Beispiel sehe ich darin aus wie Schweinchen Dick im Sonntagskleid, aber sie haben gesagt, das zählt nicht. Nur wenn der Reißverschluß kaputt wäre, zum Beispiel. Jetzt, wo ich meine Visa-Karte ganz ausgeschöpft habe, kann ich es auch ruhig anziehen.«

»Aber du hattest sie schon ausgeschöpft.«

»Nein, nein«, erklärte Tara ernsthaft. »Ich hatte sie nur bis zum offiziellen Limit ausgeschöpft. In Wirklichkeit ist es ungefähr zweihundert Pfund darüber. Aber das weißt du doch!«

»Schon«, sagte Katherine nicht ganz überzeugt.

Tara nahm die Speisekarte. »Oh, Mann«, stöhnte sie, »das hört sich alles so köstlich an. Lieber Gott, gib mir die Kraft, keine Vorspeise zu bestellen. Obwohl ich einen Riesenhunger habe und ganze Wagenladungen verschlingen könnte!«

»Wie kommst du mit der Diät klar, bei der nichts verboten ist?« fragte Katherine, obwohl sie die Antwort schon erraten konnte.

»Gar nicht mehr«, sagte Tara und blies mit beschämter Miene den Rauch aus.

»Macht auch nichts«, tröstete Katherine sie.

»Genau.« Tara war erleichtert. »Überhaupt nichts. Thomas war außer sich, das kannst du dir ja vorstellen. Aber, ich meine, eine Diät, bei der man einem Vielfraß wie mir sagt, daß nichts verboten ist. Da ist das Unheil vorprogrammiert.«

Katherine gab beschwichtigende Laute von sich, wie sie das seit fünfzehn Jahren machte, wenn Tara von ihrer nicht zu zügelnden Eßlust sprach. Katherine konnte alles essen, was sie wollte, einfach, weil sie das meiste nicht essen wollte. Ihr durchgestyltes Äußeres ließ eine Frau vermuten, die nirgends Schwierigkeiten hatte. Die kühlen grauen Augen sahen ruhig und überlegen unter dem dunklen Pony hervor. Sie war sich dessen bewußt. Wenn sie allein war, übte sie das.

Als nächstes kam Fintan, der auf seinem Weg durch das Restaurant von den Blicken der Kellner und der meisten Gäste verfolgt wurde. Er war groß und kräftig und sah gut aus, die dunklen Haare hatte er zu einer gelglänzenden Tolle nach hinten gekämmt. Die Ärmel seines grell-lila Anzugs waren über und über mit Knopflöchern durchsetzt, durch die sein limonengrünes Hemd blinkte. Das Revers war so ausladend, daß es als Landeplatz für Flugzeuge hätte dienen können. »Wer ist das wohl ...?«, »Bestimmt ein Schauspieler ...!«, »Oder ein Model ...?« flüsterten die Gäste raschelnd wie Herbstlaub, und ihr freitagabendliches Wohlbefinden verstärkte sich. Mein Gott, dachten sie alle, was für ein attraktiver Mann! Er entdeckte Tara und Katherine, die ihn wohlwollend amüsiert beobachtet hatten, und lächelte. Es war, als wären alle Lichter heller geworden.

»Toller Anzug«, sagte Katherine bewundernd.

»Nicht schlecht, was?« erwiderte Fintan und versuchte, einen Londoner Tonfall nachzuahmen, was ihm aber gründlich mißlang. Er konnte seinen weichen irischen Akzent aus County Clare nicht verbergen.

Sein Werdegang war bemerkenswert. Als er zwölf Jahre zuvor aus der Enge einer irischen Kleinstadt nach London gekommen war, hatte er mit Elan begonnen, sich neu zu erfinden. Als erstes nahm er sich seine Ausdrucksweise vor. Tara und Katherine mußten hilflos mit ansehen, wie Fintan mit affektierten Gesten schwule Wendungen in Gespräche einfließen ließ und davon sprach, daß er mit Boy George im Taboo getanzt habe.

Doch in den letzten zwei Jahren hatte er sich zu seinem irischen Akzent bekannt, ihn jedoch abgewandelt. Regionale Einsprengsel galten in seiner Sparte, der Modebranche, durchaus als chic. Die Leute fanden sie amüsant, wie man beispielsweise an Jean Paul Gaultier sehen kann. Aber Fintan begriff, daß es auch wichtig war, verstanden zu werden. Deshalb hatte er sich jetzt eine Art fettarmen irischen Akzent angewöhnt. In diesen zwölf Jahren hatte Taras und Katherines ländliche Ausdrucksweise eine urbane Nuance bekommen.

»Herzlichen Glückwunsch«, sagte Fintan zu Tara. Sie küßten sich nicht. Obwohl Tara, Katherine und Fintan fast jeden küßten, mit dem sie verkehrten, gehörte Küssen nicht zu den Umgangsformen untereinander. Sie waren in einer Kleinstadt aufgewachsen, in der man mit Zeichen körperlicher Zuneigung zurückhaltend war. So sagte in Knockavoy der Mann anstelle des Vorspiels: »Beiß die Zähne zusammen, Täubchen.« All dies hatte jedoch Fintan nicht von dem Versuch abgehalten, den Kuß auf beide Wangen in ihrer gemeinschaftlichen Wohnung in Willesden Green einzuführen, wo sie am Anfang ihrer Londoner Zeit lebten. Er wollte sogar, daß sie sich gegenseitig küßten, wenn sie von der Arbeit kamen, aber das traf auf heftigen Widerstand. Er war zutiefst enttäuscht. Seine neuen schwulen Freunde hatten Freundinnen, die sich auf dergleichen einließen, warum nicht er?

»Wie geht es dir?« fragte Tara ihn. »Sieht aus, als hättest du abgenommen, du Glücklicher. Was macht dein Beriberi?«

»Hat mich schwer im Griff und macht mir zu schaffen. Jetzt habe ich's im Hals«, seufzte Fintan. »Was macht dein Typhus?«

»Den habe ich überwunden«, sagte Tara. »Zwei Tage im Bett, und er war weg. Gestern hatte ich einen Anflug von Tollwut, aber das ist jetzt vorbei.«

»Solche Witze sind einfach nur übel.« Katherine schüttelte angewidert den Kopf.

»Kann ich was dafür, wenn ich mich immer krank fühle?« Fintan war empört.

»Und ob!« sagte Katherine unbeeindruckt. »Wenn du nicht jeden Abend ausgehen und dich besaufen würdest, ginge es dir morgens um vieles besser.«

»Du wirst dir schwere Vorwürfe machen, wenn sich herausstellt, daß ich Aids habe«, brummelte Fintan finster.

Katherine wich die Farbe aus dem Gesicht. Sogar Tara war zusammengezuckt. »Darüber solltest du nicht scherzen.«

»Entschuldigung«, sagte Fintan bedrückt. »Die blanke Angst sitzt einem im Nacken, und dann sagt man dumme Sachen. Gestern abend habe ich einen früheren Freund von Sandro getroffen, der sieht aus wie einer aus dem KZ. Die Liste wird einfach immer länger, und das macht einem ganz schön angst ...«

»Bitte nicht«, sagte Tara leise.

»Aber du brauchst doch keine Angst zu haben«, warf Katherine ein. »Du nimmst Kondome, und außerdem hast du eine feste Beziehung. Wie geht es denn dem italienischen Pony?«

»So ein schöner, schöner Knabe!« sagte Fintan mit dröhnender Stimme, so daß die anderen Gäste sich umsahen und befriedigt nickten: Es war tatsächlich ein berühmter Schauspieler, wie sie von Anfang an vermutet hatten.

»Sandro ist einfach wunderbar«, fuhr Fintan mit seiner normalen Stimme fort. »Es könnte nicht besser sein. Er schickt tausend Grüße und diese Karte ...« – er reichte Tara die Karte – »und läßt sich entschuldigen, denn während wir hier sitzen, tanzt er in einem Ballkleid aus jadegrünem Taft zu der Musik von ›Show Me The Way to Amarillo‹. Er ist nämlich Brautjungfer bei Peters und Erics Hochzeit, müßt ihr wissen.«

Fintan und Sandro waren schon seit vielen Jahren ein Paar.

Sandro war Italiener, aber er war so klein, daß man ihn nicht als Hengst bezeichnen konnte. Deswegen nannten sie ihn Pony. Er war Architekt und lebte mit Fintan in einer prachtvollen Wohnung in Notting Hill.

»Kannst du mir mal was sagen?« fragte Tara vorsichtig. »Gibt es zwischen dir und dem Pony auch mal Streit?«

»Streit!« Fintan war entsetzt. »Ob es Streit gibt! Wie kannst du so etwas fragen! Wir sind verliebt!«

»Entschuldigung«, murmelte Tara.

»Wir streiten die ganze Zeit«, sagte Fintan dann, »und liegen uns dauernd in den Haaren, von morgens bis abends.«

»Ihr seid also verrückt nach einander«, sagte Tara neidvoll.

»Ich sag es mal so«, gab Fintan zurück, »der Typ, der Sandro gemacht hat, war an dem Tag in Höchstform. Warum fragst du, ob es Streit gibt?«

»Ach, nur so.« Tara reichte ihm ein kleines Päckchen. »Das ist dein Geschenk für mich. Du schuldest mir zwanzig Pfund.«

Fintan nahm das Päckchen, bewunderte die Verpackung und gab es Tara zurück. »Herzlichen Glückwunsch, Süße! Welche Kreditkarten nimmst du?«

Tara und Katherine waren mit Fintan übereingekommen, daß jeder seine eigenen Geburtstags- und Weihnachtsgeschenke kaufte. Entstanden war die Regelung, nachdem Tara und Katherine sich quasi verschuldet hatten, um Fintan zu seinem einundzwanzigsten Geburtstag eine gebundene Ausgabe von Oscar Wildes Gesammelten Werken zu kaufen. Er nahm ihr Geschenk mit überschwenglichem Dank, aber einem merkwürdig ausdruckslosen Gesicht entgegen. Und ein paar Stunden später, als die Party in vollem Gange war, fand man ihn, schluchzend und wie ein Fötus zusammengerollt, auf dem Küchenfußboden, inmitten von Chipskrümeln und leeren Getränkedosen. »Bücher«, heulte er, »was soll ich denn mit Büchern? Ich weiß, ich bin undankbar, aber ich dachte, ihr schenkt mir ein T-Shirt aus Gummi von Galliano!«

Nach diesem Abend trafen sie ihre Vereinbarung, die immer noch galt.

»Was habe ich dir geschenkt?« fragte Fintan.

Tara riß das Papier auf und zeigte den Lippenstift. »Aber es ist kein normaler Lippenstift«, sagte sie aufgeregt. »Dieser hier ist nämlich wirklich kußfest. Das Mädchen in dem Geschäft hat gesagt, er würde sogar einen nuklearen Angriff überstehen. Ich glaube, meine lange Suche ist endlich abgeschlossen.«

»Wird auch Zeit«, sagte Katherine. »Wie viele untaugliche Lippenstifte hast du wohl schon gekauft?«

»Viel zu viele«, sagte Tara. »Und alle versprechen, daß die Lippen die Farbe annehmen und der Stift kußecht ist, und dann ist doch das Glas verschmiert oder die Gabel, wie bei jedem anderen Lippenstift auch. Man könnte weinen!«

Als nächstes kam Liv. Sie trug einen Mantel von Agnès b., der den Neid aller Frauen erweckte. Sie legte großen Wert auf Label, wie es sich für jemanden, der in der Welt des Designs zu Hause war, gehörte, auch wenn sie Innenarchitektin war. Liv war Schwedin – groß, mit einem kräftigen Knochenbau, strahlendweißen Zähnen und hüftlangen, glatten, weißblonden Haaren. Männer dachten oft, daß sie sie aus einem Pornofilm kannten.

In Taras und Katherines Leben trat sie vor fünf Jahren, als Fintan zu Sandro zog. Sie suchten eine neue Mitbewohnerin, aber niemand war an dem winzigen Zimmer interessiert. Und daß die Schwedin es nehmen würde, erschien ihnen auch nicht sehr wahrscheinlich, sie war einfach zu groß. Doch als Liv erfuhr, daß die beiden aus Irland und, noch besser, vom Land kamen, leuchteten ihre blauen Augen. Unverzüglich holte sie das Geld für die Kaution aus ihrer Handtasche und gab es ihnen.

»Aber du hast noch gar nicht gefragt, ob wir eine Waschmaschine haben«, sagte Katherine überrascht.

»Das ist ja nicht so wichtig«, sagte Tara, die auch ganz erschrokken war, »aber du weißt doch gar nicht, wie weit es bis zur Spirituosenhandlung ist.«

»Kein Problem«, sagte Liv mit ihrem leichten Akzent. »Solche Dinge sind nicht so wichtig.«

»Wenn du meinst…« Tara überlegte schon, ob Liv schwedische Freunde in London hatte – große, blonde, braungebrannte Männer, die sie ihnen vorstellen würde.

Aber wenige Tage, nachdem Liv eingezogen war, wurde ihnen der Grund für Livs Begeisterung klar. Zu Taras und Katherines Bestürzung fragte Liv sie, ob sie mit ihnen zur Messe kommen oder den Rosenkranz beten könne. Es stellte sich heraus, daß Liv auf Sinnsuche war. Mit der Psychotherapie war sie vorübergehend auf Grund gelaufen und setzte jetzt alle ihre Hoffnungen auf geistige Erleuchtung und darauf, daß der katholische Glaube der beiden jungen Frauen auf sie übergehen würde.

»Es tut mir leid, daß wir dich enttäuschen müssen«, erklärte Katherine sanft, »aber wir sind abtrünnige Katholiken.«

»Abtrünnig!« rief Tara. »Wovon redest du?«

Katherine sah Tara verdutzt an. Ihr war nicht aufgefallen, daß ihre Freundin in letzter Zeit zum Glauben zurückgefunden hatte.

»Abtrünnig ist nicht stark genug«, erklärte Tara schließlich. »Eher abgefallene Katholiken.«

Schon bald überwand Liv ihre Enttäuschung. Und obwohl sie unverhältnismäßig viel Zeit damit zubrachte, mit dem Zeitungshändler, einem Sikh, über die Frage der Wiedergeburt zu diskutieren, war sie in jeder anderen Hinsicht normal. Sie hatte Liebhaber und gelegentlich einen Kater, sie bekam Drohbriefe von ihrer Bank und hatte einen Kleiderschrank voller Kleider, die sie im Ausverkauf billig erstand und dann nie anzog.

Dreieinhalb Jahre lebte sie mit Tara und Katherine zusammen, bis sie beschloß, ihrer Existenzangst zu Leibe zu rücken, indem sie sich eine Wohnung kaufte. Aber in den ersten sechs Monaten als Wohnungseigentümerin kam sie jeden Abend zu Tara und Katherine und weinte sich die Augen aus, weil das Leben allein so einsam war. Wahrscheinlich würde sie das immer noch tun, wenn Katherine und Tara nicht die Wohnung aufgegeben hätten und jede ihrer eigenen Wege gegangen wäre.

2

»Wir sind also nur zu viert?« rief Fintan überrascht.

Tara nickte. »Ich bin zu labil für ein wildes Fest. Ich brauche den Trost von ein paar guten Freunden an diesem traurigen Tag.«

»Eigentlich wollte ich damit sagen: Wo ist Thomas?« Ein Glitzern stand in Fintans Augen.

»Ach, er wollte es sich zu Hause gemütlich machen«, sagte Tara ein bißchen verlegen.

Es erhob sich lautstarker Protest. »Aber es ist dein Geburtstag! Er ist dein Freund!«

»Er ist nie dabei, wenn wir uns treffen«, beschwerte sich Fintan. »An deinem Geburtstag sollte der alte Miesepeter sich mal aufraffen.«

»Ich finde das nicht so schlimm«, sagte Tara, »und morgen geht er mit mir ins Kino. Laß ihn doch. Ich gebe ja zu, daß er nicht der umgänglichste Mensch unter der Sonne ist, aber er ist nicht gemein, er hat nur seine Schwierigkeiten –«

»Ich weiß, ich weiß«, unterbrach Fintan sie. »Wir wissen Bescheid. Seine Mutter hat ihn im Stich gelassen, als er sieben war, deshalb kann er nichts dafür, daß er ein alter Miesepeter ist. Aber er sollte dich besser behandeln. Du hast nur das Beste verdient.«

»Aber ich bin glücklich, so, wie es ist«, verteidigte sich Tara. »Wirklich. Ihr seid viel zu ... viel zu ...« – Sie suchte nach dem richtigen Wort – »... ehrgeizig, was mich angeht. Ihr seid wie Eltern, die aus ihrem Kind einen Gehirnchirurgen machen wollen, obwohl es nur das Zeug zum Müllmann hat. Ich liebe Thomas.«

Fintan verstummte frustriert. Die Liebe war blind, daran war nicht zu zweifeln. In Taras Fall war sie auch taub und stumm und Legasthenikerin, hatte ein schlimmes Hüftgelenk und beginnenden Alzheimer.

»Und Thomas liebt mich«, sagte Tara fest. »Und bevor ihr anfangt, mir zu erzählen, daß ich einen besseren finden könnte, möchte ich euch daran erinnern, daß ich Torschlußpanik habe. Mit einunddreißig und jenseits von Gut und Böse habe ich sowieso keine Chance, einen anderen zu finden.«

Liv überreichte ihre Karte und das Geschenk. Die Karte war mit handbemalter Seide bespannt, und das Geschenk war eine schmale, elegante kobaltblaue Vase aus Glas.

»Phantastisch! Du hast soviel Gefühl für Stil, daß es einem weh tut«, rief Tara und versuchte, ihre Enttäuschung darüber, daß es nicht die Anti-Zellulitis-Creme war, die sie sich so dringend gewünscht hatte, zu verbergen. »Danke!«

»Möchten Sie bestellen?« Darius erschien an ihrem Tisch, den Stift in der Hand.

»Ja, meinetwegen«, murmelte jeder. »Kann jemand anders anfangen?«

»Also gut.« Tara sah lächelnd von der Speisekarte auf. »Ich nehme das Holzofen-Mars mit den Butterrosinen und den Petersilienwurzeln à la Cappuccino.«

Darius sah sie ohne ein Lächeln an. Sie hatte das schon beim letzten Mal gemacht.

»Entschuldigung.« Tara kicherte. »Ich finde es einfach lustig, diese verrückten Kombinationen.«

Darius starrte sie weiterhin unbewegt an.

»Bitte«, murmelte Katherine, »bestell einfach normal.«

»Entschuldigung.« Tara räusperte sich. »Gut, ich nehme das Bœuf brulé mit Koriander-Pesto und geschredderten Rote Bete in Currysauce, und dazu eine Portion Schokoladen-Püree.«

»Tara!« Katherine explodierte.

»Ist schon gut«, beruhigte Fintan sie eilig. »Das steht wirklich auf der Karte.«

Katherine sah auf die Speisekarte: »Ach so, stimmt. Dann nehme ich das auch.«

Nachdem das Essen auf dem Tisch stand – ein Teller kunstvoller dekoriert als der nächste –, kamen sie auf das Altern zu sprechen. Schließlich hatte ja jemand Geburtstag.

»Im Gegensatz zu dem, was alle immer sagen«, fing Katherine an, »sind es nicht die Falten, die mich deprimieren. Sondern die Tatsache, daß mein Gesicht in den letzten zehn Jahren –«

»Abgesackt ist«, sagten Tara und Liv im Chor. Sie hatten dieses Spiel schon viele Male gespielt.

»Ich weiß genau, was du meinst.« Mit der Wendigkeit einer Staffelläuferin griff Tara das Thema auf. »Wenn man sich das Photo in meinem Paß ansieht, das vor neun Jahren gemacht worden ist, da war mein Mund knapp unter der Stirn, aber jetzt sind meine Augen fast am Kinn – welches Kinn? höre ich euch fragen –, und meine Schläfen sind schon nah an der Taille.«

»Was für ein Glück, daß es die Schönheitschirurgie gibt«, sagte Liv mit Inbrunst.

»Ich weiß nicht recht«, sagte Fintan nachdenklich. »Ich finde es schön, mit Gelassenheit alt zu werden und der Natur ihren Lauf zu lassen. Ein gealtertes Gesicht ist doch sehr ausdrucksstark.«

Die drei Frauen sahen ihn mißmutig an. Offensichtlich konnte er sich nicht vorstellen, wie es sein würde, wenn sich die Erdanziehungskraft auch in seinem Gesicht bemerkbar machen würde. Aber was konnten sie schon erwarten? Er war zwar schwul, aber er war trotzdem ein Mann. Und weil er mit hohen Collagen-Mengen gesegnet war, dachte er, er wäre Dorian Gray. Sollte er mal zehn Jahre warten, dann würde sich dieser Unsinn vom Altern in Gelassenheit ganz anders anhören. Spätestens dann würde er darum betteln, sich in die Hände eines Schönheitschirurgen begeben zu können.

»›Ein gealtertes Gesicht ist so ausdrucksstark‹«, wiederholte Tara. »Das klingt gut, von einem, der praktisch in eine größere Wohnung ziehen mußte, um seine Clinique-Sammlung unterzubringen. Dein Badezimmer braucht doch einen Kurator. Du könntest ein Museum daraus machen.«

»Gute Idee!« Fintan lachte.

Dann kamen sie unweigerlich auf das Ticken ihrer biologischen Uhren zu sprechen.

»Ich möchte gern ein Kind«, sagte Liv verlegen. »Es gefällt mir nicht, daß ich eine unbenutzte Gebärmutter habe.«

»Bloß nicht!« stöhnte Katherine. »Du wünschst dir Erfüllung und handelst dir nichts als Ärger ein.«

»Keine Angst. Es wird nicht dazu kommen«, sagte Liv traurig. »Nicht, solange mein Freund mit einer anderen Frau verheiratet ist. Und außerdem in Schweden lebt.«

»Du hast wenigstens einen Freund«, sagte Fintan fröhlich. »Nicht wie Katherine hier. Wie lange ist es her, Katherine, seit du es gemacht hast?«

Katherine lächelte nur geheimnisvoll, und Fintan seufzte. »Was sollen wir nur mit dir machen? Es ist ja nicht so, daß du keine Angebote von sexy Typen bekommst.«

Wieder lächelte Katherine, diesmal etwas angespannter.

»Wißt ihr, ich würde auch gern ein Kind haben«, gab Fintan zu. »Das ist das einzige, was ich am Schwulsein bedauere.«

»Du kannst doch trotzdem ein Kind bekommen«, sagte Tara munter. »Such dir eine Frau, die mitmacht, schließ mit ihr einen Vertrag als Leihmutter ab, und die Sache ist geritzt.«

»Gute Idee. Wie wär's mit einer von euch? Katherine?«

»Nein«, sagte Katherine knapp. »Ich will keine Kinder.«

Fintan lachte angesichts ihres angewiderten Ausdrucks. »Wenn du dich in den Richtigen verliebst, denkst du anders darüber. Und du, Tara? Meldet sich deine Gebärmutter bei dem Gedanken, ein Kind auszutragen?«

»Ja, nein ... ich weiß nicht, vielleicht«, sagte Tara vage. »Aber eins steht fest: Ich kann kaum für mich selber sorgen. Wenn ich ein anderes Wesen waschen, füttern und anziehen müßte, wäre das mein Untergang. Ich bin einfach zu unreif.«

»Guckt euch doch an, wie es Emma ergangen ist«, pflichtete

Katherine ihr bei. Emma war eine alte Freundin, die ihr Leben in vollen Zügen genossen hatte, bis sie kurz hintereinander zwei Kinder bekam. »Früher hatte sie Stil, und jetzt sieht sie aus wie eine Öko-Tante.«

»Für uns ist das ein trauriger Verlust«, sagte Tara. »Keine Zeit zum Haarewaschen, weil sie ständig Kinderpopos abwischen muß. Aber sie ist glücklich.«

»Und wenn man Gerri sieht«, erinnerte Katherine sie. Auch Gerri war eine begeisterte Partygängerin gewesen, aber seit sie ein Kind hatte, war sie selbst zum Baby mutiert. »Sie hat jede Fähigkeit, sich wie eine Erwachsene zu unterhalten, verloren.«

»Aber sie geht schon auf den Topf und kann bis zehn zählen«, sagte Liv. »Und sie ist auch glücklich.«

»Und Melanie erst mal«, sagte Katherine finster. »Früher war sie so tolerant. Jetzt gehört sie zu den Rechtsextremen und würde der National Front ihr Geld geben. So kann es einem gehen, wenn man ein Kind kriegt. Sie macht so eifrig bei Aktionen gegen Kinderschänder mit, daß sie ganz vergessen hat, wer sie eigentlich ist.«

»Aber stellt euch doch mal vor, wie das ist, wenn man sein eigenes Kind in den Armen hält«, sagte Liv zärtlich. »Die Freude! Das Glücksgefühl!«

»Vorsicht!« kicherte Tara. »Sie wird sentimental. Kann jemand sie mal aufhalten?«

»Was hat Thomas dir eigentlich zum Geburtstag geschenkt, Tara?« Katherine sprach, ohne nachzudenken, um zu verhindern, daß Liv in Tränen ausbrach.

»Einen Zehn-Schilling-Schein?« war Fintans Vermutung.

»Zehn Schillinge?« höhnte Tara. »Sei realistisch! So würde er nie mit seinem Geld um sich werfen. Ein Penny, das wäre eher sein Stil.« Sie schlug mit der Hand auf den Tisch und sagte mit einem nordenglischen Akzent: »Ich bin nicht geizig, ich achte nur aufs Geld.« Sie klang genau wie Thomas.

»Einen Blumentopf, den er mit Muscheln beklebt hat? Oder einen gebrauchten Kugelschreiber?« Fintan ließ nicht locker.

»Er hat mir eine Thomas Holmes Special gegeben.« Tara sprach wieder mit ihrer normalen Stimme. »Eine Dose Magnolien-Creme und einen Gutschein für Liposuction, wenn er im Lotto gewinnt.«

»Ist er nicht zum Schreien?« sagte Fintan sarkastisch.

»War es eine neue Dose?« fragte Katherine mit unbewegter Miene. »Oder hat er sie aus der Damentoilette in der Schule gestohlen?«

»Ich bitte dich!« Tara war entrüstet. »Sie war natürlich nicht neu. Es war die, die er mir zu Weihnachten geschenkt hat. Ich hatte sie ganz hinten in den Schrank gestellt, und er hat sie offenbar gefunden und auf diese Weise wiederverwertet.«

»Was für ein Geizknopf!« platzte es aus Liv heraus.

»Er ist kein Geizknopf«, widersprach Tara.

Liv war überrascht. Normalerweise war Tara die erste, die erklärte, wie knauserig Thomas war, und mit ihren Übertreibungen zeigen wollte, daß ihr das nichts ausmachte.

»Er ist ein Geiz*hals*«, sagte Tara. »Komm, Liv, sag es mir nach.«

»Thomas ist ein Geizhals«, sagte Liv brav. »Danke, Tara.«

»Man kann es ja auch verstehen«, sagte Tara. »Es geht immer nur um den Kommerz – Weihnachten, Valentinstag, Geburtstage, alle diese Festtage. Ich bewundere ihn, weil er sich konsequent verweigert. Und das heißt ja nicht, daß er mir keine Geschenke macht. Vor ein paar Wochen hat er mir von sich aus eine wunderschöne flauschige Wärmflasche gekauft, für meine Menstruationsbeschwerden.«

»Einfach nur zu geizig, um dir jeden Monat Schmerztabletten zu kaufen«, spottete Fintan.

»Ach, hört auf«, sagte Tara halb lachend. »Ihr seht ihn nicht so wie ich.«

»Wie siehst du ihn denn?«

»Ich weiß, daß er brummig wirkt, aber in Wirklichkeit kann er sehr süß sein. Manchmal«, fuhr sie leicht verlegen fort, »erzählt er mir sehr schöne Gutenachtgeschichten, von einem Bären, der Ernst heißt.«

»Ist das ein Euphemismus für seinen Pimmel?« fragte Fintan mißtrauisch. »Versteckt sich Ernst gern in dunklen Höhlen?«

»Ich sehe schon, ich verschwende nur meine Zeit«, kicherte Tara. »Gibt es irgendwas Neues? Irgendwelchen Klatsch über eine Berühmtheit?«

Als rechte Hand von Carmella Garcia, einer koksenden spanischen Modedesignerin, die gleichzeitig als genial und verrückt gehandelt wurde, erhielt Fintan interessante Einblicke in das Leben der Reichen und Schönen.

»Ich finde, zuerst sollten wir noch was zu trinken bestellen.«

»Ist der Bär katholisch?«

Eine geraume Weile und mehrere Espressi später bemerkte Katherine, daß die mit den Purpurnägeln Kasse machen und nach Hause gehen wollte. Oder, besser gesagt, Kasse machen und dahin gehen wollte, wo sie sich mit Drogen zuknallen konnte. »Ich glaube, wir sollten bezahlen«, sagte sie in das betrunkene, laute Gelächter hinein.

»Ich bezahle«, sagte Fintan mit der Großzügigkeit eines Beschwipsten. »Ich bestehe darauf... keine Widerrede.«

»Kommt nicht in Frage«, sagte Katherine.

»Du beleidigst mich.« Fintan klatschte seine Kreditkarte auf den Tisch. »Du beleidigst meine Ehre.«

»Wie willst du deine Bankschulden auf eine achtstellige Zahl reduzieren, wenn du anderen Leuten das Essen bezahlst?« fragte Katherine mahnend.

»Sie hat recht«, pflichtete Tara ihr bei. »Du hast mir erzählt, daß man dich einsperren wird, wenn du deine Kreditkarte noch mehr belastest. Dann kommen die Männer in Uniform mit ihren Schlagstöcken und Handschellen und holen dich ...«

»Großartig!« riefen Fintan und Liv gleichzeitig und stießen sich kichernd in die Rippen.

»... und dann holen sie dich, und wir werden dich nie wiedersehen. ›Ihr müßt mich daran hindern, daß ich zuviel Geld ausgebe‹, hast du gesagt.« Tara schnipste ihm die Karte wieder zu.

»Du kannst doch gar nicht mitreden«, begehrte Fintan auf.

»Wenn zwei das Falsche denken, wird es deshalb noch lange nicht richtiger.«

»Wieso bin ich so pleite?« wollte Fintan wissen. »Ich verdiene doch schließlich genug.«

»Genau deswegen«, erklärte Tara mit betrunkener Logik. »Je mehr ich verdiene, desto ärmer werde ich. Wenn ich eine Gehaltserhöhung bekomme, erhöhen sich auch meine Ausgaben, nur in viel größerem Umfang. Diäten machen einen fett? Wenn's weiter nichts ist – Gehaltserhöhungen machen einen arm!«

»Warum können wir nicht alle so wie Katherine sein?« fragte Fintan.

Katherine hatte einmal gestanden, daß sie bei einer Gehaltserhöhung einen Dauerauftrag für den Nettobetrag der Erhöhung einrichtete, weil sie nach dem Prinzip handelte, daß sie das, was sie nie gehabt hatte, auch nicht vermissen könnte. Sie sah von der Rechnung auf, die sie durch vier teilte. »Weil ich Menschen wie euch brauche, damit ich mich überlegen fühlen kann.«

Schließlich gingen sie.

Darius, der Kellner, beobachtete Katherine auf dem Weg über das Parkett. Sie war nicht sein Typ, aber etwas an ihr faszinierte ihn. Er wußte, wieviel sie getrunken hatte, aber sie stolperte nicht kreischend durch den Raum, wie die anderen, und hielt sich an ihren Freunden aufrecht. Außerdem hatte ihn ihr Verhalten beeindruckt, als sie gekommen war. Er war Experte für Frauen, die, wenn sie warten mußten, ihre Nervosität hinter künstlicher Gelassenheit zu verbergen versuchten, und Katherines kühle Haltung war echt gewesen. Er versuchte, eine angemessene Beschreibung für sie zu finden, aber Worte waren nicht seine Stärke. Mysteriös war das Wort, das er suchte, wenn es ihm nur eingefallen wäre.

»Wohin jetzt?« fragte Tara unternehmungslustig, als sie bibbernd draußen standen. Es war zwar erst Anfang Oktober, aber schon kalt. »Gibt's irgendwo eine Party?«

»Nein, heute nicht.«

»Überhaupt nichts? Normalerweise fällt einem doch irgendwas ein.«

»Wir könnten in die Bar Mundo gehen?« schlug Katherine vor.

Tara schüttelte den Kopf. »Wir gehen mittwochs immer dorthin, deswegen hat das für mich mit Arbeit zu tun.« »Ins Blue Note?«

»Das ist jetzt rammelvoll, da kriegen wir keinen Tisch mehr.«

»Ins Happiness Stans?«

»Letztens hatten sie lausige Musik.«

»Subterrania?«

»Ich bitte dich!«

»Das heißt wohl nein.« Katherine war fast die ganze Liste der von ihnen besuchten Clubs durchgegangen.

»Wie wär's mit Torture Chamber?« meinte Fintan fröhlich. »Da gibt es laute nette Jungs, die an der Leine herumgeführt werden.«

»Das geht nicht«, sagte Katherine. »Erinnerst du dich nicht? Letztes Mal wollten sie uns nicht reinlassen, weil wir Frauen sind.«

»War das der Grund?« sagte Liv überrascht. »Ich dachte, es lag daran, daß wir keine rasierten Schädel hatten.«

»Eigentlich habe ich gar keine Lust, in einen Club zu gehen«, gab Tara zu. »Mir ist gar nicht nach Menschenmassen und Lärm. Ich will mich lieber bequem an einen Tisch setzen, mir nicht den Weg zur Bar freikämpfen müssen und hören können, was wir uns erzählen ... o nein!« Entsetzt hob sie die Hand zum Mund. »Es fängt schon an. Seit weniger als einem Tag bin ich einunddreißig, und schon kommt das Alter. Ich muß in einen Club gehen, einfach um mir zu beweisen, daß ich es noch will.«

»Ich habe eigentlich auch keine Lust auf einen Club«, tröstete Liv sie. »Aber ich bin jetzt einunddreißigeinhalb und habe mich damit abgefunden.«

»Nein!« Tara war entsetzt. »Schlimm genug, keine Lust zu haben, aber sich damit abzufinden! Ich hasse es, alt zu werden, wirklich.«

»Demnächst wünschst du dir, einfach im Bett zu bleiben und fernzusehen, statt irgendwas zu unternehmen.« Katherines Augen funkelten frech. »Und du denkst dir Entschuldigungen aus, damit du nicht ausgehen mußt. Es gibt sogar ein offizielles Wort für dieses Syndrom, man nennt es Cocooning. Du wirst noch ein inniges Verhältnis zu deiner Fernbedienung entwickeln. Ich liebe meine. Und dann kaufst du dir nicht mehr *Vogue*, sondern *Living Etc.*«

»Ist das eine Zeitschrift für Inneneinrichtungen?«

Katherine nickte und grinste niederträchtig, und Tara wand sich. »O nein.«

»Wir können zu einem von uns gehen.« Fintan wollte die Party wieder in Schwung bringen. »Wir tun einfach so, als wäre es ein Club.«

»Wir können zu mir gehen«, schlug Tara vor. Sie dachte an Thomas und hoffte, die anderen würden ablehnen. Sie war betrunken, aber so betrunken nun auch wieder nicht.

»Oder zu mir«, sagte Katherine, auch mit dem Gedanken an Thomas.

»Zu Katherine!« sagten Liv und Fintan wie aus einem Mund bei dem Gedanken an Thomas.

»Hast du was zu trinken da?« fragte Tara.

»Ja, natürlich«, erwiderte Katherine pikiert.

»Meine Güte, wir sind wirklich erwachsen«, murmelte Tara düster.

Katherine hielt ein Taxi an, was zwei Männer, die in einiger Entfernung schon länger versucht hatten, eins zu bekommen, ärgerlich registrierten.

»Gospel Oak«, sagte sie zu dem Fahrer.

»Da können Sie doch laufen«, brummelte der.

»Ich nicht«, sagte Tara fröhlich. »Ich bin blau.«

Als alle vier im Wagen saßen, sagte sie: »Erinnert ihr euch noch? Als wir zusammen gewohnt haben, hat sich Alkohol keine fünf Minuten gehalten. Wenn wir nach Irland gefahren sind«, sagte sie mit einem Blick auf Katherine und Fintan, und mit einem Blick auf Liv »oder du nach Schweden, und wir haben frietidu eingekauft, äh, ich meine duty-free, hatten wir es immer schon getrunken, bevor wir richtig zu Hause waren.«

»Das lag an unserer Armheit«, sagte Liv.

»Armut«, korrigierte Tara sie automatisch. »Aber das war es nicht allein. Wir waren jung und hatten Feuer unterm Arsch.«

»Jetzt sind wir alt«, sagte Liv traurig.

»Hör auf!« befahl Katherine. »Du darfst jetzt noch nicht sentimental werden. Eine Stunde mußt du noch durchhalten.«

3

Während Fintan und die drei Frauen im Restaurant gesessen hatten, fand nur zwei Minuten entfernt eine Party statt. Natürlich fanden viele Partys statt, weil dies London war und dazu noch der Bezirk Camden, und weil es Freitag abend war. Doch auf dieser Party war Lorcan Larkin einer der Gäste.

Lorcan Larkin war ein Mann, der rundum gelungen war. Das einzige, was nicht so gelungen war, war sein Name – da hatten die Eltern versagt. Er war eins fünfundachtzig und hatte einen breiten Brustkorb, einen flachen Bauch, lange Beine und schmale Hüften. Seinen Körper pflegte er, indem er nach Herzenslust aß und trank und rauchte. Sein kupferfarbenes Haar fiel ihm in weichen Locken auf die Schultern, er hatte schmale, sherrybraune Augen und einen der schönsten und sinnlichsten Münder in und um Camden.

Tausende von Frauen fanden sich in große Verwirrung gestürzt, wenn sie Lorcan begegneten, und sahen ihn mit lustvollen Blicken an. »Dabei finde ich rothaarige Männer gar nicht attraktiv«, hörte man überall. »Mir ist das so peinlich!«

Lorcan war ein ganz besonderer Rotschopf. Man pfiff ihm nicht nach und sagte: »Sieh dir den scharfen Rothaarigen an!« Eher folgten ihm verzückte Blicke.

Und für den seltenen Fall, daß jemand noch zögerte, ihm zu verfallen, statt sich dem Gefühl einfach zu ergeben, hatte er seine Geheimwaffe. Seinen irischen Akzent. Es war nicht der platte, bauernhafte Akzent, mit dem die Leute sich über die Iren lustig machten, indem sie die Vokale zerdehnten und einen unterwürfigen Ton anschlugen. Lorcans Stimme war weich, schmeichelnd, melodiös und vor allem gebildet. Und er schreckte nicht davor zurück, gelegentlich eine Gedichtzeile einzuflechten, wenn es ihm opportun schien. Frauen waren wie hypnotisiert von seiner Stimme. Und genau darauf legte er es an.

Genau in dem Moment, als Tara zwei Portionen Nachtisch bestellte (»Schließlich ist heute mein Geburtstag!« hatte sie trotzig erklärt.), beschloß Lorcan, daß er Kelly, die sechzehn Jahre alte Tochter seiner Gastgeberin, vögeln würde. Ganz offensichtlich war sie scharf auf ihn; schon den ganzen Abend machte sie ihn an, warf ihm heiße Blicke aus großen feuchten Augen zu und streifte ihn jedesmal, wenn sie an ihm vorbeiging, mit ihren festen jungen Brüsten. Gut möglich, daß Angeline, ihre Mutter, sauer sein würde, aber es wäre nicht das erste Mal, daß Mutter und Tochter sich seinetwegen in die Haare gerieten, und es würde auch nicht das letzte Mal sein. Er musterte wohlgefällig Kellys prächtige jugendliche Fülle. Sie hatte lange, schlanke Beine und einen kleinen runden Po. Er sah, daß sie der Typ war, der schnell in die Breite gehen würde. In wenigen Jahren würde ihre Figur unter Fettmassen verschwinden, und sie würde sich verzweifelt fragen, wie das geschehen konnte. Aber jetzt war sie einfach vollkommen.

»Wir sollten gehen«, drängte Benjy und versuchte, nicht besorgt zu klingen. Lorcan hätte schon vor Stunden bei der Geburtstagsparty seiner Freundin Amy sein sollen.

Lorcan winkte ab. »Jetzt noch nicht.«

»Aber ...«, hob Benjy an.

»Laß mich in Ruhe«, fuhr Lorcan ihn an.

Benjy war Lorcans ehemaliger Mitbewohner und inoffizieller gesellschaftlicher Begleiter. Er hielt sich immer in Lorcans Nähe auf, weil er hoffte, daß Lorcans ungeheurer Erfolg bei Frauen auf ihn abfärben würde. Sollte das nicht klappen, so wollte er zur Stelle sein, um den von Lorcan abgelegten Frauen – und davon gab es massenhaft – über die Enttäuschung hinwegkommen zu helfen, und zwar möglichst im Bett.

Mit geschmeidigen Bewegungen stand Lorcan vom Sofa auf und streckte sich. Mit einem strahlenden Lächeln näherte er sich Kelly, die prompt ihren Blick sittsam senkte, doch Benjy hatte das triumphierende Leuchten in ihren Augen gesehen. Benjy konnte nicht hören, was Lorcan zu Kelly sagte, aber er konnte die Worte erraten. Lorcan hatte ihm einmal aus reiner Gutmütigkeit ein paar seiner Eröffnungssätze für eine Verführung gesagt.

»Versuch, möglichst nah an ihr Ohr ranzukommen und zu murmeln: ›Du mit deinen verführerischen Augen, sie sind die reine Folter für mich‹«, hatte er Benjy empfohlen. »Oder – und dabei mußt du verlegen stottern, als wärst du schrecklich nervös: ›Entschuldigung, wenn ich mich aufdränge, aber ich muß dir einfach sagen, daß du einen wunderschönen Mund hast. Tut mir leid, wenn ich dich unterbrochen habe, ich bin auch schon wieder weg.‹ Das erhöht deine Chancen um hundert Prozent.«

Aber eine hundertprozentige Steigerung von nichts ist immer noch nichts. Und die Sätze, die Lorcan zum Erfolg führten, brachten Benjy nur erstaunte Blicke oder spöttisches Gelächter ein. Und einmal bekam er einen Schlag mit dem Gürtel quer übers Gesicht, worauf er drei Tage Tinnitus im rechten Ohr hatte.

»Was mache ich nur falsch?« fragte Benjy voller Verzweiflung, als er wieder richtig hören konnte. Wenn Benjy nicht klein und dicklich gewesen wäre, mit sandfarbenem Haar, das schon schütter wurde, hätte er sicherlich bessere Chancen gehabt, aber das sagte Lorcan nicht. Er gefiel sich in der Rolle des Wohltäters.

»Also gut«, sagte Lorcan und grinste, »hör gut zu, was der Meister zu sagen hat. Du machst zwei Frauen an, die eine richtig süß, die andere nicht ganz so scharf, das gibt's ja öfter. Dann machst du dich an das häßliche Entlein ran und belaberst sie, die andere läßt du links liegen. Das Entlein ist hoch erfreut, daß es der anderen den Rang abläuft. Die Scharfe ist sauer, weil sie übergangen wird, und versucht, dich anzumachen. Und du kannst dir eine aussuchen.«

Benjy sah seine Hoffnungen steigen. Was Lorcan sagte, klang so einleuchtend. »Und worauf soll ich noch achten?«

Lorcan dachte einen Moment nach. »Jede Frau hat etwas, worauf sie stolz ist«, sagte er. »Einen Pluspunkt. Den mußt du finden

– und das ist verdammt leicht, das kannst du mir glauben –, und dann machst du ihr deswegen Komplimente.«

Benjy nickte nachdenklich. »Sollte ich sonst noch etwas wissen?«

»Ja. Dicke geben sich mehr Mühe.«

Nur Augenblicke nachdem Lorcan und Kelly verschwunden waren, kam Angeline, eine attraktive Frau, die unglücklich über ihren dicken Bauch war, auf Benjy zu. »Wo ist Lorcan?« fragte sie besorgt. »Und wo ist Kelly?«

»Ehm, ich weiß nicht«, stammelte Benjy und fügte hinzu: »Aber keine Angst. Weit können sie ja nicht sein.« Er wußte selbst nicht, warum er das sagte.

Sie waren tatsächlich nicht weit, sondern in Kellys rosa eingerichtetem Kinderzimmer, in dem die Decke auf dem Bett unter einer Vielzahl von Kuscheltieren fast verschwand. Kelly hatte zwar den Körper einer Frau, aber sie war längst noch nicht erwachsen.

Die Sache mit Lorcan entwickelte sich viel zu schnell für sie. Sie hatte sich vorgestellt, daß er sie küssen würde, damit sie ihrer Mutter triumphierend ins Gesicht schleudern konnte: »Da siehst du mal, du mit deinem Dickbauch – ich komme viel besser an als du!« Sie hatte sich noch nicht entschieden, ob sie ihm erlauben würde, ihre Brüste zu berühren – natürlich durch die Kleidung –, denn eigentlich war ihr der Gedanke nicht ganz recht. Als Lorcan also anfing, sich die Hose aufzuknöpfen, war sie ziemlich schokkiert. Und als er die Hose halb herunterließ und ihr mit seiner großen, aggressiven Erektion über das Gesicht strich, war sie erst recht schockiert.

»Ich möchte wieder zu den anderen gehen«, sagte sie voller Entsetzen.

»Jetzt noch nicht«, antwortete Lorcan mit einem gefährlichen Lächeln, und mit festem Griff umfaßte er ihren Hinterkopf und das seidige Haar.

Als Lorcan wieder in den Raum kam und praktisch im Triumphzug um die Möbel stolzierte, sah Benjy ihn mit einer Mischung aus Bewunderung und eifersüchtigem Haß an. »Du widerlicher Glückspilz«, brummelte er.

»Ich habe sie nicht gevögelt«, sagte Lorcan mit feuchten Augen, so gerührt war er von seiner eigenen Gutmütigkeit. »Ihre Ehre ist noch intakt.«

»Na klar. Du hast sie nicht angefaßt«, höhnte Benjy. »Und was ist mit Amy? Es ist ihr Geburtstag.«

»Ich kann nichts dafür«, entschuldigte sich Lorcan grinsend und zuckte die Achseln auf eine Weise, die viele Frauen schwach gemacht hätte. »Ich liebe eben die Frauen.«

»Das kommt mir nicht so vor«, murmelte Benjy unterdrückt. »Scheint mir eher, daß du sie haßt.«

»Komm«, sagte Lorcan. »Wir müssen gehen. Beeil dich, wir sind spät dran!« Und damit verließ er das Haus und ging an Kelly, die weinend und gedemütigt auf der Treppe saß, achtlos vorbei.

»Wieso behandelst du Frauen immer wie den letzten Dreck?« fragte Benjy, als sie draußen standen und in der kalten Oktobernacht auf ein Taxi warteten. »Was hat deine Mutter dir angetan? Hat sie dir zu lange die Brust gegeben? Oder nicht lange genug?«

»Meine Mutter war eine wunderbare Frau«, sagte Lorcan mit weicher Stimme, die in starkem Kontrast zu Benjys schrillem Zorn stand. Warum suchten alle immer nach dummen freudianischen Erklärungen für seine Unfähigkeit, lange bei einer Frau zu bleiben? Es war doch eigentlich ganz einfach. »Es ist die alte Geschichte, Benjy, du weißt doch.«

»Was für eine alte Geschichte?« rief Benjy erzürnt, und als Lorcan ihm nicht antwortete, folgte er dessen Blick zu einer Gruppe von drei Frauen und einem Mann, die vor einem Restaurant standen.

»Was für eine alte Geschichte?« rief Benjy erneut, noch wütender, weil die vier in das Taxi stiegen, das er haben wollte.

»Warum lecken Hunde sich die Eier?« fragte Lorcan zurück.

Benjy sah ihn trotzig an.

»Weil sie rankommen«, sagte Lorcan und klang fast müde. »Weil sie rankommen.«

4

Liv, Tara, Fintan und Katherine tranken Gin Tonic und tanzten zu Wham!, was Roger, Katherines Nachbar einen Stock tiefer, ziemlich ärgerte.

»Ist das nicht toll?« sagte Tara mit leuchtendem Gesicht. »Wißt ihr noch, wie wir zu dieser Musik getanzt haben, als wir fünfzehn waren? Weißt du noch, Fintan? Erinnerst du dich, Katherine?«

»Doch, schon«, sagte Fintan verlegen, »aber hör auf damit, sonst fühlt Liv sich ausgeschlossen.«

»Nein, nein«, sagte Liv so fröhlich sie konnte. »Das macht nichts. Ich fühle mich immer ausgeschlossen.«

»Außer bei Leuten, die du sehr gut kennst«, sagte Fintan.

»Nein, bei denen besonders.«

Schließlich, zur selben Zeit wie immer, wurde Liv von einer Welle der Melancholie überflutet und beschloß, nach Hause zu gehen.

»Bist du sicher, daß du gehen möchtest?« fragte Katherine, die Liv zur Tür begleitete.

Liv nickte unglücklich. »Ich stopfe mich mit Chips voll, dann schlafe ich achtzehn Stunden, und dann geht es mir wieder besser.«

»Die Ärmste«, sagte Tara voller Mitleid, als Liv gegangen war. »Ich kriege auch ab und zu meine Anfälle, aber nach ihren kannst du die Uhr stellen.«

»Ich glaube, ich mache mich auf den Weg«, sagte Fintan.

»Was? Du setzt deinen Ruf als ältester Partygänger der Stadt aufs Spiel«, warnte Tara ihn.

»Aber ich bin müde«, sagte er, »und ich habe Halsschmerzen und spüre irgendwas da, wo meine Leber mal war.«

Danach wurde es ruhiger, sehr zu Rogers Erleichterung. »Ich glaube, ich habe mich nüchtern getanzt«, sagte Tara. Wham! wurden zum Schweigen verdonnert, ein Taxi für Tara wurde bestellt, und Katherine machte sich fertig fürs Bett.

»Ein Schmuckkästchen«, sagte Tara voller eifersüchtiger Bewunderung und ließ den Blick durch Katherines aufgeräumtes und wohlduftendes Schlafzimmer gleiten. Der Bettbezug war sauber und unzerknittert, die Topfpflanzen leuchtend grün und gut gepflegt, Staub nirgendwo zu sehen. Die vielen Cremetuben auf der Kommode waren voll und neu. Alte, schäbige, die schon ewig herumlagen, mit einem kläglichen Rest Lotion, fand man hier nicht. Und in Katherines blinkendem Badezimmer konnte man zu jeder Hautcreme die entsprechende Seife oder das passende Duschgel auf der Ablage finden.

Katherine liebte Sets. Einzeldinge gefielen ihr nicht so gut, doch paarweise geordnet konnten sie Katherines Begeisterung erregen. Schals brauchten passende Handschuhe; zu einem Talkumpuder mußte es auch Seife geben; ein kleines Schälchen war völlig sinnlos, wenn es dazu nicht ein zweites, kleineres, aber ansonsten identisches Schälchen gab. Tara witzelte manchmal, daß der ideale Mann für Katherine gut aussehen müßte, mit einem tollen Körper und einem Zwillingsbruder.

Tara hatte noch nicht alles gesehen. »Ich fühle mich so unzulänglich«, sagte sie verzagt, »du hast das Bett gemacht, obwohl du gar nicht wußtest, daß heute Besuch kommen würde.«

Sie hatte vergessen, wie wichtig Katherine ihre Wohnung war, denn seit einem Jahr lebten sie nicht mehr zusammen. Katherine hatte eine Wohnung gekauft, und Thomas hatte Tara bei sich einziehen lassen, und da sie nun schon einmal da war, ließ er sie auch die Hälfte seines Darlehens abzahlen.

Tara konnte sich nicht zurückhalten und öffnete die Schubladen. Alles war gefaltet, gebügelt, sauber und gepflegt. Katherine war eine von den seltenen Frauen, die regelmäßig ihren Wäscheschrank durchgingen und die ausgeleierte, mit einem Grauschleier versehene Unterwäsche aussortierten.

»Sehe ich alles doppelt wegen des Alkohols, oder hast du wirklich immer zwei Paar gleiche Unterhosen?« fragte Tara.

»Zwei Paar zu jedem Büstenhalter«, bestätigte Katherine.

Tara konnte das nicht begreifen. Sie machte sich nichts aus Unterwäsche. Ihr war nur das wichtig, was die Leute auch sehen konnten. Natürlich sah Thomas sie in ihren vorsintflutlichen Höschen und BHs, aber sie kannten sich schon seit zwei Jahren. Eine mystische Aura länger als drei Monate aufrechtzuerhalten war viel zu anstrengend. Außerdem war er selbst auch kein leuchtendes Beispiel, was die Unterhosen anging, sagte sie sich und wartete darauf, daß die Schuldgefühle nachlassen würden.

Tara öffnete eine weitere Schublade und entdeckte eine Auswahl hübscher Pyjamas. Sie waren allerdings eher niedlich als sexy. Katherine war nicht der Typ für schwarze Polyester-Babydolls mit Tanga-Höschen.

»Ich finde es cool«, sagte Tara, »daß du soviel Zeit bei Knickerbox verbringst und dein ganzes Geld dort ausgibst.«

»Macht das nicht jeder?«

»Vielleicht. Aber niemand kauft Sachen für sich.«

Tara legte sich aufs Bett und beobachtete Katherine, wie sie ihre Beine – durchtrainiert und muskulös vom Steptanzen – in ein Paar weiße Shorts mit blauen Punkten steckte. Dann kam ein passendes Hemdchen. Sie zog es auf links an und mit dem Schild nach vorn, so daß die Waschanweisungen unter ihrem Kinn in die Höhe ragten, und nur daran konnte man erkennen, daß sie betrunken war.

»Es wird langsam Zeit, daß du einen Typen kennenlernst, damit jemand was von deiner schönen Reizwäsche hat«, bemerkte Tara.

»Mir geht es auch so gut.«

»Aber all die schönen Unterhosen«, sagte Tara, »und kein Mann bekommt sie zu Gesicht. Ich finde das schade.«

»Ich finde es nicht schade«, gab Katherine zurück. »Und es sind meine Unterhosen.«

»Ich finde es schade.«

»Dann solltest du was dagegen tun.«

»Ich brauche nichts dagegen zu tun«, sagte Tara mit einem Gefühl schwindelerregender Dankbarkeit. »Ich habe einen Freund.«

»Und wenn es plötzlich vorbei wäre …?« fragte Katherine aufrührerisch.

»Hör auf damit!« sagte Tara entrüstet. »Was würde dann aus mir?« Sie dachte einen Moment nach. »Ich würde sicherlich komisch.«

»Fang nicht wieder damit an«, sagte Katherine und seufzte.

Tara befürchtete, daß Frauen ab dreißig, die keinen Freund hatten, exzentrische Neigungen entwickelten; je länger sie allein blieben, desto exzentrischer würden sie. Und wenn schließlich der perfekte Mann vorbeikäme, wären sie, so meinte Tara, zu sehr in sich selbst gefangen, um die Hand nach dem Mann auszustrecken, der sie befreien könnte.

»Ich würde wahrscheinlich zu einer dieser verrückten Schrullen, die allen möglichen Unsinn sammeln«, meinte Tara. »Und alles aufheben, von Kartoffelschalen bis zu jahrzehntealten Zeitungen.«

»Das machst du doch praktisch so auch«, sagte Katherine.

»Und wenn die Leute vom Gesundheitsamt kämen, würde ich nicht aufmachen«, spann Tara ihre apokalyptische Phantasie weiter. »Und man würde den Gestank aus meiner Wohnung schon aus einer Entfernung von hundert Metern riechen. Das wäre mein Schicksal, wenn ich keinen Mann hätte.«

»Dann ist es ja gut, daß du einen hast«, sagte Katherine.

Es klingelte: Taras Taxi war da.

»Mist, es tut mir leid, Katherine, wenn ich dich beleidigt habe.« Plötzlich war Tara zerknirscht. »Du bist meine beste Freundin, und ich mag dich sehr, und ich wollte nicht andeuten, daß du zu einer komischen Schrulle würdest …«

»Ich bin nicht beleidigt. Nun mußt du aber gehen. Ich habe noch ein Rendezvous mit meiner Fernbedienung. Aber vorher muß ich mir fünfzigmal die Hände waschen und alle meine Strumpfhosen bügeln. Wir armen, alleinstehenden Frauen! Wir Opfer von obsessiven, zwanghaften Störungen.«

5

Tara saß im Taxi, rauchte eine Zigarette und starrte, von Schuldgefühlen geplagt, vor sich hin. Nicht nur war sie verachtenswert, weil sie schwach war und einen Mann brauchte, es bestand außerdem die Möglichkeit, daß sie Katherine verärgert hatte. Katherine war so ausgeglichen und unabhängig, daß Tara manchmal vergaß, daß auch sie Gefühle hatte.

Aber als das Taxi in die Straße einbog, in der Alasdair wohnte, vergaß Tara Katherine. Sie war plötzlich hellwach. Es passierte automatisch. Sie starrte zu den Fenstern hoch und versuchte einen Blick zu erhaschen. Aber alles lag in tiefer Dunkelheit, und Tara konnte nicht erkennen, ob Alasdair und seine Frau schon im Bett lagen oder ob sie noch aus waren.

Es ist verrückt, daß ich das immer wieder mache, dachte Tara. Vielleicht wohnte er gar nicht mehr da. Leute, die heirateten, gaben häufig ihre schicken Wohnungen in London auf, wo sie gute Bars und Restaurants in der Nähe hatten, und zogen hinaus ins Grüne, in eine Doppelhaushälfte mit Garten, jenseits von Heathrow.

Ihr Magen zog sich vor Unmut zusammen. Tara liebte Thomas, aber sie hatte immer noch ein ausnehmendes Interesse an Alasdair. Der Gedanke, daß er große Veränderungen in seinem Leben vornehmen könnte, ohne daß sie davon wüßte, beunruhigte sie. Alasdair war vor Thomas ihr Freund gewesen. Ein ganz anderer Mensch als Thomas. Großzügig, spontan, wild, zärtlich, gesellig. Er ging gern in Restaurants, und nie sagte er mit einem Blick auf die Speisekarte: »Zehn Pfund? Zehn Pfund für eine Hühnerkeule? Im Supermarkt kriege ich die für fünfzig Pence«, so wie Thomas.

Als Tara nach einer Reihe von flüchtigen Geliebten sechsundzwanzig wurde, lernte sie Alasdair kennen. Sie war entzückt von seinem schottischen Akzent, seinen kurzgeschorenen schwarzen Haaren und dem etwas wilden Blick hinter einer Drahtgestellbrille. Sogar seinen Namen fand sie verführerisch. Es dauerte nicht lang, bis Tara zu dem Schluß kam, daß er der Mann war, den sie heiraten würde. Alle Anzeichen deuteten darauf hin.

Sie fand auch, daß sie in dem richtigen Alter zum Heiraten war. Und da er zwei Jahre älter war als sie, war er auch im richtigen Alter. Sie hatten beide eine gute Stelle und kamen vom Land. Doch das wichtigste war, daß sie vom Leben das gleiche wollten – viel Spaß und viele Restaurantbesuche mit gutem Essen. Obwohl sie sehr häufig essen gingen, war Tara längst nicht so dick, wie man vermuten könnte.

Sie waren ein typisches Beispiel der Balsamico-Generation – ein gutaussehendes Paar Mitte Zwanzig, das sich gern mit Freunden zum Essen traf, Cappuccino aus Alasdairs Espresso-Maschine trank, in Alasdairs rotem MG in London herumbrauste, mindestens einmal in der Woche Champagner trank und samstags zu Paul Smith oder Joseph ging. (Manchmal kauften sie sogar etwas, ein Paar Socken zum Beispiel oder eine Krawattennadel.)

Als Tara im Sommer für eine Woche nach Irland fuhr, kam Alasdair mit. Plötzlich sah sie Knockavoy mit seinen Augen: die Herrlichkeit des Atlantiks, der mächtige Stücke aus den Klippen herausbrach, den endlosen Strand mit goldenem Sand, die Luft, die so weich und sauber war, daß man sie beinahe sehen konnte. Bis zu dem Zeitpunkt hatte sie die Stadt, in der sie aufgewachsen war, gehaßt. Ein kleiner, abgelegener Ort, in dem nie etwas passierte, außer für ein paar Monate im Sommer, wenn die Touristen kamen.

Taras Mutter war von Alasdair begeistert. Ihr Vater nicht, aber er war von nichts begeistert, was mit Tara zu tun hatte, warum sollte Alasdair da eine Ausnahme sein? Anschließend nahm Alasdair Tara mit auf die Insel Skye, um sie seiner Familie vorzustellen, was Tara sehr beruhigend fand. Sie hatte oft das Gefühl, daß die Menschen, die sie in London kennenlernte, Dinge vor ihr verheimlichten. Daß sie sich bis zu einem gewissen Grad neu erfanden. Was leicht war – denn die wenigsten stammten aus London, folglich waren ihre Familien nicht in der Nähe, die die Phantasiegeschichten, mit denen sie ihre Freunde zu beeindrukken versuchten, als Lügengespinste entlarvten. Und obwohl sie eine Woche brauchte, um sich von den exzessiven Feiern, die Alasdairs Familie für sie veranstaltete, zu erholen, wußte sie doch jetzt, woher er kam und wo seine Wurzeln waren.

Kurz nach ihrer Rückkehr von Skye feierten sie das zweijährige Bestehen ihrer Beziehung, und Tara fand, daß man sich jetzt Gedanken übers Heiraten machen konnte. Oder wenigstens das Zusammenleben. Sie lebte ohnehin praktisch in seiner Wohnung und war der Ansicht, daß es ein rein formaler Schritt war, die Sache offiziell zu machen.

Doch als sie ihm den Vorschlag unterbreitete, war er zu ihrer Überraschung entsetzt. »Aber ...«, sagte er, und seine flackernden Augen wichen ihr nicht aus. »Aber es geht doch prima so, wir brauchen doch nichts zu überstürzen ...«

Stark verunsichert und weil sie nicht zugeben wollte, wie verletzt sie war, trat Tara den Rückzug an. »Du hast ganz recht«, pflichtete sie ihm sofort bei, »alles ist bestens so. Wir brauchen nichts zu überstürzen.« Dann stellte sie sich auf einen Zermürbungskrieg ein. Wer wartet, bekommt das, was er will. Nur wußte sie, daß für sie im Alter von achtundzwanzig Jahren Zeit etwas war, das ihr nicht im Übermaß zur Verfügung stand.

Sie beschwichtigte ihre Hysterie, indem sie sich sagte, daß er sie liebe. Dessen war sie sich sicher. Sie klammerte sich an diese Gewißheit, als hinge ihr Leben davon ab.

Alles ging ungefähr für ein halbes Jahr anscheinend weiter wie gehabt. Aber das war nicht der Fall. Alasdair vermittelte den Eindruck, als würde er gejagt, und das durchdrang alles, färbte auf alles ab und verdarb den Spaß. Und Tara wurde argwöhnisch und machte sich Sorgen. Sie war sich bewußt, daß sie nicht mehr Mitte Zwanzig war, daß alle ihre früheren Schulkameradinnen, mit Ausnahme von Katherine, verheiratet waren und Kinder hatten, daß es um sie herum weniger verfügbare Männer gab als früher, daß sie auf die dreißig zuging. Sie hatte viel Zeit und Hoffnung in Alasdair investiert – all ihre Zeit und Hoffnung –, und die Vorstellung, daß sie alles auf einen Verlierer gesetzt hatte, war unerträglich.

Ich bin zu alt, um noch einmal von vorn anzufangen, dachte sie oft und wurde von erdrückender Panik ergriffen, wenn sie mitten in der Nacht aufwachte. Ich habe nicht die Zeit. Es muß diesmal klappen.

Da Geduld noch nie ihre Stärke war, fragte sie ihn schließlich, welche langfristigen Absichten er hinsichtlich ihrer Beziehung verfolge. Sie wußte, daß das verkehrt war. Wenn er überhaupt Absichten hegte, würde er es ihr schon sagen. Und wenn sie die Dinge zu erzwingen versuchte, würden sie sich nur zuspitzen und das Ende beschleunigen, was sie nicht wollte.

Sie hatte recht. Er war erbost, weil sie mit ihrer unnötigen Forderung etwas Gutes zerstörte, und erklärte ihr ziemlich brüsk, daß er sie nicht heiraten wolle. Er liebe sie, aber er wolle sich einfach nur gut amüsieren und sei nicht an langweiliger Häuslichkeit interessiert.

Tara mußte eine Woche zu Hause bleiben, um sich von dem Schock zu erholen.

»Laß es damit gut sein«, wurde ihr von allen Seiten geraten, als sie fassungslos und verrückt vor Schmerz ziellos umherirrte. »Gib auf, es läßt sich nicht wieder einrenken.« Aber das konnte sie nicht. Sie konnte zweieinhalb gemeinsamen Jahren nicht einfach den Rücken kehren. Sie konnte sich nicht eingestehen, daß sie möglicherweise eine Zukunft ohne ihn vor sich hatte.

Sie versuchte zu retten, was zu retten war, zuerst, indem sie so tat, als wäre die Frage nie aufgekommen und alles wäre beim alten. Und als es zu anstrengend wurde, mit der künstlichen Normalität zu leben, versuchte sie ein weiteres Mal, Alasdair zu einer Meinungsänderung zu bewegen, indem sie ihm in einem Überraschungsangriff mit dem Ende der Beziehung drohte. Sie hatte von anderen Fällen gehört, wo dem Mann, sobald er mit der Tatsache konfrontiert wurde, daß die Frau gehen könnte, das Bekenntnis zu der Frau plötzlich nicht mehr schwergefallen war. Aber auch das klappte nicht. Statt dessen sagte Alasdair traurig: »Geh, wenn du gehen mußt. Ich mache dir keinen Vorwurf. Das würde keiner.«

»Aber du liebst mich doch, oder?« fragte sie atemlos und schrill, als ihr mit Entsetzen klar wurde, wie falsch sie die Situation eingeschätzt hatte. »Wirst du mich nicht vermissen?«

»Ja, ich liebe dich«, erwiderte er sanft, »und natürlich werde ich dich vermissen. Aber ich habe kein Recht, dich zu halten, wenn du gehen möchtest.«

Verstört brach Tara ihren dramatischen Auftritt ab, in dem sie das Ende beschwor. Diese Taktik hatte genau das Gegenteil bewirkt. In einer raschen Kehrtwendung bekannte sie sich zu dem Status quo, in der Hoffnung, niemand habe ihren Vorstoß bemerkt. Doch die Beziehung, die vor einem Jahr so wunderbar gewesen war, verlor ihren Charme und ihren Reiz. Sie wurde zu einem Behelf, sie war nur noch eine halbe Beziehung, dachte sie verbittert. Aber es war besser als nichts.

Aber auch das stimmte nicht. Wenigstens nicht für Alasdair. »Es hat keinen Sinn mehr«, sagte er einen Monat später zu Tara. Sie sah ihn erschrocken an. Plötzlich, da sie bedroht wurde, erschien die spöttisch betrachtete Behelfsbeziehung sehr erstrebenswert.

»Aber es hat sich doch nichts verändert«, stammelte sie verwirrt, weil eigentlich sie die moralische Oberhand haben müßte: Sie müßte doch die Macht haben, mit dem Ende der Beziehung zu drohen, weil er ihr weh getan hatte, nicht andersherum. »Es tut mir leid, daß ich das mit dem Heiraten wieder angeschnitten habe, und es tut mir leid, daß ich mich so dumm deswegen benommen habe, aber laß uns doch einfach weitermachen.«

Aber er schüttelte den Kopf. »Wir können nicht mehr zurück.«

»Doch, das können wir wohl«, beharrte sie, und ihre Stimme überschlug sich fast. Sie fragte sich, warum schlimme Dinge immer dann passierten, wenn man schon gebrochen am Boden lag.

»Es geht nicht mehr«, wiederholte er.

»Wie meinst du das?« fragte sie. Sie wußte es genau, lehnte es aber störrisch ab, es anzuerkennen.

»Es ist Zeit, den Schlußstrich zu ziehen«, sagte er leise. Einen Augenblick tat Tara so, als hätte er nichts gesagt, und weigerte sich, der veränderten Wirklichkeit ins Gesicht zu sehen.

»Nein«, sagte sie panisch. »Das ist nicht nötig, alles ist doch in Ordnung.«

»Es ist nicht in Ordnung«, sagte er. »Du hast einen anderen verdient. Einen, der dir gibt, was du dir wünschst. Es hat keinen Sinn, bei mir zu bleiben, du verschwendest nur deine Zeit.«

»Ich will aber keinen anderen«, beharrte sie. »Lieber möchte ich mit dir zusammensein, so wie es ist, als mit einem anderen verheiratet zu sein.«

Doch sosehr sie ihn auch zu überzeugen versuchte, daß sie mit allem, so wie es war, zufrieden war, wurde er im Lauf des Gesprächs immer halsstarriger. Bis ihr klar wurde, daß keine Hoffnung bestand, ihn zu überreden, und daß es diese Hoffnung nie gegeben hatte. Sein Entschluß hatte festgestanden, bevor das Gespräch begonnen hatte.

Tara verlor fast den Verstand. Wochenlang war sie außer sich, hysterisch. So tief verletzt war sie, daß sie im Bett lag und wie ein Tier brüllte. Und zwar so laut, daß die Leute über ihr eines Abends die Polizei holten.

Sie stellte den CD-Player in ihr Zimmer und spielte unablässig »It's Over« von Roy Orbinson, während sie brüllte und weinte. Und wenn die letzten Takte verklangen, weinte sie um so lauter und drückte auf die Wiederholungstaste.

An einem Abend zählten Liv und Katherine mit und kamen auf neunundzwanzig Mal hintereinander. Manchmal sang sie halb oder brüllte die Worte mit. Besondere Erleichterung verschaffte ihr jedesmal die Stelle, wo die Musik eine Oktave höher stieg. »It's ooooh-ohhhh-verrr.« Eine Oktave höher. »IT'S OOOH-OHHHH-VERRR.« Die Leute von oben wollten wieder die Polizei rufen.

Sie ließ sich eine weitere Woche krank schreiben, und als sie danach zur Arbeit kam, wünschten sich ihre Kollegen, sie wäre zu Hause geblieben. Jedes Computerprogramm, das sie angeblich getestet hatte, war fehlerhaft und führte in Büros überall in London zu Systemabstürzen. Ein paar Monate mußten die Mitarbeiter in ihrer Abteilung Überstunden machen und Tag und Nacht arbeiten, um Taras Fehler auszubügeln. Sie schlief ungefähr drei Stunden pro Nacht und lief dann, während sie eine Zigarette nach der anderen rauchte, in der Wohnung auf und ab. Sie hörte auf, normal zu funktionieren. Sie vergaß, die Spülung aus ihrem Haar zu waschen. Sie ging an einem Samstag zur Arbeit und wunderte sich, daß das Gebäude verschlossen war. Sie fuhr mit dem Auto zur Arbeit und kam mit der U-Bahn zurück, und am nächsten Morgen dachte sie, ihr Auto sei gestohlen worden, weil sie es vor der Wohnung nicht finden konnte. Sie riß den Deckel von einem Joghurtbecher ab, warf den Becher in den Müll und starrte auf den Deckel, ohne zu begreifen, was sie gemacht hatte. In ruhigeren Moment sprach sie mit geballten Fäusten von Abendkursen, vom Töpfern, Russischlernen und von Backkursen.

Einmal in der Woche, wenn der Schmerz zu groß wurde, rief sie ihn an und bekniete ihn, sich mit ihr zu treffen. Er war jedesmal bereit, und natürlich schliefen sie jedesmal zusammen. Panikerfüllter, tränenreicher Sex, bei dem sie sich gegenseitig die Kleider vom Leib rissen und sich neuen Schmerz zufügten in der Vertrautheit ihrer Körper.

Das passierte so oft, daß Tara dachte, sie könnten vielleicht wieder zusammenkommen. Es war offensichtlich, daß er unter dem Ende der Beziehung genauso litt wie sie und daß er sie immer noch liebte.

Dann wollte er sich eines Abends nicht mit ihr treffen.

»Warum nicht?« fragte sie. Bis dahin war er immer schnell einverstanden gewesen.

Sie hörte, wie er atmete, und in der winzigen Pause, nachdem er Atem geholt hatte und zu sprechen anfing, hatte sie plötzlich ein ganz schlechtes Gefühl. Noch bevor er etwas sagte, wußte sie Bescheid.

»Ich habe jemand anders kennengelernt.«

Tara legte ganz ruhig den Hörer auf, setzte sich ins Auto und fuhr zu Alasdairs Wohnung. Sie schloß die Tür mit dem Schlüssel auf, den sie nicht zurückgegeben hatte, und traf ihn in der Küche, wo er gerade den Wasserkessel aufsetzte. Sie holte aus und schlug ihn so heftig ins Gesicht, daß seine Brille herunterfiel.

Bevor er sich fassen konnte, ohrfeigte sie ihn links und rechts. »Scheißkerl«, keuchte sie. »Du verdammter Scheißkerl!« Aber weder verringerte sich dadurch ihre Wut, noch ließ ihr Schmerz nach, also boxte sie ihn in den Magen und wunderte sich, wie zittrig sich ihr Arm anfühlte.

Aber anscheinend hatte der Magenschwinger die gewünschte Wirkung, dachte sie, während sie mitleidlos zusah, wie er nach Atem rang und würgte.

»Ali?« fragte eine Stimme, und als Tara sich umdrehte, stand eine wohlgerundete Blondine in der Tür.

»Was ist denn hier los?« entfuhr es der Frau entsetzt.

Plötzlich erwachte Tara aus ihrer Trance. Nachdem sie Alasdair noch einen heftigen Stoß versetzt hatte, der ihn in die Arme ihrer Nachfolgerin taumeln ließ, ging sie.

Als sie nach Hause kam und Katherine und Liv erzählte, was passiert war, sahen sie sie entgeistert an. Dann versuchten sie, Tara zu unterstützen, aber zu spät. »So ein Schwein«, trösteten sie sie. »Das hast du gut gemacht. Hoffentlich hast du ihm ein paar Rippen gebrochen.«

»Hört auf«, bat Tara sie. Der rote Schleier der Wut hatte sich gelüftet, geblieben waren Übelkeit und Selbsthaß. »Ich habe ihn zusammengeschlagen«, stöhnte sie und wiegte sich vor und zurück, das Gesicht in den Händen. »Jetzt bekomme ich ihn nie zurück. Und ich dachte, nichts könnte schlimmer sein, als wie ich mich in den letzten sieben Wochen, vier Tagen und ...«, sie sah auf die Uhr, »sechzehneinhalb Stunden gefühlt habe, aber nein.

Jetzt muß ich mich aufs Bett legen und wie ein Hund heulen«, sagte sie mit gebrochener Stimme.

Katherine und Liv machten sich auf Roy Orbison gefaßt. Aber sie waren überrascht und erleichtert als sie »Somebody Else's Guy« hörten. Und noch einmal. Und noch einmal. Immer, immer wieder.

Später am Abend kam Tara aus ihrem Zimmer. »Ich rufe ihn an«, verkündete sie.

»Tu das nicht!« sagte Katherine bestimmt und schnappte sich das Telefon. »Du machst alles nur noch schlimmer.«

»Schlimmer«, sagte Tara unglücklich. »Wie könnte ich es schlimmer machen?«

»Tara, du kannst ihn nicht anrufen.«

»Ich will mich nur entschuldigen«, bettelte Tara. »Wenn du mich nicht läßt, warte ich, bis du schläfst, und wenn ich ihn mitten in der Nacht anrufe, ist es noch schlimmer.«

Schließlich willigte Katherine ein. »Wenn du anfängst, ihn anzuschreien oder ihm zu drohen, drücke ich die Gabel runter.«

»Danke«, sagte Tara unglücklich und wählte Alasdairs Nummer.

»Hallo«, sagte sie rasch, »ich bin's. Es tut mir leid – leg bitte nicht auf, du kannst dir nicht vorstellen, wie leid es mir tut und wie sehr ich mich schäme.«

Statt den Hörer auf die Gabel zu werfen, sagte er: »Ist doch in Ordnung. Ich verstehe dich ja.« Es schien, daß Alasdair ziemlich erleichtert war. Er hatte Schuldgefühle wegen Caroline, aber mit jedem Schlag, den Tara ihm versetzt hatte, hatte sich das Gleichgewicht verschoben. Statt der »armen, hintergangenen Tara« gab es jetzt den »armen, zusammengeschlagenen Alasdair«.

»Weißt du, du kannst ganz schön zuschlagen«, sagte er und versuchte ein Lachen.

»Tut mir leid«, flüsterte sie. »Bitte verzeih mir.«

»Ich verzeihe dir«, sagte er.

Doch als er sie sechs Wochen später anrief, um ihr zu sagen, daß er heiraten würde, hatte er vorher die Schlösser austauschen lassen.

An dem Abend lernte Tara Thomas kennen.

Sie waren auf einer Party, die Fintans Assistentin Dolly gab. Tara, die wie eine Besessene tanzte, nahm Thomas geistesabwesend die Zigarette aus dem Mund und steckte sie sich selbst zwischen die Lippen. Es war kein absichtlicher Versuch zu provozieren – sie hatte Thomas gar nicht richtig wahrgenommen. Sie wollte einfach eine Zigarette rauchen und konnte ihre nicht finden. Seit sie die Nachricht von Alasdairs bevorstehender Hochzeit gehört hatte, war sie immer wirrer geworden.

Obwohl sie ihm die Zigarette weggenommen hatte, war Thomas auf der Stelle verrückt nach Tara. Er mißdeutete ihren Anfall von Wahnsinn als Lebhaftigkeit und kam zu dem Schluß, daß sie im Bett ebenso hemmungslos sein würde. Und er war sehr beeindruckt von ihrem schlanken Körper, der das Resultat all der Joghurtbecher war, die versehentlich im Abfall gelandet waren. Einen Moment war er unentschlossen, wie er sie anmachen sollte. Aber Thomas war jemand, der keine Umschweife liebte, also entschied er sich für den direkten Weg.

»Kann ich meine Zigarette wiederhaben?« Tara hörte die Frage und blieb mitten in ihrem wilden Tanz stehen. Sie drehte sich um und sah einen Mann, der sich lächelnd vor ihr aufgepflanzt hatte. Sah nicht schlecht aus. Allerdings auch nicht gut. Nicht im Vergleich zu Alasdair.

Doch als sie ihn näher betrachtete, sah sie, daß er glänzendes braunes Haar hatte und eine Verläßlichkeit verheißende kräftige Statur, die in ihr den Wunsch weckte, sich an ihn zu lehnen.

Sein Lächeln blieb und überflutete sie mit Wärme und Bewunderung. »Du bist eine klasse Braut«, sagte er mit einer charmanten Mischung aus Schüchternheit und Selbstsicherheit. »Du kannst die Zigarette behalten.«

Unter normalen Umständen würde Tara die Straßenseite wechseln, um einem Mann, der eine Frau »Braut« nannte, nicht begegnen zu müssen, aber sie hatte eine Menge durchgemacht. Thomas sah sie aus seinen braunen Augen an, und sie war überrascht, darin Hingabe und Respekt zu sehen. Nach dem, wie Alasdair sie behandelt hatte, fühlte sie sich so wertlos wie ein russischer Rubel. Überrascht dachte sie, daß dieser Mann ihren Wert vielleicht neu bestimmen konnte.

Obwohl er mehr Braun trug, als ihrer Meinung nach gut war (schon der kleinste Klecks Braun war, ihrer Ansicht nach, zuviel), fühlte sie sich von ihm merkwürdig angezogen. Als ihr klar wurde, daß sie ihn haben konnte, war die Freude, die sie durchströmte, wie ein Heroinschub.

»Komm, tanzen wir«, sagte sie frech und nahm seine Hand. Obwohl Thomas' erdbraune Kleidung auf der Stelle zu bleiben schien, während er sich bewegte, war Taras Welt plötzlich wie verzaubert. Vor ihr tat sich eine neue Zukunft auf. Zwar würde Alasdair eine andere Frau heiraten, aber es gab noch andere Männer, die sie mochten. Die sich mehr aus ihr machten, als sie sich aus ihnen. Die sie vielleicht heiraten würden. Ihr Schmerz hörte auf, und sie hatte gedacht, er würde nie mehr aufhören. Thomas war ihr Retter. »Es gibt ein chinesisches Sprichwort«, murmelte sie, »danach gehört man dem, der einem das Leben rettet.«

Thomas nickte verständnislos und stieß seinen Freund Eddie in die Rippen. »Sie ist völlig blau. Heute habe ich das große Los gezogen.«

Sie verbrachten von Freitag abend bis Montag morgen in Taras Zimmer die meiste Zeit im Bett. Hin und wieder standen sie auf und kamen zum Fernsehen ins Wohnzimmer. Dann war Tara eng mit Thomas verschlungen und küßte ihn leidenschaftlich, während Katherine und Liv den Fernseher lauter drehten, um die Knutscherei zu übertönen.

»Es klingt, als würden Pferdehufe aus dickstem Schlamm gezogen«, beschrieb Katherine die damit einhergehenden Laute, als sie Fintan anrief, um sich zu beschweren.

Liv nahm ihr den Hörer aus der Hand. »Im Bad haben wir ein Ding mit Saugnäpfen für die Seife«, erklärte sie Fintan. »Wenn man die Saugnäpfe vom Waschbecken reißt, dann macht es genau das Geräusch, das Tara und dieser Mann machen. Können wir rüber zu dir kommen?«

Aber Tara war völlig begeistert von Thomas. »Ich bin verrückt nach ihm«, verkündete sie jedem.

»Verrückt ist genau das richtige Wort«, murmelte Katherine und musterte Thomas kritisch in all seiner braunen Pracht.

6

Die Erinnerung an Alasdair hatte einen solchen Tumult an Gefühlen in Tara ausgelöst, daß sie es kaum erwarten konnte, Thomas zu sehen. Fast rannte sie vom Taxi zur Haustür, doch in ihrer Hast und ihrem alkoholisierten Zustand bekam sie den Schlüssel kaum ins Schloß. Nach dem vierten Versuch war sie endlich in der Wohnung. Sie zupfte sich das Kleid zurecht und rief: »Thomas?«

Er saß im Wohnzimmer, um ihn herum auf dem Sofa lagen vier leere Dosen Newcastle Brown und die Aluform einer Fray-Bentos-Fleischpastete. »Wurde auch langsam Zeit«, brummelte er gutmütig.

»Hast du mich vermißt?« fragte Tara erwartungsvoll, so froh war sie, ihn zu sehen.

»Vielleicht, wer weiß.« Sein Lächeln, bei dem sich lauter Fältchen um die Augen bildeten, verriet nichts. »Aber vielleicht auch nicht. Beryl hat mir ja Gesellschaft geleistet.«

Beryl war Thomas' Katze, die er mit Aufmerksamkeit, Zärtlichkeit und Bewunderung überhäufte. Tara war unendlich eifersüchtig auf die geschmeidige, sorglose, undankbare Weise, mit der Beryl Thomas' Liebesbezeugungen entgegennahm, indem sie sich erst an ihn schmiegte und sich dann von ihm abwandte, als bedeutete er ihr nichts.

»Schöner Abend?« fragte Thomas.

»Ja.« Sie sagte nicht, wie schade es war, daß er nicht gekommen war. Ihre Freunde und ihr Freund vertrugen sich einfach nicht. Sie kannte das zur Genüge, aber nur, wenn die Beteiligten Harmonie zu erzwingen versuchten, wurde daraus ein Problem.

»Ich habe keine Vorspeise gegessen, und du wirst staunen, wenn du meine Geschenke siehst! Guck mal, der Lippenstift. Ist er nicht super?«

»Nicht schlecht.« Er zuckte die Achseln.

Auf dem Couchtisch lagen einige Papiere, die Tara erst jetzt bemerkte. »Oh, Thomas, du hast das Formular für meine Autoversicherung ausgefüllt. Danke! Du weißt, wie sehr mir das zuwider ist.«

»Sag nicht, daß ich nie was für dich tue.« Er grinste. »Und wo wir schon davon sprechen, ich habe für morgen Kinokarten bestellt.«

»Für welchen Film?«

»Lock, Stock and Two Smoking Barrels. Ein Gangsterfilm. Hört sich gut an.«

»Ach.« Sie sah ihn enttäuscht an. »Ich hatte dir doch gesagt, ich würde gern den *Pferdeflüsterer* sehen.«

»Die sentimentale Schnulze guck ich mir nicht an.«

»Aber ...«

Thomas war etwas pikiert, und bevor seine Stimmung, wie so oft, umschlug, sagte Tara schnell: »Na, macht ja nichts. Bestimmt ist der Film auch gut.«

Thomas war schrecklich empfindlich. Seinen Anfang hatte das an einem Sonntag morgen genommen, als er sieben war und seine Mutter mit einem Koffer im Hausflur angetroffen hatte. Auf seine überraschte Frage, wohin sie verreisen wolle, hatte sie lachend erwidert: »Stell dich nicht blöd! Du weißt doch Bescheid.« Er beharrte darauf, er wisse nichts, worauf sie voller Bitterkeit sagte: »Wir trennen uns, dein Dad und ich.« Auf diese Weise erfuhr er davon, und fünfundzwanzig Jahre später war der Schmerz, daß seine Mutter weggehen wollte, ohne sich von ihm zu verabschieden, unvermindert stark.

»Du brauchst nicht mitzukommen, wenn du nicht willst.« Thomas schien verletzt. »Aber wo ich mir schon die Mühe gemacht habe ...«

»Ich will den Film sehen«, versicherte sie ihm. »Wirklich. Danke, daß du Karten bestellt hast. Wer will schon Robert Redford mit seinem alten, runzeligen Gesicht sehen?« Ihr Blick fiel auf eine Tüte Erdnüsse, die Thomas mit seinem Körper fast verdeckte. »Mmhhm, lecker.«

»Finger weg!« Er schlug ihre Hand fort.

»He, ich hab doch Geburtstag.«

»Ich bin dein Gewissen«, sagte er mit dröhnender Stimme. »Eines Tages wirst du mir noch dankbar sein.«

»Du hast recht«, sagte sie traurig.

»Nimm's nicht so schwer, Tara«, tröstete er sie. »Es ist nur zu deinem Besten.«

»Das stimmt.« Sie kramte in ihrer Handtasche. »Oh, Mist. Ich hab keine Zigaretten mehr. Wie kommt das nur? Hast du welche?«

Er zögerte nur einen winzigen Augenblick, bevor er ihr seine Packung zuwarf. Als er sich mit dem Feuerzeug zu ihr beugte, sagte er: »Wir müssen aufhören, Tara.«

»Stimmt.«

»Es kostet uns ein Vermögen.«

»Du hast recht.«

»Drei Pfund am Tag, Tara. Für jeden von uns.«

»Ich weiß.«

»Das sind einundzwanzig Pfund in der Woche. Für jeden von uns.«

»Ich weiß.«

»Das sind achtzig Pfund im Monat. Für jeden von uns.«

»Ich weiß.«

Das sind tausend Pfund im Jahr. Für jeden von uns. Überleg mal, was wir uns dafür kaufen könnten, Tara, sagte Tara zu sich selbst.

»Das sind tausend Pfund im Jahr. Für jeden von uns«, sagte Thomas. »Überleg mal, was wir uns dafür kaufen könnten, Tara.«

Für dich ist es ja okay. Du bist schließlich Computer-Analystin. Du verdienst doppelt soviel wie ich.

»Für mich ist das ja okay«, sagte sie keck. »Ich bin schließlich Computer-Analystin. Ich verdiene doppelt soviel wie du.«

Einen Moment herrschte ein nervöses Schweigen, dann grinste Thomas verlegen.

Düster, wie die Stimme aus dem Off in einem Dokumentarfilm, sagte Tara: »Er war der größte Geizkragen, den ich kannte.«

»Was bleibt mir denn anderes übrig?« erwiderte er heftig.

Alle seine Freunde vom College hatten gute Stellen gefunden und verdienten sagenhaft viel Geld; ihr vierteljährlicher Bonus war oft größer als das Jahresgehalt, das Thomas bekam. Aber Thomas' unverblümte Art kam bei zukünftigen Arbeitgebern in der Industrie, die umschmeichelt werden wollten, nicht gut an. Deswegen war er Erdkundelehrer an einer Gesamtschule in einem westlichen Bezirk von London geworden. Er arbeitete viel, wurde schlecht bezahlt und war bekannt für seine Bitterkeit. Noch bekannter war er allerdings für seinen Geiz. »Ich müßte soviel bekommen wie ein Minister, denn Kinder zu unterrichten ist eine der wichtigsten Aufgaben überhaupt«, sagte er oft. (»Tut mir leid, ich habe meine Brieftasche vergessen. Kannst du mal bezahlen?« war ein anderer Satz, den man ebenso häufig von ihm hörte.) Die ihn kannten, sagten, er habe kurze Arme und tiefe Taschen; er sichere seine Brieftasche mit einem Vorhängeschloß; er sei immer der erste, der aus dem Taxi springe, und der letzte, der eine Runde an der Bar bestelle; er würde den Penny so lange umdrehen, bis einem ganz schwindlig würde.

Aber er tat sich selbst auch keinen Gefallen. Statt eine gewisse Großzügigkeit vorzutäuschen, indem er sein Kleingeld lose in der Hosentasche klimpern ließ wie andere Männer, verstärkte er noch seinen Ruf als Geizhals und steckte die Münzen in ein Portemonnaie, ein kleines, braunes Plastikportemonnaie mit einem Schnappverschluß, wie alte Damen es benutzten. Katherine hatte es ihm einmal entwendet und aufgemacht, bevor Thomas es ihr wieder entreißen konnte. Sie schwor Stein und Bein, daß eine Motte daraus weggeflogen sei.

»Ich finde es furchtbar, daß wir immer pleite sind, Tara«, jammerte Thomas. »Du hörst nicht auf, Geld auszugeben, und ich habe keins zum Ausgeben. Mit dem Rauchen müssen wir jedenfalls aufhören.«

»Der Monatsanfang eignet sich für solche Sachen immer am besten«, sagte Tara, um ihn zu beschwichtigen.

»Wahrscheinlich hast du recht.«

»Und der erste Oktober ist schon vorbei. Also hören wir beide am ersten November auf.«

»Abgemacht!«

Darauf vergaßen sie es beide.

»Zeit, ins Bett zu gehen.« Thomas stemmte sich aus dem Sofa hoch. »Nun komm, mein Geburtstagskind, ich habe ein Geschenk für dich.«

Taras Gesicht leuchtete auf. Doch dann deutete Thomas mit dem Blick auf seinen Hosenschritt. Ach so, das war sein Geschenk.

Sie erinnerte sich an ihren Geburtstag vor zwei Jahren. Damals war sie seit knapp einem Monat mit Thomas zusammen, und weil sie neunundzwanzig wurde, hatte er ihr neunundzwanzig Geschenke besorgt. Zugegeben, manche waren winzig gewesen – eins war eine Schachtel mit bunten Streichhölzern –, und die meisten taugten nichts – wie der rosafarbene Glitzernagellack und die Ohrringe, von denen sich ihre Ohrlöcher entzündeten –, aber daß er die Zeit aufgewendet und sich Gedanken gemacht hatte und die Mühe, jedes Geschenk einzeln einzuwickeln, hatte sie zutiefst gerührt.

Sie seufzte. Das erste Verliebtsein konnte nicht für immer anhalten. Das wußte jeder. In der Dunkelheit schlang sie ihre Arme um ihn und drängte sich an seine kuschelige Wärme; ein Wohlgefühl durchströmte ihren Körper. Sie war geborgen und wurde geliebt, sie war im Bett mit ihrem Geliebten.

7

Obwohl der folgende Tag ein Samstag war, mußte Katherine ins Büro. Bevor sie aufbrach, rief sie ihre Großmutter an, die an dem Tag einundneunzig wurde. Sie zögerte, bevor sie zum Hörer griff. Das hatte nichts mit dem Geburtstagskind zu tun – Katherine liebte ihre Großmutter. Doch nachdem sie gewählt hatte und darauf wartete, daß es in Knockavoy klingelte, betete sie wie jedesmal, daß nicht ihre Mutter Delia an den Apparat gehen würde.

»Hallo«, sagte Delia mit ihrer atemlosen Stimme.

Katherine spürte die übliche Gereiztheit. »Hallo, Mam«, brachte sie heraus.

»Katherine«, sagte Delia erstaunt. »So wahr ich hier stehe! Gerade noch habe ich von dir gesprochen. Stimmt's, Agnes?«

»Nein«, hörte Katherine ihre Großmutter im Hintergrund, »kein Wort hast du von ihr gesagt, es sei denn, du hast Selbstgespräche geführt. Das wäre ja nicht das erste Mal.«

»Ich habe wohl von dir gesprochen«, beharrte Delia. »Ich wußte, daß das Telefon klingeln würde, und ich wußte, daß du es sein würdest. Ich weiß solche Sachen immer. Ich spüre sie im voraus.«

»Das möchtest du gern«, sagte Katherine spöttisch. »Du weißt ganz genau, daß ich immer an Grannys Geburtstag anrufe.«

»Du sollst nicht Granny zu ihr sagen, sie heißt Agnes. Und dir sage ich, seit du auf der Welt bist, daß du mich nicht Mam nennen sollst. Ich heiße Delia.«

Katherines Familie war ungewöhnlich, wenigstens in Knockavoy. Sie kreiste um Delia, Katherines Mutter, die in ihrer Jugend eine wilde, schöne Frau gewesen war. Ihr Denken war sehr unkonventionell, und als Jugendliche in den sechziger Jahren erzählte sie jedem, der bereit war zuzuhören (in Knockavoy herzlich wenige), daß die katholische Kirche Irland im Knebelgriff hielt. Sie kannte keine Furcht.

Als sie siebzehn war, kam sie eines Tages in die Küche – die Hände schmutzig, das schwarze Haar mehr als sonst zerzaust und ein nicht zu verheimlichendes Leuchten in den hellen Augen.

»Was hast du gemacht?« Agnes, ihre Mutter, befürchtete Schlimmes.

»Ich habe den Priester mit Torf beworfen, als er auf seinem Fahrrad vorbeikam.« Delia prustete vor Lachen.

Agnes hastete zum Fenster und sah, wie Father Crimmond, wütend in die Pedale tretend, davonfuhr; an seiner Soutane klebte noch ein Stück Torf.

»Benimm dich anständig! Deinetwegen kriegen wir alle noch Scherereien«, schalt Agnes sie empört und doch seltsam erregt.

»Scherereien sind genau das, was wir hier brauchen«, sagte Delia finster. »Scherereien würden allen hier unendlich guttun.«

Als die Nachricht von der Torfattacke die Runde machte, war das Städtchen in Aufruhr, und zwei stämmige Matronen behaupteten, sie seien glatt in Ohnmacht gefallen. So etwas hätten sie noch nie gehört. In seiner nächsten Predigt erwähnte Father Crimmond den Vorfall indirekt und forderte die Gemeinde auf, für die arme, verwirrte Person, die ihn angegriffen habe, zu beten. »Sie verdient eher unser Mitleid als unseren Spott«, sagte er abschließend, was die Gemeinde enttäuschte, denn sie hatte sich auf eine kräftige Abreibung gefreut.

Delia war in mehreren Gemeinden das häufigste Gesprächsthema. Die Leute schüttelten den Kopf, wenn sie sie kommen sahen, und sagten: »Bei der kleinen Casey ist wohl 'ne Schraube locker«, und: »Die von den Caseys hat sie nicht mehr alle.«

Delias Vater Austin, ein überaus sanftmütiger Mann, vermutete, daß sie ein Wechselbalg sei. Andere argwöhnten mit kühler Vernunft, daß Agnes fremdgegangen war.

Delia rebellierte weiter. Aber keiner schloß sich ihr an, die anderen hatten zuviel Angst. Und da es allein keinen rechten Spaß machte, ging Delia 1966 nach London, wo sich ihr viele andere Möglichkeiten boten, gegen die Gesellschaft aufzubegehren, als lediglich mit festen Brennstoffen auf bewegliche Priester zu werfen.

Der wesentliche Teil ihres Protests floß in Sex und Drogen; beidem gab sie sich ausgiebig hin. Falls jemand anzweifelte, daß es ihr mit dem Bedürfnis zu rebellieren ernst war, bewies sie ihre Entschlossenheit, indem sie schwanger wurde. Nicht nur das, sondern der Mann war auch noch verheiratet und machte keinerlei Anstalten, seine Frau zu verlassen.

Doch plötzlich, zu ihrer eigenen Überraschung, bekam Delia es mit der Angst zu tun. Sie fühlte sich jung, allein und verunsichert. Sie bereute es, Irland verlassen zu haben. Sie bedauerte, je von London gehört zu haben. Sie verfluchte ihr aufsässiges Wesen. Warum war sie nicht so geworden wie die Mädchen, mit denen sie zur Schule gegangen war? Von denen war ein Fünftel in einen Orden eingetreten. Warum hatte sie nicht, genau wie die anderen, Angst vor Fegefeuer und Verdammnis gehabt?

Ihr armer Vater! Er würde sich verpflichtet fühlen, sie mit dem Gürtel zu verprügeln; so gehörte es sich nämlich. Er würde es mit großem Widerwillen tun, weil er ein so sanftmütiger Mensch war, aber Regeln waren dazu da, daß man sie einhielt.

Doch das Schicksal verschonte ihn, denn eine Woche nachdem Delia festgestellt hatte, daß sie schwanger war, erlitt er einen Herzinfarkt und starb. (Er war draußen beim Torfstechen gewesen. Agnes meinte, daß Torf der Familie nichts als Kummer brachte.)

Während der Zugfahrt nach Hause überlegte Delia, wie sie ihre Situation erklären sollte: »Ein neues Leben, das an die Stelle des alten tritt. Dada ist tot, aber ein neuer Mensch kommt zur Welt und nimmt seinen Platz ein.« Sie war nervös. Geschwängert und fallengelassen zu werden hatte ihr den Wind aus den Segeln genommen. Das Prinzip von Freiheit und Ungebundenheit, das ihr in London so wichtig und wahrhaftig vorgekommen war, schien immer weniger überzeugend, je mehr sie sich Knockavoy näherte.

Aber sie mußte warten, bis die Trauergemeinde und auch die ungebetenen Gäste alle Sandwiches aufgegessen und das Faß Portwein geleert hatten und schließlich gegangen waren, bevor sie mit ihrer Neuigkeit herauskommen konnte: »Mama, ich bekomme ein Kind.«

»Das dachte ich mir schon, mein Herz«, sagte Agnes. Sie hatte mit nichts anderem gerechnet. Sie wußte, auf welche Eskapaden sich die Menschen in gottlosen Städten wie London einließen, und war standhaft bereit, die Konsequenzen zu tragen. Nur bedauerte sie, daß sie nicht selbst eine Weile in London leben konnte. Sie hatte schon lange nichts Aufregendes mehr erlebt. Seit dem Ende des Bürgerkriegs nicht, wenn sie es recht bedachte.

Das Kind kam Ende August zur Welt. Da dies der Sommer der freien Liebe war, wollte Delia ihre Tochter Raindrop oder Moonbeam nennen, aber da schritt Agnes ein. »Sie ist der Bastard der Stadt«, sagte sie ruhig, »Gib ihr lieber einen anständigen Namen, damit sie nicht auch noch zum Gespött der Stadt wird.«

Alle erwarteten, daß Delia wieder nach London gehen würde, aber sie blieb in Knockavoy, und keiner verstand, warum. Sie am allerwenigsten. Sie wußte, daß es etwas mit der Panik zu tun hatte, die sie verspürt hatte, als sie merkte, daß sie schwanger war. Nie zuvor hatte sie Angst gekannt, und sie wollte die Bekanntschaft nicht erneuern. Sie lebte zusammen mit ihrer Mutter in dem Haus, in dem sie aufgewachsen war, und zog ihr Kind groß. Sie arbeitete hier und da, im Sommer half sie im Pub, mal sprang sie für den Schulbusfahrer ein, der dem Alkohol verfallen war, und dann ging sie ihrer Mutter bei der Arbeit mit den Hühnern und den Kühen und bei der Feldarbeit auf dem kleinen Hof zur Hand.

Delia war immer noch eine Schönheit, aber zu wild und ungezähmt, als daß ein Mann daran interessiert gewesen wäre, sie und ihre kleine Tochter zu sich zu nehmen. Sie scheute sich nicht, Menschen vor den Kopf zu stoßen, und war mehr denn je eine Außenseiterin. Mit ihren radikalen Ideen bezog sie Stellung zu der Politik in der fernen Welt. Sie organisierte eine Protestversammlung gegen den Vietnamkrieg, die an einem Samstag nachmittag vor Tullys Eisenwarenhandlung stattfinden sollte. Sie hatte das Geschäft als Treffpunkt ausgewählt, weil Curly Tully in den fünfziger Jahren für ein paar Monate in Boston gelebt hatte. Aber die einzigen, die erschienen, waren sie selbst und ihre zwei Jahre alte Tochter Katherine. (Agnes sagte, sie würde Delia gern unterstützen, müsse aber die Kühe melken.) Als es kurz vor fünf war und Delia schon die Segel streichen wollte, sah sie eine Gruppe von sechs oder sieben Menschen auf sich zukommen. Statt ein paar bissige Bemerkungen zu machen und weiterzugehen, blieben die Leute stehen. Delia war hoch erfreut, doch dann stellte sich heraus, daß alle sieben gekommen waren, um Padraig Cronin beim Kauf einer Leiter zu helfen.

Dann startete Delia eine Unterschriftensammlung gegen die Apartheid und versuchte, die Kirchgänger, die aus der Mittagsmesse kamen, zu überreden, die Petition zu unterschreiben. Sie bekam sieben Unterschriften zusammen: ihre eigene, die ihrer Mutter, die ihrer Tochter, die von dem Schwachkopf Tommy Forman, von einem Mr. D. Duck, einem Mr. M. Mouse und einem Mr. J. F. Kennedy.

Ende der siebziger Jahre fing sie an, sich für die Sandinisten zu engagieren, und organisierte einen Basar, um Geld zu sammeln. Vier Menschen besuchten den Basar, der Erlös betrug zwei Pfund und elf Pence.

Sie träumte davon, ein Begegnungszentrum einzurichten. Dann erwog sie, in Knockavoy ein Krisenzentrum für vergewaltigte Frauen aufzubauen, obwohl seit Jahrzehnten keine Frau vergewaltigt worden war.

Sie bot einen Yogakurs an, aber keiner kam. Sie versuchte, einen Kunstgewerbeladen zu eröffnen, aber die Waren ließen sich nicht verkaufen.

Sie trug wallende Kleider, Clogs und Holzperlenketten und behauptete, übernatürliche Kräfte zu besitzen. Sie brachte Katherine bei, sie Delia zu nennen, ermunterte sie, nicht zur Schule zu gehen, wenn sie keine Lust dazu hatte, und auf keinen Fall die Messe zu besuchen, wenn sie das nicht wollte. Noch bevor Katherine gelernt hatte, sich die Schuhe zuzubinden, kannte sie sich bei der menschlichen Fortpflanzung bestens aus.

Natürlich rebellierte Katherine. Sie tat es, indem sie sauber, ordentlich, gehorsam, fleißig und fromm war. Sie war sanftmütig, stellte keine Fragen, befolgte die Anordnungen der Nonnen, kannte ihren Katechismus rückwärts (die höchste Stufe) und erzählte allen, daß der Tag ihrer Erstkommunion der glücklichste Tag ihres Lebens gewesen war.

Delia war fassungslos. »Wenn sie erst mal in die Pubertät kommt«, sagte sie hoffnungsvoll, »dann werden sich die Gene durchsetzen. Sie ist schließlich die Tochter ihrer Mutter.«

Aber sie war auch die Tochter ihres Vaters.

Es gehörte zu Delias freiheitlichen Überzeugungen, daß sie Katherine nie die Lügengeschichte auftischte, ihr Vater sei im Krieg oder bei einem Autounfall oder bei der Feldarbeit (man suche sich das Passende aus) ums Leben gekommen. Schon früh erfuhr Katherine, daß ihr Vater ein eingebildeter bürgerlicher Feigling namens Geoff Melody war, der Delia mit einer Mischung aus Drogen und Beteuerungen, daß er seine Frau verlassen würde, ins Bett gelockt hatte.

Obwohl es weder Kontakt noch Sehnsucht zwischen Delia und Geoff Melody gab, erklärte Delia wiederholt, daß sie es Katherine ermöglichen würde, ihren Vater kennenzulernen, wenn sie das wolle. Doch erst als Katherine neunzehn war, kam sie auf Delias Angebot zurück. Natürlich war Katherines Vaterlosigkeit Anlaß für böse Scherze von ihren Schulkameraden. Zumindest dann, wenn Tara nicht neben ihr stand und sie beschützte. Aber Katherine wußte sich auch allein gut zu wehren, wenn die anderen Kinder – immer Ausschau haltend, ob Tara irgendwo auftauchte – ihren Singsang anstimmten: »Du hast keinen Dada, du hast keinen Dada.«

»Wie kann man etwas vermissen, was man nie gehabt hat?« fragte sie ruhig. Dann lächelte sie geheimnisvoll, während die Kinder verwirrt verstummten und sich abwandten. Warum weinte sie nicht, wenn man sie ärgerte? Warum kamen sich die anderen Kinder dumm vor, und nicht Katherine? Und wo hatte Tara Butler gelernt, einem so gut den Arm umzudrehen?

Als Katherine schließlich, nachdem sie ihren ersten Liebeskummer erlebt hatte, den Wunsch äußerte, ihren Vater kennenzulernen, gab Delia ihr bereitwillig seine letzte bekannte Adresse. »Sie ist zwar zwanzig Jahre alt, aber wahrscheinlich lebt er immer noch da«, sagte sie. Und konnte es sich nicht verkneifen, böse hinzuzufügen: »Es würde mich nicht wundern, so wie er war.«

Agnes kam ans Telefon und sprach mit Katherine. Sie sagte, es sei ein wunderbarer Geburtstag, und dankte Katherine für das Paar Seidentücher. »Ich kann sie gut gebrauchen«, sagte sie. Und das stimmte auch. Am Abend zuvor war der Haken von der Tür zum Hühnerhaus abgefallen, und die Tücher eigneten sich bestens dazu, den Rahmen am Pfosten festzumachen.

»Wie ist das Leben in London?« fragte Agnes schüchtern. »Immer noch gottlos?«

»Und wie, Granny«, sagte Katherine überschäumend. »Schlimmer als je zuvor. Warum kommst du mich nicht besuchen, dann erlebst du es selbst?«

»Ach was«, sagte Agnes. »Vielleicht ist es gar nicht so schlimm, wie du sagst, und dann bin ich nur enttäuscht. Nein, nein, ich bleibe lieber hier und male es mir aus.«

8

Katherine verließ das viktorianische Reihenhaus aus rotem Backstein, das in Etagenwohnungen umgewandelt worden war. Hier hatte sie eine Wohnung im ersten Stock. Als sie vor die Tür trat, verrenkte sich der Fahrer eines vorbeikommenden Autos derart den Hals nach ihr, daß er fast den Bordstein mitgenommen hätte. In ihrem grauen Kostüm sah sie frisch und adrett aus, ihre Haare waren perfekt gefönt, und keins hätte gewagt, aus der Reihe zu tanzen. Am Gartentor verharrte sie einen Moment und ließ ihren Blick über den staubblauen Karmann Ghia gleiten. Katherine war ungeheuer stolz auf ihr Auto und hätte es geküßt, wenn sie sich nicht vor den Blicken etwaiger Nachbarn, die schon früh auf waren, gefürchtet hätte.

Ihre Freunde waren oft überrascht, wenn sie Katherines elegantes Auto sahen. Offenbar wußten sie nicht, daß Katherine zu den Menschen gehörte, die ihre Ziele hoch steckten. Wenn sie sich welche steckten.

Ihre Freunde waren auch überrascht, daß Katherine ein derartig unzuverlässiges Auto besaß. Der Karmann Ghia war das einzig wilde Element in ihrem sonst so wohlgeordneten Leben. Und obwohl der Wagen ihren Gefühlen und ihrem Konto heftig zusetzte, blieb Katherine ihm treu. Sie verbrachte soviel Zeit in der Werkstatt, daß sie mit Lionel, dem Mechaniker, scherzte, sie würde ihr erstes Kind nach ihm nennen. Er war sehr angetan von der Idee, und sie fand es überflüssig, ihm zu sagen, daß sie keine Absicht hatte, Kinder zu bekommen.

Normalerweise fuhr Katherine nicht mit dem Auto zur Arbeit, aber es war Samstag und die Straßen waren leer, so daß sie es ausnahmsweise doch tat. Sie war erstaunt, daß sie vor der Tür von Breen Helmsford, der Werbeagentur, wo sie Prokuristin war, einen Parkplatz fand.

»Dem Herrn sei Lob und Dank«, murmelte sie. »Ein Wunder.«

Nicht nur das Auto überraschte Katherines Freunde, sondern auch die Tatsache, daß sie in einer Werbeagentur arbeitete. Sie fanden Katherine nicht dynamisch und forsch genug, ihrer Meinung nach war sie zu ernst und zurückhaltend. Zum Glück verlangte es ihre Arbeit als Prokuristin nicht, daß sie pausenlos begeistert war und mit Sätzen um sich warf wie: »Dann wollen wir ihnen das mal hinknallen – mal sehen, ob jemand Blut leckt.« Im Gegenteil, ihr Job bestand darin, die schlimmsten Exzesse in Schach zu halten, die Spesen der Mitarbeiter zu drosseln und auf Quittungen für Taxifahrten zu bestehen; sie mußte nachhaken, wenn jemand ein Wochenende für zwei in einem Hotel auf dem Lande und eine Bestellung für neun Flaschen Champagner absetzen wollte, und sie mußte darauf hinweisen, daß es eine doppelte Spesenabrechnung war, wenn man sowohl die Rechnung für ein Essen in einem Restaurant als auch den Kreditkartenbeleg für dasselbe Essen einreichte, und daß das einen, wenn auch winzigen, Betrug darstellte. Obwohl sie als Prokuristin sich eigentlich nicht mit diesem Kleinkram befassen sollte, traute sie es ihren Buchhaltungsgehilfen nicht zu, derlei Betrügereien herauszufischen.

»Morgen, Katherine«, rief Desmond, der Portier, ihr zu, als sie zu den Aufzügen ging. »Müssen Sie für diese Penner am Wochenende arbeiten?«

Doch statt in bitteren Worten ihr ungerechtes Los zu beklagen wie die anderen Angestellten, die samstags ins Büro kamen, lächelte Katherine einfach freundlich und erwiderte: »Na ja, einer muß es ja machen.«

Desmond war verblüfft. »Eigenartiges Mädel«, sagte er zu sich. »Und kein junger Mann, der auf sie wartet, das sieht man ja. Warum sollte sie sonst so fröhlich sein, wenn sie am Samstag zur Arbeit kommen muß? Das ist doch kein Leben für eine junge Frau«, seufzte er.

Breen Helmsford, im Vergleich zu anderen Werbeagenturen ein kleines Unternehmen, hatte ungefähr siebzig Mitarbeiter, die auf zwei Etagen eng gedrängt ihre Großraumbüros hatten. Ein paar Glaskästen für die Büros der höheren Angestellten waren dazwischengestreut.

Als Katherine das Büro betrat, waren viele der Mitarbeiter schon da. Außer Katherines Assistenten, Breda, Charmaine und Henry, war auch eine Gruppe »Kreativer« da, die fanden, daß sie die eigentliche Arbeit leisteten, im Gegensatz zu diesen umständlichen Bürokraten, die ihnen aus nicht einsehbaren Gründen ihre Spesen vorenthielten. Die Kreativen – eine Bande junger Männer mit einem unglaublich ausgeprägten Trendbewußtsein, daß man denken könnte, sie hätten das gesamte Lager von Duffer of St. George aufgekauft – stellten eine Präsentation für eine Tampon-Firma zusammen, die sie am Montag vorlegen sollten. Es gab viele Bilder von strahlenden jungen Mädchen, die auf dem Mond landeten und in einer gelben, den Planet Venus darstellenden Landschaft, unterlegt von Bruchstücken aus George Michaels »Freedom«. Als werbewirksame Sätze wurden vorgeschlagen: »Ich wette, sie trinkt Carling Black Label« und: »Das beste Produkt für weibliche Hygiene im Universum.«

Es gab zwei unumstößliche Regeln für die Tamponwerbung: Das Produkt wird, wenn überhaupt, nur in euphemistischen Worten erwähnt, und die Farbe Rot darf nirgends auftauchen.

Alle sahen automatisch hoch, als Katherine hereinkam, und als sie sahen, wer es war, senkten sie die Blicke wieder. Katherine war bei ihren Kollegen nicht besonders beliebt. Sie war auch nicht unbliebt. Aber weil sie nicht an mehreren Abenden in der Woche mit in den Pub ging und auch nicht mit allen männlichen Kollegen schlief, existierte sie nicht richtig.

Sex stand bei Breen Helmsford ziemlich weit oben auf der Liste. Da die Mitarbeiter häufig feststellen mußten, daß sie mit jeder Frau in der Firma geschlafen hatten, sorgte die Ankunft einer neuen Aushilfskraft für mehr Aufregung als ein neuer Auftrag. Zum Glück wurden die Kreativen mit atemberaubender

Geschwindigkeit eingestellt und wieder gefeuert, so daß es immer wieder frisches Blut gab und unbekannte Menschen, mit denen man schlafen konnte.

Katherine wurde die Eiskönigin genannt. Das wußte sie, und ihr einziger Einwand war, daß sie von einer Werbeagentur mehr Einfallsreichtum erwartet hatte.

Joe Roth, der Leiter der Tampon-Gruppe, stand mit fünf anderen zusammen, die leidenschaftlich über das Thema diskutierten: »Das weiß doch jeder, daß du mit einem Tampon Bungee-Springen kannst«, und: »Klar, Bungee-Springen ist doch ein alter Hut«, und: »Raumfahrt ist doch auch kein heißes Thema!« Er sah Katherine hinterher, die zu ihrem Schreibtisch ging und den PC anstellte. »Gar nicht so übel, Jungs«, lobte er sein Team. »Ich persönlich würde diese Tampons sofort kaufen. Eigentlich schade, daß ich keine Menstruation habe. Jetzt entschuldigt mich bitte«, sagte er dann, den Blick immer noch auf Katherine geheftet, »Zeit für meine tägliche Abfuhr.«

Joe Roth war von Katherine fasziniert. Er war erst seit drei Wochen bei Breen Helmsford, und in jedem anderen Beruf bedeutete das, daß er gerade erst angefangen hatte. Aber in der Werbebranche zählten die Jahre wie Hundejahre. Da reichten drei Wochen gewöhnlich aus, um einen größeren Auftrag an Land zu ziehen, zweimal befördert zu werden, eine Erwähnung in *Campaign* zu bekommen, mit der Frau des Chefs im Bett erwischt zu werden, einen wichtigen Auftrag zu verlieren und gefeuert zu werden. Auf jeden Fall schienen Joe drei Wochen genug, um bei Katherine ans Ziel zu kommen, aber er war sich nicht sicher, daß er überhaupt Fortschritte machte.

An seinem ersten Tag hatte ihn Fred Franklin, sein neuer Vorgesetzter, der um die Vierzig, übergewichtig und ein starker Biertrinker war und aus Nordengland stammte, zur Seite genommen. Zunächst fand er heraus, welchen Fußballverein Joe unterstützte – Arsenal –, dann gab er ihm ein paar weise Ratschläge für seinen neuen Job. Wo die Kaffeemaschine stand, wie man die Spesen manipulierte und, besonders wichtig, an welche Frauen er sich heranmachen sollte. »Martini da drüben«, erkärte Fred und zeigte auf eine lange Rothaarige mit großen Zähnen, »ist leicht zu haben.«

»Ich dachte, sie heißt Samantha«, sagte Joe.

»Ja, technisch gesehen stimmt das«, gab Fred zu, »aber wir nennen sie Martini, weil sie immer, jederzeit und überall Lust drauf hat. Sie ist phantastisch«, sagte Fred begeistert. »Sie macht alles. Einfach alles. Und sie legt keinen Wert auf den Kram, den die Frauen sonst wollen.«

»Du meinst Blumen und Pralinen?« fragte Joe.

»Ich meine, daß man sie anruft, daß man ihren Namen noch weiß. Sie will einfach nur Sex. Sie läßt einen sogar das Fußballspiel sehen, während man sie vögelt. Sie ist phantastisch«, sagte Fred noch einmal, und dann sprach er das größte Lob aus, das er einer Frau machen konnte: »Sie ist wie ein Typ mit Titten.«

Dann zeigte er auf eine kleine Frau mit blondem Lockenkopf.

»Und Flora da drüben hat eine großartige Nummer drauf mit Babyöl und einem kalten Waschlappen, aber sie ist ziemlich schwierig. Sie hat meine Frau angerufen und es ihr erzählt –«

»Ich dachte, sie heißt Connie«, unterbrach Joe ihn.

»Das stimmt«, bestätigte Fred, »aber wir nennen sie Flora, denn bei ihr –«

»– geht es wie geschmiert«, vollendete Joe.

Fred grinste Joe breit an. »Du hast es erfaßt! Ich glaube, es wird dir bei uns gefallen.«

Joe war sich da nicht so sicher. »Und was ist mit ... ehm ... Katherine da drüben, der Prokuristin?« fragte er beiläufig.

»Mit wem?«

»Du weißt schon, die hübsche Schlanke, die immer im Kostüm kommt.«

»Hübsch?« Fred war verdattert. »Schlank? Meinst du Mämä?«

Er deutete auf eine dunkelhaarige junge Frau, die so mager war, daß ihre Beine nicht viel dicker als ihre Arme waren. »Auf die bin ich nicht so scharf. Du kannst sie aber dazu bringen, daß sie das mit der Zahnpasta macht, wenn sie dir einen bläst. Aber schlucken tut sie nicht, das muß ich dir fairerweise gleich sagen. Sie hat Angst, daß sie zu dick wird.«

»Heißt sie nicht Deirdre?« fragte Joe.

»Doch, doch.« Fred nickte zustimmend. »Wir nennen sie Mämä, weil sie immer so schlecht gelaunt ist und an allem rummäkelt. Wenigstens kann sie nicht viel sagen, wenn sie deinen Schwanz im Mund hat.«

»Verstehe«, sagte Joe. »Aber die meine ich gar nicht. Ich meine die kleine Irin.«

Fred war so verdattert, daß es ihm schier die Sprache verschlug. »Die!« rief er schließlich. »Diese vertrocknete alte Schachtel!«

»Sie ist bezaubernd«, sagte Joe überrascht.

»Von wegen bezaubernd«, gab Fred zurück. »Sie macht's nicht! Mit der würde ich meine Zeit nicht verschwenden, mein Guter. Nicht, wenn du all diese scharfen Weiber haben kannst. Ich könnte mir denken, daß Katherine eine Lesbe ist.«

»Sie wollte also nicht mit dir?« fragte Joe mitleidig.

»Nicht nur mit mir nicht«, sagte Fred aufgebracht, »sie macht es mit keinem. Sie ist die reinste Platzverschwendung. Und guck dir doch mal ihre Klamotten an. Wie eine Nonne!«

Katherine kam immer in einem schmal geschnittenen Kostüm und einer gebügelten weißen Bluse zur Arbeit. Auch einige der anderen Frauen bei Breen Helmsford trugen Kostüme, aber bei ihnen war es ein ironisches Statement. Ihre Kostüme waren sexy, modisch, bunt, mit kurzen Röcken. Katherine hingegen riskierte nichts und trug Röcke, die zwei Fingerbreit über dem Knie endeten.

Aber Joe hatte sichere Anzeichen dafür entdeckt, daß darunter eine Frau steckte. Ein schwacher Abdruck auf dem maßgeschneiderten Rock deutete an, daß sie Strümpfe und Strapse trug und keine langweiligen Strumpfhosen. Der fehlende Gummizug, der sich sonst auf ihrem Unterleib abzeichnen müßte, bestätigte seine Vermutung. Manchmal, wenn er ihr gegenübersaß und sich tadeln lassen mußte, weil er seine Restaurantbelege nicht aufgehoben hatte, erahnte er einen Spitzenrand unter ihrer gestärkten weißen Bluse, woraufhin er beschloß, das nächste Mal wieder seine Belege zu verlieren. Und dies war der elfte Arbeitstag hintereinander, an dem er zu ihr ging und sich auf die Kante ihres Schreibtisches setzte.

Er war groß – ungefähr ein Meter dreiundachtzig – und dazu schlank. Seine Kleider hingen lose an seiner hageren Gestalt und wirkten beiläufig und elegant. An dem Tag trug er schwarze Armeehosen und ein langärmliges T-Shirt. Um ihn ansehen zu können, mußte Katherine sich so weit zurücklehnen, daß sie sich fast das Genick brach.

»Morgen, Katie«, sagte er mit einem breiten Lächeln. »Was treibt Sie an einem Samstagmorgen hierher?«

Katherine war sprachlos, daß er sie Katie nannte. Im Büro achtete sie auf eine deutliche, bewußte Distanz. Keiner nannte sie Kathy oder Kate oder Katie oder Kath oder Kit oder Kitty. Sie war für alle Katherine. Am liebsten wäre es ihr, man würde sie Ms. Casey nennen, aber sie wußte, daß sie damit zu weit ginge. Breen Helmsford bemühte sich sehr um ein unkonventionelles Image, zu dem Nachnamen nicht paßten. Selbst der Geschäftsführer der Agentur, Mr. Denning, bestand darauf, Johnny genannt zu werden. (Obwohl er eigentlich Norman hieß.)

Nur die Putzfrau wurde mit Nachnamen angeredet. Sie war Kettenraucherin, hatte einen heiseren Husten und einen versteinerten Gesichtsausdruck. Sie beklagte sich bitter über die Unordnung. Alle lebten in Angst und Schrecken vor ihr und wagten es nicht, zu vertraulich mit ihr zu werden. Bestimmt war sie als Mrs. Twyford zur Welt gekommen.

Katherine sah Joe mit ihrem furchteinflößenden Blick der Stufe vier an. Der, den dieser Blick unerwartet traf, erstarrte vor Angst. Der Blick war nur ein, zwei Stufen unter dem Medusenblick, und manchmal jagte sie sich selbst einen Schrecken ein, wenn sie ihn im Schlafzimmer vor dem Spiegel ausprobierte. Aber bevor sie ihm mit eisiger Miene mitteilen konnte, daß es niemandem gestattet war, eine Abkürzung ihres Namens zu benutzen, fragte Joe mit einem Zwinkern in seinen freundlichen braunen Augen: »Oh, Zahnschmerzen? Das ist schlimm! Oder haben Sie etwas im Auge?«

»Weder noch«, murmelte Katherine und entspannte das zur Maske erstarrte Gesicht mit den zu Schlitzen verengten Augen und den gefletschten Zähnen.

»Und warum sind Sie heute hier?« fragte Joe.

»Normalerweise arbeite ich am Wochenende nicht«, sagte sie höflich und sah zu ihm auf, »aber das buchhalterische Jahr geht zu Ende, und ich habe viel zu tun.«

»Ich bin hingerissen von Ihrem Akzent«, sagte Joe mit einem Lächeln wie ein Sonnenstrahl. »Ich könnte Ihnen den ganzen Tag zuhören.«

»Ich fürchte, dazu werden Sie nicht die Gelegenheit haben.« Katherines Lächeln war eisig.

Joe sah sie leicht konsterniert an, dann wagte er einen neuen Versuch. »Hat es einen Sinn, Sie zu bitten, mit mir zum Lunch zu gehen?«

»Überhaupt keinen«, sagte sie kurz. »Warum lassen Sie mich nicht einfach in Ruhe?«

»Warum ich Sie nicht in Ruhe lasse? Das kann ich Ihnen sagen. Wie ein weiser Mann einst sagte – Augenblick mal, wie hat er das genau gesagt ...?« Joe starrte angestrengt in die Ferne. »Ach ja! ›Sie läßt mich nicht mehr los.‹«

»Tatsächlich? Nun, in den Worten eines meiner Helden, des großen Humanisten Rhett Butler«, gab Katherine schlagfertig zurück, »sage ich darauf: ›Frankly, my dear, I don't give a damn.‹«

»Oh, sie ist grausam, so grausam«, stöhnte Joe und lief vor Katherines Schreibtisch auf und ab, als wäre ihm ein Dolch zwischen die Rippen gestoßen worden.

Sie sah ihn mit geübter Verachtung an. »Wenn Sie mich bitte entschuldigen wollen, ich habe zu tun«, sagte sie und wandte sich dem Bildschirm zu.

»Wie wär's mit einem Drink nach der Arbeit?« fragte er munter.

»Welchen Teil von dem Wort ›nein‹ verstehen Sie nicht? Das N, das E, das I oder das letzte N?«

»Sie brechen mir das Herz.«

»Gut.«

Er starrte sie bewundernd an. »Sie sind die faszinierendste Frau, der ich je begegnet bin.«

»Sie sollten mehr unter Leute gehen.«

Joe war intelligent genug, um zu wissen, daß er seine Zeit verschwendete. »Keine weiteren Fragen«, sagte er forsch, wie ein junger, ehrgeiziger Anwalt, der ein Kreuzverhör abschloß. Er hoffte, Katherine würde lachen. Sie lachte nicht. Joe trat den Rückzug an. »Ich muß mit jemandem ein paar Dinge über Tampons bereden. Aber wie der große Weise und Philosoph Arnold Schwarzenegger einmal sagte ...«, und er machte eine Pause, um die Spannung zu erhöhen, dann lehnte er sich zu Katherine hinüber und flüsterte mit heiserer Stimme: »›... ich komme wieder ...‹«

Er lächelte ihr zu und ging. Ja, sie wurde zusehends lockerer. Viel gesprächiger als am Anfang, kein Zweifel. Wenn er weiterhin solche Fortschritte machte, würde sie ihn spätestens in zehn Jahren mit einem Lächeln belohnen.

Katherine sah ihm nach. Ihr war bewußt, daß sie ohne Grund grausam gewesen war, aber sie mußte zugeben, daß es ihr Spaß gemacht hatte. Schuldbewußt dachte sie, vielleicht könnte sie sich mit ihm auf einen Drink treffen. Kam gar nicht in Frage, beschloß sie dann. Sie brauchte nur daran zu denken, wie es beim letzten Mal ausgegangen war. Und das Mal davor.

»Nimm ihn dir!« sagte Charmaine. »Er ist ein Schatz!«

Katherine drehte sich um und wollte sie zurechtweisen.

»Ich weiß, ich weiß«, sagte Charmaine, bevor Katherine anfangen konnte zu sprechen, »ich soll den Mund halten und mit der Arbeit im Steinbruch weitermachen.«

Am Nachmittag sah Joe, wie Katherine zu einem Karmann Ghia ging, die Tür aufschloß und ihren kleinen Po auf den Fahrersitz schwang. Er sah ihr wie gebannt nach, als sie davonfuhr, und seine Bewunderung stieg um das Zehnfache. Eine Frau mit einem schönen Körper war ein Genuß fürs Auge, aber eine Frau mit einem schönen Auto ...

9

»Zieh das rote Kleid an«, drängte Thomas sie, »darin siehst du echt sexy aus.«

»Aber wir gehen doch nur ins Kino.« Es war schon eine Weile her, daß Tara das Kleid getragen hatte, und sie befürchtete, daß sie seitdem ziemlich zugenommen hatte.

»Ach, mach schon.«

»Nach dem Essen«, versprach sie, in der Hoffnung, daß er dann nicht mehr daran denken würde. »Es ist serviert!«

Sie führte ihn zum Tisch, auf dem die Kerzen brannten.

»Hirtenpastete?« fragte Thomas mißtrauisch.

»Das Besondere daran ist«, sagte Tara fröhlich, »daß meins 127 Prozent kohlehydratfrei ist, aber deins ist die normale Vollfettausgabe.«

»Klasse!«

»Mach doch den Fernseher aus.«

»Aber es kommt *Gladiators*.«

»Du hast recht.«

Und während die Kerzen vor sich hinbrannten, aßen sie schweigend und sahen sich *Gladiators* an. Als Thomas es unterließ, mit schmachtendem Blick zu sagen: »Diese Ulrika Johnson sieht toll aus«, fand Tara, daß es ein geeigneter Moment sei zu sagen: »Wie romantisch das ist. Wir sollten das öfter machen.«

Nachdem jeder seine Portion Philadelphia-Cheesecake mit Blaubeeren gegessen hatte (Taras 210 Prozent ohne Fett, Thomas' die normale Version), forderte Thomas Tara erneut auf, ihr rotes Kleid anzuziehen. Ahnungsvoll ging sie ins Schlafzimmer und stellte fest, daß sie, wie sie vermutet hatte, dicker geworden war, seit sie das Kleid das letzte Mal getragen hatte. Mit eingezogenem Bauch und angehaltenem Atem zeigte sie sich Thomas.

»Laß mal sehen«, sagte er stolz.

Er musterte sie von oben bis unten, und Tara bemerkte, daß sein Blick zu lange auf ihrem Bauch verweilte. Als sie an sich heruntersah, mußte sie feststellen, daß das Kleid spannte, aber sie konnte den Bauch nicht noch mehr einziehen. Sie hoffte inbrünstig, daß Thomas' Stimmung nicht umschlagen würde, weil sie dicker geworden war. Sie war deprimiert, weil sie zunahm, aber Thomas war noch deprimierter, und obwohl er ein umgänglicher Mensch war, wenn er gute Laune hatte, war er nahezu unerträglich, wenn er schlechte Laune hatte.

»Irgendwie sieht es anders aus«, fand Thomas verwirrt und verärgert.

Zwei Jahre zuvor, als er und Tara sich zusammentaten, hatte er sein Glück kaum fassen können. Er gab ihr die volle Punktzahl für ihr blondes Haar, die üppigen Brüste, die schmale Taille und die schlanken Hüften und Beine. Wie so viele Männer, die von der Boulevardpresse indoktriniert waren, hatte er hohe Ansprüche und feste Vorstellungen von den »Qualitäten«, die die ideale Freundin haben sollte.

Doch sobald Tara sich als Freundin eines anderen Mannes einzurichten begann, trat der Horror von Alasdairs Zurückweisung in den Hintergrund, und sie fing wieder an zu essen. Sie nahm viel schneller zu, als sie je abgenommen hatte, und Thomas war bitter enttäuscht. Warum hielten Frauen nie das, was sie versprachen? In dem Versuch, die Vollkommenheit des Anfangs wiederherzustellen, gab er sich viel Mühe, Tara zum Abnehmen zu bewegen. Er drängte sie, joggen zu gehen oder in ein Fitneß-Studio, und er machte ihr ein schlechtes Gewissen, wann immer sie etwas aß. Dabei war er selbst keineswegs gertenschlank. »Seht euch ihn an«, sagten die Frauen in der Schulkantine. »Besonders donnerstags.« (Da gab es süßen Reisauflauf.) »Am liebsten würde er den Kindern ihren Teil wegessen.«

Doch obwohl er selbst eher vollschlank war, hatte seine anfängliche grenzenlose Hingabe an Tara in dem Maße abgenommen, wie sie zugenommen hatte. »Ach, Tara«, brummte er und betrachtete sie in dem roten Kleid von allen Seiten. »Du siehst aus, als wärst du im sechsten Monat. Als wir uns kennenlernten, warst du furchtbar sexy.«

»Das würde ich so nicht sagen.« Sie lachte.

»Doch, du warst sexy. Aber wenn wir uns jetzt kennenlernen würden, hätte ich kein Interesse.«

»Das kann ich dir nicht verübeln«, entgegnete sie gutmütig. »Ich würde auch nichts mit mir zu tun haben, wenn ich die Wahl hätte.«

»Im sechsten Monat«, sagte er und deutete auf ihren Bauch. »Danach sieht es aus.«

»Eher sieben«, gab sie mit einem bedauernden Grinsen zurück. Aber als er nicht lachte, riskierte sie es und sagte: »Wäre das nicht zum Schreien, wenn sich herausstellte, daß ich tatsächlich schwanger bin? Was würden wir dann tun?«

Sie hoffte, ihn so aus seiner düsteren Stimmung zu holen. Ganz sicherlich rechnete sie nicht damit, daß er »Wir?« sagen würde, als hätte er das Wort im Leben noch nicht gehört.

»Wir?« sagte er wieder, mit noch größerer Überraschung. »Was wir würden tun?«

»Natürlich, wir.« Lachend verdrehte sie die Augen, weil er so begriffsstutzig war. »Du weißt schon, wir – die beiden Menschen, die dafür verantwortlich sind.«

Thomas schnaubte abfällig. »Ich hätte nichts damit zu tun.«

»Schlaflose Nächte, schmutzige Windeln.« Sie schüttelte sich. »Wer kann dir das verübeln? Wahrscheinlich würde das arme Kind elendiglich zugrunde gehen.«

Und damit hoffte sie, das Gespräch beendet zu haben. Aber es gab nicht einfach auf und stellte sich tot, denn Thomas wiederholte in demselben provozierenden Ton: »Ich hätte nichts damit zu tun.«

Sie wußte, daß es ein Fehler war, aber sie mußte mit ganz leiser Stimme fragen: »Wie meinst du das?«

»So wie ich es gesagt habe. Ich hätte nichts damit zu tun.«

Tara spürte, wie furchtbare Angst in ihr hochkroch. Das Ganze sollte doch nur ein Witz sein, aber Thomas lachte nicht.

Laß es gut sein, sagte ihr Verstand. Hör auf damit! Beschwör nichts herauf, was nicht wieder weggeht. Er meint es nicht ernst. Und wenn doch, dann willst du es nicht wissen.

»Du meinst, du würdest...« Sie machte eine Pause und sagte dann nicht: »... mich nicht heiraten?« Sie hatte Alasdair mit dieser Idee vertrieben und sich geschworen, bei Thomas den Fehler nicht noch einmal zu machen. Also sagte sie: »Du meinst, du würdest nicht zu mir stehen?« Und brachte ein kümmerliches, wenig überzeugendes Lächeln zustande.

Thomas setzte sich aufs Sofa und starrte sie an. Tara bereute es zutiefst, daß sie den Mund aufgemacht hatte. Sie hatte ein schreckliches Gefühl von déjà vu, eine entsetzliche Vorahnung von dem, was kommen würde.

»Ich weiß nicht«, sagte er tonlos.

Tara kam es vor, als stürzte sie in ein tiefes Loch und würde von einem kalten Wasserfall der Angst fortgerissen. »Du würdest doch bei mir bleiben und dich um mich kümmern, oder?« fragte sie verzweifelt. Sie hörte ihre eigene Stimme wie gedämpft, als wären ihre Ohren verstopft.

Und wieder starrte er sie an. »Ich glaube nicht, daß ich das würde«, sagte er, als wäre ihm soeben eine Erleuchtung gekommen.

Es ist doch kein Wunder, dachte sie atemlos. Wie kann er auch Vertrauen in die Familie haben, nach dem, was mit seinen Eltern geschehen ist?

Das tröstete sie aber nicht.

»Aber du liebst mich doch«, beharrte sie.

»Ja schon, aber ...«

»Würdest du mir Geld geben für das Kind?« krächzte Tara, panikerfüllt, als ginge es um ein echtes Baby.

»Tara, du verdienst doppelt soviel wie ich«, sagte er bitter.

»Das stimmt«, gab sie beschämt zu.

Sie schwiegen, während sich zwischen ihnen eine schreckliche Spannung aufbaute.

In Taras Kopf wüteten wilde Fragen: Was bedeutete das? Was für eine Zukunft hatten sie?

»Aber wenn –«, hob Tara an und brach ab. Warum einen Sturm entfesseln, den man nicht bändigen konnte? »Die Diskussion ist müßig, denn ich bin ja gar nicht schwanger«, rief sie, rang sich ein Lächeln ab und bemühte sich verzweifelt, die Kluft wieder zuzuschütten. Schnell, schnell, bevor er etwas merkte. Schnell, schnell, bevor sie etwas merkte. »Dick meinetwegen, aber nicht schwanger. Wozu sich Gedanken machen?«

Thomas sah sie befremdet an. Fast verwirrt. Als ob auch er Fragen wälzte. Er machte den Mund auf, um etwas zu sagen.

»Wir müssen gehen«, platzte sie heraus und schnitt ihm das Wort ab. »Sonst kommen wir zu spät.«

Er zauderte einen Moment, die Worte lagen ihm schon auf der Zunge. Doch zwischen dem Einatmen und dem Sprechen erstarb das gefährliche Licht in seinen Augen. »Ist gut«, sagte er und legte den Arm um sie, »gehen wir.«

Sie sprachen nicht mehr davon. Aber nach dem Film gingen sie nicht, wie sie es sonst häufig taten, zu einer Party oder in einen Club, sondern nach Hause, wo sie fernsahen, rauchten und schweigend eine Flasche Wein tranken. Als die Flasche leer war, ging Tara in die Küche und mixte sich heimlich einen großen Gin Tonic. Dann einen zweiten und einen dritten. Sie trank so viel, daß es einen Elefanten umgeworfen hätte, aber sie wurde nicht fröhlich.

In der Nacht, während Thomas schnarchend neben ihr lag, machte sie in ihrer Trunkenheit Pläne. Obwohl sie nicht darüber nachdenken wollte, wußte sie, daß das Gespräch an dem Abend eine Warnung gewesen war. Sie mußte sich einfach größere Mühe geben, den gequälten, verletzten Mann an ihrer Seite glücklich zu machen.

Es stand in ihrer Macht. Am Anfang war er verrückt nach ihr gewesen. Verrückt nach ihr. Wie sehr wünschte sie sich, diese glücklichen Tage wiederaufleben zu lassen, als er ständig gelächelt und ihr immer wieder beteuert hatte, was für eine tolle Braut sie war! Als sie Tag und Nacht Sex miteinander hatten. Als er sagte, sie habe die beste Figur von allen Frauen, die er je gekannt hatte. Als sie sich bewundert, begehrt und mächtig gefühlt hatte.

Sie wußte nicht, wann sie in die gegenwärtige flaue Phase geraten waren. Aber das war nur vorübergehend. Bald würden wieder bessere Zeiten anbrechen. Sie mußte sich nur ein bißchen mehr bemühen.

Sie knirschte mit den Zähnen und schwor sich, ernsthaft abzunehmen. Und weil ihn ihre Verschwendungssucht ärgerte, würde sie aufhören, soviel Geld auszugeben. Sie würde jede Menge sexy Unterwäsche kaufen. Billige sexy Unterwäsche, das war ja klar, wenn sie sparsamer leben wollte. Sie würde sich in einen Vamp verwandeln, Thomas zu Boden werfen, sobald er von der Arbeit nach Hause kam, und im Flur mit ihm Sex haben. Sie würde ihm köstliche Sachen kochen, aber nichts für sich selbst.

Sie starrte in die Dunkelheit und überlegte sich krampfhaft, was sie ganz Besonderes für Thomas tun konnte. Was war das Netteste, das ein Mensch je für sie getan hatte? Wenn sie ehrlich war, dann war ihr das Netteste, an das sie sich erinnern konnte, passiert, als sie neun war. Sie hatte ihre Mutter angefleht, ihr einen Jeansrock mit passender Weste zu kaufen, wie sie es in *Jackie* gesehen hatte, aber ihre Mutter hatte nie genug Geld und konnte sich das nicht leisten. Statt dessen fuhr sie mit dem Bus nach Ennis, kaufte ein Schnittmuster und ausreichend Jeansstoff, um Rock und Weste zu nähen. Und das tat sie nach Taras Anweisungen, bis hin zu »zwei orangefarbenen Nähten um die Ränder«, auf denen Tara bestand, »und man muß sie sehen.« Und obwohl es gegen Fidelmas Ehre ging, einen Saum zu nähen, den man mit bloßem Auge sehen konnte, schluckte sie und nähte und machte es genau nach Taras Anweisungen, weil Tara es sich so gewünscht hatte. Das war das Netteste, was je einer für sie getan hatte, fand Tara.

Selbst als ihr Vater über den Rand seiner Zeitung hinweg verächtlich sagte: »Man kann eine Ziege in Seide kleiden, aber sie ist und bleibt eine Ziege«, konnte das ihre Freude über die neuen Kleider nicht schmälern.

Allerdings konnte Tara sich nicht vorstellen, daß Thomas schrecklich begeistert sein würde, wenn sie ihm einen Rock mit passender Weste aus Jeansstoff nähte. Aber der Gedanke, ihm etwas zum Anziehen zu machen, gefiel ihr. Sie würde, sie würde ... sie würde ihm einen Pullover stricken!

10

Am nächsten Morgen erwachte Tara sehr früh. Irgend etwas stimmte nicht. Katerstimmung. Ich bin zu alt für so was, dachte sie, als sie eine Handvoll Schmerztabletten einwarf. Ich kann nicht mehr so auf die Pauke hauen. Doch auch als der Schmerz abklang, klammerte sich ein schwaches Gefühl des drohenden Untergangs an sie wie ein Rankengewächs und folgte ihr vom Schlafzimmer ins Badezimmer und in die Küche.

Trotz ihres nächtlichen Gelübdes, streng Diät zu halten, hatte sie einen mörderischen Hunger. Das war bei ihr immer so, wenn sie einen Kater hatte. Manche Menschen konnten den ganzen Tag nichts essen, weil ihnen speiübel war, aber sie hatte jedesmal einen kolossalen Heißhunger. Einen magenknurrenden, schwindelig machenden Bärenhunger. Sie brauchte Kohlehydrate. Bei dem Gedanken an eine Scheibe Toast schoß ihr das Adrenalin in die Adern, daß sie fast vom Boden abhob.

Leise, damit Thomas nicht merkte, was sie da machte, schloß sie die Küchentür und steckte zwei Scheiben Brot in den Toaster. Voller Ungeduld starrte sie auf den Toaster. Er sollte sich beeilen. Nun mach schon, drängelte sie, laß es knacken. Wenn sie nicht sofort, auf der Stelle etwas zu essen bekam, würde sie ihren Fuß annagen. In den Küchenschränken war nichts außer Nudeln, Dosen mit Tomaten und Katzenfutter. Thomas hatte schon vor einer Weile alle Kekse und Chips aus der Küche verbannt, in dem aufopfernden Versuch, jede Versuchung für Tara aus dem Weg zu räumen.

Der Toaster spuckte den Toast aus, und mit zittrigen Händen legte Tara eine Scheibe Käse auf das eine Stück und bestrich das andere mit Marmelade. Während sie das Brot in sich hineinstopfte, steckte sie zwei neue Scheiben in den Toaster. Dann noch mal zwei. Eine Toastorgie, sie war im Himmel! Toast mit Erdnußbutter, Toast mit Käse, Toast mit Marmelade, Toast mit Nutella.

Überall waren Krümel, und während sie sich die Scheiben praktisch auf einmal in den Mund schob, lehnte sie an der Küchentür, falls Thomas reinkommen wollte.

Als am Küchenfenster ein Gesicht auftauchte, schreckte sie schuldbewußt zurück. Dann erkannte sie Beryl, deren grüne Augen sie aus dem schwarzen Gesicht verächtlich und verurteilend ansahen. Tara machte ihr mit zwei Fingern ein unmißverständliches Zeichen und wandte sich wieder dem Toast zu. Als sie zwei neue Scheiben in den Toaster stecken wollte, stellte sie fest, daß kein Brot mehr da war.

O nein! Sie hatte das ganze Brot aufgegessen! Thomas würde es bemerken und sich wundern, wo es geblieben war. Einen Moment war sie panisch, doch dann beruhigte sie sich wieder. Wo ist das Problem? fragte sie sich. Wie dumm von dir! Du kannst doch einfach unter dem Vorwand, daß du die Sonntagszeitungen kaufen willst, ein neues Brot holen. Wenn der Pakistani-Lebensmittelladen noch nicht geöffnet hatte – und sie hatte ihn noch nie geschlossen erlebt, Tag und Nacht, so hart arbeiteten die –, dann würde sie einfach zu der Tankstelle gehen, die rund um die Uhr geöffnet war. Leise zog sie sich an, bemüht, Thomas nicht aufzuwecken, dann ging sie in den feuchten, diesigen Morgen hinaus, von der Katze mißtrauisch beobachtet. Es würde sie nicht wundern, wenn Beryl sie bei Thomas verpetzte.

Der Lebensmittelladen war geschlossen, also ging Tara zu der Tankstelle und kaufte Brot und Zeitungen. Und bevor sie sich besinnen konnte, hatte sie auch drei Doughnuts gekauft, eine mit Schokolade und zwei mit Vanillecreme – sie liebte Vanillecreme! –, die sie sofort verschlang, während sie betont langsam zurückging. Die Verpackung warf sie in eine Mülltonne, die in einem Vorgarten stand. Sie klopfte alle verräterischen Krümel von der Jacke ab, fuhr sich mit der Zunge über die Zähne, damit keine Reste sichtbar waren, und betrat mutig die Wohnung.

Thomas war noch nicht aufgestanden, so daß sie hätte weiteressen können, wenn sie gewollt hätte, aber der Anfall war vorüber. Ich esse nur soviel, weil ich einen Kater habe, beruhigte Tara sich und zündete eine Zigarette an. Morgen fange ich ernsthaft mit der Diät an, aber ich werde mir heute schon Mühe geben, weniger zu essen. Sie setzte sich an den Küchentisch, rauchte und versuchte die Zeitung zu lesen. War es nicht schrecklich, wenn man an einem naßkalten Sonntagmorgen im Oktober zu früh aufwachte? Sie konnte natürlich mit der Zeitung wieder ins Bett gehen, aber sie wollte Thomas nicht wecken. Da meldete sich ganz leise das, was ihr so schwer im Magen lag. Das, was er am Abend zuvor gesagt hatte.

Sofort spürte sie einen neuen Stich, etwas Ähnliches wie Hunger, das sich durch das ganze Brot kämpfte und als Übelkeit an die Oberfläche kam.

Mit einer Entschlossenheit, die aus bodenloser Angst kam, betrachtete sie die Sache vernünftig. Was bedeutete es schon, wenn er nicht wollte, daß sie schwanger wurde? Sie wollte ja auch nicht schwanger werden – allein die Vorstellung! Thomas und sie hatten eine hypothetische und sinnlose Diskussion geführt. Na und?

Das hier war keine Wiederholung der Alasdair-Situation. Sie und Thomas lebten zusammen. Und er war es gewesen, nicht sie, der vorgeschlagen hatte, daß sie bei ihm einzog. Ein Beweis, daß er sie liebte – auch wenn sie argwöhnte, daß es eher die Pfundsymbole waren, die in seinen Augen aufgeleuchtet hatten, und nicht das Feuer der wahren Liebe.

Zwei Jahre hatte sie sich größte Mühe gegeben, keinen Fehler zu machen, Thomas nie unter Druck zu setzen, nie das Thema Heiraten zu erwähnen, so daß nichts schiefgehen konnte, wie damals mit Alasdair. Wenn sie weiterhin bereit war zu warten, dann würde alles gutgehen. Sie brauchte sich keine Sorgen zu machen, er liebte sie, und alles würde gut werden. Der Blitz schlug nicht zweimal in dasselbe Haus ein.

Sie rief ihre Mutter an, weil sie mit jemandem sprechen wollte, der sie liebte, aber ihr Vater nahm ab.

»Deine Mutter ist nicht da«, sagte er, mißmutig wie eh und je.

»Wo ist sie denn so früh am Morgen?« fragte Tara.

»Was denkst du denn, du Gottlose«, gab er zurück.

Aber Tara brauchte Trost und wählte danach Katherines Nummer. Es stand nicht zu befürchten, daß Katherine in der Kirche wäre. »Entschuldige«, sagte sie. »Hoffentlich habe ich dich nicht geweckt.«

»Macht nichts«, sagte Katherine. »Ich muß sowieso ins Büro.«

»Am Sonntag? Diese Werbeleute, wirklich.«

»Jahresabschluß – normalerweise würde ich das nicht tun.«

»Ich fühle mich beschissen«, sagte Tara.

»Vitamin C und ein flotter Spaziergang.«

»Ich stopfe mich mit Disprin voll, als wären es Smarties. Mir wäre es lieber, es wären Smarties. Aber ich meine gar nicht meinen Kater, obwohl der ganz schön heftig ist.«

»Was ist es dann?«

»Jetzt nicht. Ich will nicht, daß du zu spät ins Büro kommst. Aber sag mir doch eins: Der Blitz schlägt nie zweimal ein, oder?«

»Doch, das weißt du auch«, erwiderte Katherine. Aber sie sprach sanft, weil sie spürte, daß es um etwas Wichtiges ging. »Erinnerst du dich nicht? Einmal fing das Strohdach von Billy Queallys Haus bei einem Gewitter Feuer, und zwei Jahre später kriegte er einen Schlag und wurde quer durch die Küche geschleudert, als er bei einem Gewitter den Toaster anstellen wollte.«

»Ich meinte es nicht wörtlich«, sagte Tara bedrückt. »Aber danke.«

»Es tut mir leid«, sagte Katherine. »Erzähl mir, was los ist.«

»Es ist wahrscheinlich nichts«, sagte Tara und seufzte.

»Komm heute abend bei mir vorbei, wenn ich aus dem Büro komme.«

»Danke, du bist ein Schatz.«

Katherine konnte sich schon denken, worum es ging. Sie hatte nie geglaubt, daß es mit Thomas länger als zwei Wochen gutgehen würde, deswegen wartete sie schon seit zwei Jahren auf das Ende.

Sie war von Anfang an nicht sonderlich begeistert von Thomas gewesen. Natürlich freute sie sich, daß Tara einen neuen Freund hatte. Miterleben zu müssen, wie Tara litt, nachdem Alasdair mit ihr Schluß gemacht hatte, war furchtbar. Ganz abgesehen davon, daß es nach drei Monaten der Hysterie und sonstiger Verrücktheiten auch ein wenig anstrengend war, mit jemandem zusammenzuleben, der an gebrochenem Herzen litt.

Aber ihr Instinkt hatte ihr laut und deutlich gesagt, daß Thomas nicht der Richtige für Tara war, auch nicht als zeitweiliger Beschützer.

»Anscheinend hat sie jemand gefunden«, flüsterte Fintan Katherine ins Ohr, als Thomas und Tara sich gegenseitig, ohne die anderen wahrzunehmen, in Dollys Küche abschleckten.

»Hhmm«, war Katherines Kommentar dazu.

»Was ist?«

»Ich weiß nicht. Vielleicht liegt es an seinen braunen Hosen.«

»Braun ist das neue Schwarz.«

»Aber sie sehen schrecklich aus. Und sein Hemd ist auch braun.«

»Was hast du gegen Braun?« fragte Fintan. »Vielleicht ist er ja schrecklich nett.«

Als Thomas später mit Tara, Katherine und Liv im Taxi nach Hause fuhr, lehnte er es ab, sich an den Kosten zu beteiligen. »Nein«, sagte er brüsk, »wenn ich nicht dabei wäre, würdet ihr den Preis durch drei teilen. Es ist nicht in Ordnung, wenn ihr davon profitiert, daß ich mitkomme. Ich sage das frei von der Leber weg.«

Katherine fing an zu lachen. Vielleicht war Thomas doch nicht so übel. »›Frei von der Leber weg‹? Das gefällt mir.« Sie versuchte, seinen nördlichen Akzent nachzumachen: »Ich mag es, wie die Leute im Norden sprechen. Sag doch noch was.«

Plötzlich merkte sie, daß Thomas, Tara und Liv ganz still geworden waren. Genau in dem Moment, als Tara zischte: »Katherine, halt deine große Klappe«, begriff Katherine, daß Thomas nicht zum Scherzen zumute war.

In düsterem Schweigen bezahlte Tara den Taxifahrer. Und als Katherine sah, wie Thomas durch die Wohnung stolzierte und von Tara gleich mit in ihr Zimmer genommen wurde, wäre sie fast vor Empörung explodiert.

»Ich spreche frei von der Leber weg«, war Thomas' Lieblings-Redensart. Und es gab vieles, was er »frei von der Leber weg« zu bemängeln hatte.

An dem Tag, nachdem Tara ihn kennengelernt hatte, lümmelten sie alle im Wohnzimmer herum. Katherine hatte sich eine kleine Erkältung zugezogen und hustete immer wieder.

»Ich glaube, ich hab's auf der Brust«, sagte sie nach einem Hustenanfall.

»Das nennst du Brust?« fragte Thomas unvermittelt.

Tara kreischte so laut, daß selbst Thomas sie beunruhigt ansah. Und als Katherine sich von dem Schock erholt hatte und etwas erwidern wollte, unterbrach er sie mit dröhnender Stimme: »Aber es stimmt doch, oder?«

»Darum geht es gar nicht«, sagte Katherine kühl. »Es ist einfach ungehörig –«

»ABER ES STIMMT DOCH, ODER?« sagte er noch lauter. »Du hast keine Titten, das ist eine Tatsache, warum sollte ich da lügen?«

»Keiner hat dich nach deiner Meinung gefragt«, erwiderte Katherine.

»Du erträgst die Wahrheit nicht, das ist es.« Er zuckte die Achseln. »Du hältst eben nichts aus. Ich spreche –«

»– frei von der Leber weg, ich weiß«, sagte Katherine.

Innerhalb weniger Tage hatte Thomas Taras sämtliche Freunde beleidigt. Liv nannte er eine Riesin, was sie sehr verletzte. Als er Fintan vorgestellt wurde, gab er ihm nur zögernd die Hand und wischte sie sich dann am Hosenbein ab – ein deutlicher Hinweis, daß er etwas gegen Homosexuelle hatte.

Als er jedoch im Umgang mit Tara auch diesen barschen Ton anschlug und versuchte, das Machtverhältnis zu seinen Gunsten zu verschieben, waren alle gegen ihn aufgebracht. Doch zu dem Zeitpunkt war Tara schon verloren. Thomas hatte sie, wie sie meinte, vor einem lebenslangen Schicksal als alte Jungfer bewahrt. Sie war süchtig nach seiner Hingabe, und wenn er etwas an ihr zu kritisieren hatte, dann war es in ihrem Interesse, es ernst zu nehmen.

Nach etwa einem Monat machte Tara zum ersten Mal eine Andeutung darüber, daß Thomas unzufrieden mit ihrem Gewicht war.

»Das ist ja schrecklich«, sagte Liv schockiert. »Liebt er dich nicht um deiner selbst willen?«

»Schon, aber er sagt es mir nur, weil ich ihm wichtig bin«, beharrte Tara. »Und er hat ja recht. Ich habe ein paar Pfund zugenommen, und die werde ich wieder runterhungern.«

Liv ballte frustriert die Fäuste. »Nach dem, was Alasdair dir angetan hat, bist du wie ein verzagtes Käuzchen.«

»Du meinst, Mäuschen«, verbesserte Katherine sie sanft.

»Thomas ist einfach ein Fiesling. Du darfst dich ihm nicht unterordnen«, sagte Liv.

»Ach, na ja«, erwiderte Tara. »Ich weiß, daß er dich verletzt hat mit seiner Bemerkung über deine Größe. Und Katherine war getroffen, als er das über ihre Brüste gesagt hat. Aber eigentlich war er nur ehrlich. Es ist gut, wenn man mit jemandem zu tun hat, bei dem man genau weiß, woran man ist, findet ihr nicht?«

In diesem Augenblick hatte Katherine beschlossen, sich eine Wohnung zu kaufen und auszuziehen.

»Ich mag es, daß er feste Überzeugungen hat«, sagte Tara versonnen. »Ich finde es toll, daß er zu seiner Meinung steht und sich nicht beirren läßt. Findet ihr nicht, daß seine Selbstsicherheit und seine klaren Standpunkte sehr sexy sind? Und wo wir beim Sex sind, im Bett ist er nicht zu bändigen, Tag und Nacht… Geht's dir nicht gut, Katherine? Du bist ganz rot im Gesicht.«

»Mir geht es bestens«, murmelte Katherine. Wenn sie noch einmal zu hören bekam, wie großartig Thomas im Bett war, würde sie losschreien.

»Außerdem«, fügte Tara hinzu und kam auf das eigentliche Thema zurück, »wenn er die Leute manchmal verletzt, ist es nicht seine Schuld.«

Als die anderen sie fragend ansahen, erzählte sie ihnen die Geschichte von seiner Mutter, die ihn verlassen hatte. »Vielleicht würden wir auch frei von der Leber weg sprechen, wenn unsere Mütter uns in einem so wichtigen Alter unserer Entwicklung verlassen hätten.«

Fintan und in gewissem Maße auch Liv versuchten, sie zur Vernunft zu bringen, aber es war die reine Zeitverschwendung. In ihrer Weichherzigkeit hatte Tara die Aufgabe übernommen, Thomas besser zu lieben. Auch wenn es besonders schwierig war, es ihm recht zu machen – und im Lauf der Monate, als er immer mehr Macht über Tara gewann, wurde es immer schwieriger, es ihm recht zu machen –, vergab Tara ihm jedesmal.

Sie sah in dem erwachsenen Mann den verlassenen kleinen Jungen. War es denn verwunderlich, wenn er gelegentlich Schläge austeilte, nachdem er selbst so schwer betrogen worden war?

Und es gab einen Trostpreis. Loyalität war für Thomas sehr wichtig. Er verlangte Treue, aber er versprach auch selbst, treu zu sein.

11

Nachdem Tara mit Katherine telefoniert hatte, ging sie wieder in die Küche. Inzwischen war Thomas aufgestanden. Er schaute in den Brotkasten im Pseudo-Landhausstil, den er bei King's Crescent für 99 Pence gekauft hatte.

»Das Brot … die Tüte war doch gestern abend schon offen.«

Tara spürte, wie sich der kalte Griff der Angst um sie legte, und tastete nach ihren Zigaretten. Warum hatte sie das Brot in der geschlossenen Tüte in den Kasten gelegt? Warum hatte sie die Szene nicht so wiederhergestellt, wie sie sie vorgefunden hatte?

»Ist das ein neues Brot?« fragte er ungläubig.

»Ja«, sagte Tara. Sie hatte nicht die Kraft zu lügen oder einen Witz daraus zu machen.

»Und wo ist das angebrochene?«

Tara fiel ein, daß sie sagen könnte, es sei schimmelig geworden und sie habe es weggeworfen, aber sie war zu niedergeschlagen und sagte einfach: »Ich habe es gegessen.«

Er sah sie mit weit aufgerissenen Augen und offenem Mund an. Er war so schockiert, daß er kaum ein Wort rausbrachte. »Fast ein ganzes Brot?« stotterte er. »Warum denn?«

Zum Glück fiel Tara eine schnippische Antwort ein. »Es war da, und ich war einsam.«

Er explodierte: »Das ist doch nicht zum Lachen, Tara.«

»Ach komm.« Tara grinste ihn an. »Ich fange jetzt an. Ab sofort wird gehungert. Und morgen nach der Arbeit gehe ich zum Steptanzen.«

Den ganzen Tag hing eine düstere Wolke über ihnen. Als wäre der graue Morgennebel in die Wohnung gedrungen, hätte sich um sie gelegt und sie in eine Untergangsstimmung gehüllt. Thomas' Unzufriedenheit war so deutlich zu spüren, daß Tara sie fast mit Händen greifen konnte. Er war wie ein Kamin, aus dem schwarze Rauchschwaden der Ablehnung quollen.

Die Atmosphäre im Wohnzimmer – die auch in guten Zeiten ziemlich deprimierend war, mit Thomas' braunem Sofa und den braunen Teppichfliesen – wurde immer bedrückender. Beide rauchten unablässig, und der Zigarettendunst machte die Stimmung noch bleierner. Verzweifelt wollte Tara den Trübsinn verscheuchen und Thomas mit einer humorvollen Bemerkung zum Lächeln bringen, so daß alles wieder beim alten wäre. Aber ihr fiel nichts ein. Wenn sie etwas Witziges aus der Zeitung vorlas, knurrte er nur oder überhörte sie einfach.

Unzählige Male zuvor hatten sie an einem Sonntagmorgen so zusammengesessen, und es war immer gemütlich gewesen. Aus Taras Sicht hatte sich nichts verändert. Es gab keinen Grund für diese magenverkrampfende... Vorahnung. Das war genau das richtige Wort. Vorahnung. Aber worauf wartete sie?

»Ich würde gern das Theaterstück über Woodstock sehen«, sagte Tara, nachdem sie eine Stunde schweigend zugebracht hatten. In Wahrheit war ihr das Theaterstück völlig gleichgültig, aber sie konnte das Schweigen nicht eine Sekunde länger ertragen. Sie brauchte einen Vorwand, ein Gespräch mit ihm anzufangen. Sie wollte ein Gefühl von Nähe herstellen und seine Bereitschaft spüren, daß er mit ihr ins Theater gehen würde.

Thomas sah sie über die Zeitung hinweg an. »Warum gehst du dann nicht und siehst es dir an?« bellte er, als hätte er nie einen dümmeren Vorschlag gehört. Dann schüttelte er die Zeitung zurecht und verschwand aufs neue dahinter, so daß er Taras entsetztes Gesicht nicht bemerkte.

Beryl kam ins Zimmer, streifte Tara mit einem verächtlichen Blick, machte einen Bogen um sie – ich hab gesehen, wie du den ganzen Toast gegessen hast, du dicke Kuh – und sprang Thomas auf den Schoß.

»Kommst du zu deinem Daddy?« schmeichelte Thomas ihr, und seine Augen leuchteten auf wie ein Weihnachtsbaum. »Na, meine Schöne? Bist du aber eine Schöne, was?«

Tara sah, wie Thomas' Hand über Beryls Rücken streichelte, sah den selbstzufriedenen Blick der Katze, die sich in Thomas' Schoß zurechtkuschelte, und fühlte sich wie das fünfte Rad am Wagen. Sie wollte die Katze sein. Sie wollte mit einem Zehntel der Zärtlichkeit bedacht werden, die Thomas der Katze schenkte. Sie wollte, daß man ihr den Bauch kraulte, ihr einen Kratzpfosten kaufte und Kaninchenbrocken in Aspik servierte.

Beryl blieb gerade so lange, wie ihr beliebte, dann sprang sie mit einem Ausdruck der Selbstgenügsamkeit, die Tara zu gerne besessen hätte, von Thomas' Schoß und stolzierte aus dem Zimmer. Sofort versank Thomas wieder in seine bedrückte Stimmung.

»Ich gehe duschen«, murmelte Tara, als die Wände des Zimmers um sie herum sie zu ersticken drohten. Das prasselnde heiße Wasser und der frische Geruch der Seife hoben ihre Laune geringfügig. Doch als Tara zurück ins Zimmer kam, nahm die trübselige Atmosphäre sie sofort wieder gefangen. »Ist was nicht in Ordnung?« fragte sie, was Thomas noch mehr zu verärgern schien. Nach einer Weile konnte sie es nicht länger ertragen. »Komm«, sagte sie mit gespielter Fröhlichkeit, »laß uns was unternehmen. Statt hier herumzusitzen wie ein paar Lahmärsche.«

»Zum Beispiel?«

»Ich weiß nicht«, sagte sie verzagt; seine Feindseligkeit nahm ihr den Wind aus den Segeln. »Laß uns ausgehen! Wir leben schließlich in London. Es gibt tausend Sachen, die wir unternehmen können.«

»Zum Beispiel?« wiederholte er.

»Ehm ...« Verzweifelt überlegte sie, was sie Interessantes vorschlagen könnte. »Laß uns in eine Kunstausstellung gehen. In die Tate Gallery! Das wär doch schön.«

»So ein Blödsinn«, sagte er unverblümt. Und Tara mußte zugeben, daß sie erleichtert war. So übel es auch war, daß sie hier im Wohnzimmer in der Falle hockten, so wäre es doch unendlich viel schrecklicher, in einer langweiligen Kunstausstellung herumzulaufen, wo man sich durch Tausende von rüpelhaften Touristen schieben mußte und an all den entsetzlichen Leuten vorbei, die glaubten, eine Ahnung von Kunst zu haben, um schließlich eine Stunde lang im Café anzustehen und ein Stück Karottenkuchen zu essen.

»Oder sollen wir einkaufen gehen?« schlug sie vor. »Wir könnten ...«

Verächtlich kräuselte er die Lippen. »Dein Konto ist überzogen, deine Kreditkarten sind bis zum Anschlag ausgeschöpft, und obwohl das, was ich tue, eine gesellschaftlich immens wichtige Arbeit ist, habe ich auch keine Kohle.«

»Ich weiß«, rief sie. »Wir machen eine Spritztour.«

»Eine Spritztour?« Thomas war dreimal durch die Führerscheinprüfung gefallen und sprach über das Autofahren, als wäre es ein von der Norm abweichendes Verhalten. »Wohin willst du denn fahren?«

Ihr fiel nichts ein. Aus lauter Verzweiflung schlug sie vor: »Ans Meer!«

Doch plötzlich schien ihr das tatsächlich eine wunderbare Idee. Die frische, scharfe Meeresbrise würde die dumpfe Atmosphäre, die sie umgab, fortblasen. Ein spontaner Ausflug würde ihnen richtig guttun.

»Ans Meer? Am vierten Oktober?« Er sah sie an, als wäre sie übergeschnappt.

»Warum nicht? Wir ziehen uns warm an.«

»Also, meinetwegen«, erklärte er sich brummig bereit.

Nach dem Toast-Drama am Morgen wagte Tara nicht, etwas zu Mittag zu essen, bevor sie aufbrachen. Statt dessen rauchte sie auf der Fahrt zum Meer ununterbrochen und dachte ständig ans Essen. Alles, woran sie vorbeikamen, sah so aus, als könnte man es essen. Bäume waren wie Brokkoliröschen. Heuballen erschienen ihr wie riesige Stücken Teekuchen, oder besser noch, Baklava, aus dem Honig und Sirup trieften. Als sie an einer Wiese mit Schafen vorbeikamen, ging ihr Atem schneller, weil sie an eine Tüte voller Marshmallows dachte. Der glatte Abbruch eines Kreidefelsens erinnerte sie an einen Brocken Nougat. Ihr lief das Wasser im Munde zusammen, als sie an einem feuchten, frisch gepflügten Feld vorbeifuhren. Zwei Hektar Schokoladenkuchen mit Schokoladenüberzug, dachte sie. Auch die anderen Autos auf der Straße stürzten sie in Höllenqualen, und zwar nicht nur, weil sie beim Anblick der Reifen an Lakritzkringel denken mußte. Die metallicfarbenen Autos brachten sie auf den Gedanken an Schokolade, die in Stanniolpapier und Zellophan eingewickelt war. Quality Street auf Rädern. Ein rotes Auto kam ihnen entgegen. Erdbeer-Geleefrucht, dachte sie. Ein lilafarbenes überholte sie. Haselnuß mit Karamelüberzug. Ein gelbes Auto. Toffee Deluxe. Ein grünes Auto. Noisette-Dreieck. Ein braunes Auto. Café-Crème.

»Ich habe eine Nahrungsmittel-Analogie«, murmelte sie vor sich hin, aber Thomas saß auf dem Beifahrersitz, rauchte und hatte den Blick stur aus seinem Seitenfenster gerichtet. Sie hatte auch gar nicht gewollt, daß er sie hörte.

Nachdem sie eine Stunde gefahren waren, zeigte Thomas mit dem Finger in die Richtung einer Imbißbude an der Straße und sagte: »Guck mal!« Taras Herz machte einen Luftsprung. Vielleicht würde er ihr erlauben, etwas zu essen. Aber dann stellte sich heraus, daß Thomas das Meer gesehen hatte. Sie fuhren nach Whitstable in Kent und hatten den Kieselstrand für sich allein. Der Tag blieb so feucht und dunstig, wie er am Morgen begonnen hatte. Die stille See hatte eine Farbe zwischen Braun und Grau, und der Himmel sah aus wie eine graue Betondecke. Die Leere und die graue Landschaft machten Tara noch unglücklicher. Der Ausflug hierher war ein Fehler gewesen. In den zwei Stunden, die sie zusammen eingesperrt und endlos rauchend im Auto gesessen hatten, war die Spannung zwischen ihnen noch gestiegen. Trotz des wenig einladenden Wetters bestand sie darauf, daß sie ausstiegen und einen kleinen Spaziergang machten, in der Hoffnung, daß die frische Luft Wunder wirken würde. Mit gesenkten Köpfen kämpften sie sich über den Kieselstrand, und als sie zu einer Mole kamen, blieben sie stehen. Sie setzten sich auf den feuchten Strand und starrten auf das bewegungslose Meer. Es war, als würden sie auf eine leere Mattscheibe starren. Vögel sangen keine.

Nach fünfzehn Minuten trotteten sie wieder zum Auto und fuhren nach Hause. Auf der Fahrt fing es an zu regnen.

12

Fintan und Sandro hatten einen viel schöneren Sonntag als Tara und Thomas. Sie hatten sich mit Freunden zu einem lebhaften, fröhlichen Lunch im Circus getroffen, und jetzt waren sie zu Hause und lasen die Sonntagszeitungen. Fintan hatte sich auf dem unglaublich hippen Ledersofa ausgestreckt und die Füße in Sandros Schoß gelegt.

Sie waren sich so nah, daß sie sich auch ohne viele Worte verstanden.

»Hast du den Artikel –«

»– den von Michael Bywater?«

»Mmhmm. Ganz lustig.«

Es folgte eine lange, behagliche Pause.

»Meinst du, wir sollten –«

»– nach einem Langhaarteppich? Ich finde, ja. Wir könnten –«

»– nächstes Wochenende. Ist gut.«

Und wieder umhüllte sie Schweigen.

Sandro faltete das Feuilleton des *Independent* zusammen und wollte Fintan fragen, ob er ihm den Real-Life-Teil geben könnte, aber Fintan hatte ihn schon in der Hand und reichte ihn herüber.

Fintan und Sandro hatten sich sechs Jahre zuvor kennengelernt, als Fintan noch in Kentish Town mit Tara und Katherine zusammenlebte. Sandro war buchstäblich der Junge von nebenan gewesen.

An dem Tag, als Sandro in die Wohnung im selben Stockwerk zog, warf Fintan einen Blick auf dessen schlanke, ranke Gestalt, das koboldhafte Gesicht, den geschorenen Schädel und die runde

Brille, und war auf den ersten Blick verliebt. Er war auch fällig. Ein Jahr lang hatte er geklagt, daß er keine Lust mehr habe, sich von einem Liebhaber zum nächsten zu hangeln, er wolle eine feste Beziehung. »Ich wünsche mir etwas vollkommen anderes«, sagte er.

Weil es auf dem Briefkasten stand, wußten sie, daß der neue Mieter Sandro Cetti hieß. Er lächelte immer freundlich und grüßte nett, wenn sie ihn auf der Treppe trafen, und eines Morgens sprach Tara ihn an und fand heraus, daß er Architekt war und aus Rom stammte.

»Ein italienischer Hengst«, meinte Fintan später.

»Wohl kaum ein Hengst«, gab Tara zurück. »Eher ein italienisches Pony.«

Und die Bezeichnung blieb haften.

»Ich weiß einfach nicht, ob er schwul ist«, sagte Fintan gequält. »Ich merke nicht, daß er irgendwelche Signale aussendet.«

»Ich merke auch nichts«, sagte Tara. »Ich bin mir nicht sicher, ob er hetero ist.«

»Vielleicht ist er ein Außerirdischer«, war Katherine aus dem Badezimmer zu vernehmen.

»Er kommt aus dem Haus, er kommt raus«, schrie Tara aufgeregt, und Fintan eilte zum Fenster und sah Sandro nach, der in seinem schicken, modischen Anzug und den glänzenden Doc Martens federnden Schrittes davonging.

»Ist er nicht bezaubernd?« seufzte Fintan. »Zum Reinbeißen süß.«

Was immer Sandro im Lauf der folgenden Wochen sagte oder tat, steigerte nur Fintans Schmachten. Eines Nachts gab es vor ihrem Haus einen Autounfall, und am nächsten Morgen trafen sie Sandro mit vor Aufregung leuchtenden Augen an der Haustür.

»Ich lag im Schlaf, und plötzlich, BUMM!« Er hob beide Hände, als wollte er ein Orchester dirigieren. »Ich höre viel Lärm, ich laufe zu meinem Fenster, ich sehe Glas an allen Stellen!«

Später wiederholte Fintan jedes Wort, das Sandro gesagt hatte. »›... ich sehe Glas an allen Stellen.‹ Wie soll man da nicht schwach werden? ›Ich lag im Schlaf.‹ Was für ein Engel«, seufzte er verliebt. »Es wird immer schlimmer.«

Die Zeit verging, und Fintans aufreibendes Leben nahm seinen Lauf: Pubs, Partys, Clubs – immer mit einem Auge auf der Tür, für den Fall, daß Sandro in einem der Schwulentreffs auftauchte. Aber er tat es nicht, und Fintan verlor die Lust an allem. Schließlich sagte er: »Das Leben schmeckt mir nicht mehr.«

Die Sache erreichte einen Höhepunkt, als Fintan eines Abends in seinen Neo-Bondage-Hosen von Katherine Hamnett auf dem Heimweg war. Er hopste aus dem Bus und bewegte sich wegen der zusammengeknoteten Hosenbeine mit kleinen Schritten, wie eine Geisha, auf sein Haus zu, als ihm eine Bande Schlägertypen, die reichlich Vorurteile und reichlich freie Zeit hatten, über den Weg lief. Fintan versuchte, ihnen zu entkommen, und da er nicht rennen konnte, hoppelte er, als wäre er bei einem Sackhüpfen, während er gleichzeitig versuchte, die Schnüre zu lösen. Aber es gelang ihm nicht, er wurde zusammengeschlagen und blieb bewußtlos liegen. Das war ihm früher auch schon passiert, aber nie so schlimm.

Nach drei Tagen im Krankenhaus kam er wieder nach Hause, und da trat Sandro auf den Plan. Er wollte sich tagsüber, wenn Tara und Katherine im Büro waren, um Fintan kümmern. Fintan sah aus wie ein zerbeulter Zug, aber ihm war nach dem Erlebnis viel zu elend zumute, als daß er sich bei eitlen Überlegungen aufhalten konnte.

Sandro kochte Fintan Tee und Suppe, das einzige, was der mit seinem ausgerenkten Kiefer zu sich nehmen konnte, und half ihm beim Trinken durch den Strohhalm. Und weil Fintan kaum aus seinen blau geschwollenen Augen sehen konnte, bot Sandro an, ihm vorzulesen.

»Ja, bitte. Aus einer der Zeitschriften von dem Stapel da.« Fintan wedelte mit der Hand, und Sandro nahm eine der Zeitschriften – ein Reiseprospekt, wie er schnell feststellte. Fintans niedergedrückte Stimmung verflog, als er in köstlicher Qual dalag, nämlich in Reichweite des Objekts seiner Begierde, das ihm süße

Worte ins Ohr sagte: »... Pool-Bar, Parkanlage, voll klimatisiert, Kaffeemaschine, Teeküche, überwachter Spielbereich.«

»Halbpension?«

»Nur Übernachtung. Aber hier steht, es gibt drei Restaurants, ›Grillbar am Strand, das kinderfreundliche Harvey's und das elegante Cochon Gros für ein intimes Dinner.‹«

»Nicht, daß ich je Gelegenheit haben werde, dorthin zu reisen, aber es ist schön, davon zu träumen«, murmelte Fintan. »Was ist die durchschnittliche Temperatur um diese Jahreszeit?«

Sandro schlug die Tabelle am Ende der Broschüre auf, doch plötzlich warf er den Prospekt auf den Boden. »Es macht mich so wütend, was diese Kerle gemacht haben, diese Tiere«, sagte er heftig.

»Wirklich?« fragte Fintan und schluckte.

»Es macht mich wütend, weil sie das einem Schwulen antun, und es macht mich wütend, weil sie es dir antun!«

Was sollte das heißen, fragte Fintan sich. War Sandro ein weichherziger Liberaler? Ein weichherziger, liberaler Hetero? Zum Glück nicht! Sandro war genauso schwul wie Fintan. Bei näherer Befragung kam alles heraus, und Sandro erzählte, daß sein Freund vor zwei Jahren an »dem Virus« gestorben sei.

»Und ich habe das Gefühl, daß ich mich nie wieder in jemanden verlieben kann. Aber dann sehe ich dich, wie du in die Wohnung gehst«, Sandro zog vor Verlegenheit den Kopf ein, was gar nicht nötig gewesen wäre, weil Fintan wegen seiner geschwollenen Augen so gut wie nichts sah, »und ich denke, der ... sieht aber gut aus. Dann bringst du mir meine Post und die Handzettel mit den Pizza-Angeboten und von dem Fensterputzer, und ich finde dich sehr freundlich.«

Ganz sanft, damit Fintans ausgerenkter Kiefer keinen weiteren Schaden nahm, küßten sie sich zum ersten Mal, und Fintan spürte ein solches Gefühl der Glückseligkeit durch sich hindurchströmen, daß er glaubte, sein Herz würde zerspringen.

Von dem Tag an waren Fintan und Sandro ein Paar – eine Verbindung, die im Himmel geschmiedet war.

Sie waren verrückt nach einander. Sandro war überglücklich, weil er sich wieder verliebt hatte, und Fintan hatte seinen lang ersehnten Richtigen gefunden.

»Ich verstehe jetzt, was man meint mit der ›besseren Hälfte‹«, bekannte er. »Sandro ist meine bessere Hälfte.«

Beide waren verletzt worden – Fintan, weil man ihn zusammengeschlagen hatte, Sandro, weil sein vorheriger Freund gestorben war –, und so gingen sie zärtlich und behutsam miteinander um. Und gleichzeitig hatten sie enorme Vorräte an Energie, Unmengen von Freunden und großen Spaß an Geselligkeit.

Sandros Englisch wurde immer besser. Nur daß er einen leichten irischen Akzent annahm.

Sechs Monate später kauften sie zusammen eine Wohnung in Notting Hill. Sandro setzte sein ganzes Talent als Architekt ein, um Decken und Wände herauszureißen, Zwischenebenen und Durchgänge einzuziehen und Betonfußböden zu gießen, so daß die Wohnung für *Which House?* und *Elle Decoration* fotografiert wurde.

»Los, wir müssen hoch!« Fintan nahm seine Füße aus Sandros Schoß. »Wir haben Dinge zu besuchen, Freunde zu erledigen. Hast du Lust, mit zu Katherine zu kommen?«

Sandro nickte begeistert. Hier war noch ein Grund, warum Fintan und Sandro so gut zueinander paßten. Fintan kam im Dreierpack mit Tara und Katherine, nach dem Motto: Liebe mich und liebe meine Freunde.

»Danach gehen wir noch in den Pub und in die Disco?« fragte Sandro.

»Klar. Deshalb sollten wir jetzt deine Sachen für Norwich richten. Morgen früh sind wir dafür zu müde.« Fintan wurde munter, denn am folgenden Tag sollte Sandro für eine Woche nach Norwich fahren, um dort Arbeiten an einem Haus zu beaufsichtigen. »Bring mir die Hemden, die gebügelt werden müssen.«

»Du brauchst das nicht zu machen«, protestierte Sandro. »Ich kann das auch mal versuchen.«

»Nein, lieber nicht. Bei dir werden sie nicht so gut.«

»Also gut«, sagte Sandro verlegen. »Danke.«

Fintan holte das Bügelbrett hervor, und Sandro gab ihm fünf Hemden.

»Was muß ich packen?« rief Sandro aus dem sandfarbenen, im japanischen Stil eingerichteten Schlafzimmer; der Koffer stand schon offen auf dem durch ein Podest erhöhten Bett.

»Fünf Paar Unterhosen, fünf Paar Socken, Zahnbürste, Taschentücher, Aufladegerät für dein Mobiltelefon – das hast du das letzte Mal vergessen ...«

»Kann ich deine Jeansjacke mitnehmen?«

»Wenn es dir nichts ausmacht, daß sie zu groß ist.«

Nachdem Fintan liebvoll Sandros Hemden gebügelt hatte, legte er sie zusammengefaltet in den Koffer und strich sie glatt. »Gut, das hätten wir. Jetzt sollte ich meine Mutter anrufen.«

Jeden Sonntag ohne Ausnahme rief er seine Mutter an. Für eine irische katholische Mutter über siebzig war JaneAnn recht cool. Sie wußte, daß Fintan schwul war, und schien damit gut leben zu können. Jedoch wußte Fintan nicht, wie er seinen »Mitbewohner« bei seiner Mutter einführen könnte. Er hatte es nie geschafft, das Gespräch auf seinen Lebensgefährten zu bringen, und je mehr Zeit verging, desto schwieriger wurde es, ihn zu erwähnen. Fintan wählte die Nummer seiner Mutter und unterhielt sich ausführlich mit ihr, wobei sie die meiste Zeit erzählte. Obwohl Knockavoy eine Kleinstadt war, gab es viele dramatische Ereignisse. Drei Jungkühe waren von der unteren Weide der Clancys ausgebüchst und hatten die Büsche im Garten des Gemeindepriesters ruiniert. Und jetzt weigerte sich die Haushälterin des Priesters, mit Francie Clancy zu sprechen. Delia Casey organisierte eine Benefizveranstaltung für Ruanda.

»Keine Ahnung, was das ist, eine Benefizveranstaltung. Meinst du, es ist so etwas wie ein Basar?« Aber die brandaktuelle Nachricht war die, daß es seit neuestem Pop-tarts im Spar-Supermarkt gab.

Als Fintan auflegte, sagte er zu Sandro: »Warum fahren wir nicht zusammen über Weihnachten nach Irland?«

Sandro kicherte nervös. »Da kriege ich's ein bißchen mit der Angst. Wenn sie mich nicht mögen? Deine Mutter und deine Brüder?«

»Sie werden dich mögen, gar keine Frage. Fünf Jahre sind eine lange Zeit, Sandro. Du warst noch nie bei meiner Familie und ich nie bei deiner. Wir sollten das nicht länger aufschieben.«

»Du hast recht. Über Neujahr könnten wir meine Familie besuchen.«

Fintan wurde blaß. »Oder wir vergessen die ganze Sippe und fahren nach Lanzamotte.«

»Schon wieder?«

»Mal sehen. Jetzt gehen wir erst mal zu Katherine.«

»Hast du heute deine Vitamintabletten genommen?«

»Ach, das habe ich ganz vergessen. Ich nehme sie jetzt.«

»Fintan, du darfst sie nicht immer vergessen. Es ist wichtig, daß du sie nimmst.« Sandro klang verärgert.

»'Tschuldigung, Mum.«

13

Am Abend mochte Tara nicht ausgehen. Sie wollte Thomas nicht allein lassen, solange die Stimmung so angespannt und merkwürdig war. Es war fast wie ein Eingeständnis ihres Scheiterns. Doch als sie die Tür hinter sich zugemacht hatte und im Auto saß, hätte sie vor Erleichterung fast geschrien. Endlich raus aus der Wohnung! Weg von der bedrückenden Atmosphäre aus Anspannung und Angst.

»Ist alles in Ordnung?« fragte Katherine, als Tara bei ihr eintraf.

Tara nickte und zündete sich eine Zigarette an. »Entschuldige bitte wegen des Notrufs im Morgengrauen. Ich hatte meine Zustände nach dem Abend davor. Die Welt sieht dann immer so ... düster aus. Ich sollte nicht soviel Gin trinken.«

»Mach dir nichts draus«, sagte Katherine. Sie merkte, daß Tara nicht mit der Sprache herauswollte.

»O nein«, rief Tara und hielt ihre Zigarette hoch. Auf dem Filter waren Lippenstiftspuren. »Mein neuer, kußfester Lippenstift – jetzt färbt er ja doch ab! Die Verkäuferin hat gesagt, man braucht Terpentin, um ihn wegzubekommen.«

»Typisch«, war Katherines knappe Bemerkung.

»Warum belügen sie mich immer?« fragte Tara traurig. »Warum werde ich immer enttäuscht?«

»Komm, ich hol dir was zu trinken«, tröstete Katherine sie. »Bier oder Wein?«

»Bier. Ich fange an, Thomas einen Pullover zu stricken.«

Für einen winzigen Moment war Katherine völlig verdutzt. Aber sie fing sich sofort wieder und sagte: »Gute Idee!«

»In der Schule war ich ganz gut in Handarbeiten, weißt du

noch?« sagte Tara. »Erinnerst du dich an den schönen rosa Schal, den ich für Fluffy, unsere Katze, gestrickt habe?«

»Ja, schon«, antwortete Katherine gedehnt. »Und du meinst, es macht nichts, daß das sechsundzwanzig Jahre her ist und du damals erst fünf warst?«

»Ach, mit dem Stricken ist es wie mit dem Fahrradfahren«, erklärte Tara. »Obwohl«, sagte sie und inhalierte den Rauch ihrer Zigarette bis in die Fußspitzen, »weißt du noch, wie Fluffy an dem Schal so lange gezerrt hat, bis sie ihn ab hatte? Sie hat keinen Moment Ruhe gegeben, bis er ab war.«

»Katzen sind so«, sagte Katherine mit einem ermunternden Lächeln.

»Du hast recht, so sind sie«, stimmte Tara ihr bitter zu. »Undankbare Viecher. Hunde dagegen, die sind ganz anders, die sind anhänglich und treu. Aber eine Katze fällt dir ohne weiteres in den Rücken, sie schnappt dir deinen letzten Sahnebonbon weg und hintergeht dich, einfach nur zum Spaß. Sie würde ihre eigene Großmutter verkaufen, wenn sie davon etwas hätte, und deinen Namen in den Schmutz ziehen –«

»Vielleicht mochte Fluffy kein Rosa«, fiel Katherine ihr ins Wort.

Tara sah Katherine an, als wüßte sie nicht, wer sie war.

»Vielleicht«, murmelte sie. Sie sah sich um, als wäre ihr die Umgebung fremd. »Ach, Katherine, was ist nur mit mir los?«

Vielleicht hat es was mit deinem schrecklichen Freund zu tun, dachte Katherine, sagte es aber nicht.

»Es könnten die Hormone sein«, mutmaßte Tara. »Eigentlich ein bißchen früh, aber es würde erklären, warum ich mich heute so blöd gefühlt habe. Hat nur noch gefehlt, daß ich die Treppe runtergefallen wäre und ein ganzes Monatsgehalt für einen hübschen gelben Korkenzieher ausgegeben hätte, dann wären alle Symptome versammelt gewesen. Die prämenstruellen Spannungen werden schlimmer, je älter man wird, findest du nicht?«

Katherine pflichtete ihr bei und erklärte: »Nur daß es jetzt ›prämenstruelles Syndrom‹ heißt.«

»Früher wußte ich ja gar nicht, wie gut es mir ging«, sagte Tara versonnen. »Damals habe ich jeden Monat zehn Tage lang zwanzig Kilo Süßigkeiten in mich hineingestopft und angefangen zu weinen, sobald mich einer nur nach der Zeit fragte, aber jetzt hat sich das zu einer richtigen Psychose ausgewachsen! Hoffentlich fangen die Wechseljahre bald an.«

»Nimm es nicht so schwer«, sagte Katherine verständnisvoll. »Und denk dran, ich habe ein Zimmer frei, wenn du mal eine Bleibe brauchst ...«

Tara fühlte sich wieder mies. Wo sie doch gerade angefangen hatte, sich besser zu fühlen. Aber was soll man machen?

»Ich habe Fintan angerufen«, sagte Katherine dann, »er kommt mit dem Pony vorbei.«

Tara fühlte sich unverzüglich besser. Fintan konnte sie immer aufheitern, und sie spürte, daß die graue Wolke, die seit dem Morgen über ihr gehangen hatte, nicht mehr ganz so schwer auf ihr lastete.

»Liv habe ich auch angerufen«, fuhr Katherine fort, »aber Lars ist in der Stadt. Er kam unangemeldet.«

Lars war der verheiratete Schwede, mit dem Liv ein Verhältnis hatte. Er kam alle zwei Monate nach London und ließ immer so viel Zeit zwischen seinen Besuchen verstreichen, daß Liv vor Sehnsucht nach ihm verrückt wurde, aber nicht genug, als daß sie ihn vergessen konnte. Da er immer nur für wenige Tage in der Stadt war, verbrachten sie die meiste Zeit im Bett.

Das Läuten kündigte die beiden Männer an. Katherine drückte auf den Summer und wartete an der Wohnungstür, daß sie hochkommen würden. In einem unglaublich teuer aussehenden pistaziengrünen Schaffellmantel polterte Fintan die Treppen herauf. Er war ganz aufgelöst. »Ihr müßt kommen, schnell«, befahl er und wollte nicht reinkommen. »Kommt doch! Ich bin draußen von dem Überkerl der Überkerle fast über den Haufen gerannt worden. Wie ein Wikinger kam er dahergeschritten. Sandro ist unten und behält ihn im Auge.« Er griff nach Katherines Hand und wollte sie zur Treppe ziehen. »Er war enorm groß«, berichtete er,

»und stattlich, und er hatte – ich weiß, ihr werdet es mir kaum glauben – wunderbare rote Haare. Rote Haare, ich bitte euch! Aber er war ein toller Kerl... Was ist los mit dir, Katherine? Du siehst aus wie ein Hund, der eine Wespe verschluckt hat.«

»Nichts ist los.«

»Komm runter und sieh ihn dir an, bevor er verschwindet!«

»Aber es regnet.«

»Ganz wie du willst, du Trauerkloß. Und du, Tara?«

»Heute nicht, Josephine«, sagte Tara. Sosehr sie Fintan liebte, sie konnte sich nicht überwinden, in die Kälte hinauszugehen, um irgendeinem Typen mit roten Haaren hinterherzustarren. »Beruhige dich. Komm rein und zeig uns deinen klasse Mantel.«

»Ich weiß ja nicht, was mit euch beiden trüben Tassen los ist«, beklagte Fintan sich. Aber er wußte, daß der Wikinger inzwischen sicherlich verschwunden war, und ließ einen gellenden Pfiff auf zwei Fingern los. Im nächsten Moment hörte man Schritte, und Sandro erschien.

»Der Liebesgott entkommt«, sagte er atemlos, »wir müssen uns beeilen!«

»Vergiß es, Sand«, sagte Fintan, »sie haben kein Interesse.«

Sandro starrte ihn entgeistert an, und Fintan murmelte: »Ich weiß.«

Dann verdrehte Sandro die Augen, und Fintan murmelte wieder: »Ich weiß.«

Dann sagte Sandro: »Frauen!«, worauf Fintan murmelte: »Ich weiß!«

Katherine schalt sie: »Jetzt kommt aber mal rein, ihr zwei«, und sie schraken zusammen und traten, wie ihnen geheißen, in die Wohnung.

»Wieso lauft ihr wildfremden Männern auf der Straße nach, wo ihr doch so gut wie verheiratet seid?« fragte Tara sie, nachdem sie sich auf dem Sofa niedergelassen hatten. Fintan hatte seinen grünen Mantel noch nicht ausgezogen.

»Was ist daran auszusetzen, wenn wir gucken?« grinste Sandro. »Wir haben ihn ja nicht gekidnappt.«

»Aber nur, weil wir unser großes Netz zu Hause gelassen haben«, sagte Fintan und bohrte Sandro den Ellbogen in die Seite. Beide lachten schmutzig und lehnten sich aneinander.

»Diese Tunten«, seufzte Tara. »Ihr habt es so gut. Seid ihr nie eifersüchtig oder verunsichert?«

»Nein.« Sie sahen sich an und zuckten die Achseln.

»Wieso nicht?« fragte Tara.

»Warum soll man sich draußen einen Hamburger holen, wenn man zu Hause Steak bekommt?« sagte Fintan in einem Singsang.

»Ist das nicht süß?« sagte Tara mit zittriger Stimme und Tränen in den Augen. Ein romantisches Gefühl huschte durch den Raum. Bis es zu Katherine kam, die es böse ansah, so daß es eilig die Flucht ergriff.

»Außer«, unterbrach Sandro beschämt das Schweigen, »manchmal ist auch ein Hamburger was Schönes.«

»Es schadet ja nichts, sich einen anzusehen«, sagte Fintan bedächtig.

»Wenn Thomas ein Netz über eine gutaussehende Frau werfen wollte, würde ich ihm die Eier abschneiden«, gestand Tara. »Ich weiß, daß ihr ihn alle haßt, aber –«

»Wir hassen ihn gar nicht«, unterbrach Katherine sie.

»Ich schon«, sagte Fintan unverblümt.

»Ich auch«, sagte Sandro, »und Liv auch.«

»Und ich auch«, gab Katherine zu. »Stimmt, Tara, du hast recht. Wir hassen ihn alle. Erzähl weiter.«

Tara sah ausdruckslos zu, als die drei sich vor Lachen bogen.

»Ich mache nur Witze.« Katherine versuchte, das Gesagte zurückzunehmen. Im Gegensatz zu Fintan gelang es ihr meistens, ihre Verachtung für Thomas zu verbergen. Sie bewegte sich auf einem schmalen Grat: Während es einerseits ihre Pflicht war, Tara wissen zu lassen, daß sie einen besseren Mann als Thomas verdient hatte, brauchte Tara sie auch als Vertraute. Und wenn Tara merkte, wie sehr Katherine Thomas verabscheute, würde sie ihr nichts mehr erzählen, und das wäre nicht gut. Wenigstens nicht für Tara. Für Katherine hingegen wäre es sehr gut, weil ihr Blutdruck nicht jedesmal in die Höhe schnellen würde, wenn sie sich anhören mußte, »was Thomas jetzt schon wieder getan hatte«.

»Ich weiß, daß ihr ihn alle haßt«, wiederholte Tara. »Aber ihr seht in ihm nicht, was ich sehe.«

»Natürlich nicht«, murmelte Fintan. Er wagte es nicht, die anderen anzusehen, falls sie wieder anfingen zu lachen.

»Ich weiß, daß er manchmal ... schwierig ist. Aber das liegt nur daran, daß seine Mutter ihn verlassen hat. Er liebt mich, und er würde mir nie untreu sein«, sagte Tara. »Das ist sehr viel. Besonders nachdem ...«

Alle warteten.

Sie kannten den Text auswendig.

»Besonders nachdem ...« Tara schluckte schwer. »Besonders nachdem ...«

»... Alasdair dich verlassen hat ...«, half Fintan ihr behutsam.

»... und eine andere Frau geheiratet hat ...«, vollendete Katherine die Geschichte.

Tara sah sie mißtrauisch an. »Rede ich zuviel darüber oder so?«

»Ach wo«, sagte Fintan freundlich. »Zwei Jahre sind doch keine Zeit.«

»Wenn ihr meint.« Taras Miene hellte sich auf.

»Na klar meinen wir das«, sagten sie im Chor.

Es war an der Zeit, Fintans Garderobe zu inspizieren.

»Darf ich deinen Mantel mal anfassen?« fragte Tara ehrfürchtig.

»Gehört er dir, oder führst du ihn nur ein bißchen aus?«

»Ich habe ihn aus der Kleiderkammer. Carmella würde mich den Löwen zum Fraß vorwerfen, wenn sie es wüßte.«

»Klamotten sehen so toll an dir aus«, sagte Tara neidisch und seufzte. »Besonders, seit du abgenommen hast.«

Fintan kleidete sich immer stilecht. Da der Mantel zum Manchester-Look gehörte, trug er dazu weite Hosen, ein weites Hemd und kobaltblaue Wüstenstiefel. »Mich überkam plötzlich ein nostalgisches Gefühl«, sagte er – falls jemand denken sollte, er hielte den Manchester-Look für aktuell. Sein Finger lag fest am

Modepuls der Zeit, und er wollte, daß alle das wußten. »Ich fand, ein bißchen Retro wäre angebracht. Ein Rückblick auf siebenundneunzig. Was mir noch fehlt …«, sagte er mit einem Blick auf Sandros Brille.

Sandro wehrte ab. »Die kriegst du nicht!«

»Nur fünf Minuten«, bettelte Fintan. »Ich fühle mich ganz nackt ohne sie. Der Manchester-Look funktioniert nicht ohne eine John-Lennon-Brille. Bitte-bitte.«

»Meinetwegen.« Widerwillig gab Sandro ihm die Brille, und Fintan setzte sie auf.

»So!« sagte er. »Endlich bin ich vollständig angezogen. Du liebe Güte, die ist aber stark.« Er sah die anderen der Reihe nach an.

»Das ist ja phantastisch! Hätte ich das nur eher gewußt. Das ist ja wie ein Trip! Ich hätte mir im Lauf der Jahre ein Vermögen für Drogen sparen können.«

»Kann ich sie zurückhaben?« fragte Sandro. »Ohne Brille sehe ich so gut wie nichts.«

»Aber jeden Sonntagabend betrinkst du dich, bis du nichts mehr siehst. Ohne Brille hast du doch einen Vorsprung.«

Tara lehnte Fintans Angebot ab, auch einmal Sandros Brille aufzusetzen. »Mit Brille sehe ich aus wie eine Eule.«

»Und wie kommst du klar? Mit Kontaktlinsen?«

»Genau«, sagte Tara.

»Und was ist mit dir?« fragte Fintan Katherine. »Wie sind deine Augen?«

»Hundertprozentige Sehkraft«, sagte sie.

Alle lachten, sogar Katherine.

»Das hätte uns klar sein müssen«, prustete Tara. »Miss Perfect.«

»Manchmal wird mir selbst ganz schlecht«, stimmte Katherine ihr zu und lachte über das ganze Gesicht.

»Anonyme Arschlecker«, rief Tara ihr zu. »Vielleicht solltest du dich denen anschließen.«

»Aua«, machte Fintan und legte die Hand an den Hals. »Au, verdammt noch mal. Meine Drüsen! Ich hab' was am Hals.«

»Das ist das Wasser, das dir bis zum Hals steht«, sagte Tara.

»Ach, es ist kein bißchen lustig. Mein Hals, mein Magen – ich bin ein einziges Wrack! Diese beschissenen Kolibakterien. Ich dachte, ich wäre drüber hinweg.«

Katherine wollte ihn tadeln, aber als sie Sandros besorgten Blick sah, ließ sie es.

Fintan sah Tara an. »Wie geht es dir denn bei diesem Wetter? Wo drückt es dich?«

»Unterernährung«, seufzte Tara. »Ich bin in dem Stadium, wo der Bauch aufquillt, weil nichts drin ist. Bei mir ist die Krankheit schon sehr weit fortgeschritten, Bauch und Oberschenkel sind betroffen.«

»Wo wir davon sprechen«, sagte Katherine schnell, »sollen wir den Pizza-Service anrufen?«

»Redest du vom Essen?« sagte Fintan durch die Nase. »Nicht für mich. Wir aus der Modebranche essen nie.«

»Aber irgendwas braucht ihr auch.«

»Ich? Niemals!« ereiferte sich Fintan und klopfte sich auf den Bauch. »Letzten Dienstag habe ich ein Anadin genommen und ein Gramm zugenommen. Jetzt wiege ich fast fünfunddreißig Kilo. Solchen Quatsch muß ich mir jeden Tag bei der Arbeit anhören, das müßt ihr euch mal vorstellen«, sagte er finster. »Das geht einem auf den Keks. Also gut, ich nehme eine große Quattro Stagioni mit Extraportionen Käse, Tomaten, Champignons, Pepperoni und Schinken …« Alle warteten, daß er sagen würde: »Ach, Mist, ich nehme zwei große Quattro Stagioni, und basta!« Das sagte er sonst immer. Und als er es nicht sagte, erinnerte Katherine ihn daran, worauf er erwiderte: »Ich habe keinen Hunger. Eine reicht mir.«

»Eine große Quattro Formaggi für mich«, sagte Sandro entschlossen. Er war einer dieser schmächtigen kleinen Männer, die wie Scheunendrescher aßen und nie zunahmen.

»Ich habe einen Riesenhunger und könnte eine Keule vom Lamm Gottes verspeisen«, sagte Tara, »aber ich nehme nichts, ich bin auf Diät. Wißt ihr, wenn ich auf Diät bin, esse ich soviel wie sonst auch, nur daß ich ständig ans Essen denke. Aber das tue ich auch sonst. Ich habe immer Hunger. Man muß mir nur auf die Zehen treten, und schon geht der Mund auf!« Ihre Stimme wurde schriller. »Wenn ich nervös bin, kriege ich Hunger. Wenn ich aufgeregt bin, kriege ich Hunger. Wenn ich Sorgen habe, kriege ich Hunger. Und sogar wenn mir schlecht ist, ist Essen das einzige, was meinen Magen beruhigt. Mein Leben ist ein ALPTRAUM.« Sie brach mit einem grellen Ton ab, und ihre Worte hallten in dem mitleidvollen Schweigen der anderen wider. Dann sagte Katherine: »Also das gleiche wie immer?«

»Und wie wär's mit einer Extraportion Knoblauchbrot und Käse?« schlug Tara vor.

Katherine gab am Telefon die Bestellung auf, dann setzten sich alle vor den Fernseher und sahen sich *The Ambassador* an.

»Tolle Serie«, sagte Fintan, als der Film für die Werbung unterbrochen wurde. »Gute, saubere, altmodische Unterhaltung. Wie in der guten alten Zeit.«

»Ich hätte nicht soviel bestellen sollen«, sagte Tara leise dazwischen, als würde sie zu sich selbst sprechen. »Hätte ich bloß nichts bestellt.« Ihre Stimme wurde lauter. »Hätte ich doch bloß nichts bestellt. O Gott, wenn ich bloß nichts bestellt hätte!«

»Du brauchst doch nichts zu essen«, beruhigte Katherine sie.

»Ich kann nicht anders«, kreischte Tara fast hysterisch. »Ich kann einfach nicht anders. Ich habe es bestellt, und jetzt muß ich es auch essen. Ich habe nicht ein Fünkchen Willenskraft. Aber meine ganze Zukunft hängt davon ab.« Sie schluckte. »Wie soll das bloß weitergehen?«

Und damit ließ sie den Kopf in die Hände sinken und brach in Tränen aus, so daß ihr ganzer Körper bebte.

In dem Moment kam der Pizzafahrer, und während Katherine und Sandro versuchten, Tara zu trösten, ging Fintan zur Tür, nahm die Pizzakartons in Empfang und regelte die Bezahlung. Er konnte der Versuchung nicht widerstehen, auf die Straße zu gehen und nach dem Wikinger Ausschau zu halten, aber Lorcan war längst fort.

Als es anfing zu regnen, beeilte sich Lorcan nämlich, nach Hause zu kommen. Er war bei feuchtem Wetter nicht gern draußen, denn sein Haar, so weich und seidig es auch war, krauste sich in Sekundenschnelle zu einem Afro-Look, wenn es naß wurde. Da er sich aber nicht lächerlich machen wollte, indem er rannte, konnte man ihn nach zwanzig Minuten, als er in seiner Wohnung ankam, für Ronald McDonald halten. Er mußte sich umgehend die Haare waschen. Zum Glück war dies sowieso der Abend, an dem der Conditioner fällig war. Als Fintan noch einmal die Straße auf und ab sah, schlang Lorcan sich gerade ein vorgewärmtes rosafarbenes Handtuch um den Kopf, nachdem er den Conditioner in seine Haare einmassiert hatte. Ich bin es wert, sagte er sich mit Überzeugung und lächelte in die nicht vorhandene Kamera. Ich bin es wert.

Fintan ging wieder nach oben.

»Entschuldigt bitte«, schluchzte Tara. »Es ist alles so schwierig im Moment. Das mit Thomas und mit meinem Geburtstag, und daß ich so dick bin und der Ausflug ans Meer so furchtbar war, und daß mein Lippenstift nicht kußfest ist! Aber wenn ich erst mal ein paar Kilo abgenommen habe und Thomas einen Pullover gestrickt habe, wird alles wieder besser werden.«

»Du brauchst dich nicht zu entschuldigen«, besänftigte Fintan sie.

»Nein, wirklich nicht«, bekräftigte Sandro.

»Bei uns ist das nicht nötig«, versicherte ihr auch Katherine.

»Wir sind schließlich deine Freunde!« sagten sie wie aus einem Munde.

14

Tara und Katherine waren vom ersten Schultag an die besten Freundinnen, während Fintan erst relativ spät in ihren Bund aufgenommen wurde. Damals waren sie schon vierzehn und er fünfzehn. Natürlich kannten sie ihn: Sie lebten in einer Kleinstadt, und jeder kannte jeden. Fintan war schon deshalb stadtbekannt, weil er »anders« als die anderen war. Er war lieb zu seiner Mutter, er konnte keine Bälle fangen, und es machte ihm keinen Spaß, Fröschen die Beine auszureißen.

Doch erst 1981, als Fintan die New Romantics entdeckte, wurde sein Anderssein richtig deutlich. Die New Romantics waren überall in der zivilisierten Welt schon längst angekommen, aber Knockavoy befand sich in einer anderen Zeitzone und klapperte sechs bis neun Monate hinter dem Rest der Welt her. Irgendwann stolzierte er also in einem glänzenden gelben Gewand die beiden Straßen von Knockavoy auf und ab. Schon damals interessierte er sich für Stoffe und Schnitte – ein sicheres Zeichen, daß ihm eine Laufbahn in der Modebranche bevorstand.

Er trug ein silbernes Band um seinen asymmetrischen Pagenschnitt, dunkellila Lippenstift und selbstgebastelte Ohrringe aus Federn, die er aus dem Angelkasten seines Bruders geklaut und rot und blau gefärbt hatte.

»Fintan O'Grady hat sich Ohrlöcher stechen lassen!« Das Gerücht verbreitete sich wie ein Lauffeuer. Seit Delia Caseys letzter verrückter Idee hatte es nur wenig Aufregung gegeben, so daß es eine große Enttäuschung war, als sich herausstellte, daß die Ohrringe doch nur Ohrclips waren.

Dennoch erregte Fintans Verhalten weiterhin die Gemüter.

»Nun sieh ihn dir an«, brummelten die Menschen im Halbdunkel der niedrigen Bars und Geschäfte und im Postamt. »Wie ein Pfau stolziert er umher. Und ist das nicht JaneAnn O'Gradys beste Tischdecke, die er sich da übergeworfen hat? Jeremiah O'Grady würde sich im Grab umdrehen.«

Eigentlich rechnete Fintan damit, daß ihn die anderen Jugendlichen im Ort zu Brei schlagen würden. Eindeutig spürte er ihre bittere Feindseligkeit. Ein paar Jungen riefen ihm nach: »Ah, da geht der Schwule«, als er in seinem gelben Seidenumhang vorbeirauschte. Einer rief sogar: »Du verdammte Tunte, du.«

Aber als Fintan antwortete: »Aber Owen Lyons, das hast du letzten Sonntag hinter Cronins Kuhstall nicht gesagt, und du auch nicht, Michael Kenny«, stellten die Jungen ihre Beschimpfungen ein.

Obwohl Owen Lyons und Michael Kenny panikerfüllt alles leugneten, herrschten doch Mißtrauen und Angst.

Fintan hatte eine scharfe Zunge. Er war groß und gut gebaut. Er hatte vier ältere Brüder, die ebenfalls groß und gut gebaut waren und die bereit waren, ihn zu beschützen. Alles in allem beschlossen die Jungen der Stadt, ihn besser in Frieden zu lassen.

Weil Fintan die Position des Außenseiters gewählt hatte oder weil er in sie hineingedrängt worden war, hatte er keine Freunde. Und das bereitete Tara große Sorge. »Es ist ganz schlimm für ihn«, sagte sie zu Katherine, als sie Fintan sahen, wie er auf der Hauptstraße unter bösen Blicken und gemurmelten Beleidigungen seiner Wege ging. »Er muß schrecklich einsam sein.«

Dann hatte Tara plötzlich eine Erleuchtung. »Ich weiß was! Wir können seine Freunde sein.«

Katherine und Tara hatten eben erst die Jahre des wilden Hasses und der Abscheu gegen Jungen hinter sich, die Mädchen traditionell zwischen sieben und zwölf durchlaufen. Als sie vierzehn waren, regte sich durchaus ein Interesse, zumindest bei Tara, und Katherine hatte nichts mehr gegen sie einzuwenden. Allerdings war Fintan nach Taras Vorstellungen kein richtiger Junge, so daß sie sich keine Hoffnung auf ihn zu machen brauchte.

»Warum willst du dich mit ihm befreunden?« fragte Katherine kleinlaut, während sich ein Knoten der Eifersucht in ihrem Magen bildete. »Hat es damit zu tun, daß er...«, sie zögerte, das Tabuwort in den Mund zu nehmen, »... schwul ist? Oder liegt es daran, daß die Mädchen aus Limerick im letzten Sommer über deine Sandalen gelacht haben?«

Katherine wäre es nur recht gewesen, wenn Tara in ihren Überlegungen berechnend gewesen wäre. Damals brachte ein schwuler Freund noch enorm viel Prestige, außerdem hatte es Seltenheitswert. Wenn man Fintan an seiner Seite hatte, konnte man bestimmt die Mädchen aus Limerick beeindrucken, vielleicht sogar die aus Dublin. Das zog mehr als ein Sweatshirt mit Pailletten und dazu ein Paar weiße Tukka-Stiefel mit Fransen und Perlenbesatz.

Tara war entsetzt, daß Katherine glaubte, Fintan sei für sie nur ein modisches Attribut. »Nein. Der einzige Grund ist, daß er keine Freunde hat.«

Katherine wollte sich nicht überzeugen lassen. »Und sowieso«, sagte sie mit einem sauren Geschmack im Mund, »er ist bestimmt nicht schwul, wo es doch in Knockavoy keinen gibt, mit dem er schwul sein kann.«

Mit Bestürzung stellte Katherine fest, daß auch dieses Argument Tara nicht abhalten konnte, und sie mußte zwei schmerzhafte Wochen erdulden, in denen das Bündnis mit Fintan geschmiedet wurde. Stumm vor Angst wartete sie ab und war sich sicher, daß sie in dem Augenblick, da Fintan und Tara offiziell Freunde waren, abgeschrieben sein würde. Starr vor sich hin lächelnd sehnte sie sich danach, von Tara eine Bestätigung ihrer Freundschaft zu bekommen, wußte aber nicht, wie sie darum bitten sollte. »Wir beide werden immer Freundinnen bleiben«, sagte Tara, die eine undeutliche Ahnung von Katherines Kummer hatte, »aber wir können den armen Fintan nicht allein lassen.«

»Armer Fintan, Blödsinn«, murmelte Katherine unterdrückt. Doch zu ihrer Überraschung verstand sie sich auf Anhieb mit Fintan, und zwar so gut, daß Tara fast das fünfte Rad am Wagen war. Da war die Gemeinsamkeit, daß Katherine und Fintan ohne Vater aufgewachsen waren. Fintans Vater war gestorben, als Fintan sechs Monate alt war. Und Fintan fand großen Gefallen daran, daß Katherine aussah, als könne sie kein Wässerchen trüben, aber sich dennoch nicht die Butter vom Brot nehmen ließ. Er wollte sie als Audrey Hepburn in der Rolle der Holly Golightly aus *Frühstück bei Tiffany* ausstatten. »Du bist zierlich und apart, genau wie Audrey Hepburn«, sagte er. Tara versuchte, ihren Neid herunterzuschlucken.

Obwohl Katherine ein bißchen skeptisch war, was Gespräche über breitkrempige Hüte und Givenchy-Kleider anging, war sie doch sehr erleichtert, daß Fintan sie mochte. Jetzt hatte sie nicht nur eine Freundin, sondern dazu auch einen Freund. Bei ihrer Granny stieß die neue Freundschaft jedoch nicht auf uneingeschränkte Zustimmung. »Mit wem warst du aus?« fragte Agnes eines Abends im Frühjahr, als Katherine mit von der Kälte geröteten Wangen ins Haus kam.

»Mit Tara, und mit Fintan O'Grady«, sagte sie mit einem gewissen Stolz.

»Fintan O'Grady«, sagte Agnes. »Vielleicht kannst du mir mal erklären, warum er in JaneAnns Morgenmantel rumläuft.«

»Weil er schwul ist«, antwortete Katherine.

»Schwul!« empörte sich Agnes. »Das wird ja immer schöner! Schwul, es ist kaum zu glauben.«

Katherine und Delia waren überrascht, weil Agnes normalerweise so tolerant war.

»Ich werd ihm zeigen, was schwul ist«, drohte sie.

Delia war entsetzt und nahm sich vor, einen Kuchenverkauf zu veranstalten, um über Homosexualität aufzuklären. »Mama... ich meine Agnes, du darfst nicht so engstirnig sein. Fintan kann doch seine sexuellen Neigungen ausleben ...«

»Ich spreche gar nicht von seinen sexuellen Neigungen«, fuhr Agnes sie an. »Es kümmert mich nicht im geringsten, was er für sexuelle Neigungen hat. Meinetwegen kann er es mit den Hühnern treiben, und viel Glück dabei. Vielleicht legen sie dann besser. Aber er verdirbt JaneAnn den guten Morgenmantel, wenn er immer auf der Straße damit rumläuft. Wo kämen wir denn da hin, wenn wir alle in unseren Schlafanzügen auf die Straße gingen?«

Fidelma, Taras Mutter, hingegen war entzückt von Fintan. Wenn Tara und Katherine ihn nach der Schule mitbrachten, setzte er sich auf die Schlafcouch, schlug wie ein Mädchen die Beine unter, rauchte filterlose Zigaretten mit einer elfenbeinernen Zigarettenspitze und sprach mit ihr über Filme. Während Taras drei jüngere Brüder, Michael, Gerard und Kieran, durch den Türspalt lugten und beim Anblick der seltsamen, exotischen Erscheinung feixten, unterhielten sich Fidelma und Fintan über *Blondinen bevorzugt* und *Das süße Leben* und andere Filme, die Fidelma in Limerick gesehen hatte, wo sie vor ihrer Ehe mit Frank eine Stelle hatte.

Tara hörte bei den endlosen Gesprächen gar nicht richtig zu, aber sie hatte ihre helle Freude daran, wenn ihr Vater in Zorn geriet. Dann stürzte er ins Zimmer und zischte Fidelma wütend an: »Darf dieser Trottel denn rauchen? Bestimmt erlaubt JaneAnn es nicht, daß er zu Hause raucht.«

Und besonders liebte Tara es, wenn ihre Mutter darauf gelassen antwortete: »Ich glaube nicht, daß es viel gibt, was JaneAnn ihm nicht erlaubt.«

Frank Butler war ein sehr mißlauniger Mann. Er war ein Patriarch der übelsten Sorte, und alle Welt fürchtete sich vor ihm. Keiner konnte es ihm recht machen. Er und sein Bruder hatten ein kleines Unternehmen als Torfstecher. Wenn der Winter mild war und die Menschen Gott dafür dankten, wurde er wütend. »Schöner Tag heute«, höhnte er, wenn seine Frau mit einer Nachbarin über die milde Witterung sprach. »Schöner Tag! Das würdest du nicht sagen, wenn du unsere Auftragsbücher sehen könntest.«

»Ich habe doch noch die Gänse und die Truthähne«, versuchte Fidelma ihn zu beruhigen.

»Das ist doch dein Geld«, begehrte er auf. »Das ist dein Zubrot. Und was ist mit Näharbeit? Hast du einen Auftrag?«

»Ich habe ein paar«, sagte Fidelma sanft.

»Was denn?« fragte Frank. »Von wem? Am besten wäre es, wenn du die Vorhänge für das neue Hotel machen könntest.«

»Das stimmt«, pflichtete Fidelma ihm bei. Sie wollte ihm nicht erzählen, daß Fintan mit einem Stück glänzendem rosafarbenem Taft unter dem Arm gekommen war und sie gebeten hatte, daraus eine Art Cape nach einem von ihm entworfenen Schnitt zu nähen.

Trotz seiner unglaublichen Reizbarkeit verehrte Katherine Frank Butler. Mit seinen vielen Regeln und seiner Unnachgiebigkeit war er ein Mann nach ihrem Geschmack. Besonders in der Frage der Hausaufgaben kannte er keine Kompromisse. Wenn Katherine sich Sorgen machte, daß sie Tara als Freundin verlieren könnte, hatte das auch damit zu tun, daß sie dann nachmittags nach der Schule nicht mehr mit zu Tara nach Hause gehen und die angespannte Atmosphäre dort erleben würde.

Häufig lag sie nachts wach und stellte sich einen Vater vor, der sie anschrie, weil sie ihre Hausaufgaben nicht gemacht hatte. Der sie allabendlich nach den Hausaufgaben abfragte: »Wie viele Yards hat eine Meile?« »In welchem Jahr wurde die Irische Republik ausgerufen?« »Wie heißt die Hauptstadt von Lima?« Und es war sehr peinlich für Katherine, als Tara ihrem Vater endlich klarmachen konnte, daß Lima keine Hauptstadt haben könnte, weil es selbst eine Hauptstadt ist, nämlich die von Peru.

Delia, Katherines Mutter, weigerte sich standhaft zu überprüfen, ob ihre Tochter ihre Hausaufgaben gemacht hatte. »So bringt man Kindern nichts bei«, sagte sie immer wieder, »wenn man sie in Angst und Schrecken versetzt und die Sachen papageienhaft nachplappern läßt. Wenn sie etwas interessiert, dann lernen sie es auch, und wenn es sie nicht interessiert, dann hat es keinen Zweck, sie dazu zu zwingen.«

Katherine wünschte sich, sie würde ihren Standpunkt noch einmal überdenken.

15

Lorcan wurde aus tiefem Schlaf geweckt. Automatisch tat er das, was er jeden Morgen beim Aufwachen tat: Er griff nach seinem Penis, um zu sehen, ob er noch fest mit seinem Körper verbunden war.

Zum Glück war er das, und Lorcan schmiegte sich mit einem vertrauten Gefühl der Erleichterung wieder in die Kissen.

Das Zimmer lag in tiefer Dunkelheit, und seine innere Uhr sagte ihm, daß es mitten in der Nacht war. Was hatte ihn geweckt? Er konnte niemanden fragen, weil er – ungewöhnlich für ihn – allein im Bett lag.

Am Freitag abend, als er so spät bei Amys Geburtstagsparty aufgekreuzt war, daß die meisten anderen Gäste schon gegangen waren, hatte sie mit einem hysterischen Wutanfall reagiert. Er hatte gegrinst, mit den Schultern gezuckt, was soviel hieß wie: »Was kümmert's mich?« und dann gesagt: »Ich habe einen Riesenhunger«, worauf er sich eins der verbleibenden, schon etwas aufgeweichten Sandwiches in den Mund schob.

Er war völlig verdutzt, als sie ihn daraufhin anschrie, er solle es gefälligst hinlegen, er würde nie wieder etwas von ihr bekommen, sie sei nie zuvor dermaßen gedemütigt worden und sie wolle ihn nie wieder sehen.

»Und du«, kreischte sie weiter und nahm sich Benjy vor, der sich über die letzten Häppchen auf einem Tablett hermachte, »nimm die Pfoten von meinem Essen und verpiß dich!« Benjy hielt in der Bewegung inne, so daß ein Stück Quiche von der Größe eines Zehn-Pence-Stückes zehn Zentimeter vor seinem Mund schwebte. Sollte er es riskieren? Vielleicht besser nicht, dachte er. Amy war ganz außer sich, und man konnte einfach nicht wissen, was sie als nächstes tun würde.

»Wenn du dir sicher bist, daß du das willst.« Lorcan lächelte sie breit an. Er war furchtbar wütend, aber er würde es nicht zeigen.

»Sollen wir gehen?« fragte er Benjy, als hätte er gerade beschlossen, daß er nicht bleiben wollte. Benjy starrte ihn wie ein Kaninchen an. Er wußte nicht, was er antworten sollte, und versuchte es mit einem zögernden Nicken. Zum Glück war das die richtige Reaktion.

»Dann komm«, sagte Lorcan und marschierte durch den Raum, wobei er herabgefallene Luftschlangen in den Teppich trat und schrumpelige Ballons aus dem Weg kickte, während Benjy mit ihm Schritt zu halten versuchte.

Natürlich hatte Amy es sich ein paar Stunden später anders überlegt, und als Lorcan am Samstag morgen aufwachte, war sein Anrufbeantworter voll mit Nachrichten, eine verzweifelter als die andere.

»Es tut mir leid!«

»Es tut mir so leid.«

»Ruf mich doch bitte an.«

»Wo bist du nur?«

»Bitte, bitte ruf mich an!«

»Hör dir das an«, sagte er höhnisch zu Benjy, der auf dem Sofa geschlafen hatte. »Auf die Knie, meine Teuerste, auf die Knie mit dir!«

Benjy, der einen halben Meter neben Telefon und Anrufbeantworter geschlafen hatte, hatte jede einzelne von Amys Botschaften gehört. »Rufst du sie an?« fragte er, weil ihm Amy leid tat.

Lorcan sah ihn angewidert an, als hätte Benjy gefragt, ob Lorcan seine eigene Milz essen wollte.

»Ob ich sie anrufe? Nach dem, was sie mir angetan hat?«

»Es war ihr Geburtstag«, sagte Benjy kleinlaut. »Du bist viel zu spät gekommen.«

»Auf wessen Seite stehst du?« fragte Lorcan kalt, und Benjy hielt den Mund.

In den nächsten sechsunddreißig Stunden hinterließ sie immer noch mehr Nachrichten, und auch am Sonntag abend, als Lorcan sich die Haare mit Conditioner behandelte, rief Amy wiederholt an. Manchmal legte sie auf, manchmal sprach sie auf das Band. »Geh doch bitte dran, wenn du da bist«, bettelte sie und versuchte, ihre Hysterie im Zaum zu halten. »Du mußt meine Anrufe bekommen haben, und wenn nicht, wo bist du dann?«

Lorcan hörte die Panik in ihrer Stimme und nickte mit grimmiger Befriedigung. Das würde sie lehren, wie ungehörig es war, ihn vor allen anderen anzuschreien. So über ihn herzufallen und einfach Schluß zu machen. Ihn so zu erschüttern, daß er Benjy erst am Sonntag nachmittag nach Hause gehen lassen konnte.

Im Lauf des Wochenendes hatte er sich in seiner Wut immer mehr in der Position desjenigen verschanzt, dem Unrecht geschehen war und der sich verteidigen mußte. Und als er am Sonntag abend ins Bett ging, war ihm zumute wie einem, dem alle Ungerechtigkeiten dieser Welt zugefügt worden waren. Eingehüllt in sein rosafarbenes Tuch und einen Kokon aus scheinheiliger Selbstgerechtigkeit schlief er tief und fest.

Aber jetzt war er wach.

Er sah auf seine Uhr: zehn nach vier. Was hatte ihn geweckt?

Mit Sicherheit nicht das schuldbewußte Nagen seines Gewissens, denn er hatte keins.

Während er im Dunkeln lag und sich an seinem Penis festhielt, hörte er plötzlich, daß es an der Tür läutete. Dann wurde ihm klar, daß es schon seit einer Weile läutete und daß das der Grund war, warum er aufgewacht war.

Wer könnte es sein? Amy etwa? Ja, natürlich, es könnte Amy sein.

Es wäre nicht das erste Mal, daß eine Frau mitten in der Nacht völlig aufgelöst und außer sich bei ihm aufgekreuzt war, weil er sich geweigert hatte, ihre Anrufe zu beantworten. Na gut, beschloß Lorcan, er würde sie schmoren lassen. Warum sollte er sie von ihrem Unglück erlösen? Sie hatte ihm gesagt, sie wolle ihn nie wieder sehen. Sie hatte ihn verletzt.

Dann läutete es erneut, und Lorcan überlegte, ob er nicht doch öffnen sollte. Ganz offensichtlich tat es ihr leid, und vielleicht hatte sie genug gelitten. Beim nächsten Läuten stand er auf und ging zur Tür.

Zu seiner Überraschung hörte er merkwürdige Geräusche vor seiner Tür auf dem Treppenabsatz. Stimmen. Mehrere Stimmen. Wenigstens eine gehörte einem Mann – es war also nicht Amy, die in ihrem Herzensschmerz Selbstgespräche führte. Dann hörte er Geräusche wie von einem Funkgerät, als wäre ein Pizza-Lieferant oder ein Taxifahrer vor der Tür. Dann wieder Stimmen, blechern, gedämpft.

Höchst seltsam.

Lorcan schrak zurück, als ein scharfes Ratatatatat an der Tür zu hören war. Ein offiziöses, herrisches Ratatatatat, nicht das verstörte Klopfen eines zarten Frauenknöchels.

»Mr. Larkin«, sagte eine Männerstimme im Befehlston. »Können Sie mich hören? Öffnen Sie bitte die Tür!« Und wieder das Knistern von dem Funkgerät.

»Er scheint nicht zu reagieren«, sagte eine Stimme.

»Wir sollten die Tür aufbrechen«, antwortete eine Frauenstimme.

Es war nicht Amys.

Lorcan war eher neugierig als verängstigt. Kein bißchen verängstigt. Wenn dies ein Raubüberfall war, dann ließ er Diskretion, das Markenzeichen eines guten Einbruchs, vermissen.

»Wir sollten versuchen, das Schloß auszubauen«, schlug die Männerstimme vor.

Das werdet ihr mitnichten, dachte Lorcan aufgeschreckt. Ein Schloß ist ein teurer Spaß. Er marschierte zur Tür und riß sie weit auf.

Konsterniert sahen sich Constable Nigel Dickson und Constable Linda Miles einem sehr großen, sehr verärgerten, sehr nackten Mann gegenüber, der ein rosa Handtuch um den Kopf geschlungen hatte und seinen Penis in der Hand hielt.

»Ehm, Mr. Larkin?« fragte Constable Dickson, als er seine Fassung wiedergefunden hatte.

»Wer will das wissen?« fragte Lorcan zurück und musterte das stämmige Duo, die Uniformen, die Mützen, die Walkie-talkies, die schweren Schlagstöcke, die fluoreszierenden Westen, das schwarzweiße Karomuster überall.

»Ein Mr. Lorcan Larkin wird als vermißt gemeldet, von einer Ms. Amy ... Wie heißt sie weiter?« fragte er seine Kollegin.

Aber Constable Linda Miles hörte ihm gar nicht zu. Sie konnte ihre Augen nicht von Lorcan abwenden. Noch nie hatte sie rote Schamhaare gesehen. Obwohl diese hier ja nicht richtig rot waren, sondern eher von einem wunderschönen leuchtenden Kupferrot ...

»Von einer Ms. Amy Jones.« Nigel hatte sein Notizbuch hervorgeholt, als er merkte, daß seine Kollegin wie gebannt auf Lorcans Schamgegend starrte. »Sie machte sich Sorgen, weil Sie ihre Anrufe nicht beantwortet haben, obwohl in Ihrer Wohnung Licht zu sehen war. Sie befürchtete, daß Ihnen etwas zugestoßen sein könnte, ein Unfall, oder ... daß Sie sich etwas angetan haben.« Seine Stimme verklang, als er Lorcans zornentbrannte Miene sah.

»Wo ist sie?« zischte Lorcan und ließ seinen Pimmel los.

»Im Streifenwagen.« Nigel schluckte. Vielleicht war es einer von denen, die im erigierten Zustand nicht viel größer waren. »Wir haben ihr gesagt, daß wir ihr über Funk Bescheid geben, wenn wir Zutritt zu der Wohnung haben.«

»Bevor Sie sie verhaften, weil sie die Zeit der Polizei unnötig in Anspruch genommen hat«, sagte Lorcan mit drohender Stimme, »sagen Sie ihr, daß ich morgen einen Vorsprechtermin habe. Wenn ich die Rolle nicht bekomme, ist das ihre Schuld.«

Lorcan schlug ihnen die Tür vor der Nase vor, und Linda sah Nigel aus schmalen Augen an. »Das habe ich mir doch gleich gedacht, daß wir nur unsere Zeit verschwenden.«

»Du warst scharf auf ihn«, warf Nigel Linda eifersüchtig vor.

»Das stimmt nicht, Nige!« rief sie.

»Und ob. Ich hab doch gesehen, wie du seinen Piephahn angestarrt hast. Bestimmt wünschst du dir, daß meiner so groß ist wie seiner.«

»Das stimmt nicht, Nige!«

Constable Nigel Dickson und Constable Linda Miles hatten seit viereinhalb Monaten eine Affäre. Dies war ihr erster Streit.

»Egal«, sagte Nigel etwas bedrückt, »er ist Ire, wahrscheinlich einer von der IRA.«

»Ach, er war Ire?« sagte Linda enttäuscht. »Iren kann ich nicht ausstehen.«

Nachdem Lorcan die Tür zugeschlagen hatte, ging er wieder ins Bett. Allerdings war er nicht so wütend, wie er getan hatte. Er war sogar sehr erleichtert. Einen schrecklichen Augenblick lang hatte er geglaubt, daß seine Vergangenheit ihn nun doch eingeholt habe und man ihn verhaften würde. Wegen einer lächerlichen Sache – Sex mit einer Minderjährigen.

Statt dessen hatte eine Frau ihm die Polizei ins Haus geschickt, weil sie verzweifelt war und wollte, daß er mit ihr redete. Das war ihm bis dahin noch nie passiert, und er mußte zugeben, daß er sich geschmeichelt fühlte.

16

Als Tara am Montag morgen aufwachte, hatte sie einen Riesenhunger. Aber sie war auch fest entschlossen, nicht zu essen. Hunger ist mein bester Freund, sagte sie sich immer wieder, während sie im Bett lag und den schwarzen Kaffee trank, den Thomas ihr übriggelassen hatte. Hunger ist mein allerbester Freund.

Sie hatte schlecht geschlafen und war mitten in der Nacht panikerfüllt aufgewacht. Wenn Thomas aufhörte, sie zu lieben, wenn er sie nicht mehr wollte? Wenn er am Samstag abend plötzlich erkannt hatte, daß er nicht mehr mit ihr zusammensein wollte?

Was würde dann aus ihr? Inzwischen war sie einunddreißig, und es war wirklich zu spät, um noch einmal von vorn anzufangen. Als Alasdair mit ihr Schluß gemacht hatte, war sie am Boden zerstört gewesen, aber damals war sie erst neunundzwanzig und begriff gar nicht, wie gut sie es eigentlich hatte. Alleinstehende Männer zwischen dreißig und vierzig waren wie weiße Raben: Jahre konnten vergehen, bevor sie einen anderen Mann kennenlernte. Und wenn sie einem begegnete, müßte sie mindestens ein Jahr lang so tun, als wäre es ihr nicht ernst. Bis dahin wäre sie schon vier- oder fünfunddreißig. Oh, nein! Das war uralt. Als Tara aufstand und sich anzog, war sie froh, daß Thomas schon zur Arbeit gegangen war. Wenn er sie sähe, wie sie sich in ihre zu engen Kleider zwängte, wäre er nur wieder sauer. Trotz des kalten Morgens geriet sie ins Schwitzen und versuchte mit feuchten Fingern den Knopf an ihrem Rock zuzumachen.

Seit einiger Zeit trug sie Größe zweiundvierzig, aber das war als vorübergehende Maßnahme gedacht, bis sie abgenommen hatte und wieder in Größe vierzig paßte. Und auch das sollte nicht für immer sein, denn wenn sie ihr richtiges Gewicht und ihre eigentliche Figur wiedererlangt hatte, würde sie Größe achtunddreißig tragen. Aber im Moment kniff sie der Bund ihres Rockes so sehr, daß ihre inneren Organe regelrecht gequetscht wurden, und widerwillig nahm sie die Tatsache zur Kenntnis, daß sie besser ein paar Sachen in Größe vierundvierzig kaufen sollte – damit sie wieder richtig durchatmen konnte. Es sollte keine Dauerlösung sein. Nur so lange, bis sie genug abgenommen hatte, und dann könnte sie wieder Größe zweiundvierzig tragen.

Aber Größe vierundvierzig, dachte sie entsetzt, soweit war es mit ihr schon gekommen. Vierundvierzig! Danach kam sechsundvierzig, dann achtundvierzig. Wo sollte das nur enden?

Als sie sich die Jacke zuknöpfte, war sie völlig durchgeschwitzt und so erschöpft, daß sie am liebsten wieder ins Bett gegangen wäre. Sie haßte ihren Körper. Sie verabscheute ihn zutiefst! Sie schleppte diese ganzen Fettmassen mit sich herum und hatte das Gefühl, daß sie ein Fremdkörper waren. Eigentlich waren sie das auch, sagte sie sich. Sie waren ungeladen gekommen und zu lange geblieben. Ihre Tage waren gezählt.

Sie zwang sich zu einem Blick in den Spiegel, bevor sie ging. Zugegeben, sie sah furchtbar aus. Ihr elegantes Jacket spannte, es saß wie eine Pelle, und am Ende der Knopfleiste sprang es auf, so daß die runde Kugel ihres Bauches sichtbar wurde.

Ich bin dick, erkannte sie in kaltem Schrecken. Ich bin echt dick, nicht übergewichtig oder rundlich oder gut gepolstert. Ich bin dick. Ohne Wenn und Aber.

In kürzester Zeit würde sie zu den Ausgegrenzten gehören. Ich komme dann nicht mehr die Treppen hoch oder in den Bus. Im Flugzeug werde ich einen Zuschlag bezahlen müssen, weil ich einen zu fetten Arsch habe. Kleine Jungen werden mit Steinen nach mir werfen. Und wenn ich bei Freunden zum Essen eingeladen werde, brechen unter mir die Stühle zusammen. Ich werde zurückgestuft, weil alle wissen, daß dünne Menschen besser arbeiten können als dicke. Wenn ich im Auto sitze, werde ich ohne

Flaschenzug nicht wieder rauskommen. Alle Welt wird denken, daß ich eine Versagerin bin, denn Übergewicht ist ein deutliches Zeichen von großer Unzufriedenheit. Dann werde ich lügen und den Leuten erzählen, ich hätte Probleme mit den Drüsen.

Ich bin wertlos, sagte sie sich. Ich schäme mich so.

Aus dem Augenwinkel sah sie die schlanke, geschmeidige Beryl, die ihr einen Blick zuwarf, als wollte sie sagen: Ich kann essen, was ich will, und nehme kein Gramm zu. Tara hätte ihr am liebsten einen Tritt versetzt. Sehr widerwillig verließ Tara die Wohnung. So sehr verabscheute sie sich, daß sie fast erwartete, die Leute würden hupen, sich aus ihren Autos lehnen und rufen: »Guckt sie euch an, die Dicke!« Aber es regnete in Strömen, und dafür war Tara dankbar. Die Menschen nahmen weniger Notiz voneinander, wenn es regnete. Tara hatte einen knallig orangefarbenen, lauten, gebraucht gekauften Volkswagen, der mit vielen Fehlzündungen loszuckelte. Er war eine Müllkippe auf Rädern, es stank nach Zigaretten, und der Boden war mit Kassetten und leeren Zigarettenschachteln übersät. Auf den Sitzen lagen Landkarten, alte Zeitungen, leere Bonbontüten und Getränkedosen sowie eine alte Unterhose, mit der sie die Scheiben abwischte, wenn sie beschlugen.

Die Scheibenwischer funktionierten nicht, deshalb mußte sie an jeder roten Ampel aus dem Wagen springen und die Windschutzscheibe mit zusammengeknülltem Zeitungspapier bearbeiten, während sie gleichzeitig aggressiv auftretende Jugendliche, die sich ihr mit einem Lappen und einem Eimer voller Seifenlauge in den Weg stellten und die Autoscheiben putzen wollten, abwehren mußte. Der Weg von der Holloway Road nach Hammersmith war lang, und als sie im Büro ankam, war sie pitschnaß und erschöpft, weil sie achtundzwanzig Mal: »Nein!« geschrien hatte und elfmal: »Haut ab, ich hab kein Geld.«

Außer Ravi war noch keiner da, als sie das Großraumbüro betrat. Wie immer aß er. »Morgen, Tara«, rief er fröhlich. »Hast du Lust auf ein Stück Schokoladen-Käse-Kuchen? Siebenundzwanzig Gramm Fett in jedem Stück. Einfach super!«

»Wie kannst du nur, so früh am Morgen?« fragte Tara. Sie tat gern so, als hätte sie die Eßgewohnheiten eines normalen Menschen.

»War um fünf schon auf«, blökte er. »Dann zwanzig Meilen Rudern. Hab 'n Riesenkohldampf!«

Ravi trieb viel Sport. Nicht nur war er in einem Ruderclub, er ging auch viermal in der Woche in ein Fitneß-Studio und hörte erst dann auf, wenn die computergesteuerten Maschinen anzeigten, daß er tausend Kalorien verbrannt hatte. Seine übermäßige sportliche Betätigung fand in seinem übermäßigen Appetit eine Entsprechung. Kein Tag verging, an dem er nicht mit einer Einkaufstüte von Marks & Spencer voller Essen auftauchte. »Vielleicht möchtest du das Einwickelpapier haben, damit du es später ablecken kannst?« Er wedelte mit der Verpackung, und sie nahm sie. »Wie ist der Lippenstift, den Fintan dir geschenkt hat? Funktioniert er?«

»Nein, leider, eine Enttäuschung.«

»Ach, gemein. Die Suche geht also weiter.«

»Da kannst du sicher sein.«

»Hast du am Freitag abend Real TV gesehen? Dieser Typ steigt mit dem Heißluftballon auf, kommt runter, fällt durch ein Oberlicht, genau in ein Badezimmer. Bricht sich das Bein und ertrinkt beinahe. Große Klasse.«

»Hör auf! Hast du die Fußballiga-Ergebnisse schon eingetragen?«

Tara schaltete ihren Computer ein.

»Na klar.« Ravi nickte, so daß ihm eine volle Locke seines glänzenden schwarzen Haars in die Stirn fiel. Er sah aus wie die indische Version von Elvis.

Ravi organisierte für die Angestellten von GK Software eine Fußballiga. Zu Beginn der Fußballsaison machte jeder eine Voraussage, auf welchem Platz seiner Meinung nach die Vereine der Ersten Liga am Ende der Saison landen würden. Nach jedem Wochenende trug Ravi die tatsächlichen Ergebnisse ein, so daß jeder nachsehen konnte, wie der Stand der Dinge war. Manche der Mitarbeiter sagten, die Aussicht auf diese Liste sei es, die sie am Montagmorgen aus dem Bett trieb.

Nach und nach kamen die anderen. Evelyn und Teddy trudelten ein. Sie waren verheiratet. Sie lebten zusammen, fuhren zusammen zur Arbeit, arbeiteten nebeneinander, aßen gemeinsam zu Mittag und fuhren gemeinsam nach Hause. »Morgen«, sagten sie gleichzeitig.

»Hast du schon …?« fragte Evelyn Ravi.

»Na klar.« Er grinste.

Evelyn und Teddy tippten wie wild auf ihren Computern, bis sie die auf den letzten Stand gebrachte Liste fanden.

Vinnie, der Abteilungsleiter, traf ein. Er war ein netter Mann Mitte Vierzig, hatte vier Kinder und bekam vor der Zeit eine Glatze. Er träumte davon, ein dynamischer Geschäftsmann zu sein, der seine Belegschaft anbrüllte: »Dafür habe ich mit meinen Eiern bezahlt, Jungs«, aber immer, wenn er das tat, erntete er nur Gelächter, und man strich ihm über das schüttere Haar.

»Morgen zusammen«, rief er. »Schönes Wochenende gehabt?«

»Nein«, sagten alle automatisch.

»Hast du schon die Liste …?« fragte er Ravi mit ernster Miene, und als Ravi ja sagte, rannte er zu seinem Computer und schaltete ihn ein.

Obwohl Tara in einer Computerfirma arbeitete, waren ihre Kollegen keine Computerfreaks, sondern normale Leute, deren Unterhaltung im Büro meist um den Urlaub und das Essen kreiste. Und so sollte es auch sein.

Taras Telefon klingelte. Es war Thomas. Ihr Herz klopfte schneller, teils vor Angst, teils vor Freude. Aber er wollte nicht mit ihr reden, sagte er – schroffer, als es Taras Ansicht nach nötig war –, sondern wollte sie nur daran erinnern, die Rechnung für das Kabelfernsehen zu bezahlen. Nimm es nicht persönlich, versuchte sie sich zu beruhigen, so ist er eben.

Am Montag mittag ging Taras Abteilung traditionsgemäß in das italienische Schnellrestaurant um die Ecke. Es war das Eingeständnis, daß alle vom Wochenende einen Kater hatten. Ab halb elf, sobald die fettigen Bacon-Sandwiches vom zweiten Frühstück aufgegessen waren, fing man an zu überlegen, was man mittags essen würde.

»Gebratenes Brot, Rührei, Champignons, Tomaten, Würstchen, danach ein KitKat und ein Glas Cola«, verkündete Teddy, ohne den Blick von seinem Monitor abzuwenden.

»Pommes, zwei Würstchen, ein Omelette mit Käse und Zwiebeln, Karamelpudding und eine Tasse Tee mit drei Löffeln Zucker«, hörte man die Stimme der schlanken Cheryl hinter der Trennwand.

Cheryl war ein Jahr in Vinnies Team gewesen, und obwohl sie jetzt in Jessicas Team arbeitete, hatte sie die Verbindung zu Vinnie nicht abbrechen lassen.

»Vier Würstchen, vier Spiegeleier, Champignons, Tomaten, Bacon, eine doppelte Portion Pommes, sechs Scheiben Brot mit Butter und eine Lucozade-Sport«, sagte Ravi.

Um halb eins, pünktlich wie ein Uhrwerk, stellten alle ihren Bildschirmschoner ein, zogen sich die Mäntel über und gingen geschlossen zu Cafolla rüber. Einer mußte immer für den Notfalldienst zurückbleiben und die Telefonanrufe der Kunden entgegennehmen, deren Computersystem soeben zusammengebrochen war. Jeder kam einmal an die Reihe, und an jenem Montag traf es den dösigen Steve. (»Dösig« wurde er genannt, weil er sich häufig nach der Arbeit vollaufen ließ, im Zug nach Watford, wo er wohnte, einschlief und erst in Birmingham, am Endbahnhof, wieder aufwachte.) Mit dunklen Ringen unter den Augen sah er dem Auszug seiner Kollegen zu und fragte schüchtern, ob ihm jemand ein Sandwich mitbringen würde.

»Komm schon, Tara«, kommandierte Ravi mit der Stimme eines Sergeanten, »wir gehen!«

»Ich glaube, ich bleibe hier.«

»Ach«, sagte Ravi enttäuscht. »Wegen deiner blöden Diät? Du dummes Mädel. Also gut, geht ihr ohne mich, ich bleibe bei Tara.«

Sofort hatte Tara Schuldgefühle. Ravi war vielleicht nicht der Hellste, aber er hatte ein Herz aus Gold. Es war nicht fair, ihn von seinem enormen, fetttriefenden Lunch abzuhalten.

Außerdem hatte sie seit dem Aufstehen nichts gegessen, und sie wollte ohnehin nur einen Gemüseteller bestellen. Dazu kommt, sagte sie sich, daß ich nach der Arbeit zum Steppen gehe, und da falle ich glatt in Ohnmacht, wenn ich jetzt nichts esse. »Ist schon gut«, sagte sie zu Ravi, »ich komme mit.«

Sich mit den anderen um einen der kleinen, mit Resopal beschichteten Tische zu zwängen, einen Teller mit Pommes und dicken Bohnen in Tomatensoße zu verspeisen, dazu starken schwarzen Tee aus einer dickwandigen Tasse zu trinken versetzte Tara normalerweise in gute Stimmung. Aber heute trat diese Wirkung nicht ein. Am Telefon war Thomas kalt und kurz angebunden gewesen, und sie hatte wieder das Gefühl, daß ein Unglück über sie hereinbrechen würde.

Nach dem Lunch war es zur Gewohnheit geworden, daß die Männer sich im Pub nebenan ein Bier genehmigten, während die Damen blieben und etwas Süßes aßen. Während Mr. Cafolla die fettverschmierten Teller einsammelte, nahm er die Bestellungen auf.

Evelyn bestellte ein Stück Apfelkuchen.

Die schlanke Cheryl verlangte nach einem Karamelpudding.

»Und Sie, junges Fräulein«, fragte er Tara, als es schien, als wollte sie nichts, »was möchten Sie? Ein Vanillecreme-Törtchen?«

Sie wand sich. Dieser Mistkerl. Er kannte ihre Schwachstelle genau. Sie sollte widerstehen. Sie würde niemals abnehmen, wenn sie Vanillecreme-Törtchen aß. Aber sie konnte unmöglich nein sagen.

Als sie die steifgeschlagene gelbe Vanillecreme sah, die glänzende Oberfläche mit Muskat bestäubt, umrandet von knusprigem Teig, das Ganze in eine Aluminiumform eingebettet, erlebte sie einen Moment wahrhaftiger Glückseligkeit. Sekunden später, als das Törtchen nur noch der Erinnerung angehörte, brachen die Schuldgefühle über sie herein. Wie sie sich für ihre Schwäche haßte! Einen Augenblick überlegte sie, ob sie Mr. Cafolla um den Schlüssel zur Toilette bitten sollte, damit sie sich übergeben könnte. Doch jedesmal, wenn sie das versucht hatte, erzielte sie nicht den gewünschten Erfolg. Es lohnte kaum die Mühe. Sie konnte sich nicht vorstellen, wie die Leute mit Bulimie es machten. Sie hatte vollste Hochachtung vor ihnen. Vielleicht gab es einen Trick, den sie nicht kannte.

17

Als Tara wieder im Büro war, ging sie auf die Toilette, um eine zu rauchen. Dort traf sie Amy Jones, die ein Stockwerk höher in der Auftragsabteilung arbeitete. Bis zum letzten Freitag hatten sie sich immer nur zugenickt, doch dann stellten sie fest, daß sie am gleichen Tag Geburtstag hatten. Beide waren im Pub gewesen und hatten mit den Kollegen ihrer jeweiligen Abteilung gefeiert. Zwar kannten sich die beiden Gruppen untereinander nicht so gut, daß aus den zwei Feiern eine Party geworden wäre, aber die beiden Frauen hatten sich zugelächelt und einander zugeprostet.

Am Freitag, nach vier Gin Tonics, hatte Tara gedacht, daß Amy sehr nett sei, aber jetzt, während sie einen tiefen Zug von ihrer Zigarette nahm und zusah, wie Amy ihr langes, rötlich-blondes, gelocktes Haar kämmte, beschloß sie, Amy zu hassen. Vielleicht war sie ein netter Mensch, aber mit all dem wunderbaren Haar und der groß gewachsenen, schlanken Figur hatte sie bisher wohl kaum die Härten des Lebens kennengelernt. Wie konnten zwei Menschen, die am gleichen Tag Geburtstag hatten, so unterschiedlich aussehen?

»Schönen Geburtstag gehabt?« fragte Tara höflich. Sie hielt das für opportun, weil Amy sonst erraten könnte, daß Tara sie haßte, weil sie dünn war und so schön gelocktes Haar hatte.

»Hhmm, ging so«, sagte Amy mit einem schiefen Lächeln. Sie sah ziemlich mitgenommen aus. Anscheinend hatte sie ein anstrengendes Wochenende hinter sich. »Nur daß ich«, sagte Amy mit einer Stimme, die plötzlich sehr stockend und schrill war, »... daß ich ... daß ich ... mich mit meinem Freund gestritten habe und ... ohh ... verhaftet wurde.«

Eine Sturzflut von Tränen ergoß sich über Amys vollkommene weiße Haut, als sie die ganze Geschichte ihrer Geburtstagsparty erzählte: daß ihr Freund nicht aufkreuzte, wie peinlich das war, daß er schließlich doch kam und sich ein Sandwich grabschte, daß sie ihn rausgeschmissen hatte, und die höllischen Stunden, die folgten, die unendlichen Anrufe, daß sie das längste Wochenende in der Geschichte hinter sich hatte, ihre hysterische Verzweiflung, der Anruf bei der Polizei ... Tara versuchte, ihren befremdeten Ausdruck in eine tröstliche Miene umzuwandeln, und sagte beschwichtigende Dinge wie: »Es war doch nur ein Streit ... Du weißt doch, wie die Männer sind, er braucht nur ein bißchen Zeit, seine miese Laune zu überwinden ... Vielleicht solltest du ihn ein paar Tage in Ruhe lassen ... Ja, ich weiß auch, wie schwer das ist, das kannst du mir glauben ... Später, wenn ihr darauf zurückblickt, könnt ihr beide lachen ... Wahrscheinlich schmiedet es euch enger zusammen ... Männer, nicht zum Aushalten ... Darf ich mal kurz fragen, was ›auf Kaution freigelassen‹ bedeutet, nur so, aus Neugier?«

Als Tara wieder in ihrem Büro war, hatte sie das dringende Bedürfnis, Thomas anzurufen. Normalerweise wollte sie ihn nicht vom Büro aus anrufen, weil er dann aus dem Unterricht geholt werden mußte. Außerdem war es in dem Großraumbüro unmöglich, eine private Unterhaltung zu führen. Besonders Ravi interessierte sich sehr für ihr Leben. Aber weil sie Angst hatte, daß die Dinge zwischen ihr und Thomas in eine Schieflage geraten waren, brauchte sie dringend Rückversicherung. Sie wollte wissen, ob sie sich seine Feindseligkeit am Telefon eingebildet hatte.

Doch als sie sich dazu überwunden hatte anzurufen, weigerte sich Lulu, die Schulsekretärin, Thomas aus dem Unterricht zu holen.

Sie tat immer so, als gehörte er ihr. »Ich sage Mr. Holmes, daß Sie angerufen haben«, log sie.

»Dumme Kuh«, murmelte Tara unterdrückt und legte den Hörer auf.

»Wer? Lulu?« brüllte Ravi.

»Wer sonst?« sagte Tara. Ein paar Minuten tröstete sie sich damit, daß sie wenigstens nicht die Polypen auf Thomas gehetzt hatte. Bei dem Gedanken lief ihr ein Schauer den Rücken herunter. Das würde er ihr nie verzeihen. Da sie immer noch bedrückt war, wollte sie Liv ihr Herz ausschütten. Sie erreichte den Anrufbeantworter und versuchte es mit dem Mobiltelefon.

»Hallo«, sagte Liv.

»Ich bin's. Hast du gerade viel zu tun?«

»Ich bin in Hampshire mit einer Frau, die alles in ihrem Haus golden haben will«, jammerte Liv.

»Igitt. Meinst du Wasserhähne und Türgriffe?«

»Nein, ich meine Küchenschränke und Gartenschuppen.«

»Ach du liebe Güte. Und wie geht's mit Lars?«

»Sehr gut.« Liv klang ungewöhnlich optimistisch. »Er sagt, diesmal wird er seine Frau wirklich verlassen.«

»Phantastisch!« zwang Tara sich zu sagen. Sie war nicht überzeugt. Sie mochte Lars nicht. Bloß weil er groß und blond und knackig war, hatte er noch längst nicht das Recht, Liv anderthalb Jahre vorzumachen, daß er seine Frau verlassen würde. »Wann fährt er?« fragte Tara.

»Am Samstag.«

»Gut. Ich komme dann vorbei, um Händchen zu halten und Tränen zu trocknen.«

»Ich muß aufhören«, flüsterte Liv, »die Midas-Frau kommt gerade wieder.«

»Hat er seine Frau verlassen?« fragte Ravi, als Tara aufgelegt hatte.

»Er sagt, er ist ganz nah dran«, sagte sie, und sie verdrehten beide die Augen. Als nächstes wählte Tara Fintans Nummer. Vinnie sah sie scharf an. »Wenn ich meine Freunde nicht anrufen darf, maile ich ihnen«, sagte Tara, damit er fairerweise Bescheid wußte.

»Och, tu das nicht«, warf Ravi ein. »Wie soll ich dann wissen, was los ist?«

»Zum Glück seid ihr gut, wenn ihr mal arbeitet«, brummelte Vinnie.

Fintan war nicht bei der Arbeit. Angeblich war er krank. Tara wußte, was mit ihm los war. Als sie am Abend zuvor gegen zwölf bei Katherine aufgebrochen war, machten sich auch Fintan und Sandro auf den Weg. Für sie fing der Abend gerade erst an. »Ich werde mich sinnlos betrinken«, hatte Fintan erklärt.

Tara wählte seine Privatnummer.

»Fintan hat einen Kater, wie?« fragte Ravi.

»Da mache ich jede Wette«, sagte Tara. Sie mußte das Telefon ewig läuten lassen, bevor Fintan abnahm. »Na, was ist los, du Trunkenbold?«

»Ich habe was am Hals. Eine riesige Schwellung.«

»Mein Gott, bist du eitel«, stöhnte Tara. »Jeder kriegt mal einen Pickel.«

»Nein, Tara, es ist kein Pickel. Es ist eine Schwellung, mit der ich wie der Elefantenmensch aussehe.«

»Heute morgen hatte ich auch eine Begegnung mit dem Schwarzen Tod«, erklärte Tara. »Hitzewallungen!«

»Nein, wirklich, Tara«, beharrte Fintan. »Ich meine es ernst. Ich habe eine Schwellung am Hals von der Größe einer Melone.«

»Beschreibe sie. Was für eine Schwellung?«

»Von der geschwollenen Art.«

»Aber bestimmt nicht so groß wie eine Melone?« Fintans Dramatisierung amüsierte sie. »Eher wie eine Weintraube, oder?«

»Nein, Tara, viel größer. Ich schwöre, sie ist so groß wie eine Melone.«

»Was für eine Melone? Eine Honigmelone? Eine Netzmelone? Eine Wassermelone?«

»Also meinetwegen – vielleicht nicht wie eine Melone, aber bestimmt so groß wie eine Kiwi.«

»Reib es mit Savlon ein.«

»Savlon! Ich brauche Medikamente.«

»Dann solltest du besser zum Arzt gehen.«

»Ach wo«, sagte er sarkastisch. »Ich dachte, ich bleibe einfach so lange hier liegen, bis mein Hals von allein wieder dünn wird. Ich habe heute abend einen Termin«, fügte er hinzu.

Er klang besorgt, so daß ihr ihre Witzeleien leid taten. »Soll ich mitkommen?« fragte sie und legte dann die Hand halb über die Muschel: »Vinnie läßt mich gehen, wenn ich sage, daß ich meine Periode habe. Manchmal habe ich sie zwei- oder dreimal im Monat, aber er ist so verlegen, daß er nichts sagt.«

»Ist nicht nötig, ich komme schon klar.«

»Wann, meinst du, bist du zu Hause?«

»Ich weiß nicht, wie lange es dauern wird, aber sagen wir acht, um auf Nummer Sicher zu gehen.«

»Ist gut. Ich rufe dich an. Alles Gute, aber ich denke wirklich, es ist nichts.«

Sobald sie den Hörer aufgelegt hatte, wollte Ravi wissen: »Was ist mit Fintan?«

»Geschwollene Drüsen oder so«, sagte Tara achselzuckend. »Er ist ein richtiger Hypochonder.«

Dann rief sie Katherine an, aber die war noch beim Lunch. Um halb vier? dachte Tara. Das war gar nicht typisch für die vorbildliche Katherine.

»Vinnie, du kannst beruhigt sein, ich habe sie alle durch.«

Doch als Tara sich wieder ihrer Arbeit zuwandte, mußte sie an Fintan denken. Und wenn er nun nicht schauspielerte und um Aufmerksamkeit buhlte? Wenn er nun wirklich krank war? Und etwas Ernstes hatte? Das war immer das Problem, wenn ein schwuler Freund krank wurde. Sofort dachte man an die Krankheit mit A. Doch dann war ihr nicht wohl bei ihren Überlegungen – war sie wirklich der Meinung, daß zwischen Schwulen und Aids eine unauflösbare Verbindung bestand?

Ihre besorgten Gedanken über Fintan wanderten weiter zu Thomas. Was war zwischen ihnen schiefgelaufen? Vielleicht spielte es sich nur in ihrem Kopf ab? Aber sie wurde erbarmungslos immer wieder auf das gestoßen, was er Samstag abend gesagt hatte, und konnte sich nicht entscheiden, ob sie ausrasten oder darüber hinweggehen sollte, in der Hoffnung, daß es verschwinden würde.

Sie konnte sich nicht auf ihre Arbeit konzentrieren. Um vier begann sie, ihre Sachen zusammenzupacken.

»Entschuldige bitte, aber was machst du jetzt?« fragte Ravi mißtrauisch.

»Ich dachte, ich probier's mal mit der Einkaufstherapie.«

»Nein!« Ravi stellte sich ihr in den Weg, wie sie ihn gebeten hatte. »Du mußt aufhören, Geld auszugeben.«

»Danke, Ravi.« Tara versuchte, sich an ihm vorbeizuzwängen. »Schönen Dank für deine Aufmerksamkeit, aber heute möchte ich nicht aufgehalten werden.«

»Du hast gesagt, auch wenn du mich anbettelst, soll ich mich nicht erweichen lassen.« Ravi baute sich noch breitbeiniger vor ihr auf.

Tara machte einen Sprung und versuchte, seitlich an ihm vorbeizukommen, aber blitzschnell versperrte Ravi ihr den Weg. Es kam zu einem kleinen Gerangel.

»Vinnie, sag ihm, er soll mich durchlassen!«

»Er tut nur, worum du ihn gebeten hast.« Vinnie zuckte genervt die Achseln. Kein Wunder, daß ihm die Haare ausgingen.

Sie standen sich gegenüber – Ravi, leicht in den Knien, die Muskeln im ganzen Körper angespannt und einsatzbereit, die Hände zum Kung-fu-Schlag erhoben. Tara bedauerte zutiefst, daß sie ihn um Unterstützung gebeten hatte. »Können wir nicht morgen damit anfangen?« flehte sie. »Bitte!«

Enttäuscht gab Ravi seine En-garde-Position auf. »Meinetwegen, viel Vergnügen.«

Tara ging also einkaufen und versuchte, ihren Riesenhunger zu ignorieren. Sie hatte gehofft, daß ein Gang durch die Kaufhäuser sie ablenken würde, aber sie mußte feststellen, daß sie sich mit dem Gedanken, Größe vierundvierzig tragen zu müssen, nicht abfinden konnte. Der Kleiderkauf war ein Vergnügen, an dem sie nicht mehr teilhatte; statt dessen ging es jetzt um Schadensbegrenzung.

Es gab viele Sachen, die automatisch nicht in Frage kamen: ärmellose Oberteile, taillierte Mäntel, Wollkleider, alles, was mit Jersey, Lycra, Falten oder BH-frei zu tun hatte. Sie konnte sich nicht erinnern, wann sie das letzte Mal Hosen getragen hatte.

Der einzige Trost waren sexy, raffinierte Schuhe. Schuhe waren die Freunde der dicken Frau. Schuhe sahen auch dann noch schön aus, wenn man alles andere abgeschrieben hatte.

Eine Haartönung schien ihr auch eine gute Idee – sie hatte sich schon immer auf die Dinge spezialisiert, die eine Ablenkung versprachen. Auffallender Schmuck, verrückte Handtaschen, fluoreszierendes Make-up boten einen besonderen Blickfang. Ein blauer Pony würde jeden von ihrem dicken Bauch ablenken.

Als sie einen Frischeduft mit Erdbeergeruch für das Auto, ein Paar hochhackige schwarze Schuhe, blaue Haartönung, lila Haartönung, ein Strickmuster und Stricknadeln für den Pullover für Thomas gekauft hatte, war es zu spät für ihren Steptanzkurs.

Sie tat so, als wäre sie enttäuscht. Sie hatte die Möglichkeit, Zirkeltraining zu machen, aber in dem Raum waren immer lauter muskelbepackte Männer, die Liegestütze machten und dabei stöhnten. Das würde sie nicht ertragen. Nicht in rosafarbener Gymnastikhose. Ich fange morgen an, nahm sie sich vor.

18

Auf dem Weg nach Hause fuhr sie spontan bei Katherine vorbei. Sie hatte sie am Telefon nicht erreicht und wollte mit ihr sprechen.

Unangemeldet bei Katherine vorbeizuschauen war nicht etwas, was sie normalerweise tat. In dem Punkt hatten sie die Londoner Gepflogenheiten angenommen, wonach es der Gipfel der Unhöflichkeit war, wenn man unerwartet bei jemandem klingelte. Ein Satz wie: »Ich war gerade in der Gegend und dachte …« wurde als grobes Fehlverhalten betrachtet. Viele Londoner, die alle Anrufe mit Hilfe des Anrufbeantworters sondieren konnten, gerieten völlig aus dem Konzept, wenn es plötzlich an der Tür läutete. Ein Mensch! Aus Fleisch und Blut! Vor ihrer Tür!

Viele weigerten sich zu öffnen, wenn es eindeutig nicht der Postbote sein konnte. Statt dessen preßten sie sich flach an die Wand und versuchten, aus dem Fenster zu spähen, wie in Filmen, wenn die Polizei im Begriff ist, das Haus zu stürmen. Allerdings hatten sie nicht die Absicht, den Besucher einzulassen, sondern sie wollten einfach nur wissen, wer zu diesem abweichenden Verhalten neigte, damit sie ihn ab sofort von ihrer Weihnachtskartenliste streichen konnten.

Katherine war unter der Dusche, aber Tara dachte, ihr widerfahre die übliche Behandlung, weil sie nicht die erforderliche Verabredung getroffen hatte. Sie nahm ihr Mobiltelefon aus der Tasche und wollte Katherine befehlen, die Tür zu öffnen, aber das Gerät funktionierte nicht, weil die Batterie leer war.

»Mach auf, ich bin es«, rief Tara von dem winzigen Vorgarten aus und sah zu Katherines Fenster hoch.

»Laß mich rein, du blöde Ziege«, rief sie frustriert, »Ich weiß, daß du zu Hause bist, ich kann Licht sehen.«

»Hallo«, sagte eine Stimme hinter ihr. »Wollen Sie zu Katherine?«

Tara drehte sich um und sah jemanden – es konnte nur der arme Roger sein – mit dem Schlüssel zur Haustür gehen.

»Ja.« Tara konnte ihm kaum in die Augen blicken, weil sie an die anderen Male denken mußte, als Roger mit dem Besenstiel an die Decke geklopft und Tara betrunken gebrüllt hatte: »Laß doch den Quatsch, du alter Trottel.«

»Danke«, sagte Tara verlegen zu Roger und rannte an ihm vorbei zu Katherines Tür, trommelte dagegen und rief: »Mach auf!«. Katherine öffnete gelassen die Tür. Sie trug ein kurzes seidenes Nachthemd und einen dazu passenden seidenen Morgenmantel, der aufsprang und ihre glatten weißen Beine zeigte. Sie strahlte Wohlgefühl aus, aber Tara war zu erregt, um es zu bemerken.

»Hallo«, sagte Katherine mit einem strahlenden Lächeln. »Wie bist du reingekommen?«

»Der arme Roger hat mich reingelassen.«

»Armer Roger«, sagte Katherine. »Ich muß mich irgendwann mal bei ihm entschuldigen, weil es hier immer so laut ist. Was ist los? Warum hast du versucht, meine Tür einzuschlagen?«

»Ich dachte, du würdest mir nicht aufmachen.«

»Warum sollte ich dir nicht aufmachen?« fragte Katherine, wieder mit einem Lächeln. Sie hatte wunderhübsche Füße, klein und zierlich, und die Zehennägel waren mit einer irisierenden Farbe bemalt. Doch warum sie sich überhaupt die Mühe machte, ihre Zehennägel zu bemalen, begriff Tara nicht. Ihr wären ihre Zehennägel egal, wenn sie keinen Freund hätte. Sie kümmerte sich selbst jetzt nicht um sie, da sie einen Freund hatte.

Tara war merkwürdig getröstet von dem Anblick von Katherines flinken Füßen, als die ihr voran über den dicken Teppich ins Wohnzimmer ging und sie fragte, ob sie ein Käse-Sandwich möchte.

»Weiche von mir, Satan«, sagte Tara. »Ich möchte nur eine Tasse Tee. Ich könnte zwar den Arsch einer Nonne durch das Klostertor essen, aber ich bitte dich trotzdem, mir nichts zu essen anzubieten.«

Bei Katherine hatte sie nichts zu befürchten. Es bestand kaum die Gefahr, daß Katherine ein kalorienreiches, fetthaltiges Abendessen vorbereitet hatte, das Tara aus Höflichkeit mit ihr teilen mußte. An den meisten Abenden gab Katherine auf die Frage, was sie zu Abend essen würde, die vage Auskunft: »Weiß noch nicht, Toast vielleicht.« Während Tara eine Woche im voraus wußte, was sie essen wollte.

»Ich setze Wasser auf«, sagte Katherine.

Die Tüte Erdnußflips auf dem Kaminsims war schon seit dem Vorabend da. Tara erinnerte sich genau, sie dort gesehen zu haben. Wie konnte Katherine eine ganze Tüte mit Erdnußflips stehenlassen, ohne sie anzurühren? Sie selbst hätte kein Auge zugetan. Auch jetzt konnte sie sich nicht bremsen. In Tuchfühlung mit Eßbarem zu sein, ließ ihre Entschlüsse dahinschwinden. Außerdem hatte sie ihren Fitneßkurs versäumt, der Schaden war also schon längst angerichtet. In dem Moment, da sie nach der Tüte greifen wollte, kam Katherine wieder ins Zimmer.

»Nein«, schrie Katherine, und Tara zuckte zurück.

»Leg die Tüte sofort wieder hin!« brüllte Katherine quer durch das Zimmer. Dann formte sie mit den Händen vor dem Mund einen Trichter und rief: »Ich wiederhole. Leg. Die Tüte. Hin.«

Tara erstarrte. Sie war völlig verdutzt angesichts Katherines untypischer Lautstärke.

»Hinlegen«, brüllte Katherine. »Auf den Boden. Ganz ruhig. Keine faulen Tricks.«

Langsam legte Tara die Tüte auf den Boden neben sich. Dieser Ton ist ganz ungewöhnlich für Katherine, dachte sie verwirrt.

»Okay«, sagte Katherine. »Hände auf den Kopf.«

Tara gehorchte.

»Jetzt gib der Tüte einen Tritt in meine Richtung.«

Die Zellophantüte glitt über den Teppich, und Katherine packte sie und grinste breit.

»Danke«, sagte Tara. Sie lachten beide – Tara fast hysterisch, während Katherine vor Lebensfreude überschäumte.

»Das war knapp.«

»Du solltest dir dieses Zeug nicht kaufen, wenn du glaubst, du bist zu dick«, schimpfte Katherine gutmütig.

»Ich habe sie nicht gekauft. Sie war hier. Wieso siehst du sie nicht?« beschwerte sich Tara. »Als ich ins Zimmer kam, fing die Tüte wie ein Leuchtfeuer an zu blinken. Sie hat meine Aufmerksamkeit sofort auf sich gezogen. Sie ist vor mir auf und ab stolziert. Mit lüsternen Blicken. Und sie hätte sich glatt ausgezogen, wenn sie etwas angehabt hätte ...«

Katherine lachte, und Tara fiel undeutlich auf, daß Katherine ungewöhnlich gut aussah.

»Ich habe die Wolle für Thomas' Pullover gekauft«, verkündete sie.

»Große Neuigkeiten.«

»Das kann man wohl sagen. Es bedeutet, daß ich mein Leben in die Hand nehme. Stricken, Diät halten und sparen. Das neue Ich.« Tara vergaß für einen Augenblick die Schuhe, die seit knapp fünfunddreißig Minuten in ihrem Besitz waren und auf dem Rücksitz ihres Autos alle Vorsätze Lügen straften. »Und wo warst du heute? Ich habe um halb vier angerufen, und du warst immer noch beim Lunch.«

Katherine antwortete nicht.

»Wo warst du?« wiederholte Tara.

»Hmmmm? Wie bitte?« fragte Katherine verträumt.

Was zum Teufel ist mit ihr los? wunderte Tara sich. Irgend etwas war verändert. Ein Leuchten stand in Katherines Augen, ein Lächeln lag um ihren Mund. Eine gewisse Erregung ging von ihr aus. »Dein ausgedehnter Lunch – wo warst du ...?« Tara zögerte einen Moment und sagte dann: »Hörst du mir auch zu?«

»Ja«, sagte Katherine, allerdings wenig überzeugend.

Tara musterte sie genau. Katherines Haut war von einem rosa Hauch überzogen, eher pfirsichfarben, und sie sah aus, als hütete sie ein süßes Geheimnis. »Du hast doch nicht... hast du etwa ... du hast mit jemandem geschlafen, oder?« fragte Tara.

»Nein!«

»Na, irgendwas tut dir gut. Bist du scharf auf jemanden?«

»Nein.«

»Ist jemand scharf auf dich?«

»Nein«, sagte Katherine, aber Tara bemerkte ihr winziges Zögern.

»Aha«, sang sie. »Ahaaa. Jemand ist hinter dir her. Wer ist es? Erzähl!«

»Es gibt nichts zu erzählen«, sagte Katherine kühl.

Tara war ganz aufgeregt. Sie war froh, daß wenigstens eine von ihnen etwas Schönes erlebte. »Ich wette, er ist großartig«, sagte Tara begeistert. »Deine Typen sind immer großartig.«

Katherines Freunde – wenn sie einen Freund hatte, was selten genug vorkam – waren immer außergewöhnlich attraktiv. Scharfe Typen. Umwerfend gutaussehend. Für Tara unerreichbar. Es dauerte zwar nie lange, aber trotzdem.

»Es muß jemand im Büro sein«, überlegte Tara. »Wo würdest du sonst einen Mann kennenlernen?«

»Was du machst, gehört sich nicht«, sagte Katherine.

»Was hast du denn? Warum solltest du nicht auf jemanden scharf sein?«

»Ich bin auf keinen scharf.«

»Na gut, warum sollte nicht jemand scharf auf dich sein?«

Katherine erwiderte nichts. Aber das Leuchten in ihrem Gesicht war erloschen, ihre Miene eisig.

»Katherine«, sagte Tara sanft. »Ich weiß, wir haben uns manchmal darüber gestritten, aber es ist schön, verliebt zu sein, es ist eine gute Sache. Ich weiß, daß du die Kontrolle nicht verlieren willst, und ich weiß, daß du nicht gern verletzbar bist, aber manchmal muß man sich auf etwas einlassen.«

»Beziehungen sind ein einziges Elend, von Anfang bis Ende«, sagte Katherine kühl.

»Das stimmt nicht«, widersprach Tara energisch, und wollte fortfahren: »Sieh dir doch Thomas und mich an, bei uns gibt es kein Elend«, aber dann vermochte sie es nicht.

»Ich bin vollkommen glücklich allein«, sagte Katherine mit versteinertem Gesicht. »Allein sein heißt nicht gleichzeitig einsam sein.«

»Du kannst dich nicht auf ewig raushalten«, sagte Tara erregt. »Verliebt zu sein gehört zum menschlichen Schicksal. Ohne das lebst du dein Leben nur halb. Jeder braucht einen Partner, das ist ein grundlegendes menschliches Bedürfnis.«

Als Katherine keine Miene verzog, sagte Tara noch: »In Beziehungen gibt es nicht nur Schmerz.« Katherine schien noch unnachgiebiger in ihrer Haltung als beim letzten Mal, als sie darüber gestritten hatten.

»In Beziehungen gibt es nicht nur Schmerz, ja?« sagte Katherine. »Du bist wohl kaum in einer Position, das zu sagen. Guck doch mal, wie kreuzunglücklich du mit diesem Mistkerl Thomas bist.«

»Ich bin nicht kreuzunglücklich«, behauptete Tara steif und fest.

Trotz ihrer Verärgerung bemerkte Katherine, daß Tara nicht geleugnet hatte, daß Thomas ein Mistkerl war. »Na gut, wenn du glücklich bist, dann geht es mir gut, so wie ich bin«, sagte sie zu Tara.

Sie starrten sich an und warfen sich böse Blicke zu.

»Ich frage dich zum letzten Mal«, sagte Tara drohend.

»Was?« zischte Katherine zurück.

»Ist es jemand aus dem Büro?«

Katherine traten fast die Augen hervor, so wütend war sie. Sie öffnete den Mund, als suchte sie für eine Tirade von Beschimpfungen den richtigen Anfang.

»Ja«, sagte sie schließlich.

19

»Erzähl«, befahl Tara.

Aber eigentlich, so fand Katherine, gab es herzlich wenig zu erzählen. Als sie an dem Morgen ins Büro kam, war Joe Roth zu ihrem Schreibtisch gekommen, wie an den zwölf Arbeitstagen davor auch. Vielleicht lag es an dem eisgrünen Hemd, das er anläßlich der Tampon-Präsentation trug, oder daran, daß sein kobaltblauer Anzug besonders kleidsam für seine schlaksige Gestalt war – auf jeden Fall fand Katherine, daß er an dem Morgen einen besonders gefälligen Anblick bot.

»Morgen, Katie«, sagte Joe mit einem breiten Lächeln, das sein ganzes Gesicht ausfüllte.

»Mr. Roth«, sagte Katherine frostig mit einem furchterregenden Blick der Stufe drei; sie fand es unnötig, auf Stufe vier oder fünf zu gehen, da der Ton ihrer Stimme schneidend wie eine Waffe war. »Mein Name ist Katherine, und ich höre nicht auf Abkürzungen.«

Katherine wartete, daß er eingeschüchtert und mit eingezogenem Schwanz davonschleichen würde. Als er sich statt dessen vorbeugte und einfach loslachte, beschlich sie eine Vorahnung des bevorstehenden Unglücks. Sie sah seine Zähne, wie weiße Wimpel an der Wäscheleine, und hatte Angst. Fürchte dich, fürchte dich aus tiefstem Herzen.

Er hörte auf zu lachen. »Mr. Roth«, machte er sie nach, und seine braunen Augen ruhten mit einem Ausdruck von Zuneigung, so schien es jedenfalls, auf ihr. Sie sah ihn unbewegt an und gab sich alle Mühe, den Eindruck einer sehr beschäftigten Frau zu machen, deren Geduld auf eine äußerst harte Probe gestellt wurde. »Mr. Roth«, sagte er noch einmal. »Das gefällt mir. Wissen Sie, Katherine, Sie sind wunderbar. Sie sind einfach wunderbar.«

Als sie ihn weiterhin eisig anblickte, sagte er: »Es tut mir leid, wenn ich Sie mit dieser vertraulichen Anrede beleidigt habe. Von jetzt an sage ich Katherine. Es sei denn, es wäre Ihnen lieber, wenn ich Sie Ms. Casey nenne?«

Der Bruchteil einer Sekunde, bevor sie protestierte, war zu lang, und er lachte erneut auf. »Es wäre Ihnen tatsächlich lieber. In Ordnung, also Ms. Casey.«

Dann sagte er plötzlich in geschäftsmäßigem Ton: »Ich muß mit Ihnen über die Überziehung des Kontos für Noritaki-Bier sprechen, aber die Leute von Geetex werden gleich hiersein. Vielleicht könnten wir es beim Lunch bereden?«

»Lunch?« fragte sie kühl. »Auf wessen Kosten?«

Katherine Casey war nicht käuflich. Obwohl sie im Rahmen ihrer Arbeit nicht allzu oft zu einem schicken, teuren Lunch eingeladen wurde – in der Werbebranche ist die Prokuristin das Aschenputtel –, würde sie bei der Aussicht auf einen Salat mit Ziegenkäse nicht aus dem Häuschen geraten. Ganz im Gegenteil. Viel eher würde sie jubilieren, wenn eine Werbekampagne abgeschlossen und das Budget eingehalten worden war. »Schließlich ist das Budget ja schon überzogen«, fuhr sie fort, »da wäre es sicherlich keine gute Idee, noch mehr von dem Geld auszugeben, während wir das Problem erörtern.«

»Ich zahle selbst«, erbot sich Joe.

Katherine lachte. Joe fand den Klang nicht ermutigend. »Keine schlechte Idee, Joe«, meinte sie. »Aber alle Spesenquittungen gehen über meinen Tisch.«

Die Werbeleiter bezahlten für nichts selbst. Sie hoben die Quittungen für alles, was sie kauften, auf und reichten sie ein. Nicht nur Restaurant- und Hotelrechnungen, sondern alles, vom Rasierschaum (»Ich hatte eine Präsentation und mußte mich herausputzen«) über Krawatten (dito) und Geburtstagskarten bis hin zum wöchentlichen Einkauf im Supermarkt. Einmal hatte jemand eine Rechnung für einen Armani-Anzug eingereicht, ein andermal wollte jemand sein Jacuzzi-Bad absetzen. Katherine war all dies nicht neu.

»Ich verspreche es Ihnen«, beharrte er. »Ich bezahle dafür aus eigener Tasche.«

»Nein.«

»Kommen Sie«, witzelte er. »Lunch. Mit Joe Roth. Und sonst niemand.«

»Nein.«

Sein Ausdruck wurde ernst. »Ich will Sie nicht anmachen. Ich muß mit Ihnen über die Überziehung sprechen.«

»Es tut mir leid«, sagte Katherine, »aber ich stecke bis über die Ohren in der Jahresendabrechnung.« Sie hatte die meiste Arbeit am Wochenende geschafft, aber das würde sie ihm nicht auf die Nase binden. »Sprechen Sie doch mit meiner Assistentin Breda«, schlug sie vor. »Sie kann Ihnen auch weiterhelfen, und ich bin mir sicher, sie würde sich über einen schönen Lunch freuen.«

»Also gut«, sagte Joe niedergeschlagen und ging.

Normalerweise würde er nicht so leicht aufgeben, aber dies war die vierte Woche der fortwährenden Niederlagen, und er war verzweifelt. Deshalb ging er zu Fred Franklin und bat ihn, seinen Einfluß für ihn geltend zu machen. Fred saß mit Myles, einem jungen, aufstrebenden Werbetexter, in seinem Glaskasten. »Fred«, sagte Joe und verzichtete auf alle Höflichkeiten, »ich brauche deine Hilfe.«

Fred wußte, was Joe wollte, weil er ihn im Gespräch mit Katherine gesehen hatte. Fred verstand die internationale Sprache der Zurückweisung. Er war sogar bestens mit ihr vertraut, da sein Pech mit Frauen erst aufgehört hatte, als er mit fünfunddreißig befördert worden war. Und nach Joes Körpersprache während des Gesprächs mit Katherine zu urteilen – die bittend ausgestreckten Arme, der ernste Ausdruck im Gesicht –, war es eindeutig, daß er eine Abfuhr erteilt bekommen hatte.

»Du bist ein kranker Mann«, sagte Fred.

»Ist das wahr?« fragte Myles interessiert. »Wie krank? Wir

haben hier was für die meisten Richtungen. Wie wär's mit Chain in der Druckerei, wenn du Spaß an kleinen Abarten hast?«

»Jane?«

»Nein, Chain. Die wird dich wieder aufrichten.«

»Wie heißt sie wirklich?« fragte Joe matt. Versehentlich hatte er, seit er bei Breen Helmsford arbeitete, einige der Frauen mit ihren Spitznamen angeredet. Den meisten schien es nichts auszumachen, aber ihm war das peinlich.

»Pauline«, sagte Myles. »Wir nennen sie Chain, weil … na ja, wenn ich von ›pelzigen Handschellen‹ spreche, weißt du sicherlich, was ich meine …«

»Er ist auf die frigide Irin scharf«, fuhr Fred dazwischen.

»Auf die Eiskönigin?« rief Myles erstaunt aus. »Ich wußte nicht, daß du zum Masochismus neigst.«

»Tue ich doch gar nicht.«

»Und ob, mein Lieber! Bei der knallst du mit dem Kopf gegen eine Betonwand.«

Myles hatte Joe Roth ganz in Ordnung gefunden und ihn für einen guten Typen gehalten, mit dem man mal ein paar Witze reißen konnte. Vielleicht mußte er seine Meinung ändern.

»Wie ist es denn mit May in der Poststelle?« sagte er, weil er Joe gern gerettet hätte. »Du kennst sie bestimmt – Brustwarzen, an denen man seinen Mantel aufhängen kann, einen Arsch, in dem man sein Fahrrad parken kann. Ob sie's macht? Na klar. Man sollte sich nicht davon abschrecken lassen, daß sie bei einem Wiedereingliederungsprogramm vom Sozialamt mitmacht. Ein bißchen verrückt schadet überhaupt nicht, sage ich immer. Es törnt sogar an!«

»Wie heißt sie wirklich?« fragte Joe, der in eine depressive Stimmung versank.

»May«, sagte Myles. »Aber warum sie so heißt, weiß ich nicht. Bei ihr gibt es kein Vielleicht, sie kann immer.«

Fred und Myles brachen beide in lautes Machogelächter aus, und Joe zog spontan einen Stellenwechsel in Betracht. War der Frauenhaß hier schlimmer als in seiner früheren Firma, oder wurde er einfach alt?

Er durchbrach den Heiterkeitsausbruch und sagte: »Abgesehen von allem anderen muß ich mit Katherine über das Noritaki-Budget sprechen.« Auf der Stelle hörte das Lachen auf.

»Meinst du, ich bin von gestern, mein Guter?« höhnte Fred. »Sprich mit der dicken Breda darüber. Mach schon«, drängte er, als Joe nicht antwortete, »die hat wenigstens Titten.«

»Sprich mit Katherine«, sagte Joe. »Ich mach's auch wieder gut.«

Fred dachte nach. Joe war ein gutaussehender Mann und ein häufiges Gesprächsthema bei den weiblichen Angestellten. Sollte es ihm gelingen, bei der frigiden Irin zu landen, so würde er sofort jedes Interesse an ihr verlieren. Während sie bis dahin bis über beide Ohren verliebt sein würde. Sich das anzuschauen wäre sicherlich lohnenswert.

»Meinetwegen«, brummte Fred und stemmte sich aus seinem Ledersessel.

Als Katherine sah, wie Fred durch den Raum auf sie zuschlenderte, wußte sie, was bevorstand. Ein Teil von ihr verachtete Joe, weil er zum Chef gelaufen war, aber trotz ihres tiefsitzenden Selbsterhaltungstriebs nahm sie doch mit gewisser Bewunderung zur Kenntnis, wie hartnäckig er sich bemühte. Allerdings hatten sich andere Männer vor ihm auch schon hartnäckig bemüht, und es hatte dann doch mit Tränen geendet …

»Jetzt hören Sie mal zu«, herrschte Fred sie an. Er sprach höchst ungern mit ihr. Bei ihr hatte er immer das Gefühl, als wäre er gerade unter einem Stein hervorgekrochen. Es hatte damals angefangen, als er sie in ihrer ersten Woche bei Breen Helmsford zu einem Drink eingeladen hatte. Sie hatte geantwortet: »Ich gehe nie mit verheirateten Männern aus.«

Fred hatte sich voller Unbehagen gewunden und gesagt: »Das ist nur eine freundliche Geste, weil ich möchte, daß Sie sich bei uns wohl fühlen«, aber sie hatte ihn mit einem eisigen Blick abserviert. Und als er aufhörte, sich selbst zu hassen, richtete sich sein Haß auf sie.

»Sie werden mit Joe Roth zum Lunch gehen und über die Budgets sprechen.«

»Ist das ein Befehl?«

»Ja, so kann man es sehen.«

»Sie sind nicht mein Vorgesetzter.« Sie lächelte. Stumm sagte sie dann noch: Tatsächlich stehen wir kaum auf der gleichen Stufe, und ihr gekünsteltes Lächeln wurde noch eine Spur künstlicher.

»Ich weiß, daß ich nicht Ihr direkter Vorgesetzter bin«, sagte Fred, dem dies furchtbar verhaßt war, »aber der Mann macht sich Sorgen über die Aufträge. Breda ist ein tolles Mädchen, aber Joe will sich nicht mit ihr abspeisen lassen.«

»Ein zweireihiger weißer Anzug«, sagte Katherine nachdenklich, »mit einem Pelzmantel, lässig über den Schultern, eine Kreissäge schief auf dem Kopf, und rechts und links eingehakt eine Hure in kurzem, rotem Kleid.«

»Was soll das?«

»Sieht so nicht ein Zuhälter aus?«

»Ein Zuhälter?« Fred war empört. »Ich bin doch kein Zuhälter! Er will nur mit Ihnen zum Lunch gehen.«

Feindseligkeit knisterte in der Luft, und einen Moment wünschte Katherine sich, sie wäre wie die anderen. Warum konnte sie sich in Gruppen nicht wohl fühlen? Warum hatte sie sich nicht von Fred Franklin zu einem Drink einladen lassen? Und eine kleine Bettgeschichte mit ihm angefangen? Eine Affäre mit einem verheirateten Mann wäre nicht das Schlimmste, das wußte sie nur zu gut. Und es hätte ihr das Leben im Büro leichtergemacht. Sie wußte, daß sie nicht beliebt war, und manchmal bekümmerte sie das. Heute zum Beispiel.

»Es geht nur um einen Lunch«, sagte Fred noch einmal, und seine Augen traten vor Erregung hervor. »Sie sollen über die Arbeit sprechen.«

Es ging tatsächlich nur um einen Lunch, mußte Katherine zugeben. »Also gut«, seufzte sie.

Triumphierend marschierte Fred zu seinem Goldfischglas-

Büro zurück. »Das geht klar, mein Guter«, sagte er zu Joe, der mit besorgter Miene wartete. »Vergiß nicht, uns alles haarklein zu erzählen, wenn du zurückkommst.«

Das Telefon auf seinem Schreibtisch klingelte. »Die Typen von Geetex sind hier«, sagte er.

In seiner gehobenen Stimmung gab Joe eine blendende Präsentation. So überzeugend war seine Darbietung, daß die Geetex-Abordnung beinahe selbst an die Vorzüge ihrer Tampons zu glauben anfing.

»Sieht ganz so aus, als hätten wir das in der Tasche«, meinte Myles, als er die Geetex-Leute wie verzaubert abziehen sah.

Nach einer erfolgreichen Präsentation ging normalerweise das ganze Team zu einem ausgedehnten und alkoholreichen Lunch. Joe entschuldigte sich jedoch, schickte seine Kollegen aber mit den besten Wünschen auf den Weg und versäumte es auch nicht, sie vorher zu fragen, in welches Restaurant sie gehen würden. Er hatte vor, mit Katherine in ein Lokal zu gehen, das ziemlich weit davon entfernt war.

Katherine hatte sich ihrerseits den ganzen Morgen mit Zuwachsraten beschäftigt, und Joe Roth war ihr währenddessen völlig aus dem Sinn gekommen. Sie bediente sich nicht der durchsichtigen Entschuldigung, zur Bank oder in die Drogerie gehen zu müssen, um dann zur Oxford Street zu hasten und dort Zahnbürste und Zahnpasta, neuen Lippenstift, neue Grundierungscreme, ein Deo-Spray, extra-feine Strümpfe, hochhackige Schuhe und ein neues Kostüm mit kurzem Rock zu kaufen, zu Ehren des überraschend verabredeten Lunchs.

Sie weigerte sich, Erregung zu empfinden. Nach Jahren der Übung fiel es ihr gar nicht mehr schwer, aufkommende Vorfreude zu unterdrücken.

Natürlich war die Arbeit enorm hilfreich, die so wunderbar geordnete Welt der Zahlen, wo alles seinen Platz hatte. Wenn es aufging, hatte man richtig gerechnet. Es gab einfach keinen *Grund* für Zweifel. Und wenn es nicht aufging, mußte man alles noch einmal überprüfen, bis man den Fehler gefunden hatte, und dann brachte man das in Ordnung.

In Katherines Augen war die doppelte Buchführung eine der großen Fortschritte der Menschheit, auf einer Stufe mit der Erfindung des Rads. Sie wünschte sich, die Welt würde nach dem gleichen Prinzip funktionieren. Ausgaben auf der linken Seite, Einnahmen auf der rechten, so daß man immer wußte, woran man war. Phantastisch.

Um ein Uhr tauchte Joe etwas verlegen an ihrem Schreibtisch auf. Seine anfängliche Euphorie war einem unbehaglichen Gefühl gewichen, weil er sie ausgetrickst hatte.

»Ach ja, richtig, der Noritaki-Lunch«, sagte sie unliebenswürdig und ließ ihn neben ihrem Schreibtisch stehen, während sie die Berechnung zu Ende führte. Das hätte warten können, aber wozu?

Als sie den Rechner abschaltete, merkte sie plötzlich, daß sie dringend zur Toilette mußte, aber sich nicht traute, das zu sagen. Sie könnte ja im Restaurant auf die Toilette gehen. Aber warum sollte sie es nicht jetzt tun? Schließlich bedeutete er ihr nichts. In der fernen, versunkenen Vergangenheit, als sie manchmal in einen Mann verliebt gewesen war, war das etwas anderes gewesen. Damals mußten alle Bedürfnisse übergangen und geleugnet werden, getilgt. Doch nicht bei Joe Roth. »Ich muß noch zur Toilette«, sagte sie so kühl es ging. Sie ließ ihre Handtasche absichtlich auf dem Schreibtisch stehen, damit er nicht denken sollte, sie würde sich für ihn die Haare bürsten und die Lippen nachziehen.

20

Er ging mit ihr in ein Restaurant, das zu Fuß erreichbar war. Katherine war dankbar. Der Gedanke, mit ihm in einem Taxi eingeschlossen zu sein, löste in ihr Beklemmungen aus. Allerdings war es auch nicht angenehm, neben ihm zu laufen. Sie fühlte sich steif und konnte ihn nicht ansehen. Außerdem gingen sie nicht gleich schnell, weil beide das natürliche Tempo des anderen zu erraten versuchten, um sich dem anzupassen. Weil Joe sehr groß war, hatte Katherine vermutet, daß er schnell gehen würde, und da sie nicht hinter ihm herhinken wollte, holte sie kräftig aus. Doch kurz darauf merkte sie, daß sie außer Atem geriet, und drosselte das Tempo. Als er merkte, daß sie langsamer wurde, ärgerte er sich über sich selbst, weil er dachte, er hätte sie gezwungen, mit seinen langen Beinen Schritt zu halten, und blieb fast stehen. Dann fiel Katherine auf, wie unnatürlich langsam er schlich, und beschleunigte wieder. Auch er ging wieder schneller, weil er dachte, er sei zu langsam geworden. Und auf diese holprige Art und Weise, mit Stocken und Wieder-Loslegen, kamen sie beim Lemon Capiscum an.

Es war ein teures, lautes, trendbewußtes Restaurant, das seine Viertelstunde der Popularität erlebte. Mit der geschwungenen Front aus Glasbausteinen und der Fülle an hellem Holz ähnelte es dem Lokal, in dem Katherine am Freitag abend mit Tara gewesen war. Die Speisekarte brauchte sie gar nicht erst zu lesen. Sie hätte wetten mögen, daß Mahi-Mahi auf der Karte stand.

Joe hatte ihnen wohlweislich einen Tisch zwischen zwei Trennwänden reservieren lassen. Hier waren sie vor dem Lärm ein wenig geschützt, so daß Katherine sich entspannte. Und sogar ein

Glas Wein bestellte. »Sehen Sie mich nicht so an«, sagte sie hochnäsig, »ich arbeite zwar viel, aber ich bin trotzdem ein Mensch.«

»Ich sehe Sie gar nicht ›so‹ an«, sagte er mit seinem Strahlelächeln. »Wenn Sie ein Glas Wein bestellen wollen, dann tun Sie das. So viele Sie wollen.«

Sein Blick war voller Wärme, so daß sie kurz und bündig sagte: »Lassen Sie uns mit der Besprechung beginnen. Was den Noritaki-Auftrag angeht, so konzentrieren sich die Ausgaben zum gegenwärtigen Zeitpunkt –«

»Katherine«, unterbrach er sie sanft, und die Art und Weise, wie er es sagte – fast traurig –, bewirkte, daß sie am liebsten auf der Stelle gegangen wäre. »Lassen Sie uns doch erst bestellen.« Und plötzlich beschloß sie, mal loszulassen, sich eine Pause zu gönnen, wenigstens eine Stunde. Seit drei Wochen hatte sie ihn abgewehrt, und ihr war die Munition ausgegangen. Was soll's, dachte sie. Ich bin auch nur ein Mensch. Warum sollte ich einem Mann nicht gestatten, nett zu mir zu sein? Nur für eine Stunde. Und das Lächeln, mit dem sie Joe im nächsten Moment ansah, war zum ersten Mal frei von Sarkasmus und Spott.

»Haben Sie sich für eine Vorspeise entschieden?« fragte er mit einem Blick auf ihre zusammengeklappte Speisekarte.

»Wahrscheinlich den Risotto Chanterelle mit Trüffel-Raspeln«, sagte sie mit einem Zwinkern. »Und Sie?«

»Die Koriander-Zitronengras-Suppe. He!« sagte er dann, nachdem er die Speisekarte studiert hatte, »es gibt keinen Risotto Chanterelle mit Trüffel-Raspeln.«

»Ach, das muß es geben!« Sie lächelte. »Sehen Sie sich doch mal um.« Sie deutete auf die zitronengelben, in Wischtechnik gestrichenen Wände, die Tröge mit Zen-Bepflanzung, die runden, in die Decke eingelassenen Halogenstrahler. Joe lachte, und Katherine amüsierte sich köstlich. Aber als sie die Speisekarte aufschlug, sagte sie überrascht: »Es gibt auch keine Koriander-Zitronengras-Suppe!«

»Ach, das muß es geben«, sagte auch Joe, »sehen Sie sich doch mal um.« Und diesmal war es Joe, der sich auf Katherines Kosten amüsierte.

Sie konnte ihn in keine Schublade einordnen. Die meisten Männer, die ihr derart hartnäckig nachstellten, hatten ein überdimensionales Ego. Das brauchten sie auch – wenn es in ihrer Rüstung irgendwelche Risse gab, fand Katherine sie und fügte ihnen mit ihrem Spott tödliche Wunden zu. Doch wenn Joe kein besessener Egomane war, mußte er dumm wie Stroh sein oder naiv wie Forrest Gump, und eigentlich glaubte sie das beides nicht.

Die Bedienung kam an ihren Tisch. »Möchten Sie gern wissen, was es für Tagesgerichte gibt?« sagte sie. »Als Vorspeise haben wir Risotto Chanterelle ...«

Katherine hörte den Rest nicht. Ein riesiges Lächeln machte sich auf ihrem Gesicht breit, und Joe, der für einen Moment von ihrer Offenheit überrascht war, erwiderte es mit einem gleichfalls strahlenden Lächeln. Katherine entdeckte, welchen Spaß diese Spiele machen konnten. Als sie seine langen, feingliedrigen Finger beobachtete, die am Stiel des Weinglases entlangstrichen, spürte sie ein fast vergessenes zupfendes Gefühl ganz tief unten in ihrem Körper. Als wäre ein Gummi gerissen. O nein!

Sie bestellte Tagliatelle. Sie würde nicht weich werden und weigerte sich, ein unverfängliches Gericht zu bestellen, das man ohne Mißgeschicke verzehren konnte. Was machte es schon, wenn die Nudeln auf dem Weg zum Mund unordentlich von der Gabel baumelten? Wenn sie gegen ihr Kinn schlugen und dort Spuren von Roquefort und Sahnesoße hinterließen? Es zeigte nur, wie gleichgültig er ihr war. Sie hätte auch Spinat bestellt, der zwischen den Zähnen hängenbleiben konnte, nur daß der leider nicht auf der Speisekarte stand.

Während sie ihre Vorspeise aßen, kam das Gespräch auf das, was sie verband, nämlich die Arbeit. Aber Joe sprach unbefangen von sich selbst, so daß Katherine vermutete, er erwarte dasselbe von ihr. Er erwähnte, daß er einige Wochen zuvor nach Hause gefahren sei. Dann sagte er: »Ich bin im Juli dreißig geworden, und meine Mutter meint, daß ich schwul sein muß, weil ich nicht verheiratet bin.« Als er darauf nicht lange und bedeutungsvoll schwieg und sie ansah, wie ein Hund, der sein Fressen will, entspannte sie sich wieder. Vielleicht war das nicht der Köder, um herauszufinden, wie alt sie war und ob sie in festen Händen war.

»Woher kommen Sie denn?« fragte sie.

»Aus Devon. Eigentlich bin ich ein Landkind.« Als wäre das etwas, worauf man stolz sein könnte, dachte sie spöttisch.

Doch dann sagte sie: »Ich komme auch vom Land.«

Und in Antwort auf seine Fragen erzählte sie ihm ein bißchen von Knockavoy. Von der Landschaft dort. Von den riesigen Wellen des Atlantiks, die manchmal so hoch waren, daß sie durch die Fenster schwappten. Und von der Luft, deren Aroma so kräftig war, daß man sie, wie ihre Freundin Tara meinte, mit Messer und Gabel essen könne. Arme Tara, dachte Katherine. Es stimmt, bei ihr dreht sich alles ums Essen. »Es hört sich an wie Touristenwerbung für Irland.« Sie lächelte.

»Es muß schwer gewesen sein, das hinter sich zu lassen.«

»Nein. Ich konnte gar nicht schnell genug weg«, gab sie zu. »Mir gefällt die Anonymität in London.«

»Es ist eine urbane Wüstenei«, neckte Joe sie, »und die Menschen kümmern sich nicht genug umeinander.«

»Das mag sein, aber es gibt wunderbare Schuhgeschäfte«, gab sie zurück.

Er lachte und sah sie mit uneingeschränkter Bewunderung an. Er war wirklich sehr gutaussehend, dachte sie. Und das ärgerte sie.

Der Hauptgang wurde serviert. Joes Gericht war eine beeindruckende vertikale Konstruktion. »Wie machen sie das?« fragte er bewundernd und betrachtete es eingehend. »Verstehe. Eine Schicht Bruschetta, eine Schicht Huhn, dann Basilikum, eine Schicht sonnengetrocknete Tomaten und eine Schicht Mozzarella. Dasselbe so oft wie nötig wiederholen. Großer Gott, versuchen Sie nicht, das zu Hause nachzubauen, liebe Zuschauer!«

»Können Sie kochen?« Sie wußte nicht, warum sie das fragte. Was interessierte sie es schon?

»Aber ja.« Er zwinkerte ihr zu. »Ich kann einen phantastischen Thai-Curry. Soll ich Ihnen erklären, wie man ihn macht?«

Sie drehte ihre Tagliatelle auf die Gabel und nickte. Ihre Stimmung sank. Jetzt würde er sie mit seinen Kochkünsten als emanzipierter Mann beeindrucken wollen. Wie furchtbar langweilig!

»Erst mal muß man die Zutaten einkaufen, bei Marks & Spencer, egal bei welchem. Man geht ans Kühlregal, das ist ganz wichtig, Katherine«, sagte er und wedelte mit dem Finger vor ihrer Nase – »denn die meisten machen den Fehler und gehen ans Tiefkühlregal – und holen sich einen fertigen Thai-Curry. Wenn man nach Hause kommt, nimmt man die Verpackung ab und durchsticht die Plastikfolie viermal mit einer Gabel. Viermal. Nicht mehr.« Nach einer kleinen Pause sagte er bedeutungsvoll: »Und auch nicht weniger. Dann – und das ist mein wohlgehütetes Geheimnis – stellt man ihn für dreieinhalb Minuten in die Mikrowelle, obwohl auf der Packung vier Minuten steht.« Er nickte Katherine weise zu. »Dann nimmt man den Deckel ab und stellt es noch einmal für dreißig Sekunden rein. So hat man eine köstliche karamelisierte Oberfläche, wie wir Experten es zu nennen pflegen.«

Zum Schluß grinste er breit, und sie lachte amüsiert und erleichtert.

»Na ja, sie wird ein bißchen hart«, gab er zu, »aber das ist fast das gleiche wie karamelisieren. Man serviert das Gericht mit Reis, den man sich von einem indischen Restaurant kommen lassen kann. Jetzt verraten Sie mir eins Ihrer Rezepte.«

»Also gut«, sagte sie. Langsam fand sie Gefallen an der Unterhaltung. »Ich muß mal überlegen. Ach ja, das ist lecker. Dazu braucht man ein Telefonbuch, aber die Handzettel, die man im Briefkasten hat, kann man notfalls auch nehmen. Man geht zum Telefon, wählt die entsprechende Nummer, bestellt eine ganze Pizza Marinara mit zusätzlichen Tomaten und dünner Kruste und – das ist das Entscheidende – gibt seine Adresse an. Und schon ist es soweit, ein köstliches Essen in weniger als einer halben Stunde! Soweit das Moped des Pizzafahrers mitmacht.«

»Das muß ich mir merken«, sagte er ernst. »Vielleicht versuche ich das mal, wenn ich den Chef meines Gatten zu bewirten habe.«

»Kochen Sie überhaupt?« Sie vermutete in ihm einen Seelenverwandten.

»Nein.« Seine braunen Augen sahen sie aufrichtig an. »Nie. Und Sie?«

»Hassen Sie es, wenn andere ein großes Getue ums Kochen machen?«

»Ich hasse es nicht, aber ich verstehe es nicht.«

»Ich weiß genau, was Sie meinen.«

»Wenn Gott gewollt hätte, daß wir Kuchen backen, hätte er dann die Pâtisserie Valerie erfunden?«

»Genau.«

Sie betrachteten sich in freundlichem Einverständnis.

»Wir könnten zusammen ein Kochbuch schreiben«, schlug er plötzlich vor. »Für Leute, die das Kochen hassen.«

»Gute Idee! Ich weiß jede Menge Rezepte.« Katherines Gesicht leuchtete auf. »Hier ist ein gutes für Kichererbsenmus. Man gehe zu Safeway, kaufe eine Packung, reiße den Deckel und die Zellophanschicht ab und bringe es auf den Tisch!«

»Hört sich phantastisch an.« Er bezauberte sie mit einem Lächeln. »Ich verrate Ihnen meins für einen Braten mit Röstkartoffeln und Gemüse, leicht gemacht: Man verbringe das Wochenende bei seiner Mutter.«

»Wir könnten Hochglanz-Farbfotos machen«, sagte Katherine begeistert, »von der Mikrowelle, von dem Pizzafahrer und von Leuten, die köstliche Dinge aus der Plastikverpackung essen.«

»Es wäre eine willkommene Abwechslung von dem üblichen Gastroporno-Mist«, sagte Joe, der sich bestens amüsierte. »Fernsehköche, eure Tage sind gezählt!«

Katherine mußte zugeben, daß Joe ein netter Mann war. Oder wenigstens schien er nett. Wahrscheinlich bedeutete das, daß er ein Wahnsinniger war, der seine Opfer mit der Axt ermordete. Sie schwiegen einen Augenblick und bemerkten erst jetzt, daß es zu regnen angefangen hatte. »Es regnet«, seufzte Katherine.

»Ich mag es, wenn es regnet.«

»Sie scheinen alles zu mögen.« Plötzlich war Katherine voller Bitterkeit. »Gibt es ein männliches Gegenstück zu Pollyanna, die immer fröhlich ist? – Sie!«

Joe lachte. »Ich bin einfach der Ansicht, daß sich die meisten Dingen zum Guten wenden lassen. Nehmen wir den Regen, zum Beispiel. Stellen Sie sich die Szene vor«, regte er mit einer anmutig unbestimmten Handbewegung an. »Draußen schüttet es, der Regen prasselt an die Fensterscheiben, aber Sie sind im Warmen, das Feuer knistert, Sie liegen auf dem Sofa mit einer warmen Decke, eine Flasche Rotwein –«

»Sie tragen dicke Socken und bequeme Hosen«, unterbrach Katherine ihn, über ihr Interesse selbst überrascht.

Joe nickte. »Ein chinesisches Essen haben Sie schon bestellt …«

»Im Fernsehen läuft ein schöner Film …«

Joes Augen leuchteten. »Schwarzweiß …«

»Natürlich …«

»Die Nacht vor der Hochzeit …?«

»Casablanca …?«

»Nein«, sagten sie wie aus einem Munde. *»Ein Herz und eine Krone!«*

Sie sahen sich an. Plötzlich waren sie auf so intime Weise verbunden, daß Katherine das Gefühl hatte, er habe ihre Seele gestreift. So daß sich eine Gänsehaut darauf bildete. Als die Bedienung diesen Moment wählte, um sich zwischen ihre beiden Köpfe zu schieben und zu fragen, ob sie fertig seien, hätte Katherine sie umarmen mögen, während Joe sie am liebsten mit Knüppelschlägen vertrieben hätte.

In einem Versuch, den Zeitpunkt des Aufbruchs hinauszuzögern, ermunterte Joe Katherine, einen Nachtisch zu bestellen. »Wie wäre es mit einem dreifarbigen Schokoladenkuchen?« schlug er nach einem Blick auf die Speisekarte vor. »Oder Caramelcreme mit Parfait?«

Katherines Mund wurde schmal. Wofür hielt er sie eigentlich? Dachte er, sie sei eine Frau? »Bestellen Sie noch etwas?« fragte sie.

»Nein, aber …«

»Also, dann«, erwiderte sie kalt. Und er fragte sich, was er verkehrt gemacht hatte. Es war so gut gegangen.

Aber Katherine hatte auf die Uhr gesehen. Die Stunde war um. Sogar weit überschritten, und sie ärgerte sich über sich selbst und über ihn.

Ihr Gesicht hatte sich wieder verschlossen. Sie bestellte einen doppelten Espresso und fing an, die Einzelheiten des Noritaki-Auftrags aufzuzählen. Und damit er verstand, daß die Zeit für Spaß und Spiel eindeutig vorbei war, nahm sie einen Computerausdruck aus der Tasche. Und legte – aus keinem anderen Grund als purer Grausamkeit – ihren Taschenrechner daneben.

»Wie wäre es mit einem Likör?« fragte Joe, als sie fertig war. »Nur einen, dann gehen wir.«

Sie schüttelte den Kopf, ihre Miene war versteinert.

»Kommen Sie. Was hat ein weiser Mann einst gesagt? ›Won't you stay, just a little bit longer?‹«

»Und um einen der Größten dieses Jahrhunderts zu zitieren«, gab Katherine kühl zurück und ließ ihren Taschenrechner in ihre Handtasche fallen: »›Das wär's, Leute.‹«

Sie erhob sich.

Sie ließ ihn die Rechnung bezahlen und trampelte ihre Schuldgefühle mit den Füßen tot. Schließlich hatte sie gar nicht ausgehen wollen. Aber als er sich zum Gehen bereit machte, sagte sie spitz: »Vergessen Sie nicht, die Quittung einzustecken, damit Sie sie einreichen können.« Als sie seinen Blick sah – verletzt und angewidert von ihrer grundlosen Häßlichkeit –, bereute sie beinahe, was sie gesagt hatte.

Es war fast vier, als sie wieder im Büro waren. Das hätte nicht passieren dürfen. Nun, es würde nie wieder passieren, dafür würde sie sorgen. Abgesehen davon würde er bestimmt noch vor Ende des Monats rausfliegen. Für Breen Helmsford war er sowieso schon viel zu lange dabei. Und nichts würde ihr größeres Vergnügen bereiten, als seine Abfindungspauschale auszurechnen.

Das Problem war nur, daß er seine Arbeit gut machte und die Mitarbeiter ihn mochten. Das erzeugte in ihr ein unangenehmes Gefühl der Angst.

Doch als sie an dem Abend nach Hause kam, war ihre Boshaftigkeit verflogen, statt dessen hatte sich warme Zufriedenheit in ihr ausgebreitet, ohne daß sie es bemerkt hätte. Bis es Tara auffiel und sie darauf hinwies. Und das paßte ihr gar nicht.

21

Als Tara die Wohnungstür öffnete, bemüht, ihre Einkäufe unentdeckt einzuschmuggeln, war Thomas im Flur, und Beryl strich besitzergreifend um seine Beine. »Wie war dein Steptanzkurs?« fragte er.

Es dauerte einen Moment, bevor sie verstand, wovon er sprach.

»Mein Steptanzkurs? Och, hart«, log sie. »Anstrengend.«

»Gut.« Thomas machte ein befriedigtes Schmatzgeräusch.

Vielleicht war es ihr Hunger, vielleicht auch unterdrückte Wut über das, was Thomas am Samstag abend zu ihr gesagt hatte – irgend etwas war der Grund, daß Tara Thomas plötzlich wie eine Furie anschrie: »Gut? Gut? Kriege ich ein goldenes Abzeichen? Oder eine gute Note? Was kriege ich denn? Acht von zehn Punkten? Ein B minus? Oder C plus? Herr im Himmel!«

Thomas' Augen traten vor Schreck hervor, und er machte den Mund auf und zu, ohne ein Wort herauszubringen.

»Du siehst wie ein Goldfisch aus«, fuhr sie ihn an. »Ich muß telefonieren.«

Sie knallte die Schlafzimmertür hinter sich zu, schleuderte ihre Einkäufe auf den Boden, zündete sich mit einer Hand eine Zigarette an und wählte Fintans Nummer mit der anderen. »Was hat der Arzt gesagt?«

»Ich bin nicht gegangen«, sagte Fintan beruhigend. »Du kannst dir nicht vorstellen, was passiert ist, kurz nachdem wir miteinander gesprochen hatten.«

»Was denn?«

»Die Schwellung ging weg.« Fintan lachte. »Als hätte man die Luft aus einem Ballon gelassen. In einem Moment war es eine Kiwi, im nächsten eine Weintraube, und dann eine Rosine!«

»Ich habe mir Sorgen gemacht.« Sie fühlte sich miserabel. »Vielleicht hättest du trotzdem zum Arzt gehen sollen. Um wenigstens herauszufinden, woher es kam.«

»Nicht nötig«, sagte er. »Krise abgewendet. Es war nur ein Blinken auf dem Monitor, und jetzt können wir es beruhigt vergessen.«

»War es wirklich so groß wie eine Kiwi?«

»So in etwa.«

»Man kriegt solche Beulen nicht einfach aus heiterem Himmel«, beharrte sie und nahm einen tiefen Zug von ihrer Zigarette. »Irgendwas ist nicht in Ordnung, du solltest dich untersuchen lassen. Wenn es nun wiederkommt?«

»Tut es aber nicht.«

»Könnte es aber.«

»Tut es bestimmt nicht.«

»Was denkt Sandro darüber?«

»Sandro denkt überhaupt nicht, oder er tut es so wenig wie möglich, wie du weißt.«

»Fintan, sei bitte ernst.«

»Auf keinen Fall.«

Es entstand eine lange Pause. Schließlich mußte Tara doch ihre Sorge loswerden. »Fintan, ich muß dich etwas fragen. Es geht mich nichts an, aber ich frage dich trotzdem. Hast du in letzter Zeit einen Aids-Test machen lassen?«

»Tara, du übertreibst.«

»Sieh mich an«, unterbrach sie ihn streng, »und sag mir, ob du in letzter Zeit einen Aids-Test gemacht hast.«

»Das kann ich nicht.«

»Heißt das, du hast keinen machen lassen?« Taras Stimme wurde vor Angst hoch und dünn.

»Es heißt, daß wir miteinander telefonieren.«

»Du weißt, was ich meine.«

»Hast du in letzter Zeit einen machen lassen?« Fintan überraschte sie mit dieser Frage.

»Nein, aber ...«

»Aber was?«

Sie zögerte. Wie sollte sie ihm das erklären?

Fintan sprach vor ihr. »Benutzt du mit Thomas immer ein Kondom?«

In einer anderen Situation hätte Tara vielleicht gelacht bei der Erinnerung an Thomas' Getue in ihrer ersten Nacht, als Tara ihn dazu überreden wollte, ein Kondom zu benutzen. »Als würde man Süßigkeiten mit dem Papier drum essen«, hatte er geklagt. »Oder als würde man mit Schuhen und Strümpfen Kanufahren gehen.« Sie hatte es nie wieder erwähnt. Zum Glück nahm sie seit Alasdair immer noch die Pille.

»Nein, nicht jedesmal, aber ...«

»Und hat Thomas in letzter Zeit einen Test machen lassen?«

Als ob er das jemals täte, dachte Tara. Es wäre das letzte, wozu er bereit wäre. »Nein, aber ...«

»Dann halt bitte deine Klappe«, sagte Fintan freundlich, aber unmißverständlich. »Danke für deine Fürsorglichkeit, aber wahrscheinlich war es ein milder Anflug von Myxomatose. Oder vielleicht Diabetes. Was machen deine Krankheiten im Moment?«

Aber Tara, die wegen der Zurechtweisung und vor Scham rot geworden war, wollte nicht mitmachen.

»Neue Anzeichen von Tollwut?«

Sie sagte nichts und verfluchte ihre ungebetene Besorgnis. Wahrscheinlich war die Chance, daß *sie* Aids hatte, größer als die, daß Fintan krank war.

»Oder Malaria?« fragte er höflich weiter.

Sie schwieg noch immer.

»Ich habe gehört, daß zur Zeit Milzbrand umgeht«, sagte er, »zieh dich also warm an!«

»Wenn du dir sicher bist, daß dir nichts fehlt«, sagte sie gedämpft. »Ich muß jetzt in die Küche. Ich rufe morgen wieder an.«

»Ich bin die ganze Woche weg«, sagte er. »Ich habe in Brighton zu tun. Wir sehen uns am Wochenende.«

Thomas stand in der Tür und hörte zu. Sie schob ihn aus dem Weg und ging polternd in die Küche. Sie ärgerte sich über sich selbst und war empfindlich getroffen von dem, was Fintan gesagt hatte, außerdem hatte sie einen Riesenhunger und hatte soeben jeden Vorsatz, Diät zu halten, fallengelassen. »Gibt es was zu essen?« fragte sie und riß die Schranktüren auf. Mit Abscheu glitt ihr Blick über die Diätsuppen, Dosentomaten, Nudelpakete und Dosen mit Katzenfutter, die darin lagerten. »Wie in einem Hungergebiet«, murmelte sie. »Eine Dritte-Welt-Küche. Wenn wir nicht aufpassen, fängt die Weltgesundheitsbehörde an, Milchpulver und Mehl aus der Luft abzuwerfen. Wir könnten eine Spendenaktion ins Leben rufen und zu reichen Leuten werden.«

Thomas sah ihr sprachlos zu. So hatte er sie noch nie erlebt. Hinter einer anderen Tür entdeckte sie Stapel von Thomas' Dosen mit Nieren-Fleischpastete.

»Meinetwegen kannst du eine davon haben«, bot er ihr an und wunderte sich über das Zittern in seiner Stimme.

»Lieber würde ich meine eigene Niere essen«, gab sie zurück. »Wie spät ist es? Safeway hat noch offen, ich gehe jetzt einkaufen.«

»Warte eine Sekunde, ich komme mit.«

»Oh, nein, du kommst nicht mit«, sagte sie und nahm ihre Autoschlüssel.

»Kauf reichlich Gemüse«, rief er ihr nach.

Tara drehte sich auf dem Absatz um und kam mit dem Gesicht ganz nah an seins. »Warum hältst du nicht deinen Mund?« sagte sie und ging, während er ihr verdutzt nachsah. Sie stieg ins Auto und fuhr mit quietschenden Reifen davon. Der Wurm hatte die Richtung gewechselt. Der Wurm hatte mit dem Wirbeltanz angefangen.

Es gab ein paar eiserne Regeln, nach denen Tara lebte. »Behandle die Menschen so, wie du behandelt werden möchtest«, war eine;

eine andere lautete: »Geh nicht in einen Supermarkt, wenn du Hunger hast.«

Aber sie war in der Stimmung, die Regeln zu durchbrechen. Wagen oder Korb? Korb oder Wagen? Was hatte sie vor?

Wagen, beschloß sie.

Sie rauschte durch die Obst-und-Gemüse-Abteilung und warf verächtliche Blicke nach rechts und links. Frische Sachen würden heute nicht mit ihr nach Hause kommen. Dann fiel ihr Blick auf die Mohrrüben. Mohrrüben sind meine Freunde, wußte sie. Wie oft hatten rohe Mohrrüben das Hungergespenst in sicherer Entfernung gehalten. Aber heute nicht. Es sei denn, sie hatten einen Schokoladenüberzug.

»Mohrrüben können sich verpissen«, brummte sie.

Ein junger Mann, der gerade vor zwei Tagen mit dem Bus aus Cardiff angekommen war, hörte sie. Seine Mutter hatte recht: London war voll mit Verrückten. Klasse!

Tara bemerkte seinen Blick, und da fiel ihr ein, daß manche Supermärkte in London einen Single-Abend anboten. War heute etwa ein solcher Abend? Sie sah zu dem jungen Mann hinüber und merkte, daß er sie immer noch anstarrte. Sie war überrascht, nicht unangenehm. Sie überlegte einen Moment, ob sie ihm zulächeln sollte, ließ es dann aber.

Wer braucht einen Mann, wenn er etwas zu essen haben kann?

Und zu essen würde sie bekommen.

Normalerweise brauchte Tara sehr lange für ihre Einkäufe. Es war, als kämpfte sie sich durch ein Minenfeld. Versuchung auf allen Seiten. Jede Entscheidung mußte lange erwogen und schmerzlich gefällt werden. Die Rückseite jeder Packung mußte auf die Angaben von Kalorien und Fettgehalt überprüft werden. Nichts, was mehr als fünf Prozent Fett enthielt, durfte in den Wagen. »Nichts wird durchgelassen!« war ihr Motto.

Es sei denn, Thomas war gerade abgelenkt.

Manchmal ließ sie ihren Finger sehnsüchtig über die verbotenen indischen Gerichte und die Tiefkühlpizza gleiten und wünschte sich, die Dinge stünden anders. Aber schon lange hatte sie aufgehört, an den Süßwarengondeln vorbeizugehen, weil das Gefühl des Verlusts zu groß war. Am besten, sie schloß mit diesem Teil ihres Lebens einfach ab. Es war eine leidenschaftliche Liebesaffäre gewesen, zu leidenschaftlich, und sie wußte, daß sie nie einfach nur Freunde sein konnten. Doch manchmal wollte sie einfach in Erinnerung schwelgen.

Der Erinnerungen gab es viele ... Ein Bild von ihr, in Rosa mit unscharfen Rändern, auf dem sie lachend und mit wehendem Haar gezeigt ist, eine Packung gefüllter Schokoladenkekse im Arm. Oder ein anderes, auf dem sie an einem sonnigen Sommertag einen Hügel hinunterrennt, in beiden Händen eine Tüte Fruchtdrops. Oder eins, auf dem sie sich glücklich kichernd eine Tafel Nußschokolade an die Wange drückt. Ahh, das waren noch Zeiten ...

Aber dieser Abend war anders. Wie ein Bulldozer raste Tara durch die Gänge, die Bremswirkung ihrer üblichen Bedenken völlig außer Kraft gesetzt. Alles war freigegeben. Mit einer ausholenden Geste beförderte sie den größten Teil der Chipstüten aus dem Regal in ihren Wagen. Ohne die geringsten Gewissensbisse warf sie ein paar üppig belegte Sandwiches für die Fahrt nach Hause oben drauf.

Aber es fiel ihr schwer, nicht schon einmal einen Bissen von den Dingen zu nehmen, die sie in ihren Wagen gehäuft hatte. Schließlich riß sie eine Tüte Mäusespeck auf. Dann eine zweite. Dann eine Fleischpastete. Und dann kam sie zu der Keksabteilung.

Sie konnte sich nicht bremsen und griff nach einer Packung Schokoladen-Nuß-Kekse. Sie betrachtete sie gierig. *Vielleicht besser nicht*, dachte sie. Aber eine kleine böse Stimme hielt dagegen: *Wieso eigentlich nicht?*

Einen Augenblick war sie unentschlossen, sie zitterte vor Verlangen und Vorfreude. Mit einem Rauschen in den Ohren, als eine Welle Adrenalin durch sie hindurchwogte und alles mit sich schwemmte, brach sie die Packung mit zittrigen Fingern auf.

Es ging alles in Windeseile, die Hand flog immer wieder hastig zum Mund, Krümel, Schokoladenbrocken, einzelne Nüsse und

Verpackungsteile fielen um sie herum zu Boden. Sie war außer sich, fast in Ekstase, obwohl sie kaum etwas von dem schmeckte, was sie sich in den Mund schob, weil sie es sofort herunterschluckte und die Geschmacksnerven nicht in Aktion treten konnten. Nur für den Durchgangsverkehr.

Schnell, allzu schnell war der Anfall vorüber. Sie kam wieder zu Sinnen, und sogleich erfüllte sie auch Scham. Obwohl ihr brüllender Hunger und ihr Kummer beschwichtigt waren, fühlte sie sich hundeelend. Beschämt schlich sie zur Kasse, mit gesenktem Kopf ließ sie es zu, daß die Kassiererin die leeren Tüten über den Scanner zog. Doch wenn sie die Verpackungen versteckt hätte, wäre sie möglicherweise wegen Ladendiebstahls festgenommen worden. Sie war eine von denen, die geschnappt wurden.

Was war nur in sie gefahren? fragte sie sich unglücklich. War sie verrückt geworden? Ein ganzer Tag der Kasteiung, ausgelöscht in einem zehnminütigen Anfall. Wenn sie nur daran dachte, wieviel sie an gesättigten Fettsäuren zu sich genommen hatte! Was war mit ihrer Diät? Was mit ihren guten Vorsätzen? Mit ihren ganzen Bemühungen? Wäre sie nicht fast in den Steptanzkurs gegangen, und waren jetzt nicht alle ihre Anstrengungen zunichte gemacht?

Sie bemerkte, daß der junge Mann sie wieder anstarrte. Jetzt dachte sie nicht mehr, daß er was von ihr wollte. Dann fiel ihr Thomas ein. Und der Schrecken kehrte zurück.

Sie hatte Thomas angeschrien, und sie hatte ihre Diät gebrochen. Sie war nicht nur fett, sie war außerdem noch eine Xanthippe. Was hatte sie bloß getan? Die Situation mit Thomas war viel zu heikel, als daß sie es riskieren konnte, ihn als Goldfisch zu bezeichnen. Vor Angst und hohem Blutzuckerspiegel zitternd fuhr Tara nach Hause. Sie hatte so viele Fremdstoffe im Blut, daß sie von keinem Gericht im Land verurteilt worden wäre, wenn sie mit einer Schrotflinte Amok gelaufen wäre.

Thomas saß am Küchentisch und qualmte vor sich hin. Neben ihm in ihrem Körbchen saß Beryl. Besorgt sah er auf, als Tara hereinkam. »Hallo«, sagte er mit einem süßen, nervösen Lächeln.

»Es tut mir leid, daß ich dich angeschrien habe.« Sofort nahm sie alle Schuld auf sich. Sie war es gewohnt, daß er die Macht hatte, und nahm an, es sei ein Fehler, daß sie ihr in die Hände gefallen sei. Jetzt gab sie sie ihm zurück, wie eine Brieftasche, die sie gefunden hatte und an den rechtmäßigen Besitzer aushändigte. »Ich kann es gut verstehen, wenn du wütend auf mich bist. Es tut mir sehr leid, und ich gebe dir mein Wort, daß ich morgen mit einer ganz strengen Diät anfange.«

Mit jedem ihrer zerknirschten Worte verpuffte Thomas' niedergeschlagene Stimmung mehr, und seine lässige Arroganz kehrte zurück. Seine Brust weitete sich zusehends, sein bedrücktes Hundegesicht war schon bald bloße Erinnerung. Als Tara ihm von Fintans Kiwi-Schwellung am Hals erzählte, war Thomas sich seiner selbst wieder so sicher, daß er sagte: »So wie er's treibt, kann er froh sein, daß es nur sein Hals ist, der ihm Probleme macht.«

22

Lorcan Larkin war Schauspieler. Mit Schauspielerei verdiente er angeblich seinen Lebensunterhalt, aber damit gestaltete er auch sein Privatleben.

Als junger Mann war er in Irland sehr erfolgreich gewesen, sozusagen ein Superstar. In *The Playboy of the Western World* und in *Juno and the Peacock* hatte er ein regelrechtes Feuerwerk auf der Bühne entfacht und die anderen Schauspieler an die Wand gespielt. Er war bei seinen Kollegen sowieso nicht besonders beliebt, und danach haßten sie ihn.

Ein paar Jahre hatte er in einer irischen Seifenoper die Rolle eines Schürzenjägers gespielt. Das erwies sich als sehr nützlich, weil er sein scheußliches Benehmen im wirklichen Leben damit entschuldigen konnte, daß er als Method-Actor für seine Rolle übte. Trotz der Oberflächlichkeit der Figur, die er im Fernsehen darstellte (und die ein armseliger Abklatsch des echten Lorcan Larkin war), war Lorcan ein Sexsymbol. Er wurde gefeiert und verehrt. Er wurde dem Taoiseach und dem Präsidenten vorgestellt, und ein Tag, an dem er in seiner Fanpost nicht ein Paar Höschen zugesandt bekam, war ein verlorener Tag für ihn. Obwohl die Boulevard-Presse die erbitterten Tiraden seiner Frau veröffentlichte, die ihm in den mageren Jahren beigestanden hatte und die er fallenließ, sobald die fetten Zeiten begannen, ließ die Verehrung, die ihm entgegengebracht wurde, nicht nach. Doch Lorcan reichte das nicht – er war nie zufrieden. Der Erfolg in Irland war ihm suspekt. Er nahm an, daß die Leute dort keine Ahnung hatten. Zwar waren die Iren eine Nation mit einer besonders großen und vielseitigen literarischen Tradition, aber er mußte von Menschen bestätigt werden, auf die es ankam, wenn man so will.

Deswegen hatte er vier Jahre zuvor, als der Medienrummel um ihn herum tobte, Irland verlassen. »Ich werde auch nicht jünger«, scherzte er vor den Journalisten. Er selbst glaubte kein Wort von dem, was er sagte – denn er hielt sich für unsterblich.

Dann ging er nach Hollywood, um denen mal zu zeigen, was es hieß, ein richtiger Schauspieler zu sein. Er stellte sich vor, daß er binnen weniger Tage an seinem höchsteigenen azurblauen Swimmingpool, mit Drehbüchern überhäuft, liegen würde und die Regisseure ihm die Bude einrennen würden.

Es war für ihn jedoch ein sehr unangenehmer Schock, als er erkennen mußte, daß es in Hollywood gerade so viele Iren mit Sex-Appeal gab, wie die Filmwelt verkraften konnte. Drei waren reichlich. Mit Pierce Brosnan, Liam Neeson und Gabriel Byrne war der Bedarf gedeckt, schönen Dank. Anscheinend waren schottische Schauspieler gerade *en vogue*, und Hollywood konnte nicht genug von ihnen bekommen. Einen Moment erwog Lorcan, sich Ewan zu nennen.

Doch er ließ sich nicht entmutigen und nahm eine Rolle als schwuler Cyber-Vampir in einem Autorenfilm an, bei dem während der Dreharbeiten im Studio jedesmal die Kulissen umfielen, wenn einer die Tür zumachte. Seine Gage bekam er nie, weil das Geld ausging, bevor die Hälfte der Dreharbeiten abgeschlossen waren. Unmittelbar im Anschluß an diesen Mißerfolg ergatterte Lorcan eine Rolle – sogar die Hauptrolle – in einem Pornofilm, nachdem der Regisseur auf der Männertoilette gesehen hatte, daß Lorcan die Voraussetzungen dafür erfüllte.

Danach war er ziemlich entmutigt. Die einzigen azurblauen Swimmingpools, in deren Nähe er gelangte, waren die, die er reinigte, um leben zu können.

Schließlich, nach einem Jahr und zwei Monaten der »schöpferischen Pause«, mußte er sich eingestehen, daß sein Plan nicht aufgegangen war. Allerdings konnte er nicht zugeben, daß er gescheitert war. Er wohnte in einem heißen, luftlosen, neun Quadratmeter großen Zimmer mit einer »fensterähnlichen Vorrichtung« – kein Fenster, sondern eine Plastik-Jalousie, die an der nackten Betonwand hing – in Little Tijuana. In der letzten Woche hatte er zum Frühstück, Lunch und Abendessen Marshmallows gegessen. Sein Auto mußte er wieder zurückgeben, weil er im Rückstand war, so daß er eine dreistündige Busfahrt durch die Stadt auf sich nehmen mußte, um Termine zum Vorsprechen wahrnehmen zu können. Nicht daß er oft zum Vorsprechen mußte – Lorcan war in Hollywood völlig unerwünscht, wahrscheinlich würde es ihm nicht einmal gelingen, verhaftet zu werden.

Bis zu dem Zeitpunkt war ihm der Erfolg auf den Fersen geblieben. Die Tatsache, daß er von ihm verlassen worden war, hatte zermürbende Ängste und Unsicherheit ausgelöst. Sein Ego war so groß und doch so zerbrechlich, daß er mehr Bestätigung als jeder andere brauchte, um weiter zu existieren. Mehr Erfolg, mehr Beifall, mehr Geld, mehr Frauen. Deswegen war es dringend geboten, daß er diesen Ort, an dem er ein Niemand war, wieder verließ.

Sein Geld reichte gerade für den Flug zurück nach Europa. Doch auf keinen Fall würde er wieder nach Irland gehen. Nicht, nachdem sie ihn so belogen und ihn glauben gemacht hatten, daß er ein Star war, wenn er offenbar keiner war. Statt dessen ging er nach London, wo er seine Demütigung in der riesigen Stadt zu verstecken hoffte. Er zog in ein kleines, schäbiges Zimmer in Camden und teilte die Wohnung mit einem freundlichen, rundlichen Mann, der Benjy hieß und seinen Lebensunterhalt mit der Bearbeitung von Strafzetteln verdiente.

Lorcan gab sich redlich Mühe, seine Verluste wettzumachen und sein Selbstbewußtsein wiederherzustellen, indem er verächtlich über den Müll sprach, der in Hollywood fabriziert wurde. »Die Bühne war immer meine große Liebe«, sagte er gegenüber dem *Guardian*. Es handelte sich hierbei um den *Camden Guardian*, die einzige Zeitung, die sich dafür interessierte, daß er sich in London niedergelassen hatte. (Und auch nur deshalb, weil seine

Wohnung neben dem Büro des *Guardian* lag.) »Das stimmt wirklich.« Lorcans Selbstbewußtsein hatte zwar in Hollywood ziemlichen Schaden erlitten, aber er fand einen Agenten und fing an, in London vorzusprechen. Doch die Welt der Schauspieler ist unglaublich empfindlich und spürt den leisesten Anflug von Verlierertum auf tausend Schritte Entfernung. Ausgesprochen gutaussehend und mit fast bedrohlichem Sex-Appeal versehen, wie Lorcan war, umgab ihn dennoch ein schwacher Hauch des Vergangenen. Manche gingen sogar soweit, darin den Geruch des Nie-Gewesenen zu sehen.

Niemand will damit in Zusammenhang gebracht werden. Es könnte ansteckend sein. Während also die Frauen, die das Casting machten, sehr gern mit ihm schliefen, waren sie nicht so leicht bereit, ihm eine Rolle in ihrer Produktion zu geben. Der Stolz hielt ihn aufrecht. Der und die Tatsache, daß er zu nichts anderem taugte. Er hatte keine Wahl, als sich nach jeder Enttäuschung wieder hochzurappeln und einen neuen Versuch zu starten.

In den zwei Jahren in London hatte er für *Hamlet, King Lear, Macbeth* und *Othello* vorgesprochen. Nach zehn Monaten der Ablehnungen hatte er schließlich eine Rolle bekommen. In *The Bill.* Er spielte die Rolle eines Bombenbastlers bei der IRA und hatte nur einen Satz zu sprechen: »Jesus, die sind hinter uns her. Renn, Mickey!«

Groß war seine Enttäuschung, daß diese *tour de force* ihm keine weiteren Türen öffnete, und bei allem geschliffenen und arroganten Gehabe war er verzweifelt. Er konnte es nicht ertragen, wenn er nicht der bewundertste, der begehrteste, der umworbenste Mann war. Aber noch war nicht alles verloren. Er hatte zwar keine Rollen und kein Geld und genoß auch kein Ansehen, aber er hatte immer noch die Frauen. Das war der einzige Bereich in seinem Leben, der noch funktionierte, ein Mikrokosmos, der spiegelte, wie er sich den Rest der Welt wünschte.

Bei den Frauen konnte Lorcan seine Macht mit freier Hand ausüben. Natürlich war es keine besondere Herausforderung, junge, unbedarfte Frauen zu Tränen zu rühren, aber es war besser als nichts. Es war ein sicheres Spiel, bei dem er immer als Sieger hervorging. Als die Monate vergingen und er immer noch keine Rolle hatte, wurde es schwieriger, genug für den Lebensunterhalt zu verdienen. Tatsächlich konnte von Unterhalt kaum die Rede sein. Voller Bitterkeit und Enttäuschung suchte er sich eine Stelle als Kellner. Er, der große Lorcan Larkin, war soweit gesunken, daß er Spaghetti Carbonara an Prols austeilen mußte. Wie weit war es mit den Mächtigen gekommen! Zum Glück wurde er innerhalb einer Woche rausgeworfen, weil er nicht die richtige Einstellung mitbrachte. (Der Geschäftsführer konnte Lorcan nicht begreiflich machen, daß die korrekte Reaktion auf den Wunsch eines Gastes nach einer zweiten Tasse Kaffee lautete: »Selbstverständlich, Sir, sofort«, und nicht: »Woran ist Ihr letzter Sklave gestorben? Stehen Sie doch selber auf!«)

Lorcan mußte sich also nach einer anderen Einkommensquelle umsehen.

Er hätte Karriere als Gigolo machen können. Es gab reichlich ältere Damen in London, die Lorcan gern ausgehalten hätten, und das in einem Stil, an den er sich sehr schnell gewöhnt hätte. Er hätte im Gegenzug für sexuelle Dienste zur Verfügung gestanden. Aber er brachte es einfach nicht fertig. Nicht, daß er etwas dagegen hatte, mit ihnen zu schlafen, aber es mußte zu seinen Bedingungen sein.

Dann, vor sechs Monaten, passierten drei gute Dinge auf einmal. Zunächst bekam er einen Sprecher-Job für ein paar Werbespots der irischen Tourismuszentrale, was ihn nicht gerade zum Publikumsliebling der grölenden Massen machte, aber es füllte den Kühlschrank. Am Tag darauf wurde ihm eine Sozialwohnung in Chalk Farm angeboten. Er hatte wieder eine eigene Wohnung – und Benjy war tieftraurig.

Und dann lernte er Amy kennen.

Benjy und er waren auf einer Party, als sie sie zum ersten Mal sahen.

Benjy betrachtete ausgiebig ihre große, schlanke Gestalt, ihr klares, offenes Gesicht, ihre rotblonden Locken – und fand, daß sie die schönste Frau war, die er je gesehen hatte. »Guck mal«, sagte er und stieß Lorcan in die Rippen.

»Ich dachte, du willst eine mit Titten.« Lorcan klang nicht beeindruckt.

»Wie man's nimmt. Ich nehme jede«, sagte Benjy betrübt. »Jede, die ich kriegen kann.«

»Na, da wünsche ich dir viel Glück. Und denk dran, was ich dir gesagt habe. Tu so, als wärst du schüchtern. Verlegen.«

»Ich kann sie unmöglich ansprechen.« Benjy war entsetzt.

»Warum nicht? Du findest sie doch toll.«

»Genau. Deshalb geht es nicht.«

»Nun komm schon, mein Guter«, ermunterte Lorcan ihn und gab ihm einen kleinen Schubs.

Also machte sich Benjy mit zitternden Knien auf den Weg und begann seine Eroberung. Lorcan lehnte sich an die Wand und sah sich die Frau durch halb geschlossene Lider an. Was dem einen recht ist, ist dem anderen ... ebenso recht.

Schon bald kam Benjy wieder zurück, hochrot im Gesicht, weil er abgeschmettert worden war. Die schüchterne Tour klappte nur dann, wenn der Mann außerordentlich attraktiv war. Sonst wirkte es einfach nur tolpatschig.

»Wie ist es gelaufen?« fragte Lorcan wohlwollend.

»Sie hat mir den Kopf getätschelt und gesagt, ich sei ein ganz Süßer.«

»Ich glaube, wir sind uns einig, daß das nicht die gewünschte Reaktion war«, sagte Lorcan. »Gut, paß auf, ich zeige dir, wie man es macht. Du kannst durch Zugucken lernen. Ich bin nämlich ein Frauenflüsterer.«

»Was ist denn das?« fragte Benjy verärgert. Er hatte Angst, daß Lorcan ihm Amy unter seiner Stupsnase wegschnappen würde.

»Wie der Pferdeflüsterer, nur daß mir nicht seelisch verwirrte Pferde aus der Hand fressen, sondern seelisch verwirrte Frauen.«

»Sie ist nicht seelisch verwirrt«, regte Benjy sich auf.

»Und ob sie das ist. Das liebe Gesicht, die Freundlichkeit – sie ist ein bißchen zu begierig darauf, gut anzukommen.«

»Bei mir aber nicht«, sagte Benjy mit einiger Bitterkeit.

Den richtigen Zeitpunkt zu finden war das ganze Geheimnis. Lorcan wartete also, bis jeder Mann im Raum einen Versuch unternommen hatte. Er wußte, daß er ihr aufgefallen war. Er war so groß, man konnte ihn kaum übersehen, und er hatte bemerkt, daß sie ein- oder zweimal zu ihm herübergesehen hatte.

Er marschierte nicht direkt auf sie zu und forderte ihre Aufmerksamkeit, denn ein gutaussehender Mann mit arrogantem Auftreten schlägt eine Frau oftmals in die Flucht. Ein gutaussehender Mann jedoch, der sich verletzbar zeigt, ist schon fast am Ziel. Deswegen inszenierte er eine wie zufällig wirkende Begegnung, indem er vorgab, dem Gastgeber beim Einsammeln leerer Gläser und Getränkedosen behilflich zu sein. »Darf ich mal kurz unterbrechen?« fragte Lorcan mit gespielter Schüchternheit. »Ist die Dose leer?«

Als sie nickte, sagte er stockend: »Wissen Sie ... ich meine, Sie haben das alles schon gehört ... Ach nein, nichts, Entschuldigung. Vergessen Sie es einfach.« Und er schickte sich zum Gehen an, aber ihr Interesse war geweckt.

»Nein, bitte, was wollten Sie gerade sagen?« fragte sie.

»O nein.« Er trat von einem Fuß auf den anderen – die Körpersprache des Unbeholfenen, perfekt eingesetzt. »Es ist nichts von Bedeutung.«

»Sie können nicht anfangen, etwas zu sagen, und dann abbrechen«, sagte sie und sah ihn aus blauen Augen bittend an.

Lorcan wandte den Blick ab, schluckte, dann sagte er abrupt: »Also gut. Sie haben es bestimmt schon tausendmal gehört, aber ich wollte nur sagen, daß Sie das schönste Haar haben, was ich je gesehen habe.« Er hatte die beneidenswerte Gabe, auf Wunsch erröten zu können.

»Danke«, sagte Amy und errötete ebenfalls.

»Ich sollte ...«, er machte eine ungelenke Bewegung mit den leeren Gläsern in der Hand und lächelte verlegen, »... ich bringe die mal in die Küche.«

Zehn Minuten später, als Amy sich eine Zigarette anzünden wollte, hastete Lorcan mit gespielter Ungeschicklichkeit durch den Pulk der Gäste, suchte verstört nach seinem geschmackvollen Feuerzeug und ließ es unter ihrer Nase klicken. Als – wie geplant – keine Flamme aufflackerte, verlieh er seinem Gesicht einen erschrockenen Ausdruck. Dann sah er Amy in die Augen und sagte lachend: »Vor fünf Minuten hat es noch funktioniert.« Es funktionierte schon seit zwei Jahren nicht mehr.

»Es stimmt doch«, sagte er mit einem Seufzen. »Solche Sachen lassen einen immer dann im Stich, wenn man unbedingt einen guten Eindruck machen will.« Dann zuckte er die Achseln. »Tut mir leid«, sagte er und zog sich zurück, während Amy ihm sehnsüchtig nachschaute. Kurz darauf kam sie, wie nicht anders erwartet, auf ihn zu. Er war am Ziel! Ein Hochgefühl durchströmte ihn. Wie er dieses Spiel liebte! Keiner kam ihm gleich. Er war der Meister, wirklich und wahrhaftig!

Am folgenden Tag berief Amy eine außerordentliche Generalversammlung ihrer Freunde ein. »Es war mir so peinlich«, rief sie. »Der Ausdruck auf seinem Gesicht! Er ist doch tatsächlich rot geworden. Er wollte mir unbedingt Feuer geben. Und er ist atemberaubend attraktiv. Wenn ihr ihn seht, werdet ihr kaum glauben, was für ein Schatz er ist. Wie findet ihr das? Ein gutaussehender Mann, der rücksichtsvoll und verletzlich ist. Ich weiß, daß es sehr schnell geht, und vielleicht übertreibe ich ein wenig, aber ich glaube wirklich, daß er …«, sie schwieg einen Augenblick und blies zitternd den Rauch aus, »… der Richtige ist.«

Ein paar Tage später, als Benjy mitbekam, daß Amy von nun an Lorcans Freundin sein würde, geriet er in eine Krise. »Ich dachte, es sei nur eine Fallstudie«, jammerte er und wand sich unter dem Schock und vor Eifersucht. »Ich dachte, du hättest nur mit ihr geschlafen, um mir zu zeigen, wie man es macht.«

»Also wirklich, Benjy.« Lorcan schüttelte mißbilligend den Kopf. »Wie redest du denn? So behandelt man doch andere Menschen nicht!«

23

Der erste Sommer der Freundschaft von Fintan, Tara und Katherine war wie verzaubert, obwohl Frank Butler erklärte, Fintan O'Grady sei ein schlechter Einfluß. In O'Connells Pub legte er es ausführlich jedem dar, der willens war, ihm zuzuhören. Allerdings gelang es ihm nicht, viele Anhänger für seine Theorie zu finden.

»Was für einen Schaden richtet er schon an?« fragte Tadhg Brennan und dachte an Fintan mit Fledermausärmeln und in Pluderhosen. »Er bringt ein bißchen Schwung in die Bude. Außerdem ist es nur eine Phrase.«

»Und wenn er mit der Phrase … ehm *Phase* fertig ist, hat er meine Tochter voll und ganz verdorben.«

Darauf schwiegen Franks Freunde. Es war nicht fair, Fintan O'Grady die Schuld zu geben. Tara Butler wäre früher oder später sowieso verdorben gewesen. Mit vierzehn hatte sie schon so etwas an sich.

Sie war sehr beliebt bei den Fischerjungen aus dem Dorf, für die es eine Vollzeitbeschäftigung war, Hosen mit Schlag zu tragen und an der Ecke Main Street und Small Street herumzulungern – berufsmäßige Eckensteher, die diese Tätigkeit sicherlich in ihrem Lebenslauf erwähnen würden.

»Hier ist meine Brust, der Rest kommt auch gleich.« Sie stießen sich gegenseitig in die Rippen, wenn sie Tara herannahen sahen.

»Ein feines Weibsbild bist du«, riefen sie ihr nach, wenn sie an ihnen mit hocherhobenem Kopf vorbeirauschte, kurvenreich und sexy. »Mir wär's recht, wenn du in meiner Herde wärst. Sollen wir uns einen Dachboden suchen?«

»Liebeswerben im Knockavoy-Stil«, lästerte Katherine und lachte.

Keiner kam auf die Idee zu sagen, daß die gradlinige Katherine ein feines Weibsbild sei. Im Gegenteil, die Eckensteher riefen ihr manchmal nach: »He, du Flacharsch, da kann ich ja gleich 'ne Bohnenstange nehmen.«

Tara machte sich Sorgen um sie. »Macht es dir was aus ...?«

»Macht mir was was aus?«

»Daß sie nicht sagen ...«, Tara zögerte, »sie wollen dich in ihrer Herde haben.«

Der Blick, den Katherine ihr zuwarf, definierte das Konzept der Verachtung neu.

»Nein? Dann ist es ja gut«, murmelte Tara nervös.

Mit ihren vierzehn Jahren war Tara sehr an Jungen interessiert, obwohl sie mit denen aus dem Dorf nichts zu tun haben wollte. Sie lebte für die Sommermonate, wenn die Knappheit vorübergehend ein Ende hatte; es gab zwar kein Gelage, aber doch eine anständige Mahlzeit, wenn jede Woche neue Jungen in dem Wohnwagenpark eintrafen. Tara und – in geringerem Maße – Fintan richteten es so ein, daß sie Zeit für jeden hatten.

»Niemand fährt enttäuscht nach Hause!« sagte Fintan immer wieder.

An den endlosen Sommerabenden saßen Tara, Katherine und Fintan stundenlang im rosa Abendlicht auf der Kaimauer, bis die Sonne schließlich fern am Horizont im Meer versank.

»Da drüben ist Amerika«, sagten sie dann. »Nächste Haltestelle New York.« Dann kniffen sie die Augen zusammen, falls sich, am Horizont, das Schimmern der Freiheitsstatue erahnen ließ.

»Irgendwann«, sagten sie sehnsüchtig. »Irgendwann sind wir da.«

»Was machen die eigentlich?« fragte Frank irritiert seine Frau. »Sie sitzen die ganze Zeit nur da. Als ich um halb sechs vorbeifuhr, waren sie da, und als ich um zehn wieder vorbeikam, waren sie *immer* noch da und hatten sich nicht von der Stelle gerührt.«

Fidelma seufzte. Sie wußte, wie leicht man vier Stunden damit verbringen konnte, auf einer feuchten Mauer zu sitzen, ohne zu merken, wie die Zeit verstrich, Luftschlösser zu bauen und in ihnen zu wohnen. Sie wußte noch, wie es war, jung zu sein, mit der Gewißheit, daß eine wunderbare Zukunft auf einen wartete, wie eine Blume, die jeden Moment erblühen würde. »Vielleicht genießen sie den Ausblick.«

Frank schnaubte, und damit hatte er recht. Tara, Katherine und Fintan bemerkten die Unendlichkeit von Himmel und Meer nicht, sondern sahen es nur als etwas, über das man fliehen konnte. Der einzige Ausblick, der sie interessierte, war der auf eine Horde Jungen, die an den meisten Abenden in ihre Richtung geschlendert kam. Die Kaimauer war ein lebhafter gesellschaftlicher Treffpunkt, wo sich allabendlich bis zu zwanzig junge Leuten einfanden. Feriengäste aus Limerick, Cork, Dublin, sogar aus Belfast.

Tara war erstaunt zu sehen, daß Mädchen in ihren schicken Stadtkleidern, die hier Ferien machten, auch dazukamen. Selbst als sie merkten, daß sie bei Fintan nur ihre Zeit verschwendeten, kamen sie. Aber wenigstens wagten es die Jugendlichen aus dem Dorf nicht, sich dazwischenzudrängen. Manchmal hingen die Mädchen aus ihrer Schule am Rand herum, aber als keiner sie aufforderte, dem inneren Kreis der Privilegierten beizutreten, kehrten sie enttäuscht um.

Allabendlich prickelte es in der Luft vor jugendlichen Begierden. Um die Annäherung zu erleichtern, gab es feste Werberituale. Ein Junge bekundete sein Interesse, indem er einem Mädchen ein Bein stellte oder eine Qualle nach ihm warf. Dauernd liefen die Jungen zum Strand hinunter, hoben eine Qualle auf und feuerten sie auf das Objekt ihrer Sehnsüchte.

Tara wurde öfter mit Quallen beworfen als alle anderen. Ein Zwölfjähriger bedachte Katherine mit einigen Wurfgeschossen, doch als er erfuhr, daß Katherine vierzehn war, entschuldigte er sich dafür.

Fintan wurde gar nicht beworfen.

Bis zum Einbruch der Dunkelheit, danach sah die Sache ganz anders aus.

Wenn das Mädchen, das eine Qualle abbekam, rief: »Oh, du

Arsch! Wie gemein«, wußte man, daß die Gefühle erwidert wurden. Wenn sie aber davonlief und fünf Minuten später mit ihrem Vater wiederkam, auf den Jungen zeigte und sagte: »Der da, Dad. Er wollte mich umbringen«, dann erfuhr man auf diese Weise, daß man die Situation ganz falsch eingeschätzt hatte.

Eine weitere eindeutige Methode, seine amourösen Absichten anzukündigen, war die, daß man ein Bündel Seetang nahm und sagte: »Rate mal, was das ist. Deine Haare!« Auch wenn ein Junge einen alten Schlüpfer fand, den das Meer an den Strand gespült hatte, und fragte: »Ist das etwa deiner?«, dann wußte das Mädchen, daß es einen Bewunderer hatte.

Tara verbrachte den Juni und den halben Juli in ständiger aufregender Erwartung. Es war die schönste Zeit ihres Lebens. Immer wieder erklärte sie: »Ich bin verliebt«, worauf Katherine geduldig erwiderte: »Ach ja? Wer ist es denn diesmal?«

An den meisten Abenden begab sich Tara nach Sonnenuntergang in die Dünen, um mit ihrem gegenwärtigen Angehimmelten zu knutschen. Katherine wartete auf der Kaimauer und unterhielt sich schüchtern mit den anderen, die in Wartestellung waren. Sie wollte nicht mit den Jungen zum Knutschen in die Dünen gehen.

Und die waren auch an ihr nicht sonderlich interessiert. Sie war zu mager und zeigte noch keine Anzeichen von der eleganten, geheimnisvollen Frau, zu der sie sich entwickeln würde. Die Jungen sagten von ihr: »Sie ist nett«, was in der Jugendsprache bedeutete: »Sie hat keine Möpse.«

Meistens verbrachte Tara die Freitagabende mit tränenreichen Abschiedszeremonien, begleitet von dem Versprechen zu schreiben, während der Samstagmorgen jedesmal dazu genutzt wurde, die neuankommenden Autos zu sondieren, die, beladen mit Insassen und Gepäck, auf den Campingplatz einbogen. Das Leben hätte besser nicht sein können.

Aber Fintan wollte mehr für sie drei als nur die Kaimauer und die Sanddünen. Er hatte Visionen. Es war ungefähr Mitte Juli, als er Tara und Katherine mit seinem lässig vorgebrachten Vorschlag: »Laßt uns mal in die Disco gehen«, völlig aus der Bahn warf. In den letzten drei Jahren war im Sommer jeden Samstagabend eine Disco im Gemeindesaal veranstaltet worden, und im August, wenn das Rinnsal der Touristen zu einem größeren Strom anschwoll, gab es am Mittwochabend eine zusätzliche. Das Pfarramt der Stadt hatte sich widerstrebend mit der Disco einverstanden erklärt, in der Hoffnung, die Touristen so von den Fleischtöpfen in Kilkee und Lahinch, Orte, die ein Stück weiter die Küste entlang lagen, fernzuhalten. Dazu kam es aber erst, nachdem der Versuch, Geld für eine Autoscooter-Anlage aufzutreiben, fehlgeschlagen war.

Die Disco war ein Sündenpfuhl. Obwohl Father Neylon während der langsamen Stücke den Tanzboden mit einem großen Stock abschritt, war der Beichtstuhl anderntags mit Menschen überfüllt, die sich unreinen Gedanken hingegeben hatten. Es war nicht gut, die Verwerflichkeit zu fördern. Es sei denn, man konnte damit Geld verdienen.

»In die Disco!« Tara und Katherine schluckten. »Aber wir sind zu jung.«

»Wer sagt das?«

»Alle«, sagte Katherine. »Es steht zum Beispiel auf unseren Geburtsurkunden.«

»Regeln sind dazu da, daß man sie bricht«, sagte Fintan lächelnd.

»Bist du da schon mal gewesen?« fragte Tara.

»Ehm, ja, natürlich«, sagte Fintan großspurig. »Letztes Jahr und im Jahr davor.«

»Würden wir denn reinkommen?« fragte Tara, die einen Rausch köstlich-schauriger Aufregung verspürte. Der Gedanke, in die Disco zu gehen, war ihr noch nie gekommen. Sie hatte immer angenommen, daß sie mindestens sechzehn sein müßte. Aber plötzlich schien es möglich zu sein.

»Ich denke schon«, sagte Fintan überzeugt. »Wenn ihr die richtigen Klamotten anhabt und das passende Make-up dazu.«

»Mein Vater hat recht«, sagte Tara voller Bewunderung. »Du bist tatsächlich ein schlechter Einfluß. Zum Glück«, fügte sie mit einem Blick auf Katherine hinzu, »denn wenn ich warten würde, daß du mich zu etwas anstiftest, dann könnte ich bis zum Sankt-Nimmerleins-Tag warten.«

Die Vorbereitungen für den Disco-Besuch waren ziemlich hektisch. Katherine hob Geld von ihrem Postsparbuch ab und lieh es Tara. Die fuhr zusammen mit Fintan per Anhalter nach Ennis und kaufte dort ein Paar knallrosa Stretch-Hosen, das schönste Teil, was sie je besessen hatte. In der Drogerie in Knockavoy gaben sie eine Bestellung für eine Tube Haargel auf, und der Inhaber versprach, alles zu versuchen, damit die Ware am Samstag da war. Ein Day-Glo-Lippenstift, eine Beilage in der Sommerausgabe von *Just 17*, wurde herausgekramt, und Fintan sagte, man könnte ihn gleichzeitig auch als Rouge und Lidschatten benutzen.

»Ich kann mich nicht bei uns zu Hause schminken«, sagte Tara ängstlich. »Wenn mein Vater mich mit Make-up sieht, bringt er mich um.«

»Du kannst zu mir nach Hause kommen«, sagte Katherine.

»Aber was sagt Delia dazu? Was, wenn sie es meinen Eltern sagt?«

»O Mann.« Katherine seufzte. »Sie liegt mir schon den ganzen Sommer in den Ohren, ich soll in die Disco gehen. Ich habe nur Angst, daß sie mitkommen will.«

»Meine Fresse!« rief Tara. »Hast du es gut.«

»Finde ich nicht.«

»Was sagt denn deine Mutter dazu?« fragte Tara Fintan. »Meinst du, sie wäre böse, wenn sie es herausfinden würde?«

»Wenn meine Mutter herausfindet, daß ich mit zwei Mädchen tanzen gegangen bin, wird sie sich freuen«, sagte Fintan.

Am Tag des großen Ereignisses preßte Tara vier Zitronen aus und goß sich den Saft, wie in *Just 17* erklärt, über die Haare. Sie war bereit, sechs Stunden in der Sonne zu sitzen und zu warten, daß ihr aschblondes Haar hellblond wurde. Leider bewölkte es sich und fing an zu regnen, und damit war die Idee gestorben.

Gerade als Fintan kam, wollte Tara sich die Haare mit Bier waschen, um ihnen einen besonderen Glanz zu verleihen. Auch dies ein Tip aus *Just 17*.

»Was machst du da?« Es klang, als bekäme Fintan einen Anfall. »Ist das etwa Bier, womit du gerade deine Haare waschen willst?«

»Meinst du, es schadet ihnen?« fragte Tara ängstlich.

Fintan war vielleicht schwul, aber so schwul nun auch nicht. »Ob es deinen Haaren schadet oder nicht, ist doch egal. Es schadet dir!« rief er. »Du verschwendest ein völlig trinkbares Smithwicks Bier!«

»Aber ich will doch, daß meine Haare für die Disco gut aussehen«, sagte Tara.

»Du kannst mir glauben, daß deine Haare viel besser aussehen, wenn du das Bier *trinkst*«, gab Fintan zurück.

Mit einer Plastiktüte mit ihren Kleidern, dem Make-up und zwei Flaschen Porter, die sie aus den Vorräten ihres Vaters geklaut hatte, machte Tara sich auf den Weg zu Katherines Haus. Delia war nicht zu Hause – sie arbeitete im Pub –, und Agnes, die gebeugt, grau und einsam über Delias *Spare-Rib*-Frauenzeitschrift saß, hob mißtrauisch den Kopf, als Tara klimpernd an ihr vorbeiging.

Fintan schob Tara in Katherines Zimmer. »Ich muß mit meiner Kundin allein sein«, sagte er hochtrabend und schlug Katherine die Tür vor der Nase zu. »Das Genie bei der Arbeit.«

Als Tara nach einiger Zeit wieder herauskam, riß Katherine vor Bewunderung die Augen weit auf. »Du siehst so ...«, sagte sie, aber ihr fehlten die Worte, »... so alt aus.« Sprachlos starrte sie Tara an. »Du siehst aus wie *siebzehn*. Wie ein Mädchen aus Bananarama oder so.«

Tara trug die schreiend rosa Stretch-Hosen, ein weißes Rüschenhemd mit einem blauen T-Shirt darunter, das über ihren großen Brüsten spannte. Die Augen waren mit blauem Kajal umrandet, der Rest des Gesichts lag unter einer Schicht Day-Glo-Lippenstift, und ihre Haare waren toupiert und mit Gel behandelt, so daß sie rundum hochstanden.

»Gut«, sagte Fintan zu Katherine. »Jetzt bist du dran.«

Katherine trug eine weite schwarze Jeans ohne Stretch, ein loses weißes T-Shirt und kein Fitzelchen Make-up. Sie wollte Make-up nur dann tragen, wenn es jemanden gäbe, der sie auffordern würde, es wieder zu entfernen. Sie sehnte sich danach, einen Vater zu haben, der sie anschreien würde: »Wasch dir diese Tünche vom Gesicht! Ich erlaube es nicht, daß meine Tochter wie eine Hure angemalt durch Knockavoy spaziert.« So wie es Frank mit Tara machen würde.

»Aber wir müssen doch älter aussehen, sonst lassen sie uns nicht rein«, sagte Fintan bekümmert. »Willst du dir nicht wenigstens den BH ausstopfen?«

»Das habe ich schon«, sagte Katherine kleinlaut.

Als Tara in die Küche trat, war Agnes entsetzt. »Heilige Mutter unseres süßen Jesuskindleins, ans Kreuz genagelt und am dritten Tage auferstanden!« rief sie. »Kämm dir mal die Haare, Mädchen! Wie konnten die nur so verfilzen?«

»Es soll so sein. Es ist Mode so.«

»Es sieht aus wie ein Stechginsterbusch.«

»Danke.« Fintan und Tara lächelten sich schüchtern zu.

»Jetzt verstehe ich«, sagte Agnes. »Das ist der letzte Schrei, ja?«

»Genau.«

»Meint ihr, mir würde das auch stehen?«

Einen Moment herrschte verdutztes Schweigen, dann gewann Fintan seine Fassung wieder. »Agnes, es sähe phantastisch aus!« sagte er. Und der Gott der Berufsberatung sah hinab und dachte: Dieser junge Mann wird es in der Modewelt weit bringen.

»Vielleicht muß ich es schneiden«, sagte Fintan vorsorglich.

»Schneid, soviel du willst.«

Als Agnes ihren grauen Knoten gelöst hatte, griff sie nach der Whiskeyflasche und sagte: »Ihr könnt meinetwegen Frank Butlers Porter-Bier trinken, aber ich brauche was Richtiges.«

Als Delia ein paar Stunden später nach Hause kam, fand sie ihre Mutter in ihrem Sessel, sturzbetrunken, mit grellrosa Lippenstift beschmiert und die grauen Haare wild in die Höhe toupiert.

»Guck mal, Delia«, sagte Agnes. »Das ist jetzt der letzte Schrei.«

Die Eckensteher betrachteten Taras Verwandlung mit einiger Skepsis. »Die Kriegsbemalung finde ich doof«, sagte Bobby Lyons, als Tara vorbeiging.

»Und die Haare sehen aus wie ein Heuhaufen«, monierte Martin O'Driscoll.

»Wie ein Misthaufen«, sagte Paul Early.

»Aber die rosa Hosen sind gut«, mußte Michael Kenny zugeben.

»Das stimmt.« Es herrschte allgemeines Einverständnis. »Doch, die sind scharf.«

Obwohl Tara, Katherine und Fintan das Bier getrunken hatten, waren sie reine Nervenbündel, als sie beim Gemeindesaal ankamen. »Denkt dran«, murmelte Fintan, »ihr seid beide neunzehnhundertdreiundsechzig geboren.«

Aber sie hätten sich keine Sorgen zu machen brauchen. Das einzige, was Father Evans interessierte, war das Eintrittsgeld.

Sie waren Hunderte von Malen im Gemeindesaal gewesen, aber an dem Abend sahen der staubige Holzboden, die winzige Bühne, die orangefarbenen Plastikstühle, die Tabellen für die Erste-Hilfe-Kurse, die Plakate für Delias Yoga-Kurse mit Abbildungen der Lotusposition und der Smirnoff-Stellung wie verzaubert aus.

Obwohl es erst halb acht war und draußen noch taghell, lag eine besondere Spannung in der Luft. Eine seltsame Maschine warf bewegte Bilder von farbigen Blasen an die Wand. Die Blasen dehnten sich aus, spalteten sich, wechselten die Farbe von Blau zu Grün zu Rot. Katherine fühlte sich an den Biologieunterricht erinnert, wo sie durch ein Mikroskop Zellteilungen beobachtet hatten. Sie waren die ersten. Nervös setzten sie sich auf den vordersten Rand der Plastikstühle. Voller Erwartung saßen sie da und hofften, daß weitere Gäste kommen würden. Und warteten und warteten.

Schließlich sagte Katherine: »Sollen wir tanzen?« Sie hatte ein ausgeprägtes Pflichtgefühl.

»Wir warten noch«, sagte Fintan mit besorgten Blicken zur

Tür. Wenn doch nur jemand, egal wer, käme! Tara und Katherine wußten sehr wohl, daß dies trotz Fintans großspurigen Geredes sein erster Disco-Besuch war.

Sie blieben schweigend sitzen und beobachteten die Staubkörnchen, die im silbrigen Abendlicht tanzten.

»Ich gehe mal auf die Toilette und gucke, ob meine Haare noch in Ordnung sind«, meinte Tara nach einer Weile.

»Sie sind Ordnung«, sagte Katherine.

Sie schwiegen weiter.

»Ich glaube, ich gehe trotzdem.«

So gegen halb zehn, als dieselben Platten sich zum dritten Mal auf dem Plattenteller drehten, kamen ein paar Leute. Und als die Sonne unterging, kamen mehr und immer mehr.

Stumm und angespannt saßen Tara, Katherine und Fintan auf ihren Plätzen und staunten, wie entspannt und selbstsicher die anderen waren, wie unbefangen sie sich in diesem wunderbaren Saal bewegten. Würden sie sich je so locker benehmen können?

Katherine hatte ein Auge auf die Tür gerichtet. Ihre Mutter arbeitete zwar im Pub, aber Katherine würde sich nicht wundern …

24

Joe sah, wie Katherine zu ihrem Platz ging, und sein Herz schlug höher. Im Büro gab es mindestens noch zwanzig andere Frauen – warum schalteten alle seine Sinne sofort auf Empfang, wenn diese eine in Erscheinung trat? War es ihr Gesicht? Ihr Akzent? Ihre Haltung? Die Herausforderung …?

Nach dem Teilerfolg der Lunch-Verabredung vom vorigen Tag wollte er es jetzt wagen, sie zum Abendessen einzuladen. Und diesmal würde er es ohne die Hilfe von Fred Franklin oder den Vorwand, daß es etwas zu besprechen gebe, schaffen. Schachzüge und Manipulation waren normalerweise nicht Joes Stil. Obwohl es beim Lunch auch um die Arbeit gegangen war, bereute er es fast, daß er Druck auf sie ausgeübt hatte. Aber er hatte sich einfach nicht zurückhalten können.

Während er ihr zusah, wie sie sorgfältig ihr Jackett über die Stuhllehne hängte, überlegte er, wohin er sie ausführen könnte. Ein Lokal, wo die Farbe an den Wänden noch feucht war, weil es so neu war? Oder eins, alt und mit Patina, außerhalb der Stadt? Was wäre ihr lieber?

Katherine setzte sich an ihren Schreibtisch, schaltete den Computer ein und lud eine Datei. Dann schloß sie sie und lud eine andere. Die schloß sie auch. Sie konnte sich nicht entscheiden, wo sie anfangen wollte. Im Moment war es ihr auch gleichgültig. Und als sie Joe auf sich zukommen sah, wurde ihr bewußt, daß sie auf ihn gewartet hatte. Er sah ausgesprochen gut aus. Das war der vierte Tag hintereinander. Er trug einen wunderschönen marineblauen Anzug mit einem türkisfarbenen Querfaden, und das blasseste aller blaßgrünen Hemden ließ seine dunklen Augen und sein Haar noch dunkler erscheinen. Kleider machen Leute, ermahnte sie sich. Es war der lässige Schnitt seines Anzugs, der Joe seine Eleganz verlieh. Es lag an dem weichen Stoff, daß sie seinen Arm berühren wollte.

Er stand vor ihr. Sie fixierte einen Knopf unterhalb seiner Brust, und plötzlich, zu ihrer eigenen Überraschung, kam ihr der Gedanke, daß sie ihn öffnen und ihre Hand hineingleiten lassen könnte. Für den Bruchteil einer Sekunde stellte sie sich vor, wie sich seine Haut anfühlen würde – fest, weich, unter den Brusthaaren –, und spürte die Hitze der Erregung. Er setzte sich auf die Schreibtischkante, und schon starrte sie auf seinen Hosenschritt, der sich bauschte und Falten warf. Wie leicht könnte sie den Reißverschluß öffnen und hineingreifen … Und wieder prickelte es in ihr vor Erregung. Sie mußte sich zwingen, ihren Blick von seinem Hosenschlitz abzuwenden und ihm ins Gesicht zu sehen. Sie bekam Angst. Dann wurde sie wütend. Er lächelte sie an, wie er sie jeden Morgen angelächelt hatte, aber an dem Tag war irgendwas anders. Die Anspannung war vom Mund in die Augen gewandert. Der Blick nicht so süß, sondern gespannter. Weniger sonnig, statt dessen mehr atemstockende Erwartung.

»Morgen, Katherine.«

»Morgen«, sagte sie knapp.

Er wartete einen Moment und sagte dann: »Danke, daß Sie heute zur Arbeit gekommen sind. Sie haben einen alten Mann sehr glücklich gemacht.«

Katherine hob kühl eine Augenbraue. »Wirklich?«

»Ja, wirklich. Wie ein weiser Mann einst bemerkte …« Joe brach ab, rieb sich das Kinn und fuhr fort: »Wie ging es noch einmal? Ach ja, richtig! ›You are the sunshine of my life.‹«

»Das ist ja interessant«, erwiderte Katherine langsam, »denn ein anderer weiser Mann – ein Richter übrigens – sagte einmal: ›Sexuelle Belästigung am Arbeitsplatz ist ein Verbrechen.‹«

Einen winzigen Augenblick herrschte Schweigen, dann zuckte

Joe zusammen, als hätte sie ihn geschlagen. Er lief rot an und glitt schockiert und voller Selbstekel von der Schreibtischkante.

Sexuelle Belästigung! Sie hatte gesagt, er würde sie sexuell belästigen. Er! Joe Roth! Er hatte immer gedacht, sexuelle Belästigung sei das Revier älterer Männer, die Machtpositionen innehatten und sie für sexuelle Gunstbeweise ausnutzten. Wie Fred Franklin. Es war ihm nie in den Sinn gekommen, daß er, indem er Katherine so hartnäckig nachstellte, in diesen Verdacht kam. Er war der Meinung gewesen, daß er mit ihr *flirtete*. Er fühlte sich schmutzig und widerlich – und verstoßen.

»Es tut mir leid«, sagte Joe mit schreckerstarrtem Gesicht, als er den Rückzug antrat. »Das war nicht meine Absicht … es tut mir leid.«

Katherine kostete ihren bitteren Triumph aus und wandte sich den Zahlen auf ihrem Tisch zu. Sie mußte fairerweise zugeben, daß es nicht Belästigung im eigentlichen Sinn war. Nie hatte er zufällig-absichtlich ihre Brustwarzen gestreift, während er ihr sein Spesenformular reichte. Oder sie dazu aufgefordert, mit ihm zu schlafen, falls sie eine Gehaltserhöhung wollte. Auch hatte er sich nicht auf dem zwei Meter fünfzig breiten Flur an ihr vorbeigezwängt, während sie am Photokopierer stand, und seine Erektion an sie gepreßt und gesagt: »Hoppla, Entschuldigung, komme schon durch! Einfach zu eng, dieser Korridor«, so wie es Fred Franklin manchmal bei den anderen Frauen machte.

Aber er hatte sie unter Druck gesetzt, damit sie mit ihm zum Lunch ging. Auch wenn es halb geschäftlich war. Und er hatte sie häufig angelächelt, sehr häufig sogar, und das hatte nichts mit der Arbeit zu tun. Ganz zu schweigen von all dem Gerede über weise Männer und was sie alles gesagt hatten. Es fiel ihr auf die Nerven!

Sie unterdrückte das unangenehme Gefühl, daß Opfer tatsächlicher sexueller Belästigung von ihren Anschuldigungen nicht beeindruckt wären. Aber wenigstens war sie ihn los. Also dann. Die Bilanzen!

Joe ging zu seinem Schreibtisch zurück, und Myles, der das Gespräch beobachtet hatte – zusammen mit den meisten anderen Mitarbeitern von Breen Helmsford –, murmelte mitleidig: »Hat sie dich in den Rinnstein gestoßen?«

»Ja«, sagte Joe tonlos.

Sofort zogen sich die anderen von ihm zurück und machten einen weiten Bogen um ihn. Es gab Zeiten, da mußte ein Mann eben allein sein, sagten sie sich.

Wäre eine Frau so behandelt worden, dann hätten sich die anderen Frauen um sie geschart und sie mit Pralinen und tröstenden Worten überschüttet. »Gemeiner Mistkerl!« »Von der Sorte gibt's haufenweise.« »Wahrscheinlich hat er einen winzigen Pimmel.«

Aber Joe war ein Mann, und deshalb war sein Tisch in kürzester Zeit ein winziges Floß in einem sehr großen Meer. Den ganzen Morgen über ging jeder von der rechten Seite des Großraumbüros, der mit jemanden auf der linken Seite des Büros sprechen wollte, zum hinteren Ende des Raumes, stieg die Feuerleiter fünf Stockwerke hinunter, kletterte über die Mülltonnen, kam zur Hintertür herein, fuhr mit dem Aufzug nach oben und ging zu dem entsprechenden Schreibtisch, statt an Joes Tisch vorbeizugehen.

Fred Franklin war der einzige, mit dem Joe an dem Morgen sprach, und das nur deswegen, weil Fred keine Lust hatte, die Feuerleiter runterzusteigen. Er schlenderte an Joes Schreibtisch vorbei, legte Joe unbeholfen eine Hand auf die Schulter und sagte zu ihm wie ein weiser älterer Freund, der gute Ratschläge an die unerfahrenen Jüngeren ausgab: »Such dir 'ne andere.«

Katherine nahm von all dem keine Notiz, sie hatte zu arbeiten. Außerdem kommt er vielleicht wieder, dachte sie. Und wenn er das tut, dann weiß ich, daß er ein krankhaft arroganter Wichser ist. Und wenn er es nicht tut, dann wäre er sowieso nicht der Richtige für mich. In jedem Fall bin ich fein raus.

Dann überkam sie ein unerwartetes, unerwünschtes Gefühl des Verlusts. Möglicherweise war er gar nicht so übel. Aber nein, für diese Gedanken hatte sie keinen Platz. Denn sie waren alle übel. Früher oder später.

Meistens, wenn sie mit ihr geschlafen hatten.

Joe überstand den Morgen, nicht gerade als gebrochener Mann, aber doch ziemlich zermürbt. Immer wieder überprüfte er sein Verhalten der letzten drei Wochen und mußte zugeben, daß er sehr hartnäckig gewesen war. Er war immer schon der tatkräftige, praktisch veranlagte Typ gewesen. Wenn man etwas – oder jemanden – will, dann muß man alles dransetzen, es oder ihn zu bekommen. Aber er wollte sie nicht bedrängen.

Schon gar nicht *sexuell belästigen.*

Dazu kam, daß er sich ziemlich sicher war, sie nicht sexuell belästigt zu haben. Dadurch wurde es fast noch schlimmer. Sie hatte ihn böse beschuldigt, weil sie ihn abscheulich fand und irgendwie loswerden mußte. Der Schmerz der Zurückweisung war schlimm. Besonders, da er ja einen Ansatz der Erwärmung zu sehen geglaubt hatte.

Um die Mittagszeit gab Myles sich große Mühe, Worte des Trostes für Joe zu finden. Etwas Tiefsinniges und Heilendes. Plötzlich hatte er eine brillante Idee.

Er ging zu Joe und sagte: »Lust auf ein Bier?«

Ein kleines Licht flackerte in Joes trüben, toten Augen auf. »Klar.«

Sie blieben lange weg, selbst gemessen an dem, was in der Werbebranche üblich ist. Das heißt, sie kamen erst um drei Uhr wieder. Drei Uhr am Tag danach.

Beim fünften Bier hatten sie alle Gesprächsthemen erschöpft – die Ergebnisse von Arsenal, Autos, Brüste, was für Idioten ihre Kunden waren, Arsenal, welche Chancen England hatte, 2006 die Weltmeisterschaft auszurichten – und hatten eine kräftige Schutzschicht um ihre Gefühle gelegt. Mitten in einer Diskussion über den öffentlichen Nahverkehr in Manchester platzte Joe mit der Anschuldigung der sexuellen Belästigung heraus.

»Ich hätte sie gestern nicht zwingen sollen, mit mir zum Lunch zu gehen«, gestand er voller Scham und Bedauern.

»Man muß es versuchen«, tröstete Myles ihn, immer ein hilfreiches Wort auf den Lippen.

»Ich habe sie zu sehr unter Druck gesetzt; sie ist offenbar sehr zart.«

Myles murmelte etwas, was so klang, daß Katherine so zart wie ein Betonbunker sei.

»Du siehst sie nicht, wie ich sie sehe. Sie ist so ...«, Joes Blick wanderte in die Ferne, »... manchmal ist sie so süß.«

»Sie hat dich der sexuellen Belästigung beschuldigt, und du sagst, sie ist süß. Du hast einen in der Krone, Mann.«

»Stimmt, jetzt, wo du es sagst.«

»Wenn du wieder nüchtern bist, hast du sie abgeschrieben.«

»Das glaube ich nicht.«

»Es wird dir nichts anderes übrigbleiben. Denn sie will dich nicht, Mann.«

Joe wand sich. »Ich werde mich bei ihr entschuldigen.«

Myles war entsetzt. »Du bist wohl verrückt. Hör zu, Mann, du kannst dich doch nicht bei ihr entschuldigen. Damit gibst du es doch praktisch zu. Willst du gefeuert werden? Du arbeitest viel, du bist ehrgeizig. Vergiß es, Mann!«

»Aber ich glaube nicht, daß sie es wirklich gemeint hat. Ich glaube, sie wollte mich nur loswerden ...«

»Dann laß sie in Ruhe!« sagte Myles schlicht. »Jetzt paß mal auf, was Onkel Myles zu sagen hat. Was du brauchst, ist eine kleine Geschichte mit einer anschmiegsamen Braut. Damit du wieder zu dir kommst.«

»Nein, jetzt doch nicht.«

»Aber am Wochenende vielleicht.«

»Nein.«

»'tschuldigung, hatte vergessen, daß du zum Spiel gehst.«

»Das meine ich nicht. Ich meine, es wäre zu früh.«

»Du mußt dir einfach einbilden, die Neue sei Katherine.«

»Das geht nicht. Sie wäre nicht Katherine.«

»Wer guckt schon auf die Kaminumrandung, wenn er das Feuer schürt?« Myles lächelte triumphierend. Er hatte auf alles eine Antwort.

»Myles, du machst mich depressiv«, sagte Joe erschöpft.

»Kopf hoch, Mann! Das passiert dir nicht zum ersten Mal, oder?«

»Na ja, ich war drei Jahre mit einer Frau zusammen, Lindsay, und die ist dann nach New York gegangen –«

»Und du interessierst dich noch für andere Frauen, stimmt's?«

»Ich glaub schon. Ich meine, es hat eine Weile gedauert. Bei uns war die Luft sowieso raus, aber es war trotzdem nicht leicht, wir haben uns zwar freundschaftlich getrennt, und doch –«

»Faszinierend«, unterbrach Myles ihn. »Sehr lehrreich. Wirklich. Aber was ich meine, ist: Mal klappt's, und mal klappt's nicht. Du wirst es überleben.«

In seinem Rausch spürte Joe Hoffnung. Plötzlich schien es durch den Dunst des Alkohols möglich, nicht mehr an Katherine zu denken. Und sogar eine andere Frau kennenzulernen. Und schon ging es ihm besser. »Du hast recht!« sagte er. »Das Leben ist zu kurz.«

»Genauso ist es«, bestärkte Myles ihn. »Und wer will schon da sein, wo er nicht erwünscht ist?«

»Ich nicht. Der obsessive Typ bin ich nicht«, gab Joe zu.

»Wie meinst du das?«

»Weiß auch nicht. Ich bin einfach nicht obsessiv genug, schätze ich mal.«

»Ja, klar, 'n Problem, was? Also, diese Kathy –«

»Sie heißt Katherine«, fiel Joe ihm ins Wort. »Sie mag keine Abkürzungen von ihrem Namen.«

»Ohooo, ich bitte um Entschuldigung!« brüllte Myles, nahm der Frau am Nebentisch die Handtasche weg und gab sie Joe. »Dafür kriegst du eine Handtasche!« Er sah Joe verärgert an. »Nimm es doch nicht so ernst, Mensch.«

»Tut mir leid«, sagte Joe und versank wieder in Melancholie. »Ich dachte nur, daß ich kleine Fortschritte bei ihr gemacht hätte.«

»Hast du sie geküßt?«

Joe schnaubte. »Nein.«

»Glaub mir eins, Mann, wenn du sie nicht geküßt hast, dann hast du auch keine Fortschritte gemacht.«

Joe seufzte. Myles war zwar grob, aber irgendwie hatte er recht. »Gib der Frau die Handtasche zurück«, sagte er matt.

25

Tara stolperte ins Büro. Sie hatte den Arm voller Einkaufstüten und warf sie auf ihren Schreibtisch. »Ich habe keine Ahnung, warum es die verbotene Frucht genannt wird«, monierte sie. »Obst ist so mit das einzige, was nicht verboten ist.«

Ravi riß eine Tüte auf, in der ein Käsebrötchen mit Pickles von Marks & Spencer war, das sechsunddreißig Gramm Fett enthielt, und sah interessiert zu, wie Tara Äpfel, Satsumas, Birnen, Nektarinen, Pflaumen und Weintrauben wie Amulette auf ihrem Tisch ausbreitete. »Möchtest du ein halbes Brötchen von mir?« fragte er sie mit seiner Internatsstimme.

Tara bekreuzigte sich.

»Mit extra viel Mayonnaise«, lockte er sie.

»Ein böser Zauber. Komm mir damit nicht zu nahe.«

»Wie du sie vertreibst…« Ravi sprang auf, legte beide Hände auf Taras Kopf und brüllte: »Fort, ihr Dämonen, laßt ab von diesem armen Menschenkind!«

»Das fühlt sich *so gut* an«, seufzte Tara, als Ravi ihr die Kopfhaut massierte. »Ich liebe es, wenn du mich exorzierst. Oh, bitte, hör nicht auf«, bettelte sie, als Ravi von ihr abließ, um sich einen achthundert-Kalorien-haltigen Bissen von seinem Sandwich in den Mund zu schieben.

»Kann nicht anders«, sagte er mit vollem Mund. »Eine gute Dämonenaustreibung sorgt für Appetit.«

Vinnie, fahrig und nervös, hastete ins Büro. Nach einer schlaflosen Nacht mit seinem drei Monate alten Baby raufte er sich die Haare, und als er Taras Schreibtisch sah, spürte er förmlich, wie ihm die Haare büschelweise ausgingen. Was war das für ein Betrieb, den er da leitete? »Was macht ihr hier? Das sieht aus wie auf einem Wochenmarkt!«

»Verpachtest du die Ecke?« Teddy und Evelyn, das Er-und-Sie-Paar, waren eingetroffen.

»Macht ihr einen Gemüsestand auf?« fragte Teddy.

»Was für eine gute Idee«, sagte Evelyn. »Kann ich eine Banane kaufen?«

»Bananen gibt es hier nicht«, sagte Tara kurz angebunden.

»Machen dick?«

»Machen dick.«

»Bananen machen nicht dick.« Vinnie wußte, daß er seine Distanz als Chef wahren sollte, aber er konnte nicht anders.

»Das stimmt. Nichts macht dick«, bekräftigte Teddy. »Seht mich an. Ich esse, was ich will und soviel ich will, und ich bin ein Strich in der Landschaft.«

»Was Frauen dick macht, ist ihr Gerede von den Kalorien«, behauptete Vinnie. »Frauen verderben sich selbst den Spaß am Essen.«

»Habt ihr gestern abend den Dokumentarfilm über die Typen auf dem Everest gesehen?« schaltete Ravi sich ein. »Arschkalt da oben. Dem einen ist der Daumen abgefroren und abgefallen. Nichts zu essen außer Schnee ...«

»Vielleicht sollte ich es einmal damit versuchen«, meinte Tara nachdenklich. »Die Everest-Diät. Also los, Ravi, Evelyn, ihr anderen, kommt her, gleich fängt die Kreditkarten-Zerschneide-Zeremonie an.«

»Schon wieder?« rief Vinnie. »Seit der letzten ist doch kaum ein halbes Jahr vergangen.«

»Ich weiß, aber heute morgen habe ich meine Visa-Rechnung bekommen. Ihr müßt mich davon abhalten, Geld auszugeben«, sagte sie mit dunkler Stimme. »Ravi, die Schere!«

Gehorsam reichte Ravi ihr die Schere.

»Papierkorb!«

Ravi war schon mit dem Papierkorb zur Stelle, er kannte die Prozedur bereits. Tara nahm ihre Brieftasche heraus, hielt die Visa-

Karte in die Höhe und zeigte sie den Anwesenden. »Sehen auch alle zu?« Dann überwand sie ihre Verlustängste und stieß die Schere in das harte Plastik. Während alle außer Vinnie applaudierten, murmelte Tara: »Ich bin gereinigt, ich bin geläutert. Jetzt die Access-Karte.«

Alle standen stumm dabei, als Tara die Access-Karte in der Mitte durchschnitt, dann applaudierten sie.

»Die Amex-Karte?« half Ravi ihr, als sie einen Moment zögerte. Tara nahm sie heraus und zerschnitt sie.

»Die Sears-Karte?« sagte Ravi, worauf Tara gereizt erwiderte: »Irgendwas brauche ich aber! Stell dir vor, es ist ein Notfall.«

»Dann hast du immer noch deine Cashpoint-Card und deine Switch-Karte.«

»Also … dann.« Mit traurigem Blick nahm Tara ihre Sears-Karte, schnitt sie durch und ließ sie in den Papierkorb fallen.

»Es dauert keine Woche, bis du am Telefon hängst und sagst, deine Brieftasche sei dir gestohlen worden und du brauchst neue Karten«, seufzte Vinnie. Vielleicht sollte er einen Kurs machen, in dem man lernt, wie man ein Büro leitet. »Geht ihr jetzt bitte an die Arbeit?« sagte er ungeduldig und versuchte, reichlich spät, den Chef zu markieren.

Die Nachricht von Taras Obststand verbreitete sich, und Mitarbeiter aus anderen Abteilungen kamen, um zu gucken und sich zu amüsieren. Das war Tara peinlich, aber sie blieb standhaft. Es mußte etwas geschehen, besonders nach ihrem Anfall im Supermarkt am Abend zuvor. Wenn sie sich mit Obst umgab, hatte sie keinen Grund, etwas anderes zu essen.

Aber Obst brachte einfach nicht die gleiche Erfüllung, wie viel sie davon auch aß. Sie verzehrte einen Apfel, eine Pflaume, zwei Satsumas, drei Nektarinen, noch eine Satsuma, vier Pflaumen, eine Handvoll Weintrauben, noch eine Satsuma – und hatte immer noch einen Bärenhunger. Also nahm sie sich eine Birne vor und hätte sich beinahe einen Zahn daran ausgebrochen. Sie seufzte. Mit Birnen hatte sie ihre Erfahrungen. Es gab eine Phase von anderthalb Minuten, in der Birnen genießbar waren. Bis zu dem Zeitpunkt waren sie steinhart. Danach waren sie gegorener Matsch. Wenn man sie in dem kurzen Augenblick erwischte, waren sie eine Köstlichkeit, aber die Chancen dafür waren gering.

An dem Morgen fand ein Brainstorming statt, bei dem es um das MenChel-Projekt ging, für das sie soeben den Auftrag bekommen hatten.

Vinnie wanderte vor der weißen Tafel im Büro auf und ab, zeichnete Diagramme und Zeittafeln darauf und rieb sich die immer sichtbarer werdende Kopfhaut.

»Für dieses Projekt halte ich meinen Schwanz hin, Leute«, flüsterte Ravi Tara zu, während Vinnie seine Show abzog.

»Bei dem Projekt geht es um zweitausend pro Mann und Tag, und wir müssen es hinkriegen, weil wir die bescheuerten Rechnungsprüfer im Nacken haben«, erklärte Vinnie.

»Was das wohl für ein weißer Fleck auf Vinnies Ärmel ist?« flüsterte Ravi Tara zu.

»Babyspucke.«

»Und wir müssen die Termine einhalten«, erläuterte Vinnie weiter, »also keine Zeit für Ausrutscher. Wir müssen wirklich als Team arbeiten und ... was um alles in der Welt ist das für ein Gurgelgeräusch?«

»Das kommt von Tara«, sagte Teddy zufrieden.

»Das zeigt ja wohl nicht den wahren Teamgeist.« Tara war verletzt. »Mit dem Finger auf mich zu zeigen. Entschuldigung, Vinnie, es ist mein Magen. Der ganze Obstsaft schwappt da hin und her. Da ist echt was los.«

Nichts sehnte sie so sehr herbei wie ein paar Kohlehydrate, mit denen sie den Aufruhr beruhigen konnte. Und die die Flüssigkeit aufsaugen würden. Ihr Magen fühlte sich wie ein riesiger Bankettsaal an, mit zwölf Meter hohen Decken. Oder wie ein enormes Tagungszentrum, in dem dreitausend Delegierte Platz finden konnten. Riesig, hallend, höhlenartig und leer, leer, leer. Aber ihre Willenskraft war unerschütterlich, sie würde nicht nachgeben. Sie blieb sogar eisern, als der dösige Steve zum Doughnut-

Holen geschickt wurde, um das Getriebe im Thinktank zu schmieren.

Als die Sitzung unterbrochen wurde, hastete sie ins Raucherzimmer. »Zum Glück gibt's noch diese Kleinen.« Tara wedelte mit ihrer Zigarettenschachtel vor der kleinen Gruppe der Unverbesserlichen in dem rauchgefüllten Raum. »Man stelle sich vor, wie fett ich wäre, wenn Nick O'Teen nicht seit Jahren den Hunger abgeblockt hätte. Die Feuerwehr müßte mich mit Schneidbrennern aus meinem Haus holen.«

Immer wenn jemand an Taras Schreibtisch vorbeikam, brach er ein, zwei Trauben ab und steckte sie sich in den Mund.

»Was hast du?« fragte Ravi, als er ihr griesgrämiges Gesicht sah.

»Meine Weintrauben«, klagte sie. »Alle denken, sie sind für jeden da. Aber sie sind meine! Mein Mittagessen. Ich meine, ich gehe ja auch nicht zu irgendeinem und nehme mir ein Sandwich.«

»Doch«, widersprach er ihr sanft.

»Na ja, vielleicht«, konzedierte sie. »Aber bei mir ist es etwas anderes. Normale Menschen essen nicht uneingeladen das Essen von anderen Leuten.«

Um ein Uhr kam Ravi an Taras Schreibtisch. »Wie wär's, wenn wir zwei beiden ein bißchen durch Hammersmith spazierten? Wir könnten einen Schaufensterbummel machen und uns vielleicht ein Rubbellos gönnen?« schlug er liebenswürdig vor.

Das machten sie manchmal, wenn Ravi nicht ins Fitneß-Studio ging.

»Nein, schönen Dank!« Tara holte die Wolle und die Stricknadeln heraus. »Ich werde meinen Hunger mit Stricken unterdrücken!«

Er starrte sie entgeistert an. »Was ist das?«

»Ein Pullover für Thomas.«

»Hoffentlich weiß er, wie gut er es hat.«

»Er wird es noch merken.«

Ravi war unentschlossen, er mochte nicht ohne sie gehen. »Soll ich dir noch ein bißchen Obst holen?«

»Mach dir keine Mühe, Ravi«, sagte sie. »Das Obst verschlimmert meinen Hunger nur noch. Ich vermute, ich muß einfach rigoros hungern, denn wenn ich nur das kleinste bißchen esse, fallen alle Schranken, und ich will immer mehr.«

»Ich weiß nicht, warum du dir das antust«, sagte Ravi.

Tara sah ihn spöttisch an. »Bist du blind, oder was?«

»Ich finde, du bist eine prächtige Frau«, entgegnete er.

»Das stimmt nicht. Jetzt geh mal, ich muß mir eine glückliche Beziehung stricken.«

»Oh, bitte, Tara«, schmeichelte er ihr. »Es macht keinen Spaß, allein durch die Geschäfte zu ziehen.«

Sie zeigte auf ihr Strickzeug.

»Wir können in den Zeitungsladen gehen und uns die Zeitschriften ansehen«, versuchte er sie umzustimmen.

»Vielleicht haben sie bei Boots einen Lippenstift, der wirklich kußfest ist«, sagte er. »Gerade neu angekommen.«

Sie schwankte. »Mach deine Elvis-Nummer, und ich überleg's mir.«

»Du kannst dir was wünschen.«

»›Hound Dog‹.«

Ravi schüttelte sich seine Tolle in die Stirn, schürzte seine Oberlippe, streckte einen Arm aus und ließ die Hüften kreisen. »›You ain't nothing but a hound dog‹«, fing er an.

»Siehst du!« kreischte Tara. »Ich wußte, daß du nicht scharf auf mich bist.«

Tara überstand den Bummel durch Hammersmith mit all seinen Versuchungen und erlag keiner einzigen. Zuerst gingen sie zu Marks & Spencer und schauten sich halbherzig um. Ravi sah nach, ob seit dem Morgen irgendwelche neuen Kuchen oder süßen Teilchen im Sortiment aufgetaucht waren. Tara kaufte drei Paar Strumpfhosen mit verstärktem Bauchteil, weil sie *irgendwas* kaufen wollte. Dann gingen sie zu Boots, wo Ravi alle Sandwich-Sorten überprüfte und Tara alle Lippenstifte durchging, von denen behauptet wurde, sie seien unabwischbar, von denen sie aber aus bitterer Erfahrung wußte, daß das genaue Gegenteil der Fall war. Ohne die rechte Begeisterung aufbringen zu können, kaufte sie eine Packung Vitaminpillen.

»Contergan?« fragte Ravi besorgt.

»Biomide«, korrigierte sie ihn.

Dann gingen sie in den Zeitungsladen, wo Ravi *Top Gear* durchblätterte und Tara ein paar Seiten in *Slimming* las. Als großes Finale kauften sie jeder ein Rubbellos. Ravi gab ihr ein Zwei-Pence-Stück, und gemeinsam rubbelten sie schweigend die Aluminiumoberfläche weg. Keins der Lose war ein Gewinnlos.

»Wie lange sind wir schon unterwegs?« fragte Tara.

»'ne dreiviertel Stunde.«

»Dann sollten wir wohl umkehren.«

»Glaub auch.«

Nach der Mittagspause wurde jedesmal, wenn Tara ein paar Gesprächsfetzen aufschnappte, über Essen gesprochen.

Vinnie sprach mit Evelyn über das neue Projekt und beschrieb es als Marathon-Projekt, und sofort dachte Tara an Erdnüsse, Karamel und cremige Milchschokolade.

»Sei kein verzagtes Huhn«, neckte Evelyn Vinnie, der vor seiner Aufgabe zurückschreckte, und Tara stellte sich ein knusprig gebratenes Hühnchen vor.

Ravi telefonierte mit seiner Freundin Danielle. »Der will nur sein Stück vom Kuchen«, warnte er sie. Was das wohl für ein Kuchen war, überlegte Tara versonnen. Ein feuchter, klebriger Bananenkuchen? Ein dunkler, süßer Schokoladenkuchen mit Füllung? Ein krümeliger, köstlicher Karottenkuchen? Ein schwerer, sirupgetränkter Dundee-Kuchen?

»Mach doch mit.« Ravi lachte in die Muschel, als Tara sich gerade vorstellte, wie sie die Aluminiumverpackung aufriß und ihre Zähne in die süße Schokolade mit dem weichen Teig darunter versenkte. Gott, es war die reine Folter.

»... laß dein Brot über das Wasser fahren ...«, hörte Tara in einem weiteren Gespräch. Was war das für ein Brot? Ciabatta? Focaccia? Baguette? Hüttenbrot? Aber wer, außer Bibelfanatikern, sprach von Brot, das man über das Wasser fahren lassen soll? Hörte sie Stimmen? Halluzinierte sie vor Hunger?

In dem Moment erschien eine dunkelhäutige, elegante Frau an der Tür. »Hallo«, sagte sie, »ich bin Pearl aus der technischen Abteilung. Ich habe gehört, man kann hier Apfelsinen kaufen.«

Alle sahen sich zu Tara um.

»Da haben Sie was Falsches gehört«, erwiderte Tara unhöflich.

»Entschuldigung«, sagte Pearl aus der technischen Abteilung. Sie hatte das Gefühl, jemandem auf den Schlips getreten zu haben.

»Apfelsinen sind zu unerquicklich«, erklärte Tara. »Überall Saft, und die Apfelsine knochentrocken. Ich kann Ihnen eine Satsuma anbieten. Viel leichter zu essen.«

Nach der Arbeit ging Tara in ihren Steptanzkurs und war hoch erfreut, als sie fast ohnmächtig dabei wurde. Sie mußte sich eine Viertelstunde hinsetzen, bevor sie wieder stehen konnte, ohne daß ihr die Knie schlackerten. Als sie nach Hause kam, gab Thomas ihr einen Klaps auf den Po und sagte freundlich: »So schlecht bist du gar nicht für eine Dicke.«

An dem Abend ging sie vor Hunger und Überanstrengung zitternd ins Bett. Insgesamt war es doch ein guter Tag gewesen.

26

Katherine registrierte mit Interesse, daß Joe an dem Tag, als sie ihn der sexuellen Belästigung bezichtigte, nach dem Lunch nicht mehr zur Arbeit kam. Offensichtlich war er in den Pub gegangen, und sie konnte sich ein kleines Prickeln angesichts ihrer Macht, ihm weh zu tun, nicht verkneifen.

Als sie am nächsten Tag im Büro erschien, war sie einigermaßen neugierig. Joe hatte Zeit gehabt, sich von ihrer Anschuldigung zu erholen. Würde er danach wieder so charmant und vertraut mit ihr sprechen?

Würde sie weiterhin grausam zu ihm sein?

Überrascht stellte sie fest, daß sie bereit war, ihm eine Chance zu geben. Er war so hartnäckig gewesen, daß sie es fair fand, ihn zu belohnen. Vielleicht würde sie mit ihm in den Pub gehen. Natürlich würde sie dabei so tun, als hielte er ihr eine Pistole an den Kopf.

Sie behielt die Tür im Blick, nicht regelrecht besorgt, aber auch nicht ganz ruhig. Aber er kam nicht. Sie widmete sich den Bilanzen, und als es Zeit zum Lunch war, wurde ihr bewußt, daß sie den ganzen Morgen nach ihm Ausschau gehalten hatte.

Um drei Uhr tauchte er schließlich auf. Myles trottete hinter ihm her, in der Hand eine Flasche Limonade. Die beiden waren blaß und verlegen.

»Meine Herren! Es freut mich, daß Sie es heute einrichten konnten«, sagte Fred Franklin sarkastisch.

Joe murmelte, er habe Aufnahmen für einen Werbespot machen müssen.

»Die fanden wohl in deinem Schlafzimmer statt, wie?« höhnte Fred.

»Gar nicht«, verteidigte sich Joe und fügte dann betreten hinzu: »Im Badezimmer.«

Sofort setzte Katherine ihre glatte, undurchdringliche Miene auf. Jetzt aufgepaßt!

Joe kam auf sie zu, bis zu ihrem Schreibtisch – und ging vorbei. Zur Kaffeemaschine. Sekunden darauf, auf dem Weg zu seinem Schreibtisch, straffte Katherine sich erneut. Aber er ging einfach vorbei. Er warf nicht einmal einen Blick in ihre Richtung.

Katherine ließ ein paar Minuten verstreichen, damit er Zeit hatte, seine Anrufe und E-Mails zu prüfen, und erwartete ihn dann. Aber er kam nicht. Sie wartete, während er sich um eine dringende Angelegenheit kümmerte, und dann setzte er sich immer noch nicht auf ihren Schreibtisch. Vielleicht hatte er zuviel zu erledigen, nachdem er sechsundzwanzig Stunden zum Lunch fortgewesen war. Verstohlen sah sie zu ihm hinüber. Er sah nicht so aus, als wäre er mit Arbeit überhäuft.

Nachdem eine Stunde vergangen war, mußte Katherine zugeben, daß Joe ihr heute keinen Besuch abstatten würde, daß er es aufgegeben hatte. Erleichterung mischte sich mit Enttäuschung. Was für ein Schwächling, dachte sie. Ein echter Mann ließe sich von dem Vorwurf der sexuellen Belästigung nicht beirren.

Mit Mühe wandte sie sich wieder ihrer Arbeit zu, aber sie konnte sich nicht konzentrieren. Für den Rest der Welt sah sie aus wie eine Frau, die sich intensiv mit Amortisierungsberechnungen befaßte, aber in ihrem Kopf tanzten die Ausrufezeichen umher. Ich kann nicht glauben, daß er so leicht aufgibt! Einfach so! Gestern war er noch wild nach mir! Ich sei der Sonnenschein in seinem Leben, hat er gesagt!

Immer wieder sah sie zu ihm hinüber, beobachtete ihn. Falls er es sich noch überlegte. Zufällig sah sie, wie er sich das Jackett auszog, die Krawatte lockerte und die Ärmel hochkrempelte. Katherine konnte ihren Blick nicht abwenden, obwohl es gegen ihren

Willen war. Die Haare auf seinem Unterarm, die glatte Haut darunter, die Muskeln, die sich jedesmal, wenn er den Hörer aufnahm oder mit der Maus etwas anklickte, bewegten, die breite Uhr um sein Handgelenk – an seinem Arm war nichts Schwächliches.

Das regte sie wirklich auf. Er tat so, als hätte man von ihm nichts zu befürchten, als wäre er zu dünn, um ein Macho zu sein. Er war zwar dünn, aber er hatte Kraft. Diese Arme waren die eines Mannes mit Sex-Appeal … O nein! Ihr kommt sofort wieder unter Verschluß, tadelte sie ihre aufsässigen Gefühle, hinter Gitter!

Als sie abends ihre Sachen zusammenpackte, sprachen Joe und sein Team davon, in den Pub zu gehen. Davon, daß man sich dem Hund wieder nähern sollte, der einen gebissen hatte, und so weiter.

Sie hörte Joe rufen: »He«, und sah auf. Endlich, dachte sie. Und stellte sich darauf ein, sich bitten zu lassen. Aber Joes Blick überging sie und wanderte weiter. »He, Angie«, rief er wieder. »Kommst du noch einen trinken?«

Katherines Magen zog sich zusammen. Angie war Texterin. Sie war zierlich und dunkel und hübsch und so neu, daß sie noch nicht, gemäß ihrer sexuellen Vorlieben, umgetauft worden war.

»Gute Idee.« Angie lächelte.

Katherine wartete, daß Joe sie auch fragen würde, aber sein Schweigen war deutlich.

Sie schob eine Diskette in den Computer, um ihr Tagewerk abzuspeichern. Mit kaltem Frohlocken verschloß sie ihr Herz. Joe Roth war ein Drecksack. Es würde ihr nicht leid tun, daß sie ihn abgewiesen hatte! Er hatte nicht lange gebraucht, um darüber hinwegzukommen. Offensichtlich waren zierliche, schmale Frauen sein Typ, und jetzt wandte er sich einer anderen zierlichen, schmalen Frau zu, einer neuen.

Mit Katherine hatte er nur sein Spielchen getrieben, und in dem Moment, da ihr Interesse geweckt war, hatte er sich von ihr abgewandt und sie mit frischen Wunden sitzengelassen. Er wollte sie nur, weil sie nicht verfügbar war. Männer waren wie die Kinder – immer schien das Gras woanders grüner.

Sie war noch einmal davongekommen.

Sie beendete den Speichervorgang und warf die Diskette in die Schublade. Als sie zum Aufzug kam, standen die anderen davor. Joe lachte über etwas, das Angie gesagt hatte, und beugte seinen Kopf weit vor. Katherine wollte umkehren, aber das wäre zu schmerzlich gewesen. Mit eisiger Miene fuhr sie nach unten, zusammen mit dem fröhlichen Völkchen, das davon sprach, daß alle nach einem Bier lechzten.

»Warum kommst du nicht mit?« sagte Myles zu Katherine, weil er hoffte, Joe aufzuheitern. Im nächsten Moment bedauerte er es. Wenn sie nun ihn der sexuellen Belästigung bezichtigte?

»Nein, ich glaube nicht«, murmelte sie und wartete, daß Joe sich einmischen und sie überreden würde. Aber er sagte nichts, und sie schäumte insgeheim vor Wut. Oberflächlicher Bock. Als sie aus dem Lift trat, sagte sie: »Viel Spaß!« über ihre Schulter und wunderte sich, daß sie daran nicht erstickte.

Mittwochs ging Katherine normalerweise zum Steptanz. Da konnte sie alles vergessen, während sie mit sechs anderen Frauen in ausgefransten Shorts zu der Musik von »Happy Feet« herumhüpfte und sich Phantasien von einer glücklichen Kindheit hingab. Sollten die anderen auf dem Weg zu ihren Aerobic-Kursen doch grinsen, wenn sie einen Blick in ihren Raum warfen.

Nach der Stunde traf sie sich meistens mit Tara und Liv, und machmal noch mit Fintan und Sandro. Aber an dem Tag wollte sie sofort nach Hause. Sie hatte nicht einmal Schuldgefühle, so bedrückt war sie, als sie sich in den Strom der Büromenschen einreihte, die zur U-Bahnstation am Oxford Circus eilten. Aber auch das war unerträglich. Sie winkte ein Taxi herbei und hoffte, daß der Fahrer nicht gesprächig war. Doch das Schicksal hatte kein Erbarmen, und so mußte sie vierzig Minuten die Auslassungen eines faschistischen Fremdenhassers namens Wayne über sich ergehen lassen, der auf dem Armaturenbrett ein Photo von seinen drei dicken, häßlichen Kindern hatte und über jede Nation auf Erden Bescheid wußte: »Der letzte Dreck, sag ich immer!« Die Franzosen, Bosnier, Jamaikaner, Algerier, Griechen, Pakistani und natürlich die Iren – sie waren laut Wayne alle der letzte Dreck. Als sie ihre Freunde von ihrem Mobiltelefon aus anrief und ihnen auf ihre Anrufbeantworter sprach, daß sie nicht ausgehen würde, konnte sie kaum ihre eigene Stimme hören.

Endlich war Katherine zu Hause, aber ihre Erleichterung darüber währte nur kurz. Ihre saubere, aufgeräumte Wohnung schien ihr traurig und steril. Zu sauber. *Neurotisch* sauber. Kurz erwog sie, etwas zu essen, aber dann hatte sie keine Lust. Sie schaltete den Fernseher ein, aber es gab nichts, was sie interessierte. Ihr Leben, das sie sonst so befriedigend fand, war plötzlich auf unerklärliche Weise unzulänglich. Alles, von ihrer Arbeit bis zu ihrer Wohnung, schien ihr öde, unangemessen und nur halb lebendig. Sie drückte ein paar Plastikbläschen auf einem Bogen Verpackungsmaterial auf, aber auch das hatte keinen Reiz.

Abgesehen von der einen riesigen Sorge, die auf ihr lastete – und die war so groß, daß Katherine sie manchmal aus dem Blick verlor –, war sie bis vor ein paar Tagen völlig zufrieden mit ihrem Leben gewesen.

Sie haßte Joe, weil er ihr das antat. Sie hatte den Fehler begangen, daß sie sich plötzlich durch seine Augen sah, und sie hatte Gefallen an der Sicht gefunden. Nachdem er ihr jetzt seine Bewunderung entzogen hatte, mußte sie sich wieder durch eine weniger rosarote Brille, nämlich ihre eigene, betrachten. Und die Umstellung war schmerzlich.

Sie konnte Tara, Fintan oder Liv nicht anrufen und ihnen von ihrem Kummer erzählen. Das war nicht ihre Art. Sie kam immer allein zurecht. Und sie wußte, daß die anderen beunruhigt wären, wenn sie plötzlich zu einer weinerlichen Masse zerfiel. Sie dachten, Katherine hätte alles unter Kontrolle und wäre Herrin ihrer Gefühle.

Endlich beschloß sie, etwas zu essen, aber wie immer hatte sie nichts im Haus. Ohne rechte Lust ging sie zu dem Laden an der Ecke und kaufte irgendwas ein. Als sie zur Kasse ging, warf sie unvermittelt einen Blick auf die traurigen Dinge in ihrem Korb. Tiefgefrorene Lasagne. Eine Einzelportion. Ein einzelner Apfel. Die kleinste Milchtüte der Welt. Wie armselig. Wie es Aufschluß darüber gab, daß sie allein war. Wie der Mann an der Kasse sie bemitleiden würde.

Voller Zorn hievte sie einen Zwei-Kilo-Beutel ungewaschener Kartoffeln in den Korb, wobei sie sich beinahe die Schulter ausrenkte. Na bitte! Es sollte noch einmal jemand denken, sie hätte keinen Typen zu Hause! Keine Alleinstehende würde einen Zwei-Kilo-Beutel Kartoffeln kaufen. Und schon gar nicht von den ungewaschenen. Die gehörten in das Reich der Mütter, die mit roten Fingerknöcheln am Spülstein standen, die Erde mit einer Bürste abkratzten und dann einen enormen Topf für ihre hungrige Familie kochten.

Mit erhitztem Gesicht lächelte Katherine den Kassierer herausfordernd an. Hier! Ich bin ein vollwertiger Mensch. Aber er sah sie gar nicht an. Sie schleppte die Kartoffeln nach Hause und fragte sich, was sie damit anfangen sollte.

Sie aß die Lasagne und den Apfel und trank eine Tasse Tee, aber der Abend war lang, und die sich vor ihr auftuende Leere machte sie ganz zappelig.

Sie ließ sich ein Philosophiebad ein. Sie nahm die Flasche mit der Aufschrift »Ich weiß«, weil sie »Selbstwertgefühl, Selbstbewußtsein, Zutrauen und Erfolgsgefühl« versprach. Dann legte sie sich ins Bett und wurde sich zum ersten Mal seit Ewigkeiten bewußt, daß sie allein war.

Macht auch nichts, sagte sie sich, ich habe ja das Fernsehen. Sie nahm die Fernbedienung und wollte etwas suchen, wobei sie einschlafen würde. Wer brauchte einen Mann, wenn man Satelliten-Fernsehen hatte?

Aber plötzlich dachte sie darüber nach, wie es wohl wäre, mit Joe im Bett zu sein. Wie er nackt aussähe. Was es für ein Gefühl wäre, mit den Händen über seine glatte Haut zu streichen und seine Rückenmuskeln zu fühlen. Bei aller jungenhafter Freundlichkeit war er sexy, gestand Katherine sich unglücklich ein.

Solange er ihr nachgestellt hatte, konnte sie sich nicht erlauben zuzugeben, wie attraktiv er war. Erst jetzt, da sie keine Chance mehr bei ihm hatte, ging das ungefährdet.

Um vier Uhr morgens wachte sie mit einem Schlag auf, die Fernbedienung hielt sie umklammert. Eine Vorahnung beschlich sie, und sie brauchte ein paar Sekunden, um sich bewußtzumachen, was es war. Dann fiel es ihr ein. Joe war in den Pub gegangen. Und Angie auch. Sie machte sich klar, daß er gerade in dem Moment mit ihr im Bett liegen konnte. *In dem Moment.* Irgendwo in der Stadt könnte Joe Roth im Bett liegen, die Arme um eine nackte Frau geschlungen. Katherine stellte sich vor, daß sie diese Frau war, daß seine Begierde allein ihr galt.

Sie lag flach auf dem Rücken und sah angespannt zur Decke. Es war schon lange her, daß sie in der Nacht aufgewacht war, und es gefiel ihr gar nicht. Uralte Gefühle kamen in ihr hoch, sie nagten an ihr und quälten sie.

Plötzlich war sie wieder neunzehn, und der Schmerz, zum ersten Mal bis ins tiefste Innere verwundet worden zu sein, war ganz frisch. Sie hatte eine Ausbildung als Buchhalterin in Limerick begonnen, konnte es aber nicht ertragen, länger dort zu bleiben, weil alles sie an ihre verlorene Liebe erinnerte. Sie hatte das Gefühl, verrückt werden zu müssen, wenn sie blieb. Deswegen reichte sie bei Good & Elder die Kündigung ein, was überrascht zur Kenntnis genommen wurde, weil sie ein guter Lehrling war. Obwohl sie in letzter Zeit etwas nachgelassen hatte, fiel ihrem Vorgesetzten ein, als er genauer darüber nachdachte.

Sie zog wieder nach Knockavoy und hoffte, so ihrem Schmerz zu entkommen. Eines Nachtmittags im September traf sie unangekündigt mit dem Bus ein. Alle waren überrascht, sie zu sehen, weil sie den Sommer über kaum zu Hause gewesen war. Als sich herausstellte, daß sie dableiben würde, waren alle noch mehr überrascht. Sie war der große Star des Schulabschluß-Jahrgangs 1985 gewesen, die eine, die den Absprung geschafft hatte, und jetzt war sie wieder da und wollte den Grund nicht nennen.

Taras und Fintans anfängliche Begeisterung schwenkte schnell in Besorgnis um. Offenbar hatte ihr Freund in Limerick sie sehr verletzt. Ihre Art, die Nase zu rümpfen, wann immer die beiden sagten, sie fänden einen Jungen hübsch, sprach Bände. »Na und?« höhnte sie erhitzt. »Erst tun sie so, als wären sie verrückt nach dir, und wenn du angebissen hast, lassen sie dich fallen.«

»Ich hätte nichts dagegen, wenn mich jemand anbeißen würde«, sagte Fintan und lachte, und Katherine sah ihn wütend an.

»Es ist viel besser, allein zu bleiben«, sagte sie heftig, und ihr Gesicht war eine schmerzverzerrte Maske.

Bis dahin war sie immer so unbeschwert und fröhlich gewesen. Obwohl sie sich nicht mit Jungen einließ, hatte es ihr nichts ausgemacht, wenn die anderen es taten. Was war geschehen?

»Erzähl uns doch bitte, was war«, bedrängten sie sie immer wieder und verzweifelten fast. »Es hilft, wenn man darüber spricht. Wirklich, wir wissen doch auch, wie das ist.«

Aber Katherine ließ sich nicht darauf ein. Es ging einfach nicht.

Und in ihrem Schweigen eingeschlossen zerriß die Sehnsucht sie. Und wollte nicht weichen.

Sie war in einem reinen Frauenhaushalt aufgewachsen, hatte auch keine Onkel, hatte nie einen Freund gehabt und war immer glücklich gewesen. Aber als sie die überwältigende Nähe eines geliebten Mannes erfuhr, war plötzlich alles anders; sie hatte ein Gebiet großer Bedürftigkeit entdeckt. Sie wollte Liebe und Geborgenheit – von einem Mann. Obwohl es für sie keinen Sinn ergab, hatte sie das Gefühl, daß nur ein Mann den Schmerz wegnehmen konnte, den ein anderer ihr zugefügt hatte.

Aber was sollte sie tun? Die Vorstellung, sich wieder zu verlieben, schreckte sie ab. Außerdem würde sie ihren Liebeskummer niemals überwinden. Dann fiel ihr in einer schlaflosen Nacht, zwei Wochen nach ihrer Flucht aus Limerick, ihr Vater ein, Geoff Melody. Und alles kam ihr plötzlich leicht vor.

Auf einmal war der Wunsch, ihn kennenzulernen, so stark und gegenwärtig, daß sie am liebsten auf der Stelle aufgestanden und nach England gefahren wäre, um ihn aufzusuchen. Was sie verblüffte, war die Tatsache, daß sie so lange gar nicht an ihn gedacht hatte. Wieso war ihr der enorme Mangel nicht schon früher aufgefallen? Wieso hatte sie soviel Zeit vergehen lassen?

Eine frische, süße Hoffnung wischte den bitteren Schmerz beiseite, und plötzlich hatte Katherine einen Grund zu leben. Sie hatte gedacht, ihr Leben sei vorbei und niemand würde sie je wieder lieben, doch jetzt hatte sie noch einmal eine Chance. Sofort wurde ihr Vater das Ziel aller Träume und Sehnsüchte. Er würde sie verstehen. Wahrscheinlich war er ihr sehr ähnlich. Er würde ihre Rettung sein, das glaubte sie bestimmt. Mit Sicherheit würde sich jetzt alles zum Guten wenden.

Was für ein Mensch er wohl war? Es hatte keinen Sinn, ihre Mutter zu fragen, die würde nur Schlechtes über ihn sagen. Aber das Gute daran war, daß Katherine ihn bestimmt mögen würde, einfach weil ihre Mutter ihn ablehnte.

Katherines Gedanken verselbständigten sich, und sie sah eine helle, glückliche Zukunft vor sich. Sie würde nach England gehen und dort mit ihrem Vater leben. Was brauchte man einen Ehemann oder einen Freund, wenn man einen Vater hatte? Er würde ihre Vergangenheit und ihre Zukunft in einem anderen Licht erscheinen lassen, und sie würde nie wieder in einen Schlamassel geraten, weil ihr Vater ihr mit Rat und Tat zur Seite stehen würde.

Sie lag im Bett und malte sich aus, wie ihr Vater sein würde. Wahrscheinlich hatte er einen Schrebergarten. Alle Engländer von einem bestimmten Alter ab hatten einen Schrebergarten. Er würde Rhabarber für sie anbauen. Sie würden zusammen in den Schrebergarten gehen, nur sie zwei, und während er die Erde umgrub, würde sie ihm von ihrem Leben erzählen. Und er würde nicht viel sagen, aber was er sagte, wäre voller Weisheit. *Männlicher* Weisheit.

Oder vielleicht wäre er sehr lebhaft und humorvoll und würde mit einem Cockney-Akzent sprechen, wie die Leute aus dem Osten von London. Und vielleicht hatte er keinen festen Job und war einer, der sich so durchschlug. Auf legale Art natürlich. Keine krummen Geschäfte. Ein Elternteil, der ein schräger Vogel war, reichte völlig aus.

Er könnte auch vornehm sein. Dann würde er sie »meine Liebe« nennen, doch seine förmliche Ausdrucksweise würde die Wärme der Gefühle, die er für sie empfand, nicht verbergen. Vielleicht hatte er noch andere Kinder, mit denen er sich nicht so gut verstand, und brauchte jemanden, der den Buchhalterposten in seinem Geschäft übernahm, und sie käme genau im richtigen Moment.

Es kam ihr kaum in den Sinn, daß Geoff Melody nicht an ihr interessiert sein könnte. Ihr Bedürfnis war so groß, daß sie die Möglichkeit, ihre Gefühle könnten nicht erwidert werden, nicht in Betracht ziehen konnte.

Es dauerte eine ganze Weile, bis sie den Brief fertig hatte. Sie hatte gelernt, daß Männer nicht gern mit krasser Bedürftigkeit konfrontiert werden, deswegen drückte sie ihren Wunsch, Geoff Melody kennenzulernen, in neutralen, unverbindlichen Worten aus. Sie wußte, daß er ihr helfen konnte, aber sie durfte ihn jetzt nicht in die Flucht schlagen, indem sie das durchblicken ließ.

Ich fordere nichts war das, was sie in ihrem Brief sagte.

Zehn Tage nachdem Katherine ihn geschickt hatte, bekam sie einen Umschlag mit englischer Briefmarke. Ihr Vater hatte geantwortet! Ein fester, teurer Umschlag.

Aber der Brief kam nicht von ihrem Vater. Er war von dem Anwalt, der mit der Vollstreckung des Testaments ihres Vaters beauftragt war und ihr mitteilte, daß ihr Vater vor sechs Monaten an Lungenkrebs gestorben war.

Während das Ende ihrer Liebesaffäre für sie wie ein Todesfall war, war der Tod ihres Vaters wie das Ende einer Liebesaffäre.

27

Am nächsten Morgen konnte Katherine es kaum erwarten, ins Büro zu kommen. Sie wollte unbedingt wissen, ob Joe die ganze Nacht mit Angie gevögelt hatte. Doch als sie im Büro ankam, hatte sich ihre Aufregung gelegt. Er hatte schließlich den Eindruck erweckt, als wäre er ganz verknallt in sie, und sie war überzeugt, daß sich das nicht einfach in Luft aufgelöst hatte. Außerdem war er anständig und rücksichtsvoll und nicht der Typ, der mit einer ins Bett ging, die er kaum kannte.

Und wenn er so anständig und rücksichtsvoll war, gab es keinen Grund, warum sie nicht mit ihm ausgehen sollte. Ihre ganze Anspannung war verflogen. Sie sah Joe an der Wand neben der Kaffeemaschine lehnen und lächelte ihm unwillkürlich zu. Doch auf den zweiten Blick merkte sie, daß er unrasiert, zerknittert und übernächtigt aussah, ja, richtiggehend gealtert.

Sie stellte in alptraumähnlichem Zeitlupentempo fest, daß seine Kleider die von gestern waren. Täuschte sie sich auch nicht? Sie zwang sich, ihn nochmals anzusehen. O Gott! Derselbe Anzug. Dasselbe Jackett, das er gestern nachmittag ausgezogen hatte. Dasselbe Hemd, dessen Ärmel er aufgekrempelt hatte. Dieselbe Krawatte, die er gelockert hatte. Ein klares Zeichen, daß er nicht nach Hause gegangen war.

Eine Stille überkam sie. Sie fühlte sich, als hätte ihr Blut aufgehört zu fließen, als hätte der Schock es zu einem abrupten Halt gebracht.

Er erwiderte ihr rasant verschwindendes Lächeln nicht. Seine braunen Augen, die normalerweise vor Wärme und jungenhaftem Charme leuchteten, wenn er sie sah, blieben kalt. Er nickte ihr finster zu, warf seinen Styroporbecher in den Müll und wandte sich ab.

Wie eine Schlafwandlerin zog Katherine den Mantel aus. Vielleicht hatte er bei einem der anderen Männer übernachtet, sagte sie sich. Es mußte nicht gleich Angie gewesen sein, auch wenn sie zierlich und schmal war.

Als sie den Computer anschaltete, empfand sie eine tiefe Abneigung gegen ihren Schreibtisch. Warum denn das? Irritiert sah sie auf und versuchte festzustellen, was fehlte. Dann merkte sie es: Joe saß nicht auf der Kante.

Während sie sich den Morgen über den Anschein gab, als befaßte sie sich mit komplizierten Bilanzen, vervollkommnete sie gleichzeitig ihre Fähigkeit, unauffällig zu beobachten, weil sie herausfinden wollte, ob es Zeichen der Verständigung zwischen Joe und Angie gab. Sie sprachen nicht miteinander, aber Katherine wußte sehr wohl, daß das bedeutungslos war. Wenn zwei Menschen miteinander geschlafen hatten, ignorierten sie sich häufig bei der nächsten Begegnung. Im Gegenteil, je mehr sie einander ignorierten, desto *wahrscheinlicher* war es, daß sie miteinander geschlafen hatten.

Sowohl Joe als auch Angie saßen an ihrem Computer und hauten in die Tasten, aber das beruhigte Katherine nicht im geringsten, denn möglicherweise schrieben sie sich heiße E-Mails.

Katherine fiel noch etwas auf, das sie verstörte. Wenn man sich Joe Roths jungenhaftes, freundliches Gebaren wegdachte, was blieb dann übrig? Ein grimmig blickender Mann mit Sex-Appeal. Katherine war er – verschlossen, mit Bartstoppeln, im Hemd und Anzug von gestern – noch nie so attraktiv vorgekommen.

Unauffällig lauschte sie dem Bürotratsch, weil sie herausfinden wollte, ob Angie inzwischen mit einem neuen Namen versehen worden war. Einem möglichst vulgären, was darauf hinweisen würde, daß sie mit einem der Männer geschlafen hatte. Aber sie erfuhr nichts. Alle redeten nur davon, daß ihnen übel sei und sie einen Kater hätten. Und sie nie wieder was trinken würden. Daß keiner einen blassen Schimmer habe, was nach zehn Uhr passiert war. Und Darren sich an der Tür übergeben habe. Daß sie hinausgeworfen worden seien.

Katherine fühlte sich öde und leer. Nie nahm sie am Leben teil, immer blieb sie am Rand.

»Entschuldigung, Eiskönigin.« Katherine hob den Kopf. Angie stand vor ihr. Einen verrückten Augenblick dachte sie, Angie wollte ihr sagen, daß sie nicht mit Joe Roth im Bett gewesen war. Aber nur für einen Augenblick ...

»Wie hast du mich genannt?«

»Eiskönigin«, sagte Angie freundlich.

Als Angie Katherines Gesichtsausdruck sah, zögerte sie. »Heißt du nicht so?« Sie war verwirrt. »So nennen dich die anderen. Ich dachte, es ist ein irischer Name. Ich habe eine Kusine, die heißt Quiveen ...«

»Ich heiße Katherine, und unsere Kollegen nennen mich die Eiskönigin, weil ich zuviel Selbstachtung habe, um mit den Leuten, mit denen ich arbeite, zu schlafen«, fuhr Katherine sie an.

»Oh, Mist –« Angie war peinlich berührt und ein wenig beschämt. Beschämt, weil sie nicht genügend Selbstachtung hatte, um nicht mit jemandem aus dem Büro zu schlafen?

»Jetzt verstehe ich – *die* Eiskönigin. Entschuldigung! Ich wollte nur meine Steuerklasse für die Gehaltsabrechnung einreichen.« Sie warf ein Blatt auf den Tisch. »Damit ich nicht versehentlich in die falsche Steuerklasse komme.« Dann machte sie sich davon.

Katherine betrachtete das Blatt auf dem Schreibtisch. Nichts wäre leichter, als wenn sie einen Fehler machte und Angie in die Steuerklasse steckte, in der ihr die höchstmögliche Steuer abgezogen würde und ihr Gehalt ein Minusbetrag von mehreren tausend Pfund wäre. Natürlich müßte sie es im folgenden Monat korrigieren, aber würde es sich nicht lohnen, allein, um Angies Gesicht zu sehen?

Das ist unprofessionell, tadelte sie sich, und der Unfug hörte auf. Es war eine schöne Vorstellung, aber weiter durfte es nicht gehen. Mit einem unhörbaren Seufzer wandte sie sich wieder ihrer Arbeit zu. Sie würde damit fertig werden. Es würde ein paar Tage dauern, bis sie sich wieder beruhigt hatte, aber sie würde es schaffen.

28

Taras Woche verlief sehr gut. Oder besser gesagt, enthaltsam. Nur zwei kleine Ausrutscher. Am Mittwoch ließ sie sich mittags zu Fish and Chips hinreißen, und am Freitag aß sie das übliche süße Teilchen. (Es käme ihr nicht in den Sinn, mit dieser Tradition zu brechen!) Aber das Gute war, daß ihr Ausbruch nicht zu Schlimmerem geführt hatte. Er hatte keine unaufhaltsame Welle der Völlerei ausgelöst. Außerdem hatte sie achtundzwanzig Reihen von Thomas' Pullover gestrickt und war viermal im Fitneß-Studio gewesen. Obwohl man keine Minderung ihres Leibesumfangs feststellen konnte, war Thomas angetan davon, daß sie sich Mühe gab, und zeigte sich ungewöhnlich zärtlich.

Am Mittwoch abend sagte er: »Komm her, du alte Schachtel«, und hielt Händchen mit ihr, während sie sich das Spiel Barcelona gegen Real Madrid ansahen. In der Nacht zum Freitag hatte er im Schlaf den Arm über sie gelegt. Mit Genuß spürte sie sein Gewicht und lag ganz still, damit er nicht plötzlich aufwachen und den Arm wegnehmen würde.

Am Freitag morgen sagte er abrupt: »Dein Haar ist fällig. Laß dir blonde Strähnchen machen.« Woraufhin Tara beglückt zur Arbeit ging – sie fand seine nordenglische kompromißlose Machoart so sexy und war gerührt, weil er sich für ihr Aussehen interessierte. Und in dem Fall hatte es nichts mit ihrem Umfang zu tun.

Sie dankte Gott, daß die drohende Vorahnung, die sie am vergangenen Wochenende plötzlich erfüllt hatte, gewichen war. Einen kurzen Moment fragte sie sich, ob sie sich daran gewöhnt hatte.

Den größten Teil des Samstags verbrachte sie beim Friseur und ließ sich Strähnchen färben, in der irrigen Annahme, daß man sein Leben veränderte, indem man etwas für seine Haare tat. Doch als sie nach Hause kam, war Thomas übelster Laune, weil Huddersfield gegen Bradford verloren hatte, noch dazu in einem Heimspiel.

»Drei zu null«, brüllte er, als sie gerade die Tür aufmachte. »Ich faß es nicht, drei zu null.«

»Gefällt dir mein Haar?« fragte sie wie ein Idiot.

»Sieht aus wie ein Haufen Stroh«, empörte er sich. »Wieviel mußtest du dafür blechen?«

Tara war so wütend, daß sie am liebsten in Tränen ausgebrochen wäre. Er hatte sich gewünscht, daß sie zum Friseur ging. Er hatte es geradezu *befohlen*. Sie ließ ihre Einkaufstüten fallen und stürzte aus dem Zimmer. Niemals würde sie sich gestatten, vor ihm zu weinen. Nicht, seitdem er sich über seine frühere Freundin Bella beklagt hatte. »Die hat dauernd geheult.« Anscheinend hatte Bella an ihm geklebt und war zu empfindlich und anspruchsvoll gewesen, und Claire, die Freundin davor, war auch nicht besser gewesen. Als Tara merkte, wie sehr er ihre Vorgängerinnen verachtete, nahm sie sich fest vor, ganz anders zu sein. Sie würde nie weinerlich oder nörgelig sein, und er wäre immer zufrieden, weil sie eine viel bessere Freundin war und er sich nicht über sie aufregen mußte.

Als sie im Schlafzimmer vor Demütigung nach Luft schnappte, sagte sie sich, daß Thomas nicht absichtlich so ein Scheusal war. Er war nur frustriert und mußte sich an jemandem abreagieren. Sie durfte das nicht zu persönlich nehmen.

Am Abend sollte sie mit Thomas zu der Geburtstagsparty seines Freundes Eddie gehen. Da sie Eddie nicht ausstehen konnte, rief sie Fintan an, um ihn um moralische Unterstützung zu bitten. Der Anrufbeantworter war dran. Sie wählte seine Mobiltelefon-Nummer und war sofort mit seiner Voice-Mail verbunden. Sie hatte seit Montag abend nicht mit ihm gesprochen. Normalerweise telefonierten sie täglich, aber da er die ganze Woche in

Brighton gewesen war und sie sich wegen ihrer Hungerkur nicht auf der Höhe fühlte – außerdem hing ihr das Gespräch über Aids-Tests noch unangenehm nach –, war sie nicht dazu gekommen, ihn anzurufen.

Dann rief sie Katherine an, die sie auch die Woche über nicht gesehen hatte.

»Komm doch bitte zu Eddies Party«, bettelte Tara.

»Nein«, sagte Katherine sanft. »Es tut mir leid, aber ich verabscheue Eddie. Ich würde es nicht über die Lippen bringen, ihm zum Geburtstag zu gratulieren.«

In Katherines Augen war Eddie einfach eine andere Ausgabe von Thomas, mit einem besseren Gehalt.

»Aber ich habe dich seit Montag nicht gesehen«, sagte Tara betrübt. »Ich weiß, daß das an mir liegt, weil ich jeden Abend ins Fitneß-Studio gegangen bin, aber trotzdem. Was machst du denn heute abend? Bleibst du zu Hause, nur du und die Fernbedienung?«

»Eigentlich wollte ich mich mit Emma treffen, aber Leo hat Pseudokrupp.«

»Oh, Mann. Ich muß unbedingt mal bei Emma vorbeischauen ...«

»Dann sollte ich mit Dolly zu einer Party, aber sie ist mit ihren neuen Stilettos ausgerutscht und hat sich den Knöchel verstaucht.«

»Holla. Wenn Fintans Assistentin Stilettos trägt, dann müssen sie wieder Mode sein. Ich sollte anfangen zu üben.«

»Jedenfalls sieht es jetzt so aus, daß ich ins Kino gehe.«

»Am Samstag abend? Ist das nicht ein bißchen traurig?«

»Nicht so traurig wie Eddies Party.«

»Mit wem gehst du?«

»Ich gehe allein.«

»Gott«, sagte Tara neidisch. »Du bist so cool.«

»Erzähl mir, was Fintan so treibt. Ich kann ihn nicht erreichen.«

»Frag mich nicht, ich krieg ihn auch nicht an die Strippe.«

Danach rief Tara bei Liv an.

»Tut mir leid«, sagte Liv, »aber Lars fliegt heute abend nach Schweden, und ich begleite ihn zum Flughafen, wo ich uns beide in eine peinliche Situation bringen werde, weil ich weinen muß und ihn betteln werde, seine Frau zu verlassen und bei mir zu bleiben.«

Obwohl Tara die ganze Woche gehungert hatte, war es eine Tortur für sie, sich zum Ausgehen umzuziehen. Als Dicke kam sie sich nicht wie ein vollwertiger Mensch vor, sie fühlte sich an den Rand gedrängt und der Möglichkeit beraubt, sich ihrer Weiblichkeit zu erfreuen. Wie gern hätte sie sich selbstbewußt in einem engen, aufreizend kurzen Kleid gezeigt, aber so machte sich mit einer weiten, großzügig geschnittenen Bluse, die all ihre Sünden kaschierte und Thomas' Laune noch verschlechterte, möglichst unauffällig.

Weil sie niemanden hatte, mit dem sie sich unterhalten konnte, mußte sie drei Stunden in einem Pub ausharren, wo sie Cola Light trank, mit verlangenden Blicken zu den Erdnüssen hinüberschielte und den Tag herbeisehnte, an dem fettarmes Lager-Bier erfunden werden würde. Dann gingen alle zu Eddie, in seine Wohnung in Clapham, wo die Party stattfand. Die kaum den Namen verdiente, wie Tara feststellte, nachdem sie sich einen Überblick verschafft hatte. Es waren ungefähr zwanzig Gäste da, von denen jeder einzelne eingeladen worden war. Wenn die Leute, die mit im Pub waren, nicht nach Hause hätten gehen müssen, um ihre Babysitter abzulösen, wäre es etwas lebhafter geworden.

Die Musik war so leise, daß sich keiner ermuntert fühlte zu tanzen. Die Gäste standen in kleinen Gruppen herum, sprachen über die Segnungen von MDF, über die Türgriffe in den Conran-Geschäften und gute Sofa-Läden – und dabei waren unter den Gästen auch Hetero-Männer.

Tara gesellte sich zu zwei Frauen, Stephanie und Marcy, die, so hatte es den Anschein, schwanger werden wollten. Es ging darum, wie man den richtigen Zeitpunkt für die Empfängnis abpaßte und daß siebenunddreißig ein gutes Alter war, um das erste Kind zu bekommen.

»Wie verhält sich denn dein Partner?« fragte Stephanie Marcy.

»Welcher Partner?«

»Ehm, ich meine, der Vater ...?«

»Ach so.« Marcy lachte nervös. »Ich weiß es nicht, ich kenne ihn nicht.«

»Aber ich dachte, du wolltest ... ein Kind haben?«

»Von der Samenbank.«

Tara entschuldigte sich rasch und ging zu Mira, der Freundin von Paul, die einen kurzen schwarzen Plastikrock trug. Keine Gefahr, daß sie über Sofas oder Empfängnis sprechen würde.

»Er ist ganz klein«, seufzte sie selig, »aber ich bin so glücklich darüber.«

Worüber sprach sie? fragte sich Tara. Von ihrer Tätowierung? Einem Nasenring? Pauls Penis?

»Die Sonne scheint den ganzen Tag rein«, erzählte sie begeistert. »Und im Sommer ist der Rhododendron an der Mauer einfach eine *Pracht*. Ein einziges Blütenmeer ...«

Es war nicht zu fassen! Sie sprachen über einen *Garten*. Tara war entsetzt. Man muß sich das mal vorstellen – ein Garten.

Ziellos wanderte sie in die Küche, wo Thomas mit seinen Kumpeln stand. Sie hielten sich an ihrem Dosenbier fest und warfen sich gegenseitig Beleidigungen an den Kopf. Und zeigten, indem sie dabei lachten, wie »harmlos« es gemeint war. Eddie spottete gutmütig über Thomas' schlechtbezahlte Arbeit als Lehrer, und Thomas vergalt es ihm, indem er ihn einen »reichen Protz« nannte. Thomas verhöhnte Paul, weil er einen Fußballverein der dritten Liga unterstützte, und Paul erwiderte, wenigstens sei er zu Loyalität fähig. Paul bog sich vor Lachen, als er hörte, daß Michaels Freundin ihn verlassen hatte, und Michael hätte sich fast weggeworfen, als er hörte, daß Eddie sein Auto zu Schrott gefahren hatte.

Sie schwenkten ihre Bierdosen und grölten vor Lachen, während Tara ein höfliches Lächeln auf ihr Gesicht klebte. Verstohlen, ohne daß Thomas es merkte, warf sie einen Blick auf ihre Uhr. Halb zwei. Hoffentlich konnten sie bald nach Hause. Was für ein enttäuschender Samstagabend. Mit Katherine ins Kino zu gehen wäre aufregender gewesen.

Die Ausgelassenheit hielt an. Unter brüllendem Lachen sagte Eddie, daß Thomas' Wohnung eine furchtbare Investition sei und er sein Leben lang nicht von seinen Schulden runterkommen würde. Und Thomas erzählte voller Heiterkeit, daß Pauls frühere Freundin gesagt habe, Paul solle sich mit Viagra behandeln lassen. Mit einem breiten Grinsen sagte Paul zu Thomas: »Wenigstens hat meine Mutter mich nicht im zarten Alter von sieben Jahren verlassen.«

Tara befürchtete, daß die freundlichen Feindseligkeiten im Begriff waren umzuschlagen, als jemand zum Glück »One Step Beyond« auflegte. Plötzlich tummelten sich all die Mitdreißigjährigen auf dem Teppich im Wohnzimmer und schwangen zum ersten Mal an dem Abend das Tanzbein.

29

Während der Woche hielt Tara eisern an ihren Vorsätzen fest, freute sich über ihre Selbstbeherrschung und hielt sich für moralisch überlegen. Aber allmählich ließ das nach. Und als der Sonntag anbrach, stieg das Freitagabend-Gefühl in ihr hoch und sie war reif für ein Festgelage. Sie wußte, daß ihre Stoffwechselfunktionen sich verlangsamten, weil sie so wenig aß. Fünf Tage des Obstkonsums und der Entbehrung lagen hinter ihr. Sie hatte eine Belohnung verdient. Ihr war dunkel bewußt, daß dies ihr übliches Muster war, aber sie verstand es nicht so gut, als daß sie es hätte durchbrechen können. In ihrem Hinterkopf entwikkelte sich die Vorstellung von einem langen, ausgiebigen sechsgängigen Lunch, bei dem reichlich Alkohol floß.

Und das Glück war ihr hold, denn Thomas würde den größten Teil des Tages beim Fußballspielen sein.

Tara telefonierte herum. Leider wollte Katherine ins Büro gehen, um die Anfangsrechnung für das neue Jahr zu machen.

»Aber du hast gerade erst die Endabrechnung gemacht«, sagte Tara enttäuscht.

»Ja, und mit jedem Ende kommt ein neuer Anfang«, gab Katherine zurück.

»Sehr tiefsinnig«, sagte Tara. »Den Spruch solltest du dir merken.«

Tara versuchte Fintan zu erreichen, wieder ohne Erfolg. Vielleicht waren er und Sandro fürs Wochenende verreist. Aber normalerweise sagten sie Katherine und ihr Bescheid, wenn sie wegfuhren. Ob es nun Marrakesch oder Margate war, sie machten immer einen riesigen Aufstand. Wo waren sie also?

Tara zündete sich eine Zigarette an und rief bei Liv an, die nach Lars' Abreise zu allem bereit war. Der einzige Nachteil war der, daß Liv ziemlich niedergeschlagen war. Obwohl sie auch dann niedergeschlagen war, wenn sie eine gute Phase hatte.

Thomas saß dabei und hörte, daß Tara und Liv sich zum Einkaufen verabredeten. Allerdings hatte Tara vor, den Einkaufsteil möglichst kurz zu halten und sich so bald wie möglich in einem Lokal zu erholen. Ihr Entschluß stand fest, und es war ihr gleichgültig, daß sie im Begriff war, das Ergebnis von fünf Tagen Hungerkur auf einen Schlag zunichte zu machen.

»Ich bin schon auf dem Weg«, sagte Liv.

Liv wollte den Zeitpunkt so abpassen, daß sie Thomas nicht begegnen würde, doch leider war er noch da, als sie kam. Er nickte kurz, als sie mit Tara in die Küche ging. Obwohl ihm ihre langen blonden Haare und ihre goldene Haut gefiel, ärgerte es ihn, daß sie es wagte, größer zu sein als er.

Liv haßte Thomas' Wohnung, sie war so deprimierend dunkel und stank nach Katze. Es juckte ihr in den Fingern, die braune Leinentapete abzureißen und die Wände aquamarinblau anzumalen; sie wollte die Teppichfliesen rausschmeißen und den Fußboden abziehen, sie wollte die Rollos durch bauschig gespannte fliederfarbene Organza-Gardinen ersetzen. Aber die Küche war am allerschlimmsten, dachte sie, als sie ihren Blick über die senfbraunen Einbauschränke gleiten ließ. Am liebsten hätte sie ... hätte sie ... den ganzen traurigen Mist verbrannt.

Tara sollte sich wirklich darum kümmern. Wußte sie nicht, daß Inneneinrichtung der Rock 'n' Roll der Neunziger war?

Tara machte die Küchentür zu. »Lars ist also wieder in Schweden?« fragte sie sanft.

»Ja.« Liv nickte mit unglücklicher Miene. »Diesmal ist es hart für mich. Sehr hart.«

»Es ist jedesmal sehr hart«, versuchte Tara sie aufzumuntern. »Selbst wenn er seine Frau verließe und dich heiraten würde, wärst du kreuzunglücklich.«

»Aber ich glaube, ich bin zu unglücklich, um einkaufen zu gehen«, erklärte Liv. »Stell dir vor, ich finde nichts Schönes! In meinem labilen Zustand könnte ich das nicht ertragen.«

»Aber denk doch, wie du dich freuen wirst, wenn du ein schönes Paar Schuhe siehst«, machte Tara ihr Mut. Sie wollte nicht, daß Liv sie allein ließ, denn dann müßte sie mit Thomas zum Fußballspielen gehen.

»Und wenn sie meine Größe nicht haben?« entgegnete Liv. »Das wäre gefährlich. Jung sagt –«

»Jung hat keine Ahnung von Schuhen«, sagte Tara und duldete keinen Widerspruch. Sie würde sich von Livs Wissen auf dem Gebiet der Psychotherapie nicht ins Bockshorn jagen lassen. »Aber wenn Jung dich nicht einkaufen gehen läßt, was willst du dann machen?«

Liv sah sie mit blauen Augen groß an. »Ich will mich betrinken«, sagte sie.

»Warum sagst du das nicht gleich?« rief Tara und grinste breit. »Ich dachte schon, du wolltest wieder nach Hause und mich hier sitzenlassen. Das ist doch klasse! Wir gehen in einen Pub ganz in der Nähe und saufen uns die Hucke voll, und dann ...«, sie senkte die Stimme, damit Thomas sie nicht hören konnte, »... gehen wir irgendwo zum Lunch.«

»Mit Röstkartoffeln ...«, flüsterte Liv erregt.

»Und jede Menge Soße ...«

»Und danach Apple-Pie ...«

»Mit einem Liter Vanillesoße ... Laß uns noch warten, bis Thomas gegangen ist«, sagte Tara.

Zehn Minuten später wurde Thomas von seinen Fußballfreunden abgeholt. Tara und Liv warteten noch ein paar Minuten, um sicher zu sein, daß er wirklich weg war, dann stießen sie sich freudig erregt in die Rippen und sagten: »Komm, gehen wir!«

»Sollen wir ein Taxi nehmen?« fragte Liv, als sie unten waren.

»Ich habe einen Vorschlag«, sagte Tara, den Blick dramatisch in die Ferne gerichtet. »Es ist etwas ungewöhnlich, aber es könnte klappen. Wir könnten nämlich zu Fuß gehen.«

»Zu Fuß? Wie weit ist es denn?«

»Ungefähr hundert Meter.«

»Gut. Sollen wir ein Taxi nehmen?« sagte Liv, ohne die Miene zu verziehen. »Oh! Das war ein Witz! Hast du das gehört, Tara? Das war ein Witz!«

»Gut, sehr gut gemacht.«

»Ich kriege ein Medaillon, weil ich einen Witz gemacht habe.«

»Eine Medaille.«

Als sie den Pub Fox and Feather ansteuerten, sagte Liv: »Ich mache das nicht so oft.«

»Was meinst du? Du gehst nicht oft in den Pub?«

»Nein, ich gehe nicht oft zu Fuß.«

Kurz vor dem Pub war ein Kosmetikstudio. Im Fenster hing ein großes Schild: »TONING TABLES! PROBIEREN SIE ES AUS! GRATIS!« In Tara keimte Hoffnung auf bei dem Gedanken, daß es noch andere Möglichkeiten gab, schlank zu werden, außer Hungerkuren und Sporttreiben. Vielleicht würde sie nächsten Samstag vorbeigehen und sich informieren.

Im Pub war es voll und laut, die Menschen aßen, tranken und spielten Darts. Alle waren gut gelaunt.

»Was willst du?« fragte Tara. »Wein? Gin Tonic?«

»Nein«, sagte Liv entschlossen. »Ein Bier.«

»Holla, das lob ich mir.« Tara legte Liv den Arm um die Schulter und drückte sie an sich. »Ich hatte gehofft, daß du das sagen würdest.«

»Sollen wir jetzt essen oder später?«

Tara war hin und her gerissen. Natürlich war Essen immer eine gute Idee, aber Alkohol auf leeren Magen hatte eine starke Wirkung, und sie wollte sich am liebsten betrinken …

»Genau!« stimmte Liv ihr zu. »Wenn wir richtig einen in der Krone haben, dann gehen wir essen.«

Tara kämpfte sich durch die Menge vor der Bar und kam mit zwei bis zum Rand gefüllten Biergläsern zurück. Dann ging sie wieder los und kam gleich darauf mit zwei weiteren großen Bieren zurück. »Warum nicht? Wir haben schließlich was vor.«

Sie setzte die Gläser ab und zog aus verschiedenen Taschen ihrer Kleidung ein paar Tüten mit Snacks. »Man kann kein Bier trinken, ohne dabei Chips zu essen.«

Sie stießen miteinander an. »Jetzt lassen wir die Sau raus«, sagte Tara. »Nein, nicht wörtlich – im übertragenen Sinn!« fügte sie hastig hinzu, als sie Livs erschrecktes Gesicht sah. Livs Englisch war besser als Taras, aber manchmal war sie von den idiomatischen Ausdrücken verwirrt.

Als sie sich darüber unterhielten, was sie in der vergangenen Woche gemacht hatten, fingen sie ganz schnell an, das Spiel »Mein Leben ist eine größere Katastrophe als deins« zu spielen, das man mit zwei oder mehreren Personen spielen konnte.

»Hier sitzen wir in der Selbstbemitleidungsecke, und ich bin dicker als du«, sagte Tara.

»Nein, ich bin dicker als du«, gab Liv zurück.

»Na, dafür bin ich ärmer als du«, fand Tara.

»Gar nicht, ich bin ärmer als du«, behauptete Liv.

»Ja, aber ich habe höhere Schulden als du«, präzisierte Tara.

»Nein, ich habe noch höhere Schulden«, sagte Liv.

»Ich rauche mehr als du.«

»Nein, ich rauche mehr als du.«

»Liv, du rauchst gar nicht!«

»Ja, aber wenn ich rauchen würde, dann würde ich mehr als du rauchen. Ich bin nämlich sehr selbstzerstörerisch«, fügte sie stolz hinzu.

»Verstehe. Also, wo waren wir stehengeblieben? Ach ja, meine Wohnung ist unordentlicher als deine«, sagte Tara entschieden.

»Nein, meine Wohnung ist unordentlicher als deine«, verteidigte Liv sich tapfer.

»Na gut, mein Freund ist ein größeres Schwein als deiner«, sagte Tara.

»Nein, mein – Moment mal, das stimmt, dein Freund ist ein größeres Schwein als meiner«, sagte Liv. »Die Runde geht an dich.«

»Oh.« Tara war geknickt. Sie hatte es gesagt, weil sie hoffte, Liv würde ihr widersprechen.

»Hätte ich das lieber nicht sagen sollen?« fragte Liv kleinlaut.

»Oh, Liv.« Tara seufzte und nahm mehrere große Schlucke von ihrem Bier, dann zündete sie sich eine Zigarette an. »Zwischen mir und Thomas läuft einiges schief.«

Da erzählst du mir nichts Neues, dachte Liv, sagte es aber nicht.

Obwohl Tara Angst hatte, darüber zu sprechen, weil es dadurch wirklicher wurde, platzte es plötzlich aus ihr heraus. »Letzten Samstag hatten wir ... ehm ... ein Gespräch ...«, fing sie an.

Sie machte eine Pause, und Liv sah sie schweigend und verständnisvoll an.

»... und er hat gesagt, wenn ich schwanger würde, dann würde er nicht zu mir halten. Ich habe das nicht vor oder so, aber es hat mir ganz schön angst gemacht. Ich habe mir alle Mühe gegeben, nicht darüber nachzudenken, und ich weiß, daß er mich liebt. Aber die ganze Woche über habe ich insgeheim darauf gewartet, daß etwas Schreckliches passieren würde.« Sie zitterte, als sie einen Zug von ihrer Zigarette nahm. »Ich kann gar nicht sagen, daß die Woche besonders schlimm war – im Gegenteil, ein paarmal war er richtig lieb zu mir –, aber ich habe einfach dieses ungute Gefühl. Und ich bin so nörgelig! Am Montag abend bin ich ausgerastet, und als ich gestern vom Friseur kam, wollte ich ihn wieder anbrüllen. Ich versteh das nicht.«

Liv fielen auf der Stelle Hunderte von Gründen ein, warum man auf Thomas sauer werden konnte.

»Was soll ich tun?« fragte Tara verzweifelt. »Du kannst ganz offen mit mir sein.«

Liv holte tief Luft und beschloß, das Risiko einzugehen. »Ich bin der Meinung, du solltest ihn verlassen.«

»HAHAHAHA«, brüllte Tara und zündete sich sofort eine neue Zigarette an.

»Ich meine es ernst«, sagte Liv. »Was ist das für eine Zukunft? Wenn er sagt, er würde nicht zu dir stehen, wenn du schwanger wirst, dann denkt er nicht gerade an eine dauerhafte Beziehung.«

»Ich werde eben aufpassen, daß ich nicht schwanger werde«, sagte Tara finster entschlossen.

»Willst du keine Kinder haben? Ich meine, später?«

»Es geht auch ohne.«

»Aber das ist doch nicht der Punkt. Du möchtest mehr von der Beziehung, als er zu geben bereit ist. Am besten, du machst einen Schnitt.«

Wo hatte Tara das bloß schon einmal gehört?

»Wie kann ich ihn denn verlassen?« fragte sie mit tränenerstickter Stimme.

»Ganz einfach, du packst deine Tasche und kommst zu mir, oder du gehst zu Katherine oder Fin –«

»Ich bin *einunddreißig*.« Taras Stimme war hoch und schrill. »Ich kann ihn nicht verlassen, ich werde nie einen anderen kennenlernen. Ich habe keine Zeit mehr ...«

»Unsinn.«

»... ich kriege Falten, die Erdanziehungskraft setzt sich durch, meine gebärfähigen Jahre rinnen mir durch die Finger wie Quecksilber ...«

»Gerade hast du gesagt, es wäre dir egal, ob du Kinder bekommst –«

»... und man lernt nirgendwo Männer kennen.« Tara beachtete sie gar nicht. »Die Party, auf der wir gestern abend waren, war niederschmetternd. Und dazu kommt, daß ich keine Lust mehr habe, in Clubs zu gehen.« Sie hörte auf zu sprechen, als ihr das ganze Ausmaß ihrer Lage bewußt wurde. »Es ist eine Katastrophe, Liv. Ich habe Torschlußpanik ... und ich will nicht mehr bei der Hetzjagd mitmachen müssen.«

Liv wußte sich keinen Rat mehr. Es war so schwer, Tara zu helfen. »Und weil du glaubst, daß du keinen anderen findest, bleibst du bei diesem schwierigen, egoistischen Mann?«

»Er kann doch nichts dafür, daß er so ist«, verteidigte Tara ihn. »Und wenn ich das sagen darf, ich betrachte ihn lieber als jemand, der gelitten hat und sehr empfindlich ist.«

Liv hatte keine Lust, sich einen weiteren aufschlußreichen Vortrag über Thomas' Kindheit anzuhören, deshalb warf sie schnell ein: »Du bleibst also bei einem, der gelitten hat und sehr empfindlich ist?« Und fügte leise hinzu: »Und der schwierig ist und sich egoistisch benimmt?«

»Auf jeden Fall, wenn die Alternative ist, keinen Mann zu haben.«

»Wir sind moderne Frauen, *Frauen des neuen Jahrtausends ...*«

»Fang erst gar nicht davon an«, zischte Tara und fischte sich eine neue Zigarette aus der Packung.

»Wovon?«

»Daß wir keine Männer brauchen. Von brauchen ist hier gar nicht die Rede.«

»Aber was ist mit deiner Selbstachtung?« fragte Liv.

»Selbstachtung hält dich nachts nicht warm.«

»Selbstachtung bringt den Müll nicht runter.«

»Das macht Thomas auch nicht.«

»Lars auch nicht.«

Sie schwiegen beide.

»Ich habe auch Torschlußpanik«, gab Liv schließlich zu.

»Das stimmt nicht. Lars hat gesagt, daß er seine Frau verlassen wird.«

»Er lügt«, sagte Liv.

»Ja, aber wenigstens hat er es gesagt. Und vielleicht tut er es eines Tages *doch.*«

»Man kann nicht aus seiner Haut«, sagte Liv traurig.

»Warum sind Beziehungen so schwierig?« fragte Tara.

Eigentlich war es eine rhetorische Frage, aber Liv war der Ansicht, daß es für alles eine Erklärung gab. »Wir müssen in unserer Kindheit nachforschen«, sagte sie ernsthaft. »Das habe ich dir schon oft gesagt. Katherine hat zum Beispiel keinen Mann, weil sie in ihrer Kindheit keinen Vater gehabt hat.«

»Wenn Katherine hier wäre, würde sie ganz schön über dich herfallen«, sagte Tara.

Liv ignorierte sie. »Wir Menschen sind eine Fehlkonstruktion, wir fühlen uns nämlich immer von dem angezogen, was uns vertraut ist, auch wenn das nicht angenehm ist. Du hast dir einen übellaunigen Mann ausgesucht, weil dein Vater auch ... wie sagt man noch? ... nörgelig ist?«

»Ein Nörgler erster Güte«, half Tara ihr aus. »Das sagst du jedesmal.« Sie hatte ihr zweites Bier fast ausgetrunken und fühlte sich wunderbarerweise nicht mehr ganz so deprimiert. »Aber zu wissen, warum ich das tue – angeblich –, hat nicht dazu geführt, daß ich damit aufhöre«, sagte Tara trocken. »Ich finde, Psychotherapie ist ein einziger Schwindel, wenn du meine Meinung hören willst.«

Bevor Liv anfangen konnte zu erklären, daß Selbsterkenntnis nichts nutzte, wenn man nicht danach handelte, sagte Tara: »Und was ist mit dir? Erklär mir, wieso du eine Affäre mit einem verheirateten Mann hast.«

»Meine Mutter hatte eine lange Affäre mit einem verheirateten Mann«, erklärte Liv.

»Ist das wahr?« Tara war voller Bewunderung. »Ihr Schweden! Was ihr euch alles traut. Ich kann mir nicht vorstellen, daß meine Mutter so etwas tun würde. Ich glaube sowieso nicht, daß sie je mit einem geschlafen hat –« Tara brach abrupt ab. »Ja, aber Moment mal«, sagte sie dann schrill. »Du hast mir immer erzählt, deine Eltern seien das glücklichste Paar in Schweden! Wie konnte deine Mutter dann eine Affäre mit einem verheirateten Mann haben?«

»Das stimmt aber«, behauptete Liv.

»Aber glücklich verheiratete Leute haben keine Affären. Und wenn doch, dann nimmt man ihnen ihre Anstecknadeln als glücklich Verheiratete weg.«

»Aber es stimmt«, beharrte Liv.

»Na ja, wenn es nur eine kurze Sache am Anfang ihrer Ehe war.« Tara war zu einem Kompromiß bereit. »Wie lange hatte sie die Affäre denn?«

»Warte mal.« Liv nahm die Finger zu Hilfe und murmelte vor sich hin, während sie rechnete. »Wenn sie 1961 geheiratet haben, und jetzt haben wir 1999, dann sind das achtunddreißig Jahre.«

Plötzlich begriff Tara. »Liv, ich glaube, es zählt nicht als Affäre mit einem verheirateten Mann, wenn der Mann dein Ehemann ist«, erklärte sie.

»Schade«, sagte Liv. »Ich mag es, wenn alles zusammenpaßt.«

»Wir brauchen noch ein Bier«, sagte Tara.

Als sie auch das dritte Bier getrunken hatten, waren Taras Sorgen noch mehr geschrumpft.

»Die vollkommene Beziehung gibt es nicht«, tröstete sie sich und ließ sich von ihrer Selbsttäuschung und dem vielen Bier auf leeren Magen einlullen. »Es geht immer darum, Kompromisse zu schließen. Thomas und ich passen gut zusammen, und ich bin normal. Weißt du, was es bedeutet, wenn man einen Frosch küßt, und er verwandelt sich nicht in einen Prinzen? Es bedeutet, daß man unreif ist. Wenn man ein reifer Mensch ist, dann küßt man einen Frosch und überzeugt sich davon, daß es einem gefällt.«

»Bist du schon betrunken?« fragte Liv.

»Scharweinlich könnte ich noch ein Bier vertragen.«

»Wie bitte?«

»Ich habe gesagt, wahrscheinlich könnte ich noch ein Bier vertragen. Bist du taub oder was?«

Als sie gegen drei Uhr fanden, daß sie ausreichend betrunken waren, gab es im Pub kein Essen mehr.

»Oh, nein.« Tara legte die Hand vor den Mund und kicherte. »Was machen wir jetzt?«

»Ich habe jetzt riesigen Hunger, ich warne dich«, sagte Liv.

»Gut, gut, wir können uns was holen. Hier in der Gegend gibt es viele Möglichkeiten.«

»Pommes!« sagte Liv. »Wenn wir keine Röstkartoffeln bekommen, müssen wir Pommes essen. Wir müssen unbedingt Pommes haben!«

Sie schlug mit dem leeren Glas auf den Tisch und skandierte: »Pommes! Pommes! Pommes!«

In drei Meter Entfernung warf ein Mann, der den Sieg schon so gut wie in der Tasche hatte, gerade in dem Moment seinen letzten Dart, als Liv zu brüllen anfing, und konnte von Glück reden, daß er nicht das Ohr von einem der Gäste an die Wand heftete.

Auf der Suche nach Pommes frites traten Tara und Liv auf die Holloway Road und waren überrascht, daß es noch hell war. Sie stürzten sich in den nächsten Fast-food-Laden, zum Bersten voll mit geschiedenen Vätern, die den Tag mit ihren Kindern verbrachten. Der Lärm war ohrenbetäubend.

»Hier essen oder mitnehmen?« fragte Tara.

Liv musterte die Kinder mit ihren Papphüten. »Mitnehmen«, sagte sie. »Ganz weit weg.«

Beladen mit zwei sehr vollen braunen Papiertüten, kämpften sie sich wieder auf die Straße.

»Ich bin so hungrig, daß ich einen Ochsen essen könnte«, erklärte Tara. »Komm, wir gehen zu mir.«

Als sie Livs entsetztes Gesicht sah, fügte sie hinzu: »Du brauchst keine Angst zu haben. Thomas kommt noch lange nicht nach Hause.«

Als sie an dem Kosmetiksalon vorbeikamen, sahen sie, daß er geöffnet hatte. Plötzlich fand Tara, daß es wunderbar wäre, wenn sie die Toning Tables umgehend ausprobieren könnten. Und als sie Liv den Vorschlag machte, sagte die begeistert: »Das ist eine großartige Idee! Das wollte ich schon immer mal machen.«

Sie öffneten die Tür, und Deedee, die Kosmetikerin, warf einen Blick auf ihre geröteten Gesichter und wilden Augen und hatte das dringende Bedürfnis, sich hinter der Theke zu verstecken. »Wir haben geschlossen«, sagte sie.

»Gar nicht wahr.« Tara grinste sie breit an und blies ihr ihren Bieratem ins Gesicht. »Wir wollen die Toning Tables ausprobieren.«

»Ich glaube nicht, daß jetzt der richtige Zeitpunkt ist.«

»Sind sie besetzt?« fragte Tara.

»Das nicht, aber –«

»Wollen Sie sagen, daß wir betrunken sind?« fragte Liv und starrte sie aus sehr blauen Augen an.

»Ehm, nein.«

»Wir sind gute Kundinnen«, erklärte Tara. »Ich lasse mir hier immer die Heine entbaaren.«

»Wie bitte?«

»Ich lasse mir hier die Beine enthaaren. Wie oft soll ich das noch sagen?«

Deedee blieb nichts anderes übrig, als die beiden in einen Raum zu führen, in dem sechs rosa Plastikliegen nebeneinander standen. Tara und Liv waren sehr angetan, was ein Mensch im nüchternen Zustand sicherlich nicht wäre. Sie staunten und sagten: »So sieht das also aus«, und dann hüpften sie jede auf eine Liege, ihre braunen Tüten im Arm. Doch als ihre Fußgelenke festgeschnallt wurden, sagte Liv: »Ich habe einen Riesenhunger! Wir lange dauert das hier?«

Tara sah sie erstaunt an. »Du kannst doch ... dabei essen!« sagte sie. »So hatten wir uns das doch gedacht, oder? Ich mache das jedenfalls so.«

»Oh, gut«, sagte Liv und machte ihre Tüte auf. »Ich habe wirklich großen Hunger.«

»Ich glaube nicht ...«, protestierte Deedee hilflos.

»Wollen Sie auch welche?« fragte Liv und bot ihr die Pommes frites an.

»Ich stelle es jetzt an«, sagte Deedee schmallippig.

»Los geht's«, rief Tara, als das Ende ihrer Liege in die Höhe ging und ihre Beine auch. »Hurra! Das ist ja toll!«

Hoch und runter, hoch und runter gingen Taras Beine, auf und zu, auf und zu die von Liv, während sie, flach auf dem Rücken liegend, ihre Pommes und Cheeseburger aßen.

»Das hier ist großartig«, fand Liv. »Und so gesund.«

»Es ist sehr wichtig, daß wir unseren Körper nicht vernachlässigen«, sagte Tara und stopfte sich eine Handvoll Pommes frites in den Mund. Was sie dann sagte, war nicht zu verstehen, weil sie den Mund voll hatte.

»Wie bitte?«

»Ich sagte, es lohnt sich, daß wir uns um unsere Figur kümmern. Och, es hört schon auf.«

Mit finsterem Gesicht scheuchte Deedee sie zu einem anderen Toning Table, und gleich ging's wieder los.

»He, jetzt sind meine Arme dran!« rief Tara aus. »Guck, ich winke dir zu.«

»Und bei mir geht der Po hoch. Und wieder runter. Und wieder hoch, und wieder runter ...«

Als es vorbei war, standen sie von ihren Liegen auf, schüttelten vereinzelte Pommes frites ab, wischten Ketchupflecken weg und erklärten, nachdem sie sich gegenseitig gemustert hatten, daß sie eindeutig eine Verbesserung ihrer Linie erkennen könnten.

Freundlich lächelnd versicherten sie Deedee, daß sie in ein, zwei Tagen wiederkommen und eine ganze Kur buchen würden. Dann gingen sie, wobei sie sich aneinander festhielten, nach Hause, wo sie sämtliche Flaschen Newcastle Brown Ale, die Thomas gebunkert hatte, austranken.

30

Als am Montag morgen das Telefon auf Taras Schreibtisch klingelte, dachte sie schon, es sei Thomas, möglicherweise um ihr zu sagen, daß sie ihre Sachen packen und ausziehen solle. Am Abend war er außer sich vor Zorn gewesen, und Tara war so betrunken, daß sie nicht genau wußte, was ihn so zornig gemacht hatte. War es, weil Tara und Liv ihm sein Newcastle Brown geklaut und den Brandy ausgetrunken hatten? Oder weil er sie inmitten von Pizza-Kartons vorgefunden hatte? Waren es die Burger-Tüten im Mülleimer? Oder das kreischende Gelächter, mit dem Tara und Liv seine knielangen Nylonsporthosen kommentiert hatten? Oder weil sie vergessen hatten, Beryl zu füttern?

Tara hätte sich am liebsten irgendwo verkrochen, so peinlich war ihr das alles. Als sie am Morgen aufwachte, war Thomas schon zur Arbeit gegangen. Ihr Mund fühlte sich klebrig und trocken an. Zehn Minuten saß sie auf der Bettkante, den Kopf in die Hände gestützt, und stöhnte. Dann rief sie Liv an und flüsterte: »Ich kann nicht glauben, daß wir das wirklich gemacht haben. Sag, daß es alles nicht stimmt! Sag mir, daß ich es geträumt habe, das mit den Burgern… Haben wir wirklich die ganzen Burger gegessen? Auf den Toning Tables? Schande, Schande…«

»Wir haben uns entsetzlich benommen«, sagte Liv mit erstickter Stimme.

»Jetzt muß ich mir einen anderen Kosmetiksalon suchen, um mir die Beine enthaaren zu lassen«, sagte Tara. »Da kann ich nicht mehr hingehen. Ich werde sogar die Straßenseite wechseln müssen.«

»Rate mal, was ich gemacht habe, als ich nach Hause kam?«, sagte Liv.

»O nein, das kann nicht sein ...«

»Doch, ich habe ihn angerufen. Natürlich, ich war doch betrunken.«

»Und was hat er gesagt?«

»Das, was er immer sagt, glaube ich. Ich kann mich nicht mehr genau erinnern, aber ich glaube, ich habe ihn ein Arschloch genannt und damit gedroht, seiner Frau alles zu erzählen.«

»Na, solange du nicht gesagt hast, daß du ihn liebst.«

»Hör auf«, stöhnte Liv, denn plötzlich erinnerte sie sich. »Ich habe es gesagt. Ich habe gesagt, daß ich ihn liebe. Jetzt muß ich ihn anrufen und mich entschuldigen. Wenn er glaubt, daß es mir ernst war, wird er mich sitzenlassen.«

Das Telefon auf Taras Schreibtisch klingelte wieder. Sie hatte Angst, den Hörer abzunehmen, aber da die anderen um sie herum sie stirnrunzelnd und fragend ansahen, fühlte sie sich dazu gezwungen.

»Hallo«, sagte sie mit zittriger Stimme und hoffte, daß es einfach ein erzürnter Kunde war.

»Tara?« Es war nicht Thomas, es war Sandro.

»Hallo!« begrüßte Tara ihn, erfreut, von ihm zu hören. »Wo wart ihr, du und dein feiner Freund, das ganze Wochenende? Wir haben schon gedacht, ihr wärt von Außerirdischen gekidnappt worden.«

Gerade als Tara sich bewußt wurde, daß Sandro und sie normalerweise nie miteinander telefonierten, obwohl sie sich gut leiden mochten, sagte Sandro: »Ich habe schlechte Nachrichten.«

Augenblicklich war Tara hellwach. Obwohl sie auf ihrem Stuhl saß, schien es ihr den Boden unter den Füßen wegzuziehen. »Was meinst du?«

»Es geht um Fintan.«

»Was ist mit ihm?«

»Er ist krank.«

»Krank? Wie meinst du das? Grippe oder was?« Aber sie wußte, daß es das nicht war.

»Wir wissen noch nicht, was es ist.« Das *Aber* hing ungesagt in der Luft.

»Was hat er denn? Was für Symptome hat er? Erbrechen? Fieber? Magenschmerzen?«

Vinnie, Teddy, Evelyn und der dösige Steve blickten von ihren Bildschirmen auf. Ravi nicht, er hing schon an Taras Lippen.

»Schwäche, Fieber und Nachtschweiß«, sagte Sandro.

»Schwäche, Fieber und Nachtschweiß?« wiederholte sie, und im nächsten Augenblick erkannte sie die Bedeutung der Wörter.

Und sofort schien es ihr, als hätte sie es schon immer gewußt. Seit bei einigen von Fintans Freunden Aids diagnostiziert worden war, hatte sie sich vor diesem schlimmsten aller Alpträume gefürchtet. Jetzt war es soweit, und er trat mit schrecklicher Unausweichlichkeit in ihr Leben. Wie hatte sie je daran zweifeln können, daß es passieren würde?

Ihr fiel wieder ein, daß sie sich über seine Schwellung am Hals lustig gemacht hatte, und ihr Atem ging plötzlich stoßweise.

»Außerdem hat er Gewicht verloren«, sagte Sandro.

»Ich habe ihn doch erst vor einer Woche gesehen.« Tara war mit einem Mal richtig wütend. »Er kann doch nicht viel Gewicht verloren haben.«

»Es tut mir leid, Tara«, sagte Sandro.

»Warum hast du mich nicht angerufen? Ich habe dauernd Nachrichten hinterlassen. Ich habe ständig angerufen.« Sie hatte das verrückte Gefühl, daß sie es hätte verhindern können, wenn sie es eher gewußt hätte.

»Ich wußte nicht, daß es so schlimm war«, erklärte Sandro. »Und ich war nicht in London. Ich war bis gestern in Norwich.«

»Und Fintan, warum hat der nicht angerufen?«

»Tara, er war fast die ganze Woche im Krankenhaus.«

»Im KRANKENHAUS?«

Vinnie stieß seinen Kaffee um, und die dünne Cheryl, Sandra und Dave lugten um die Trennwand, um zu sehen, was los war. Tara merkte von alldem nichts. Daß Fintan schon in dem Stadium war, wo er ins Krankenhaus mußte, war ein Schock für sie. Ihr kamen die Tränen, aber sie wußte nicht, ob das aus Zorn, Kummer, Angst oder Mitleid war. »Ich dachte, er war in Brighton.«

»Er hat mich auch belogen. Er hat gesagt, es sei eine Grippe.«

»Aber wie konntest du es zulassen, daß er allein ins Krankenhaus gehen mußte?« Tränen rannen ihr über die Wangen, und sie merkte kaum, wie Ravi ihr eine Papierserviette in die Hand drückte.

»Tara, ich wußte nichts davon, ich hatte keine Ahnung!« Sandro war verzweifelt. »Er hat mich in Norwich angerufen und gesagt, er habe die Grippe und vielleicht würde er nicht ans Telefon gehen, wenn er schlief.«

»Und du hast dir keine Sorgen gemacht?« fragte Tara spitz, fast ein bißchen sarkastisch.

»Natürlich habe ich mir Sorgen gemacht«, erwiderte Sandro. »Ich mache mir schon seit langem Sorgen.«

Das war ein Schock. Taras Zorn auf Sandro verpuffte. Er hatte Fintan nicht vernachlässigt. Er hatte sich Sorgen gemacht. Es war alles viel schlimmer, als sie ahnte.

»Vielleicht hat er tatsächlich die Grippe«, sagte sie in einem Anflug von irrationaler Hoffnung. »Bei Grippe hat man auch hohes Fieber, und man fühlt sich schwach und wird dünner. Nur ich nicht. Ich bin wahrscheinlich der einzige Mensch, der zunimmt, wenn er krank ist.«

»Er ist im Krankenhaus«, erinnerte Sandro sie. »Es ist keine Grippe.«

Tara hatte plötzlich das dringende Bedürfnis, Fintan zu sehen. Sie wollte genau wissen, wie es um ihn stand, und ihn allein durch ihre Anwesenheit gesund machen.

»Wir sind jetzt im Krankenhaus, der Arzt ist bei ihm«, sagte Sandro. »Er wird entlassen. Du kannst ihn zu Hause besuchen.«

»Hast du ... du hast Katherine noch nichts erzählt, oder?« fragte Tara und hielt mit feuchter Hand den Hörer.

Er hatte noch nicht mit ihr gesprochen.

Tara wählte Katherines Nummer. Oft werden schlechte Nachrichten mit einem merkwürdigen Frohlocken weitergegeben. Auch dann, wenn Menschen sehr vertraut miteinander sind, besteht häufig eine unterschwellige Sensationsgier. Dazu kommt, daß der Übermittler schlimmer Nachrichten einen seltsam makabren Status genießt.

Tara verspürte nichts dergleichen.

Katherine die Nachricht zu überbringen war mit das Schwierigste, was sie je im Leben zu tun hatte. Wenigstens war sie, Tara, vorgewarnt gewesen, daß irgendwas nicht Ordnung war, weil Fintan ihr von seinem Kiwi-Hals erzählt hatte. Aber für Katherine kam die Nachricht aus heiterem Himmel.

»Katherine?«

»Hallo!«

»Ich habe schlechte Nachrichten«, platzte Tara heraus und verhinderte so eine normale Montagmorgenunterhaltung: Was sie am Samstag abend gemacht hatten und wie sehr Tara den Freitag herbeisehnte.

Katherine wartete ab. Sie ließ sich nicht aus der Ruhe bringen, stellte nicht lauter panikerfüllte Mußmaßungen an.

»Es geht um Fintan«, sagte Tara. »Er ist krank.«

»Inwiefern krank?« fragte Katherine mit kühler, gemessener, nachdenklicher Stimme.

»Sie wissen es noch nicht mit Sicherheit. Aber er hat Nachtschweiß und Gewichtsverlust, und er ist schwach ...«

Darauf war es ganz still. Dann drang ein seltsames Geräusch aus dem Hörer an Taras Ohr. Wie ein Wimmern oder ein Klagelaut. Katherine weinte.

Katherine weinte nie.

Am Nachmittag übermittelte Sandro eine Bitte von Fintan: Würden Tara und Katherine ihn nach der Arbeit besuchen?

»Natürlich«, stammelte Tara. »Ich komme auf der Stelle.«

»Später ist besser«, beruhigte Sandro sie. »Dann wissen wir mehr.«

»Du meinst ...?« Tara blieben die Worte im Hals stecken. »Es gibt etwas, das wir wissen sollten?«

»Ja.«

»Gute oder schlechte Nachrichten?« bohrte sie.

»Ach, Tara.« Er seufzte und sagte weiter nichts.

»Aber ...«, fing sie an.

»Wir sehen uns später«, unterbrach er sie.

Obwohl es einen langen Umweg für Tara bedeutete, bestand sie darauf, Katherine von der Arbeit abzuholen, damit sie zusammen bei Fintan in seiner Wohnung in Notting Hill ankommen würden.

Als Katherine um halb sieben aus ihrem Büro bei Breen Helmsford kam, winkte Tara ihr zu. Dann ließ sie den Arm sinken. Winken war fehl am Platz. Wenigstens heute.

Katherine kletterte in den schmutzigen kleinen Käfer, setzte sich auf die Unterhose, die zum Wischen der Scheiben diente, und merkte es nicht einmal. Während der Fahrt schwiegen sie. Es war ein kalter Oktoberabend, und in dem Auto funktionierte die Heizung nicht, aber beide schwitzten.

»Letzte Woche hatte er eine Schwellung am Hals«, sagte Tara leise. Sie schämte sich zutiefst, weil sie ihn damit nicht ernst genommen hatte. »Ich glaube, daß er schon eine Weile Anzeichen hatte. Es tut mir leid, daß es so ein Schock für dich ist.«

»Wieso ein Schock?« fuhr Katherine sie an.

»Was meinst du?« fragte Tara erstaunt. »Hattest du etwa eine Ahnung?«

»Natürlich hatte ich eine Ahnung«, sagte Katherine zornig. »Er hatte oft keinen Appetit, er hat abgenommen und hatte Schmerzen am Hals, Magenschmerzen und verschiedene andere Schmerzen. Und das Gerede von Tollwut und Beriberi und Milzbrand ...«

»Bin ich die einzige, die nichts gemerkt hat?« fragte Tara entsetzt. »Und ihr wußtet es alle?«

Als sie in die Straße kamen, in der Fintan wohnte, parkte Tara noch hektischer als sonst und sprang aus dem Wagen. Sie wollte ihn so schnell wie möglich sehen. »Komm schon«, sagte sie und marschierte zur Tür. Aber bevor sie klingelte, schreckte sie zurück. Sie wollte ihn nicht sehen, sie wollte weglaufen.

»Ach, Tara«, sagte Katherine und nahm Taras Hand in ihre und drückte sie fest. Sie spürten, wie das Blut in ihren Adern pulsierte.

Wie konnte einer so schnell so viel abnehmen?

Innerhalb einer Woche war Fintans Gesicht eingefallen. Er sah ganz komisch aus, dachte Katherine, und merkte dann, daß es seine Zähne waren. Sie schienen zu groß für das Gesicht. Wie bei einem alten Mann, dessen Mund zu klein für das Gebiß ist.

Unterhalb seines Ohrs war eine Schwellung von der Größe eines Hühnereis. Ein Verband klebte darüber, unter dem die Gaze hervorquoll.

Tara starrte voller Entsetzen darauf. »Du hast gesagt, die Schwellung sei wieder weg.«

»Das war gelogen«, sagte Fintan mit überraschend unbeschwerter Stimme.

Sandro schien mißmutig und verstimmt und verbreitete eine niederdrückende Atmosphäre im Zimmer. Aber Fintan schien merkwürdig beschwingt.

»Setzt euch, setzt euch«, sagte er, und seine Augen funkelten in seinem knochigen Gesicht. »Sandro bringt euch gleich was zu trinken. Ich habe eine schlechte und eine gute Nachricht. Welche wollt ihr zuerst hören?«

»Die gute Nachricht«, sagte Tara spontan. Die schlechte kannten sie ja ohnehin.

»Sehr gut. Die gute Nachricht ist«, erklärte Fintan freudig, »daß ich mehrere Tests gemacht habe, und ich habe eindeutig, ohne jeden Zweifel und hundertprozentig kein Aids.«

Er sagte die Worte in das angespannte Schweigen hinein.

»Kein Aids?« fragte Tara schließlich. »Kein Aids? Du meinst ...?«

»Ich habe kein Aids.«

»Und du kriegst es auch nicht?«

»Ich werde alles tun, um das zu verhindern.«

»O Gott!« Ein Gefühl der Freude durchströmte Tara. »Ich kann es kaum glauben. Ich war überzeugt, daß dein Ende nah ist. Das ist doch phantastisch.« Sie sprang auf und warf Fintan die Arme um den Hals. »Dann stirbst du nicht!«

»Das war die gute Nachricht.« Katherine klang, als würde sie ersticken. »Was ist die schlechte?«

Alle Augen waren auf Fintan gerichtet.

»Die schlechte Nachricht«, sagte er, »ist die, daß ich eine interessante kleine Krankheit habe, die man Hodgkin-Syndrom nennt.«

Katherine war kreidebleich.

»Was um alles in der Welt ist das?« fragte Tara.

»Ich weiß, was das ist«, sagte Katherine.

»Es ist eine Schwäche des Lymphdrüsensystems«, sagte Fintan, bevor sie weitersprechen konnte.

»Es ist Krebs«, sagte Katherine kaum hörbar.

31

Danach herrschte schreckliches Schweigen.

»Stimmt das?« fragte Tara und drehte sich von Katherine zu Fintan zu Sandro. »Stimmt das wirklich?«

»Katherine hat recht«, bestätigte Fintan.

Einen Moment lang haßte Tara Katherine. Warum konnte sie sich nicht einmal irren?

»Wie können sie es ohne Biopsie wissen?« fragte Tara mit gekünsteltem Spott. Sie wußte nicht genau, was eine Biopsie war, aber sie klammerte sich an alles, was einen Hoffnungsschimmer versprach.

Fintan lachte unterdrückt. »Tara, sie haben eine Biopsie gemacht. Was meinst du, warum ich letzte Woche im Krankenhaus war? Was glaubst du, warum ich diesen Verband am Hals habe?«

»Ich dachte, du wolltest dir die Gurgel durchschneiden.« Sie lächelte schwach. »Willst du damit sagen, daß du letzte Woche im Krankenhaus warst, um eine Biopsie machen zu lassen, und du warst ganz allein? Das ist doch furchtbar!«

»Es ist alles so schnell gegangen.« Fintan zuckte die Achseln. »Erst habe ich mit dem Arzt über die Kiwi-Schwellung gesprochen, und im nächsten Moment bin ich schon auf dem Weg in den OP. Bevor ich weiß, wie mir geschieht, liege ich auf dem Operationstisch, bei vollem Bewußtsein, und kriege einen Lymphknoten rausgenommen. Dann machen sie mich wieder zu und schicken den Lymphknoten ins Labor. Ein wahrhaftiger Wirbelwind, sage ich euch! Ich glaube, ich stand unter Schock. Dann haben sie mir tausendmal Blut abgenommen und mich von vorne bis hinten untersucht. Und heute mußte ich wieder hin, und dann eröffneten die mir, ich habe Krebs!«

Katherine hatte die ganze Zeit geschwiegen. Jetzt fragte sie bemüht sachlich: »Wie schlimm ist es? In welchem Stadium?«

»Ich weiß es nicht.« Fintan hob die Hände und ließ sie wieder fallen. »Es gibt verschiedene Arten von HS ...«

»HS?« fragte Tara dazwischen.

»Hodgkin-Syndrom.«

Oh, nein. Er hatte schon angefangen den Jargon der Kranken zu übernehmen.

»Und sie wissen, daß ich es in den Drüsen am Hals habe, aber sie müssen noch Untersuchungen machen, um zu sehen, ob ich es noch woanders habe.«

»Zum Beispiel?« fragte Tara.

»Zwerchfell, Knochenmark, innere Organe. Wenn ich es nur in den Lymphdrüsen habe, bin ich fein raus. Ein bißchen Chemotherapie, und ich bin wie neu geboren.«

»Und wenn du es woanders hast?« fragte Tara, obwohl sie die Antwort nicht hören wollte.

»Man kann es behandeln«, sagte Sandro. »Egal, wo es ist, man kann es behandeln.«

»Du stirbst also nicht?« kürzte Tara die Debatte ab.

»Sterben müssen wir alle.« Fintan grinste, und Katherine und Tara schraken vor seinem wilden Ausdruck zurück.

»Der Arzt war sehr zuversichtlich«, sagte Sandro leise.

Tara hatte plötzlich Mitleid mit ihm. Keiner hatte vergessen, daß Sandros früherer Freund gestorben war. Dies mußte die Hölle für ihn sein.

»Was genau ist das Lymphdrüsensystem?« fragte Tara zögernd. »Ich weiß nur, daß Lymphdrainage bei Zellulitis hilft.«

»Es ist ein Kreislauf, oder?« Katherine wandte sich an Fintan. »Teil des Immunsystems.«

Tara sah Fintan an. »Habe ich das jetzt richtig verstanden? Wenn du ... wenn du es nur in den Lymphdrüsen hast, dann ist es nicht so schlimm?«

Fintan nickte.

»Und wenn es nun in deinem Knochenmark entdeckt wird? Oder – wo noch?«

»In den inneren Organen«, sagte Katherine unbewegt.

»Nicht so gut, wenn es im Zwerchfell ist, noch schlimmer, wenn es im Knochenmark ist«, sagte Fintan. »Und wenn es in den Nieren oder der Leber ist, na, dann kann man sich gleich verabschieden.«

»Tut die Schwellung weh?«

Fintan schüttelte den Kopf.

»Was passiert jetzt als nächstes?« fragte Katherine.

»Morgen früh gehe ich ins Krankenhaus, und da nehmen sie mich in die Mangel.«

»Wie, in die Mangel?«

»Ach, du weißt schon.« Fintan tat ganz locker. »Knochenmarkbiopsie. Computertomographie. Röntgenaufnahmen, die ganze Show. Wir aus der Modebranche stehen dauernd im Rampenlicht.«

»Hast du Angst?« fragte Katherine sanft.

»Nein«, sagte Fintan. »Ich habe einen Riesenbammel«, fügte er dann hinzu und bog sich vor Lachen. Als er aufhörte zu lachen, sagte er: »Ich gehe aufs Klo.«

Als er aus dem Zimmer war, fragte Sandro sie: »Wißt ihr, wie man eine Knochenmarkbiopsie macht?« Tara und Katherine schüttelten stumm die Köpfe.

»Sie entnehmen es aus dem Hüftknochen. Man bekommt eine Lokalanästhesie, so daß man auf der Haut und in den Muskeln nichts spürt, aber man kann den Knochen nicht betäuben«, sagte er mit monotoner Stimme. »Wenn sie mit der Nadel zustechen, ist es so, als würde einem der Knochen gebrochen. Anscheinend tut es höllisch weh.«

Katherines Mund fühlte sich trocken an, und Tara wurde schwindelig. Das hatten sie sich nicht so vorgestellt. Untersuchungen, ja natürlich. Aber sie hatten keine Ahnung, daß das mit Schmerzen verbunden war.

»Ich dachte, sie würden ihm eine Vollnarkose geben«, flüsterte Tara.

Sandro schüttelte den Kopf. »Die sind sehr geizig mit ihren Vollnarkosen.«

»Das ist ja furchtbar.« Katherines Miene war eisig. Der Gedanke, daß Fintan große Schmerzen erdulden mußte, war fast noch schlimmer als das Wissen, daß er eine lebensbedrohliche Krankheit hatte. »Können wir nicht ein riesiges Theater machen? Und darauf bestehen, daß er narkotisiert wird?«

»Wir haben es schon versucht.« Fintan war wieder ins Zimmer gekommen. »Ich habe geschimpft. Sogar geweint. In der Hoffnung, daß es dem Arzt so peinlich sein würde, daß er sich bereit erklären würde. Aber er dachte, ich bin einfach nur eine Heulsuse. Was natürlich stimmt.«

»Aber eine vornehme«, sagte Katherine.

»Das kannst du laut sagen«, entgegnete er und machte ein hochmütiges Gesicht.

»Wann erfährst du die Ergebnisse?« fragte Tara.

»Gegen Ende der Woche, denke ich.«

»Hast du schon mit deiner Mutter gesprochen?« fragte Katherine.

»Nein.«

»Und wann tust du das?«

»Ich habe mir noch keinen Termin gesetzt.«

»Fintan«, sagte Katherine und eilte an seine Seite, »du mußt es ihr sagen. Das ist sonst nicht fair.«

»Wirklich, Fintan«, beharrte auch Tara. »Sag es ihr!«

»Das bete ich ihm auch schon die ganze Zeit vor.« Sandro sah finster in die Runde.

»Ich kann das nicht«, sagte Fintan. »Ich kann es einfach nicht. Es bringt sie um.«

»Es wäre noch schlimmer, wenn sie es herausfindet, wenn es zu ...« Tara merkte, daß das, was sie sagte, taktlos war.

»Deine Mutter hält mehr aus, als du denkst.« Katherine kam Tara zu Hilfe. »Du mußt es ihr sagen.«

»Ich kann nicht.« Fintan verbarg das Gesicht in den Händen.

»Und wenn wir – ich meine, Tara und ich – es ihr sagen?« fragte Katherine vorsichtig. Sie dachte, er würde den Vorschlag weit von sich weisen. Auf keinen Fall hatte sie damit gerechnet, daß er die Hände vom Gesicht nehmen und sagen würde: »Würdet ihr das machen?«

»Klar. Wir machen es sofort«, erklärte Katherine, während Taras Gesicht vor Schreck erstarrte.

»Wäre es euch recht, wenn ich nicht zuhöre?« fragte Fintan.

»Wir rufen vom Schlafzimmer aus an, dann hörst du kein Wort. Komm, Tara.«

Sie gingen ins Schlafzimmer, und als sie Tür hinter sich zugezogen hatten, sagte Katherine: »Ist schon gut, du feiges Huhn, ich mache es.«

»Ich kann das auch machen, wenn du willst.«

»Ist nicht nötig. Aber du kannst meine Hand halten. Und mir die Nummer sagen. Was ist nur mit mir los? Jetzt fällt mir nicht mal die Vorwahl für Irland ein.«

Als JaneAnns mißtrauisches »Hallo« knisternd durch die Leitung kam, zitterte Katherine.

»Hallo, Mrs. O'Grady. Hier ist Katherine Casey.« Tara drückte Katherines freie Hand so fest, daß die Knochen krachten.

»Katherine Casey«, sagte JaneAnn mit langsamer, bedächtiger Stimme. »Bist du es wirklich? Wie geht es dir, Kindchen?«

»Gut, danke. Ich muß Ihnen etwas –«

»Und deiner Mutter? Und allen deinen Freunden?«

»Denen geht es auch gut. JaneAnn, ich muß –«

»Deine Großmutter habe ich erst neulich gesehen, bei dem Ruanda-Benefiz-Abend. Meine Güte, so eine muntere alte Dame!«

»Mrs. O'Grady, es tut mir leid, aber ich habe schlechte Nachrichten. Fintan ist krank«, sagte Katherine in einem Atemzug. Sie wollte die Nachricht schnell loswerden.

»Fintan ist krank? Krank? Was Ernstes?«

»Ja, es tut mir leid, aber er hat –«

»Aids«, fuhr JaneAnn dazwischen. »Darauf warte ich schon die ganze Zeit. Neulich stand was in der Zeitung darüber.«

»Nein, Mrs. O'Grady«, sagte Katherine und zwang sich, ruhig zu bleiben, »es ist nicht Aids.«

»Ich weiß darüber Bescheid.« Sie klang gefaßt und würdevoll. »Bloß weil ich weitab vom Schuß lebe, heißt das nicht, daß ich nicht Bescheid weiß.«

»Mrs. O'Grady, Fintan hat eine besondere Art von Krebs.«

»Ich bin seine Mutter. Die Wahrheit ist bitter, aber sag sie mir ohne Umschweife. Erzähl mir keine Ammenmärchen von Krebs.«

»Mrs. O'Grady, ich schwöre es, Fintan hat wirklich Krebs.«

»Und du versuchst nicht, mit der Wahrheit hinterm Berg zu halten?« JaneAnn klang mißtrauisch. »Um mich zu schonen?«

»Wohl kaum«, sagte Katherine, den Tränen nahe.

An dem Abend betrank sich Fintan sinnlos. »Warum nicht?« Er lachte. »Ist vielleicht die letzte Gelegenheit in nächster Zeit.« Und seine Augen glitzerten vor wildem, bitterem Humor.

Auch Tara, Katherine und Sandro hielten ordentlich mit, um die Schreckensvision zu bannen, aber irgendwie gelang ihnen das nicht.

»Jesus, könnt ihr mal aufhören, Trübsal zu blasen?« beschwerte sich Fintan, als drei angespannte, blasse, unglückliche Gesichter ihn ansahen. »Schließlich bin ich es, der sterben muß.«

Zwischendurch schien der Abend fast normal. Fast, aber nicht ganz, denn alles war ein bißchen schief. Grotesk wie ein Alptraum. Sie konnten nur eine Weile darüber nachdenken, dann erschien es ihnen wieder unfaßbar. Es war wie das Licht im Treppenhaus: Wenn man auf den Knopf drückte, leuchtete es eine Weile, dann schaltete es sich automatisch aus.

Gegen Mitternacht kündigte Fintan an, daß er schlafen gehen wolle. »Morgen ist schließlich ein wichtiger Tag!«

»Wir sehen uns morgen«, versprach Tara.

»Mit einem hübschen Schlafanzug«, erinnerte Fintan sie. »Guck mal bei Calvin Klein.«

»Ist so gut wie erledigt.«

»Und wenn du bei Calvin Klein nichts bekommst, versuch es bei Joseph. Es muß was Tragbares sein, ich muß schließlich an meine Karriere denken. Wenn mich einer in diesen schrecklichen Krankenhausdingern sieht, werde ich bestimmt rausgeschmissen.«

»Wir kümmern uns drum«, versicherte Katherine ihm.

»Macht es euch auch nichts aus?« Plötzlich war Fintan besorgt. »Kriegt ihr keinen Ärger bei der Arbeit, wenn ihr euch frei nehmt?«

Sie sahen ihn sprachlos an.

Katherine brachte ihre Gefühle auf den Punkt. »Scheiß auf die Arbeit«, sagte sie schlicht.

»Gott«, murmelte Fintan. »Es scheint wirklich ernst zu sein.«

Tara und Katherine sprachen nicht miteinander, als sie das Haus verließen und zu dem schmutzigen Käfer gingen.

»Bist du nicht zu blau?« fragte Katherine besorgt, als Tara mit quietschenden Reifen aus der Parklücke fuhr.

»Ich fahre besser, wenn ich ein bißchen was intus habe«, erklärte Tara.

»Das stimmt nicht, das denkst du nur.«

Sie lachten beide, dann verstummten sie.

»Seltsam, nicht?« sagte Katherine und versuchte, ihre Gefühle zu verstehen. »Daß wir heute darüber lachen können.«

»Ich weiß.« Tara seufzte. »Wir haben heute abend mehrmals gelacht. Manchmal habe ich mich richtig geschämt, und dann wieder fühlte es sich ganz normal an. Aber als wären wir in zwei verschiedenen Welten gleichzeitig.«

»Vielleicht stehen wir unter Schock.«

»Kann sein. Auf jeden Fall ist es ein Schlag in die Magengrube. Wenn Liv jetzt hier wäre, könnte sie uns erklären, was mit uns passiert.«

»Oh, Gott!« Sie waren entsetzt bei dem Gedanken an Liv.

»Wer bringt es ihr bei?« hauchte Tara. »Sie wird am Boden zerstört sein. Sie hat Fintan so gern. Kannst du das nicht machen? Du kannst das besser als ich. Weil du nicht so emotional bist.«

Und obwohl Katherine ganz anderer Meinung war, erwiderte sie: »Ich rufe sie gleich an. Sie ist bestimmt noch auf, die Arme, mit ihren Schlafproblemen.«

Schweigend fuhren sie weiter.

»Ich muß immer an diese Sache mit dem Knochenmark denken«, sagte Katherine leise. »Das ist doch Folter! Morgen früh wird es unerträglich. Hauptsächlich für Fintan«, fügte sie schnell hinzu.

»Ich wünschte, es wäre schon morgen mittag, dann wäre alles vorbei«, sagte Tara.

»Das stimmt nicht«, entgegnete Katherine. »Dann fängt alles erst an.«

»Nein.« Tara hielt das Lenkrad umklammert, sie sah hoffnungsvoll aus. »So dürfen wir gar nicht erst denken. Es könnte ja sein, daß alles in Ordnung ist.«

Katherine dachte einen Augenblick nach. »Vielleicht hast du recht«, gab sie dann zu.

»Genau!«

32

Am folgenden Nachmittag flog JaneAnn, in ihrer vollen Größe von ein Meter achtundvierzig, nach London. Sie wurde begleitet von einer Auswahl ihrer großen, schweigenden Söhne.

Keiner von ihnen war je zuvor geflogen. Ja, sie waren auch nur selten über die Grenzen der Grafschaft Clare hinausgekommen. In ihrer grob geschneiderten, altmodischen »guten« Kleidung wirkten sie in dem Geglitzer und Getriebe des Flughafens wie von einem anderen Planeten.

Obwohl Tara und Katherine erst um zwölf in ihren Büros erschienen waren, gingen sie um vier wieder, um rechtzeitig zur Ankunft des Flugzeugs aus Shannon am Flughafen zu sein.

»Da sind sie ja.« Tara hatte JaneAnn, Milo und Timothy entdeckt, die, umgeben von ihren Taschen und Koffern, wie ein kleiner Flüchtlingstrupp aussahen.

JaneAnn trug einen uralten schwarzen Mantel mit Persianerkragen. Milo, der älteste Bruder, hatte sich einen braunen Blazer geborgt, den er über blauen Arbeitshosen trug, während Timothy seinen einzigen Anzug anhatte, einen dunkelblauen Nadelstreifenanzug mit großen Revers und Hosen mit Schlag, in dem er zwanzig Jahre zuvor geheiratet hatte. Der Anzug war so alt, daß er schon beinahe wieder aktuell war. Allerdings war Timothy inzwischen dicker geworden, aber vielleicht lag es auch an dem dicken Pullover, den er darunter trug, daß die Jacke so arg spannte.

Obwohl die O'Gradys mit ihrem bäuerlichen Aussehen kraß von ihrer eleganten Umgebung abstachen, waren sie von dem Gedränge auf dem Flughafen unbeeindruckt. Sie bewegten sich mit derselben Geschwindigkeit wie in Knockavoy auch und reagierten belustigt, als ein junger Geschäftsmann sich ungeduldig an ihnen vorbeidrängte und murmelte: »Diese Leute, also wirklich!«

»Wahrscheinlich geht es um Leben und Tod«, bemerkte Jane-Ann trocken.

»O nein«, sagte Milo und lächelte. »So wie der aussah, ist es noch viel wichtiger.«

Sie fuhren sofort zum Krankenhaus. Alle fünf zwängten sich in Taras Käfer, und obwohl Milo und Timothy groß und kräftig waren und JaneAnn ein Fliegengewicht, mußten sich die beiden mit Katherine auf die Rückbank quetschen, denn das Protokoll verlangte es, daß die irische Mamma vorn saß.

Man unterhielt sich. Es gab Neuigkeiten aus Irland zu berichten, und hin und wieder gab es auch Grund zu lachen. Zwischendurch fiel Katherine ein, warum sie wie die Ölsardinen in Taras Käfer saßen, und dann war sie bestürzt, weil jede Fröhlichkeit ganz unpassend war.

Auch Tara verlor den Anlaß des Besuchs aus dem Blick und verhielt sich so, als wären die O'Gradys in London, um Ferien zu machen.

»Das ist Kensington Palace«, sagte sie, als sie durch den Verkehr auf der Kensington High Street krochen.

»Und was passiert da?« fragte Milo höflich.

»Princess Diana hat da gewohnt«, sagte Tara zögernd.

»Himmel, ihre Heizkosten müssen astronomisch gewesen sein«, erwiderte Milo und beugte sich vor, um besser sehen zu können.

Das Krankenhaus sah eher aus wie ein Hotel und weniger wie ein Ort für Kranke und Sterbende, doch die O'Gradys enthielten sich jeglichen Kommentars. Sie verschwendeten auch keine Zeit damit, Süßigkeiten oder Zeitschriften für Fintan zu kaufen. Die leichte Stimmung war verflogen, jetzt hatten sie Angst.

Ihre Anspannung wuchs, als sie im Aufzug nach oben fuhren und über den breiten, mit Linoleum ausgelegten Flur zu dem

Zimmer gingen, in dem Fintan mit fünf anderen lag. Vor der Tür hielt JaneAnn Katherine am Ärmel fest. »Wie sieht er aus?«

»Ganz gut«, sagte sie, und ihr Magen krampfte sich zusammen. »Er ist dünner geworden, und am Hals hat er eine Schwellung, aber sonst sieht er aus wie immer.«

Wozu sollte sie erzählen, daß er vor ein paar Stunden, nach der Biopsie, völlig erledigt war. Alle Muskeln in Katherines Beinen wurden starr, als sie an Fintans graues Gesicht dachte, mit den geschlossenen Augen, als er flüsterte: »Die Schmerzen waren widerlich. Ich habe tatsächlich Sterne gesehen.«

Tara und Katherine traten zurück, um den O'Gradys den Vortritt zu lassen, als sie sich dem Vorhang um Fintans weißlackiertes Metallbett näherten. Sandro saß still auf dem Stuhl daneben.

»Gott segne euch alle«, sagte Milo und führte den Clan an.

»Klasse Blazer, Milo«, sagte Fintan schwach. Er lag flach auf dem Rücken und hatte den neuen taubengrauen Pyjama an.

»Sicher, ich bin todschick.« Milo lachte trocken.

»Hallo, Mammy«, begrüßte Fintan JaneAnn.

»Du bist mir vielleicht einer«, schimpfte sie zärtlich, »uns solche Sorgen zu machen!«

»Aber um fair zu sein, du hast dir eine gute Zeit ausgesucht«, sagte Timothy.

»Weil du gewartet hast, bis das Heu eingebracht war«, erklärte Milo, »und bevor die Lämmer auf die Welt kommen. Das ist höchst anständig von dir.«

Sandro hielt sich mit übertriebener Zurückhaltung im Hintergrund, während die Familie sich so begrüßte. Er war sehr nervös. Am Morgen hatte er bei Fintans Bett gewartet, bis Fintan von der Biopsie zurückkam, und als er sich versichert hatte, daß Fintan mit allem versorgt war, hatte er gefragt: »Und wenn sie mich nicht mögen?«

»Wer?« hatte Fintan durch seine Schmerzen hindurch gesagt.

»Deine Familie. Wie soll ich mich ihnen gegenüber verhalten?« Sandro legte eine Hand auf Fintans Hüfte – die, an der die Biopsie vorgenommen worden war.

»Au, au, Himmel Arsch, autsch!« Fintan wand sich. »Kannst du bitte aufpassen! Au, meine Hüfte!«

»Es tut mir leid, es tut mir leid. Verzeih mir, bitte! Bitte verzeih. Soll ich einen Anzug anziehen oder lieber etwas weniger Förmliches?« Vor Fintans müden Augen erschien das Bild von Sandro, der sich ein Jackett überstreifte.

»Das ist doch egal!« sagte er schwach. »Ich glaube, wir haben wichtigere Sorgen, oder?«

»Ich poliere nur die Aschenbecher auf der Titanic«, hatte Sandro erwidert.

Jetzt gelang es Fintan, Sandros Silhouette in dem Nebel auszumachen. »Sandro«, sagte er förmlich, »das ist meine Mammy, JaneAnn, mein Bruder Milo und mein anderer Bruder, Timothy.«

Sandro hob nervös die Hand und sagte: »Ciao, hallo, sehr angenehm ... ehm ...«

»Sandro ist mein ...«, bedeutungsvolle Pause, »... Freund.«

»Sind Sie Fintans Partner?« JaneAnn war sofort im Bilde.

Sandro war entsetzt. »Wir machen keine Geschäfte«, sagte er steif.

»Nein, nein, nein«, erklärte Fintan. »Sie meint, bist du mein Geliebter.«

»Oh! Ach so! Jetzt verstehe ich. Ja, Mrs. O'Grady, ich bin Fintans Partner.«

»Und wo kommen Sie her?«

»Aus Italien. Roma ...«

»Aus Rom! Sind Sie dem Papst mal begegnet?«

»Mammy!« Fintan schwenkte empört den Arm.

»Aber ich habe ihn tatsächlich gesehen, *il Papa*«, sagte Sandro zu Fintans Überraschung. »Also, es waren noch viele andere Menschen da, aber ich war mit meiner Mutter bei einer Messe auf dem Petersplatz, die der Papst gelesen hat.«

»Sie sind ein gesegneter Mensch«, sagte JaneAnn ergriffen. »War es schön?«

»Sehr schön«, bestätigte Sandro und überlegte einen Moment, ob er den purpurfarbenen Talar Seiner Heiligkeit beschreiben sollte, aber dann entschied er sich dagegen. Das Kennenlernen verlief viel besser, als er gedacht hatte, es war klüger, nichts zu riskieren.

Milo hatte inzwischen den diensthabenden Arzt in seinem Büro aufgesucht. Er sprach so leise, daß Dr. Singh ihn kaum hören konnte.

»Ich bin Fintans ältester Bruder«, erklärte Milo und hielt den Blick gesenkt. »Ich bin fast wie ein Vater für ihn gewesen, und ich weiß über Aids Bescheid. Bloß weil wir Iren sind und vom Land kommen, heißt das nicht, daß wir nicht Bescheid wissen. Und wir können sehr gut damit umgehen.«

Dr. Singh hatte viel zu tun. Er war seit zweiunddreißig Stunden im Dienst und zu erschöpft, um viel Geduld zu haben. Als Milo wieder an Fintans Bett kam, war er überzeugt, daß Fintan kein Aids hatte.

Als gegen halb acht alle aufbrechen wollten, damit Fintan sich ausruhen könnte, hörten sie hastige Schritte auf dem Flur. Es war Liv, die mit fliegenden Haaren, gerötetem Gesicht und sehr blauen Augen herbeieilte. Sie sah aus wie eine stolze Kriegerin.

»Liv«, rief Fintan erfreut, »komm näher, komm nur! Das ist meine Mammy, das ist mein Bruder Timothy, und das ist Milo, mein anderer Bruder.«

»Hallo.« Liv klang sehr präzise, sehr schwedisch. »Sehr erfreut.« Sie schüttelte den dreien die Hand, und als die Reihe an Milo kam, starrte sie ihn an.

»Oh, Entschuldigung«, sagte sie. »Ich bin ganz verblüfft … Sie sehen genau wie Fintan aus.«

»Himmel, nein, Fintan ist der Gutaussehende.« Milo zuckte die Achseln und lächelte bedächtig. »Ich bin nur eine arme Kopie. Ich bin … wie sagt man … eine Imitation.«

»Überhaupt nicht«, krächzte Fintan vom Bett. »Du bist mein Vorbild.«

Es bestand eindeutig eine Familienähnlichkeit: Beide hatten tiefblaue Augen und schwarzes Haar, nur daß das von Milo aussah, als wäre es mit einem Rasenmäher geschnitten worden.

»Hat es geklappt?« fragte Fintan Liv.

»Ich habe sie.« Sie reichte Fintan eine Tüte, und er packte zwei wunderschöne Kelchgläser aus, eins limonengrün, das andere türkis.

»Wozu sind die?« fragte Tara.

»Als ich vor zwei Stunden bei Fintan war, hat er sich beschwert, daß ihn die Wassergläser hier stören«, erklärte Liv.

»Und ich hatte diese hier in *Elle Decoration* gesehen«, nahm Fintan den Faden auf. »Und deshalb hat Liv, die Gute, sich angeboten, sie im Conran-Shop zu kaufen.«

»War es weit für Sie?« fragte Milo.

Liv wurde rot. »Im Michelin-Gebäude hatten sie sie nicht, also bin ich mit dem Taxi zur Marylebone High Street gefahren, aber da hatten sie sie auch nicht. Doch zum Glück – ihr wißt es schon – habe ich sie bei Heals bekommen.«

Milo, der in seinem Leben kaum jemals östlich des Shannons gewesen war, nickte verständnisvoll. Ja, schien er zu sagen. Ja, natürlich, es ist doch klar, daß man zu Heals geht, das war genau die richtige Entscheidung.

»Kommt,wir sollten aufbrechen.« Tara erhob sich und sah in die Runde.

»Ja, wieso so eilig?« widersprach Milo.

»Aber wir wollten gerade …« Dann verstand Tara. Die O'Gradys empfanden es als unhöflich zu gehen, nachdem jemand anders gerade angekommen war.

Sie setzte sich wieder und fragte Fintan: »Wann lassen die dich morgen raus?«

»Gar nicht«, sagte Fintan.

»Was?« Was sollte das wieder bedeuten?

»Es ist nichts Schlimmes«, erklärte Fintan. »Ich habe eine kleine Infektion am Hals, wo sie den Lymphknoten entfernt haben, und jetzt wollen sie das beobachten, bis es besser ist. Und ich werde ganz schön sauer sein, wenn es nicht besser wird, denn dann müssen sie mir den Hals amputieren, und danach sehe ich aus wie ein Rugby-Spieler.«

»Wie lange behalten sie dich?« krächzte Katherine. Das hörte sich nicht gut an. Es gab nur wenige National-Health-Betten, und die waren hart umkämpft. Und nur wenn die Lage ernst war, durfte man eines der Betten haben.

»Fünf oder sechs Tage«, sagte Fintan und zuckte betont sorglos die Achseln. »Kommt drauf an.«

Eine halbe Stunde später wünschten sie Fintan eine gute Nacht und machten sich auf den Weg.

»Katherine, Tara«, flüsterte Fintan beim Abschied. »Paßt ein bißchen auf Sandro auf, ja? Es ist zwar nicht dasselbe, aber nach der Sache mit seinem früheren Freund ... Ich mache mir Sorgen um ihn, und solange ich hier festliege, kann ich nichts tun.«

Und auf dem Parkplatz nahm Sandro Tara und Katherine zur Seite und sagte: »Wir müssen Fintan bei Laune halten. Wir müssen ihn möglichst oft besuchen und die Sorgen von ihm fernhalten.«

Die O'Gradys waren bei Katherine einquartiert. Ihre Wohnung bot sich dazu an: Sie hatte ein kleines Gästezimmer, in das die beiden Männer gerade reinpassen würden, ein üppiges Schlafzimmer, genau das Richtige für eine irische Mammy, und ein gutes Schlafsofa, das für sie selbst völlig ausreichend war. Tara sagte: »Bei mir wollen sie nicht wohnen. Ich lebe in Sünde.« Daß Thomas sich geweigert hatte, sie in seiner Wohnung aufzunehmen, brauchte gar nicht erwähnt zu werden.

JaneAnn lobte Katherines Wohnung über den grünen Klee. »Nein, ist das hübsch! Wie bei einem Filmstar.«

»Ach wo.« Katherine zuckte die Achseln. »Sie sollten mal Livs Wohnung sehen, die ist wirklich wie die von einem Filmstar.«

»Ein prächtiges, ein hübsches Mädel«, sagte JaneAnn. »Und aus der Schweiz.«

»Aus Schweden«, korrigierte Milo.

»Schweden, wenn du meinst«, sagte JaneAnn bereitwillig. »Ist sie nicht ein prachtvolles Mädel, Milo?«

»Mit guten Zähnen und einem freundlichen Wesen. Und was soll ich damit anfangen?«

Als Katherine in die Küche ging, sah sie, daß sich der Küchentisch vor Esswaren bog: ein gekochter Schinken, dunkles Brot, das in ein Handtuch eingeschlagen war, Bacon, Dampfpudding, Butter, Tee, Hefeteilchen und etwas, das wie ein Hühnchen in Silberfolie aussah.

»Oh, ihr hättet nichts zu essen mitbringen sollen«, jammerte Katherine. Am Morgen hatte sie Berge für ihre Gäste eingekauft. Sie würden das nie schaffen! Und ihr Kühlschrank war noch nie so voll gewesen.

»Wir können uns nicht einfach bei dir einquartieren und erwarten, daß du uns versorgst«, entgegnete Milo.

»Er hat recht. Das geht nicht.« Timothy hatte das gesagt; er sprach nur selten.

»Möchtest du ein Sandwich?« fragte JaneAnn sie.

»Nein, vielen Dank«, sagte Katherine.

»Aber du mußt was essen, Kind! An dir ist doch nichts dran. Hab ich nicht recht, Timothy?«

»Recht hast du.«

»Hab ich nicht recht, Milo?«

»Laß die arme Katherine in Ruhe.«

Ein paar Meilen entfernt betrat Tara gerade die Wohnung.

»Arme Kleine«, hörte sie Thomas in der Küche. »Komm her und laß dich in den Arm nehmen.«

Tara seufzte erleichtert und erfreut: Thomas war nett zu ihr. *Gott sei Dank*. Jetzt war alles wieder in Ordnung, und sie konnte zugeben, wie angespannt und fremd alles zwischen ihnen gewesen war, und zwar seit – na ja, seit der schlimmen Diskussion über das Schwangerwerden. Schade nur, daß es einer Krise bedurfte, um sie einander wieder näherzubringen.

Sie eilte in die Küche und sah, wie Beryl sich in Thomas' Arme kuschelte. »Wo warst du so lange?« fragte er unfreundlich.

»Im Krankenhaus.« Sie war verwirrt. Hatte er sie nicht in den Arm nehmen wollen?

»Ich hatte dich gebeten, Beryl zu füttern, und du hast es vergessen«, sagte er anklagend. »Arme Kleine.« Er legte sein Gesicht an das Katzenfell. »Arme, verhungerte Kleine.«

Taras Herz wurde plötzlich kalt und hart, als sie merkte, daß er die ganze Zeit mit der Katze gesprochen hatte. »Es tut mir leid«, sagte sie müde, »aber ich war mit meinen Gedanken woanders.«

Thomas seufzte. »Was halten wir denn von Frauen, die mehr an ihre Freunde denken als daran, Beryl zu füttern?« fragte er Beryl. »Das gefällt uns aber gar nicht, was? Nein, das gefällt uns nicht.« Er schüttelte den Kopf, und Tara schien es, als würde Beryl ihren auch schütteln.

»Es ist doch nicht zu fassen.« Tara explodierte. Thomas' Unsicherheit war immer die Erklärung für seine Grobheit ihren Freunden gegenüber, aber das ging zu weit. »Fintan hat Krebs!«

»Ach, wirklich?« fragte Thomas zweifelnd.

»Ja, wirklich.«

»Aber denk doch mal nach, Tara. Das Lymphdrüsensystem ist Teil des Immunsystems. Und sein Immunsystem funktioniert nicht richtig. Vielleicht hat er die Schwäche erworben?«

»Thomas, Fintan hat kein Aids. Er ist HIV-negativ.«

Thomas schnaubte und prustete verächtlich.

»Er hat Krebs.«

»Na, was erwartet er auch schon? Ist doch wider die Natur, was die machen.«

»Thomas, von Analverkehr bekommt man keinen Krebs.«

Thomas zuckte zusammen und hielt Beryl die Ohren zu. »Mußt du so brutal sein?«

Tara sah ihn lange und nachdenklich an, dann erwiderte sie: »Mußt *du* so brutal sein?«

33

Während sie auf die Ergebnisse der Knochenmarkbiopsie warteten und Fintan von Besuchern und Grußkarten überschwemmt wurde, ging das Leben einfach weiter.

Lorcans sogenannte Karriere bereitete ihm große Sorgen. Am Morgen, nachdem Amy ihm die Bullen auf den Hals gehetzt hatte, mußte er zum Vorsprechen für die Zweitbesetzung des Hamlet. Und es war keine Amateuraufführung, sondern ein richtiges Theater mit richtigen Schauspielern und richtigen Zuschauern, die – ganz wichtig – mit echtem Geld bezahlten.

Während er eine ganze Woche auf die Antwort wartete, sagte er immer wieder: »Wenn ich die Rolle nicht bekomme, falle ich tot um. Ich falle tot um.«

Aber es sah so aus, als könnte er das Tot-Umfallen noch eine Weile aufschieben. Am Montag abend rief sein Agent an und teilte ihm mit, daß er zu einem zweiten Vorsprechen geladen war und daß es nur noch drei andere Bewerber für die Rolle gab.

Lorcan hatte immer noch nicht mit Amy gesprochen, obwohl sie inzwischen weit über hundert Nachrichten auf seinem Anrufbeantworter hinterlassen hatte, bei denen sie in unterschiedlicher Verfassung war. Manchmal klang sie fröhlich und gefaßt und zwitscherte: »Hallo. Amy hier. Hatte gehofft, dich zu erwischen. Na, macht nichts! Hoffe, es geht dir gut. Wir müssen uns mal auf einen Drink verabreden. Bis bald.«

Später am selben Tag, so gegen neun Uhr abends, war ihre Stimmung ins Düstere umgeschlagen: »Hier ist Amy. Ich muß mit dir sprechen. Es gibt noch ein paar Sachen, die wir bereden müssen. Wir können sie nicht einfach auf sich beruhen lassen, das wäre unverantwortlich. Es ist deine Pflicht, mit mir zu reden. Ruf mich an.«

Dann, nach Mitternacht, wurde sie böse und schimpfte mit betrunkener und weinerlicher Stimme: »Isch bins. Isch wollte nur sagn, daß isch nich mehr anrufe, un weißtu was? Isch bin froh, so froh, daß isch nix mehr mit dir zu tun hab. Du hast mich so unglücklich gemacht, die ganze Zeit. Du bist ein echter Sadist, un' ich hab einen richtig netten Mann auf der Arbeit kennengelernt, un' er findet mich phantastisch, un' deshalb sag ich dir das jetzt, weil du dir keine Sorgen um mich zu machen brauchst, denn mir geht es gut, sehr gut, danke. Hast du das verstanden? Gut. G. U. T. War nie glücklicher, un« –

»Piiieeep«, machte der Apparat, als die Zeit um war.

Sekunden darauf rief sie wieder an. »Isch bin's. 's tut mir leid, wirklich. Du bist gar kein Sadist, un' ich habe auch keinen kennengelernt. Ruf mich doch bitte an, ich halte das nicht mehr aus.« Die restlichen Sekunden auf dem Band weinte sie. Er rief nie zurück.

Als Lorcan am Dienstag morgen am Bahnhof Angel in die U-Bahn stieg, hatte er das Gefühl, daß alle wissen müßten, wie wichtig diese Fahrt für ihn war. Er war sich sicher, daß er eine bedeutungsschwere Atmosphäre um sich verbreitete. Was für ein Anblick, dachte er mitleidig. Jetzt fahren sie in ihre traurigen Büros. In gewisser Hinsicht beneide ich sie auch. Wäre es nicht schön, keine Sorgen zu haben? Die Bürde, ein verkanntes Genie zu sein, lastete schwer auf ihm. Aber das war nicht zu ändern.

Als er ausstieg, traf er mit sich selbst eine Abmachung. Wenn er es schaffte, auf dem Weg vom Bahnhof zum King's Head nicht auf eine Fuge zwischen den Pflastersteinen zu treten, würde er die Rolle bekommen. Und wenn er die Rolle nicht bekam? »Dann falle ich tot um«, flüsterte er ergriffen. »Dann bleibt mir nichts anderes übrig, als tot umzufallen.«

Lorcan war der letzte auf der Liste der vier Bewerber, und als er den anderen beim Vorsprechen zuhörte, verging er fast vor Unsicherheit, verzehrte sich vor Neid und Angst, weil die anderen alle jünger, größer, durchtrainierter und reicher zu sein schienen, mit einer besseren Ausbildung, mehr Erfahrung und besseren Verbindungen als er. Aber wie immer verbarg Lorcan sein Gefühl der Unzulänglichkeit unter einer arroganten Oberfläche.

Und dann war er an der Reihe. Er sprach Hamlets Monolog, stand allein auf der Bühne, im Scheinwerferlicht, und seine lange, magere Gestalt wand sich vor Unentschlossenheit, während Verwirrung sein attraktives Gesicht verzerrte.

»Er spielt den gequälten Zauderer sehr gut«, murmelte Heidi, die Regieassistentin.

»Das stimmt«, sagte der Regisseur.

Als Lorcan geendet hatte, mußte er die Kiefer fest geschlossen halten, damit er nicht bettelte: »Sagt mir bitte, daß ich gut war! Bitte nehmt mich in die Produktion.«

Er konnte natürlich nicht wissen, daß der Wunschkandidat für die Zweitbesetzung im letzten Moment die Hauptrolle in *Der Eismann kommt* beim Almeida-Theater angenommen hatte. Und als Heidi ihm erklärte, daß er die Rolle bekommen habe, folgte auf einen Moment der freudigen Überraschung das Gefühl, daß ihm nichts Geringeres zustand. Natürlich haben sie mich genommen. Warum auch nicht? Der Schrecken der letzten Stunden schmolz dahin wie Schnee in der Sonne.

»Herzlichen Glückwunsch«, sagte Heidi und strahlte ihn an.

Lorcan zuckte die Achseln und deutete an, daß nichts leichter war, als die Rolle zu bekommen.

»Ich weiß, daß es die Zweitbesetzung für Frasier Tippetts Rolle ist, aber immerhin«, sagte sie.

»Ja, na ja, vielleicht hat Frasier Tippett einen schrecklichen Unfall. Man weiß nie, und es gibt immer noch Hoffnung.« Lorcan zeigte Heidi sein schönstes Lächeln und schlenderte davon.

Heidis Lächeln schwankte, zitterte und verschwand. Frasier Tippett war ihr Geliebter.

Am nächsten Tag sollte Lorcan einen Butter-Werbespot fürs Fernsehen drehen. Er hatte Wochen zuvor schon vorgesprochen und war unaussprechlich dankbar gewesen, als er die Zusage bekam. Fernseh-Werbespots waren ungemein lukrativ. Was man da verdiente, konnte einen ein Jahr über Wasser halten. Aber da er jetzt wieder in seiner eigentlichen Welt Fuß gefaßt hatte – und bald im Rampenlicht auf der Bühne stehen würde –, hatte sein übergroßes Ego wieder die Oberhand gewonnen. Warum sollte er dankbar für einen Butter-Werbespot sein? Sie hatten Glück, daß er da mitmachte, und das würde er ihnen zu spüren geben.

Zur festgesetzten Stunde – beziehungsweise vierzig Minuten später – erschien er in einem eiskalten, fensterlosen ehemaligen Lagerhaus in Chalk Farm, wo gedreht werden sollte. Er wurde von einem Pulk hysterischer Menschen in Empfang genommen: Produzenten, Regisseure, Casting-Agenten, Best-Boys, Werbespezialisten, Vertreter der Butterindustrie, Maskenbildnerinnen, Friseusen und zahllose andere Menschen, die an jedem Drehtag Tee trinkend herumstanden, mit Schlüsseln und Piepsern, die an ihren Gürteln baumelten.

All das habe ich unter Kontrolle, dachte Lorcan und genoß das Gefühl seiner Unbesiegbarkeit. *Ich gehöre wieder dazu. Großartig.*

»Wo waren Sie? Wir haben versucht, Sie auf Ihrem Mobiltelefon zu erreichen, aber Ihr Agent hat gesagt, Sie haben keins!« keuchte Ffyon, der Produzent. »Das muß doch wohl ein Irrtum sein.«

»Es ist kein Irrtum«, entgegnete Lorcan, »ich habe tatsächlich keins.«

»Warum denn nicht?«

»Man hat keine ruhige Minute«, sagte Lorcan, aber das war gelogen. Er hatte kein Geld für ein Mobiltelefon.

Nachdem er über einen Berg von orangefarbenen Kabeln gestiegen war, um den wichtigen Leuten von der Werbeagentur und der Butterindustrie die Hand zu schütteln, wurde er zur Maskenbildnerin geführt. Ein junges Mädchen mit Kamm und Haarspray kam auf ihn zu, aber Lorcan packte sie am Arm. »Das Haar wird nicht angerührt«, sagte er knapp.

»Aber ...«

»Keiner geht an mein Haar, wenn ich es nicht gestatte.«

Lorcan behandelte sein Haar, als wäre es ein preisgekröntes Haustier. Er pflegte es und verwöhnte es, gab ihm kleine Köstlichkeiten, wenn es sich gut betragen hatte, und erlaubte Fremden nur widerwillig, es zu berühren.

Dann war es Zeit für die Garderobe. Nachdem Lorcan sich unzählige Male umgezogen und die Berge von Kleidern, die die beiden Garderobe-Frauen angeschleppt hatten, anprobiert hatte, mußten sie zugeben, daß Lorcan in seinen eigenen Sachen – einer verblichenen Jeans und einem türkisfarbenen Seidenhemd, das seinen Augen einen violetten Schimmer verlieh – am berükkendsten aussah.

»Meinetwegen, behalten Sie sie an.« Mandii gab sich geschlagen.

»Aber das Hemd muß gebügelt werden«, warf Vanessa schnell ein. Sie wollte ihn unbedingt noch einmal in Socken und Unterhose vor sich haben. Noch nie hatte sie einen so gutaussehenden Mann gesehen: lange, muskulöse Beine, eine schmale Taille, der breite Rücken, die harte Brust. Und die Haut so glatt und fest und golden, daß man kaum an sich halten konnte.

Endlich, zwei Stunden nach seiner Ankunft, war Lorcan fast fertig. Um sein Erscheinungsbild perfekt zu machen, strich er sich das Haar aus der gewölbten Stirn. Die Hand, in der die Friseuse den Kamm hielt, zuckte unwillkürlich.

»Werths Butter, die erste«, rief der Regisseur. Die Klappe ging zu, und der Kameramann fing an zu drehen.

Inmitten der riesigen Halle war ein Wohnzimmer aufgebaut worden, das wie eine mit Teppich ausgelegte, von Scheinwerfern beschienene Insel wirkte. Der Spot begann damit, daß Lorcan seinen langen, kraftvollen Körper in ein dunkellila Samtsofa sinken ließ, den linken Fuß auf das rechte Knie gelegt, ein Teller mit Toast auf dem Schoß. Die Kamera fuhr über ihn hinweg, und laut Drehbuch sollte er aufsehen, eine Augenbraue heben, lächeln und sagen: »Echte Butter?« Dann sollte er einen Bissen von dem knusperigen Toast nehmen und eine gehaltvolle, sexy Pause machen. Um dann mit einem intimen, lockenden Lächeln zu sagen: »Weil ich es wert bin.«

Beim Vorsprechen war er hervorragend gewesen. Umwerfend. Gäbe es einen Oscar für Butter-Würdigung, Lorcan hätte ihn auf der Stelle bekommen. Die Leute, die beim Vorsprechen anwesend waren, konnten ja nicht wissen, daß er den ganzen Tag noch nichts gegessen hatte und echter Hunger seiner Vorstellung Glaubwürdigkeit verliehen hatte.

Aber jetzt lagen die Dinge anders. Er hatte eine Rolle in einem richtigen Theaterstück, er war ein ernstzunehmender Schauspieler, und darüber sollten keine Zweifel bestehen. Deshalb übertrieb er maßlos und spielte seinen Part wie in einem Shakespeare-Stück.

»Action. Und Lorcan ...«

Unter vollem Einsatz seines Zwerchfells ließ Lorcan seine Stimme so anschwellen, daß man ihn in der letzten Reihe hören konnte, und sagte: »Echte Butter?«, als wäre es der Anfang von Hamlets Monolog. Die Mitglieder der Crew, die am Rande standen, zuckten zusammen, und der Kameramann ertaubte beinahe. Es hätte keinen überrascht, wenn Lorcan fortgefahren wäre: »Echte Butter? Das ist hier die Frage: Ob's edler im Gemüt, die Pfeil' und Schleudern des wütenden Geschicks erdulden ...«.

»Schnitt«, rief Mikhail, der Regisseur. »Okay. Fangen wir noch mal an, und diesmal ein bißchen leiser, bitte.«

Als die Kameras gerade zu drehen anfingen, brüllte Lorcan: »Moment mal. Ist das wirklich Butter auf dem Toast?«

»Ja«, bestätigte Melissa, die für die Zubereitung des Toasts zuständig war.

»Pfui Teufel«, beschwerte sich Lorcan und warf den Teller mit einer theatralischen Geste aufs Sofa. »Pfui Teufel. Wollt ihr mich umbringen? Das Zeug verstopft einem die Arterien!«

Mr. Jackson von der Butterindustrie war entgeistert.

»Bringt mir fettarme Margarine«, befahl Lorcan. Während also Melissa zum nächsten Lebensmittelladen rannte, versuchte Jeremy, der Casting-Agent, Mr. Jackson zu beschwichtigen und ihm zu versichern, daß es niemandem auffallen würde, wenn auf dem Toast keine Butter war, und daß Lorcan trotzdem einen großartigen Spot machen würde, auch wenn er nicht an das Produkt glaubte. Doch auch als die Margarine aus mehrfach ungesättigten Fettsäuren beschafft war, brach Shakespeare bei Lorcan durch.

»Zehnte Klappe. Und Lorcan ...«

»Echte Butter?« deklamierte Lorcan, und es klang, als wollte er mit Macbeths Monolog fortfahren: »Ist das echte Butter, die ich vor mir erblicke? Das Buttermesser mir zugekehrt? Komm laß dich packen! Ich faß dich nicht, und doch seh ich dich immer ...«

»Schnitt, Schnitt!« rief Mikhail. »Lorcan, bitte ...«

»Wer ist denn dieser Hampelmann?« Mr. Jackson suchte jemanden von der Werbeagentur, der sich der Situation annehmen könnte. »Sprechen Sie mit ihm«, bedrängte er den zuständigen Werbeleiter. »Mikhail und Jeremy kommen so nicht weiter.«

Lorcan amüsierte sich königlich. Jetzt war er hocherfreut zu sehen, daß der Typ von der Werbeagentur – schnieke in seinem Anzug – auf ihn zukam. Eine weitere Gelegenheit für seine Kapricen.

»Könnten Sie es ein bißchen mehr im Unterhaltungston sprechen?« schlug er vor. »Etwas lockerer.«

»Wer sind Sie denn?« fragte Lorcan herrisch, obwohl er bei seiner Ankunft allen vorgestellt worden war.

»Joe. Joe Roth.«

»Also gut, Joe Joe Roth, ich sage Ihnen jetzt mal was. Ich habe mehr Werbespots gedreht, als Sie heiße Frauen gefickt haben. Wenn Sie mir erzählen wollen, was ich zu tun habe, dann ist das so, als würden Sie Ihrer Großmutter beibringen, wie man einen Schwanz lutscht.«

Joe seufzte insgeheim. Auf so etwas hätte er verzichten können. Ihm ging alles mögliche im Kopf herum, unter anderem eine wichtige Präsentation für eine Firma, die Frühstücksflocken herstellte. Amme für einen verwöhnten Schauspieler zu spielen war nicht gerade seine Spezialität. Und er hatte das Casting für den Werbespot gar nicht gemacht. Den Spot hatte er von seinem Vorgänger übernommen, der bei Breen Helmsford rausgeflogen war. Aber letzten Endes war es doch seine Verantwortung.

Lorcan sah Joe provozierend an. Er suchte Streit. Hämisch überlegte er, ob er Joe zum Weinen bringen könnte – es war schon eine Weile her, daß er eine solche Chance hatte. Aber zu seinem Erstaunen wiederholte Joe einfach nur seine Aufforderung, daß Lorcan seinen Text freundlich und unprätentiös vortragen möchte. Das regte Lorcan auf. Wer war dieser Arsch mit seinem dicken Gehalt, einem hübschen Gesicht und dieser überraschenden Selbstbeherrschung?

Joe Roth war zäher, als Lorcan angenommen hatte. Lorcan mußte zu härteren Maßnahmen greifen. Um zu zeigen, wer hier das Sagen hatte, trug Lorcan seinen Text mit jeder Klappe noch übertriebener und exaltierter vor. Und als sie bei der zweiundzwanzigsten angekommen waren, nörgelte er einfach aus Bösartigkeit und weil er wußte, daß er in der Position war, es zu tun: »Warum mache ich das eigentlich hier?«

»Wegen des Honorars«, sagte Joe, ohne mit der Wimper zu zucken. Er lehnte mit verschränkten Armen an der Wand. Jetzt war er nicht mehr freundlich.

»Ich bin Künstler«, erklärte Lorcan hochmütig.

»Vielleicht liegt es daran«, sagte Joe trocken. »Wir wollten einen Schauspieler.«

Lorcan kniff die Augen zusammen.

Mandii und Vanessa stießen sich gegenseitig in die Rippen und sahen Joe an. Sexy.

»Okay. Auf ein neues«, rief der Regisseur. »Neuen Toast, Melissa! Klappe die dreiundzwanzigste, und Lorcan ...«

»Echte Butter?« sagte Lorcan in genau dem richtigen Ton.

Endlich, dachten alle Anwesenden und atmeten erleichtert auf.

Lorcan nahm einen Bissen von dem Toast, lächelte mit einem Wolfsgrinsen in die Kamera und sagte mit derselben sanften, wohlklingenden Stimme: »Davon bekommt man einen Herzinfarkt.«

34

»Ist gut, Lorcan.« Mit einem freundlichen Lächeln trat Joe auf ihn zu. »Offensichtlich wollen Sie diesen Spot nicht drehen. Wir werden Sie also erlösen. Sie sind von dem Vertrag entbunden.«

Lorcan wollte schon etwas Verletzendes erwidern, aber Joe sprach forsch weiter: »Selbstverständlich werden Sie kein Honorar erhalten, und möglicherweise werden wir Ihnen die Kosten, die uns heute morgen hier entstanden sind, in Rechnung stellen.«

Als Lorcan ihn noch mit offenem Mund anstarrte, wandte Joe sich an die Anwesenden: »Es tut mir leid, daß wir bisher Ihre Zeit verschwendet haben. Bitte bleiben Sie noch, und wir versuchen, einen anderen Schauspieler zu bekommen. Jeremy, was meinst du? Sollten wir es mit Frasier Tippett versuchen.« Joe drehte sich wieder zu Lorcan um, der wie versteinert auf dem Sofa saß und es nicht fassen konnte. »Sie sind noch da?« fragte Joe. »Würden Sie bitte gehen? Personen, die sich am Drehort aufhalten, aber nicht arbeiten, sind von unserer Versicherung nicht gedeckt.«

Lorcan war schockiert. Anscheinend hatte er Joe Joe Roth ziemlich unterschätzt. Er konnte jetzt keinen Rückzieher mehr machen. »He«, sagte und wedelte mit der Hand. Seine Stimme war nur ein Krächzen. »Hören Sie mal.«

Joe beachtete ihn nicht, als Jeremy ihm ein Mobiltelefon reichte und sagte: »Alicia am Apparat, Frasier Tippetts Agentin.«

Joe führte ein kurzes Gespräch, dann verkündete er mit einem breiten Lächeln: »Gute Nachrichten, Leute! Frasier Tippett wird in einer Stunde hier sein. Bis dahin haben Sie frei. Gehen Sie etwas essen, oder schnappen Sie ein bißchen frische Luft.«

Dann ging Joe davon. Lorcan war sprachlos. Noch nie war er so behandelt worden. Natürlich scherzte Joe nur, als er sagte, Frasier Tippett würde kommen, aber nicht schlecht gemacht.

Lorcan blieb auf dem Sofa sitzen und wartete darauf, daß Joe zurückkommen würde und die Dreharbeiten wiederaufgenommen würden. Doch dann sah er entsetzt, daß die anderen alle gingen, ihre Taschen und Jacken suchten und davon sprachen, auf ein Bier oder für ein Sandwich in den Pub zu gehen. Der Kameramann ging mit Mandii und Vanessa, der Best-Boy mit der Friseuse, Melissa mit Ffyon. »Komm, wir holen uns ein getoastes Sandwich«, scherzte Ffyon.

Melissa winkte ab. »Bloß kein Toast«, sagte sie.

Bald war keiner mehr da. Natürlich waren sie nicht wirklich gegangen, beruhigte Lorcan sich. In einer Minute würden sie wieder hereinkommen und rufen: »Haha, angeschmiert.«

Aber nichts dergleichen geschah.

Er blieb auf dem Sofa sitzen und fühlte sich dumm und übergangen.

Entsetzt versuchte er, das Undenkbare zu denken – daß das hier ernst gemeint war. Doch dann sah er mit enormer Erleichterung, daß Joe mit Mr. Jackson aus dem kleinen Büro kam. Endlich konnte man die Situation bereinigen! Doch die beiden gingen an ihm vorbei, ohne ihn auch nur eines Blickes zu würdigen. Und unterhielten sich über Mr. Jacksons Kinder.

Lorcan sprang vom Sofa auf und verhedderte sich in den Kabeln, als er hinter den beiden herlief. »Was soll das alles?« rief er.

Joe drehte sich aufrichtig überrascht zu Lorcan um. »Sie sind noch hier? Warum?«

»Sie haben mir zu verstehen gegeben, daß Sie nicht einverstanden waren«, sagte Lorcan mit starrem Gesichtsausdruck. Dann verzog er den Mund zu einem Lächeln. »Ich bin bereit weiterzumachen. Wir sollen doch einen Werbespot drehen!«

»Sie sind entlassen«, sagte Joe.

»Ich weiß, ich war böse«, sagte Lorcan und schlug sich auf die ausgestreckte Hand. »In Ordnung? Ich habe meine Strafe bekommen. Jetzt können wir weitermachen. Wozu noch mehr Zeit verschwenden?«

»Wir warten auf den anderen Schauspieler.«

»Wozu brauchen Sie einen anderen Schauspieler?« fragte Lorcan mit einem Lachen.

»Lorcan, mir ist klar, daß die Menschen manchmal – und besonders Schauspieler – ein bißchen gehätschelt werden müssen, wenn man will, daß sie ihr Bestes geben, aber Ihr Verhalten zeigte so deutlich, daß Sie keine Lust haben, mit uns an dem Werbespot zu arbeiten«, sagte Joe. »Ich bin nicht der Meinung, daß man die Menschen zwingen soll, wenn sie nicht wollen. Für mich – und für Sie – ist es viel produktiver, wenn ich mit jemandem arbeiten kann, der mit Begeisterung dabei ist.«

Lorcan merkte, daß von Joe keine Böswilligkeit zu spüren war. Da, wo in Lorcans Psyche ein großes Loch gähnte, hatte Joe seinerseits einen ausgeprägten Sinn für Moral, und das wurde Lorcan dumpf bewußt. Lorcan erkannte, daß Joe ihn nicht entlassen hatte, um ihm eins auszuwischen, sondern weil er es für das beste hielt. Höchst merkwürdig.

»Sie sollten jetzt gehen«, sagte Joe.

Lorcan funkelte ihn an. Er hatte keinen Zweifel mehr, daß dies ernst gemeint war. »Sie machen den größten Fehler in Ihrer miesen Karriere«, höhnte er. »Mit einem Amateur wie Ihnen würde ich nicht arbeiten, und wenn ich noch soviel dafür bekommen würde. Ich bin weg.«

Er stieg über die Kabel und ging zur Tür. Insgeheim hoffte er immer noch, daß Joe ihm nachrufen würde: »Nun ist gut, kommen Sie zurück. Sie haben verstanden, worum es uns geht.« Aber das geschah nicht. Er blieb noch einmal stehen und rief über die Schulter: »Das war Ihr letzter Job in dieser Stadt«, dann stand er auf der Straße. So etwas war ihm noch nie passiert. Er war so erschüttert, daß er nicht einmal richtig wütend war.

Der Werbespot hätte ihm Tausende von Pfund gebracht. *Tausende.* Abgesehen von dem Honorar selbst hätte Lorcan jedesmal, wenn der Spot lief, Tantiemen bekommen. Und Joe Roth hatte ihm den Weg dahin verbaut, ihm praktisch das Geld gestohlen. Lorcan schwor Rache, aber irgendwie fühlte er sich benommen und leer.

Wie konnte das passieren? Wieso hatte er die Situation so falsch eingeschätzt? Zugegeben, er hatte sich fürchterlich benommen, aber bisher hatte man ihm das immer zugebilligt. 1992 hatte er in Irland einen Werbespot für Waschmittel gedreht, und erst beim neunundsechzigsten Mal hatte er es richtig gemacht! Nicht ein einziges Mal wurde angedeutet, daß man jemand anders holen wollte. Das war doch das Benehmen, das man von einem Star *erwartete*. Und wie sie ihn dafür geliebt hatten!

Er hatte gedacht, daß die ganze Starmaschinerie für ihn wieder zu arbeiten anfing und er in eine neue Phase seiner Karriere trat. Er war sich so sicher gewesen, daß sein Tief vorüber war und hatte sich wie ein Star benommen. Aber er war hier nicht in Dublin am Anfang des Jahrzehnts, er war in London, und es war die Jahrtausendwende. Eine andere Welt mit ihren eigenen Gesetzen, aber keiner hatte ihn gewarnt, und jetzt war es zu spät.

Daß sein Ruhm verblaßt war, bevor er ihn überhaupt ausgekostet hatte, war unvorstellbar. Und daß es allein seine Verantwortung war, wollte ihm nicht in den Kopf. Jetzt blieb ihm nichts anderes übrig, als nach Hause zu gehen und die Anrufe seines wütenden Agenten abzuwimmeln. Als er in seine Wohnung kam, schaffte er es gerade, sich abzuschminken, dann setzte er sich in einer Wolke der Depression auf seinen Futon. Das war der lange, dunkle Nachmittag der Seele.

Er war achtunddreißig. Natürlich sah er jünger aus, und in seinem Lebenslauf war er keinen Tag älter als dreiunddreißig, aber er kannte die Wahrheit. Ich bin fast vierzig, und ich habe in meinem Leben nichts erreicht, sinnierte er. Eine gescheiterte Ehe. Kein Geld, keine Freunde. Nicht einmal ein richtiges Bett. In meinem Alter sollte man nicht mehr auf einem blöden Futon schlafen müssen.

Vor allem hatte er kein Geld. Er durfte gar nicht an den Batzen denken, der ihm heute durch die Lappen gegangen war. Verunsichert und voller Angst suchte er nach einer Bestätigung, irgendeiner. Er mußte hören, daß er von Bedeutung war.

Die Zeit wollte nicht vergehen. Er hatte nichts zu tun und keinen, mit dem er sich treffen konnte. Plötzlich fiel ihm Amy ein. Mit Schrecken stellte er fest, daß sie ihn seit – er zählte nach – seit vier Tagen nicht angerufen hatte. Vier Tage ohne fröhliche, düstere oder betrunkene Nachrichten auf seinem Anrufbeantworter. Und es war ihm gar nicht aufgefallen. Er hatte Wichtigeres zu tun gehabt. Mußte sich um seine Karriere kümmern. Doch jetzt, da er gar nichts mehr hatte, schien ihm Amy äußerst wichtig.

Hoffentlich hatte sie ihn nicht aufgegeben oder sich anderweitig getröstet. Der Gedanke versetzte ihn in Panik.

Es war Zeit, sie sich zurückzuholen.

Dann konnte er wieder häßlich zu ihr sein.

Er sah auf die Uhr. Wenn er jetzt losging, würde er rechtzeitig in Hammersmith sein, um sie von der Arbeit abzuholen. Während das Adrenalin durch seine Adern zu pulsieren begann, warf er einen Blick in den Spiegel. Sein Haar saß immer noch phantastisch – er würde es mit einer Extraportion Haarspray belohnen. Dann eilte er aus der Wohnung. Auf dem Weg zur U-Bahn lächelte er einer Frau zu und sah, wie sie blaß wurde. Oder bildete er sich das nur ein? War er nicht mehr so gut wie früher? Wurde es schwieriger, einen Erfolg zu landen?

Es war elf Tage her, daß Amy die Polizei zu Lorcan geschickt hatte. Elf der längsten Tage in ihrem Leben. Die reine Hölle. Sie hatte die Fassung verloren und wußte, daß ihr Leben vorüber war. Doch inmitten des Trennungsschmerzes gab es einen Trostpreis, eine seltsame Erleichterung. Lorcan war einfach zu anstrengend. Seine Spielchen hatten aus ihr eine überdrehte Zicke gemacht, und jetzt konnte sie wenigstens ein bißchen zur Ruhe kommen.

Dennoch hatte sie ihre Schwester Cindy gebeten, zu ihr zu kommen und über das Telefon zu wachen. »Versprich mir«, sagte

Amy, »daß du mich nicht ans Telefon läßt, auch nicht, wenn ich sage, ich hätte mir das Bein gebrochen und es wäre ein Notfall.« Und obwohl es hin und wieder zu später Stunde zu einem Handgemenge gekommen war, konnte Cindy ihr Versprechen halten.

Amy kam gerade aus dem Büro und machte sich auf einen weiteren Abend gefaßt, an dem sie Lorcan nicht anrufen würde, als sich ihr in der Halle ein Anblick bot, bei dem sie ins Stolpern geriet. Lorcan. Groß und kühn, den Ellbogen an die Wand gestützt, den Arm über den Kopf gelegt. Sein Jackett stand offen und gewährte einen Blick auf seinen flachen Bauch, seine breite Brust. Oh, das süße Gefühl der Freude, als sie merkte, daß nicht alles verloren war.

Lorcan verharrte in der Pose und zählte bis fünf, bis die Kamera, so stellte er sich vor, auf ihn gerichtet war. Dann lächelte er mit perfektem Zeitgefühl, sein Gesicht füllte die Leinwand aus, und Amy war geblendet. Jetzt kam der Kamerawechsel, Amys schlanker Rücken wurde sichtbar, während sie sich wie im Traum auf ihn zubewegte. Kein Zweifel, sie konnte ihm nicht widerstehen. Schnitt zu Lorcans Augen, die liebevoll auf Amy gerichtet waren, auf ihr ihm zugewandtes Gesicht. Gleich war es soweit, daß er seinen Text sagen konnte – *aber warte, warte noch einen Moment*, sagte der imaginäre Regisseur. Und ... jetzt!

»Süße, hast du mich vermißt?« fragte Lorcan mit genau dem richtigen Maß des leichten Spotts. Darauf folgte Amys stummer Blick und ein zärtliches kleines Lachen von ihm. Die Kamera entfernte sich und zeigte Lorcan, der Amys Kopf mit seinen großen Händen umfaßte und sie an sich zog. Dann eine Einstellung von Amys Gesicht, die Augen geschlossen, der Ausdruck entrückt, als sie den Geruch seiner Wildlederjacke wahrnahm und seinen harten Schenkel spürte, der sich zwischen ihre Beine drängte.

Dann lehnte Lorcan sich aus der Umarmung zurück und fuhr sacht mit dem Finger über Amys Mund, langsam, mit ehrfürchtigem Staunen. Wunderschön, dachte er. Eine wunderschöne *Geste*, meinte er damit. Und wieder zog er sie ganz dicht an sich heran, während in seinem Kopf sentimentale Musik erklang und der Abspann kam.

Tara, die auf dem Weg ins Krankenhaus an den beiden vorbeikam, war sowohl gerührt als auch neidisch. Es war eine der schönsten Szenen, die sie je gesehen hatte. Der große, attraktive Mann, der die zerbrechliche Schöne mit großer Zärtlichkeit hielt.

Später schilderte sie die Szene den Versammelten um Fintans Bett und meinte: »Wie eine Szene aus einem Film.«

35

Fintan sollte die Ergebnisse der Knochenmarkbiopsie, der Röntgenaufnahmen und der Computertomographie am Freitag nachmittag bekommen. Bis dahin mußten Tara, Katherine, Sandro, Liv und die O'Gradys in Ungewißheit leben. In ihrer Zeitrechnung hörte die Welt am Freitag nachmittag auf. Danach konnte nichts mehr von Bedeutung passieren.

Irgendwie hatten sie sich davon überzeugt, daß der Krebs in seinen Lymphknoten kaum Anlaß zur Sorge war und daß Fintan so gut wie geheilt war, wenn es keine Anzeichen für Krebs im Zwerchfell, dem Knochenmark und den inneren Organen gab.

Sie verwendeten ihre ganze Energie auf das Warten. Während Angst und Hoffnung miteinander im Widerstreit standen und mal die eine, mal die andere die Oberhand hatte, wurden Schlaf- und Eßgewohnheiten, Konzentrationsvermögen, Geduld und die Fähigkeit, sich zwischen einem Sandwich mit Käse oder einem mit Schinken zu entscheiden, auf eine harte Probe gestellt. In der Zwischenzeit lasen sie alles, was sie über das Hodgkin-Syndrom finden konnten, und kauften jedes Buch über alternative Heilmethoden, das ihnen in die Hände kam.

Fintans Freunde und Kollegen kamen in solchen Mengen zur Besuchszeit, daß Fintan mit einiger Bitterkeit bemerkte: »Die kommen nur, weil sie wissen wollen, ob ich Aids habe.« Aber auch nachdem es klar war, daß er kein Aids hatte, war er jeden Abend von freundlichen Besucherscharen umgeben. Und der innere Kreis der Freunde und Familie hielt praktisch rund um die Uhr Wache an seinem Bett, wobei JaneAnn und Sandro sich dabei abwechselten, Fintans Hand zu halten.

Am Mittwoch, dem ersten Tag der O'Gradys in London, fuhr Tara sie und Katherine ins Krankenhaus. Sandro und Liv saßen schon an Fintans Bett.

»Guten Morgen«, sagte Tara mit betont fröhlicher Stimme zu Fintan.

»Was ist daran gut?« fragte Fintan mißgestimmt und warf sich in die Kissen.

Die Stimmung der Anwesenden sank im Nu, und alle gingen auf Zehenspitzen herum und stellten Fintan die Fragen, die Krankenhausbesucher immer stellen.

»Hast du gut geschlafen?« fragte Katherine.

»Gab's was Leckeres zum Frühstück?« fragte Tara.

»Möchtest du ein paar Weintrauben?« fragte Sandro.

»Was hat der Mann neben dir?« fragte Milo.

Fintan antwortete verbittert: »Nein, ich habe nicht gut geschlafen. Nein, das Frühstück war zum Kotzen. Nein, du kannst dir deine Weintrauben sonstwohin stecken, und wenn du wissen willst, warum der Typ neben mir hier ist, dann frag ihn doch selbst.«

Alle machten ein betretenes Gesicht und versuchten zu lächeln. Dann stellten sie sich gegenseitig höfliche Fragen – wie ging es Sandro heute, hatte JaneAnn in dem fremden Bett gut geschlafen, ob es keinen Ärger geben würde, wenn Katherine und Tara nicht zur Arbeit kämen, wann standen Milo und Timothy normalerweise zu Hause auf, gab es in Schweden Kühe?

»Oh, nein, nicht schon wieder«, protestierte Fintan laut, als er eine Krankenschwester kommen sah, die ihm das erste Blut des Tages abnehmen wollte. »Ich fühle mich wie ein Nadelkissen. Dauernd kommt jemand vorbei und steckt mir eine Nadel irgendwohin.« Er hielt den Arm für die Nadel hin, und alle schraken zurück, als sie die schwarze, violette, grüne und gelbe Färbung des Innenarms sahen. Bluterguß über Bluterguß, und ein neuer würde gleich hinzukommen.

Tara wünschte sich inbrünstig, statt Fintan die Tortur erdulden zu können, doch gleichzeitig war sie unglaublich dankbar, daß sie nicht selbst in diesem Bett lag. Noch bevor sie den Gedanken zu Ende gedacht hatte, überfluteten sie heftige Schamgefühle. *Warum empfand sie nur so?*

»Versuchen Sie doch mal, die Vene beim zehnten Mal zu treffen«, sagte Fintan sarkastisch.

»Benimm dich!« zischte JaneAnn. Es war verzeihlich, wenn er zu ihr ungezogen war, seiner alten Mutter, die sie bei seiner Geburt achtzehn Stunden lang in den Wehen gelegen hatte, lange bevor Schmerzmittel erfunden worden waren, aber diese Krankenschwester hier war eine Fremde. Nicht nur das, sie war außerdem auch noch Engländerin!

»Wir sind aber heute heiter«, sang die Krankenschwester fröhlich.

»Sie vielleicht, ich nicht!«

»Macht Ihnen die Hüfte noch Kummer?«

»Nein. Aber die Diagnose macht mir Kummer«, erwiderte Fintan.

Tara beugte sich vor und drückte seine Hand. Kein Wunder, daß er so empfindlich war.

Den ganzen Tag war seine Stimmung raschen und unvorhersehbaren Schwankungen unterworfen. Weniger als eine Stunde nach seiner unfreundlichen Begrüßung hatte sich seine Laune gebessert, so daß auch allen anderen etwas leichter ums Herz wurde. Das ging sogar soweit, daß eine Art Party-Stimmung um das Bett herum entstand und die Schwester sie bitten mußte, leiser zu sein, damit die anderen Patienten nicht gestört würden.

Zwischendurch wurde jedem Besucher bewußt, wie unangemessen ihre Ausgelassenheit war. Dann hatten sie Schuldgefühle, weil sie nicht traurig waren. Bis ohne ersichtlichen Grund die Fröhlichkeit wieder überhand nahm. Doch auch wenn jeder einzelne den Kummer zeitweilig vergessen konnte, wich die Angst doch nie von der Gruppe als ganzer. Katherine bemerkte, daß sie sich wie eine Welle im Fußballstadion von einem zum anderen fortsetzte. Während die ganze Zeit eine lebhafte Unterhaltung stattfand, saß plötzlich einer im Raum still und in sich versunken auf seinem Stuhl. *Warum bin ich eigentlich hier? Weil Fintan krank ist? Weil er sterben kann? Aber das ist doch Unsinn!*

Dann stieg trotz der traurigen Gedanken das Gefühl der Hoffnung auf – *es wird alles wieder gut* –, und das Entsetzen wanderte weiter zum nächsten.

Um elf schaltete Fintan den kleinen Fernseher neben seinem Bett ein. »Gleich kommt die Wiederholung von *Supermarket Sweep*. Hat einer was dagegen, wenn ich das anmache?«

»Natürlich nicht«, sagten sie. Keiner wollte ihm den Wunsch abschlagen. Aber in kürzester Zeit – so sehr schwankte das Realitätsempfinden – hatten alle das Gefühl, als würden sie im Wohnzimmer von einem von ihnen beim Fernsehen zusammensitzen.

JaneAnn verlor sich ganz in dem Geschehen. »Da ist es doch, da ist es«, rief sie, die Hände zu Fäusten geballt, als einer der Teilnehmer zum dritten Mal an dem Lenor vorbeilief. »Bist du denn blind? Da ist es doch!« Sie war aufgesprungen und klopfte an die Mattscheibe, als ihr plötzlich bewußt wurde, wo sie war, und sich wieder hinsetzte. »Zu Hause können wir die Sendung nicht sehen«, murmelte sie, als eine Krankenschwester sie verdutzt ansah.

Gegen Mittag waren die meisten zur Arbeit gegangen. Milo und Timothy wollten draußen eine Zigarette rauchen, und Jane-Ann war allein bei Fintan geblieben, der eingeschlafen war. Ihr Blick ruhte auf ihm, ihrem Jüngsten, ihrem Kleinen, und Tränen rannen ihr über die pergamentenen Wangen. Sie hatte den Rosenkranz in der Hand, sagte stumm die Gebete und fragte sich, welche Gründe Gott gehabt haben mochte, daß er einen jungen Mann im besten Alter mit Krankheit schlug.

Als Milo und Timothy wieder ins Zimmer kamen, versuchten sie, ein Schinken-Sandwich von dem Stapel zu essen, den Jane-Ann in aller Herrgottsfrühe gemacht hatte, aber sie hatten keinen rechten Appetit. »Laßt uns ein bißchen an die frische Luft gehen«, schlug Milo vor. »Vielleicht finden wir eine kleine Wiese.« Aber draußen war es kalt, und sie fanden keinen Park, also wanderten sie die Fulham Road auf und ab und verschreckten die

Inhaber der kleinen, schicken Läden, in die sie gingen, um sich umzusehen.

»Guckt mal«, rief JaneAnn und hielt ein winziges Emaillekästchen mit einem komplizierten Muster in die Höhe. »Fünfzehn Pfund, für so ein kleines Dingelchen.«

»Wenn Sie bitte genau hinsehen wollen – es heißt eintausendfünfhundert Pfund«, sagte die Frau hochnäsig und entwand Jane-Ann flugs das Kästchen.

Aber ihre Herablassung erzielte nicht die gewünschte Wirkung, denn Milo, Timothy und JaneAnn prusteten vor Lachen und sagten: »Eintausendfünfhundert! Für das kleine Ding. Dafür kriegt man fast einen Hektar Land!«

»Das war eine gute Idee«, meinte JaneAnn, als sie wieder auf die Straße traten. »Jetzt ist mein Herz nicht mehr so schwer.«

Die Türen des nächsten kleinen Antiquitätenladens waren verschlossen, und selbst als sie klingelten und freundlich durch die Scheibe lächelten, öffneten sie sich nicht.

»Vielleicht hat das Geschäft geschlossen«, sagte Timothy.

»Nein, es ist doch jemand drin«, sagte JaneAnn, klopfte an die Scheibe und winkte der eleganten Frau zu, die hinter einem vergoldeten Rokoko-Tischchen saß. »Hallo«, rief sie, »wir würden gern mal reinkommen.«

Yasmin Al-Shari starrte entsetzt die zwei riesigen jungen Männer mit dem wilden Haarschopf und die kleine grauhaarige Frau an, die in ihr Geschäft kommen wollten. »Weg!« rief sie und versuchte von drinnen, sie zu verscheuchen.

»Gott sei mit dir«, sagten Milo, Timothy und JaneAnn spontan.

Yasmin sah sie angewidert an, und plötzlich sah Milo sich, seinen Bruder und seine Mutter durch Yasmins Augen. Sie waren unerwünscht. Ein Gefühl der Niedergeschlagenheit senkte sich auf ihn. Sie gehörten nicht in diese Stadt, aber sie mußten hier sein. »Ich glaube, wir sind als Kundschaft nicht erwünscht.« Milo versuchte, einen leichten Ton anzuschlagen.

»Wir?« JaneAnn war empört. Sie war eine der respektabelsten Personen, die sie kannte!

Milo legte die Hände an den Mund und rief durch das Glas: »Wir sind exzentrische Millionäre. Aber Sie haben uns beleidigt, und wir werden Ihren Laden meiden.« Mit einem gekünstelten Grinsen drehte er sich zu den anderen um. »Gehen wir«, sagte er. »Wir können uns da drüben mal die Blumen ansehen und so tun, als wären wir hier zu Hause.«

Yasmin Al-Shari sah ihnen nach, wie sie über die Straße gingen. Die alte Dame sah tatsächlich ein bißchen wie die Großmutter in *The Beverly Hillbillies* aus, die unverhofft zu Reichtum kommt.

»Könnten wir Fintan nicht mit nach Hause nehmen?« fragte JaneAnn und drückte das aus, was die anderen dachten. »Nach Clare?«

Als Tara und Katherine am späten Nachmittag wieder ins Krankenhaus kamen, war Fintans Laune umgeschlagen. Verzweifelt mühte Tara sich mit der Geschichte von Amy ab, die ihrem gutaussehenden Freund im Eingang des Bürogebäudes in den Armen gelegen hatte. »Es war wunderschön«, sagte sie, ein Auge immer auf Fintan gerichtet, um zu sehen, ob es ihn aufheiterte, »wie im Film.«

Katherine und Liv warteten nun ihrerseits mit lustigen Geschichten auf, die sie im Lauf des Tages erlebt und sich gemerkt hatten, um Fintan damit zu erfreuen, falls er deprimiert war. Aber Fintans Miene hellte sich erst auf, als Sandro mit einem Stapel Urlaubsprospekte hereinkam. »Brandaktuell«, verkündete er, »gerade erschienen! Vierzehn neue Urlaubsziele in Asien und in der Karibik.«

Als sie später gehen mußten, weil eine neue Gruppe von Besuchern für Fintan eintraf, konnten sie sich nicht trennen, so daß alle zu Katherine fuhren, für jeden eine Pizza bestellten und sich gegenseitig versicherten, daß sich alles zum Guten wenden würde.

»Wie fandet ihr ihn heute?« fragte JaneAnn besorgt. »Wenn er nämlich den Krebs nur in den Lymphdrüsen hat, dann sind wir ja fein raus. Ich habe gelesen, daß die Behandlung leicht ist und die Erfolgsrate hoch. Und, wie fandet ihr ihn?«

»Ein bißchen erschöpft«, sagte Sandro.

»Ein bißchen erschöpft? Ja, stimmt, er wirkte etwas müde, aber wir sind alle mal müde. Und ist es nicht ein gutes Zeichen, daß er zwischendurch immer wieder schläft? Schlaf hat doch eine große heilende Wirkung.«

»Und mittags hat er sein Essen gegessen«, sagte Timothy.

»Und es macht nichts, daß er kein Abendessen haben wollte, oder?« sagte Milo.

»Schließlich haben wir alle mal einen Tag, an dem wir nichts essen mögen«, fügte JaneAnn hinzu.

»Außerdem hat er so gegen sechs ein Smartie gegessen«, sagte Liv tapfer.

»Zwei sogar«, sagte Sandro triumphierend. »Ein blaues und ein gelbes.«

»Und er war fast den ganzen Tag über in guter Verfassung.«

»Außer, daß er böse wurde und uns weggeschickt hat und das F-Wort benutzt hat«, meinte JaneAnn mit betrübter Miene.

»Zu der Sozialarbeiterin war er nicht gerade nett«, sagte Timothy. »Aber wen wundert das. Sie hat ihm ziemlich neugierige Fragen gestellt, und dabei kannte sie ihn gar nicht. Wie es ihm ginge, ob er wütend sei oder ob er Angst habe. Wenn er nicht gesagt hätte, sie solle ihn in Ruhe lassen, dann hätte ich es getan.«

Das war die längste Ansprache, die Timothy je gehalten hatte.

»Es ist doch gut, wenn Fintan schlechte Laune hat«, fand Milo. »Würden wir uns nicht viel mehr Sorgen machen, wenn er sich engelhaft benehmen würde? Das wäre ja nicht normal.«

»Und vielleicht heitern die anderen Besucher ihn ja auf.« JaneAnn war gerührt gewesen, als gegen sieben nacheinander Frederick, Geraint, Javier, Butch, Harry, Didier, Neville und Geoff eingetroffen waren und zwei Kilo Weintrauben, drei Bücher, zwölf Zeitschriften, zwei Barbie-Lutscher, zwei Tüten mit Hulahoops, vier Aprikosentörtchen von Maison Bertaux, fünf Literflaschen Mineralwasser, eine Flasche Limonade von Marks & Spencer und ein Überraschungsei für ihn brachten.

»Und ist es nicht wunderbar, daß er so viel Besuch hat? Nicht viele Kranke haben das Glück, daß sich acht junge Männer um ihr Krankenbett versammeln«, sagte JaneAnn stolz. »Und wie nett sie alle aussahen!«

»Sehr nett, das ist wahr«, stimmte Milo ihr zu.

»Nur so laut«, seufzte JaneAnn. »In meinem Kopf war ein einziges Gesumm ... Meint ihr nicht, die Schwellung ist ein wenig zurückgegangen?«

»Ja, jetzt, wo Sie es erwähnen, ich glaube schon«, log Tara.

»Er sah jedenfalls nicht aus wie jemand, der im Sterben liegt, oder?« fragte JaneAnn fröhlich.

»Im Sterben? Überhaupt nicht!« sagten alle spöttisch. »Einer, der stirbt, wäre wohl kaum so schlecht gelaunt.«

Alles, was sie an Fintan beobachtet hatten – ob gut oder schlecht oder gleichbleibend –, wurde in etwas Positives verwandelt und zur Unterstützung ihrer Version der Geschichte, der Version, in der er wieder gesund werden würde, benutzt.

Aber JaneAnn war nicht so leicht zu überzeugen, denn mitten in dieser Übung des positiven Denkens brach sie in Tränen aus und sagte: »Ich wünschte, *ich* wäre krank und nicht er. Ihn so zu sehen, so krank und schwach. Er ist zu jung, aber ich stehe schon mit einem Fuß im Grab, und mit dem anderen auf einer Bananenschale. Und wißt ihr was?« sagte sie wütend. »Ich bin an allem schuld. Ich hätte ihn nie nach England lassen dürfen. Die anderen vier sind zu Hause geblieben, und von denen hat keiner Krebs bekommen.«

Als die anderen versuchten sie zu trösten, kam der Pizzafahrer. Und als man JaneAnn erklärte, daß sie die Pizza so essen solle, ohne Kartoffeln und Gemüse, war sie noch unglücklicher. »Ist das euer Ernst?« fragte sie. »Aber das ist doch kein richtiges Abendessen! Kein Wunder, daß Fintan krank geworden ist, wenn er abends nichts anderes zu essen bekommen hat. Wenn er von seiner Mutter gekochtes Essen bekommen hätte, wäre das alles verhindert worden.«

Später schlug JaneAnn einen geschäftsmäßigen Ton an. »Ihr

zwei Mädels, mit euch habe ich was zu besprechen«, sagte sie. »Ihr habt gute und wichtige Arbeitsstellen, und ich würde meines Lebens nicht mehr froh, wenn ihr sie verlieren würdet, weil ihr euch die ganze Zeit um uns kümmert. Ihr braucht uns nicht rumzufahren, wir können doch eure U-Bahn hier benutzen.«

Tara und Katherine protestierten lebhaft. Und erst recht, als Timothy von den Aufzügen im Krankenhaus zu schwärmen anfing. »Die sind großartig, die Aufzüge«, sagte er.

»Na ja«, sagte Katherine zögernd.

»Gestern war für mich das erste Mal«, erklärte Timothy.

»Für mich auch«, sagte JaneAnn. »Das hat Spaß gemacht, fand ich.«

»Man könnte den ganzen Tag damit rauf und runter fahren«, stimmte Milo ihnen zu. »Ein bißchen wie auf dem Karussell in Kilkee.«

»Wir können sie unmöglich mit der U-Bahn fahren lassen«, sagte Katherine leise zu Tara. »Wir müssen es ihnen erst beibringen. Sonst fahren sie dauernd mit den Rolltreppen hoch und runter, machen die Fahrkartenautomaten kaputt, oder sie werden in die Türen eingeklemmt und weiß der Himmel, was noch. Schreckliche Vorstellung! Wahrscheinlich würde in den Abendnachrichten davon berichtet.«

36

Jemand hatte mit Angie geschlafen.

Katherine war in der Woche kaum im Büro gewesen, hatte nur ein paar Stunden zwischen den Krankenhausbesuchen an ihrem Schreibtisch verbracht, und auch dann nicht sonderlich konzentriert, so daß sie länger als sonst brauchte, um zu merken, daß Angie einen Spitznamen hatte. Gillette.

Obwohl soviel Schlimmes mit Fintan passiert war, mußte Katherine überrascht feststellen, daß sie immer noch Gefühle für Joe Roth hatte. Die wenigen Stunden, die sie im Büro war, hatte sie ihre Fühler ausgestreckt, um herauszubekommen, ob zwischen ihm und Angie eine Verbindung bestand. Sie schämte sich deswegen, aber nicht genug, um damit aufzuhören. Mit klopfendem Herzen hörte sie der Unterhaltung der Männer zu, und ihre schlimmste Befürchtung bewahrheitete sich, als es klar wurde, daß sie über Angie sprachen. Und das verursachte ihr einen stumpfen, heftigen Schmerz in der Magengegend, als hätte sie rohen Brotteig gegessen.

Gillette – warum Gillette? Welche ausgefallenen sexuellen Tricks hatte Angie vollführt, daß man sie als Rasierklinge betitelte? Katherines Phantasie schlug Purzelbäume, als ihr eine Geschichte einfiel, die sie mal gehört hatte, von einem, der in Thailand eine Striptease-Show gesehen hatte. Angeblich hätten sich da die Mädchen Rasierklingen an einem Faden aus der Vagina gezogen. Aber würde Angie so etwas tun? Wo hätte sie es gelernt? Und würde Joe Gefallen daran finden? Katherines Gefühle – Eifersucht und Angst – taumelten wild durcheinander, aber in erster Linie verachtete sie sich, weil sie im Bett so langweilig war. Sie hätte keine Ahnung, was sie mit einer Rasierklinge anstellen sollte. Sie hätte Angst, sich zu schneiden. Außerdem mußte sie gestehen, daß sie darin nichts Erregendes sehen konnte. Warum reichten Strapse, Spitzenhöschen und ein bißchen Sado-Maso nicht aus?

Aber vielleicht nannten sie Angie auch Gillette, weil sie sich das Schamhaar rasierte. Das wäre eine Möglichkeit. Dann überlegte Katherine, ob Angie das von sich aus getan hatte oder ob Joe sie dazu aufgefordert hatte. Hatte er ihr dabei geholfen? Hatte Joe sie festgebunden und darauf bestanden, daß sie sich rasierte? Voller Eifersucht und seltsam erregt von dieser Vorstellung merkte Katherine nicht, daß Darren eine Restaurant-Rechnung dreimal eingereicht hatte.

Während Katherine weiter lauschte, fiel ihr auf, daß sie volle zehn Minunten nicht an Fintan gedacht hatte, und das erfüllte sie mit Scham und Schrecken. Wie konnte sie ihre Gedanken an Joe Roth und Angie verschwenden? Was war sie nur für eine Freundin?

Aber sie konnte damit nicht aufhören. Und erneut spitzte sie die Ohren, als von Gillette die Rede war. Sie hörte auf, ihren Rechner zu traktieren, als Myles vor sich hinsang: »Gillette, für das Beste im Mann.«

Ach so. Katherine verstand. Gillette hatte nichts damit zu tun, daß Angie sich das Schamhaar rasierte oder irgendwelche Zaubertricks mit Rasierklingen vollführte. Es hatte damit zu tun, daß sie für das Beste im Mann zuständig war. Im Gegensatz zu den anderen Spitznamen, die ihre männlichen Kollegen verteilten, war Gillette ein netter Spitzname, ein Kompliment. Das eifersüchtige Stechen in Katherines Magen verstärkte sich. Wenn Angie diejenige war, die für das Beste im Mann zuständig war, dann stellte sich die Frage, für welchen Mann. Es gab keine Beweise, daß es Joe war. Obwohl Katherine sehr genau in ihrer Beobachtung war, konnte sie keine eindeutigen Anzeichen entdecken, daß zwischen Angie und Joe etwas im Gang war. Und er hatte niemals von Angie als Gillette gesprochen. Doch das war für Katherine kein Grund, sich keine Sorgen zu machen. Es war ihr am liebsten, wenn sie immer das Schlimmste erwartete und auf eine Enttäuschung eingestellt war. Lieber würde sie sterben, als sich überraschen zu lassen.

Als Katherine am Donnerstag morgen zur Arbeit kam, sah sie aus, als hätte sie in ihren Kleidern geschlafen. Die letzten Tage waren hart gewesen, das Warten auf die Ergebnisse der Biopsie hinterließ Spuren, und Katherine hatte weder die Energie noch die Aufmerksamkeit aufgebracht, mit der sie sich gewöhnlich um ihr Äußeres kümmerte. Obwohl die O'Gradys erst seit Dienstag abend bei ihr waren, fühlte es sich jetzt schon so an, als wären sie immer dagewesen. Da die jungen Männer daran gewöhnt waren, beim Morgengrauen aufzustehen, um mit der Arbeit auf dem Hof zu beginnen, stellten sie jetzt um halb sieben den Fernseher an, wovon Katherine jedesmal aufwachte. Als sie ihre Bluse für die Arbeit bügeln wollte, mußte sie feststellen, daß der Zugang zum Bügelbrett verstellt war, weil die beiden in der Küche kiloweise Bacon brieten. Außerdem konnte sie ihre schwarzen Schuhe, die sie normalerweise zur Arbeit trug, nicht finden. Sie waren in das Schattenreich entschwunden, das durch die zusätzlichen Personen und Dinge in der Wohnung entstanden war. Deshalb mußte sie zu ihrem grauen Kostüm braune Schuhe tragen und so ins Büro gehen, was ihr, müde und erschöpft, wie sie war, großes Unbehagen verursachte.

Als Katherine die Tür aufmachte, schlug ihr eine gespannte Atmosphäre entgegen. Zigarettendunst hing in der Luft, Kaffeetassen und leere Tüten lagen im »Kreativbereich« herum, vier oder fünf Mitglieder von Joes Team räkelten sich um eine Tafel, sie waren zerzaust, wirkten erschöpft und übernächtigt. »Sie sehen aus, als wären Sie die ganze Nacht hiergewesen«, sagte sie überrascht. Normalerweise hätte sie gar nichts gesagt, aber ihre Abwehr war brüchig, und ihr normales Verhalten funktionierte nicht richtig.

»Das waren wir auch«, sagte Darren mit müder Stimme. »Die Präsentation für Multi-Nuß-Müsli. Die Schweine haben uns nicht gesagt, daß in der Mischung auch Schokoladenchips sind. Gestern um fünf haben wir das rausgefunden. Mußte alles geändert werden.«

Unwillkürlich warf Katherine einen Blick in Joes Richtung – seitdem er ihr aus dem Weg ging, war sie sich ständig seiner Anwesenheit bewußt. Er war unrasiert und sah schlecht gelaunt aus. Einen kalten Moment lang erwiderte er ihren Blick, dann stand er auf und streckte sich. Wie hypnotisiert sah Katherine zu, wie sein Hemd aus der Hose glitt und für einen atemberaubenden Augenblick die glatte Haut seines flachen Bauches und die Haarspur enthüllte, die wie ein faseriges Seil von seinem Bauchnabel nach unten führte. Dann ließ er die Arme fallen, und der Anblick verschwand. Katherine fühlte sich beraubt.

»Ich gehe duschen«, verkündete er und ging auf steifen Beinen aus dem Büro.

Bei Breen Helmsford gab es in der Männertoilette eine Dusche, angeblich für solche Gelegenheiten, aber einem Gerücht zufolge war der eigentlich Grund der, daß der obergeile Bock Johnny Denning darauf bestanden hatte, daß sie eingebaut wurde, damit er die Spuren des Geschlechtsverkehrs von sich abwaschen konnte, bevor er nach Hause zu seiner Frau ging.

Katherine setzte sich und machte eine Liste von den Dingen, die sie an Breda delegieren konnte. Sie konnte sich nicht auf ihre Arbeit konzentrieren, und das ging jetzt seit dem Montag morgen so, als nach Taras Anruf nichts mehr so war wie vorher. Doch diesmal verzehrte sich Katherine nicht vor Sorge um Fintan, sondern war von dem Gedanken abgelenkt, was wohl passieren würde, wenn sie Joe in die Dusche folgen würde. Der Dampf, die glitschige Seife, das Gefühl, wenn sie sich an seinen Schenkeln, seinem Bauch, seinen Lenden reiben würde. Seine Erektion würde schwer in die eine Richtung, dann in die andere Richtung schwenken, wenn sie mit ihrem Körper in Berührung kam; seine großen Hände würden über ihre Taille, ihren Hintern gleiten; die Seife, mit der er sie weich und geschmeidig machte … Himmel noch mal! Mit einem Beben atmete sie aus und zwang sich, die Phantasie abzubrechen. An die Arbeit! Sie war hier, um zu *arbeiten.*

Ein schrecklicher Gedanke kam ihr. Wo war Angie? Atemlos sah sie sich im Büro um: Angie saß an ihrem Schreibtisch. Gut. Wenn sie, Katherine, schon nicht mit Joe Roth unter der Dusche stehen konnte, dann sollte auf keinen Fall Angie Hiller dieses Vergnügen haben.

Joe kam wieder ins Büro, von einem Hauch Frische umgeben. Sein dunkles, nasses Haar war zurückgekämmt, und er hatten den Anzug wieder angezogen. Seine Krawatte war noch nicht gebunden, und sein Hemd stand am Hals offen. Katherine sah die Haare auf seiner Brust. Sie war schockiert. Es verstörte sie zutiefst, daß er an einem Ort, der so unangemessen wie dieses Büro war, soviel Sex-Appeal verströmte. Und die Intensität ihrer Reaktion alarmierte sie nicht minder.

Sie konnte ihre Augen nicht abwenden, als er sich das Hemd zuknöpfte und dann die Enden seiner Krawatte nahm.

»Dazu brauche ich einen Spiegel«, sagte er und wollte wieder zur Herrentoilette zurück, als Angie ihn mit ihrem Taschenspiegel herbeiwinkte.

»Ich habe einen Spiegel. Ich halte ihn«, bot sie an.

Eine Sekunde wirkte Joe verlegen, dann lächelte er, bedankte sich und fing an, seine Krawatte zu binden, während er vornübergebeugt mit großer Konzentration in den Spiegel blickte.

Katherines Magen krampfte sich zusammen. Daß Angie den Spiegel hielt, war in Katherines Augen eine viel zu intime Geste. Aber schwach vor Begierde konnte sie nicht anders, als zusehen, während Joe den Hals hierhin und dorthin reckte und einen großen Knoten band. Warum erregte sie das derart? Lag es daran, daß er so konzentriert dabei war? Weil es eine eindeutig männliche Handlung war? Weil es an Masturbation erinnerte?

Joe schob den Knoten an dem Strang der Krawatte hoch, bis er richtig saß. Und wieder wurde Katherine von Verlangen durchströmt. Joe zog noch einmal an der Krawatte, indem er beide Hände um sie legte, und Katherine sah ihm mit trockenem Mund zu. Er sah phantastisch aus. Sein Hemdkragen hob sich schneeweiß von seiner glattrasierten Wange ab, der Krawattenknoten saß dick und rund unter dem Kinn. »Danke«, sagte er lächelnd zu Angie.

»Keine Ursache«, sagte sie, ebenfalls mit einem Lächeln, und steckte den Spiegel ein. Sie blieb einen Moment vor ihm stehen und lächelte ihn an. Katherine hatte einen metallischen Geschmack im Mund. Kein Zweifel, es bestand eine besondere Intimität in dem Verhalten der beiden. Joe Roth mußte der Unbekannte sein, Mr. Gillette. Katherine war am Boden zerstört. Aber wem konnte sie die Schuld geben? Nur sich selbst. Sie hatte alles kaputtgemacht. Sie hätte ihn haben können und hatte sich selbst sabotiert.

Dann dachte sie an Fintan in seinem Krankenhausbett, im Ungewissen darüber, ob er leben oder sterben würde, und wartete darauf, daß die Szene im Büro in den Hintergrund treten würde. Zu ihrer Schande mußte sie feststellen, daß dies nicht der Fall war. Das mit Joe und Angie war trotzdem wichtig.

37

Die Krankenhausbesuche gestalteten sich nach einer gewissen Routine, wonach Tara den Vormittag und Katherine den Nachmittag bei Fintan verbrachte. So war es am Mittwoch gewesen, und so machten sie es auch am Donnerstag.

Als Tara mit den O'Gradys um neun Uhr eintraf, war Sandro schon da. Er und Fintan hatten die Köpfe nah beieinander und waren in ein leises Gespräch vertieft. Sie boten ein so intimes Bild, daß es die Besucher verlegen machte, sie zu stören.

»Tut uns leid, daß wir euch unterbrechen«, sagte JaneAnn und wunderte sich, daß sie nicht eifersüchtig auf Sandro war.

»Das macht doch nichts«, sagte Sandro lächelnd. »Ich bin schon seit ein paar Stunden hier.«

»Er konnte nicht schlafen«, sagte Fintan.

»Ohne ihn ist das Bett so groß«, sagte Sandro, dann zeichnete sich Entsetzen in seiner Miene ab. Hatte er JaneAnn beleidigt?

Doch obwohl sie leicht schockiert war, konnte sie es ihm nicht übelnehmen. Auch Fintan nicht. Irgendwie war es nicht so wichtig, auch nicht, was die Kirche davon hielt ...

Wenig später kam Liv herein. Sie konnte nur kurz bleiben, weil sie noch nach Hampshire mußte.

»Du verpaßt *Supermarket Sweep*«, neckte Milo sie.

»Ihr könnt es euch ja ansehen und mir dann erzählen, was passiert ist«, sagte sie und lächelte verlegen.

Supermarket Sweep war schon zu einer festen Einrichtung am Morgen geworden, und *Fifteen-to-One* am Nachmittag. Zweimal täglich eine halbe Stunde, wenn die Wirklichkeit in den Hintergrund trat. Etwas neben der nagenden Angst, das sie verband.

»Wir machen das Unnormale zum Normalen«, erklärte Liv, die Verhaltensexpertin. »Es ist eine Überlebensstrategie.«

»Und ich dachte, ich sehe mir gern Dale Winton an«, sagte Sandro.

»Unsinn!« belehrte Liv ihn. »Das ist nur deine Reaktion auf ein schreckliches Trauma.«

Ganz anders als am Vortag lag Fintan apathisch in den Kissen. Plötzlich sehnten sich alle nach seinen bissigen Kommentaren. Er bewegte sich nur einmal, und zwar als eine Krankenschwester ins Zimmer kam, und sofort rollte er sich den Ärmel auf. Er war in die merkwürdige Welt der Kranken eingetreten, dachte Tara und fühlte sich ausgeschlossen, als sie das Trennende zwischen ihm und sich sah. Und sie waren sich immer so nahe gewesen! Nie würde sie an dem teilhaben, was er durchmachte, noch könnte sie das, was sich zwischen ihm und der Krankenschwester abspielte, miterleben. Er gehörte jetzt zu anderen Menschen.

Um halb zwei, als Katherine an ihrem Schreibtisch saß und sich nicht in der Lage sah zu entscheiden, ob sie ein Sandwich mit Käse oder eins mit Hühnchen haben wollte, klingelte das Telefon. Käse! Sie würde Käse nehmen. Kein Zweifel, Käse war die richtige Wahl. Es sei denn ... sie nähme doch Hühnchen.

Der Portier war am Apparat und teilte ihr mit, daß am Empfang ein »Herr« war, der sie zu sprechen wünschte. Aus dem ironischen Ton, mit dem er »Herr« sagte, entnahm sie, daß ihr Besucher alles andere als ein Herr war. Sie fuhr mit dem Aufzug nach unten, wo ein grinsender Milo stand, mit einem *A-Z* von London in seiner Hosentasche.

»Wie hast du hergefunden?« fragte sie ihn erstaunt.

»Mit der Piccadilly Line zum Piccadilly Circus«, sagte er, und die Worte nahmen einen fremdartigen Klang an, als er sie mit seinem weichen irischen Akzent aussprach. »Dann mit der Bakerloo Line bis Oxford Circus. Fintan schläft, JaneAnn muß beten, Timothy liest die Zeitung, da dachte ich mir, ich gönne mir ein Abenteuer.«

»Kennen Sie den Mann?« fragte der Portier und streifte Milos wildes Haar, seine abgetragenen Arbeitshosen und seine derben Stiefel mit einem verächtlichen Blick.

»Ja, Desmond, vielen Dank.«

Desmond schüttelte verständnislos den Kopf, als wollte er sagen: Es sind immer die Stillen. Katherine wandte sich wieder an Milo. »Und du hast dich nicht verfahren? Sag es mir ehrlich!«

»Doch, ich habe mich verfahren. In South Kensington bin ich in die falsche Richtung eingestiegen, aber dann bin ich in Earl's Court raus und habe eine Frau nach dem Weg gefragt.«

»Hat sie dir Auskunft gegeben?« Katherine seufzte erleichtert.

»Nein, das nicht. Sie hat gesagt – mal sehen, ob ich das noch zusammenkriege. Sie hat gesagt: ›Seh ich etwa aus wie ein sprechender Stadtplan?‹«

»Armer Milo.« Katherine legte beschützerisch die Hand auf seinen Arm und merkte kaum, daß Joe Roth und Bruce durch die Halle gingen. »Es tut mir leid.«

»Das braucht dir nicht leid zu tun!« erklärte Milo. »Ich fand es sehr komisch. Langsam gewöhne ich mich an diese Stadt hier – die Leute sagen, was sie denken. Das finde ich erfrischend. ›Seh ich etwa aus wie ein sprechender Stadtplan?‹« wiederholte er und lachte in sich hinein. »Ein sprechender Stadtplan. Wie findest du das? So was habe ich noch nie gehört. Aber jetzt will ich mich auf den Weg nach Hammersmith machen, um Tara zu besuchen. Piccadilly oder District Line. Und ehm … ich würde auch Liv besuchen, wenn ich wüßte, wo sie arbeitet.«

Katherine sah ihn belustigt an. »Sie ist heute in Hampshire.«

»An welcher Linie liegt das?«

JaneAnn betete unablässig. Immer hatte sie einen Rosenkranz in der Hand, und fast täglich ging sie in die Krankenhauskapelle, oft begleitet von Sandro. In seinem Bemühen, sich bei ihr beliebt zu machen, hatte er ihr viele komplizierte Lügen erzählt, von seinen religiösen Erfahrungen und seinen Reisen zu katholischen Wallfahrtsorten. Doch als er Andeutungen machte, daß er Visionen hatte, erkannte er schnell, daß er sich übernommen hatte.

»Mein Kind!« hatte JaneAnn aufgeregt gesagt und ihn bei dem Revers seines Jacketts gepackt. »Das müssen Sie Ihrem Priester sagen! Es ist Ihre Pflicht. Das dürfen Sie nicht für sich behalten.«

Sandro hatte hastig einen Rückzieher gemacht und JaneAnn davon überzeugen können, daß seine Visionen wahrscheinlich durch eine Übermenge von alkoholischen Getränken hervorgerufen worden waren. Daraufhin war sie so enttäuscht, daß er sie häufiger zur Krankenhauskapelle begleitete.

»Wenn man sieht, wieviel ihr beide für Fintan betet«, sagte Katherine, »glaube ich, daß wir eine gute Chance haben.«

»Ich glaube das nicht«, winkte JaneAnn ab. »Ich glaube nicht, daß unsere Gebete die übliche Wirkung haben können, denn die Kapelle im Krankenhaus ist eine konfessionsübergreifende.«

»Aber ist es nicht jedesmal derselbe Gott?« fragte Tara unvorsichtigerweise.

JaneAnn warf ihr einen angewiderten Blick zu und zischte: »Lern du mal deinen Katechismus, mein Kind! Erklär's ihr, Sandro.«

Als die O'Gradys am Freitag morgen mit Katherine aufbrachen, sagte JaneAnn wie aus heiterem Himmel: »Ich kann's kaum erwarten, daß es Sonntag wird. Endlich wieder eine richtig gute Messe. Vielleicht gehe ich sogar zweimal.«

Katherine und Tara warfen sich entsetzte Blicke zu. Zur Messe? Keine von beiden hatte den blassesten Schimmer, wo in der Nähe von Katherines Wohnung eine katholische Kirche war. Zum ersten Mal seit Tagen hatten sie eine Sorge, die sie von den Biopsie-Ergebnissen ablenkte. Sobald sich die Gelegenheit ergab, besprachen sie sich im Flur vor Fintans Krankenhauszimmer.

»Ich könnte ihr doch einfach sagen, daß ich es nicht weiß«, erwog Katherine.

»Auf keinen Fall«, sagte Tara in einem Ton, der keinen Widerspruch duldete. »Der Schock könnte sie umbringen. Sie braucht ein paar Fixpunkte in ihrem Leben. Wenn sie herausfindet, daß du nicht zu Kreuze kriechst, wirft sie das zu sehr aus der Bahn.«

In dem Moment kam Liv mit flatternden Haaren den Flur entlang. Sie sah die besorgt zusammengesteckten Köpfe ihrer Freundinnen und zögerte. »Sind die Ergebnisse schon da?«

»Nein, so schlimm ist es nicht, aber schlimm genug. JaneAnn will am Sonntag in eine katholische Messe gehen.«

Liv sah sie überrascht an. »Sie kann doch in die Kirche St. Dominic gehen, auf der Malden Road – nicht weit von deiner Wohnung.«

Tara und Katherine waren verdutzt. Woher wußte Liv das? »Du bist vielleicht eine Nummer.« Tara schüttelte den Kopf. »Gleich wirst du uns noch erklären, daß du manchmal da hingehst.«

»Das tue ich tatsächlich.«

»Aber du bist nicht katholisch.«

»Na und? Bei meiner Suche nach dem Glück gehe ich auch in Synagogen, Moscheen, zu den Quäkern, in Hindu-Tempel, zu den Samaritern, zum Psychotherapeuten und zu Harvey Nichols. Und überall werde ich mit offenen Armen empfangen«, erklärte sie.

»Du weißt nicht zufällig den Namen eines der Priester dort, oder?« fragte Katherine, eigentlich ohne eine Antwort zu erwarten.

»Doch, natürlich. Father Gilligan. Sagt ihm schöne Grüße von mir. Jetzt muß ich mal zur Toilette. Bin gleich zurück.«

Als Liv zurückkam, waren alle Stühle um Fintans Bett besetzt. Milo stand auf und sagte: »Du kannst meinen Stuhl haben.«

»Nein, danke, es geht schon.«

Milo beharrte, und JaneAnn schlug vor: »Setzen Sie sich doch auf seinen Schoß.«

Liv wurde puterrot, so peinlich war es ihr. »Ich bin zu schwer.«

Milo schien belustigt. »Ich bin auch schwer. Hier ist haufenweise Platz«, sagte er und schlug sich auf die Schenkel.

»Das geht doch nicht.«

»Oh, mach schon«, sagte Fintan mit schwacher Stimme.

»Nun mach schon«, sagten auch Tara und Katherine. »Mach doch, Liv.«

Also ließ Liv sich mit hochrotem Gesicht auf Milos Schoß nieder, während die anderen sich in die Rippen stießen.

Später konnte man JaneAnn murmeln hören: »Wenn Gott eine Tür schließt, öffnet er eine andere. Ich werde noch erleben, daß diese Reise zu etwas Gutem führt, und wenn es das letzte ist, was ich erlebe.«

Selbst die überzeugtesten Atheisten – und nicht wenige erhoben Anspruch auf diese Bezeichnung – schickten das eine oder andere Stoßgebet zum Himmel, als der Freitagtermin herannahte.

Man hatte Fintan gesagt, daß die Ergebnisse so gegen vier dasein würden. Deswegen waren ab zwei Uhr aller Augen auf die Tür geheftet. Immer wenn jemand mit einem weißen Kittel ins Zimmer kam, gab es ein winziges, aber wahrnehmbares kollektives Aufschrecken. Die Unterhaltung wurde zunehmend schleppender.

Schließlich, als ihre Nerven schon zum Zerreißen gespannt waren, trat um zehn vor vier Dr. Singh an Fintans Bett. Er schien etwas zurückzuzucken, als er die blassen Gesichter sah. »Könnte ich mit meinem Patienten sprechen?«

»Ich möchte, daß sie bleiben«, entgegnete Fintan schwach.

Dr. Singh war einverstanden. »Ich fürchte, ich habe schlechte Nachrichten«, sagte er dann.

Katherines Herz schlug heftig in ihrer Brust. Sie konnte die anderen nicht ansehen.

»Leider haben wir die Ergebnisse noch nicht. Das Labor war überlastet«, fuhr Dr. Singh fort. »Sie müssen sich bis Montag gedulden.«

38

»Ich glaube, sie will die Stelle wechseln«, sagte Bruce »Nee, mein Lieber«, widersprach Myles ihm. »Ich glaube, daß sie krank ist.«

»Sie sieht nicht krank aus«, sagte Bruce.

»Sie sieht auch nicht aus wie das blühende Leben«, sagte Jason. Katherines Fehlen am Arbeitsplatz hatte eine Flut von Spekulationen ausgelöst, denn in ihren drei Jahren bei Breen Helmsford war sie niemals auch nur einen Tag krank gewesen. Darren behauptete, daß er sie am Montag morgen beim Telefonieren habe weinen sehen, aber diese Mitteilung wurde nicht ernst genommen, weil es so unwahrscheinlich war. Außerdem wäre es nicht das erste Mal, daß Darren einer grotesken Lüge überführt worden wäre.

Dann wurde von Fred Franklin verlautbart, daß sie am Dienstag morgen bei »nenn mich Johnny« um ein paar Tage frei gebeten hatte, aus »persönlichen Gründen«. Als diese Nachricht die restlichen Mitarbeiter erreichte, sorgte sie für große Erheiterung. »Wie bitte? Aus persönlichen Gründen? Ich faß es nicht«, brüllte Myles. »Das Mädel ist doch eine Maschine!«

»Vielleicht ist ihre Geschirrspülmaschine kaputtgegangen«, mutmaßte Bruce. »Für die Eiskönigin wäre das wahrscheinlich eine Katastrophe.«

An dem Freitag debattierte Joes Team im Frog and Fawn die verschiedenen Möglichkeiten.

»Vielleicht heiratet sie«, warf Bruce in die Diskussion. »Mädels nehmen sich immer massenhaft frei, um das zu organisieren.«

»Vielleicht hat sie eine Brustvergrößerung machen lassen«, war Jasons Idee. »Danach muß man sich ein paar Tage ausruhen.«

»Vielleicht hat sie eine Scheidung vor sich«, sagte Myles. »Sie sieht ein bißchen mitgenommen aus, als machte sie was durch.«

Bruce stimmte ihm zu. »Normalerweise sieht das Mädel aus, als käme sie direkt aus der chemischen Reinigung, aber diese Woche war das, was sie anhatte, immer mächtig zerknittert.«

»Bügeln ist gar nicht so leicht, wenn man neue Titten hat«, belehrte ihn Jason. »Die tun dabei nämlich ziemlich weh.«

»Sie sieht aus, als würde sie nicht genug schlafen«, sagte Bruce.

»Das liegt daran, daß sie die ganze Zeit auf dem Rücken liegen muß, bis ihre Titten nicht mehr weh tun«, erklärte Jason.

Myles stürzte sich gereizt auf ihn. »Wovon redest du die ganze Zeit? Sehen ihre Titten denn größer aus? Ja oder nein?«

»Eigentlich nicht«, gab Jason schmollend zu.

»Hast du eine Ahnung, was mit ihr los ist, Joe?« fragte Myles. Joe hatte die ganze Zeit in grimmigem Schweigen dabeigesessen. Er zuckte nur die Achseln und sagte knapp: »Nein, keine.«

Myles sah seine Kollegen mit einem Audruck an, der sagte: Was ist mit dem bloß los? Joe Roth war nicht in seiner normalen aufgeräumten Stimmung.

»Joe und ich haben sie gestern mittag mit einem Typ gesehen«, sagte Bruce und überraschte die anderen damit. »Irgend so ein aufgeblasener Popstar.«

»Was sagst du da? Erzähl uns mehr!« Myles und Jason machten große Augen. »Das ändert doch alles. Wer ist es denn?«

»Weiß nicht, wie er heißt«, sagte Bruce. »Aber ich glaube, er war bei den Dexy's Midnight Runners. Großer Kerl, in albernen Latzhosen, Designer-Dinger, scheußlich. Sah aus, als hätten sie ihn rückwärts durch eine Hecke gezerrt.«

»Popstar, klarer Fall«, sagte Myles. »Was waren das noch Zeiten, als unsere Künstler Wert auf ihr Äußeres legten!«

»Allerdings. Na, die Eiskönigin und Dexy wirkten sehr intim miteinander«, sagte Bruce. »Und das untermauert meine Theorie, daß sie heiraten.«

»Jesus!« rief Myles erstaunt aus. »Vielleicht stimmt es ja. Über Geschmack läßt sich nicht streiten.« Er warf einen nervösen Blick zu Joe hinüber.

Darren stürzte in den Pub und wedelte aufgeregt mit einem Stück Papier. »Seht mal her«, rief er, »die Eiskönigin hat meine Spesen bezahlt.«

»Na und? Dazu ist sie ja da.«

»Aber ich habe die Rechnung vom Oxo Tower in dreifacher Ausfertigung eingereicht, zwei waren schlecht lesbare Kopien. Ich habe sie nur eingereicht, um sie in Rage zu bringen. Und sie hat mir einen Scheck für alle drei ausgestellt!«

»Du verlogener Halunke«, höhnte Myles. »Wahrscheinlich hat sie wieder geweint, als sie ihn dir ausgestellt hat.«

»Ich schwör's, am Montag morgen hat sie wirklich geweint, und sie hat mir meine photokopierten Rechnungen erstattet.« Darren war beleidigt. »Ich gebe ja zu, daß das mit dem flotten Dreier mit Martini und Flora nicht gestimmt hat, aber diesmal sage ich wirklich die Wahrheit. Seht doch selbst!«

Das Beweismaterial wurde vor den Augen der ungläubigen Thomase herumgereicht. Es ließ sich nicht länger leugnen.

»Vielleicht hat sie einen Nervenzusammenbruch«, sagte Myles ehrfürchtig.

»Es liegt am Silikon«, sagte Jason mit Überzeugung. »Das macht ihr Hirn so weich wie ihre Brüste. Ohooo, die ideale Frau für mich!«

»Verdammt gute Nachrichten für uns!« meinte Bruce.

Und sofort durchsuchten alle ihre Brieftaschen nach Belegen, mit denen sie Katherine linken konnten. Alle außer Joe.

39

»Was heißt das, du kannst nicht?« jammerte Thomas.

»Das heißt, daß ich nicht kann«, erklärte Tara. »Wir müssen uns um sie kümmern, und es ist nicht fair, das alles Katherine zu überlassen.«

»Sie sind die ganze Woche mit euch zusammengewesen. Heute ist Samstag, und du gehst mit mir und Eddie und seiner neuen Braut aus, und damit basta.«

»Thomas, ich kann die O'Gradys nicht einfach sitzenlassen.«

»Und was ist mit mir?« Thomas schob die Unterlippe vor wie ein schmollendes Kind. »Wann sehe ich dich mal?«

Tara war sich unschlüssig. Sie und Thomas waren in letzter Zeit gar nicht gut miteinander ausgekommen, daß sie jetzt erleichtert war, als er darauf bestand, den Abend mit ihr zu verbringen. »Ich finde, es ist meine Verantwortung, mich um die O'Gradys zu kümmern«, versuchte sie es noch einmal, aber als sie Thomas' finsteres Gesicht sah, weil er es nicht haben konnte, daß er zurückgewiesen wurde, gab sie nach. »Also gut, ich komme mit. Aber du machst es mir nicht leicht«, beschwerte sich Tara halbherzig.

Er stolzierte davon und lächelte selbstsicher. »Ich bin, wie ich bin. Nimm mich, wie ich bin, oder laß es.« Sein Selbstbewußtsein war sofort wieder intakt, und obwohl Tara nicht erklären konnte, warum das so war, fand sie sein Macho-Gehabe sehr sexy.

Thomas wachte über die Auswahl von Taras Garderobe, weil er mit ihr neben Eddie und seiner schicken neuen Freundin bestehen wollte. »Trag den kurzen schwarzen Rock, ja genau, den kurzen, und die höchsten Schuhe, die du hast, und ein Oberteil mit V-Ausschnitt. Und zieh den Bauch ein.«

Tara gab sich besondere Mühe mit ihren Haaren, dem Makeup und anderen Nebensachen, aber auch ein Eimer voll blauer Haartönung hätte Thomas nicht von ihrer fülligen Form abzulenken vermocht. Als er das Endprodukt begutachtete, klagte er: »Du bist seit letztem Wochenende noch fetter geworden. Das kommt davon, weil du nicht ins Fitneß-Studio gegangen bist.« Sie hatte tatsächlich die ganze Woche keinen Sport getrieben, weil ihr ganzer Tagesablauf durch die Krankenhausbesuche über den Haufen geworfen worden war. »Und ich wette, du hast dich auch nicht an die Diät gehalten«, sagte er in anklagendem Ton.

Das stimmte. Um Fintans Bett herum gab es zuviel zu essen für eine Frau ohne Willensstärke. Alle Besucher brachten Schokolade, Gebäck, Chips, Popcorn, Süßigkeiten und Weintrauben mit in dem Versuch, die Krankheit mit Essen zu bekämpfen. JaneAnn setzte größeres Vertrauen in die tägliche Verabreichung von Schinkenbroten als in die von Medikamenten. Aber Fintan würdigte die Köstlichkeiten um sich herum kaum eines Blickes, und auch die anderen hatten nicht den rechten Appetit. Außer Tara. Sie konnte gar nicht aufhören zu essen. Unaufhörlich stopfte sie sich etwas in den Mund, um so das riesige Loch zu füllen, das die Angst in ihrem Inneren gerissen hatte.

Dennoch hatte sie gehofft, daß Thomas angesichts ihrer Sorgen nachgiebig mit ihr sein und sie ihrer Diät entheben würde, bis das Leben wieder zur Normalität zurückkehrte. Aber das war aussichtslos. »Es war eine harte Woche, Thomas«, versuchte sie ihm zu erklären.

»Wo soll das denn enden, Tara?« fragte Thomas außer sich. »Ich versuche, dir zu helfen, aber du bist ehrlich gesagt sehr undankbar.«

»Es tut mir leid, und ich bin dankbar.«

»Meinst du, es macht mir Spaß, dich so überwachen zu müssen?« fragte Thomas.

Ich glaube schon, dachte Tara. Und bereute es sofort. Er war schwierig – manchmal geradezu brutal –, aber sie durfte nicht vergessen, daß es zu ihrem Besten war.

Beryl kam ins Zimmer, und Thomas wandte sich ihr zu. »Wer ist denn meine brave Kleine?« säuselte er. »Und wer ist meine Hübsche?«

Wenn er nur zu mir so freundlich wäre, dachte Tara traurig. Doch eines Tages würde es ihr gelingen. Wenn sie nur aufhören könnte zu essen. »Soll ich ein Taxi bestellen?« fragte sie lustlos.

»Nimmst du nicht das Auto?«

»Nein, Thomas. Vielleicht möchte ich auch was trinken.«

»Was trinken? Und was ist hiermit?« Thomas kniff in Taras Bauch, und zwar nicht nur in die oberste Schicht.

»Nur dies eine Mal, Thomas«, bettelte sie unglücklich. »Es war so schrecklich, diese Woche ...«

»Also gut, dies eine Mal«, gestand er ihr zu. »Wo euer Freund vielleicht stirbt.«

Tara war verblüfft von seiner Kaltherzigkeit, und plötzlich wurde ihr bewußt, wie leid sie es war, leid, daß er so grob und so rücksichtslos war. Daß er fortwährend und ohne Grund grausam war. Daß sie ihm nie etwas klarmachen konnte. Daß sie beleidigt und verletzt war. Und das alles im Namen des großen Erlösers, der Ehrlichkeit.

»Macht es dich nicht traurig?« Ihre Stimme zitterte vor Schmerz und Zorn. »Ein junger Mann, so alt wie du, so krank und muß vielleicht sterben?«

Überrascht und mit ausdruckslosem Gesicht sagte Thomas: »Nein, es berührt mich nicht.«

Tara sah ihn unverwandt an und hoffte, ihn zu beschämen.

»Ich kenne ihn doch kaum«, rechtfertigte er sich, durch ihre Nachdrücklichkeit ganz verstört. »Vielleicht wäre es anders, wenn er mein Freund wäre.«

Sie sah ihn einfach weiter an. Und wartete.

»Aber er ist nicht mein Freund«, sagte er. Doch nicht in seinem üblichen rüden Ton.

»Verstehst du, was ich durchmache?«

In seinen Augen zeigte sich etwas, nicht gerade Mitleid, aber doch ein zögerndes Eingeständnis, daß es schwer für sie sein mußte. Es stellte eine Nähe zwischen ihnen her, die sie lange nicht gespürt hatten, und mehr war im Moment nicht möglich. Er zuckte verlegen die Achseln. »Es tut mir leid, ich kann nicht so tun, als wäre ich kreuzunglücklich darüber. Ich bin nur ...«

»Ich weiß«, fiel Tara ihm ins Wort, »du bist nur ehrlich.«

Er sah sie verunsichert an. Ihre Laune war merkwürdig! Bloß, weil ihr Freund krank war. Sie hatte keine Ahnung, wie das war, wenn die eigene Mutter einen verließ!

Bevor sie gingen, sah Tara, wie Thomas sein kleines braunes Portemonnaie, das er für Wechselgeld benutzte, in die Hosentasche steckte, und plötzlich empfand sie ihn als unendlich knauserig.

»Kannst du mir zwanzig Pfund leihen, Tara?« sagte er beim Hinausgehen.

Eddies neue Freundin Dawn war ein dünnes, attraktives junges Ding mit langen, braunen, straffen Beinen und dunklen, lebhaften Augen. Tara fühlte sich daneben wie ein achtzig Kilo schwerer Fettkloß. Besorgt verfolgte sie Thomas' Blicke, die von ihr zu Dawn und zurück wanderten. Er beobachtete genau, stellte Vergleiche an und fand, daß Tara schlecht abschnitt. Sie bemerkte, wie er ihren Hintern anstarrte, der über den Sitz quoll, und ein panikartiges Gefühl verschnürte ihr die Brust und ließ ihr die Hitze in die Wangen steigen. Ihre Verachtung war verpufft, jetzt spürte sie nur eine übergroße Angst, ihn zu verlieren.

Sie trank so lange, bis sie sich besser fühlte. In dem Club, wo sie am Schluß waren, tanzte sie betrunken mit Dawn und war ganz ausgelassen. Sie fand Dawn nett.

Als Thomas und Tara anschließend mit dem Taxi nach Hause fuhren, war Thomas betrunken und zärtlich, er hielt ihre Hand und streichelte ihr über das Haar.

»Warum liebst du mich?« fragte Tara zum Spaß.

»Wer sagt denn, daß ich dich liebe?« hielt er dagegen, aber er warf ihr ein verschmitztes Lächeln zu, so daß Tara in ihrem beschwipsten, aufgedrehten Zustand seine Antwort so deutete, daß er sie natürlich liebte.

»Na gut, warum bist du mit mir zusammen?«

»Weil du mir Geld gibst, ist doch klar.«

Er lachte, und sie schluckte. Sie spielten miteinander, machten sich ein wenig lustig, so wie andere Liebespaare auch. »Na gut«, sagte sie lächelnd, »du bist mit mir zusammen, weil ich dir Geld gebe, was heißt das also? Daß du dich aushalten läßt«, erklärte sie, und dann riß sie die Augen in gespieltem Entsetzen weit auf und fuhr fort: »Wie eine Prostituierte! Also bin ich der Zuhälter.«

Aber er lächelte nicht und gab auch keine stichelnde Erwiderung. Sein Gesicht nahm einen harten, verschlossenen Ausdruck an. Das frotzelnde Gespräch versickerte. O Gott, dachte sie, warum muß es immer so verlaufen, warum wurde es immer bitter am Schluß? Jedes Gefühl von Wärme und Nähe starb den Kältetod.

Ich will das nicht mehr, dachte Tara entmutigt. Nach der schweren Woche war all ihre Energie aufgebraucht. Sie hatte keine Kraft, keine Entschuldigungen, keine Hoffnung mehr.

40

»Was für eine Messe zelebriert denn Father Gilligan?« fragte JaneAnn.

Einen Augenblick sagte Katherine gar nichts. Was war die richtige Antwort? »Eine ganz schöne.«

»Eine lange?«

War lang wünschenswert? Wahrscheinlich. »Sie dauert Stunden. Eine Ewigkeit.«

»Gut.« JaneAnn nickte befriedigt.

Es klingelte an der Tür, und Sandro stand davor, in seinem besten Anzug.

»Was machst du denn hier?« fragte Katherine überrascht.

»Ich gehe mit JaneAnn in die Elf-Uhr-Messe.«

Katherine fing an zu lachen und hörte erst auf, als sie JaneAnn hinter sich bemerkte.

»Ich bin erstaunt über dich, Katherine Casey, daß du dich über den Glauben eines jungen Mannes lustig machst.«

»Entschuldigung«, sagte Katherine beschämt.

Sandro schrak zurück, als er sah, daß Katherines Wohnung, normalerweise blitzsauber und aufgeräumt, seit dem letzten Abend noch verkommener aussah. Als wäre eine Bombe darin explodiert. Überall lagen Kleider, Schuhe, Koffer und Bettzeug umher. Über dem Fernseher baumelten Socken, ein Becher stand kopfüber in einer Topfpflanze, leere Weinflaschen lagen auf dem Boden verstreut, und das Schlafsofa war zwar zusammengeklappt, aber in einer Ecke ragte ein Stück Laken heraus wie eine Zunge aus einem offenstehenden Mund. Aus der Küche konnte man Geschirrklappern und Brutzeln hören, Essensgerüche drangen in den Flur. »Es sieht aus, als würden zwanzig Studenten hier wohnen«, hauchte er und ließ seinen Blick über das Chaos wandern.

»Genau«, sagte Katherine und lachte düster.

»Aber du bist doch immer so eine Ordnungsfanatikerin«, sagte er.

»Was nützt es denn?« Sie hob die Arme und ließ sie wieder fallen. »Wenn ich aufräume, sieht es fünf Minuten später wieder genauso aus.«

»Geht es dir auch gut?« Er musterte sie kritisch.

»Bestens!« erklärte sie mit schriller Stimme. »Hervorragend. Bloß«, fuhr sie fort, und ihre Stimme wurde noch höher und schriller, »es wäre ganz schön, wenn ich mal in mein Badezimmer könnte. Es ist immer jemand drin. Und ich finde es nicht so schlimm, daß JaneAnn meinen Massagehandschuh benutzt hat, um den Küchenboden zu schrubben, oder daß Timothy meine beschichtete Pfanne so lange geputzt hat, bis die ganze Beschichtung ab war, aber als ich dann endlich mal in mein Badezimmer konnte, hatte jemand – ich glaube, es war Milo – meinen ganzen Conditioner aufgebraucht.«

»Wieso glaubst du, es war Milo?«

»Guck dir doch mal seine Haare an«, rief Katherine, und ihre Stimme überschlug sich fast. »Das glänzt doch richtig!« Sie war puterrot und starrte Sandro an, der es nicht wagte, etwas einzuwerfen. »Es tut mir leid«, sagte sie und brach in Tränen aus. »Es tut mir leid, es tut mir leid!« Sie zitterte unter Tränen. »Ich bin so egoistisch. Wie kann mir das wichtig sein, wenn Fintan so krank ist?«

Es klingelte wieder. Diesmal war es Liv, ordentlich gekleidet.

»Sag nicht, daß du auch um elf mit JaneAnn zur Messe gehst«, sagte Katherine lachend, trotz der Tränen.

Katherine konnte nicht zur Messe gehen, obwohl sie wußte, daß es von ihr erwartet wurde. Sie war zu aufgewühlt.

»Wenn du aufgewühlt bist, ist die Messe genau das Richtige«, beharrte JaneAnn.

Milo ging auch nicht, was JaneAnn mit einem betrübten Blick zur Kenntnis nahm. Als sie zwei Stunden später wiederkamen, war JaneAnn in Höchstform und außerdem äußerst angetan von Liv, weil die Father Gilligan persönlich kannte. »Ihr habt eine phantastische Messe versäumt«, verkündete JaneAnn. »Eine wunderbare Predigt. Über den verlorenen Sohn. Wie lange man auch ohne den Herrn gelebt hat, er nimmt jeden wieder an, ohne Fragen zu stellen.« Sie sah Milo bedeutungsschwer an.

Dann traf Tara ein, und es war Zeit, zu Fintan ins Krankenhaus zu gehen.

Sobald Tara das Krankenhaus betrat, verließen sie alle Kräfte. Sie war fertig, ausgelaugt nach all dem Auf und Ab, sie hatte es satt, daß ihre Kleidung und ihre Haare immer den antiseptischen Krankenhausgeruch an sich hatten, sie war kreuzlahm von den harten Stühlen und erschöpft, weil sie viele Stunden ohne Zigarette auskommen mußte. Sie hatte nicht eine Reihe von Thomas' Pullover gestrickt, sie war nicht einmal im Fitneß-Studio gewesen, und sie konnte sich beim Essen nicht bremsen. Sie sehnte sich nach einem Abend allein zu Hause, vor der Glotze, ohne ein Wort sprechen zu müssen. Sie warf einen Blick auf Katherine und sah, daß die ein ähnliches Stadium erreicht hatte.

»Seltsam, nicht wahr«, sagte JaneAnn und drückte das aus, was alle fühlten. »Es kommt mir vor, als wären erst fünf Minuten vergangen, seit wir hier weggegangen sind. Der Schlaf der letzten Nacht ist wie weggeblasen.«

»Dasselbe noch mal von vorn.« Tara lachte angespannt.

»Das ist erst der …«, Liv zählte mit Hilfe ihrer Finger nach, »… der fünfte Tag.«

»Ich weiß«, sagte Milo. »Es kommt einem vor, als wäre es der tausendste.«

»Aber vielleicht darf er ja morgen nach Hause«, sagte JaneAnn voller Hoffnung.

»Vielleicht«, meinten die anderen, und diesmal versuchten sie nicht, sich gegenseitig etwas vorzumachen. Wenn die Untersuchungsergebnisse in Ordnung waren, konnte Fintan die Behandlung für den Lymphdrüsenkrebs ambulant machen.

Zufälligerweise ging es ihm an dem Tag tatsächlich besser als an den Tagen zuvor. Obwohl die Schwellung an seinem Hals noch sichtbar war, lag er nicht so matt da, war auch nicht ganz so gelb, und er aß etwas und behielt es bei sich. Die Stimmung entspannte sich ein wenig. Alles würde ein gutes Ende nehmen.

»Wann kommt Thomas zu Besuch?« fragte Fintan Tara schnippisch.

»Ich weiß nicht.« Sie errötete. »Er hat sehr viel zu tun, mit seiner Arbeit und dem Fußball ...«

»Sag ihm, daß ich ihn gern sehen würde.« Fintan grinste. »Ich würde bestimmt schneller gesund.«

»Ich werde es ihm ausrichten.«

»Sag ihm, er soll es für dich tun«, drängte Fintan. »Für die Frau, die er liebt.«

»Mach ich«, versprach Tara verwirrt. Natürlich hatte sie Thomas gebeten, mit ihr ins Krankenhaus zu kommen und die O'Gradys kennenzulernen, aber er hatte sich hartnäckig geweigert. »Ich will nicht heucheln«, sagte er, und damit war das Gespräch beendet.

Aber was ging in Fintan vor? Er haßte Thomas.

Taras Überlegungen wurden unterbrochen, als Fintans Freunde Frederick, Claude und Geraint ins Zimmer kamen, alle mit einem lauten »Hi« begrüßten und ihre Gaben absetzten. Man rückte zusammen. Kurz darauf kamen noch Harry und Didier, und dann Butch und Javier.

Fintan hatte pausenlos soviel Besuch, daß sich manche Gruppen auf dem Flur versammelten, wo lebhafte Gespräche geführt wurden, wo gescherzt und gelacht wurde und neue Verbindungen entstanden. Schon nach wenigen Tagen hatte ein Mann namens Davy, ein Freund von Javier, mit Harrys Freund Jimbob geschlafen, den er auf Fintans Station kennengelernt hatte.

»Station siebzehn«, sagte Fintan belustigt, »wo Liebesgeschichten ihren Anfang nehmen.« Er witzelte darüber, daß einige seiner Freunde ins Krankenhaus kamen und ihn gar nicht besuchten, weil sie von so vielen attraktiven Männern auf dem Flur abgelenkt wurden. Er ging sogar soweit anzudeuten, daß manche Besucher ihn gar nicht kannten.

Um den Freunden Fintans Platz zu machen, zogen sich Liv, Tara und Katherine in einen Aufenthaltsraum zurück, wo Liv ein paar Fragen stellte, die ihr seit einigen Tagen auf den Nägeln brannten. »Timothy ist verheiratet, richtig?« fragte sie betont lässig.

»Genau.«

»Und Ambrose ist verheiratet? Und Jerome auch?«

»Ja.«

»Und warum ist Milo nicht verheiratet? Ist er auch schwul?«

»Nein«, sagte Tara. »Aber er hat eine Enttäuschung mit einem Mädchen erlebt.«

»Eine Enttäuschung?« rief Liv. »Was meinst du damit? Ist das wieder eine von euren komischen irischen Redensarten?«

»Es bedeutet, sie hat ihn sitzengelassen«, erklärte Katherine. »Er war mit einer Frau namens Eleanor Devine verlobt, sie waren, wie man so sagt, ›übereingekommen‹, und dann ist sie abgehauen.«

»Warum?«

»Sie wollte nicht Bauersfrau werden. Sie ist nach San Francisco gezogen und macht jetzt Konzept-Kunst.«

»Wie sah sie aus?« fragte Liv mit bebender Stimme. »Häßlich? Fett?«

»Sie sah gut aus, würde ich sagen«, erwiderte Katherine.

»Wie gut?« bohrte Liv weiter. »Auf einer Skala von eins bis zehn.«

»Fünf.«

»Vier, vielleicht nur drei.« Tara stieß Katherine in die Rippen. »Sag uns doch, warum dich das so brennend interessiert.«

»Er ist ein Meter fünfundachtzig«, sagte Liv verklärt, »er ist gebaut wie ein Kleiderschrank, er hat lange, schwarze, glänzende Haare ...«

Katherines Miene verdüsterte sich, als Liv die glänzenden Haare erwähnte.

»… dunkelblaue Augen und ein reizendes Lächeln.« Liv schüttelte die kleine Träumerei ab. »Es gibt keinen besonderen Grund …«, sagte sie, und alle lachten.

»Du meinst es nicht ernst, oder?« fragte Tara.

»Natürlich meine ich es ernst.«

»Aber«, wandte Tara ein, »aber du bist Schwedin, du hast Stil, du bist Innenarchitektin, und er … er ist Milo O'Grady.«

»Und trägt Arbeitshosen.« Katherine hatte auch eine Meinung dazu.

»Er hat nie von Tricia Guild gehört.«

»Und du nie von Maul- und Klauenseuche. Wie soll das funktionieren?«

»Er ist ein Mann vom Land.« Liv hatte einen besonderen Glanz in den Augen. »Er schafft neues Leben, mit seinen Händen, er erntet und sät. Was könnte verdienstvoller sein?«

»Gehirnchirurg«, sagte Katherine.

»Sozialarbeiter«, sagte Tara.

»Buchhalter.«

»Schuh-Designer.«

»Er arbeitet mit den Händen. Mit seinen großen, kräftigen Händen, die so sexy sind. Seht ihr nicht, wie schön er ist?«

»Nein«, sagte Tara, ohne mit der Wimper zu zucken.

»Liv, du bist in merkwürdiger Verfassung«, redete Katherine auf sie ein. »Wir stehen alle unter Strom. Und du hast deinen geliebten Lars doch nicht vergessen, oder?«

»Dieser Arsch«, sagte Liv wegwerfend. Plötzlich wurde sie ihrer selbst gewahr und stöhnte beschämt: »Wie kann ich nur? Wie kann ich zur Zeit an einen Mann denken? Wie ich mich hasse!«

»Mach dir keine Sorgen«, sagte Tara. »Bitte, das sollst du nicht. Es ist eine schwierige Zeit, und wenn es dir ein Trost ist, dann kann ich dir sagen, daß ich tagelang über mich und Thomas nachgegrübelt habe, und dann war ich so zerknirscht. Es scheint so unangebracht!«

Katherine hatte das Gefühl, eine große Last würde von ihr genommen. »Ich bin dir so dankbar, daß du das sagst, Tara. Ich habe mich in diesen Tagen auch mit Dingen befaßt, die nichts mit Fintan zu tun haben, und dann habe ich gedacht, was für ein schlechter Mensch ich bin. Und habe mich dafür gehaßt.«

»Wirklich? Ich habe mich auch gehaßt«, rief Tara.

»Ich bin froh, daß ihr das sagt, ich habe mich auch gehaßt«, stimmte Liv mit ein.

Sie lächelten einander verlegen und erleichtert zu, jetzt, da ihre beschämenden Geheimnisse offenlagen, und fühlten sich unendlich befreit.

»Entweder sind wir drei ganz schlimme Weiber«, meinte Tara, »oder wir sind ziemlich normal.«

»Aber der arme Fintan«, sagte Katherine. »Wie muß es ihm gehen? Wie fühlt man sich wohl, wenn man denkt, man hat nur noch wenig Zeit? Ich versuche dauernd, mir das vorzustellen.«

»Ich auch«, gestand Tara.

»Ich auch«, sagte Liv.

»Stellt euch vor, ihr hättet nur noch sechs Monate zu leben«, sagte Tara eindringlich. »Daß ihr den nächsten Mai schon nicht mehr erleben würdet.«

Als Katherine und Liv sie schockiert ansahen, drängte sie sie: »Und?«

Katherine kam sich komisch vor und schloß die Augen. Wie würde sie sich fühlen? Es wäre ihr letztes Weihnachten. Sie würde nie wieder einen Sommer erleben. Einhundertachtzig Tage statt der tausend und abertausend Tage, die sie sich immer in langer Reihe vorgestellt hatte.

Sie war überrascht, als sich etwas in ihrer Wahrnehmung änderte. Ein einzelner Tag, der aufgrund der Tatsache, daß es noch viele andere seiner Art gab, völlig uninteressant und wertlos war, stand plötzlich klar und deutlich vor ihr, und jeder Aspekt schien süß und kostbar. Kostbar wie ein Diamant, vom erwartungsvollen Aufwachen am Morgen bis zum Zeitpunkt, wo man sich am Ende des Tages zur Ruhe begibt. Sie spürte das dringende Bedürfnis, ihn zu füllen, ihn weise zu nutzen, alle erstrebenswerten und wichtigen Dinge zu tun.

Es kam nicht darauf an, verantwortungsvoll zu sein – sie würde nicht mehr dasein, um die Belohnung in Empfang zu nehmen. Wichtiger noch, es kam nicht darauf an, vorsichtig zu sein – sie würde nicht mehr dasein, um die Konsequenzen zu erleben. Sie geriet fast in Panik, als sie an all die Dinge dachte, die sie in ihren sechs Monaten tun wollte – das Wunder von den Broten und den Fischen müßte wiederholt werden, um alles hineinzupacken.

Ihre Regeln und Barrikaden schienen ihr plötzlich beklemmend. Verrückt geradezu. Sie wollte sich ins volle Leben stürzen. Alles erleben. Spaß haben. Viel, viel Spaß. Und Sex. Mit Joe Roth. Himmelherrgott! Entsetzt riß sie die Augen auf. Tara und Liv sahen sie an.

»Es macht einem angst, was?« sagte Tara mit einem Schaudern. »Ich sage euch eins, wenn ich nur noch sechs Monate zu leben hätte, würde ich keine Zeit darauf verschwenden, Thomas zum Heiraten zu bewegen, damit ich im Alter nicht allein bin. Denn ich hätte gar kein Alter vor mir, in dem ich allein sein könnte!«

»Was würdet ihr tun?« fragte Katherine begierig, in dem Wunsch, nicht länger über sich selbst nachzudenken.

»Ich würde Lars sitzenlassen und mein Glück mit Milo versuchen«, erklärte Liv.

»Aber das hast du sowieso vor«, sagte Tara. »Dazu brauchst du nicht sterbenskrank zu sein. Ich meinerseits, ich würde eine Affäre haben wollen.«

»Mit wem?«

»Weiß nicht. Mit einem, den ich begehrenswert finde, und der *mich* begehrenswert findet! Eine wilde, atemlose, verrückte Affäre, wo man nie aus dem Bett rauskommt und mitten in der Nacht aufwacht, weil man so scharf aufeinander ist.« Sie zitterte lustvoll bei dem Gedanken.

»Heißt das, bei dir und Thomas ist es nicht die ganze Zeit so?« fragte Katherine trocken.

»Du weißt ganz genau, daß man nach den ersten drei Monaten kaum noch miteinander schläft«, sagte Tara. »Und guck mich nicht so an. Ich liebe Thomas – das ist nur eine Phantasie.«

»Du hast praktisch gestanden, daß du ihn nicht mehr begehrst.«

»Das stimmt nicht! Ich habe nur gesagt, wenn … Und außerdem, es ist ja nur eine Phantasie!«

»Das stimmt«, sagte Katherine. »Wir haben mehr als sechs Monate, wir sterben nicht, diese Diskussion ist dumm und trübsinnig.«

»Gut, daß du das sagst«, rief Tara. »Ich mußte gerade denken, was wohl wäre, wenn ich Thomas verlassen und eine Affäre mit einem anderen haben würde – und dann nicht sterben würde. Ich käme mir vor wie der letzte Idiot.«

41

Als am Montag morgen kurz nach zehn die üblichen Verdächtigen um Fintans Bett versammelt waren, kam Dr. Singh ins Zimmer. Seiner verzagten Miene nach zu urteilen hatte er etwas mitzuteilen. Seine Unruhe sprang sofort auf die Anwesenden über, deren Nerven zum Zerreißen gespannt waren. *Lieber Gott, laß es gute Nachrichten sein!*

»Ich habe die Ergebnisse der Knochenmarkbiopsie«, sagte er, den Blick auf Fintan gerichtet.

Berichten Sie, so berichten Sie doch!

»Möchten Sie, daß ich allein mit Ihnen darüber spreche?«

»Nein«, sagte Fintan bebend und ruhig zugleich. »Die anderen sollen mithören. Dann brauche ich es hinterher nicht zu wiederholen.«

Dr. Singh holte tief Luft und wartete einen Moment. Es fiel ihm sichtlich nicht leicht. »Ich fürchte, es sind schlechte Nachrichten.«

Keiner sagte etwas. Acht kalkweiße Gesichter sahen ihn flehend an, hofften, daß er sich geirrt hatte.

»Die Krankheit ist auch im Knochenmark aktiv«, fuhr er fort. *Ich bin nur der Bote.*

»Wie aktiv?« krächzte Katherine.

»Ich fürchte, sie ist ziemlich weit fortgeschritten.«

Katherine sah Fintan an. Seine Augen waren groß und dunkel, wie die eines zutiefst erschrockenen Kindes.

»Ich habe auch die Ergebnisse der Computertomographie«, sagte Dr. Singh.

Acht Paar Augen waren auf ihn geheftet.

»Die Krankheit ist auch in der Bauchspeicheldrüse aktiv. Außerdem«, Dr. Singh redete widerwillig weiter, »habe ich die Ergebnisse von den Röntgenaufnahmen des Zwerchfells.«

Sein Gesicht sprach Bände.

»Auch im Zwerchfell?« fragte Milo.

Der Arzt nickte. »Es gibt jedoch keine Spuren in den zentralen Organen wie Leber, Nieren und Lunge«, fügte er hinzu. »Das wäre in der Tat sehr ernst.«

Fintan sprach erst jetzt. »Muß ich sterben?«

»Wir fangen umgehend mit der Behandlung an«, sagte Dr. Singh und ignorierte die Frage. »Jetzt, wo wir wissen, wo die Krankheit sitzt, können wir sie auch behandeln.«

»Wird auch höchste Zeit«, sagte Tara mit Bitterkeit, und alle sahen sie schockiert an. So sprach man nicht mit einem Arzt. »Er wurde von Tag zu Tag schwächer«, hielt sie ihm vor, »und Sie haben nichts getan. Sie haben nichts für ihn getan, weil Ihr Labor zu beschäftigt war, um herauszufinden, wie krank er ist. Und wenn es diese Tage sind, die den Unterschied machen, ob er lebt oder ...« Sie fing an zu weinen und vergrub schluchzend und am ganzen Körper bebend den Kopf in den Händen. »Du mußt die Symptome seit Ewigkeiten gehabt haben«, sagte sie zu Fintan, während ihr die Tränen die Wange hinunterliefen. »Seit Monaten.«

»Das stimmt.«

»Warum bist du dann nicht früher zum Arzt gegangen?« Sie war atemlos vor Zorn und Schmerz. »Warum hat Sandro nicht darauf bestanden?«

»Weil wir dachten, wir wüßten, was es ist. Nachtschweiß – manchmal mußten wir mitten in der Nacht die Bettwäsche wechseln. Der Gewichtsverlust. Ständige Übelkeit. Sandro hatte das alles schon einmal durchgemacht.«

Ein schreckliches Bild präsentierte sich ihnen – Sandro und Fintan in verschworenem Schweigen. Fintan, der immer kränker wurde, und nichts wurde unternommen, um ihm zu helfen, weil sie dachten, es gäbe keine Hilfe.

»Ihr Idioten.« Tara schauderte. »Ihr seid so unglaublich bescheuert.«

JaneAnn packte Tara mit eisernem Griff am Arm. »Hör sofort mit dem Unsinn auf, Tara Butler«, sagte sie streng. »Er ist noch nicht tot.«

Die Behandlung fing am selben Morgen an. Er sollte im Krankenhaus bleiben und sich fünf Tage lang einer konzentrierten Chemotherapie unterziehen. Alle mußten gehen.

»Aber ich bin seine Mutter«, sagte JaneAnn. Sie bot allerdings nur schwachen Widerstand. »Ich müßte doch bleiben können.«

»Komm schon, Mam«, sagte Milo und führte sie zur Tür. »Du kannst ihn heute abend besuchen.«

Sie gingen ihrer Wege – JaneAnn, Milo, Timothy, Liv, Tara, Katherine und Sandro. Sie, die während des Wartens unzertrennlich gewesen waren, wurden von der Nachricht, die wie eine Bombe eingeschlagen hatte, in alle Richtungen zerstreut.

Es entstand eine peinliche Fremdheit zwischen ihnen, jeder war böse auf sich selbst und böse auf die anderen. Was hatte ihre positiv gestimmte, hoffnungsvolle Anteilnahme bewirkt? Warum hatten sie sich gegenseitig und Fintan Mut gemacht und immer das Beste gehofft? Ihre ganzen Bemühungen waren nutzlos gewesen, von Anfang an.

Es hatte keinen Sinn mehr, als menschliche Amulette an seinem Bett zu sitzen, um die Katastrophe abzuwehren. Sein Schicksal bestimmten nun die starken Medikamente, die chemischen Substanzen, die so gefährlich waren, daß die Krankenschwestern bei der Behandlung Schutzkleidung tragen mußten, und die so heftige Nebenwirkungen hatten, daß Fintan manchmal lieber sterben wollte, als die Behandlung zu ertragen.

Jeder mußte für sich einen Weg finden, mit den schwierigen Gefühlen zurechtzukommen. JaneAnn wurde Dauerbesucherin in St. Dominic und führte Verhandlungen mit Gott, in denen sie sich erbot, Fintans Platz einzunehmen, wenn schon einer sterben mußte. Timothy ging zu Katherine in die Wohnung, wo er den ganzen Tag fernsah, eine Zigarette nach der anderen rauchte und seine Stiefel überall verteilte. Milo ging stundenlang spazieren, dann zu Harvey Nichols, ins Museum of Mankind und ins Victoria and Albert Museum und klapperte verschiedene Touristenattraktionen ab. Die anderen gingen zur Arbeit. Während sie bei Fintan Wache gehalten hatten, war es äußerst wichtig gewesen, die Arbeit zu vernachlässigen, aber das Schlimmste war jetzt eingetreten. Und statt daß ihre Arbeit dadurch noch mehr in den Hintergrund geriet, war es plötzlich lebenswichtig, dort wieder die Kontrolle zu übernehmen.

Es war ein klarer, kalter Oktobermorgen mit blauem Himmel, und als Katherine aus dem Krankenhaus kam und im Taxi die Fulham Road entlangfuhr, sah sie eine Frau ihres Alters, die unbeschwert ihrer Wege ging und einen Einkaufsbeutel schwenkte. Die Frau sah nicht unbedingt sehr glücklich aus, sie schien nur frei von Sorgen und schweren Gedanken. Wie gern hätte Katherine mit ihr getauscht. Auch sie hatte Zeiten gekannt, in denen sie unbekümmert ihren Einkaufsbeutel hin und her geschwenkt hatte. Wie oft war sie so durch die Straßen gelaufen, und nie hatte sie das glückselige Gefühl genossen, die reine Lebensfreude, frei von dem Druck eines Alptraums.

Als sie ins Büro kam, war sie überrascht, wie geschäftig alle waren. Jeder hatte zu tun. Wie Außerirdische kamen sie ihr vor, die ihren Schwänzen hinterherjagten. Sie war an den Rand des Lebens katapultiert worden, wo alles verzerrt, verdreht und fremd war. *Was für eine Bedeutung konnte das hier schon haben?*

Die Kollegen nickten ihr zu, als sie wie in Trance zu ihrem Schreibtisch ging. Und dann stand sie davor und mußte sich erst vergewissern, daß es wirklich ihrer war. Sie fühlte sich wie in Watte, alle ihre Gedanken und Reaktionen schienen ihr unwirklich und fern.

Noch bevor sie sich gesetzt hatte, suchten ihre Augen Joe Roth. Eigentlich wollte sie das nicht, aber sie hatte nicht dieselbe Willenskraft wie sonst, um es sich zu verbieten.

Er saß zurückgelehnt auf seinem Stuhl, telefonierte und drehte einen Bleistift zwischen seinen langen, schönen Fingern. Der Hörer lag an seiner hageren, glattrasierten Wange.

Sie wollte ihn. Das war der einzige glasklare Gedanke in einer verschwommenen, unerreichbaren Welt. Wie ein Leuchtfeuer im Nebel. Sie begehrte Joe Roth leidenschaftlich, heftig. Unangemessenerweise. Und wieder einmal dachte sie: Wie kann ich nur? Sie verstand sich selbst nicht.

Der Grund für die hektische Betriebsamkeit war, so stellte sich heraus, die Nachricht, daß der Auftrag von Multi-Nuß-Müsli an eine andere Firma gegangen war. Es war Joe Roths erster Mißerfolg bei Breen Helmsford.

»Mal klappt's, mal klappt's nicht«, sagte Joe achselzuckend und versuchte, die Stimmung seines Teams aufrechtzuerhalten.

»Nicht in dieser Branche, Mann«, sagte Fred Franklin mit kalter Grausamkeit. »Hier heißt es: Manchmal klappt's und manchmal klappt's auch. Wenn es nicht klappt, klappen nur noch die Türen.«

Eigentlich hätte Katherine froh sein können, denn Joe könnte deswegen seine Stelle verlieren, aber sie wollte ihn trösten – er sollte seinen Kopf in ihren Schoß legen, und sie würde ihm mit ihren Fingern durch das Haar fahren.

»Schlechte Woche für dich, was«, geiferte Fred. »Wo Arsenal am Samstag verloren hat.«

Ich sollte arbeiten, beschloß Katherine. Sie blickte auf die Zahlen vor sich, aber die hätten ebensogut in Keilschrift geschrieben sein können. Sie stellte das Blatt auf den Kopf, um zu sehen, ob sie sich dann besser entziffern lassen würden, worauf Breda sie entsetzt anstarrte. »Ich komme gleich, Breda.« Katherine versuchte den Eindruck zu erwecken, daß sie alles fest im Griff hatte. »Ich muß nur noch was nachsehen.« Jetzt nimm dich mal zusammen, wies sie sich zurecht. Joe Roth wäre nicht der einzige, der auf die Straße gesetzt würde, wenn sie nicht aufpaßte.

»Ist dies ein günstiger Moment?« hörte sie eine Stimme, und als sie aufsah, stand Joe Roth vor ihr.

»Wofür?« stammelte sie mit klopfendem Herzen.

»Spesen.«

»Schon wieder?«

»Schon wieder.« Er lächelte trocken. »Es ist vielleicht ratsam. Falls sie mich heute noch rausschmeißen.«

»Das meinen Sie nicht ernst, oder?« fragte sie ungläubig.

»Die Werbebranche. Ein Haifischbecken.« Er lächelte.

»Aber das ist das erste Mal«, protestierte sie. »Das wäre nicht fair.«

Er stützte die Hand auf den Tisch und beugte sich zu ihr hinüber. »Katherine«, sagte er ruhig und mit einem Lachen in den Augen, »beruhigen Sie sich.«

Sie nahm seinen Geruch wahr, einen klaren, frischen, männlichen Duft. Seife und Zitrus und darunter ein Hauch von Wildheit. Er richtete sich wieder auf, und sie war verwirrt, fühlte sich allein gelassen. »Nehmen Sie doch einen Stuhl«, sagte sie. Sie war froh, daß ihr das eingefallen war. Es klang so entspannt und normal.

Joe saß vor ihr, er trug ein frisches weißes Hemd. Er war glatt rasiert, hatte ein schlankes Gesicht und olivfarbene Haut. Sie bearbeitete den kleinen Stapel von Rechnungen, und seine Anwesenheit bewirkte, daß ihre Finger ihr nicht gehorchten. Immer wieder drückte sie die Taste mit dem Prozentzeichen oder mit dem Wurzelzeichen statt das Plus. »Es tut mir leid, das mit dem Multi-Nuß-Müsli-Auftrag«

Falls er überrascht war, daß sie so persönlich mit ihm sprach, zeigte er es nicht. Er zuckte einfach nur die Achseln. »So ist das Leben, oder?« Er gab sich alle Mühe, so zu tun, als kümmerte ihn das nicht, aber sie hatte immer das Gefühl gehabt, daß seine Arbeit ihm sehr wichtig war. »Man kann nicht immer das bekommen, was man sich wünscht«, sagte er und sah ihr in die Augen. Bildete sie sich ein, daß in dem Blick eine besondere Bedeutung lag?

»Oder bekommen Sie immer das, was Sie wollen?«

Während sie Joe wie gebannt ansah, füllten sich ihre Augen mit Tränen, die dann wie Perlen über ihr hübsches Gesicht kullerten. Zu ihrer beider Überraschung.

»Entschuldigung«, flüsterte sie, senkte den Kopf und wischte sich die Tränen mit dem Handrücken ab. »Ich habe heute morgen eine – eine schlechte Nachricht erhalten.«

»Das tut mir leid.« Es klang, als meinte er es aufrichtig.

Daraufhin flossen noch mehr Tränen. Sie wollte zu ihm gehen, seine Arme um ihren Rücken spüren, er sollte sie an sich ziehen, sie wollte ihre Wange an sein weiches Revers legen, ihr Gesicht in sein Hemd vergraben und seinen Geruch einatmen.

»Wäre es eine Idee ...« Er wollte sie fragen, ob sie mit ihm einen Kaffee trinken würde, aber dann brach er ab. Natürlich würde sie das nicht wollen.

Katherine bemerkte, daß Angie vorbeiging und den Kopf verdrehte, um einen Blick auf Joe Roth zu erhaschen. Dumpf erinnerte sie sich plötzlich, daß Angie schon mindestens zweimal an ihrem Schreibtisch vorbeigegangen war. Was bedeutete das?

»Das ist alles in Ordnung.« Mit einem schwachen Lächeln deutete sie auf sein Spesenformular. »Ich stelle Ihnen in den nächsten Tagen einen Scheck aus.«

Als Joe wieder an seinen Schreibtisch ging, wurde er von Myles aufgehalten, der ihn aufgeregt fragte: »Und? Hat die Eiskönigin geweint?«

»Nein«, sagte Joe kurz und wandte sich ab.

42

Jetzt war Fintan ausgeflippt. Anders ließ sich sein Verhalten nicht erklären. Er hatte Tara und Katherine zu sich ans Krankenbett bestellt, weil er beide um etwas bitten wollte, und sie kamen zu dem Schluß, daß der Krebs sich jetzt auch in seinem Gehirn ausbreitete, als sie hörten, was er von ihnen wollte.

Er hatte fünf Tage Chemotherapie hinter sich, am sechsten Tag wurde er verschont, weil die Behandlung so zermürbend war. Der Chemie-Cocktail verursachte ihm Übelkeit und Haarausfall, und er bekam Geschwüre im Mund.

»Jesus«, murmelte er, als er die Kraft fand zu sprechen. »Lieber würde ich es mit dem Krebs aufnehmen.«

Weil er so heftig auf die konventionelle Behandlung reagierte, lasen seine Freunde die Bücher über alternative Behandlungsmethoden, die sie schon gekauft hatten. »Normalerweise würde ich darüber lachen«, sagte Katherine, als sie las, daß Fintan geheilt werden könnte, wenn er seine Gedanken darauf lenkte, in gelbem Licht gebadet zu werden, »aber vielleicht sollte man es einmal versuchen.«

Als man ihm vorschlug, er solle sich vorstellen, heilendes, silbriges Licht einzuatmen oder seine Krebszellen einzeln abzuschießen, wie bei den Space Invaders, sagte er nur: »Verpißt euch. Ich bin viel zu krank für diesen Scheiß.«

Aber am sechsten Tag, als nur eine Salzlösung in seine Venen tropfte und er zwar schwach wie ein junges Kätzchen, bis auf die Knochen abgemagert und graugelb im Gesicht war, ging es ihm doch besser als in den Tagen davor. »Tretet näher!« krächzte er und war nur ein müder Abklatsch seines früheren überschwenglichen Ichs. »Also, ihr sagt dauernd, daß ihr alles für mich tun würdet ...«

Tara und Katherine nickten begierig.

»Gut. Versprochen?«

»Versprochen.«

»Hand aufs Herz?«

Sie verdrehten die Augen – natürlich würden sie genau das tun, was er sich wünschte. »Hand aufs Herz.«

»Gut. Fangen wir mit dir an, Tara.«

Sie sah ihn aufmerksam an.

»Du sollst Thomas verlassen.«

Das Lächeln blieb zwar, aber das Licht dahinter erlosch, und ihre Augen nahmen einen verdutzten Ausdruck an. »Wie bitte?« fragte sie. Sie hatte gedacht, er würde sie bitten, ihm einen frischen Schlafanzug zu bringen oder – Gott bewahre – die Unterlagen von verschiedenen Beerdigungsinstituten. Oder ihm zu versprechen, daß sie sich um Sandro kümmern würden, wenn das Schlimmste passierte. Aber das hier?

»Ich will, daß du Thomas verläßt«, sagte er noch einmal.

Tara stieß Katherine in die Rippen. »Und das nächste Mal will er bestimmt, daß ich den Mount Everest besteige«, sagte sie und lachte verunsichert, »und den schiefen Turm von Pisa begradige und –«

»Es ist kein Witz, Tara«, unterbrach er sie. »Ich spaße nicht.«

Seine entschlossene Stimme ließ sie aufhorchen, und sie sah forschend in sein abgemagertes Gesicht. Ihr Herz klopfte heftig, als sie erkannte, daß er es ernst meinte. »Aber warum?« sagte sie.

»Weil ich will, daß du glücklich bist.« Seine Stimme war schwach, aber erstaunlich fest.

»Ich bin doch glücklich.« Die wiederkehrende, unerklärliche Unzufriedenheit, die sie in letzter Zeit mit Thomas verspürt hatte, war wie ausgelöscht. »Ich wäre sehr unglücklich ohne ihn. Stimmt's?« Sie suchte bei Katherine nach Unterstützung.

»Hat keinen Zweck, sie zu fragen«, sagte Fintan mit heiserer Stimme, »sie ist meiner Meinung.«

»Was hat denn meine Beziehung mit Thomas mit dir zu tun?« fragte Tara trotzig.

Fintan atmete schwer, dann wartete er. Er sah zur Decke, als suchte er Inspiration, und sagte dann: »Wenn ich schon sterben muß, will ich wenigstens verhindern, daß du dein Leben vergeudest.«

Tara war schockiert, beschämt – wütend. Wie konnte er es wagen, sich wie Gott aufzuspielen, nur weil er vielleicht sterben mußte?

»Ich weiß, ich bin ein Arsch«, sagte Fintan fröhlich, als hätte er ihre Gedanken gelesen, und machte sie verlegen. »Ich nutze meine Lage schamlos aus. Warum sollte ich nicht versuchen, das Beste daraus zu machen? Sie nutzt mir zu sonst nichts.«

»Es tut mir leid, daß du Thomas nicht magst.«

»Der Grund, warum ich ihn nicht mag, ist der, daß er so gemein zu dir ist.« Fintan sah sie unverwandt an. »Ich bin seit fast zwei Wochen im Krankenhaus, und er hat mich nicht einmal besucht. Und sogar Ravi war hier.«

Tara hatte den Verdacht, daß Ravi aus reiner Neugier gekommen war, so wie Leute mit weit aufgerissenen Augen und verrenkten Hälsen an einer Unfallstelle vorbeifuhren, aber sie sagte: »Dann ist Thomas gemein zu dir, und nicht zu mir. Wenn du ihn wirklich sehen möchtest, dann sorge ich dafür, daß er kommt.«

»Ich möchte ihn überhaupt nicht sehen. Jesus Maria, schon sein Anblick würde mich um Monate zurückwerfen. Was ich sagen will, ist, daß er nicht hinter dir steht.«

»Fintan, ich tue alles für dich, wirklich alles«, sagte sie aufgeregt. »Aber ich werde Thomas nicht verlassen.«

»Du hast es versprochen.« Schmollend schob er die Unterlippe vor.

Dann streckte er die Zunge heraus. »Guck mal! Soll ich dir mal meinen entzündeten Mund zeigen? Sieht grotesk aus.«

»Fintan …«

»Guck dir mal meine Zunge an. Riesige Blasen, nicht? Guck«, befahl er, »du sollst gucken!«

»Riesig«, sagte sie tonlos. »Fintan, bitte besteh nicht darauf, daß ich Thomas verlasse. Er behandelt mich eigentlich nicht richtig schlecht ...«

»Nein!« Fintan wollte sich aufrichten, hatte aber nicht die Kraft. »Katherine und ich wollen nicht mehr hören, daß es das Beste für dich ist, wenn Thomas dich beleidigt, daß es ein Zeichen seiner Zuneigung ist. Und wir wollen auch nicht hören, daß er nichts dafür kann, daß er ein Arschloch ist. Wenn er seine Mutter so behandelt hat, wie er dich behandelt, dann ist es kein Wunder, daß sie abgehauen ist. Du hast gesagt, du tust alles für mich, also tu's.«

»Alles, nur nicht das.«

»Es ist doch so leicht«, sagte er schwach. Seine Heftigkeit war verflogen, und er lag wieder matt in den Kissen. »Erklär's ihr, Katherine. Du brauchst nur deine Sachen in den Käfer zu werfen und wegzufahren.«

In dem Moment stellte Tara sich das wirklich vor und erschrak. Es war, als hätte er sie aufgefordert, von den Klippen zu springen.

Fintan drehte seinen Kopf auf dem Kissen, und ein Büschel Haar löste sich von seiner Kopfhaut. Daß er es nicht zu bemerken schien, machte es noch schlimmer.

»Aber was soll aus mir werden, ohne Thomas?« fragte Tara, und ihr war übel wegen des Haarbüschels. »Ich finde nie wieder einen Mann, und ich kann ohne Mann nicht leben. Nicht, daß ich darauf stolz wäre«, fügte sie noch hinzu.

»Ich muß kotzen«, sagte Fintan dringlich. »Katherine, gib mir die Schüssel.« Er würgte, ohne daß etwas kam, dann ließ er sich schwitzend und erschöpft zurücksinken.

Sie schwiegen. Gerade als Tara und Katherine sich überlegten, wie sie sich verabschieden könnten, sprach Fintan weiter. »Woher weißt du, daß du ohne Mann nicht leben kannst, Tara? Seit wir vor zwölf Jahren nach London gekommen sind, warst du nie länger als eine Woche allein. Kaum ist es mit einem vorbei, fängt es mit dem nächsten an. Probier's doch mal«, drängte er sie schwach, »durchbrich die Angst.«

Wie ein Fisch an der Angelschnur wand sie sich und versuchte zu entkommen. »Nein, Fintan. Ich bin einunddreißig – du kannst einem alten Hund keine neuen Tricks beibringen. Ich habe Torschlußpanik und –«

»Du mit deiner Torschlußpanik.« Fintan lachte bitter. »Wenn einer Torschlußpanik hat, dann ich.«

Tara war sprachlos. Zorn, Schuldgefühle und Angst vermischten sich. Das hier war Erpressung.

»Willst du etwa so wie deine Mutter enden?« fragte Fintan, und Tara zuckte merklich zusammen. »Und dein Leben mit einem unausstehlichen alten Ekel verbringen? Und dich dauernd verrenken, um es ihm recht zu machen, aber ohne Erfolg? Eigentlich bist du jetzt schon so.«

Tara war zornerfüllt. Wenn sie sich über ihren Vater beklagte, dann war das in Ordnung, aber es verletzte sie sehr, wenn ein anderer so über ihre Familie sprach, auch wenn es ein guter Freund wie Fintan war. Außerdem war sie kein bißchen wie ihre Mutter, die zwar ganz lieb war, aber sich eindeutig als Fußabtreter mißbrauchen ließ. Auch wenn Thomas manchmal schwierig war, so war Tara doch nicht der Fußabtreter. Sie war eine moderne, unabhängige Frau, die ihre eigenen Entscheidungen traf und Power hatte. Oder etwa nicht?

»Du darfst mir nichts abschlagen, was ich mir wünsche. Ich habe Krebs.« Dann spielte er seinen letzten Trumpf aus. »Wenn du Thomas nicht verläßt«, sagte er mit einem Zwinkern, »sterbe ich, und das hast du dann davon.«

Tara wollte ihn umbringen. Sie war voller Angst und Trauer. Ihr pochte das Blut in den Ohren, als sie ihn sagen hörte: »Also meinetwegen, ich bin zu einem Kompromiß bereit. Frag Thomas, ob er dich heiratet, und wenn er ja sagt, gebe ich euch meinen Segen. Aber wenn er nein sagt, dann schick ihn in die Wüste. Wie klingt das?«

»Vielleicht«, murmelte Tara und dachte: Auf keinen Fall! Unter gar keinen Umständen. Niemals.

»Gut!« Erschöpft und von Übelkeit geplagt, wie er war, war er dennoch zufrieden. Bis ihm einfiel, daß eine winzig kleine Chance bestand, daß Thomas ja sagen würde. Oh, bitte nicht!

»Jetzt bist du an der Reihe, Katherine«, erklärte Fintan. »Du, mein liebes Fräulein, kommst jetzt mal aus dem Tiefkühlfach.«

Katherine sah ihn mit höflichem Interesse an, als wüßte sie nicht, wovon Fintan sprach.

»Und suchst dir einen Mann«, fügte er hinzu.

Tara war aufgebracht: »Warum kriegt sie die schöne Aufgabe und ich die blöde?«

»Ich glaube nicht, daß Katherine das so sieht.« Katherine zwang sich zu einem Lächeln, das aussah, als sei es auf ihr Gesicht geklebt. »Fällt dir das Muster nicht auf? Mir fällt es schon seit langem auf«, murmelte Fintan. Er hatte die Augen geschlossen, und es klang, als spräche er mit sich selbst. »Einmal im Jahr ungefähr erscheinst du mit einem unglaublich attraktiven Mann am Arm. Ein, zwei Wochen sieht man ihn in deiner Nähe, und dann – zack – ist er weg. Und uns sagst du, daß du nicht drüber sprechen willst. Kannst du nicht einen nehmen, der *relativ* gut aussieht? Warum muß das Scheitern immer gleich mit einprogrammiert sein? Und sag nicht, daß ich nicht weiß, warum das so ist.« Er sprach so leise, daß sie sich beide vorbeugen mußten, um ihn zu hören. »Du bist genau wie deine Mutter. Eine schlechte Erfahrung mit einem Mann, und du kneifst.« Fintan hatte die Augen immer noch geschlossen und wiederholte: »Du kneifst.« Dann öffnete er die Augen und sah Katherine an.

»Ich bin überhaupt nicht wie meine Mutter.« Katherine schluckte.

»Und ob du so bist. Du kneifst, jedesmal wenn ein Mann auftaucht.«

»Bei meiner Mutter ist 'ne Schraube locker.«

»Bei dir wird das nicht anders sein, wenn du so weitermachst.«

»Fintan«, sagte Katherine mit beherrschter Stimme. »Es muß nicht unbedingt jeder einen Partner haben, um glücklich zu sein.«

»Oh, Gott. Gib mir die Kotzschüssel, bitte.«

Obwohl sie sich wünschten, weglaufen zu können, sahen sie noch einmal zu, wie Fintan würgte, ohne sich übergeben zu können. »Wenn es nur rauskommen würde, dann ginge es mir schon besser«, murmelte er, als er den Versuch aufgab.

Katherine und Tara hielten die Blicke gesenkt und wünschten sich, sie könnten in ein anderes Leben entkommen.

»Also, Katherine«, durchbrach Fintan das Schweigen, »ich stimme dir zu, daß manche dazu geschaffen sind, allein zu leben. Aber du gehörst nicht dazu. Tara hat mir erzählt, es gebe da einen Typen in deinem Büro.«

Katherine starrte Tara wütend an und richtete all ihren Zorn, den sie nicht an Fintan auslassen durfte, auf Tara. »Jetzt nicht mehr«, sagte sie mit bitterem Vergnügen.

»Arbeitet er nicht mehr da?«

»Doch, aber er ist nicht mehr an mir interessiert.«

»Warum nicht?«

Katherine antwortete nicht.

»Du mußt es mir sagen«, befahl er. »Ich habe Krebs. Ich sterbe vielleicht!«

Widerwillig erzählte Katherine: »Ich glaube, es hat damit zu tun, daß ich ihn der sexuellen Belästigung beschuldigt habe, als er sich mit mir verabreden wollte.«

»Warum hast du das getan?«

»Ich wollte nicht mit ihm ausgehen.«

»Aber warum nicht? Ist er ein schlechter Mensch?«

»Nein, er ist es so nett, daß man ausrasten könnte.«

»Aha!« Fintan schien ein wenig munterer. »Du wärst also mit ihm ausgegangen, wenn er ein Mistkerl gewesen wäre? Dann hätte er dich nämlich schnell sitzengelassen, und du wärst wieder in Sicherheit gewesen – allein, und mit einer weiteren Bestätigung deiner schlechten Meinung von Männern. Das hast du dir alles gut überlegt, Katherine.«

Sie zuckte die Achseln. Sie haßte die Situation.

»Ist er verheiratet?«

»Soweit ich weiß, nein.«

»Sieht er sehr gut aus?«
»Sehr.«
»So daß es einem den Kopf verdreht? Daß man den Verstand verliert?«
»Nein, einfach sehr gut.«
»Arbeitet er nebenher als Model?«
»Nein.«
»Gut. Er gefällt mir. Magst du ihn?«
Nach einer kleinen Pause nickte Katherine zögernd.
»Wie heißt er?«
»Joe Roth.«
»Deine Aufgabe, Katherine Casey, wenn du sie annimmst – und das solltest du, glaube mir, wenn du Fintan O'Grady lebend wiedersehen willst –, besteht darin, dir diesen Joe Roth zu angeln.«
»Ich glaube, er hat eine andere«, protestierte Katherine.
»Du schreckst doch sonst nicht vor einer Herausforderung zurück!«
Katherine schwieg.
»Versprich mir«, bedrängte Fintan sie mit schwacher Stimme. »Versprich mir, daß du es versuchen wirst.«
»Ich überleg's mir.«
»Ich weiß, daß ihr mich beide haßt«, sagte Fintan und grinste, »aber wenn ihr sehen könntet, was ich sehe, dann wärt ihr genauso angewidert von der Art und Weise, wie ihr euer Leben verschwendet. Ihr richtet euch mit einem erträglichen Maß an Unglücklichsein ein und glaubt, daß es irgendwann in der Zukunft einmal klick machen wird – und dann ist alles vollkommen. Jetzt geht bitte, ich bin ganz erledigt. Und denkt dran: Tara, du fängst am besten gleich an, deine Sachen zu packen, und Katherine, zieh dir am Montag dein bestes Höschen an! Und vor allen Dingen«, fuhr er wie ein Fußballtrainer fort, »fangt endlich mit dem richtigen Leben an, packt das Leben an.«
Die Verabschiedung war etwas kühl. Als sie sein Zimmer verließen, kamen Neville und Geoff herein. »Tut mir leid, Mädels«,

ächzte Fintan, »ich bin zu erledigt, um weiteren Besuch zu empfangen.«

Tara und Katherine sprachen weder im Aufzug noch auf dem Weg über den Hof, und als sie Harry, Didier und Will lärmend zum Eingang marschieren sahen, beladen mit Blumen, Zeitschriften und Bier – Blumen und Zeitschriften für Fintan, das Bier für sie selbst –, winkten sie ihnen nur matt zu.

Als sie in Taras Käfer vom Parkplatz fuhren, kam ihnen ein anderes Auto entgegen. Katherine winkte Javier und Butch zu, die drinnen saßen. »Ob wohl Didier versucht, Butch zu verführen?«

»Keine Ahnung.«

Dann fuhren sie schweigend zwanzig Minuten.

Schließlich fing Tara an zu sprechen. »Ist Fintan nicht zum Schreien?« Sie zwang sich zu einem Lachen. »Total übergeschnappt.«

Katherine stockte der Atem. Hatte sie sich umsonst so aufgeregt? »Meinst du, es war ein Witz?«

Tara warf Katherine einen vielsagenden Blick zu. »Na klar, was denn sonst? Wie könnte man das ernst nehmen? Es ist doch zum Schreien komisch.«

Katherine sah Tara unsicher an. Sie war sich überhaupt nicht sicher, daß Fintan sie zum Narren gehalten hatte. Aber es wäre eine solche Erleichterung, wenn das der Fall wäre ...

»Zum Schreien«, sagte sie. »Er hat den Verstand verloren.«

Sie lachten schallend und waren fast selbst überzeugt.

»Allein der Gedanke ...«

»Als ob ...«

»Er hat sie nicht mehr alle.«

»Fintan und seine Wahnsinnsideen.«

»Und wir sind genauso«, sagte Katherine. »Ich habe ihn ernst genommen.«

»Das habe ich gemerkt«, sagte Tara. »Ich habe es gleich durchschaut.«

Dann schüttelten sie sich wieder vor Lachen, weil Fintan sich so etwas Verrücktes ausgedacht hatte.

43

Lorcan lag mit einem Prachtexemplar von Heroin Chic im Bett: einer blaßblonden dreiundzwanzigjährigen Schauspielerin namens Adrienne, die ihren Beruf zur Zeit nicht ausübte und ihre Magersucht entschieden zu weit getrieben hatte. Sie war eine überzeugte Anhängerin der Lehre, daß der Geist über das Fleisch triumphiere – nur so konnte sie mit dem allgegenwärtigen Hunger zurechtkommen. Und so hatte sie sich auch Lorcan geschnappt. Sie hatte ihn verschiedene Male beim Vorsprechen getroffen, und obwohl sie wußte, daß er eine Freundin hatte, verfolgte sie ihn hartnäckig. Immer wieder visualisierte sie, daß sie mit ihm zusammensein würde – so wie sie visualisierte, daß sie drei volle Mahlzeiten am Tag aß und dazwischen, um elf und vier, Snacks –, und schließlich würde es so eintreffen. Wenn sie ihn nur heftig genug haben wollte, würde er am Ende ihr gehören.

Und es hatte funktioniert! Was sie doch einigermaßen überraschte, denn sie hatte mit der gleichen Methode versucht, eine Rolle zu bekommen, und war immer wieder gescheitert, so daß sie schließlich als Kosmetikerin arbeiten mußte, um überleben zu können.

In postkoitaler Ruhestellung lagen sie zusammen auf Adriennes gebraucht gekauftem Futon, ihre langen Glieder ineinander verschlungen. Beide zusammen hatten nicht eine Pobacke, die den Namen verdient hätte.

Adrienne war von einem Wohlgefühl durchströmt. Da es ihr gelungen war, Lorcan abzuschleppen, konnte sie sich jetzt kaum mehr vorstellen, daß sie je daran gezweifelt hatte. Und sie hatte nicht vor, sich von ihm irgendwas gefallen zu lassen. Der Anfang sollte die Weichen dafür stellen, wie sie weiterzumachen gedachte.

Sie stützte sich auf ihren knochigen Ellbogen, und die abgemagerten Muskeln ihres Oberarms zitterten ein wenig, als sie ihren Kopf, der zu groß für ihren Körper war, in die Hand stützte. »Ich hoffe, das hier ist kein One-Night-Stand«, warnte sie ihn scherzhaft und sah an ihm in seiner berauschenden Nacktheit hinunter.

Lorcan faltete die Hände hinter dem Kopf und zeigte die seidenen Büschel seiner Achselhaare. »Ein One-Night-Stand?« sagte er und klang überrascht. »Soll das ein Witz sein?«

Adrienne sonnte sich in einem Gefühl der Selbstgefälligkeit. Sie war sich ziemlich sicher gewesen, daß sie hier die Sache in der Hand hatte, aber man wußte es nie genau …

»Ich käme nie drauf«, sagte Lorcan, »ich bin entschieden gegen One-Night-Stands.«

Ihr Selbstbewußtsein schwoll an, und gleichzeitig verachtete sie alle Frauen, die sich von Männern wie Dreck behandeln ließen. Das würde ihr nicht passieren. O nein!

»Ich meine«, sagte Lorcan mit einem kalten Lächeln, »eine ganze Nacht? Bist du verrückt? Das ist ja wie verlobt!«

Noch bevor Adrienne ungläubig den Kopf schütteln konnte, sprang Lorcan von ihrem Futon auf.

»Was machst du?« Sie war entsetzt.

»Ich ziehe mich an.«

»Aber warum?« Adrienne richtete sich auf. Sie konnte nicht glauben, daß sie plötzlich eine Niederlage erlitt.

»So kann ich wohl kaum nach Hause gehen«, sagte er und lachte über seinen Witz.

Als er auf dem Boden nach seinen weggeworfenen Unterhosen suchte, sagte Adrienne: »Aber es ist ein Uhr nachts. Du kannst jetzt nicht gehen.«

Sie war zu jung und zu hübsch und hatte noch nicht gelernt, wie man Enttäuschung kaschiert. Hatte nicht genug Übung. Im Lauf der Zeit, mit zunehmender Erfahrung …

»Aber ich muß«, sagte Lorcan und tat unschuldig.

»Warum?«

»Weil«, sagte er heftig, als hätte er noch nie eine so dumme Frage gehört, »weil meine Freundin sich fragen wird, wo ich bin.«

»Aber ihr lebt doch nicht zusammen.«

»Aber ich habe ihr versprochen, noch vorbeizukommen.«

Das Fünkchen Hoffnung, das Adrienne noch hatte, erlosch, als sie sah, wie er sich in aller Eile Jeans und Stiefel anzog, und sie erkennen mußte, daß er sie reingelegt hatte. Etwas in ihr fing an zu weinen. »Du tust mir leid«, sagte sie zu seinem Rücken, als er, schon voll bekleidet, vor dem Spiegel stand.

»Warum?« Er schien ernstlich besorgt. »Wegen meiner Haare?«

Sie machte große Augen und war momentan abgelenkt von ihrer Ansprache darüber, wie unglücklich er sein mußte, wenn er so grausam war.

»Nein«, sagte sie, »nicht wegen deiner Haare. Du tust mir leid, weil du ganz schön Probleme haben mußt, wenn du –« Sie brach ab. Die Neugier hatte sie gepackt. »Was ist denn mit deinen Haaren?«

»Na ja«, sagte Lorcan lachend und schüttelte seine Mähne, »guck doch, wie sie aussehen. Völlig durcheinander.«

Nach den sexuellen Ausschweifungen war seine Haarpracht in der Tat aus der Fasson geraten. Die zwei Löckchen, die ihm von der Stirn abstanden, kamen ihr in ihrem gedemütigten und benommenen Zustand wie zwei Hörner vor. Lorcans Blick fiel auf eine Dose Haarwachs, die auf der Kommode stand. Nicht das, was er normalerweise nehmen würde, und bestimmt kein Markenprodukt – er erinnerte sich vage, daß es in einem Test, den er in *Hairdressing Now*! studiert hatte, schlecht abgeschnitten hatte –, aber dies war ein Notfall. »Wie findest du das Zeug hier?« fragte er und hielt das magentafarbene Töpfchen in die Höhe. »Soweit ich weiß, hält es gut, macht aber die Haare etwas klebrig.«

»Wie kannst du von Haaren sprechen, wenn ich über unsere Beziehung sprechen will?«

Lorcan lachte auf. »Unsere was?«

Sie sagte nichts. Das war ein Fehler gewesen.

»Du wirst nie glücklich sein«, erklärte Adrienne pompös und sagte das, was andere Frauen vor ihr auch schon gesagt hatten.

Lorcan zuckte die Achseln und verrieb einen münzgroßen Klecks Haarwachs in der Handfläche, ganz nach Anweisung.

»Warum tust du mir das an?« fragte sie.

Gute Frage. Liebevoll rieb er das Wachs in sein Haar. *Jetzt ist es gleich besser, meine Hübschen.*

»Sprich mit mir«, schrie sie frustriert. »Was willst du vom Leben? Wonach suchst du? Ich meine, was willst du?«

Lorcan sah sie im Spiegel lang und eindringlich an. »Frieden in der Welt.«

Als Lorcan Adriennes Wohnung verließ, fühlte er sich merkwürdig leer. In den drei Wochen seit dem Butterfiasko hatte er keine Arbeit gehabt. Auch die Gelegenheit, als Zweitbesetzung in der Rolle des Hamlet einzuspringen und ein Feuer auf der Bühne zu entfachen, war ihm verwehrt gewesen. Seine Gebete, daß Frasier Tippett sich das Genick brechen oder Meningitis bekommen würde, waren nicht erhört worden. Was war das für ein Gott? zürnte Lorcan. Was für eine kranke Welt hatte er eingerichtet? Gab es denn keine Gerechtigkeit?

Um sein Selbstbewußtsein aufzumöbeln, hielt er sich immer wieder vor Augen, daß Frauen ihn unwiderstehlich fanden, und spielte seine Macht über sie aus. Doch als er sich von Adriennes Wohnung entfernte, spürte er keinen Triumph. Eher eine milde Form des Widerwillens. Gegen Adrienne? Wen sonst? Aber er merkte, daß seine Verachtung für Adrienne eher etwas mit Amy zu tun hatte.

Lorcan durchforschte seine unbequemen Gefühle, und schließlich hatte er es: Adrienne hätte mehr Respekt gegenüber Amy zeigen sollen. Es war nicht sehr rücksichtsvoll gewesen, als sie ihre Hand auf seinen Oberschenkel gelegt und bedeutungsvoll gesagt hatte: »Ich mache hundert Sit-ups am Tag.«

Genau, fand Lorcan scheinheilig, das war Amy gegenüber nicht fair gewesen.

44

Am Samstag abend wurden Liv und Milo offiziell ein Paar. Sie machten ihre Beziehung bekannt, indem sie sagten, sie wollten zusammen in eine Spätvorstellung gehen, woraufhin Timothy begeistert reagierte. »Klasse! Ins Kino! Wir könnten uns einen Western mit Clint Eastwood ansehen.«

Es folgte ein betretenes Schweigen, dann errötete Liv und murmelte: »Es ist so, daß nur Milo und ich gehen wollen.«

JaneAnn war ganz aus dem Häuschen. »Jeder Topf findet mal einen Deckel«, war ihr Kommentar. »Ich wußte, daß er eines Tages doch noch jemanden finden würde. Milo ist ein guter Mann, aber in Knockavoy gibt es keine, die zu ihm paßt. Es heißt, daß Reisen den Horizont erweitert, nicht wahr? Er hat eine gute Frau verdient. Besonders«, sagte sie und mußte die Tränen zurückhalten, »nach der bösen Enttäuschung mit Eleanor Devine. Ich habe ihn gewarnt. Ich habe gesagt, denen kann man nicht trauen, denen aus Quinard. Ich kenne sie, die ganze Sippe, seit Generationen. Die würden einem sogar eine Kuh stehlen und es den armen Landstreichern anhängen. Aber jeder muß seine Fehler machen.« Ihr Gesicht nahm einen träumerischen Ausdruck an. »Liv wird es in Knockavoy gefallen.«

Tara und Katherine wechselten erstaunte Blicke: JaneAnn hatte schon den ehelichen Bund zwischen den beiden geschlossen.

»Es ist ein besonderes Glück, daß sie eine gute Katholikin ist«, sagte JaneAnn. Liv war allerdings auch Buddhistin, Hindu, Sikh, Jüdin und Atheistin, wenn es ihr genehm war, aber keiner klärte JaneAnn darüber auf.

»Meinen Sie nicht, daß es ihr schwerfallen wird, so weit weg von zu Hause zu sein?« fragte Tara aus einem Pflichtgefühl heraus.

»Aber sie ist auch jetzt so weit von zu Hause weg«, sagte JaneAnn, und die Logik war unbestreitbar.

»Und was ist mit ihrer Arbeit?«

»Milo hat mehr als genug zu tun. Da wird sie nie untätig sein müssen.«

»Vielleicht zieht Milo auch nach London«, sagte Katherine.

JaneAnn brach in helles Gelächter aus. Sie lachte und hörte gar nicht wieder auf. »Sei vernünftig, Kind«, sagte sie und trocknete sich die Tränen. »Sei doch mal vernünftig. Er mit seinem schönen Hof. Nach London ziehen, ich bitte dich!«

»Warum tut er mir das an, o weises Wesen?« fragte Tara Liv. »Oh, du meine schwedische Anna Raeburn, sag mir, warum er mein Leben zerstören will? Er ist angeblich mein Freund.«

Es war Sonntag nachmittag, und Tara, Katherine und Liv waren aus dem Krankenhaus in einen Pub geflohen.

Das Problem war nämlich, daß Fintan auf seinen unorthodoxen Forderungen bestanden hatte. Und um alles noch viel schlimmer zu machen, hatte er Sandro und seiner eigenen Familie davon erzählt.

JaneAnn hatte Tara und Katherine entsetzt angesehen. »Mädchen«, hatte sie gestammelt, »ihr müßt tun, worum er euch bittet! Wie könntet ihr mit reinem Gewissen weiterleben?«

Tara und Katherine sahen sich in der Runde um, suchten einen Verbündeten, aber sie sahen nur Milo, Timothy, Sandro, Liv und natürlich JaneAnn, und alle sahen sie an, als hätten sie zwei Mörderinnen vor sich.

»Fintan ist sich seiner eigenen Sterblichkeit bewußt«, erklärte Liv und zitierte direkt aus *Gut getrauert*, ihrem Buch der Woche. »Weil die Zeit knapp wird, erscheint sie plötzlich sehr kostbar. Nicht nur seine Zeit, sondern die von allen anderen auch.«

Alle drei konnten das einen Moment lang verstehen, aber der verging schnell.

»Nur«, sagte Tara hoffnungsvoll, »daß das so nicht stimmt, denn er stirbt nicht. Er bekommt sehr starke Medikamente, und beim Hodgkin-Syndrom gibt es große Heilungschancen.«

Liv konnte das so nicht stehenlassen. »Die Schwellung an seinem Hals ist nicht zurückgegangen, und die Zwischenuntersuchungen haben bisher keine Reaktion auf die Behandlung gezeigt. Du bist in der Phase des Leugnens, weil du nicht erkennen willst, wie schlimm die Dinge wirklich stehen.«

»In ein, zwei Tagen könnte das alles vorbei sein«, sagte Katherine frohgemut. »Die letzten Tage waren hart für ihn, kein Wunder, daß er ein bißchen komisch im Kopf ist.«

Livs Miene verfinsterte sich. »Er ist überhaupt nicht komisch im Kopf. Ich finde, er hat recht. Du solltest Thomas wirklich verlassen«, sagte sie zu Tara, und Katherine schrie sie an: »Und du – was dir fehlt, dich müßte mal einer ordentlich hernehmen!«

Die anderen Gäste im Pub drehten sich nach ihnen um. Bevor Tara und Katherine aus ihrer Erstarrung erwachten und Liv zurechtstutzen konnten, war die aus dem Pub gestampft.

»Was hat sie nur?« rief Tara aus.

»Woher soll ich das denn wissen?« gab Katherine gereizt zurück.

Sie saßen in grollendem Schweigen. Tara rauchte, und Katherine spielte mit Taras Autoschlüsseln.

»Kannst du damit verdammt noch mal aufhören?« fauchte Tara und schlug Katherines Hand weg. »Du machst mich noch ganz verrückt.«

Katherines Miene versteinerte, aber sie ließ die Schlüssel in Ruhe.

»Wir sollten wieder ins Krankenhaus gehen«, sagte Tara schließlich.

»Jetzt noch nicht.«

»Gut, ich will auch nicht wieder hin. Falls sie alle wieder damit anfangen.«

»Die können mich mal«, schnaubte Katherine.

»Vielleicht solltest du Thomas verlassen, und ich schlafe mit Joe Roth.«

Sie lachten nervös und waren halbwegs wieder versöhnt.

»Oder glaubst du ...« Tara brach ab. Sie mußte die richtigen Worte finden. »Glaubst du, daß Fintan uns darum bittet, weil er verbittert ist? Weil er krank ist und wir nicht? Glaubst du, es könnte eine Art Rache sein? Daß unser Leben auch zerstört werden muß?«

Das ging Katherine zu weit. »Ich glaube, daß es einfach eine verrückte Idee von ihm ist«, erwiderte sie heftig. »Das hier ist alles zuviel für ihn, und er ist ein bißchen übergeschnappt.«

»Das möchte ich hoffen«, sagte Tara drohend, »denn wenn er nicht damit aufhört, komme ich ihn nicht mehr besuchen.«

»Wie kannst du so etwas Schreckliches sagen?« fragte Katherine, die genau den gleichen Gedanken hatte.

»Für dich ist es ja leicht«, verteidigte Tara sich. »Du hast doch eine schöne Aufgabe bekommen. Du sollst mit einem attraktiven Mann schlafen, während ich den Mann, den ich liebe, verlassen soll.«

»Es ist nicht so, wie du denkst«, sagte Katherine gereizt. »Ich bin wie gelähmt, wenn ich nur dran denke.«

»Ja, genau!«

»Es stimmt! Du weißt genau, daß ich es nicht könnte.«

»Was nicht könntest? Einen netten Mann anmachen, der sowieso schon scharf auf dich ist? Aber ich soll aus einer zwei Jahre langen Beziehung aussteigen und mit einunddreißig noch mal von vorn anfangen. Das ist lähmend. Und außerdem, warum willst du dich denn nicht an diesen Joe ranmachen?«

Bevor Katherine sagen konnte, daß sie diese Frage nicht beantworten werde, stieß Tara den Rauch ihrer Zigarette unerwartet heftig aus. Plötzlich wußte sie, was sie zu sagen hatte. »Ich will mal ganz offen sein mit dir, Katherine«, hörte sie sich sagen und sah Katherine mit wildem Blick an. »Ich wollte es eigentlich nicht, aber es muß mal ausgesprochen werden. Fintan hat recht, was dich angeht. Du solltest dich wirklich mehr einlassen, auf das Leben und auch auf einen Mann.« Sie konnte sich nicht mehr bremsen.

All ihre aufgestauten Gefühle brachen aus ihr heraus, als sie aufgewühlt weitersprach. »Wie du lebst, ist doch lächerlich, mit deinen Unterhosen und deiner Beherrschung und deiner sauberen Wohnung und deiner Liebhaberlosigkeit. Fintan ist kein bißchen übergeschnappt, er hat völlig recht, was dich angeht! Er mag dich, und er will, daß du glücklich bist!«

Katherines Gesicht verfinsterte sich zusehends, während Tara immer heftiger und immer lauter wurde. »Das, was damals in Limerick passiert ist, das kannst du doch nicht ewig als Ausrede benutzen, was immer es war, und ich habe keine Ahnung, und dabei bin ich deine beste Freundin.«

Endlich fand Katherine ihre Stimme wieder. »Bei mir liegt er richtig?« empörte sie sich. »Bei mir? Du bist zu blöd! Ich wollte ja nichts sagen, aber jetzt sag ich es trotzdem. Fintan hat nur dein Bestes im Sinn. Und du weißt ganz genau, daß du Thomas verlassen solltest, deswegen bist du so böse auf Fintan –«

»Das ist überhaupt nicht wahr –«

»Und du redest davon, daß mein Leben daneben ist! Was ist mit deinem?« fragte Katherine, und ihr Gesicht war dunkelrot angelaufen. »Du bleibst lieber bei einem, der so furchtbar ist wie Thomas, statt allein zu leben. Das ist so was von erbärmlich. Und guck dich doch mal an, wie fett du geworden bist!«

Tara zuckte zusammen, und innerlich zuckte auch Katherine zusammen, aber dann sprudelte es weiter aus ihr heraus, und sie konnte sich nicht zurückhalten. »Du ißt zuviel, weil er dich unglücklich macht. Und dann hast du die Stirn zu sagen, Fintan will dein Leben zerstören, wenn ein Blinder sehen kann, daß er dir helfen will, weil er dein Freund ist.«

»Wie kann er mein Freund sein?« Die ganze Wut der vergangenen Wochen machte sich Luft. »Wo er mir sagt, ich soll den Mann, den ich liebe, verlassen?«

»Ich kann mir nichts Besseres vorstellen, als Thomas zu verlassen.« Katherine versprühte Gift und Galle. »Ich sage dir, ich würde sogar dafür bezahlen, um den Ausdruck auf seiner Fresse zu sehen, wirklich wahr.«

»Warum bist du so gemein zu ihm?« zischte Tara mit zusammengebissenen Zähnen.

»Hat er immer noch das kleine braune Portemonnaie?« fragte Katherine voller Verachtung.

»Warum sollte er es nicht mehr haben?«

»Das würde mir schon reichen.«

»Ich gehe.« Tara schnappte sich die Autoschlüssel. »Ich laß mich nicht länger beschimpfen und meinen Freund beleidigen.«

»Wie habe ich dich beschimpft?«

»Du hast mich blöd genannt.« Taras Stimme bebte. »Und hast gesagt, ich bin fett.«

»Du hast angefangen«, rief Katherine ihr nach. »Du hast über meine Unterhosen hergezogen!«

Aber Tara war verschwunden, war auf einer Welle des Hasses aus dem Pub herausgetragen worden, während Katherine zitternd am Tisch sitzen blieb. Was war nur los? In dieser schrecklichen Zeit sollten sie zusammenhalten. Warum gingen sie sich gegenseitig an die Kehle? Waren sie nicht immer beste Freundinnen gewesen?

45

Joe Roth dachte, er hätte Halluzinationen. Als er am Donnerstag morgen zur Arbeit kam, hatte Katherine, dieselbe, die ihn der sexuellen Belästigung bezichtigt hatte, ihn angelächelt. Sie hatte *gelächelt. Ihn* angelächelt. Und anscheinend steckte keine Böswilligkeit dahinter. Es diente nicht als Einleitung zu der Mitteilung, daß sie sein Spesenformular verloren habe oder daß sie angewiesen worden sei, seine Abfindung auszurechnen. Nein, sie lächelte, sah ihn aus grauen Augen freundlich an, ließ den Blick einen Bruchteil zu lang auf ihm verweilen und sagte – freundlich! – : »Guten Morgen, Joe.«

Was sollte das bedeuten? Über eine Woche war seit dem Tag vergangen, als sie vor ihm in Tränen ausgebrochen war und gesagt hatte, sie habe schlechte Nachrichten erhalten, aber unmittelbar darauf hatte sie ihr übliches distanziertes, abweisendes Verhalten wieder angenommen. Ihre Freundlichkeit traf ihn völlig unerwartet. Und als sie zu ihrem Schreibtisch ging, bemerkte er, daß an ihrer Kleidung etwas verändert war. Kürzer? Oder enger? Jedenfalls gefiel es ihm. Wenn er es nicht besser wüßte – aber er wußte es besser –, würde er denken, sie flirte mit ihm.

Als Katherine bei ihrem Schreibtisch ankam, zitterte sie. Wenn es jetzt nicht funktionierte? Wenn das einzige, was er an ihr mochte, ihre Unnahbarkeit war? Dann würde sie nur ihre Zeit verschwenden, indem sie freundlich und zugänglich war.

Es ging ihr sehr gegen den Strich, sich so zu verhalten, aber sie hatte keine Wahl. Immer mußte sie alles selbst machen. Sie bebte vor empörter Selbstgerechtigkeit. Man konnte sich auf keinen verlassen! Sie mußte immer die Rechnungen bezahlen, anderen Geld leihen, an die Geburtstage denken, die anderen nach Hause fahren, wenn sie sich die Hucke vollgesoffen hatten. Und jetzt mußte sie Fintans Leben retten. Es hatte gar keinen Zweck, darauf zu warten, daß die verantwortungslose, egoistische, feige Tara Butler auch nur einen Finger krümmen würde, um zu helfen.

Bei dem Gedanken an Tara überkamen Katherine heftige Schuldgefühle: Sie hatte das größte Tabu durchbrochen und Tara gesagt, sie sei fett. Obwohl sie ja nur eine Tatsache ausgesprochen hatte, dachte sie zur eigenen Rechtfertigung. Alles, was sie gesagt hatte, entsprach der Wahrheit. Gott, dachte sie, ich werde noch wie Thomas. *Immer frei von der Leber weg.* Vier Tage waren vergangen, seit Katherine und Tara ihren schrecklichen Streit hatten, und obwohl sich beide mit Liv wieder versöhnt hatten, waren sie miteinander immer noch zerstritten. Den O'Gradys zuliebe sprachen sie mit kühler Höflichkeit miteinander.

Obwohl Katherine wußte, daß es lächerlich war zu behaupten, die Art, wie sie ihr Leben gestaltete, habe auf die Krebserkrankung eines anderen einen Einfluß, war es so wie mit dem Dreck: Wenn man nur genug davon warf, blieb doch etwas hängen. Die Vorstellung, daß die O'Gradys, Sandro und Liv sie argwöhnisch musterten, verfolgte sie. Mit jedem Tag, der verging, wurde sie paranoider. Sie hatte zunächst das Gefühl, daß die Krankenschwestern sie mißbilligend ansahen, dann die anderen Patienten, die Fremden auf der Straße …

Was das Ganze noch verwirrender machte, war ihre übermächtige Liebe für Fintan. Immer wieder mußte sie daran denken, wie er vor der Krankheit war – strotzend vor Energie, kräftig wie ein junges Tier, mit glatter Haut, dichtem Haar und glänzenden Augen. Und jetzt – das eingesunkene Gesicht, die teilnahmslosen Augen, die paar Büschel Haare, die Schwellung am Hals – die Möglichkeit, daß er vielleicht nie wieder gesund würde! Und in diesen Augenblicken des bodenlosen Entsetzens und der unerträglichen Trauer war sie bereit, alles für ihn zu tun. Alles!

Manchmal, aber seltener, konnte sie sich vorstellen, wie es sein würde, nur noch sechs Monate zu leben zu haben, und dann war sie auch aufrichtig der Meinung, daß man aus jedem Tag das meiste machen mußte. Dann wurde sie von einer prickelnden Lebensfreude mitgerissen, und alles schien so wunderbar einfach und freudvoll. Natürlich würde sie sich alle Mühe mit Joe Roth geben!

Doch der Augenblick verging, und dann landete Katherine mit einem dumpfen Aufprall wieder in der Normalität. Und hatte Unmögliches zu bewältigen, was ihr noch fünf Minuten zuvor wie das Leichteste auf der Welt vorgekommen war,

Dann wandelte sich ihre Stimmung wieder, und sie sah Fintans Aufforderung aus einem noch anderen Blickwinkel. Fintan war ihr Freund. Er wollte das Beste für sie, sie würde ihm also vertrauen können, oder?

Oder?

Ein paar Augenblicke konnte sie sich davon überzeugen, dann verpuffte auch dieses Gefühl.

Alle Stimmen in Katherines Kopf wurden lauter und beharrlicher. Alle – manchmal sogar sie selbst – drängten sie in Richtung Joe Roth, und sie wußte, sie würde keine ruhige Minute haben, wenn sie es nicht wenigstens versuchte.

Weil sie von Natur aus zaghaft war, vergingen Tage, in denen sie die Sache hin und her wälzte und ihr ein Versuch völlig absurd, dann regelrecht wünschenswert und wieder komplett hirnrissig erschien, bevor sie eine Entscheidung traf.

Letzten Endes schien es leichter, den Versuch zu wagen, als es sein zu lassen, weil so viele Schuldgefühle, so viel Druck und Angst, so viele Gewissensbisse damit einhergingen. Und es gab noch einen anderen Faktor. Unter all den anderen Gefühlen vergraben lag ein anderes, das sie selbst unter Folter nicht gestanden hätte: Sie wollte Joe Roth. In gewisser Weise, auf beschämende Art, war Fintans Aufforderung eine willkommene Ausrede.

Am Donnerstag morgen kam es ihr vor, als zöge sie in eine Schlacht. Sie nahm allen Mut zusammen und trug einen kurzen schwarzen Lycra-Schlauchrock zur Arbeit. Ihr kam es vor, als wäre sie nackt, und obwohl sie einen Mantel trug, der alles verhüllte, fiel es ihr schwer, die Wohnung zu verlassen. Sie war überzeugt, daß jeder Mann bei Breen Helmsford sie anstarren und sofort erahnen würde, was sie vorhatte.

Natürlich wußte sie, daß ihre Auffassung von eng und kurz eher von klösterlicher Gediegenheit war, verglichen mit den winzigen Drapierungen, mit denen manche Kolleginnen kaum den Po bedeckten, aber alle diese Dinge sind relativ.

Auf dem Weg ins Büro betete sie, daß Joe nicht da sein möge. Irgendwo zu Dreharbeiten oder krank oder tot. Doch als sie zur Tür hereinkam, war er der erste, den sie sah. Er lehnte entspannt in seinem Stuhl – seine Haut, seine Wangenknochen, seine lange, schlaksige Gestalt. Lähmender Schrecken überfiel sie. Wie konnte sie mit ihm flirten? Sie war viel zu scharf auf ihn. Sofort gab sie alle ihre Pläne auf. Sie würde gar nichts machen und sich wie immer verhalten. Ihn einfach übersehen.

Dann dachte sie an Fintan im Krankenhaus und kam sich vor wie John Malkovich in *Gefährliche Liebschaften. Ich habe es nicht unter Kontrolle*, sagte sie sich. *Ich habe es nicht unter Kontrolle.* Sie mußte es tun.

Sie fing damit an, daß sie ihr aufreizendes Röckchen vor allen zeigte. O nein! Einen Moment überlegte sie, ob sie sich im Mantel an die Arbeit setzen sollte, aber widerstrebend mußte sie erkennen, daß das mehr Aufsehen erregen würde. Es kostete sie alle Mühe, den Mantel auszuziehen, erst den einen Ärmel, dann den anderen. Während sie wie wild um sich sah, ob alle Männer sich gegenseitig in die Rippen stießen und dumme Bemerkungen abließen, machte sie sich für den Gang durchs Büro bereit.

Würde bewahren im Angesicht des Feindes, sagte sie sich. Stell dir Padraig Pearse vor dem Erschießungskommando vor, Johanna von Orleans auf dem Scheiterhaufen. Sie warf die Schultern zurück, hob den Kopf, widerstand dem Drang, sich den Rock zurechtzuziehen, und machte sich auf den Weg in seine Richtung.

Stell Blickkontakt her! befahl sie sich im Kommandoton.

Blickkontakt hergestellt.

Lächeln!

Sie lächelte.

Gefühlvoll!

Sie lächelte gefühlvoll.

Nicht aufhören!

Sie lächelte weiter.

Sprich mit ihm! Gib dir Mühe!

Mit einem Gefühl im Mund, als wäre ihre Zunge auf das Zehnfache ihrer normalen Größe geschwollen, sagte sie: »Guten Morgen, Joe.«

Besser ging es nicht? Sehr bedauerlich! Dann mußt du wohl doch noch mit dem Po wackeln.

Sie versuchte einen Hüftschwung, der aber unbeholfen und wenig anmutig ausfiel, als sie sich auf den Weg zu ihrem Schreibtisch machte und endlich mit dem Zirkus aufhören konnte.

Zitternd setzte sie sich auf ihren Stuhl und wartete darauf, die Früchte ihrer Bemühungen ernten zu können. Mit ihrem aufreizenden Verhalten hatte sie ihm eine klare Einladung gegeben. Würde er darauf eingehen und zu ihr kommen, um sich mit ihr zu verabreden? Vielleicht nicht, mußte sie sich eingestehen, wenn ihm bisher nur ihre Unnahbarkeit gefallen hatte.

Und dann war da noch der Angie-Faktor. Katherine hatte immer noch keine festen Beweise, daß Joe und Angie eine Beziehung hatten, aber falls es so war, wäre das schlecht für Katherine. Und für Fintan.

Ihr Vormittag verging voller Unbehagen und besorgter Spekulationen, während sie Joe diskret beobachtete. Sie sah, wie er sich mit seinen langen, feingliedrigen Fingern durch die Haare fuhr, und hätte sie zu gern berührt. Es drängte sie, ihre Arme um seine schlanke Taille zu legen.

Bis zum Mittag war er noch nicht bei ihr gewesen, also rüstete sie sich, lächelte ihn wieder an und sagte: »Schöne Mittagszeit.« Keiner würde sagen könne, Katherine Casey habe ihre Pflicht nicht getan!

Den Nachmittag über wartete sie angespannt darauf, daß er zu ihr herüberkam. Sie beobachtete ihn die ganze Zeit, hatte ein Auge auf seinen Schreibtisch geheftet und sah, wie er sich auf seinem Stuhl zurücklehnte und am Telefon mit dem Gesprächspartner am anderen Ende lachte. Oder wie er mit einem Kollegen sprach und neue Ideen ins Spiel brachte. Oder wie er sich mit dem Kugelschreiber an die Zähne tippte und ganz in sich versunken schien. Es verursachte ein warmes, nervöses, erwartungsvolles Kribbeln in ihrem Bauch.

Aber er war immer noch nicht an ihren Schreibtisch gekommen. Also lächelte sie ihm gegen fünf Uhr wieder zu, als Andeutung, daß sie bereit war, nach der Arbeit mit ihm in den Pub zu gehen. Aber er lächelte nur zurück, vorsichtig, und sagte auch nichts. Katherine fing an, sich zu ärgern, weil sie die ganze Arbeit machen mußte. Er leistete nicht gerade seinen Beitrag, dachte sie eingeschnappt. Oder kam ihr entgegen.

Als der lange, lange Tag endlich zu Ende ging und Katherine ihre Sachen zusammenpackte, versuchte sie mit ihrer entschlossenen Haltung zum Ausdruck zu bringen: *Ich geh jetzt. Wirklich, ich gehe. Die letzte Gelegenheit für alle Joe Roths, sich mit einer Katherine Casey auf einen Drink zu verabreden.* Aber nichts passierte.

Was konnte sie noch tun? fragte sie sich. Sie konnte ja nicht über ihn herfallen. Oder vor ihm eine Brust entblößen.

Also war's das jetzt. Sie war enttäuscht, aber auch erleichtert – und nicht völlig überrascht. Sie hatte schon vorher gemerkt, daß Joe Roth stur und hartnäckig sein konnte. Wenn man ihn einmal ordentlich zurückstieß, versuchte er es nicht ein zweites Mal.

Wenigstens hatte sie sich bemüht. Vielleicht, wenn sie ganz ehrlich mit sich war, hatte sie es halbherzig getan. Und natürlich hatte es nicht den gewünschten Erfolg gehabt. Aber jetzt konnte sie zu Fintan gehen und ihm ehrlich sagen, daß sie es versucht hatte.

Und er würde hoffentlich nicht länger seine Genesung aufschieben, wie ein Klient, der seinem Anwalt das Honorar nicht zahlt, wenn der den Fall verliert. Kein Sieg, kein Honorar. Kein Fick, keine Genesung.

46

Als Katherine ins Krankenhaus kam, hingen ausnahmsweise keine Trauben von Besuchern um Fintans Bett, und Sandro und Fintan hatten die seltene Gelegenheit, ganz intim miteinander zu sprechen. Sie hielten sich bei den Händen, wirkten sehr vertraut und redeten leise miteinander. Sandro sagte etwas, worauf Fintan lächelte. Und als Katherine näher kam, konnte sie ihn hören.

»... Süßwasser-Pool, Masseurin im Haus, preisgekrönter Küchenchef, abendliche Unterhaltung, Tagesausflüge in den Urwald, mit Gelegenheit zum Ausritt auf Elefanten.«

»Hallo«, sagte Katherine ganz leise und zog einen Stuhl heran.

»Thailand«, sagte Fintan tonlos. »Der Orchideenhain in Chiang Mai.«

»Hört sich großartig an.«

»Wir machen eine Rundreise durch Thailand«, erklärte Sandro.

»Nächste Station ist Phuket.«

»Ein Fünf-Sterne-Hotel.«

»Wasserski, unter anderem.«

»Wenn Fintan wieder gesund ist, fahren wir wirklich hin.«

»Nach der Safari in Kenia. Und den zwei Wochen in La Source in Grenada. Zeig Katherine den Prospekt von La Source, Sandro.«

Sandro suchte in dem Stapel von Reiseprospekten den über La Source, und als er ihn fand, äußerte Katherine höflich ihre Begeisterung. Als Sandro hinausging, um etwas zu trinken zu holen, sagte Katherine zu Fintan: »Ich habe gute Neuigkeiten für dich. Ich habe Joe Roth angemacht.«

Vielleicht war »angemacht« nicht ganz das richtige Wort für dreimal lächeln und fünf Worte, aber das brauchte Fintan nicht zu wissen.

»Wunderbar!« Freudig erregt wollte Fintan sich aufsetzen, aber er hatte nicht die Kraft.

»Wie geht es dir?« fragte Katherine besorgt. »Warum bist du so schwach? Du kriegst seit drei Tagen keine Chemotherapie mehr.«

»Mein Immunsystem ist außer Gefecht, die weißen Blutkörperchen sind alle dahingerafft.« Er verdrehte die Augen. »Eine Nebenwirkung. Obwohl inzwischen alles eine Nebenwirkung ist. Wenn ich von der Leiter fallen und mir ein Bein brechen würde, wäre es eine Nebenwirkung.«

»Das hört wohl gar nicht wieder auf.«

»Ach, laß mal.« Er wandte sich angenehmeren Dingen zu. »Erzähl mir von Joe Roth. Seid ihr verabredet? Wann? Was macht ihr?«

»Ehm, wir sind nicht verabredet.« Katherine tat es weh, ihn enttäuschen zu müssen. »Er hat mich nicht gefragt.«

»Aber du hast gesagt, du hättest gute Neuigkeiten für mich.«

»Habe ich doch auch.« Katherine zwang sich zu einem Lächeln. »Ich habe getan, worum du mich gebeten hast. Ich habe mich bemüht, freundlich zu sein und mit ihm zu sprechen. Ich weiß, daß ich kein Ergebnis vorweisen kann, aber das ist wohl kaum meine Schuld.«

Fintan sagte nichts.

»Ich habe getan, worum du mich gebeten hast«, beharrte sie.

»Aber das reicht nicht«, erklärte Fintan ungeduldig. »Das reicht auf keinen Fall.«

Katherine wurde mulmig zumute, und wieder streifte sie der Gedanke, die Freundschaft mit Fintan aufzugeben.

»Hast du dich bei ihm dafür entschuldigt, daß du ihm sexuelle Belästigung vorgeworfen hast?« fragte Fintan.

»Also, nein ...«

»Wie kannst du dann erwarten, daß sich etwas ergibt, wenn das noch zwischen euch steht?« schimpfte Fintan. »Du weichst aus, Katherine Casey!«

»Aber was kann ich denn tun?« fragte sie störrisch. »Gesagt ist gesagt.«

»Entschuldige dich bei ihm!«

»Das kann ich nicht.« Sie sollte demütig und zerknirscht vor ihn treten? Allein bei dem Gedanken überlief sie ein Schauder.

»Du kannst Menschen nicht so behandeln«, sagte Fintan ernst. »Was du getan hast, war falsch.«

»Du warst ja nicht dabei«, erwiderte Katherine unwirsch. »Er war so aufdringlich und wollte mich nicht in Ruhe lassen.«

»War es wirklich eine Belästigung?« fragte Fintan. »Warst du ihm ausgeliefert? Mußtest du ihm zu Willen sein, um deine Stelle nicht zu gefährden?«

»Nein, aber ...«

»Hat er dich berührt? Oder anzüglich gesprochen?«

»Ja!« sagte Katherine mit Überzeugung. Er hatte schließlich gesagt, wie sehr ihm ihr Akzent gefalle und daß sie wunderbar sei.

»Komplimente fallen nicht darunter.« Manchmal war Fintan sehr klarsichtig. »Und er hat dich in Ruhe gelassen, nachdem du es gesagt hast, oder?«

»Ja, aber bis dahin war er sehr aufdringlich«, insistierte Katherine. »Er hat, er hat – immer mit mir gesprochen.«

»Wenn du dich mal hören könntest – du bist verrückt.«

»Und er hat mich mindestens viermal gefragt, ob ich mit ihm zum Mittagessen gehe.«

»Du machst es nur noch schlimmer für dich. Nicht mehr lange, und du bist so verschroben wie deine Mutter. Alles ist ganz einfach – du entschuldigst dich bei ihm, dann fragst du ihn, ob er mit dir in den Pub kommt. Und wenn er nein sagt? Ein Nein hat noch keinen umgebracht. Nun mach schon! Du weißt, daß du es selbst willst.« Seine Augen blitzten vielsagend.

»Das stimmt überhaupt nicht.«

»Und ob. Ich kenne dich, du bist sehr störrisch. Du hättest ihm auch nicht zugelächelt, wenn du es nicht wirklich gewollt hättest. Ich bin nur der Auslöser. Obwohl du dich pausenlos über mich beschwerst, erweise ich dir einen großen Dienst mit meiner Krankheit, Katherine Casey.«

Katherine fühlte sich sehr unbehaglich und fragte sich, ob er das ernst meinte.

»Ist es nicht ein Segen für dich und dein Liebesleben?« Fintan lachte.

»Wie kannst du so etwas sagen?« wehrte sich Katherine. »Du liegst völlig falsch. Ich habe gelächelt, damit du mir nicht mehr im Nacken sitzt.«

»Meinetwegen«, sagte Fintan fröhlich. »Wenn du es so sehen willst, dann sage ich dir jetzt, daß ich dir immer noch im Nacken sitze.«

Gab es denn keinen Ausweg? Katherine wollte sich herauswinden.

»Bitte, Katherine«, bedrängte Fintan sie, »du bist meine einzige Hoffnung. Die Chance, daß die weichherzige, duldsame Tara Butler diesen Ekeltypen Thomas verläßt, ist ja gleich null. Wenn man sich auf jemanden verlassen möchte, muß man Katherine Casey fragen, die enttäuscht einen nicht.«

Katherine richtete sich vor Stolz auf – bis ihr bewußt wurde, daß er sie nur tiefer in die Falle gelockt hatte. »Du hast dich verändert«, seufzte sie. »Du bist sehr manipulativ geworden.«

»Aber du versuchst es?«

Was konnte sie darauf sagen? »Ja, meinetwegen.«

»Jetzt sieh mich mal genau an, Katherine«, sagte Fintan. »Du siehst vor dir einen Mann der Muße!«

Bei dem Wort »Muße« hatte man eher ein Bild von lässigem Genuß vor Augen: David-Niven-Schnurrbärte, Zigarettenspitzen, Martinigläser, Motorboote, Cabrios. Sie betrachtete Fintans ausgemergeltes Gesicht, seine geröteten Augen, sein spärliches Haar, das stündlich lichter wurde. Himmel! »Wie meinst du das?«

»Sie haben mich rausgesetzt!«

»Wer hat dich rausgesetzt?«

»Meine Chefin – was dachtest du denn? Dr. Singh? Dale Winton? Richard und Judy? Rikki Lake? Meine Güte«, sagte er plötzlich erstaunt, »meine Welt ist ganz schön geschrumpft.«

»Aber ich meine …«

»Es war Carmella. Höchstpersönlich. In scharfem Aufzug, kokainbenebelt.«

»Du meinst, sie ist extra ins Krankenhaus gekommen und hat dir, während du hier im Bett liegst, gekündigt? Warum? Kann einem gekündigt werden, weil man krank ist?«

»Sie war besorgt – hör dir das an –, daß ich ein falsches Bild von der Firma vermittle.«

Plötzlich dämmerte es Katherine. »Sie glaubt, du hast Aids.«

Fintan nickte.

»Aber das ist doch so was von ungerecht«, protestierte Katherine. »Ich dachte, die Modebranche hätte eine offene Einstellung gegenüber Menschen mit Aids.«

»Vielleicht hat sie mir auch gekündigt, weil ich kein Aids habe«, sagte Fintan pikiert. »Ich weiß es nicht.« Sein Mund war eine schmale Linie. Dann brach die Starre in seinem Gesicht, seine Unterlippe fing an zu zittern, und seine rot geränderten Augen füllten sich mit Tränen. »Was wird denn aus mir?« schluchzte er. »Wie geht es weiter? Ich meine nicht nur das Geld.« Katherine war hilflos, sie wußte nicht, was sie sagen sollte. »Ich arbeite seit acht Jahren für sie«, sagte Fintan erregt. »Ich dachte, wir seien Freunde. Sie hat immer gesagt, sie baue auf mich, und jetzt wirft sie mich einfach weg – nicht mehr zu gebrauchen. Ich habe mir diese schreckliche Krankheit nie gewünscht, und ich liebe meine Arbeit. Ich bin so allein. Wenn ich Aids hätte, dann wären andere mit mir in der gleichen Situation, und wir könnten uns über T-Helfer-Zellen unterhalten und Händchen halten und uns in den Arm nehmen und … und … eine Patchworkdecke machen!«

»Es gibt auch Gruppen für Menschen mit Hodgkin-Syndrom«, warf Katherine ein. Seit Fintans Diagnose bekannt war, hatte Liv vorgeschlagen, er solle sich anderen mit der gleichen

Krankheit anschließen. Sie hatte auch hinzugefügt, daß sie alle in eine entsprechende Gruppe gehen sollten – für Mütter von Krebskranken, Partner von Krebskranken, Geschwister von Krebskranken, Freunde von Krebskranken.

»Katherine, ich weiß, daß ich angeblich stark bin, und keiner mag es, wenn jemand in Selbstmitleid zerfließt, aber ich muß dir etwas gestehen«, sagte Fintan.

»Was denn?«

»Ich habe Angst vor den Schmerzen. Ich habe furchtbare Angst, daß ich unter qualvollen Schmerzen sterben muß und daß sie mir nicht genug Morphium geben.«

»Dazu wird es nicht kommen«, sagte Katherine ohne rechte Überzeugung. »Ah, da ist Sandro.«

Sandro warf einen Blick auf Fintan, stellte die Getränke hin, nahm einen Reiseprospekt und fing an zu lesen: »Sans Souci Lido, Jamaika. Luxushotel, alles inklusive, Privatstrand, Wassersportmöglichkeiten, Reflexzonenbehandlung, Aromatherapie, Restaurants mit karibischer und europäischer Cuisine ...«

47

»Thomas, willst du mich heiraten?«

Thomas sah Tara mit glänzenden Augen an. »Tara«, sagte er mit gefühlvoller Stimme, »ich weiß gar nicht, was ich sagen soll.«

»Sag einfach ja«, erwiderte sie.

»Dann sage ich – ja! Ich wäre hoch erfreut. Geehrt.«

Ein Gefühl der Erleichterung durchströmte Tara. Beryl kam und gratulierte ihr mit einem breiten Lächeln, und Tara stellte ihren Futternapf in die Geschirrspülmaschine. Aber Moment mal – sie hatten gar keine Geschirrspülmaschine. Und Beryl lächelte sie nie an, Beryl haßte sie. Da rief Thomas: »Wie bitte? Ich soll dich heiraten? Ich dachte, du hättest mich gefragt, ob ich dein ganzes Geld haben will. So ein Fehler kann jedem mal passieren.« Und im nächsten Moment wachte Tara mit klopfendem Herzen auf.

Tara hatte in letzter Zeit häufiger Alpträume gehabt, oft dann, wenn sie noch wach war. Und immer handelten sie davon, daß sie Thomas einen Heiratsantrag machte.

Sie gab Fintan die Schuld. Und Katherine Casey, die einen Felsklumpen da hatte, wo bei anderen das Herz saß. Aber am meisten machte sie ihre Kollegen verantwortlich. In erster Linie Ravi. Mittwoch mittag hatte er in dem nahezu leeren Büro zu ihr rübergerufen: »Guck nicht so traurig! Möchtest du den Deckel von meiner Mousse au chocolat ablecken?«

»Danke.« Zögernd nahm Tara den runden Aluminiumdeckel entgegen und leckte ihn halbherzig ab, während Ravi den Kopf zurücklegte und den Inhalt des Bechers in seinen Mund kippte, wobei er manchmal mit dem Finger nachhelfen mußte.

Dann riß er die Verpackung von einem Schinkensandwich auf. »Möchtest du an dem Papier riechen?« bot er ihr freundlich an.

Schweigend nahm sie das Angebot an.

Nachdem er das Sandwich mit wenigen Bissen vertilgt hatte, zog er ein Crunchie aus der Tasche und rief: »Crunchies! Gesund und voller Nährstoffe.«

Neidisch sah Tara zu, wie er es im Nu verschlungen hatte.

»Wie geht's Fintan?« fragte er, den Mund voll mit Honigmasse und Milchschokolade.

Tara dachte nach. Gute Frage. Wie ging es Fintan denn? Die Schwellung an seinem Hals war nicht im geringsten zurückgegangen. Auch nicht die Knoten auf seiner Bauchspeicheldrüse, die jeder fühlen konnte – nicht, daß man es unbedingt wollte –, indem man auf die linke Seite drückte. Sollte sie erwähnen, wie unglücklich er war, als er herausfand, daß die Chemotherapie ihn unfruchtbar machen würde? Und daß der Onkologe gemeint hatte, es sei ja nicht so schlimm, weil Fintan schwul war?

»Er kommt am Samstag raus«, sagte Tara. Das klang wenigstens positiv.

»Es geht ihm also besser. Zum Glück!«

»Es geht ihm nicht besser!« widersprach Vinnie und sah mit strengem Blick von seiner Arbeit auf. »Es ist nicht so, als hätte er sich den Arm gebrochen oder den Fuß verstaucht. Der Mann hat Krebs, das ist man nicht nach ein paar Wochen im Krankenhaus los. Das dauert Monate!« Er rieb sich nervös die kahler werdende Kopfhaut und wandte sich wieder seinem Bildschirm zu.

Tara und Ravi steckten die Köpfe enger zusammen und setzten die Unterhaltung leiser fort.

»Der Druck auf Vinnie steigt«, sagte Ravi. »Sein Schwanz liegt endgültig auf dem Schafott, und er ist in Panik.«

»Mach dir nichts draus«, sagte Tara leise. »Und es besteht immerhin eine Chance, daß es Besserung für Fintan gibt. Wir wissen es einfach noch nicht. Manchmal muß man sich der Behandlung neun Monate unterziehen, bevor man weiß, ob sie angeschlagen hat.«

»Warum lassen sie ihn dann aus dem Krankenhaus?«

»Weil er nicht unbedingt da sein muß. Danach kriegt er die Chemotherapie zweimal im Monat ambulant.«

»Zweimal im Monat?« sagte Ravi skeptisch. »Das ist doch nicht genug. Die sollen die Dosis erhöhen. Verdoppeln. Damit es wirkt.«

Tara hatte einen riesigen Knoten im Magen. Wenn es doch so einfach wäre! Man konnte die Dosis nicht endlos erhöhen, wenn man den Patienten nicht damit umbringen wollte.

»Bleiben seine Mutter und seine Brüder die ganzen neun Monate da?«

»Nein, sie fliegen am Sonntag zurück. Beziehungsweise Jane-Ann und Timothy fliegen.«

Ravi packte Tara vor Aufregung bei den Schultern. »Heißt das ...? Heißt das, Milo bleibt hier?«

»Nicht nur bleibt er hier«, sagte Tara bedeutungsvoll, »sondern er bleibt auch – bei wem wohl?«

Ravi verschlug es fast die Sprache. »Bei Liv?« quiekte er. »Das ist ja scharf.«

»Nur für ein paar Wochen«, schränkte Tara ein.

»Und was ist mit Lars? Hat sie es ihm gesteckt?«

»Hat sie. Gestern abend.«

»Oh. Das hätte ich gern gehört.«

»Das wäre gegangen. Sie hat das Telefon auf Lautsprecher gestellt, als sie mit ihm redete.«

Ravi war fast sprachlos vor Enttäuschung. »Warum hast du mir das nicht gesagt? Ich wäre zu gern dabeigewesen.«

»Tut mir leid, tut mir wirklich leid. Aber in letzter Zeit war alles etwas viel. Ist dir vielleicht schon aufgefallen. Außerdem war es längst nicht so lustig, wie man denken könnte. Sie haben nämlich beide schwedisch gesprochen.«

»Mist.«

»Tut mir leid, Ravi, wirklich.«

»Hat er geweint?«

Tara zögerte einen Moment, nickte aber dann.

»Ach, Mist. Hat er gesagt, er würde seine Frau verlassen, und hat sie darauf gesagt, es sei zu spät?«

Taras Blick wich Ravis anklagenden Augen aus. »Ich kann kein Schwedisch, aber ich glaube schon«, meinte sie.

»Hat er gesagt, er würde alles tun, und hat sie darauf geantwortet, es gebe nichts mehr, was er tun könnte?«

Tara ließ beschämt den Kopf hängen.

»Und ich kann mir nicht einmal die Zusammenfassung am Sonntag im Fernsehen ansehen«, beklagte Ravi sich.

Sie saßen schweigend da.

»Hast du dich mit Katherine zerstritten?« fragte Ravi plötzlich.

»Wie kommst du darauf?«

»Weil die durchschnittliche Anzahl deiner Telefonate pro Tag seit letztem Freitag um siebzehn Komma vier Prozent zurückgegangen sind. Teddy hat das mit einem Spezialprogramm ausgerechnet. Was ist passiert?«

»Nichts.«

»Komm, erzähl es mir! Ich verstehe es sowieso nicht.«

Die Erleichterung, jemanden zu haben, der so unkompliziert war wie Ravi! Plötzlich war ihr Bedürfnis, jemandem das Herz auszuschütten, überwältigend. Tara machte den Mund auf, und alles strömte hervor, wie Wasser bei einem geborstenen Damm. Mit unterdrückter Stimme, aber in einem Ton, der sagen wollte: Und du glaubst nicht, was dann passiert ist! erzählte sie Ravi von Fintans unglaublicher Drohung, daß er sterben würde, nur um sie zu demütigen, wenn sie Thomas nicht verließe oder ihn bitten würde, sie zu heiraten. Sie erzählte von dem schrecklichen Streit mit Katherine – erwähnte aber nicht, daß Katherine sie fett genannt hatte. Sie berichtete von den O'Gradys, die sie ansahen, als hätte sie Fintan mit einem Schlachtermesser angegriffen, und von ihrem eigenen nicht kleinzukriegenden Aberglauben. »Ich glaube ihm, wenn er sagt, er wird sterben und mich verfolgen, wenn ich nicht das tue, was er verlangt«, gestand sie. Zum Abschluß sagte sie fröhlich: »Fintan ist total übergeschnappt, findest du nicht?«

Ravi sagte gar nichts. Ein Gedanke nach dem anderen huschte über sein Gesicht, so wie ziehende Wolken eine Landschaft abwechselnd in Licht und Schatten tauchen.

»Du brauchst nur zu nicken, Ravi«, sagte Tara ängstlich.

Ravis glattes, jungenhaftes Gesicht drückte Verunsicherung aus. »Aber Fintan ist dein bester Freund«, fing er schließlich an. »Er würde dir doch keinen Kummer machen wollen. Du kennst ihn doch, seit du vierzehn bist, stimmt's?«

Tara nickte zögernd.

»Und jetzt bist du – was? – achtundzwanzig?«

»Einunddreißig, du Riesentrottel.«

»Wirklich? So alt?«

»Ja, so alt.«

»Na gut. Und wenn man jemanden so lange kennt, ist er nicht gegen einen«, sagte Ravi mit einem gewinnenden Lächeln. Das schien ihm sehr einleuchtend. Warum sah sie also immer noch so bekümmert aus?

»Ravi, ich glaube, du hast nicht richtig zugehört«, sagte sie. »Er will, daß ich Thomas verlasse. Er ist krank, er weiß nicht, was er sagt.«

»Ich bin mir da nicht so sicher«, meinte Ravi nachdenklich. »Ich hab da mal einen Dokumentarfilm gesehen über einen Mann, der mit seinem Schiff in einen Sturm gerät. Wochenlang treibt er auf dem Schiff umher, kriegt Frostbeulen an den Ohren, muß das Holz von seinem Schiff essen, wäre fast draufgegangen. Dann wird er von einem Fischerboot gerettet und krempelt danach sein Leben um. Er ist zu allen freundlich, verkauft sein Geschäft und lebt sein Leben in vollen Zügen. Und sagt, das solle jeder tun. Bei Fintan klingt das so ähnlich. Ein anderer, in einem Flugzeug, das gekidnappt wurde –«

»Nein, Ravi, bitte!« Tara war zutiefst enttäuscht. »Ich habe immer darauf vertraut, daß du wie ein Kind bist. Emotional unterentwickelt. Ich will nicht, daß du plötzlich Erkenntnisse hast. Du warst mein einziger dunkler Fleck in einer entsetzlich hellen und furchterregenden Welt.«

»Tut mir leid!«

»Du solltest mir sagen, daß Fintan übergeschnappt ist und ich ihn gar nicht beachten soll.«

»Wie du willst. Tara – Fintan ist übergeschnappt. Am besten, du beachtest ihn gar nicht.«

»Zu spät.«

»Ich weiß«, sagte Ravi. Er hatte eine Eingebung. »Du kannst Fintan belügen. Sag ihm, du hast Thomas verlassen, obwohl es nicht stimmt.«

»Daran habe ich schon gedacht. Aber er auch. Er hat gesagt, er wüßte, wenn ich lüge. Und er würde bei Thomas anrufen, wie die Fernsehgebührenleute. Er würde mich sogar überwachen lassen.«

»So ein Mist.« Ravi saugte geräuschvoll die Luft ein. »Ich hab's! Du könntest Thomas verlassen und das Fintan erzählen, dann wartest du, bis Fintan wieder gesund ist, und gehst zu Thomas zurück.«

»Und wenn Thomas nicht auf mich warten würde?«

»Dann war es nicht die große Liebe«, sagte Ravi fröhlich. Das war doch sonnenklar. Sogar er konnte das sehen!

Tara hatte ein dumpfes, ahnungsvolles Gefühl in der Magengrube. Ravi sagte nicht das, was sie sich von ihm erhoffte. Gab es denn niemanden, der ihr zustimmte?

»Wenn das hier ein Film wäre«, sagte sie, »würde ich Thomas sofort verlassen. Es läge auf der Hand. Aber so einfach ist das nicht. Fintan ist mein bester Freund, ich will unbedingt, daß es ihm wieder bessergeht, und wenn nicht ... Aber ich liebe Thomas eben auch.«

»Vielleicht brauchst du ihn ja nicht zu verlassen.« Ravi versuchte es mit einem neuen Vorschlag.

»Du hast recht«, sagte Tara aggressiv. »Ich brauche das nicht zu tun.«

»Ich meine, es gibt noch eine andere Lösung. Warum fragst du ihn nicht, ob er dich heiraten würde, so wie Fintan gesagt hat? Wenn Thomas ja sagt, bist du aus dem Schneider.«

Tara zuckte die Schultern.

»Frag doch Thomas einfach, was seine Absichten sind.«

Genau das wollte sie nicht tun. Sie hatte den Verdacht, daß sie wußte, was seine Absichten waren. Sie hatte das Gefühl, daß er keinerlei Absichten hatte. Seit dem Abend nach ihrem Geburtstag zweifelte sie kaum noch daran. Doch solange sie es nicht genau wußte, konnte sie die Augen davor verschließen.

Dennoch sagte ihr Gefühl ihr, daß die Krise unaufhaltsam nahte und daß sie an der Beziehung festhielt wie jemand, der sich mit den Fingerspitzen an eine Felswand klammerte. Es wäre so leicht, loszulassen, zu fallen. Vor Verzweiflung legte sie die Hände vors Gesicht. »Ich kann ihn nicht verlassen, Ravi«, flüsterte sie. »Die Beziehung muß halten.«

»Warum denn?« Ravi geriet in Panik. Frauen weinen zu sehen, machte ihn hilflos. Sie bemühte sich, die Tränen zu trocknen. »Vielleicht ist es nicht so schlimm, wenn sie nicht hält?« versuchte er sie zu trösten. »Er macht dich doch dauernd unglücklich, Tara.«

Als Tara die Hände von ihrem vor Entsetzen erstarrten Gesicht nahm, wußte Ravi plötzlich, was er sagen mußte. »Denk doch mal daran, wie glücklich du mit Alasdair warst.«

Alasdair! *Alasdair.* Ravi war stolz auf sich und seine rettende Idee, und Taras Erinnerungen an vergangene Zeiten wurden wach. Sie und Alasdair. Herr im Himmel!

»Alasdair war ein richtig netter Bursche«, sagte Ravi.

»Und dann hat er mich sitzengelassen und diese Schnepfe geheiratet.« Tara hatte die Zähne fest zusammengebissen.

»Er hat dir immer gesagt, wie toll er dich findet. Er hat mir gesagt, daß er dich toll findet. Ich mußte ihn meiden, wenn er zu unseren Büropartys kam, weil er immer von dir sprach.«

»Und dann hat er mich sitzengelassen und diese Schnepfe geheiratet«, wiederholte Tara tonlos.

»Wenigstens ist er zu unseren Büropartys gekommen. Im Gegensatz zu anderen.«

»Und dann hat er mich sitzengelassen und diese Schnepfe geheiratet.«

»Als du mit Alasdair zusammen warst, hast du nie Diät gehalten und so etwas.«

»Doch, habe ich wohl.«

»Nein, das hast du nicht. Du hast immer gegessen. Weißt du das nicht mehr? Jeden Montag morgen hast du versucht, mich unglücklich zu machen, und mir erzählt, in welchem schicken Restaurant ihr am Sonntag zum Lunch wart.«

»Und dann hat er mich sitzengelassen und diese Schnepfe geheiratet.« Tara ließ nicht locker.

Aber sie war in Gedanken wieder in der Vergangenheit. In einer glänzenden, goldenen Vergangenheit. Ihre Zeit mit Alasdair schien ihr wie eine Wiese in weiter Ferne, die in Sonnenlicht gebadet dalag, während jetzt eine bleierne Wolke über ihr lag. Es stimmte, er hatte sie sitzengelassen und eine Schnepfe geheiratet, aber hatten sie nicht eine wunderbare Zeit zusammen gehabt? Verglichen mit dem Minenfeld, das das Zusammenleben mit Thomas war. Alasdair hätte ihr alles gegeben, was sie wollte, alles. Bevor er sie sitzengelassen und eine Schnepfe geheiratet hatte. Aber das war damals, und jetzt war sie hier. Ein Spatz in der Hand ist besser als zwei, die einen sitzenlassen und eine Schnepfe heiraten. Alasdair war längst in der Versenkung verschwunden, aber Thomas gab es noch.

»Ravi, wenn es deine Absicht war, mir zu helfen, so muß ich dir leider sagen, daß sie fehlgeschlagen ist.«

»Ich bin nur ein Kind«, sagte er zerknirscht. »Es konnte ja nicht funktionieren.«

»Es liegt doch auf der Hand, was du tun solltest«, war plötzlich eine erregte Stimme zu hören.

Tara und Ravi sahen überrascht auf. Vinnie war aufgesprungen, hatte die Ärmel seines ungebügelten Jacketts hochgeschoben und ging auf und ab. »Ich sehe das so«, sagte Vinnie und ließ einen Kugelschreiber auf der Handfläche hüpfen, wie bei einem Brainstorming. »Als erstes mußt du Thomas fragen, ob er dich heiraten will.«

»Ist denn nichts heilig? Wir haben ein Privatgespräch geführt.«

»Die von MenChel bezahlen hundert Pfund die Stunde für mein Expertenwissen«, erwiderte Vinnie, »du kannst froh sein, daß du es umsonst kriegst. Wo waren wir stehengeblieben? Laß uns logisch vorgehen.«

Eilenden Schrittes ging er zu der Bürotafel und fing an, mit quietschenden Markern ein Diagramm aufzumalen. »Das ist der Ausgangspunkt.« Er zeigte auf ein wacklig gemaltes rotes Oval und malte einen Pfeil, der aus ihm herauskam. »Solange Thomas dich nicht abgewiesen hat – und vielleicht tut er es auch nicht –, gibt es kein Problem. Also mußt du ihm einen Antrag machen.«

»Warum? Werde ich entlassen, wenn ich es nicht tue?«

Vinnie sah sie verdutzt an.

»Na ja«, sagte Tara. »Mein Freund hat mir mit Sterben gedroht, wenn ich es nicht tue. Es würde mich also nicht überraschen, wenn du mir mit Entlassung drohst.«

»Es tut mir leid.« Plötzlich merkte Vinnie, daß sein Verhalten nicht richtig war. »Ich habe mich hinreißen lassen. Ich hätte euer Gespräch nicht belauschen dürfen. Aber es ist so interessant ... eine richtige Herausforderung ... Ihr müßt verstehen, ich habe in letzter Zeit nicht viel schlafen können – mein kleiner Sohn bekommt gerade Zähne ...«

»Er hat recht«, murmelte Ravi, als Vinnie, sich heftig am Kopf kratzend, wieder zu seinem Schreibtisch gegangen war. »Ich sage es nicht gern, aber er hat einfach recht. Frag Thomas, ob er dich heiratet. Du weißt genau, daß es der richtige Weg ist!«

»Aber ...« Wie konnte sie erklären, daß sie schreckliche Angst davor hatte, daß das ganze Kartenhaus in sich zusammenbrechen würde, wenn sie daran rührte.

»Zeit, wieder an die Arbeit zu gehen«, sagte Ravi mit einem Blick auf die Uhr. »Aber erst muß ich mir die Hände waschen.«

Als Ravi aus dem Raum war, nahm Tara den Hörer auf und wählte eine Nummer. »Hallo«, sagte sie, »ich habe eine Bitte. Meine Brieftasche mit meiner Visa Card ist mir gestohlen worden. Könnten Sie mir bitte eine neue ausstellen?«

48

In dem Wirrwarr der Gefühle, die in Katherine tobten, gab es eins, das ihr sagte, sie habe nichts mehr zu verlieren. Die schrecklichen Ereignisse der vergangenen Wochen hatten sie aus der Bahn geworfen, und die Orientierungspunkte in ihrem Leben waren verschwunden.

Liv, Sandro und die O'Gradys waren sauer auf sie, Tara sprach nicht mehr mit ihr. Sie sprach nicht mit Tara. Und irgendwie hatte sie Fintan schon Lebwohl gesagt. Jetzt hatte sie keinen mehr. Was könnte es jetzt noch schaden, wenn sie sich bei Joe Roth entschuldigte? Selbst wenn er ein Scheusal war, so war einer mehr oder weniger auch schon egal.

Ein seltsamer Wagemut überkam sie. Die Abenteuerlust, die sie immer geleugnet und unterdrückt hatte. Letzten Endes war sie doch die Tochter ihrer Mutter, und das würde sich eines Tages zeigen.

Das hinderte sie aber nicht daran, ein schrecklich flaues Gefühl im Magen zu haben, als sie am Freitag morgen zur Arbeit ging. Und sie dachte, am Vortag sei sie nervös gewesen! Mit ihrem nicht gerade überschwenglichen Lächeln und einer Handvoll Wörter war das kaum mehr als eine wenig überzeugende Generalprobe gewesen. Jetzt ging es ums Ganze. Heute würde scharf geschossen. Es könnte Verletzte geben.

Vor Angst wurde ihr schwindelig.

Joe trug einen gutsitzenden Anzug von der Farbe dunkler Auberginen und ein blendendweißes Hemd. Er sah umwerfend aus.

Katherine war sehr aufgeregt, aber sie wollte die Sache möglichst schnell hinter sich bringen. Warten war noch schlimmer als Handeln. Von dem Moment an, als sie – endlich – ihren Mantel ausgezogen hatte, versuchte sie, mit Joe allein zu reden, damit nicht die halbe Belegschaft mithören würde, was sie zu sagen hatte. Das erwies sich jedoch als unmöglich. Joe war ein beschäftigter und beliebter Mann, der viele Besprechungen hatte, dauernd telefonierte und mit vielen Kollegen plauderte, die an seinem Schreibtisch haltmachten. Jedesmal, wenn er frei zu sein schien, hievte Katherine sich mit großer Anstrengung von ihrem Stuhl – da klingelte schon wieder sein Telefon, oder ein anderer Kollege trat an seinen Schreibtisch, und alle ihre Bemühungen waren umsonst gewesen. Sie arbeitete den ganzen Morgen nicht, ihre Frustration erreichte ein Stadium, wo sie am liebsten geschrien hätte, und ihre Adrenalinproduktion war außer Rand und Band.

Mittags verließ er das Büro für ein Treffen mit Kunden, so daß sie zwei nervenraubende Stunden damit zubrachte, ihre Entschlossenheit nicht zu verlieren. Und als er um drei wieder zurückkam, wurde er den Nachmittag über ebenfalls von Anrufern und Kollegen in Beschlag genommen.

Sie fühlte sich den Tränen nah. Sie war drauf und dran, den Versuch, Fintans Forderung zu erfüllen, fallenzulassen. Das ganze freigesetzte Adrenalin arbeitete gegen sie und machte sie mutlos und niedergeschlagen.

Aber als sie um zwanzig vor vier von der Damentoilette kam, stand er in dem kleinen Glaskabuff, wo die Bindemaschine stand, und er war allein! Jetzt war der Zeitpunkt. Jetzt! Atemlos eilte sie den Korridor entlang, der ihr so lang wie die Serengeti breit schien, und hoffte, daß sie niemandem begegnete. All ihre Energie setzte sie dafür ein, daß keiner sich ihm näherte. Noch ging alles glatt. Er war allein. Oh, nein! Hinter sich hörte sie jemanden. Eine Frau, den Schuhen nach zu urteilen. Auch mit eiligen Schritten. Als Katherine das Glaskabuff erreichte, sah sie sich um. Es war Angie, natürlich, mit einem Stapel Papier im Arm.

Joe sah Katherine unbeteiligt an. »Bin gerade fertig.« Er zeigte auf die Maschine. »Sie können dran.«

Erschreckt stellte Katherine fest, daß sie keine Papiere in der Hand hielt, die sie hätte binden können. Und in dem Glaskabuff konne man nichts tun außer binden.

Die beiden sahen auf ihre leeren Händen. Ihre Augen schienen sich daran festzusaugen, und Katherine hatte das Gefühl, daß ihre Hände immer größer wurden, so groß wie Teller.

»Oh, jetzt habe ich ...«, sagte Katherine kleinlaut, »... ich habe meinen Bericht vergessen.«

Angie nickte und sah Katherine argwöhnisch an. »Klar.«

»Mach du nur deins«, sagte Katherine zu Angie und ging zur Tür.

»Ist in Ordnung«, sagte Angie. »Joe, kannst du mir zeigen, wie dieses Ding funktioniert?«

Als Joe wieder an seinen Schreibtisch kam, war er überraschenderweise ganz ungestört. Aber Katherine nahm die Gelegenheit nicht wahr. Wozu? fragte sie sich. Wenn ich erst all meinen Mut zusammengenommen habe, kommt doch wieder jemand vorbei, und es war umsonst.

Aber als sie ein paar Minuten später wieder zu ihm rüberblickte, war er immer noch allein und beschäftigte sich mit einigen Papieren.

Und bevor sie sich aufhalten konnte, war sie aufgestanden und eilte – es kam ihr vor wie ein Alptraum – in ihrem winzigen Röckchen durch das Büro. Schon stand sie vor seinem Schreibtisch. Zitternd und zagend sah sie ihn an und hörte sich sagen: »Kann ich einen Moment mit Ihnen sprechen?«

Mit einer anmutigen Handbewegung deutete Joe auf einen Stuhl. Sein Gesicht drückte Neugier aus. Fast schon Mißtrauen. Sie setzte sich benommen und stützte die Ellbogen auf den Tisch. Dann wurde ihr klar, daß der Augenblick gekommen war. Oh, Jesus, Maria!

»Vielleicht erinnern Sie sich«, fing sie stockend an, »vor einiger Zeit, ehm ...«

Er sah unfreundlich aus. Kein hilfreiches Lächeln oder ermunterndes Nicken, keine Wärme in seinen Augen.

Sie fing noch einmal von vorn an. »Vor ein paar Wochen«, sagte sie, »kamen Sie an meinen Schreibtisch und sagten etwas. Und vielleicht haben Sie gedacht, daß ich Sie –« Sie brach ab. Sie fing an, sich über sich selbst zu ärgern. »Ich habe Sie der sexuellen Belästigung bezichtigt«, erklärte sie ohne weitere Umschweife.

»Weniger eine Bezichtigung als eine Andeutung.« Joe senkte den Blick. »Aber ich erinnere mich, ja.«

Er lachte nicht, machte keinen Witz, und ihr wurde klar, daß sie darauf gehofft hatte. Seine Miene war finster und ernst, und plötzlich sah sie das Ganze aus seiner Sicht. Es hätte ihn seinen Job kosten können.

»Ich möchte mich entschuldigen«, sagte sie und war zum ersten Mal wirklich beschämt über ihr Verhalten. »Es tut mir leid. Es stimmte nicht, und ich hätte das nicht sagen dürfen.«

Sein Gesicht war ausdruckslos. »Ich akzeptiere Ihre Entschuldigung. Und«, fügte er hinzu, die braunen Augen kühl auf sie gerichtet, »ich muß mich bei Ihnen entschuldigen. Ich hätte Sie nicht bedrängen sollen.«

Das war keinesfalls, was sie hören wollte! »Nein, nein!« rief sie. Als sie seine fragende Miene sah, hätte sie beinahe die Nerven verloren. Ihre Stimme war nur ein Piepsen, als sie sagte: »Wenn das Angebot auf einen Drink noch steht, dann würde ich es gerne annehmen!«

Sie wand sich vor Unbehagen. *Ich hasse dich, Fintan O'Grady.*

Joe sah sie an und musterte ihr rot angelaufenes Gesicht. Sie erwiderte den Blick und versuchte zu erraten, was in ihm vorging. Sie verabscheute ihre Verletzbarkeit. Sie konnte es nicht ertragen, jemandem ausgeliefert zu sein. Schon gar nicht einem Mann. Und dann noch einem Mann, auf den sie scharf war.

Endlich brach er das Schweigen und sagte: »Ich überlege es mir.«

Sie dachte, sie müßte jemanden umbringen. Sie nickte, hochrot im Gesicht zwang sie sich zu einem Lächeln und stand mit zitternden Knien auf. Blind vor Zorn und Angst stolperte sie zu ihrem Platz zurück.

Sie mußte raus. Sie ging eine Runde um den Hanover Square und dann die Oxford Street entlang. Und immer wieder sagte sie zu sich mit affektierter Stimme: »Ich überlege es mir. Ich überlege es mir.«

Ihr Zorn breitete sich aus wie ein Virus, und sie schwor sich, daß Fintan O'Grady dafür büßen würde.

Sie ging ins Büro zurück, nahm ihre Steptanzsachen, die sie seit dem Ausbruch von Fintans Krankheit nicht gebraucht hatte, und machte sich auf den Weg ins Fitneß-Studio. Normalerweise ging sie nicht in den Fitneßraum, aber sie hatte das Gefühl, einen Sandsack durchprügeln zu müssen, da es gesetzlich nicht gestattet war, Joe Roth zu verprügeln. Oder Fintan O'Grady.

Der Trainer versuchte ihr zu erklären, daß sie nicht die richtigen Schuhe trug, aber irgendwie setzte ihre Wut sich durch. Und als sie anfing, auf den Sandsack einzuschlagen, vollführten ihre Arme einen einzigen Trommelwirbel. Das Gesicht knallrot vor Wut, in knappen Shorts und lackledernen Tanzschuhen mit einer Schleife auf dem Rist, reagierte sie ihren Zorn ab: auf Joe und Fintan und Tara und weiß der Himmel, wen noch alles.

Andere Besucher, hauptsächlich Männer, blieben stehen. So eine zierliche Frau und so viel Kraft! »Sie könnte für England antreten«, sagte ein riesiger, muskelbepackter Kerl bewundernd. Katherine hielt einen Moment inne. Normalerweise würde ein Blick der Stufe drei (Verachtung vermischt mit Feindseligkeit) oder Stufe vier (größere Verachtung mit heftigerer Feindseligkeit gepaart, dazu ein Zähnefletschen) genügen. Aber das war beileibe kein normaler Tag. Also bedachte sie ihn mit einem Blick der Stufe fünf (einem gewaltdrohenden Blick, der das Blut in den Adern gefrieren ließ) und gestattete sich ein verächtliches Lächeln, als er benommen zurücktaumelte. Dann fing sie aufs neue an und schlug wieder zu, um ihre Verletzbarkeit zu überwinden, das schreckliche Gefühl, ohne Schutz zu sein. Sie trommelte und trommelte und hoffte, so wieder zu sich zu kommen.

Mit einem Mal hörte sie auf. Die kleine Ansammlung, die sich um sie herum gebildet hatte, war enttäuscht. Ihr war plötzlich klargeworden, was sie zu tun hatte. Sie mußte zu jemandem gehen, der ihr helfen konnte. Der die Dinge wieder ins Lot bringen konnte. Der die Dinge *immer* ins Lot bringen konnte, so oder so. Zu Tara.

49

Als Tara die Tür öffnete, wäre Katherine bei dem Geruch, der ihr entgegenschlug, beinahe umgesunken, aber sie konnte sich von dem eigentlichen Zweck ihres Besuches nicht ablenken lassen.

»Es tut mir leid«, sagte Katherine schnell, bevor Tara ihr die Tür vor der Nase zuschlagen konnte. »Es tut mir wirklich sehr leid, wirklich.« Sie schluckte den dicken Kloß in ihrem Hals herunter. »Hier, die sind für dich!« Sie streckte Tara einen Blumenstrauß aus einem Vierundzwanzig-Stunden-Blumenladen entgegen. Tara kamen die Tränen. »Entschuldige, daß sie so ordinär sind und ganz zerrupft«, sagte Katherine mit unsicherer Stimme, »aber die anderen Blumenläden waren schon geschlossen.«

»Die sind doch schön.« Tara wischte sich verstohlen eine Träne weg. »Mir tut es auch leid, daß ich das alles gesagt habe, Katherine, ich hatte kein Recht dazu.«

»Und ob du ein Recht dazu hattest«, rief Katherine.

Von Gefühlen übermannt sanken sie sich in die Arme und ließen ihren Tränen freien Lauf. »Es tut mir leid, es tut mir so leid.«

»Oh, Tara, bitte sei lieb zu mir!« sagte Katherine an Taras Hals.

»Aber natürlich. Was ist denn?«

»Joe Roth war schrecklich. Ich fühle mich so gedemütigt. Wie kann ich je wieder ins Büro gehen?«

»Oh, mein Gott, heißt das, du hast es getan … Oh, arme Katherine.«

Tara drückte sie an sich und wiegte sie in ihren Armen, bis Katherine es nicht mehr aushalten konnte.

»Tara?« fragte sie verlegen. »Was ist das für ein schrecklicher Gestank?«

Tara seufzte schwer und blickte in die Ferne. »Komm rein, und ich erzähl es dir.«

Katherine folgte ihr in die braune Höhle.

»Ich habe etwas gemacht, was ich besser hätte lassen sollen, aber ich konnte nicht mehr an mich halten«, erklärte Tara.

»Du hast aber ...?« Katherine hatte Angst. »Oder hast du ...?«

»Was habe ich?«

»Hast du Thomas umgebracht?«

Tara lachte. »Noch nicht. Nein, es ist mein altes Problem, mein immerwährender Kampf mit meinem Leibesumfang.«

Katherine wurde rot vor Scham. »Es tut mir leid, daß ich gesagt habe, daß du ... ehm ... nicht dünn bist.«

»Aber es ist die Wahrheit«, sagte Tara mit Bedauern.

In den drei Wochen, seit Fintan krank war, hatte sie derart viel zugenommen, daß sie am Freitag morgen, als sie in den Spiegel blickte, von Panik ergriffen wurde. Es mußte etwas geschehen. Sie fühlte sich schwerfällig, nichts paßte mehr, die Blusen spannten, die Jacken saßen so stramm, daß sie die Arme nicht heben konnte, Rockbunde schnitten ihr ins Fleisch, die engen Sachen trieben ihr den Schweiß aus den Poren. Kleider waren ihre erklärten Feinde.

Es gab viele Leute, die das Gewicht gleich tonnenweise verloren. Wie zum Beispiel Oprah Winfrey. Es war also möglich, aber bei ihr mußte es schnell gehen. Nach der Katastrophe mit den Toning-Tables war sie vor Scharlatanen erst einmal gewarnt. Aber einschneidende Maßnahmen waren erforderlich. Und zwar dringend. »Wenn es so was wie Hinterhof-Liposuction gäbe, würde ich sofort hingehen«, gestand sie.

Dann erinnerte sie sich an einen Kosmetiksalon in ihrer Nähe, der ein Schild vor der Tür stehen hatte mit der Aufschrift: »Schlammpackungen – schwitzen Sie die überflüssigen Pfunde weg.« Beinahe hätte sie vor Erleichterung geweint. Was sie über

Schlammpackungen gehört hatte, gefiel ihr. Die Vorstellung, von oben bis unten in eine warme, geschmeidige, schokoladenartige Substanz eingepackt zu sein und zu einer Art menschlichem Bounty zu werden, während das überflüssige Fett in Form von Schweiß von ihrem Körper in den weichen, warmen Schlamm troff, klang himmlisch in ihren Ohren. Abnehmen und Verwöhnen in einem. Was könnte schöner sein!

Sie rief bei dem Kosmetiksalon an und erfuhr, daß bei der Methode ein Mindestverlust von zwanzig Zentimetern garantiert wurde. Zwanzig Zentimeter! Sie war begeistert von der Vorstellung, zehn Zentimeter von ihrem Bauchumfang und jeweils fünf an den Oberschenkeln zu verlieren, und machte einen Termin für die Mittagspause. Wenn es klappte, konnte sie am Montag wieder hingehen und noch einmal zwanzig Zentimeter abnehmen, und dann wieder am Tag darauf. Und sie würde das so lange machen, bis sie so dünn war wie ihre neue Freundin Amy.

»Da fällt mir doch das alte chinesische Sprichwort ein«, bemerkte Ravi mit ernster Miene, als sie den Hörer auflegte, »ohne Fleiß kein Preis. Ich wollte dich an meinem Schokoladenpapier riechen lassen, aber das lasse ich jetzt besser. Hast du vor Thomas schon deinen Kniefall gemacht und ihm die Ehe angetragen?«

»Ich dachte, wenn ich mich erst mal entfette, würde er *mir* vielleicht einen Antrag machen.« Dann lachte sie, damit Ravi nicht denken sollte, sie sei zu jämmerlich.

Um halb eins machte Tara sich beschwingten Schrittes auf den Weg zu dem Salon. Dort begrüßte sie eine Kosmetikerin im weißen Kittel, die dünn wie ein Rennpferd war und soviel Make-up trug, daß es wie eine Maske von ihr abgefallen wäre, wenn jemand ihr einen Schlag auf den Hinterkopf gegeben hätte. Sie hieß Adrienne.

»Was sind Sie von Beruf?« fragte Adrienne, als sie Tara in den kahlen, kühlen Raum geführt hatte.

»Computer-Analystin«, sagte Tara.

»Ich bin keine Kosmetikerin, müssen Sie wissen«, sagte Adrienne indigniert. »Eigentlich bin ich Schauspielerin. Wenn es Gerechtigkeit in der Welt gäbe – aber glauben Sie mir, es gibt sie nicht –, müßte ich dies hier nicht machen.« Adriennes Bitterkeit versetzte Tara in trübere Stimmung. Und als Adrienne Tara aufforderte, sich bis auf BH und Unterhose auszuziehen, sank die Stimmung noch einmal. Welche Schande. »Als würde man durchsucht«, sagte Tara nervös und versuchte, von den Speckrollen auf ihrem Bauch abzulenken. Adrienne beachtete sie gar nicht und nahm das Metermaß zur Hand, wobei sie ihre Bitterkeit kaum im Zaum halten konnte. Drei Jahre Schauspielausbildung, und jetzt das hier!

Dann fing sie an, Maß zu nehmen.

»Ist das wirklich nötig?« fragte Tara betroffen. Welche Schande, daß jemand ihre Maße kennen würde.

»Wie sollen wir sonst wissen, wieviel Sie verloren haben?« fragte Adrienne. Wie konnte man nur so dumm sein!

»Meinetwegen, aber sagen Sie mir nicht, was mein Po-Umfang ist oder mein Bauch«, sagte Tara in Panik. »Auch nicht meine Oberschenkel. Oder meine Oberarme. Oder –«

»Ich sage Ihnen gar nichts«, erwiderte Adrienne und war gespannt, ob das Metermaß um Taras Hüften herumreichen würde. Was war nur los mit diesen dicken Frauen? Sie brauchten nur ein bißchen Willensstärke. Eine Woche Hungerkur hatte noch keine umgebracht.

In unbehaglichem Schweigen wurde Tara an mindestens vierzig verschiedenen Stellen gemessen, und ihr wurde schleichend bewußt, daß die versprochenen zwanzig Zentimeter schnell zusammen wären, wenn sie nur einen halben Zentimeter an jeder gemessenen Stelle dünner wurde, aber der Unterschied im Gesamtbild wäre unerheblich. Oh, nein.

Als alle Maße verzeichnet waren – was einige Zeit dauerte –, brachte Adrienne eine Wasserflasche von der Art zum Vorschein, mit der Leute wie Katherine ihre Pflanzen besprühten, und sprühte sie von oben bis unten mit Wasser ein. Tara sprang in die

Höhe und schrie auf. Ihre Massen vibrierten noch lange, auch als sie schon längst wieder stand.

»Das warme Wasser funktioniert nicht«, sagte Adrienne knapp, als sie Tara zittern sah.

»Jetzt der Schlamm.«

Tara hatte sich immer vorgestellt, daß sie in eine weiche, geschmeidige, cremeartige Masse eingewickelt und darin verweilen würde wie ein glückliches Nilpferd. Aber während sie vor Kälte bibberte, kam Adrienne mit einer Schüssel und einem Holzspatel.

»Wollen Sie einen Kuchen backen?« fragte Tara scherzhaft.

Adrienne sah sie mit verächtlichem Mitleid an, nahm einen Spatel voll mit warmem, übelriechendem Matsch, klatschte ihn auf Taras Oberschenkel und strich ihn glatt. Ohne Plan verstrich sie ein bißchen Matsch hier, ein bißchen Matsch da, bis die Schüssel leer war.

Tara betrachtete die braunen Streifen auf ihrem weißen Körper.

»Jetzt die Wickel«, sagte Adrienne.

»Aber es ist nicht überall Schlamm«, protestierte Tara.

»Das macht nichts.«

Die »Wickel«, so stellte sich heraus, waren sechs zerschlissene, hautfarbene Bandagen, wie man sie bei Erste-Hilfe-Kursen benutzte, die um Taras Mitte, ihre Oberschenkel und Oberarme gewickelt und mit großen Sicherheitsnadeln befestigt wurden. Tara wollte sich nicht vorstellen, welches Bild sie abgab.

»Und jetzt«, erklärte Adrienne, »kommen Sie in einen speziellen Gummianzug, in dem sich der Schlamm aufheizt, wodurch sich der Toxinverlust erhöht.« Tara schöpfte Hoffnung: Das klang wissenschaftlich. Wissenschaftlicher als das Besprühen mit Wasser und das Einwickeln in alte Bandagen. Aber der Gummianzug war überhaupt kein Gummianzug, sondern ein billiger Kunststoff-Trainingsanzug, den ein zehnjähriges Mädchen tragen würde, wenn es auf eine Ladendiebstahltour geht. Tara hätte weinen mögen.

Adrienne behauptete, der Entfettungsprozeß brauche ungefähr eine Stunde, um in Gang zu kommen. Sie ließ Tara auf dem Tisch in dem kahlen, kleinen Raum liegen. Durch die dünnen Trennwände hörte Tara das rhythmische Ratschen der Wachsstreifen, mit denen anderen Kundinnen die Beine enthaart wurden, und hatte nicht einmal eine Zeitschrift, um sich von ihrem unwürdigen Zustand abzulenken. Irgendwann döste sie ein – und wachte plötzlich von ihrem eigenen Gestank wieder auf.

Es wurde noch schlimmer. Nach einer Weile kühlten die Bandagen ab und fühlten sich in dem kalten Trainingsanzug feucht an. Das Gefühl von nasser, klammer Unterwäsche erinnerte sie an ihre erste Vorschulzeit, wo sie als Vierjährige manchmal in die Hose gemacht hatte, aber sich nichts anmerken lassen wollte.

Nach einer Stunde kam Adrienne zurück, nahm den Trainingsanzug wieder an sich, wickelte die Bandagen ab und maß Tara erneut. Diesmal zog sie das Maßband fest, als wollte sie die Gefäße abbinden. »Oh, ja«, sagte sie immer wieder und quetschte Tara die Blutzufuhr ab. »Viel weniger.« Nachdem sie alles zusammengezählt hatte, sagte sie: »Zweiundzwanzig Zentimeter. Es sind zweiundzwanzig Zentimeter weniger.«

»Na klar«, flüsterte Tara. Sie war vielleicht fett, aber sie war nicht dumm. »Wo sind die Duschen?«

»Es gibt keine«, antwortete Adrienne.

»Aber ich bin eingesaut!« Die Schlammpackung war auf ihrer Haut getrocknet und platzte bei jeder Bewegung in kleinen Bröckchen ab.

»Ehm ... der Schlamm hat noch vierundzwanzig Stunden lang entgiftende Wirkung«, erklärte Adrienne.

Ach ja? drückte Taras Miene aus. *Und das hat nicht zufällig damit zu tun, daß das warme Wasser nicht funktioniert?*

Nachdem sie für die Erfahrung vierzig Pfund hingeblättert hatte, wollte sie den größtmöglichen Nutzen daraus ziehen. Also ließ sie den Schlamm soweit wie möglich dran, als sie sich anzog. Natürlich gab sie Adrienne ein üppiges Trinkgeld, weil sie sich aufgrund ihres Übergewichts Adrienne gegenüber unterlegen fühlte. Dann ging sie, ihre Moral und ihre Hoffnungen am Boden zerstört.

Als sie wieder ins Büro kam, fingen die anderen mit gerümpften Nasen an zu schnüffeln.

»Was ist das für ein widerlicher Gestank?« fragte Ravi.

Tara saß ganz still, weil bei jeder Bewegung trockener Schlamm abbröckelte.

»Jemand muß Hundedreck am Schuh haben«, meinte Vinnie. »Können alle mal unter ihren Schuhen nachsehen?«

Ein großes Stühlerücken hob an, als die ganze Belegschaft sich hochstemmte und unter ihren Sohlen nachsah.

»Du auch, Tara«, sagte Ravi mit gerunzelter Stirn.

Ganz langsam und vorsichtig stand Tara auf, aber es war nicht langsam und vorsichtig genug, denn sie wirbelte eine Staubwolke hoch, in der sie plötzlich vor den Blicken der anderen verschwand.

»Was ist denn das?« fragte Ravi. »Bist du gerade exhumiert worden?« Er trat näher. »Oh, nein«, rief er theatralisch aus und hielt sich die Nase zu. »Ihr könnt die Suche einstellen«, verkündete er. »Es ist Tara mit ihrer komischen Liposuction.«.

»Es war keine Liposuction«, sagte Tara verärgert und richtete sich auf, worauf eine neue Staubwolke hochstob. »Es war eine Schlammpackung. Für meine Haut!«

Auf keinen Fall sollten die anderen erfahren, was sie alles anstellte, um dünner zu werden.

Mit großem Getöse schob Ravi seinen Schreibtisch von ihrem weg. »Es muß sein. Bei dem Gestank kann ich mich nicht konzentrieren«, behauptete er.

Schließlich wurde übereinstimmend beschlossen, Tara frühzeitig nach Hause zu schicken, und als sie ging, hinterließ sie eine Spur braunen Pulvers, als würde sie zu Staub zerfallen. »Komm erst wieder, wenn du dich gründlich abgeschrubbt hast«, befahl Vinnie ihr. Eigentlich reichten ihm seine vier Kinder daheim.

Tara ging nach Hause. Sie hätte zu Katherines Wohnung fahren sollen, um die O'Gradys abzuholen und ins Krankenhaus zu bringen, aber sie war zu deprimiert – von dem Gestank ganz abgesehen. Allein in ihrer Geruchswolke saß sie in Thomas' düsterer Wohnung und versuchte, *Gesundheit für Körper und Seele* von Louise L. Hay zu lesen, eins der vielen Bücher über alternative Heilmethoden, die sie gekauft hatte. Aber sie konnte sich nicht darauf konzentrieren. Statt sich Mühe zu geben, Fintans Krebszellen und deren Verschwinden zu visualisieren, visualisierte sie ihr Verschwinden aus Thomas' Leben. Zu viele Menschen hatten zu viel darüber gesagt, als daß sie einfach weiterhin den Kopf in den Sand stecken konnte.

Fintan war ihr bester Freund. Daran bestand kein Zweifel. Jetzt war er krank, und wahrscheinlich mußte er sterben, und er wollte, daß sie sich von Thomas trennte.

Widerwillig mußte Tara zugeben, daß sie ihre Beziehung aus seiner Sicht sehen konnte. Im Vergleich zu der mit Alasdair konnte ihr Leben mit Thomas als ein emotionaler Gewaltmarsch erscheinen. Für Außenstehende jedenfalls.

Sie ließ ihren Blick durch das Zimmer schweifen und stellte sich vor, daß sie ihre Bilder und Bücher und alle vier CDs zusammenpacken würde, die Tür zum letzten Mal hinter sich zuziehen und sich in die große, weite Welt hinauswagen würde. Die Vorstellung jagte ihr Angst ein. Sie konnte es einfach nicht tun. Sie klammerte sich an den Strohhalm, daß Thomas sie vielleicht heiraten würde. Sie müßte ihn nur fragen. Aber jetzt noch nicht ...

Sie sehnte sich nach Katherine. Sie vermißte sie, und der Zorn, den sie nach dem Streit verpürt hatte, war verraucht. In dem Moment klingelte es an der Tür, und davor – als könnte sie Gedanken lesen – stand Katherine, in der Hand einen zerrupften Strauß Blumen, und sah so niedergeschlagen aus wie schon lange nicht mehr.

50

Am Samstag nachmittag brachten Tara und Sandro Fintan nach Hause. Er war fast drei Wochen im Krankenhaus gewesen.

Er sah schrecklich aus und war so schwach, daß er auf dem Weg zum Auto von einem Krankenpfleger und Sandro gestützt werden mußte. Genaugenommen war Sandro mit seinen eins sechzig eher eine Behinderung als eine Hilfe, aber er ließ sich nicht davon abhalten zu helfen. Und die Anspannung war zu groß, als daß man ihm den Wunsch abschlagen wollte.

Fintan in der normalen Welt zu sehen, warf Tara fast um. Im Krankenhaus mochte es angehen, wenn jemand so aussah, als würde er jeden Moment sterben, dachte Tara. Das war dort nichts Ungewöhnliches. Aber draußen, wo die meisten Menschen gesund sind, war das etwas ganz anderes.

Eine positive Sache fiel Tara auf: Fintan trug den pistaziengrünen Schaffellmantel, den er sich aus dem Lagerraum seines Ateliers geborgt hatte. »Ich nehme an, der geht nicht zurück«, sagte Tara mit einem Zwinkern.

»Meine Abfindung«, erwiderte er grimmig.

Tara und Sandro sahen sich an und verdrehten die Augen.

Als sie in der leeren Wohnung in Notting Hill ankamen, stellten sie fest, daß JaneAnn zur Feier von Fintans Entlassung eine Putzorgie veranstaltet hatte. Die nächsten Mahlzeiten konnten sie von dem Boden in der Küche essen. Sie hatte die teuren Teppiche beinahe fadenscheinig gesaugt und das Laminat von dem Estrich nahezu abgeschrubbt. Die Spiegel in den Alabasterrahmen waren trotz ihres heftigen Polierens zum Glück nicht gesprungen.

Ein großes, rosafarbenes Schild mit der Aufschrift »Willkommen zu Hause« hing über der Wohnzimmertür aus rostfreiem Stahl. Ballons und Girlanden waren mit Tesafilm an den echten Bildern, den japanischen Lampions und der Herrenkommode festgeklebt. Grußkarten waren auf den Philippe-Starck-Borden aufgereiht. In allen Zimmern standen frische Blumen.

Ganz benommen setzte sich Fintan auf das Ledersofa, eine Sonderanfertigung, die sie speziell aus New York hatten kommen lassen, während Sandro sich wie eine alte Frau zu schaffen machte, die Blumen richtete, die Lederkissen aufschüttelte, den resopalbeschichteten Couchtisch aus den siebziger Jahren geradeückte. Dann brachte er eine Wolldecke im Schottenmuster und wollte sie Fintan über die Knie legen. »Ich habe sie für dich gekauft. Deine Mutter hat gesagt, daß diese Decken gut für Kranke sind.«

»Ich will das nicht.« Unmutig riß er die Decke weg und warf sie von sich.

»Oh, aber JaneAnn hat gesagt, daß du das gut finden würdest.«

»Ich bin zweiunddreißig, nicht zweiundachtzig. Wahrscheinlich werde ich auch nie so alt«, sagte er erbittert.

»Ehm, ich höre mal den Anrufbeantworter ab.« Sandro ging aus dem Zimmer.

»Bist du nicht froh, daß du zu Hause bist?« fragte Tara nervös.

»Wieso? Was ist denn dadurch anders? Und kann mal einer was mit den Blumen machen? Ich komme mir ja vor wie im Krankenhaus.«

»Ehm, Katherine hat ausgezeichnete Neuigkeiten für dich.« Eigentlich müßte Katherine selbst die Geschichte mit Joe Roth erzählen, aber Tara wollte unbedingt die Stimmung etwas aufheitern. »Sie hat sich gestern bei diesem Joe Roth entschuldigt.«

Ein desinteressiertes Schmollen war die Reaktion.

Sandro kam zurück und zählte stolz auf: »Es haben für dich angerufen Ethan, Frederick, Claude, Didier, Neville, Julia und Stephanie. Alle wollen dich besuchen, aber ich sage nein, sie müssen warten. Fintan ruft an, wenn er bereit ist und sich gut fühlt.«

»Und kein Anruf von Carmella Garcia mit einem Angebot, daß ich weitermachen kann?«

Sandro sah ihn erschrocken an.

»Das ist der einzige Anruf, der mich interessiert. Weißt du, was ich will?«

»Nein, was?« Sandro stand schon in den Startblöcken.

»Ich will mich vollaufen lassen.«

»Das darfst du nicht!« Tara war entsetzt. »Du bist krank. Du mußt erst wieder zu Kräften kommen.«

»Ich werde nie mehr zu Kräften kommen.«

»Aber natürlich! Du mußt positiv denken«, beharrte Tara. Das hatten die Krankenschwestern immer wieder hervorgehoben. Menschen mit einer positiven Einstellung hatten größere Chancen, gesund zu werden.

»Positiv denken?« Fintans Lachen klang freudlos. »Dazu habe ich nicht die Kraft.«

»Ich habe dir zu essen eingekauft«, sagte Sandro. »Deine Lieblingssachen. Erdbeeren? Schweinepastete? Petit Filous? Honig-Smacks? Toffee-Pops?«

»Ich will nichts essen.«

»Aber, bambino, du mußt etwas essen.«

»Aber ich will nicht«, brüllte Fintan plötzlich. »Ich habe es dir tausendmal gesagt – alles schmeckt scheußlich. Und du weißt genau, daß ich nur Rohkost essen soll!«

Sandro schluchzte auf und rannte in die Küche. Tara folgte ihm. Er stand neben einer blaßgrünen (nie benutzten) Alessi-Saftpresse über die Arbeitsfläche aus isländischem Lavagestein gebeugt und weinte sich die Augen aus.

»Alles, was ich mache, ist falsch.«

»Er ist krank. Er kann nichts dafür. Wenn du nichts getan hättest, wäre er auch böse.«

»Er ist wie verwandelt, so wütend und böse. Nicht mein Fintan.«

»Es ist alles sehr schwer für ihn«, tröstete Tara ihn.

»Aber für mich auch.«

»Komm.« Tara führte ihn ins Wohnzimmer, wo sie in gespanntem Schweigen saßen und darauf warteten, daß Katherine mit JaneAnn und Timothy vom Einkaufen kommen würde.

»Ich gehe duschen. Das habe ich seit Wochen nicht getan«, verkündete Fintan.

»Aber du kannst kaum stehen.«

»Ich komme schon klar.« Er funkelte sie böse an.

Sandro und Tara blieben im Wohnzimmer und konnten nicht begreifen, wie die Freude über Fintans Entlassung sich so hatte umkehren können.

Plötzlich hörten sie ein seltsames Geräusch, wie ein schrilles Kläffen, aus dem Badezimmer. Einen Moment lang sahen sie sich entgeistert an, dann sprangen sie auf und rannten ins Bad.

Fintan hockte auf dem Badezimmerboden, triefnaß und spindeldürr. Das Geräusch kam von ihm, und in seinem Gesicht stand das helle Entsetzen.

Er sah verändert aus, fand Tara. Irgendwas sah anders aus.

Dann wurde ihr klar, was es war.

Er war kahl.

Auf seinen Schultern und seiner Brust lagen Büschel von Haaren, aber sein Kopf war kahl.

Dann folgten sie seinem Finger, der auf etwas zeigte: auf den Abfluß in der Dusche. Der Abfluß war verstopft.

Mit Haaren.

Alles voller Haare. Schwarz, dicht und naßglänzend. Sie glitzerten in Regenbogenfarben von dem Shampoo, das er nicht hatte auswaschen können, bevor die Haare sich von der Kopfhaut gelöst hatten.

»Meine Haare«, stammelte er.

Tara hätte am liebsten geweint. »Es sind deine Haare«, bestätigte sie.

»Ich bin kahl.«

»Es wächst wieder, wenn es dir bessergeht.« Sandros Stimme zitterte.

»Sie haben dir doch gesagt, daß das passieren würde, oder?« fragte Tara sanft.

»Ja, aber ich habe nicht geglaubt, daß es mir passieren würde ... ich meine, ich dachte nicht, da es so passieren würde ... alle meine Haare«, stammelte er. »Guckt doch. Es ist wie in einem Horrorfilm.«

»Komm.« Sandro zog ein flauschiges Handtuch von der Stange und begann, Fintan abzutrocknen, wie eine Mutter ihr Kind. Seine Hände, seine Arme, seine Brust.

»Fuß hoch«, sagte Sandro, hockte sich hin und rieb die Zwischenräume zwischen Fintans Zehen trocken. Fintan stand wacklig auf einem Bein und stützte sich an der Wand ab. »Jetzt der andere.«

Tara sammelte die Haarbüschel auf. Sie war drauf und dran loszuheulen. Das war das Schlimmste. Das war das Allerschlimmste.

Fintan schlang sich ein Handtuch um den Kopf, warf sich im Schlafzimmer aufs Bett und fing an zu weinen. Eine halbe Stunde weinte er wie ein Baby, während Tara und Sandro hilflos dabeistanden.

»Ich sehe so scheußlich aus«, heulte er und schluchzte zwischen den Silben. »Ich. Seh. Scheuß. Lich. Aus. Ich. Seh. Scheuß. Lich. Aus.«

»Es wächst wieder, wenn es dir bessergeht.«

»Es geht mir nie wieder besser.«

Nach einer Weile setzte er sich auf und trat vor den Spiegel. Langsam, mit Mühe wand er das Handtuch vom Kopf und zwang sich, sein neues Aussehen in Augenschein zu nehmen. Zunächst betrachtete er nur sein Profil.

»Oh, verdammt.« Er zuckte zusammen, als er sich schließlich von vorn ansah. »Damit raube ich mir fast selbst den Schlaf.« Erbittert und untröstlich fuhr er sich mit der Hand über die glatte Kopfhaut. »Meine krönende Schönheit. Alles weg. Alles weg. Ich bin ein Ausbund von Häßlichkeit.«

»Das stimmt nicht! Das stimmt nicht!«

»Gott im Himmel.« Fintan war etwas aufgefallen. Er verbarg das Gesicht in den Händen. »Das eine Ohr sitzt tiefer als das andere.«

»Gar nicht wahr.«

»Doch. Guck doch!«

Es stimmte.

»Ich hatte keine Ahnung, daß mein Schädel so uneben ist. Oh, Mann, wie häßlich! Und das ist erst der Anfang. Dann kommen die Wimpern. Und die Augenbrauen. Und meine Die-da-unten.«

»Du kannt dir eine Perücke besorgen.« Tara war bedrückt. »Vielleicht nicht für Die-da-unten, aber für den Kopf. He«, sagte sie dann und zwang sich zu einem fröhlichen Ton, »du bist doch schwul, du hast bestimmt irgendwelche Perücken.«

»Jetzt, wo du es erwähnst.« Fintan wurde etwas froher zumute. »Ich habe eine Pamela-Anderson-Perücke.«

»Vielleicht hättest du nicht duschen sollen«, klagte Sandro. »Dann wäre es vielleicht nicht passiert.«

»Sie hingen nur noch an einem seidenen Faden«, sagte Fintan. »Es sah zwar so aus, als hätte ich noch Haare, aber eigentlich waren sie schon ausgegangen. Es war nur eine Frage der Zeit. Ich wollte das nur nicht wahrhaben.«

Wieso kam das Tara so bekannt vor?

Auch Katherine verbrachte einen ziemlich schwierigen Nachmittag. Sie waren sich einig gewesen, daß sie sich nicht alle gleichzeitig auf Fintan stürzen sollten, und deswegen war sie ausgesucht worden, JaneAnn und Timothy eine Zeitlang zu beschäftigen. Milo hätte gern geholfen, aber er war leider gebunden.

Buchstäblich.

Liv war entsetzlich.

Weil JaneAnn und Timothy am folgenden Tag nach Hause flogen und für Ambrose und Jerome und alle Nachbarn, die in ihrer Abwesenheit die Höfe versorgt hatten, Geschenke mitbringen wollten, ging Katherine mit ihnen einkaufen. Sie ging mit ihnen zu Harrods, weil Touristen dort am liebsten einkauften, aber das war ein Fehler.

JaneAnn hörte gar nicht mehr auf, sich über die Preise zu beschweren und darüber, wie unmoralisch es sei, soviel Geld zu verlangen, und Katherine fand es nicht leicht, sie bei Laune zu halten. Dabei hatte sie den Kopf voll mit Gedanken an Joe Roth, den sie am Montag morgen im Büro sehen würde – oh, Schande! Während JaneAnn sich laut darüber wunderte, warum ein Brotmesser fünfundzwanzig Pfund kostete, wissend, daß es in Tullys Eisenwarenhandel auf der Main Street in Knockavoy ein völlig brauchbares Messer für vier Pfund fünfzig gab, war Katherine damit beschäftigt, sich auszudenken was passieren würde, wenn Joe »es sich überlegt« und beschlossen hatte, daß er nicht mit ihr ausgehen wollte?

»Und wenn es nicht mehr scharf genug ist, kannst du es zu Curly Tully bringen, und der schleift es dir umsonst.« JaneAnns Stimme drang zu Katherine durch. »Ich glaube nicht, daß sie das hier auch machen, Katherine. Eigentlich sollte ich es dem Mädchen sagen«, meinte JaneAnn und zeigte auf die junge Verkäuferin an der Kasse. »Vielleicht kann sie das ihrem Vater weitersagen.«

»Nein, lassen Sie mal«, sagte Katherine matt. »Sie ist hier nur angestellt. Ich glaube nicht, daß sie zu der Familie der Besitzer gehört.«

Timothy wollte seiner Frau Esther gern ein Geschenk mitbringen. »Kannst du JaneAnn eine Weile beschäftigen und mir zeigen, wo es zur Wäscheabteilung geht?«

Eine Viertelstunde später kam Timothy zurück mit einer Tüte voller schwarzer und roter Reizwäsche, die Esther einmal anziehen würde, um ihm einen Gefallen zu tun, und dann würde sie behaupten, sie sei ihr gestohlen worden.

Als sie aus Harrods herauskamen, ging JaneAnn zu einem Straßenverkäufer und kaufte zwei T-Shirts mit der Aufschrift »Meine Mutter war in London und hat mir nur dieses dumme T-

Shirt mitgebracht«, drei mit der Aufschrift »Meine Schwiegermutter war in London und hat mir nur dieses dumme T-Shirt mitgebracht«, und sieben mit der Aufschrift »Meine Nachbarin war in London und hat mir nur dieses dumme T-Shirt mitgebracht«. Dann handelte sie so lange mit dem Verkäufer, bis er ihr die zwölf Hemden, die sieben Pfund fünfzig das Stück kosten sollten, für sechzig Pfund alle zusammen verkaufte. Während der Verkäufer verwirrt zurückblieb und nicht genau wußte, ob er ein Verlustgeschäft gemacht hatte, stiegen die drei in ein Taxi und fuhren zu Sandros und Fintans Wohnung.

Dort wurden sie von einem fremden Wesen begrüßt, das Fintans Gesicht hatte und dazu hüftlange blonde Haare.

Am Sonntag nachmittag fuhren sie nach Heathrow und brachten JaneAnn und Timothy zum Flughafen. JaneAnn war nur deshalb bereit, Fintan zurückzulassen, weil seine medizinische Versorgung von höchster Qualität war.

Es hatte Zeiten gegeben, da hatte sie für Medikamente kein gutes Wort übrig und vertraute allein auf die Macht des Gebets, besonders wenn der Kranke nicht in ihrer Familie war. Zahllose Male hatte sie auf der Main Street von Knockavoy gestanden und scheinheilig gesagt: »Die Ärzte können auch nicht alles, die wahre heilende Kraft liegt in der Macht der Gebete. Die kann Wunder bewirken.«

Es war ein bißchen wie die Sache mit dem Gürtel und den Hosenträgern. Sie wollte Sandro bitten, mit Fintan nach Lourdes zu fahren (oder nach Knock, wenn das Geld für Frankreich nicht reichte), aber sie wollte sich auch vergewissern, daß Fintan jedes Medikament bekam. Bei Katherine bedankte sie sich überschwenglich für deren Gastfreundschaft. »Ich habe dir eine Kleinigkeit gekauft«, sagte sie und reichte Katherine diskret ein kleines Paket. »Es ist eine Statue von dem Jesuskind von Prag. Mach dir nichts draus, wenn der Kopf abfällt, das bringt Glück.« Sie beugte sich zu Katherine hinüber. »Und paß auf Fintan auf, bitte. Und ruf mich regelmäßig an, ja? Wir sehen uns zu Weihnachten.« Sie kam noch näher. »Und streng dich an, daß das mit dem jungen Mann im Büro klappt. Die Liebe hält alles am Laufen. Sieh doch mal, wie glücklich Milo und Liv sind.«

»Ich werde mir Mühe geben«, murmelte Katherine.

Nun war Tara an der Reihe, und JaneAnn nahm ihr das Versprechen ab, daß sie Fintan unter Einsatz ihres Lebens bewachen würde. »Und sag deinem jungen Mann, daß es uns leid tut, daß wir ihn nicht kennengelernt haben, ja?«

Das gab Tara einen Stich. Sie schämte sich wegen Thomas' Unhöflichkeit. »Er hat sehr viel zu tun.«

»Sicher, das weiß ich ja. Und er ist Lehrer, das ist ein sehr verantwortungsvoller Beruf. Na, vielleicht kommt er ja Weihnachten mit dir nach Hause. Außer du tust das, was Fintan will«, sagte sie milde, »dann würden wir ihn wahrscheinlich nicht kennenlernen.«

Tara war unbehaglich zumute. So oder so, JaneAnn würde ihn sicherlich nicht kennenlernen.

51

Am Montag morgen schlich sich Katherine ins Büro, zittrig vor Nervosität und auf Demütigung gefaßt. Wie sollte sie Joe Roth gegenübertreten? Und was wäre, wenn er nicht auf ihre schamlose Anmache einging? Sie würde sterben.

Sie hatte tatsächlich erwogen, nicht zur Arbeit zu kommen. Zu entscheiden, ob sie eine dicke Schicht Make-up tragen sollte, um sich eine Maske der Gleichgültigkeit zu verleihen, oder ob sie gar keins tragen sollte, in der Hoffnung, daß ihr kleines blasses Gesicht dann unsichtbar wäre, hatte sie enorme Anstrengung gekostet. Sie wollte positiv denken. Nach der Rückkehr vom Flughafen hatte sie erst einmal ein Wiedersehen mit ihrer Fernbedienung gefeiert. Und Fintan war aus dem Krankenhaus entlassen. Das waren doch gute Nachrichten, oder nicht? Auch wenn er sauer und schlecht gelaunt war. Als sie ihm in aller Ausführlichkeit die schreckliche Geschichte erzählt hatte, wie sie vor Joe Roth zu Kreuze gekrochen war, hatte er kaum reagiert.

Trotz ihrer besten Absichten, jeden Blickkontakt mit Joe zu vermeiden, streifte ihr Blick seinen, als sie ihren Mantel auszog. Fast hätte sie sich den Hals verrenkt, so schnell zog sie den Kopf ein, aber sie hatte gesehen, daß er gelächelt hatte. *Gelächelt?* fragte sie sich, paranoid wie sie war, *oder gelacht?*

Am Wochenende und auch jetzt hatte sie darum gebetet, daß er ihrer Demütigung auf einen Schlag ein Ende machen würde, indem er sie einlud. Sie wünschte sich nichts sehnlicher, als daß er mit lässiger Anmut zu ihrem Schreibtisch herüberschlendern und sich auf die Kante setzen und sagen würde: »Übrigens, das

Projekt, das Sie am Freitag erwähnten – wir sollten das beim Lunch besprechen.« Und nur sie und er würden die tiefere Bedeutung verstehen.

Aber er tat es nicht. Er blieb den Morgen über an seinem Schreibtisch sitzen, und sie schraubte ihre Erwartungen herunter. Es mußte nicht gleich Lunch sein. Ein Drink nach der Arbeit wäre auch gut. Aber das war auch nicht nötig. Einfach ein kleiner Spaziergang, ohne eine weitere Einladung. Und er mußte sie auch nicht persönlich fragen. Ein Anruf würde genügen. Oder eine E-Mail. Oder ein Memo. Als es ein Uhr war, wäre sie mit allem zufrieden gewesen. Ein Papierflieger mit einer Leuchtfarben-Aufschrift: »Wie wär's mit einem Fick?« wäre willkommen gewesen.

Aber nichts geschah. Auch am Nachmittag kam er nicht zu ihr herüber, und sie veranstaltete einige Gehirnakrobatik, um es zu rechtfertigen. Vielleicht hatte er ein Verhältnis mit Angie – obwohl sie das nicht für wahrscheinlich hielt. Hätte er dann nicht gesagt: »Ich habe eine Freundin«, statt: »Ich überlege es mir«? Aber wenn Angie nicht das Hindernis war, dann hieß sein Verhalten möglicherweise, daß er Katherine nicht mehr wollte, und der Gedanke war äußerst unangenehm. Also, dachte sie und machte eine Kehrtwendung, war es vielleicht doch wegen Angie. Aber hätte er dann nicht gesagt: »Ich habe eine Freundin«? Und so weiter, im Kreis, wie ein Hamster in seinem Rad, bis es Zeit war, nach Hause zu gehen. Sie versuchte, mit ihrer Mimik auszudrücken: *Ich habe mein eigenes Leben. Das hatte ich schon immer,* verließ das Büro und ging zu Fintan.

Am Dienstag machte sie alles noch einmal durch, und Tara rief fast jede Stunde an, um sich über die nicht gemachten Fortschritte informieren zu lassen. »Ist er unfreundlich zu dir?« fragte sie.

»Nein. Er scheint freundlich, wenn ich seinen Blick erhasche. Das ist nicht so oft«, gab Katherine zu. »Ich halte den Blick möglichst gesenkt.«

»Wenigstens ist er freundlich«, tröstete Tara sie.

»Freundlich kann mir gestohlen bleiben. Ich habe genügend Freunde!«

Am Mittwoch sah Katherine der Tatsache ins Auge, daß sich nichts tun würde. Sie hatte Joe genug Zeit gegeben und den angemessenen Zeitraum immer wieder ausgedehnt. Ihre letzte Hoffnung vepuffte. Er hatte sie zurückgewiesen – das wußte sie nun offiziell. Er hatte es »sich überlegt« und beschlossen, daß er kein Interesse hatte.

Sie wartete auf den Einbruch. Eine Enttäuschung mit einem Mann rückte sie gewöhnlich ein bißchen mehr in Todesnähe. Trübte ihre Lebensfreude. Aber seltsamerweise kam der Absturz nicht. Warum nicht? Weil sie mit anderem beschäftigt war, nämlich mit Fintan? Aber ihre Sorge um Fintan hatte nicht verhindert, daß ihre Gedanken ständig um Joe Roth kreisten.

Was auch immer die Gründe waren, sie hatte ein merkwürdiges Vertrauen, daß das Leben weitergehen und sie überleben würde. Sie spürte die unberechtigte Hoffnung, daß eine Zukunft vor ihr lag. Zwar wollte Joe Roth sie nicht, aber sclange sie lebendig war, konnte alles mögliche passieren.

An dem Abend ging sie zum ersten Mal seit sechs Wochen zum Steptanzen und anschließend mit Tara, Liv und Milo in die All Bar One. Sandro hatte sich einen Abend allein mit Fintan gewünscht.

In der Bar saßen sie alle um einen Tisch herum, und Katherine war überrascht, als ein ungeheures Wohlgefühl sie überkam. Sie freute sich, den Abend mit Freunden zu verbringen und sich zu vergnügen. Nicht nur war die Nervosität gewichen, die sie bei dem Gedanken an Joe Roth befallen hatte, sondern auch die Sorge um Fintan, die sie niedergedrückt hatte wie ein Felsbrocken.

Milo war nicht wiederzuerkennen. Der grobe Klotz, der vor knapp einem Monat in London angekommen war, war poliert worden: Das Haar war in Form gebracht und gekürzt worden, so daß es nicht mehr aussah, als hätte er es mit einer Kettensäge geschnitten, und er trug nagelneue Kleidung, die in jeder Faser Zeugnis von Livs modischem, stilsicherem Geschmack ablegte. Er war erstaunlich attraktiv, ein kräftiger Mann mit schwarzen Locken und dunkelblauen Augen. »Guckt mal her!« Er lachte und zeigte auf die auffallenden asymmetrischen Schuhe, die er trug. »Findet ihr nicht, daß die ziemlich irrwitzig aussehen? Wir haben sie in einem verrückten Geschäft gekauft. Rot im Boot oder so ähnlich.« Er sah Liv hilfesuchend an.

»Rot oder tot«, murmelte sie. Für sie war es etwas Neues, daß sie diejenige war, die korrigierte, statt korrigiert zu werden. Das gefiel ihr außerordentlich gut.

Milo und Liv waren in der ersten, sehr unsozialen Phase der Frischverliebten. Zwar gaben sie sich halbwegs Mühe, mit Tara und Katherine ein Gespräch zu führen, aber dann kicherten und flüsterten sie miteinander, sie waren ineinander verschlungen und hatten nur Augen füreinander. Milo flüsterte Liv etwas ins Ohr, und Liv senkte den Blick, lächelte breit, stieß Milo in die Rippen und murmelte mit gespielter Empörung: »Laß das.«

Milo flüsterte wieder etwas. Anscheinend war es noch anzüglicher, denn Liv grinste noch breiter und sagte wieder mit einem Kichern: »Laß das.«

Wieder kam Milo mit seinem Mund nah an Livs Ohr, Liv zwickte ihn ins Knie, und Tara und Katherine wechselten vielsagende Blicke.

»Herr im Himmel«, beschwerte sich Tara.

»Was möchtest du trinken?« fragte Katherine Milo. Er beachtete sie gar nicht und wisperte Liv weiter irgendwelche Anzüglichkeiten ins Ohr.

»Was möchtest du trinken?« fragte sie wieder, etwas lauter.

Beim vierten Mal sah Milo sie wie aus der Ferne an und sagte: »Oh, ehm, tut mir leid, hast du was gesagt?«

Tara sagte zu Katherine: »Sieht ganz so aus, als müßten wir miteinander vorlieb nehmen.«

Als die Gläser mit dem Wein vor ihnen standen, fing Tara mit ihrem Kreuzverhör an. »Bist du am Boden zerstört wegen Joe?«

»Es geht mir eigentlich ganz gut damit«, sagte Katherine.

»Aber du würdest es nicht zugeben, wenn es dir schlechtginge«, sagte Tara betrübt. »Du sagst es nie.«

»Nein, ehrlich.« Katherine war ganz ernst. »Es stimmt wirklich. Es tut mir weh, daß er mich zurückgewiesen hat, aber ich habe etwas Gutes getan. Ich war mutig und bin ein Risiko eingegangen.«

»Das sagst du nur, damit ich mich von Thomas trenne.« Tara zog an ihrer Zigarette, als saugte sie das Gift aus einer Wunde. »Ein krasser Fall von Schleimerei. Du tust, was Fintan gesagt hat, und zeigst mit dem Finger auf mich, weil ich mich nicht traue.«

»Nein, wirklich nicht.« Katherine winkte ab. »Warte, und ich versuche es dir zu erklären. Du erinnerst dich daran, wie wir uns vorgestellt haben, daß wir nur noch sechs Monate zu leben hätten?«

Tara zuckte zusammen.

»Dieses Gefühl, daß das Leben dazu da ist, gelebt zu werden? Weil man nur einen Versuch hat? Du erinnerst dich.«

»Das Leben ist keine Generalprobe. Tot ist man lange genug. Jeder hat nur eine Chance.« Taras Sarkasmus war fast greifbar.

»Genau! Das –«

»Offenbar ist dir meine Ironie entgangen«, sagte Tara ängstlich.

»Ach so, du hast das ironisch gemeint? Na, in dem Fall. Ich meinerseits habe das Gefühl, daß ich lebendig bin. Und darüber bin ich froh«, sagte Katherine schlicht.

»Aber du bist immer so zynisch«, entgegnete Tara hilflos. »Und ein liebenswerter Mann hat dich zurückgewiesen. Für jede andere Frau wäre das das Ende.«

»Wer weiß«, sagte Katherine mit einem vielsagenden Blick, »vielleicht lerne ich einen anderen Mann kennen.«

»Aber...« Tara war verwirrt. Normalerweise sagte Katherine so etwas nicht.

»Einen wie ihn.« Katherine deutete zur Bar, wo ein gutaussehender blonder Mann an der Theke lehnte.

Als Tara sich zu ihm umsah, lächelte er, und zwar lächelte er Katherine an. Tara wandte sich Katherine zu, und die strafte ihn nicht mit einem Blick der Stufe eins (eisige Verachtung) oder der Stufe zwei (eisige Verachtung mit einem Schuß knallharter Feindseligkeit), sondern erwiderte sein Lächeln. Kein breites Lächeln von einem Ohr zum anderen, aber immerhin ein Lächeln.

Und dann fiel der Groschen bei Tara: Katherine erwiderte nicht das Lächeln des Mannes – sie hatte ihn zuerst angelächelt.

Was war hier los? Irgendwie war Katherine wie losgelassen. Sie sah auch anders aus als sonst, erinnerte Tara an jemanden. Wer konnte es sein? Jemand Vertrautes, und dann auch wieder nicht. Ah! Plötzlich wußte sie es mit Gewißheit. Welche Überraschung! Sie sah aus wie ihre Mutter Delia.

Am Donnerstag ging Katherine mit einem kleinen Kater zur Arbeit und wappnete sich gegen einen weiteren Joe-Roth-freien Tag. Sie war zwar enttäuscht, aber dennoch seltsam sicher, daß das Leben weitergehen werde.

Zum Glück lenkte die Arbeit sie ab. Doch während sie einen Aktivpostenplan in den Computer eingab, überfiel sie plötzlich das Verlangen, Joe anzusehen. Sie hielt den Blick auf den Bildschirm gerichtet und widerstand. Und widerstand. Aber das Verlangen war so stark, daß sie es nicht länger unterdrücken konnte. Sie bewegte kaum merklich den Kopf und erlaubte sich den allerwinzigsten Blick aus dem allerletzten Winkel ihres Auges.

Und die Röte schoß ihr ins Gesicht, als sie sah, daß er sie beobachtete. Von der Seite, versteckt, aber mit großer Hingabe. Dann trafen sich ihre Blicke, und er lächelte. Breit, vertraulich, bedeutungsvoll.

Was hatte er zu grinsen?

Sie sah wieder auf ihren Bildschirm. Links oben in der Ecke blinkte ein kleiner Umschlag. *Post für Sie.* Sie klickte ihn an und öffnete die Datei. Es war eine E-Mail.

Von Joe.

52

An dem Tag, als Katherine sich bei Joe Roth entschuldigte, hatte er gesagt, er würde es sich überlegen. Und Joe Roth war ein Mann, der sein Wort hielt. Also überlegte er es sich.

Er war auch ein pragmatischer Mann, und als Katherine ihn mit ihrer Andeutung der sexuellen Belästigung zurückgewiesen hatte, hatte er seine Gefühle für sie auf Eis gelegt. Er hatte sie jedoch nicht in Bitterkeit ertränkt, wodurch sie korrodiert und zerstört worden wären. Obwohl sie ein wenig in den Hintergrund geraten waren, konnten sie doch jeden Augenblick hervorgeholt und wiederbelebt werden.

Nicht nur wollte Joe mit Katherine ausgehen, er wollte sie zu etwas ganz Speziellem einladen und etwas machen, das ungewöhnlich und atemberaubend war.

Es sollte etwas Magisches und Bedeutungsvolles sein. Etwas, womit er sein tiefes Interesse an ihr bezeugen konnte. Aber was? Ein Abendessen in einem ganz besonderen Restaurant? Eine Ballonfahrt? Ein Wochenende auf dem Land? In ein hübsches kleines Hotel? Nach Reykjavík? Oder nach Barcelona?

Am Wochenende überlegte er hin und her, kam aber zu keinem Ergebnis. Montag und Dienstag quälte er sich, es fiel ihm nichts ein.

Und plötzlich am Mittwoch hatte er es. Mit einem Mal war es sonnenklar. Es war eindeutig das Richtige für eine Frau von Katherines Kaliber.

Aber wie konnte er es bewerkstelligen? Bis zum nächsten Samstag? Dergleichen dauerte gewöhnlich Monate – selbst Mitglieder mußten acht Wochen warten.

Es war ihm klar, daß er die Unterstützung seines Freundes Rob brauchte, es ließ sich nicht vermeiden. Allein konnte er es nicht auf die Beine stellen. An dem Abend stattete er Rob einen Besuch ab – eine so große Bitte ließ sich nicht anders verhandeln.

»Ich habe eine Frau kennengelernt«, leitete Joe die Unterhaltung ein.

»Ich weiß.«

»Nein. Eine andere.«

»Donnerwetter.«

»Sie heißt Katherine und ist etwas ganz Besonderes.«

»Das freut mich für dich.«

»Und ich möchte dich bitten, das ultimative Opfer zu bringen.«

Robs Augenlid zuckte. »Wovon redest du?«

»Samstag ...«

»Samstag!« rief Rob aus. Er konnte doch nicht wirklich ...?

»Samstag«, wiederholte Joe bedeutungsvoll.

»Keine Chance, mein Guter«, sagte Rob und wich zurück. »Kommt nicht in Frage. Du bist nicht an der Reihe – versuch es also erst gar nicht. Ein Nein ist oft schwer zu ertragen.«

»Eine Faust in den Magen ebenfalls.«

»Es ist dir also ernst.«

»Es war mir nie ernster.«

»Wir sind schon so lange befreundet, aber ich habe nicht geglaubt, daß du mir das je antun würdest.«

»Ja, es tut mir auch leid. Wirklich. Aber es geht nicht anders.«

»Wer ist die Frau? Pamela Anderson?«

»Besser. Was sagst du also: Ja oder nein?«

»Kannst du mit ihr nicht woanders hingehen?«

»Nein. Für Katherine ist nur das Beste gut genug. Mach schon Rob, ich werde mich auch großzügig zeigen. Ich bezahle jeden Preis.«

»Geld ist unwichtig, das weißt du. Ich fühle mich beleidigt.«

»Heißt das, es ist ein Ja?«

»Ich denke drüber nach.«

»Nein, ich muß es jetzt wissen.«

Rob sah Joe verblüfft an. »Mann, es muß dich ganz schön erwischt haben.«

»Vielleicht hast du recht.«

»Ich habe bestimmt recht.« Rob sah Joe wild an.

»Meinetwegen. Aber ich bitte dich. Zweihundert Pfund?«

Rob seufzte. Er konnte sich nicht durchsetzen. »Also gut. Zweihundertfünfzig, und die Sache geht in Ordnung.«

Am Donnerstag nachmittag klingelte Taras Telefon. Es war Katherine. Sie klang bedrückt.

»Was ist los?« fragte Tara, die immer auf schlechte Nachrichten von Fintan eingestellt war.

»Ich habe eine E-Mail von unserem Kandidaten bekommen.«

»Und?«

»Er hat mich für Samstag eingeladen.«

Tara bekam fast einen Herzanfall. »Das ist ja unglaublich! Ich dachte, du hättest gesagt, er sei schrecklich und hätte dich die ganze Woche links liegenlassen. Und jetzt erzählst du mir, daß du am Samstag abend mit ihm ausgehst! Das ist doch wunderbar!«

»Nicht Samstagabend. Samstag!«

»Paris mit dem Eurostar?«

Katherines Lachen klang merkwürdig bitter.

»Ach so. Lunch? Was Aufregendes?«

»Nein.«

»Was dann? Nicht in den Zoo, oder? Im November?«

»Nein, ehm ...« Katherine brachte es kaum über sich, es zu sagen, so peinlich war es ihr.

»Was? Nun sag schon!«

»Er ... ehm ... er will ... ehm ...«

»Was will er?«

»Er will mit mir zu einem Fußballspiel gehen«, platzte sie endlich heraus, rot vor Scham. Sie wußte schließlich, was eine öffentliche Demütigung war.

»Fußball ist das, was früher Rock 'n' Roll war«, sagte Tara, auf der Hut.

»Du brauchst nicht diplomatisch zu sein.«

»Wer spielt denn?« Davon hing eine Menge ab. Würde Katherine den Samstag nachmittag mit drei anderen auf einem matschigen Rasen irgendwo in den Vororten dabei zugucken, wie zwei Amateur-Mannschaften die Zuschauer zu Tode langweilten? Oder würde sie in ein großes, aufregendes Stadion gehen, wo es Sitzplätze, Imbißbuden, Programme und Souvenirs gab, und dort ein Spiel der ersten Liga sehen, für das der Eintritt mehr als Theaterkarten im West End kosteten?

»Ach, weiß ich nicht. Arsenal gegen irgendwen.«

»Arsenal!«

»Ich weiß. Gott, Tara, hätte ich mich doch bloß nicht auf das Ganze eingelassen. Ich könnte vor Scham vergehen. So eine Frechheit. Wenn es nicht um Fintan ginge –«

»Aber die Karten für Arsenal-Spiele sind kostbar wie Diamanten!«

»Wirklich?« Plötzlich sahen die Dinge schon besser aus.

»Es ist schwieriger, eine Karte für ein Arsenal-Spiel zu bekommen, als es für mich wäre, mich in eine Jeans Größe sechsunddreißig zu quetschen.«

»Woher weißt du das?«

»Ravi ist ein Gunners-Fan.«

»Wer ist das denn?«

»Die Gunners sind Arsenal. Himmel, du mußt noch viel lernen. Wir sollten dich zu Ravi in einen Intensivkurs schicken.«

Ravi machte eine Geste, als wollte er ihr die Kehle aufschlitzen. Er hatte höllische Angst vor Katherine. Er hatte für ihre rätselhafte Art nicht viel übrig und fand sie einfach nur ein bißchen unheimlich.

»Woher weißt du soviel über Fußball?« fragte Katherine.

»Weil Ravi für uns ein Fußball-Toto macht. Erzähl mir, was Joe in seiner E-Mail sagt.« Aufgeregt drückte Tara den Hörer dichter ans Ohr. »Lies mir Wort für Wort vor, was er geschrieben hat.«

Katherine sah sich vorsichtig im Büro um und senkte ihre Stimme noch mehr. »Er schreibt: ›Samstag nachmittag, Highbury.

Ein Bier, Arsenal gegen Everton, und Sie? Wie wär's? Ich verspreche, die Abseitsregel zu erklären und Sie anschließend zum Essen auszuführen.›«

Tara konnte nicht sprechen, weil sie zu Tränen gerührt war. »Das ist so schön«, quiekte sie. »Und er geht mit dir essen. Das hattest du noch gar nicht gesagt.«

»Na jaaa ...« Katherine wurde ganz warm vor Stolz.

»Na ja – also wirklich!«

»Also, ehm«, sagte Katherine förmlich, »könntest du bitte bis nach Samstag warten, bis du bei Thomas ausziehst? Ich brauche meine Wohnung vielleicht selbst.«

»Mist«, erklärte Tara. »Dabei wollte ich unbedingt heute abend ausziehen.«

»Wenn das mal stimmte!«

»Was wirst du anziehen?« fragte Tara gespannt. »Zieh Jeans an! Ich wünschte, ich könnte Jeans anziehen. Eine dreifache Herausforderung, Jeans anzuziehen. Mach schon. Mit seitlichen Reißverschlüssen. Eine vierfache Herausforderung. Fünffach.«

»Und wenn ...?«

»Wenn was?«

»Na ja, sagen wir, wenn es ... gleich klappt?«

»Katherine Casey! Bei der ersten Verabredung? Ich bin schockiert.«

»Dann habe ich die Jeansabdrücke auf dem Bauch. Und das ist nicht sehr sexy. Und was ist mit meiner Unterwäsche?« fragte sie vorsichtig.

Tara war überrascht über diese Offenheit. »Meinst du Strapse und das ganze Zeug?«

»Mmmm.«

»Na, ich bin hoch erfreut. Es ist auch an der Zeit, daß ein Mann die mal zu Gesicht bekommt. Aber du hast recht, mit Jeans kannst du die nicht anziehen. Warum ziehst du nicht Unterhosen an, auf denen steht: ›Ich habe in Highbury einen Volltreffer gelandet.‹? Das gefällt ihm bestimmt. Solange du dir die Schamhaare rasierst, wird es ihm gefallen! Hahaha.«

Katherine bereute, daß sie Tara je von der Gillette-Sache erzählt hatte.

»Fintan wird begeistert sein.« Tara sang vor sich hin und war selbst auch begeistert. Je mehr Katherine und Joe Wirklichkeit wurden, desto größer die Chance, daß Fintan weniger Druck auf Tara ausüben würde. Allerdings hatte er jetzt schon mehrere Tage nicht mehr davon gesprochen, daß Tara Thomas verlassen sollte, fiel ihr da ein. Es war sogar fast eine Woche her. Nicht, daß das ein Grund für sie war, sich bequem zurückzulehnen.

53

»Sieh an, sieh an!« sagte Ravi anerkennend, als Tara auflegte.

»Das kann man wohl sagen«, pflichtete Tara ihm bei.

»Sie hat also eine Verabredung mit dem Typen aus dem Büro in der Tasche.«

»Sieht ganz so aus.«

»Und er ist Arsenal-Fan. Hört sich gut an. Nur 'n bißchen komischen Geschmack, was Frauen angeht.«

»Ravi!« Tara wollte ihn tadeln, hielt sich aber statt dessen den Bauch. »Oh, Ravi …«

»Was denn jetzt?«

»Mandeln. Mandelhörnchen!«

Tara war wieder auf strenge Diät gesetzt, und das bewirkte nicht nur, daß sie bei allem, was sie sah und hörte, ans Essen denken mußte, sondern jetzt waren es auch die Gerüche, die sie quälten.

Es fing schon am Morgen an: Das Duftspray, das sie im Auto benutzte, roch nach Erdbeeren und ließ sie an gezuckerte Weingummis denken. Sie war wie getrieben von dem überwältigenden Bedürfnis, vor einem Kiosk zu halten und den gesamten Bestand an Weingummi aufzukaufen. Als sie auf den Westway einbog, verspürte sie plötzlich den dringenden Wunsch, sich selbst abzulecken. Sie roch köstlich, nach süßen Bountys oder nach Kokosnußeis. Das machte sie halb verrückt, bis ihr einfiel, daß die Körperlotion, die sie nach dem Duschen aufgetragen hatte, einen Kokosnußduft hatte. Als sie im Büro ankam, blies ihr der Geruch von Zitronencreme-Kuchen entgegen. Das ganze Gebäude war von dem köstlichen Duft erfüllt. Sie überlegte schon, ob dies das endgültige Zeichen war, daß sie verrückt wurde, doch dann erklärte Ravi ihr, daß die Reinigungsmittel, die für den Fußboden benutzt wurden, einen Zitronengeruch hatten.

»Wie kommst du auf Mandelhörnchen?« fragte Ravi.

Tara zeigte auf Evelyn und Teddy, worauf Ravi aufstand und die beiden schnüffelnd umrundete.

»Was machst du?« wollte Teddy wissen.

»Wegen Tara. Hat einer von euch irgendwas mit Mandeln benutzt? Parfum? Oder Seife?«

»Ja«, sagte Evelyn erstaunt, »ich habe mir heute morgen die Haare mit Mandelshampoo gewaschen.«

»Vielleicht könntest du, bis Tara wieder mit dem Fasten aufhört, eine andere Geruchsrichtung benutzen?« fragte Ravi. »Etwas, das nicht eßbar ist.«

»Klar.« Evelyn warf Tara einen mitleidigen Blick zu. »Wäre Eukalyptus okay?«

»Entschuldigt«, murmelte Tara, »hört gar nicht auf ihn ...«

Taras Gedanken kreisten unentwegt ums Essen. Als sie und Ravi mittags zu einer ihrer Bummeltouren aufbrachen, war sie nur kurz von den neuen kußechten Lippenstiften von Clinique abgelenkt – lange genug jedoch, um zwei Farbtöne zu kaufen. Aber als sie wieder auf die Straße traten, erinnerten sie die Ampeln mit ihren roten, gelben und grünen Lichtern an Riesenbonbons, und fast mußte Ravi Tara gewaltsam daran hindern, daß sie an einem der Pfähle hochkletterte. »Ich kaufe dir eine Rolle Drops«, bot er ihr an.

Tara schüttelte den Kopf. »Ich habe alle Kalorien für diese Woche gestern abend zu mir genommen. Daran ist Milo O'Grady schuld. Er bestand darauf, daß wir nach dem Pub noch in ein vietnamesisches Lokal gehen. Er will unbedingt alles ausprobieren, was London zu bieten hat.«

»Du solltest normal essen«, sagte Ravi, ausnahmsweise einmal vernünftig. »Wo Fintan krank ist und alles so schwierig.«

»Das Leben geht weiter.«

»Du bist hart im Nehmen.«

»Überhaupt nicht. Ich bin ein Wrack. Auf der einen Seite Thomas, auf der anderen Fintan, das macht mich völlig fertig.«

»Wie sieht's denn aus mit Thomas und dir?«

»Schrecklich! Ich weiß nicht genau, wie es so weit kommen konnte, aber wir schaffen es gerade noch, höflich zueinander zu sein. Ich habe dauernd das Gefühl, daß etwas Schreckliches passieren wird.«

»Vielleicht denkst du die ganze Zeit an Fintan.«

»Leider nicht«, sagte sie. »Wenigstens nicht nur. Deswegen fühle ich mich auch noch schlechter. Wie kann ich mir Sorgen über meine Beziehung machen, wenn mein bester Freund so krank ist? Aber natürlich hat Fintan, obwohl er furchtbar krank aussieht, noch die acht Monate Behandlung vor sich«, fügte sie rasch zur Rechtfertigung hinzu, »er kann also wieder gesund werden. Und weil es ihm nicht dauernd schlechtergeht, kommt es mir ... na ja, nicht gerade *normal* vor, aber ich habe mich dran gewöhnt. Katherine geht es genauso. Liv behauptet, es sei eine Überlebensstrategie. Man könne nicht auf Dauer in einem Zustand des Schocks oder der Trauer leben. Man müsse das Unnormale normalisieren.«

»Ihr Frauen. Warum macht ihr immer alles so kompliziert?«

»O nein, gerade stand es mir klar vor Augen!« Tara blieb wie angewurzelt stehen, so daß einige Passanten sie anrempelten und schon losschimpfen wollten, als sie das helle Entsetzen in ihrer Miene sahen. »Daß er nicht gesund wird. Wie ein Blick in die Hölle. Es kommt mir ... böse vor!«

»Du brauchst was zu trinken.« Ravi nahm sie am Ellbogen und steuerte mit ihr in den nächsten Pub. Er führte sie zu einem Tisch und besorgte ihr einen Gin Tonic. »Ist er etwas freundlicher geworden, seit er aus dem Krankenhaus gekommen ist?«

»Ach wo.« Tara nahm einen Schluck aus ihrem Glas und spürte einen Schauer der Erleichterung. »Danke, Ravi, du hast mich gerettet. Nein, er ist unmöglich. Du hast bestimmt schon von Menschen gehört, deren Leben im Angesicht des Todes in Reinheit erblüht, oder? Also, bei Fintan ist das nicht so. Praktisch seitdem er nach Hause gekommen ist, benimmt er sich wie ein richtiges Ekel – er ist häßlich, unzufrieden, schlecht gelaunt. Man kann es ihm kaum zum Vorwurf machen. Als seine Haare ausfielen, wäre er beinahe gestorben.« Sie schrak zusammen. »Das ist wohl falsch ausgedrückt. Er fühlt sich so schlecht, weil seine weißen Blutkörperchen nach der hohen Chemodosis ziemlich dezimiert sind. Außerdem ist er wütend und hat Angst. Aber es ist nicht leicht, nett zu ihm zu sein.«

Als Tara Ravi ansah, standen Tränen in ihren Augen. »Manchmal möchte ich ihn schlagen, weil ich auch Angst habe und wütend bin. Und ich habe solche Schuldgefühle!«

Unbeholfen streichelte Ravi über Taras Hand. »Das ist bestimmt normal.« Er hatte zwar keine Ahnung, wie, aber er wollte so gern helfen. »Möchtest du noch einen Gin?« fragte er, obwohl sie kaum aus ihrem Glas getrunken hatte. »Und bestimmt wird er sich freuen, wenn er hört, daß Katherine sich mit dem Typen aus dem Büro verabredet hat.«

»Das kann ich nur hoffen. Ich schaffe es einfach nicht, das zu tun, was er will, und deswegen habe ich auch solche Angst und solche Wut.«

»Man weiß nie, wozu man fähig ist, wenn man es nicht versucht.«

»Ich weiß es, das kannst du mir glauben. Ich war mir nie so sicher. Ich schaffe es nicht, Thomas zu verlassen, und damit basta.«

»Aber du hast gesagt, daß es zwischen euch nicht stimmt.«

»Ja, schon … aber das ist vorübergehend. Er ist eifersüchtig auf Fintan, und weil ich so unter Druck stehe, esse ich zuviel und … Keine Sorgen, das renkt sich wieder ein. Schon bald.«

»Hoffentlich«, sagte Ravi freundlich. »Das ist ja alles kein Zuckerschlecken.«

»Sprich nicht vom Essen«, sagte Tara. »Es ist ein richtiger Zwang.«

»Nimm's nicht so schwer.«

»Du bist lieb.« Voller Dankbarkeit bettete Tara ihren Kopf an Ravis Schulter, und er legte nervös einen Arm um sie.

»Mmmmm.« Tara schmiegte sich an ihn. »Du duftest herr-« Dann zog sie den Kopf zurück. »Crème brûlée! Du riechst nach Crème brûlée. Vanilleschoten und karamelisierter Zucker. Wie heißt dein After-shave?«

»JPG. Hat mir Danielle gekauft. Und wo du es sagst, fällt mir auch wieder ein, daß sie was von Herznote Vanille gesagt hat, oder so ähnlich.«

Nach der Arbeit ging Tara zu Fintan und brachte ihm einen Zeitschriftenartikel über chinesische Kräuterheilmethoden, den Vinnie ihr gegeben hatte.

Sandro kam ihr an der Tür entgegen. »Fintan ist komplett ausgerastet mit dem TV-Shopping-Kanal«, flüsterte er. »Er hat einen Heimtrainer gekauft, ein Country-Western-Album, das es in den Geschäften nicht mehr gibt, eine schreckliche Goldkette mit Armband als Set und eine Skilanglauf-Maschine. Er hängt dauernd am Telefon und gibt unsere Kreditkartennummer durch.«

Fintan thronte auf dem Sofa, einen Diana-Vreeland-Turban um den Kopf gewickelt, und machte ein sauertöpfisches Gesicht. Seit seiner Entlassung aus dem Krankenhaus war er unausstehlich, wie saure Milch. Er würdigte den Artikel von Vinnie kaum eines Blickes und warf ihn zur Seite. »Tara, jedesmal, wenn du kommst, hast du eine neue Hokuspokus-Therapie entdeckt, die ich ausprobieren soll. Homöopathie, Akupunktur, Rohkostdiät, Massage, Farbentherapie, Meditation – und jetzt sind es chinesische Kräuter.«

»Aber Fintan«, sagte Tara verzweifelt, »es lohnt sich, das zu probieren. Schaden kann es nichts.«

»Mach den Fernseher an«, fuhr er ihr grob über den Mund. »Wenn, dann möchte ich unterhaltsamen Schwachsinn sehen, statt mir diesen langweiligen Schwachsinn anzuhören.«

»Fintan«, sagte Sandro und rang die Hände, »sei bitte nicht so grob. Bald hast du keine Freunde mehr, du bist so unfreundlich ...«

»Bei Tara brauche ich mir keine Sorgen zu machen«, sagte Fintan. »Je schlechter die Männer sie behandeln, desto anhänglicher ist sie.«

Tara zuckte zusammen, als hätte Fintan sie geschlagen, aber Fintan bemerkte gar nicht, daß er sie getroffen hatte, und drückte auf die Fernbedienung. Als das Flackern auf dem Bildschirm begann, saß Tara schweigend da, und ihr Gesicht brannte vor Scham. Sie haßte es, das Ziel für Mitleid und Spott zu sein, aber was sollte sie tun?

Katherine kam – seltsamerweise erst um neun – und brachte ihren Taschenrechner mit, angeblich, um Fintan und Sandro dabei zu helfen, einen Finanzplan zur Überbrückung aufzustellen, bis Fintan eine Abfindung oder Krankengeld bekam.

»Du mußt aufhören, soviel Geld auszugeben«, sagte Sandro flehend, was Fintan mit einem bösen Funkeln erwiderte.

»Ach, übrigens«, sagte Katherine und zog eine Zeitungsseite aus ihrer Handtasche, »heute kam im *Independent* was über Chakra-Heilen. Das sollte man sich vielleicht mal ansehen …«

Fintan rang sich ein Lächeln ab, allerdings ein bitteres.

In der Hoffnung, daß Katherines wunderbare Neuigkeit von Joes E-Mail Fintan aus seiner gallenbitteren Stimmung herausholen würde, verabschiedete Tara sich und ging nach Hause.

Als sie zur Holloway Road kam und auf der Suche nach einem Parkplatz mehrmals um den Block gefahren war, kam ihr aus heiterem Himmel der Gedanke: *Wenn ich hier nicht mehr wohnte, würde ich mir eine Wohnung in einer Gegend mit Anwohner-Parkplätzen suchen.*

Sie war von sich selbst überrascht. Als Fintan zum ersten Mal davon sprach, daß sie Thomas verlassen sollte, hatte sie sich automatisch dagegen gewehrt, aber etwas mußte durchgesickert sein.

Dann stellte sie sich vor, wie es wäre, wenn sie allein lebte, und ihr Innerstes krampfte sich zusammen.

Sie schloß die Haustür auf. Jeden Abend fragte sie sich als erstes, in welcher Stimmung Thomas sein würde. Diesmal saß er über einen Stapel Aufsätze gebeugt und verwandelte jedes Blatt mit seinem roten Stift in ein Blutbad.

»Wo warst du?«

»Bei Fintan.«

»Ach so.«

»Und wie geht es Fintan?« hörte Tara sich plötzlich in sarkastischem Ton fragen. »Nicht besonders, Thomas, aber danke der Nachfrage.«

»Und was ist mit mir?« fragte Thomas. »Wann kriege ich dich zu sehen?«

Thomas wurde von Mal zu Mal ungehaltener, weil Tara soviel Zeit und Aufmerksamkeit für Fintan erübrigte. Das lag natürlich an seiner Verunsicherung. Aber Tara hatte keine Lust mehr, ihn zu entschuldigen. Und nichts anderes war es, fiel es ihr plötzlich wie Schuppen von den Augen.

»Ich dachte, wir könnten heute abend mal ausgehen«, sagte Thomas, »zu dem Inder.«

»Ich faste.«

Thomas saß in der Zwickmühle. »Sehr gut, Tara«, lobte er sie, aber er wollte nicht allein in das indische Restaurant gehen. »Aber du könntest ja heute eine Ausnahme machen.«

Sie schüttelte den Kopf.

»Als Fintan im Krankenhaus war, hast du dauernd gegessen!«

Ich müßte mir ein Auto mieten, dachte sie, *meine Sachen passen nicht alle in den Käfer.* Dann, als sie sich das Leben allein vorstellte, schloß sich diese Öffnung wieder.

Sie schaltete den Fernseher an, wo interessanterweise ein Dokumentarfilm über Frauen gezeigt wurde, die nach Jahren der Mißhandlung eines Tages ausrasten und ihren Partner umbringen.

»So könnte es mir gehen«, lachte Tara und beobachtete Thomas' Reaktion.

»Eher mir«, entgegnete er selbstbewußt.

Während Tara zusah, wie Thomas die Aufsätze seiner Schüler korrigierte, erkannte sie mit plötzlicher Klarheit, wie sehr zuwider ihr Thomas seit Fintans Krankheit geworden war. Ihr übliches Zaudern hörte plötzlich auf, und sie wurde wagemutig. So wagemutig, daß sie – ironischerweise – dachte, jetzt sei der Zeitpunkt gekommen, die große Frage zu stellen.

Als sie den Mund aufmachte, begann ihr Herz wie wild zu klopfen.

Sie wußte nicht, wie sie die Frage stellen sollte.

»Thomas?« fragte sie. Sie hörte die Nervosität in ihrer Stimme, was ihr nicht gefiel.

»Was ist?« Er sah nicht mal von den Aufsätzen auf.

»Nichts.«

Wieder schwieg sie. Dann überkam sie das Gefühl erneut.

»Thomas?«

»Was?«

»Warum heiraten wir nicht?«

Die Augen auf das Blatt gerichtet sagte er schmunzelnd: »Wieso fragst du?«

»Oh. Nur so.«

»Das gefällt mir.« Er lachte leise vor sich hin. »Wir und heiraten!«

Und wieder herrschte Schweigen in dem braunen Wohnzimmer, und die Atmosphäre war freudlos und schwer. Tara spürte merkwürdigerweise nichts – keinen Verlust, keine Enttäuschung, keine Überraschung – nichts. Sie hatte erwartet, am Boden zerstört zu sein.

»Warum?« fragte Thomas nach einer Weile. »Bist du schwanger?«

»Wohl kaum.« Seit ihrem Geburtstag vor über einem Monat hatten sie nicht mehr miteinander geschlafen.

Wieder vergingen zehn Minuten im Schweigen.

»Du könntest schwanger sein, so wie du aussiehst«, sagte er.

»Du bist auch nicht gerade schlank wie ein Supermodel«, entgegnete Tara.

Er sah von seinen Korrekturen hoch, auf seinem Gesicht lag ein verletzter, kindlicher Ausdruck. »Das war gemein.« Er war überrascht.

»Jetzt weißt du, wie es mir geht.«

»Aber ich sage es, weil es zu deinem Besten ist.«

»Ich auch.«

Thomas sah sie an, dann wechselte seine Stimmung abrupt, und er grinste sie anzüglich an. »Man braucht einen großen Hammer, um einen großen Nagel einzuschlagen!« Sein lüsternes Grinsen sprach Bände.

Sie betrachtete ihn verwirrt. Sie hatte die Stirn gerunzelt, als wollte sie etwas Kleingedrucktes entziffern. Warum sah er aus wie ein Gartenzwerg?

Sie wollte nicht mit ihm schlafen, das war das einzige, was sie mit Sicherheit wußte.

»Du lachst bei dem Gedanken, mich zu heiraten, und dann erwartest du, daß ich mit dir ins Bett gehe? Irgendwas stimmt da nicht.«

Thomas sah sie verwirrt an. »Ach, Tara, komm schon«, sagte er kläglich. »Du hast mich ganz scharf gemacht. Sei nicht so verzickt.«

»Sieh zu, wie du damit klarkommst.« Sie stand auf und ging aus dem Zimmer.

Sie war nicht traurig. Sie wußte nicht, was sie empfand. Außer Hunger hatte sie keine Gefühle.

Aber bei dem Gedanken an Essen wurde ihr übel.

Früher hatte sie, wenn der Hunger so groß war, daß sie nicht schlafen konnte, zwei Nytols genommen. Es hatte damals geklappt, und es klappte auch diesmal. Aber der letzte Gedanke, als sie in den künstlich erzeugten Schlaf sank, war nicht – wie sonst – der an ein Bacon-Sandwich, sondern der an Alasdair. Wie es ihm wohl ging?

54

Am Freitag morgen erwachte Tara mit einem unheilvollen Gefühl. Ihre Kiefer taten ihr weh, weil sie im Schlaf mit den Zähnen geknirscht hatte.

Sie empfand Thomas' Reaktion als Demütigung. Was war daran so erheiternd, wenn man heiraten wollte? Sie waren seit zwei Jahren zusammen. Manchmal heirateten die Menschen, da gab es nichts zu lachen. Die grobe Abfuhr tat ihr weh, auch wenn sie das in dem Moment nicht gemerkt hatte.

Obwohl sie ohne rechte Überzeugung behauptete, sie sei sich selbst nicht sicher, ob sie überhaupt heiraten wolle – schließlich hatte sie als Teenager über die Ehe als bürgerliche Institution geschimpft –, wünschte sie sich ein Zeichen dafür, daß Thomas ihre Beziehung ernst nahm.

Auf der Fahrt zur Arbeit zermürbte sie die Frage, was als nächstes geschehen würde. Es konnte einfach nicht so weitergehen? Oder doch? Sie hatte das schreckliche Gefühl, daß sie aus Gründen der Selbstachtung irgend etwas tun mußte, sich eindeutig verhalten mußte. Wie sie es vor einem Monat hätte tun sollen.

Aber das wollte sie nicht. Sie wollte lieber auf Zehenspitzen durch ihr Leben gehen, wie durch ein Abrißgebäude. Voller Angst, daß das alte Gemäuer einstürzen würde, wenn sie einen Fuß falsch aufsetzte. Oder wenn sie auf eine morsche Bohle trat oder sich an einem losen Balken festhielt.

Früher war es so schön mit Thomas gewesen, dachte sie. Wunderschön sogar. Vielleicht gab es keinen Grund, sich Sorgen zu machen, redete sie sich in einem Anflug wilder Hoffnung ein.

Die Beziehung war noch nicht in tausend Scherben. Eigentlich hatte sich nichts verändert, das Gerüst schien noch tragfähig.

Vielleicht war *tragfähig* nicht das richtige Wort, mußte sie zugeben. Aber es sah immer noch aus wie früher. Einigermaßen.

»Wie ist der neue Lippenstift?« begrüßte Ravi sie, als sie ins Büro kam. »Kußecht?«

»Wie soll ich das wissen?«

»Möchtest du probieren, ob er Doughnut-echt ist?« Er hielt eine mit Zucker bestäubte Doughnut vor ihr in die Höhe. Als sie zurückzuckte sagte er: »Tut mir leid. Wie wär's mit einem Kaffee?«

Ravi holte ihr einen Becher Kaffee. Vinnie, Teddy, Evelyn, die schlanke Cherry und der dösige Steve wandten unwillkürlich ihren Blick von den Bildschirmen ab, um zu sehen, was passieren würde, wenn Taras Lippen mit dem Becher in Berührung kamen. Sie hob den Becher an den Mund, nahm einen kleinen Schluck und hielt ihn hoch, so daß alle ihn sehen konnten. Wie aus einem Munde riefen sie: »Oh!«, als sie den weinroten, halbmondförmigen Bogen des Lippenabdrucks am gelben Becherrand gewahr wurden. »Es hieß, er sei lange haltbar«, tröstete Ravi sie, »nicht unauslöschlich.«

Tara seufzte und sagte: »Ich glaube, ich geb auf. Offenbar ist mir kein Erfolg beschieden.«

Nach der Arbeit ging sie mit Ravi und den anderen Kollegen in den Pub und erwähnte weder Thomas noch Fintan noch sonst etwas Unangenehmes. Aber in ihrem Kopf spukte alles mögliche umher. Sie wurde das Gefühl eines allgegenwärtigen, nicht faßbaren Schreckens nicht los.

Sie ging nach Hause. Als sie Thomas sah, wuchs das Gefühl der Kränkung. Sie bemühte sich um einen normalen Ton und sagte: »Weißt du was? Katherine ist morgen mit einem Mann verabredet.«

Er schnaubte. »Ob sie wohl das Vorhängeschloß von ihrem Höschen nimmt?«

Sie zwang sich, nichts zu sagen. Sie konnte es sich nicht leisten, wütend zu werden. Aber sie sah sie beide plötzlich wie aus großer Entfernung und dachte, daß dies doch eine merkwürdige Art des Umgangs für zwei Menschen sei, die sich angeblich liebten.

Was für ein groteskes Leben. Was für eine *Verschwendung*.

Sie konnte nicht sagen, wann sie die Grenze überschritten hatten, aber sie wußte, daß es nicht immer so gewesen war.

Sie war es so leid. All diese schwierigen Dinge in ihrem Leben – sie konnte nicht mehr.

»Hol mir was zu trinken«, sagte sie. »Ein Glas Weißwein.«

Verdutzt gehorchte er.

Etwas Grundlegendes war in Gang gekommen. Sie wußte nicht, was es war. Und sie war sich nicht sicher, ob sie es herausfinden wollte.

55

Tara hatte längst gelernt, ihr Leben in verschiedene Abteilungen zu gliedern. Thomas hatte sich nie mit ihren Freunden einlassen wollen. Als sie am Samstag morgen zu Katherine fuhr, um ihr bei den Vorbereitungen für die Verabredung mit Joe Roth zu helfen, fiel es ihr deshalb leicht, ihr Gekränktsein und das Gefühl, daß eine Veränderung in ihrem Leben mit Thomas bevorstand, zurückzulassen. Sehr leicht sogar. Ihr Leben war in letzter Zeit sehr unangenehm geworden, es verwirrte und verunsicherte sie, so daß es geradezu ein *Vergnügen* war, für kurze Zeit daraus zu entkommen.

Berstend vor Aufregung kam sie bei Katherine an.

Katherine trug einen BH und enge Jeans. Der Reißverschluß betonte ihren flachen Bauch und die Hüftknochen.

»Du ziehst sie an, weil du weißt, wie gern ich welche tragen würde, stimmt's?« sagte Tara erfreut. »Weil du mich magst.«

»Ich ziehe sie an, weil ein Fußballstadion nicht der geeignete Ort für das kleine Schwarze ist«, erwiderte Katherine.

»Stimmt ja gar nicht, du tust deiner dicken alten Freundin einfach einen Gefallen und läßt mich teilhaben an den Jeans. Ich wünschte, ich wäre schlank wie du«, sagte Tara mit Bedauern, »du mit deinem flachen Po und den dünnen Beinen. Zum Glück bist du meine Freundin, sonst hätte ich dich schon längst umgebracht.«

Tara sah sich in der Wohnung um. Etwas war anders als gewohnt. Die Zimmer waren immer noch in einem heillosen Durcheinander, obwohl die O'Gradys vor fast einer Woche abgereist waren. Dem Teppich im Wohnzimmer hätte es gutgetan, wenn er mal gesaugt worden wäre, die Möbel waren staubig, die Dinge standen nicht an ihrem Platz, und durch die offene Küchentür sah man die schmutzigen Teller unordentlich im Spülbecken stehen.

»Ach, das.« Katherine winkte ab. »Ich weiß. Ich wollte einen Großputz machen, als sie abgefahren sind, aber, na ja ...« Dann fügte sie hinzu: »So schlimm ist es ja nicht. Mir macht es nichts. Ein bißchen unordentlich, aber wenigstens ist es sauber.«

Es war nicht sauber, aber Tara schluckte ihre Bemerkung schnell hinunter und schwieg.

»Weiß du, ich vermisse sie regelrecht«, bekannte Katherine. »Ich hatte mich an sie gewöhnt.«

»Aber sie haben dich wahnsinnig gemacht«, rief Tara. »Milo, der deine Coco-Chanel-Lotion benutzt hat, zum Beispiel.«

»Wir haben keine Beweise dafür, daß es Milo war«, verteidigte Katherine ihn. »Vielleicht war es auch JaneAnn oder Timothy.«

»Wenigstens roch es so, als wäre er es gewesen. Weißt du, ich glaube, er hat ein richtiges Faible für schöne Dinge.«

»Er fühlt sich mit Livs Lebensstil pudelwohl, das finde ich auch«, stimmte Katherine ihr zu.

Tara schnüffelte. »Was riecht hier so komisch?« Sie schnupperte erneut. »Angesengtes Haar?«

Katherine sah sie verlegen an. »Ich glaube, ich habe zuviel Entkrauser genommen.«

»Meine Güte, du meinst es ernst mit deinem Joe-Roth-Projekt. Und was ist, wenn ihr zusammen ins Bett gehen wollt? Meinst du nicht, daß deine Wohnung ein bißchen ...« – sie zögerte – »... ein bißchen unordentlich ist?«

»Ich habe teure Unterwäsche gekauft«, gestand Katherine. »Mehr kann ich das Schicksal nicht herausfordern.«

»Noch mehr Unterwäsche?« Tara riß die Augen weit auf. »Wenn du ab heute bis zu deinem Tod jeden Tag frische Unterhosen anziehen würdest, hättest du am Schluß immer noch ein oder zwei Paar übrig!«

»Siehst du«, sagte Katherine fröhlich, »du gehst immer davon aus, daß wir ewig leben.«

Tara wurde blaß. »Jedesmal wenn ich dran denke, ist es so schlimm wie beim ersten Mal. Er kommt doch durch, oder?«

»Vielleicht. Hoffentlich!«

Der Gedanke an den Tod stand im Raum, bis Katherine sagte: »Komm, wozu bist du denn hier? Hilf mir lieber beim Anziehen.«

Trotz allem ließ Tara sich von der Aufregung anstecken.

»Was soll ich obenrum anziehen?« fragte Katherine.

Tara ging alle Sachen auf den Bügeln in Katherines aufgeräumtem Kleiderschrank durch. »Du mit deiner Kombinationsgarderobe«, murmelte sie vor sich hin. »Man kaufe neutrale Farben, achte darauf, daß ein neues Teil zum Rest der Garderobe paßt, zu Beginn der Saison kaufe man ein paar Grund-Kleidungsstücke – einen grauen Hosenanzug, ein dunkelblaues Kostüm, schwarze Hosen mit schmal geschnittenen Beinen und ein schwarzes Hemd – und baue darauf auf.« Sie war am Ende der Bügel angekommen. »Tut mir leid, Katherine, ich sehe keine Oberteile, die sexy sind, und zu den Jeans kannst du wohl kaum eine Bürobluse anziehen.« Als wäre sie mit ihrer Weisheit am Ende stemmte sie die Hände in die Hüften. »Und so, im BH, kannst du schlecht gehen, oder?«

Zu ihrer Überraschung sagte Katherine, während sie ein Tüte unter dem Bett hervorzog: »Na ja, ich war noch mal einkaufen ... und habe das hier gefunden. Aber es paßt nicht richtig zu mir«, fügte sie entschuldigend hinzu. »Es ist ein Bumerang.«

Tara sah sie verständnislos an.

»Ich meine, ich bringe es zurück«, erklärte Katherine.

»Laß mich mal sehen.« Tara zog einen himbeerfarbenen kurzen Pullover aus der Tüte. »Anziehen!« befahl sie. »Sofort.«

»Aber –«

»Anziehen!«

Unsicher stand Katherine vor Tara. Sie sah bezaubernd aus. Das Dunkelrosa brachte ihr Gesicht zum Leuchten, als wären kleine Strahler in den Pullover eingestrickt. Das glänzende Material war figurbetont und so kurz, daß es einen verführerischen Ausschnitt von Katherines flachem Bauch freiließ. Sie hätten Katherine ein Bauchnabel-Piercing machen lassen sollen, dachte Tara – sie selbst hätte auch gern eins, aber die Fettschichten, die man durchbohren müßte, waren so dick, daß der Ring den Durchmesser eines Tellers hätte haben müssen.

»Du mußt ihn anziehen!« sagte Tara überschwenglich.

»Ich kann das nicht tragen«, protestierte Katherine. »Alles zeichnet sich darunter ab. Außerdem ist das zu jung für mich.«

»Bitte«, sagte Tara. »Du siehst sexy und verführerisch aus. Und er ist es so gewöhnt, dich bis oben hin zugeknöpft in deinen anständigen Kostümen zu sehen, daß er nicht wissen wird, wie ihm geschieht.«

»Aber es ist November. Ich werde mich erkälten.«

»Erkältungen werden durch Viren übertragen. Und du hast doch einen Mantel. Welchen ziehst du an?«

Es entstand eine kleine, verlegene Pause. Katherine sah sie schuldbewußt an. »Als ich einkaufen war, hab ich das hier gesehen«, sagte sie und zog eine weitere Tüte unter dem Bett hervor. »Aber ich hätte sie nicht kaufen sollen. Ich bringe sie am Montag zurück. Sie ist nur für ein kurzes Wochenende hier. Ich weiß nicht, was mich geritten hat …«

Tara entriß ihr die Tüte und zog eine dreiviertellange petrolblaue Jacke aus weichem Leder heraus, die noch in Seidenpapier eingewickelt war. »Meine Güte! Was hast du sonst noch da drunter?« Tara warf sich auf den Boden wie eine Geisel bei einem Banküberfall.

»Nichts«, sagte Katherine hastig. »Nur noch ein paar Stiefel. Und ein bißchen Schmuck und Make-up. Oh, und Unterwäsche, aber die ist bestimmt nicht das Richtige für mich – bei den anderen Sachen kann man ja noch streiten, aber das war ein riesiger Fehler.«

»Stie-hie-fel!« Taras Kopf war unter dem Bett verschwunden, so daß ihre Stimme gedämpft, aber dennoch ekstatisch darunter hervorklang.

Katherine entnahm daraus, daß Tara die Prada-Stiefel gefunden hatte. »Komm wieder hoch.«

Tara kroch unter dem Bett hervor. »Deswegen bist du am Donnerstag erst um neun bei Fintan gewesen. Du warst einkaufen!«

Ehrfurchtsvoll faltete sie die Jacke auf. »O Gott, ich kann es nicht fassen«, rief sie aus, als sie den Namen sah. »Dolce and Gab –«

»Laß uns lieber nicht nicht darüber sprechen«, unterbrach Katherine sie. »Unerträgliche Schuldgefühle, du weißt schon.«

Tara war erleichtert. Katherine hatte ganz entgegen ihrem Wesen ein Vermögen für unpraktische und teure Sachen ausgegeben, aber wenigstens war sie so anständig, schreckliche Gewissensbisse zu haben.

Endlich war Katherine fertig. Sie trug den neuen Pullover, die Jacke, Stiefel, Ohrringe, Tangahöschen, einen Spitzen-BH, Lippenstift, Lidschatten und einen Tropfen Boudoir an ihrem Hals und auf ihrem kleinen Dekolleté. Dann gestattete sie, daß Tara ihre Haare zu Zöpfen flocht.

»Du siehst aus wie vierzehn«, sagte Tara. »Gehe hin und sündige, mein Kind.«

»Darauf kannst du dich verlassen.«

»Wirklich? Bei der ersten Verabredung?«

»Man soll das Leben in vollen Zügen leben«, sagte Katherine spitz. »Morgen sind wir vielleicht schon tot.«

Sie schien davon tatsächlich überzeugt, und in Tara kam wieder die Angst hoch. Sie konnte darauf verzichten, daß Katherine diese merkwürdigen Dinge sagte.

Als sie aus dem Haus traten, sah Tara sich vorsichtig um.

»Nach wem hältst du Ausschau?«

»Nach Ravi. Es würde mich nicht überraschen, wenn er dir auflauert und einen überbrät und sich dann mit deinen Sachen als du verkleidet, um ins Stadion zu kommen.«

»So begehrt sind die?« sagte Katherine zufrieden.

Fintan war auch zu der großen Vorbereitungszeremonie bei Katherine eingeladen worden, hatte aber schroff abgelehnt. In der Hoffnung, ihn aufheitern zu können, beschlossen Tara und Katherine, ihm die Früchte ihrer Bemühungen vorzuführen, bevor Katherine sich mit Joe traf.

Sandro kam zur Tür, blaß und besorgt und ganz der Leidgeprüfte. Ohne ein Wort, mit zusammengepreßten Lippen deutete er auf das Wohnzimmer.

Fintan lag auf dem Sofa. Er trug eine Afro-Look-Diana-Ross-Perücke. Der erste Anblick seines abgemagerten, grauen Gesichts war immer ein Schock. Obwohl man sein Erscheinungsbild mit den Auswirkungen der Chemotherapie und dem Rückgang der weißen Blutkörperchen erklären konnte, war es unmöglich, nicht im ersten Moment zu denken, man starre dem Tod ins Gesicht. Aber sie überwanden den Schreck – schließlich hatte man ihnen erklärt, daß es Fintan schlechtergehen würde, bevor Besserung eintreten konnte.

»Wie geht es dir?« fragte Tara.

»Beschissen!« erklärte er.

»Aber nicht schlechter?« fragte Katherine.

»Nein«, gestand er unwillig ein.

Noch vor zwei Wochen hatten sie jedesmal eine halbe Stunde darauf verwandt, seinen Gesundheitszustand zu erörtern, aber da sie sich versichert hatten, daß es keine neuen Tumore oder Schwellungen gab, keine unerklärlichen Schmerzen, schien alles fast normal.

»Hast du es bequem?« frage Tara, worauf die Anspannung stieg.

»Nein. Ich sitze auf den blanken Knochen.«

»Wie er wieder angibt. Bist du soweit, Katherine?«

Sie nickte, und Tara verkündete: »Trara, trara! Und hier kommt Katherine Casey, Überbaby, Sex-Mieze und Joe-Roth-Fan. Dieses Mädel hat sich was vorgenommen, überzeugen Sie sich selbst.«

Katherine kam in den Raum gesprungen und vollführte einen kleinen Tanz, sie präsentierte ihre neuen Kleider, knöpfte die

Jacke auf und reckte ihre mageren Hüften hierhin und dorthin.

»Tanzen konntest du noch nie«, sagte Fintan, worauf Katherine gekränkt und stumm stehenblieb.

In dem Moment bemerkte Tara eine Dose Bier auf dem Couchtisch. Die Angst sprang sie an, ihr wurde kalt. Ihre Augen begegneten Katherines, die die Dose auch bemerkt hatte.

»Heute hat Katherine ihre Verabredung mit Joe Roth.« Unwillkürlich verfiel Tara in die langsame und deutliche Art zu sprechen, wie man es bei Verrückten oder Geisteskranken tat.

»Meinetwegen braucht sie es nicht zu tun«, sagte Fintan böse.

»Aber freust du dich nicht?« fragte Tara entmutigt. Katherine stand schweigend daneben. »Bist du nicht aufgeregt? Ich meine, es ist nur deinetwegen soweit gekommen. Gewissermaßen, sozusagen ...«

»Ich glaube, du verwechselst mich mit dem Krebspatienten, den so was noch interessiert.«

»Aber sie hat es für dich getan.« Plötzlich hatte Tara ein unwiderstehliches Verlangen nach einer Zigarette.

»Das stimmt nicht«, sagte Fintan. »Sie hat es für sich getan.«

»Ich habe es *wirklich* für dich getan«, beharrte Katherine mit einem Krächzen.

»Und jetzt kannst du damit aufhören.«

»Dazu ist es jetzt zu spät.«

»Gar nicht. Es ist nie zu spät. Du bist wieder frei. Ich möchte sogar, daß du dich nicht mit ihm triffst«, sagte Fintan in verletzendem Ton.

»Das kannst du nicht tun.« Taras Stimme überschlug sich fast. »Sie hat eine Jacke von Dolce and Gabbana gekauft. Und Unterwäsche von Agent Provocateur. Und Prada-Stiefel – zeig ihm die Stiefel, Katherine, zieh die Jeans hoch, sieh dir diese *Absätze* an, Fintan. Der Pullover ist zwar nur von French Connection ...«

Als Katherine gehorsam die Jeans hochzog, stand ein flehender Ausdruck in ihrem Gesicht. Die Vorstellung, nicht zu der Verabredung mit Joe Roth zu gehen, enttäuschte sie mehr, als sie sagen konnte.

»Siehst du«, sagte Fintan, den Mund zu einem bitteren Lächeln verzogen, »du willst dich mit ihm treffen. Es hat nichts mit mir zu tun. Ich war nur der Auslöser.«

Katherine war in tiefe Konflikte gestürzt. Sie hatte nichts mit Joe zu tun haben wollen. Also, eigentlich schon, aber sie hätte nie etwas getan, um es möglich zu machen. Und sie hatte wirklich Angst gehabt, daß Fintans Zustand sich verschlechtern würde, wenn sie nicht tat, worum er sie bat. Aber sie mußte zugeben, daß ein Teil von ihr froh war, einen Grund gehabt zu haben, Joe anzumachen. Und jetzt wollte sie nicht aufhören. Sie hatte das Gefühl, daß es nichts mehr mit Fintan zu tun hatte.

Und vielleicht hatte es sowieso nie etwas mit ihm zu tun gehabt, außer daß seine Krankheit alles ins Rollen gebracht hatte.

All das war für sie schrecklich unangenehm, und pötzlich verstand sie, wie Tara sich gefühlt haben mußte, als Fintan von ihr verlangte, sie solle Thomas verlassen.

»Aber warum hast du mich dann gebeten, wenn es dir hinterher gleichgültig ist?« murmelte sie.

»Ich habe Krebs, meine Gute. Ich kann machen, was ich will.« Fintans Stimme war voller Überdruß. »Damals schien es mir eine gute Idee, Katherine. Wirklich. Ich dachte, du und Tara, wenn ihr euer Leben voll auslebt, dann würde ich durchkommen. Liv hat mir erklärt, daß ich mich in der dritten Phase befand, in meiner Reaktion auf eine schlechte Nachricht – und da will man einen Handel abschließen.«

»Was sind die ersten beiden?« fragte Tara.

»Leugnen und Depression.«

»Und in welcher bist du jetzt?«

»Ich bin in der vierten versumpft.«

»Und was ist das für eine?«

»Selbstmitleid. Merkt man das nicht?«

»Es ist kein Selbstmitleid«, sagte Katherine, die sich mit Liv unterhalten hatte. »Es ist Zorn.«

»Auch egal.«

»Gibt es eine fünfte Phase?« fragte Tara, auf alles gefaßt. Was würde ihnen noch bevorstehen?

»Ja. Sich abfinden, anscheinend. Aber bis dahin bin ich tot.«

Tara wollte in einer automatischen Antwort diese Möglichkeit leugnen, aber Fintan ließ es nicht zu. »Laß das, bitte. Wie ein Kind behandelt zu werden macht mich so unglaublich sauer. Guck mich doch an – ich habe immer noch einen Kiwi-Hals, trotz enormer Dosen schauderhafter Chemotherapie. Ich bin ein lebendiger Krebstumor, ich kann an nichts anderes denken.« Zu Katherine gewandt sagte er: »Geh du mal. Triff dich mit ihm, vergnüg dich, mach dir einen schönen Tag.«

Sie zögerte zuzugeben, daß sie sich mit Joe Roth verabredet hatte, weil sie selbst es wollte. Aus dem Bedürfnis heraus, Fintan mit einzubeziehen, sagte sie: »Wenn es gutgeht, bringe ich Joe vorbei, damit du ihn kennenlernst.«

»Mach dir keine Mühe.«

»Ich glaube, ich sollte gehen«, sagte Katherine. »Sonst komme ich noch zu spät.«

Auf dem Weg zur U-Bahnstation legte sie auf ihren zehn Zentimeter hohen Absätzen ein beträchtliches Tempo vor und versuchte so, den Zorn und die Verwirrung, die in ihr tobten, abzuschütteln.

Tara blieb mit Fintan allein. Sie fühlte sich äußerst unwohl mit ihm. Anscheinend ging es Sandro nicht anders, denn er vermied es, ins Zimmer zu kommen. Früher war Fintans Leben ein überschäumender Quell süßer Freude gewesen. Jetzt war es ein verkümmertes, bitteres, wertloses Ding. Sie hoffte inbrünstig, er würde Thomas nicht erwähnen. Zwar hatte er Katherine freigesprochen – obwohl die gemeine Art, wie er es getan hatte, nicht wie eine Absolution schien –, doch Tara wußte nicht, ob das gleiche auch für sie galt. Vielleicht hing jetzt alles an ihr, und sie konnte sich nicht überwinden zu fragen.

»Meinst du, es ist eine gute Idee, wenn du das trinkst?« Mit dem Kopf deutete sie auf die Bierdose auf dem Tisch.

»Warum fragst du? Möchtest du es haben? Ist es nicht ein bißchen früh für dich, um damit anzufangen?«

»Ich könnte dich dasselbe fragen.«

»Ja, aber ich habe Krebs.«

Tara seufzte innerlich. »Noch mehr Grund.« Sie nahm allen Mut zusammen und fragte: »Sollen wir zusammen eine Visualisierung machen?«

»Was für ein Ding?«

»Eine Visualisierung. Wie es beschrieben wird. Du weißt schon, wir stellen uns vor, daß du Güte und Reinheit und Licht und so in dir aufnimmst.« Angesichts seines bitter-amüsierten Blicks wurde ihre Stimme immer leiser.

»Wie geht's Thomas?« fragte er sie. Genau die Frage, die sie befürchtet hatte.

»Ehm, ich hab mit ihm gesprochen, mit dem Heiraten, das wird wohl nichts, und ich hab auch nicht vergessen, was du gesagt hast – daß ich ihn verlassen soll –, ich denke daran, und ich –«

Sie war überrascht, als er sie unterbrach und das wiederholte, was er schon zu Katherine gesagt hatte: »Mach dir keinen Kopf meinetwegen.«

»Was meinst du damit?«

»Mir ist es scheißegal, was du machst. Bleib dein Leben lang bei ihm, wenn du willst.«

»Du willst nicht, daß ich ihn verlasse?«

»Nein, Tara. Es interessiert mich wirklich nicht die Bohne. Heirate ihn oder laß es. Bleib bei ihm, laß dich weiterhin als Fußabtreter benutzen, ganz wie du willst. Es ist dein Leben, nicht meins, also kannst du damit machen, was du willst. Verschwende es, meinetwegen – so wie alle anderen auch.«

»Ah, gut.«

»Das Leben«, sagte Fintan bitter, »ist ein weggeworfenes Geschenk für die Lebenden.«

»Ich bin also aus dem Schneider?« fragte Tara vorsichtig.

»Frei, das zu tun, was du willst.«

»Oh, das ist ja gut.« Sie lächelte gequält. »Ich wußte nicht, ob du deine Ansicht nur bei Katherine geändert hattest. Aber, ehm … danke.«

Sie wartete darauf, daß die Last von ihr abrollte, daß sie sich frei, befreit, leicht fühlen würde. Alles war wieder in Ordnung. Sie konnte bei Thomas bleiben. Fintan hatte ihr seinen Segen gegeben, und sie konnte bei Thomas bleiben, so lange sie wollte.

Yippie, rief sie innerlich. Sie konnte für immer bei Thomas bleiben. Sie konnte bei Thomas bleiben, *für immer*!

Warum erschien ihr das plötzlich wie ein Alptraum, und nicht wie ein Traum, der wahr geworden war?

56

Joe wartete, wie verabredet, im Schalterraum der U-Bahnstation Finsbury Park. Es liefen so viele Leute in Arsenal-Hemden herum, daß sie ihn einen Moment lang nicht sah. Dann entdeckte sie ihn, er lehnte an der Wand und hatte die Hände in den Jackentaschen. Er trug verblichene Jeans, dicke Arbeitsstiefel und eine große Lederjacke mit breiten Schultern. Eine Strähne seines dunklen Haars war ihm in die Stirn gefallen, und sein Blick war in die Ferne gerichtet. Als sie nervös auf ihn zuging, blieb sein Gesicht verschlossen, fast feindselig. Für einen Augenblick bedauerte sie, daß sie gekommen war.

Sie stand praktisch schon vor ihm, als seine Miene sich aufhellte.

»Katherine!« Er stieß sich von der Wand ab und richtete sich auf, und gleich war er viel größer als sie. »Ich habe Sie nicht erkannt.« Dann musterte er unverhohlen ihre Haare, ihre Jacke, die Jeans und die Stiefel und sagte noch einmal: »Ich habe Sie nicht erkannt.« Er schüttelte ungläubig den Kopf, stieß den Atem aus, schob die Strähne aus der Stirn und sagte: »Wow!«

Sie wand sich vor Verlegenheit. »Ich sehe doch kaum anders aus als sonst.«

»Schon, aber ...« Sein Grinsen wurde breiter, seine Zustimmung war unübersehbar.

Sie lächelte ihn kurz an, dann senkte sie den Blick, verlegen und glücklich. »Tut mir leid, daß ich zu spät bin«, sagte sie.

Er sah auf seine Uhr und sog scharf die Luft ein. »Dreieinhalb Minuten, Katherine. Ich hatte schon angefangen, mir Sorgen zu machen.« Das stimmte. »Aber Sie sind da, das ist die Hauptsache.

Hier entlang.« Er ging mit ihr zur Straße. Auf dem Weg zum Stadion berührte er sie nicht, er nahm weder ihre Hand noch ihren Ellbogen, um sie zu führen. Aber er ging nah neben ihr und schuf ein sicheres Kräftefeld um sie herum. Er war so freundlich wie damals, als er im Büro immer zu ihr gekommen war, aber sie betrachtete das nicht mehr als Grund, grausam und abweisend zu sein.

Das Stadion war riesig. Nachdem sie den Eingang passiert hatten, gingen sie auf einen kleinen Drink in die Bar. Dann brauchten sie fast zehn Minuten, um im Gedränge mit Hunderten von Fans auf schmalen Gängen und über Treppen in die kalte Novemberluft zu gelangen, wo ihnen kräftiges Singen aus nah und fern entgegenschallte.

Die Plätze waren numeriert, und eine enorme Überdachung bot Schutz vor schlechtem Wetter. Alles war sehr zivilisiert und gar nicht vergleichbar mit der Vorstellung, die Katherine sich ursprünglich gemacht hatte. Sie hatte gedacht, man würde auf einem Stehpatz auf den Rängen im Regen stehen, dabei versuchen, über die Köpfe vor einem zu sehen, und ständig die Ellbogen der anderen in die Rippen bekommen.

Und es waren Frauen da, viele Frauen. Sie war keineswegs eine Ausnahme. Joe und sie gingen durch eine Reihe mit Plastiksitzen nach der anderen und dann viele Stufen hinunter, bis sie ihre Plätze gefunden hatten. Sie setzten sich, die Sitze waren eng nebeneinander, ihre Oberschenkel berührten sich fast, ihre Arme waren aneinandergedrückt, Joes große schwarze Schulter überragte Katherines schmale blaue. Sie war erstaunt, wie viele Menschen da waren. *Tausende*. Unter ihr reihenweise Köpfe, bis zum Spielfeldrand. Sie drehte sich um und sah eine endlose Menge von Oberkörpern, die eine fast senkrecht ansteigende Fläche bis zu der Metallüberdachung bildeten. Dann beugte sie sich vor: meterweise Knie in beide Richtungen. Auch die anderen drei Ränge waren voller Zuschauer. In der Ferne sah das Gewimmel der Menschen wie rote Seealgen im Wasser aus. Es war ehrfurchtgebietend.

Das Klatschen und Stampfen hallte von dem Metalldach wider und füllte das Stadion mit einem ohrenbetäubenden, irgendwie urzeitlichen Lärm. Mächtig und machohaft. Ihr Herz klopfte im Rhythmus mit dem donnernden Stampfen. Sie spürte die Vibrationen in ihrem Körper.

Joe beugte sich zu ihr und sagte: »Alles in Ordnung?«

»Alles in Ordnung.« Sie nickte zu ihm hinauf, mit einer winzigen Andeutung von einem Lächeln.

»Ist Ihnen warm genug?«

Sie nickte wieder.

»Können Sie sehen?«

Noch ein Nicken.

»Nicht, daß es jetzt schon was zu sehen gäbe«, fügte er hinzu.

Nach einer kurzen Pause fragte er: »Möchten Sie einen Hamburger? Oder das Programm haben?«

Joe war plötzlich von Panik ergriffen, daß Katherine vielleicht nicht so begeistert von dieser Verabredung war wie er.

Seine Sorge gefiel ihr, und sie sagte: »Ich hatte nicht gedacht, daß es so ...«

Er betrachtete sie erwartungsvoll. »So ...?«

»So aufregend sein würde.«

Dankbarkeit und Freude durchströmten ihn. Er hatte recht, er hatte von Anfang an recht gehabt mit ihr! In ihr loderte ein unerkanntes Feuer, und eine Leidenschaft schlummerte unter dem kühlen Äußeren.

»Wenn Sie das hier schon aufregend finden«, sagte er und grinste, »dann machen Sie sich auf was gefaßt.«

Befremdet riß sie die Augen auf. Wie vermessen von ihm!

»Wenn das Spiel angefangen hat«, stammelte er.

Um sie herum fingen die Menschen an zu singen.

»My old man
Said, ›Be an Everton fan‹,
I said, ›Fuck off, bollocks, you're a ...‹«

Zum Glück stimmte Joe nicht mit ein. Sie war sich nicht ganz sicher, wie sie das aufgenommen hätte. Aber die rohe Kraft war unmittelbar, überschäumend, sehr männlich und sehr sexy.

»Sind Sie schon lange Fußballfan?« fragte sie schüchtern.

»Oh, ja. Lange bevor Nick Hornby Fußball für die Mittelschicht akzeptabel gemacht hat. Ich bin seit meinem vierten Lebensjahr ein treuer Fan von Torquay United.«

Mit einem Gefühl der Sehnsucht stellte Katherine sich Joe als vierjährigen Jungen vor. »Ist Torquay United ein guter Verein?«

»Himmel, nein.« Er schüttelte heftig den Kopf und grinste. »Sie sind... wie soll ich sagen? Sie haben nicht den rechten Erfolg. Beziehungsweise sie haben nicht die rechten Talente. Sie sind in der dritten Liga.«

»Warum unterstützen Sie sie dann? Weil Sie sich auf die Seite der Schwächeren schlagen wollen?«

Wieder schüttelte er den Kopf. »Nein, es hat damit zu tun, wo man zur Welt kommt und wo man aufwächst. Ich bin aus Torquay, ich habe also keine Wahl.«

»Kismet.« Sie verstand.

»Richtig.« Was für eine Frau! »Schicksal.« Alle anderen Frauen in seiner Bekanntschaft, wo immer sie zu Hause waren, unterstützten Manchester United und wollten ihn auch dazu überreden. Er lächelte sie von der Seite her an. Jedesmal, wenn ihre Blicke sich trafen, hatte sie Schmetterlinge im Bauch.

»Und wieso gehen wir dann zu einem Arsenal-Spiel?« fragte sie.

»Als ich nach London kam, war mir gleich klar, daß ich nicht jedes Wochenende nach Devon fahren konnte. Und da ich gleich neben dem Arsenal-Stadion wohne und lieber irgendeinen Verein als keinen sehen wollte...«

»Ich verstehe«, sagte Katherine ernst. »Sie sind also kein richtiger Arsenal-Fan?«

»Inzwischen schon«, beeilte er sich, ihr zu versichern. »Aber damals hätte ich mich mit jedem eingelassen.« Er lächelte. »Aber damals war ich unerfahren, noch ein richtiger Junge, und wußte nicht, was Treue ist.«

»Und jetzt sind Sie reifer?« fragte Katherine und erwiderte sein Lächeln.

»Oh, um vieles.«

»Freut mich zu hören.«

»Und schließlich habe ich mich doch verliebt, obwohl es seine Zeit brauchte.« Nach einem hastigen Schlucken fügte er hinzu: »In Arsenal, natürlich.«

Vor ihnen lag das Spielfeld, riesig, grün-grün gestreift und noch leer.

»Es müßte bald anfangen«, sagte Joe. Völlig unbefangen nahm er ihr Handgelenk und sah auf ihre Uhr. Eine unerhebliche Geste, jeder hätte es tun können, aber es war intimer als alles andere, was bisher zwischen ihnen stattgefunden hatte. Ihr stockte der Atem, als seine kühlen Finger ihr Handgelenk hielten. Dann sagte er: »Danke«, und ließ sie wieder los. Es war vorbei. Sie brauchte einen Moment, bis sie wieder normal atmete.

Plötzlich schien die Spannung im Stadion noch zu steigen. »Es fängt an«, sagte Joe, als alle Zuschauer, wie aus einem Guß, unter Klatschen, Pfeifen und Grölen aufstanden. Anscheinend war das Arsenal-Team auf den Platz gekommen, aber Katherine konnte nur die Rücken und Köpfe der Zuschauer vor sich sehen. Aus den anschließend ertönenden Buh-Rufen und dem Pfeifkonzert folgerte sie, daß die Everton-Spieler auch draußen waren.

Alle setzten sich wieder. In dem Moment, als das Spiel angepfiffen wurde, verdichtete sich die Atmosphäre auf den Rängen, war wie elektrisiert vor Erwartung und Spannung. Die Aggressivität, die bis dahin gezügelt worden war, brach nun aus. Katherine spürte eine Erregung, die zum Glück nicht in Furcht umkippte.

»Die in Rot und Weiß sind unsere Jungs«, murmelte Joe ihr zu.

»Ich weiß!« Tara hatte sie mit ein paar grundlegenden Fakten vertraut gemacht.

»Gut gemacht«, lobte Joe. Es wurde immer besser.

Der Mann, der auf der anderen Seite neben Katherine saß, war ein besonders hartgesottener Fan, der eine persönliche Fehde gegen Everton zu führen schien. Immer wieder sprang er auf und brüllte: »Nun kommt schon, zeigt mal, was ihr könnt, wenn ihr glaubt, ihr seid hart genug.«

Als Everton eine Tormöglichkeit verpatzte, fing er aus vollem Halse an zu singen: »Sie ham verschossen, am Tor vorbeigeschossen ...«

Dann stieß er Katherine den Ellbogen in die Rippen und sagte: »Komm, Mädel, sing mal mit! Diese Schlappschwänze ...«

»Bin heiser«, murmelte sie. »Kann nicht singen.«

Joe sang zwar nicht mit, aber er war sehr konzentriert und sehr interessiert an dem Geschehen. Katherine dachte, das müsse sie eigentlich stören – warum hatte er sie mitgenommen, wenn er sie dann ignorierte? –, aber sie konnte sich nicht ärgern. Mit zusammengekniffenen Augen folgte er dem Ball. Während Joe das Spiel ansah, beobachtete Katherine ihn: seine ausgeprägten Backenknochen, seine zu Berührungen einladende Haut, sein Haar, das nicht so ordentlich gekämmt war wie im Büro. Immer wieder überzeugte er sich, daß sie neben ihm ihren Spaß hatte; er schien sich Sorgen zu machen, daß ihr kalt war, aber obwohl ihre Wangen gerötet waren, spürte sie die Kälte nicht.

Zwanzig Minuten nach Spielbeginn beugte er sich in seiner dicken Lederjacke zu ihr. »Alles in Ordnung?« fragte er zum soundsovielten Mal.

»Ja.« Sie lächelte ihn an.

»Ich kann nichts hören«, sagte er und kam mit seinem Gesicht näher zu ihr. »Rücken Sie dichter heran.«

Sie dachte, es läge an dem Gesang um sie herum, und sagte ganz nah an seinem Gesicht: »Ich sagte, ja.«

»Ich kann Sie immer noch nicht hören«, sagte er wieder, und seine Augen funkelten dunkel, »noch näher.«

Es war ihr peinlich, ihm so auf die Pelle zu rücken, aber sie kam näher und sagte: »Ja, es ist alles in Ordnung.«

Sie war so nah, daß sie die Konturen seines Bartwuchses um die Wangen und den Mund erkennen konnte.

»Ich höre nichts«, sagte er wieder. Seine eigene Stimme war fast tonlos, so daß sie die Worte von seinen Lippen ablas.

Verwirrt rückte sie noch näher an ihn heran, so daß ihr Atem sich mit seinem vermischte, und sagte: »Alles in Ordnung.«

»Ich höre nichts«, machten seine Lippen.

Zwischen ihnen waren nur noch wenige Zentimeter, sein apfelwarmer Atem war eine Überraschung für ihr kaltes Gesicht. Näher konnte sie nicht rücken. Und da verstand sie …

Irgendwo, in einer anderen Dimension, verpatzte Everton die zweite Torchance, und als ihre Ohren sich mit den Stimmen von dreißigtausend Arsenal-Fans füllten, die sangen: »Ihr Schlappschwänze, geht doch nach Hause«, überbrückte Joe Roth die restliche Entfernung, verdunkelte ihr Blickfeld – und küßte sie.

57

Rob wäre tief unglücklich gewesen, wenn er den Verdacht gehabt hätte, daß seine kostbaren Eintrittskarten dazu benutzt worden wären, während des ganzen Spiels zu knutschen. Zum Glück küßten sie sich nur einmal.

Aber, dachte Katherine, was für ein Kuß!

Ihre Augen waren geschlossen, ihre Hände berührten Joes Gesicht, ihre Fingerkuppen strichen über seine Stoppeln. Ein spezieller limonenklarer Duft, der Geruch eines reinlichen Mannes, drang zu ihr, und irgendwie registrierte sie, wie fest und trocken seine Lippen waren. Er zog sie näher zu sich heran, seine Hand lag auf ihrem Hinterkopf, und der Kuß wurde drängender und tiefer, die Hitze ihrer erregten Münder stand im scharfen Kontrast zu der kalten Haut und machte die Berührung noch geheimnisvoller und köstlicher.

Dann, zu schnell, war es vorbei. Widerwillig machten sie die Augen auf und rückten voneinander ab. Sie gaben der übergroßen Begierde nicht nach, und die Wirklichkeit machte sich wieder bemerkbar.

»Entschuldigung, ich hätte das nicht tun sollen … Das hier ist nicht der Ort«, murmelte Joe, die Augen verhangen und verwirrt.

»Das stimmt«, sagte sie ganz benommen – und verdutzt, daß sie nicht die einzigen Menschen auf der Welt waren.

Sie sahen sich den Rest des Spiels durch den Schleier sehnlichen Wartens an. Offenbar gewann Arsenal das Spiel.

Dann nahmen sie ein Taxi und fuhren zu ihr nach Hause.

Als sie ankamen, wurde Katherine von Panik ergriffen. Es war erst halb sechs, viel zu früh, um miteinander ins Bett zu hopsen. Ein Fehler.

Seine Gegenwart erfüllte die Wohnung, und sie wünschte ihn sich weg. Das Gefühl, daß sie sich mehr vorgenommen hatte, als sie bewältigen konnte, behagte ihr überhaupt nicht.

»Das ist das Wohnzimmer«, sagte sie nervös und flattrig. »Setz dich doch, ich mache Kaffee –«

Sie brach sofort ab, als Joe seine Finger in die Gürtelschlaufe ihrer Jeans steckte. »Komm her«, sagte er sanft und zog sie zu sich. Sie spürte die Anziehung, spürte, wie sie sich auf ihn zubewegte, wie sie vor ihm zum Stehen kam. Still sah sie den zärtlichen, bedeutungsvollen Blick, als er sein Gesicht zu ihr hinunterbeugte. Ihre Haut wurde gewärmt von seinem Atem, dann legte sich sein Mund auf ihren.

Als sie die Augen schloß, spürte sie, wie sich ihr Körper wie eine Blume öffnete. *Es ist zu früh*, sagte sie sich und versuchte sich zum Aufhören zu überreden. *Es ist zu früh, und gleich höre ich auf.*

Aber Joe war es, der sich von ihr löste. Er versuchte, sich zu beruhigen, und lächelte bedauernd. »Ich muß dir sagen, daß ich nie bei der ersten Verabredung mit jemandem ins Bett gehe.«

»Ich auch nicht«, entgegnete sie spitz.

»Dann ist es ja gut, daß wir später noch eine zweite Verabredung haben, findest du nicht?« sagte Joe und grinste.

»Bilde dir bloß nicht ein –«

»Keineswegs«, sagte er zerknirscht. »Ob du's glaubst oder nicht, es war ein Witz.«

»Ach. Du schläfst also doch bei der ersten Verabredung mit einer Frau?«

»Nein, ich … Oh, ich verstehe, auch ein Witz.« Und sie lächelten sich an.

»Und was ist mit der zweiten Verabredung?«

»Ich habe ja gesagt, daß ich dich zum Essen ausführe.«

»Und?«

»Ich dachte, wir gehen aus. Wäre das in Ordnung?«

»Wohin?«

»Ehm … ins Ivy«, sagte er, einen Augenblick verlegen, weil er ein so vornehmes Restaurant ausgewählt hatte.

Aber sie sagte einfach: »Gut. Hättest du was dagegen, wenn wir uns da treffen?«

Ihn im Wohnzimmer zu wissen, während sie sich fertigmachte, bedeutete im Moment eine Nähe, auf die sie noch nicht vorbereitet war.

Er sah enttäuscht aus, sagte aber: »Der Tisch ist für acht Uhr reserviert. Wir sehen uns dort.«

Er küßte sie auf die Wange, und als sich die Tür hinter ihm geschlossen hatte, vollführte Katherine einen für sie völlig untypischen Tanz. Sie wußte, wie schwer es war, einen Tisch im Ivy zu bekommen.

Dann lief sie ins Schlafzimmer und zog eine weitere Tüte unter dem Bett hervor, der sie ein schwarzes, auf Figur geschnittenes Kleid mit engen Ärmeln entnahm. Es war nicht unbedingt ein Minikleid, aber für sie war es kurz. Doch er führte sie schließlich ins Ivy aus, da war das nur fair.

Weil sie so aufgeregt war, riß sie in den ersten Strumpf ein Loch. Zum Glück gehörte sie zu den Frauen, die immer mehrere heile Paare in ihrer Kommode hatten. Dann hatte sie einen Moment der Unentschlossenheit, als sie zwischen schwarzen hochhackigen Stiefeletten aus Satin und schwarzen Lackledersandalen mit Absatz zu wählen hatte. Sie entschied sich für die Stiefeletten, weil die offenen Schuhe ihre Füße zu verletzbar machten. Zum Schluß zog sie einen todschicken Mantel von Jil Sander an, den sie im letzten Winterschlußverkauf bekommen hatte, und war fertig.

Sie konnte dem Wunsch, Tara anzurufen, nicht widerstehen. Tara würde natürlich wissen wollen, wie der Nachmittag verlaufen war. Aber als jemand am anderen Ende den Hörer abnahm, dachte sie, sie hätte die falsche Nummer gewählt. Sie erkannte die heisere Stimme nicht, die ein Hallo krächzte.

»Tara?« fragte sie zögernd.

»Oh, Katherine.« Dann versagte ihr die Stimme.

Katherine wurde klar, daß es Tara war und daß sie vor Weinen kaum sprechen konnte. »Was ist los? Ist was mit Fintan?«

»Nein, es ist nichts, wirklich.«

»Das kann nicht sein.«

»Es ist nur Thomas. Er ist so ein Arsch.«

»Was hat er gemacht?« fragte Katherine entsetzt. Sie wäre nicht überrascht, wenn Thomas eine Affäre hätte.

»Er ist einfach ein kompletter Arsch.«

»Ja, aber ...« Katherine wußte nicht, was sie sagen sollte. Natürlich war Thomas ein Arsch, das wußte sie schon lange. Aber es mußte etwas passiert sein. »Hat er etwa eine Affäre?«

»Warum? Meinst du, es gibt in dieser Welt noch eine andere Frau, die so dumm ist wie ich? Oh, gerade fällt es mir ein«, unterbrach Tara sich mit tränenerstickter Stimme. »Du bist bei deiner Verabredung. Bitte, sag mir, daß du glücklich bist. Geht alles gut?«

»Das ist doch jetzt egal. Erzähl mir, was geschehen ist.«

»Morgen. Bitte, Katherine, ich will ernthaft wissen, wie es läuft.«

»Er hat mich zweimal geküßt, und wir gehen zum Essen ins Ivy.«

»Ins Ivy! Ich bin so froh. Offenbar meint er es ernst.« Tara gab sich Mühe, fröhlich zu klingen. »Wenn du die zweifarbige Mousse au chocolat ißt, denk an mich.«

»Möchtest du, daß ich zu dir komme?« Katherine schloß die Augen, schickte ein Stoßgebet zum Himmel und hoffte inständig, daß Tara nein sagen würde.

Tara lachte gequält. »Auf gar keinen Fall.«

»Aber meinst du, du kommst klar?«

»Ja, natürlich. Es tut mir leid, daß ich damit in deinen aufregenden Tag hineingeplatzt bin. Ich wünsche dir einen wunder-, wunderschönen Abend – und fordere deine ehelichen Rechte ein.«

»Wenn du dir sicher bist ...«

»Ich schwör's, bei dem Leben meiner Großmutter.«

Als das Taxi beim Ivy ankam, war es gerade acht Uhr vorbei. Katherine zwang sich zu einem kleinen Spaziergang. Wenn sie sich mit Tara und den anderen im Restaurant verabredete, war es nicht von Bedeutung, wenn sie als erste ankam und warten mußte, aber dies hier war etwas anderes. Mit großer Willensanstrengung schaffte sie es, volle zehn Minuten zu spät zu kommen. Nicht unbedingt den Launen eines Supermodels gemäß, aber immerhin revolutionär für sie.

»Ich bin mit Mr. Roth verabredet«, sagte sie zu dem Oberkellner.

Er fuhr mit dem Finger auf der Liste entlang und sagte: »Es tut mir leid. Wir haben keine Reservierung auf den Namen Roth.«

Katherine wurde von Angst gepackt. Panikerfüllt sah sie sich um und war erleichtert, als sie Joe hinter einer Trennwand entdeckte. Auch er hatte sie gerade erspäht und stand hastig vom Tisch auf.

»Oh, er ist schon da, es ist alles in Ordnung.« Sie lächelte und zeigte auf Joe.

»Das ist Mr. Stallone«, sagte der Oberkellner mit undurchdringlicher Miene.

»Wirklich ...?«

Joe war zu ihnen getreten.

»Ihr Gast ist eingetroffen, Mr. Stallone«, sagte der Oberkellner höflich.

»Ehm, danke. Hier entlang, Katherine.«

»Mr. Stallone?« flüsterte Katherine, als Joe den Stuhl für sie zurechtrückte.

»Sonst hätte ich in der Kürze der Zeit keinen Tisch bekommen«, murmelte er.

Es folgte eine kleine Pause der Überraschung, dann brach eine Welle der Erheiterung aus ihr heraus. »Mr. Stallone«, platzte sie heraus und fing an zu lachen und konnte nicht wieder aufhören. Ihr Körper wurde geschüttelt vor Lachen, und die Tränen rannen ihr über die Wangen. Er beobachtete sie mit Geduld und Nachsicht. »Oh, Gott«, keuchte sie und wischte sich die Tränen fort. »Ich habe seit Jahren nicht mehr so gelacht.«

»Ich hatte gehofft, du würdest es nicht herausfinden. Ich habe nach dir Ausschau gehalten, aber die dumme Trennwand hat mir die Sicht genommen.«

»Ich freue mich aufrichtig, daß ich es rausgefunden habe.« Sie sah ihn mit einem Strahlen an. »Ich schwöre es.«

Die Speisekarte wurden ihnen gereicht, und sie bestellten ihr Essen und den Wein.

Obwohl es so vieles gab, was sie voneinander nicht wußten, sprachen sie hauptsächlich über ihr Essen. Er beschrieb seinen überbackenen Camembert in allen Einzelheiten, und sie schilderte die Beschaffenheit und den Geschmack ihres Salats mit Schinkenspeck in großer Ausführlichkeit. *So wie ich mich auch mit Tara oder Fintan unterhalten würde*, dachte Katherine überrascht. *Besonders mit Tara.*

Die Sache ließ sich sehr gut an.

Als das Hauptgericht kam, fragte sie mit ehrlichem Interesse: »Ist deine Seezunge gut?«

»Ja«, sagte Joe. »Möchtest du probieren?« Schon hielt er ihr einen Bissen auf seiner Gabel entgegen.

»Ehm ... nein.« Ihr wurde heiß vor Verlegenheit.

»Mach schon«, sagte er leise. »Es ist köstlich.«

»Das ist die anzüglichste Bemerkung, die ich seit langem gehört habe«, sagte sie. Aus ihrem Peinlichkeitsgefühl heraus wollte sie ihn aus seiner Stimmung holen. Aber es gelang ihr nicht.

»Mach schon«, sagte er wieder.

Und von seiner Stimme und der Intimität der Geste erregt beugte Katherine sich vor und erlaubte Joe, ihr die Gabel in den Mund zu schieben.

»Schmeckt's?« fragte Joe mit einem bedeutungsvollen Blick.

»Sehr gut«, nickte sie befangen.

Er sah ihr die ganze Zeit beim Essen zu, beobachtete ihren Mund, wenn sie einen Bissen nahm, und sein Blick ruhte auf ihren Lippen, wenn sie kaute. Sie war so erregt, daß sie nach dem Hauptgang auf die Damentoilette flüchten mußte, um der sexuellen Spannung am Tisch zu entgehen.

Als es Zeit für das Dessert war, bestellte sie Tara zu Ehren eine zweifarbige Mousse au chocolat. Sie schob einen Löffel der weißen und dunklen Schokoladenmasse in den Mund und spürte seinen verlangenden Blick auf ihr. Die Verbindung aus dem Geschmack der Schokolade auf ihrer Zunge und dem Versprechen in seinen Augen verursachte ein Prickeln, als hätte sie gerade einen Miniorgasmus erlebt.

Ihr Körper bebte mit solcher Erwartung, daß ihr fast angst wurde. Es könnte heute passieren. Es könnte wirklich passieren.

58

Dann standen sie draußen im Dunkeln. Es war kalt.

Was jetzt?

»Wir können bei mir einen Kaffee trinken«, schlug Joe vor.

»In Battersea?« antwortete Katherine in einem Ton, der deutlich machte, daß die Idee absurd war. Sie schlüpfte wieder in die Rolle der Lehrerin.

»Warum nicht?« fragte er. Anscheinend machte ihm ihr Spott nichts aus.

Du mußt ihn warten lassen, ermahnte sie sich, *laß ihn warten, sei nicht zu schnell bereit.*

»Nein«, sagte sie.

Sie sah, wie sein erwartungsvolles Lächeln verschwand, und verspürte eine heftige Genugtuung. Dann sagte sie: »Wir fahren zu mir.«

Im Taxi hielten sie sich schweigend an den Händen. Ohne ein Wort machte sie die Tür zu ihrer Wohnung auf und schloß sie sorgfältig hinter sich zu. Sie war bereit, sich zum ersten Mal seit zwei Jahren der Fleischeslust mit einem Mann hinzugeben.

Es war, als wären sie aufeinander zu katapultiert worden. Sie standen bei der Tür und waren noch in Mänteln, als sie sich schon in den Armen lagen und sich heftig, verlangend küßten. Katherine merkte kaum, wie Joe ihr geschickt den Mantel von den Schultern streifte, und ließ ihn achtlos auf den Boden im Flur fallen. Er führte sie ins Wohnzimmer, zum Sofa. Er küßte sie ohne Unterlaß und zwang sie mit sanftem Druck auf das Sofa, bis sie auf dem Rücken zu liegen kam. Er küßte sie immer weiter, stundenlang, so schien es ihr. Immer wenn sie sich aufrichten oder etwas sagen wollte, drückte er sie wieder in die Kissen und küßte sie erneut. Er küßte sie mit Hingabe. *Das Küssen ist eine eigene Kunstform*, dachte sie benommen, *nicht nur die Einführung zum Hauptereignis*.

Sie hatte die Augen geschlossen und fühlte sich wie in Trance. Tief in ihrem Innersten flog sie davon über Felder voller Farben, über eine Landschaft von Sternen. *Wozu Drogen?* dachte sie.

Es war lange her, daß jemand sie so geküßt hatte. Es war lange her, daß jemand sie überhaupt geküßt hatte. Wie hatte sie das Leben ohne Küssen ertragen?

Sie wußte kaum noch, wo sie war, und als sie die Augen öffnete, war sie überrascht, das ihr vertraute Wohnzimmer zu sehen.

Und die ganze Zeit, während er sie küßte, streichelte er sie, mit langsamen, sie wild machenden Bewegungen. Ganz leicht berührte er sie mit seinen langen, empfindsamen Fingern, berührte ihr Gesicht, ihren Hals, ihre Arme. Dann streichelte er ihren Bauch durch das Kleid, und seine Hand bewegte sich langsam höher, zu ihrem Brustkorb, und noch höher, bis er fast ihre Brüste erreicht hatte. Unter ihrem Spitzen-Büstenhalter bildeten ihre Brustwarzen zwei kleine Zelte und bettelten darum, berührt zu werden, aber seine Hand fuhr unter ihren Brüsten entlang, an den seitlichen Rundungen, zwischen ihren Brüsten hindurch. In langsamen, immer kleiner werdenden Kreisen bewegte er seine Hand nach innen, bis er die sanfte Schwellung ihrer rechten Brust berührte. Langsam, ach so langsam, streichelte er sie durch den enganliegenden Stoff und kreiste immer wieder um die Brustwarze. Als er nach einer Ewigkeit, so kam es ihr vor, endlich ihre Brustwarze erreichte und sie mit dem Zeigefinger zart schnipste, hatte sie das Gefühl, einen Orgasmus zu haben.

Er lag halb auf ihr, seine Erektion rieb sich an ihrem Hüftknochen, was ihr unglaubliche Lust bereitete.

Als er seine Hand auf ihr Bein legte, sie langsam unter dem Kleid nach oben gleiten ließ und dann herausfand, daß sie – wie er gehofft hatte – Strümpfe trug, und keine Strumpfhosen, da verlor er fast seine Beherrschung.

Er begann, ihre Schenkel zu streicheln. Erst oben, dann außen, dann die zarte Haut der Innenseite, und wieder zurück.

»Nein«, schalt er sie, als sich ihre Hüften aufbäumten, und zwang sie mit sanftem Druck der Handfläche auf ihr Schambein auf das Sofa zurück. Und wieder prickelte süße Lust durch sie hindurch.

Es drängte sie danach, ihn zu berühren, mit ihren Fingern über seine Brust zu fahren, die Muskeln seiner Oberschenkel zu spüren. Mit zitternden Fingern knöpfte sie ihm das Hemd auf, richtete sich auf und legte ihre Hand flach auf seine behaarte Brust. Sie überraschte ihn, indem sie ihn nach hinten drückte. Plötzlich lag er auf dem Rücken, und sie sah von oben zu ihm hinunter.

Sie lächelten sich schweigend, benommen vor Lust, an.

Sein Hemd war aufgeknöpft, und der Spalt, der sich zwischen seinem flachen Bauch und dem Bund seiner Jeans bildete, lockte, so daß Katherine ihre Hand hineingleiten ließ. Mit der Handfläche fühlte sie an der Haarlinie entlang, die sich wie ein ausgefranstes Seil über seinen Bauch zog. Ihre Finger glitten tiefer, und noch mal tiefer, bis sie sein Schamhaar berührten.

Er stöhnte und murmelte: »Katherine ...«

Als er ihr in die Augen sah, konnte er das zugeknöpfte Wesen vom Büro kaum in ihr erkennen. Sie war eine gierige, verschlingende Frau.

Wieder fing er an, sie zu küssen. Er drehte sie herum, so daß sie unter ihm lag. Aber sie konnte nicht mehr warten.

»Bitte«, bettelte sie und bauschte mit hastigen Bewegungen ihr Kleid um die Taille. Er stand auf, machte Gürtel und Knöpfe auf, und stieg aus Jeans, Unterhosen und Socken. Seine Haut war klar wie Mondstein, so weiß, daß das Dunkel seiner Schamhaare wie ein Schock war. Seine Taille war winzig, sein Bauch konkav, die Haut straff gespannt. Seine Schenkel waren lang und mager, seine Hüften schmal wie ihre, sein Glied stand steif und bebend. Er war schön.

Er half ihr, das Kleid auszuziehen, aber in gegenseitigem, stummem Einverständnis behielt sie ihre Unterwäsche an. Joe kniete mit einem Bein zwischen ihren und streifte sich ein Kondom über, dann zog er den Steg ihres Spitzenhöschens zur Seite. Als er in sie eindrang und sein Gewicht langsam auf sie legte, dachte sie, sie sei gestorben und in den Himmel gekommen.

Anschließend war er voll des Staunens. »Ich hatte nicht gedacht, daß dies passieren würde«, sagte er und sah sie an.

»Wirklich nicht?« fragte sie sachlich.

»Ich war schon lange verrückt nach dir, und jetzt kann ich kaum glauben …«

Schweigend lagen sie ineinander verschlungen, bis seine Hände erneut anfingen, sie zu streicheln. Sanft löste er den Verschluß ihres Büstenhalters, enthakte die Strümpfe, zog ihr Strapse und Höschen aus. Sie ließen ihre Kleider in dem unaufgeräumten Wohnzimmer verstreut liegen und gingen ins Schlafzimmer, wo sie sich ein zweites Mal liebten.

Danach machte Joe keinerlei Anstalten zu schlafen, was Katherine gut paßte.

»Komm«, sagte sie und stieß ihn an.

»Wohin?«

»Ins Bad, wir gehen duschen.«

»Warum? Mußt du zu deiner Frau nach Hause?«

»Komm schon.«

Lachend stolperten sie ins Badezimmer. Sie kletterten in die Badewanne, und Katherine reichte ihm einen Schwamm und Duschgel. »Du mußt mich waschen.«

»In Ordnung«, sagte er, musterte erst ihren schlanken Körper, dann den Schwamm in der Hand. »Aber erst müssen wir dich naß machen.«

Er drehte das warme Wasser an und zog Katherine unter den Strahl. Es war erregend zu sehen, wie er schweigend und prüfend ihren Körper ansah, während das Wasser über ihre Brüste und die aufgerichteten Brustwarzen rann, und wie er das Duschgel sorgfältig auf den Schwamm drückte.

»Du bist ganz schmutzig«, sagte er streng.

»Ich weiß.« Sie konnte kaum sprechen.

Langsam begann er sie mit dem Schwamm einzuseifen und fuhr in kreisförmigen Bewegungen über ihren nassen Körper, den Bauch, die Arme und die Beine. Dann die Brüste, die er mit dem seifigen Schwamm massierte, bis die Haut ganz schlüpfrig war. »Da ist besonders viel Schmutz«, sagte er.

»Ich weiß«, stöhnte sie.

Er fuhr mit dem Schwamm zwischen ihre Beine, und sie wand sich vor Begierde. »Steh still«, befahl er ihr.

Sie versuchte es, aber seine festen, massierenden Bewegungen machten es ihr unmöglich. Das warme Wasser, sein nasser Körper, ihre glitschige Haut – die Begierde war zu groß.

Sie hatte den Rücken gegen die kalten Kacheln gepreßt und ihre Beine um Joes Taille geschlungen, als er erneut in sie eindrang. Ein paar berauschende Augenblicke hielten sie so ganz still, die Zähne vor Lust zusammengepreßt. Dann fing er an, sich rhythmisch zu bewegen. Im nächsten Moment verlor er den Halt in der nassen Wanne, er stolperte, und sie gingen zu Boden und kugelten umher, während sie sich aneinander festhielten und lachten und lachten.

Am nächsten Morgen erwachte Katherine früh und drehte sich zur Seite. Da war er! Joe. Joe Roth. Joe Roth aus dem Büro. Ohne seinen Anzug. In ihrem Bett. Und schlief und sah schön aus, mit den dichten Augenwimpern, dem stoppeligen Bartwuchs auf der Wange, und dem Geruch seines Andersseins, der das Zimmer erfüllte.

Das Hochgefühl war ähnlich der Freude am Weihnachtsmorgen, wenn man aufwachte und feststellte, daß Santa Claus dagewesen war.

Ich mache das nicht kaputt, ich mach das nicht kaputt, diesmal nicht . . . , sagte sie sich immer wieder.

Sie wußte, daß dies der schwierigste Moment war. Tara hatte ihr versichert, daß es für jeden schwierig war. Aber Katherine hatte das Gefühl, daß es für sie besonders schwierig war, weil Männer in ihrer Unnahbarkeit oft einen speziellen Reiz fanden.

Der verschwand, wenn sie mit ihnen geschlafen hatte – es war ziemlich unmöglich, mit jemandem zu schlafen und dabei unberührbar und kalt zu bleiben. Wenigstens nicht, wenn man zu seinem Vergnügen kommen wollte. Viele Männer, die Katherine wochen- und monatelang nachgestellt hatten und die ihre Unerreichbarkeit fast wahnsinnig gemacht hatte, hatten jedes Interesse an ihr verloren, nachdem sie mit ihr geschlafen hatten. Katherines mystische Aura war verflogen, und sie war nur eine gewöhnliche Frau, die von ihrem Podest gestürzt worden war und um ihren Mann kämpfte, wie jede andere auch.

Und dazu kam, daß die neue Begegnung alte Feuer in ihr wieder auflodern ließ. Zweifellos war dies ein heikler Moment.

Joe öffnete die Augen, die Augenlider schwer, der Blick bedeutungsvoll. »Morgen«, sagte er verschlafen.

»Morgen«, flüsterte sie.

»Was für ein schöner Anblick beim Aufwachen.« Er griff nach ihr und zog sie unter der zerknautschten Bettdecke auf sich. Ihr Herz klopfte höher, als sie seinen warmen Körper spürte. Sie lagen Brust an Brust, ihr glattes Bein rieb sich an seinem behaarten. Sie schloß die Augen, um die Zartheit der trägen, morgendlichen Berührungen auszukosten, und als sie sich liebten, war es ohne die Hast des Abends zuvor und mit großer Zärtlichkeit.

Danach ging Joe ins Badezimmer. Katherine versuchte sich die Haare zu ordnen, indem sie mit den Händen hindurchfuhr, und wischte sich Reste von Rouge und Mascara unter den Augen mit den Fingern ab. Als Joe aus dem Badezimmer kam, wirkte er unsicher. Nachdenklich rieb er sich mit der Hand über den Mund, zog die Mundwinkel in die Länge und ließ die Haut wieder zurückspringen.

»Ich sollte jetzt vielleicht gehen«, sagte er fragend.

»Vielleicht«, sagte Katherine mit einem rätselhaften Lächeln. Aber sie war zutiefst enttäuscht. Was war mit den Croissants, dem frisch gepreßten Orangensaft, den weißen, gestärkten Servietten auf einem vergoldeten Tablett, wie die Werbung es versprach? Müßte sie nicht das Oberteil des Schlafanzugs tragen und Joe die

Hosen dazu? Müßte sie nicht in die Daunenkissen sinken, während Joe sie mit Joghurt fütterte? Und dann mußte er ihr einen Klecks auf die Nase machen, und sie würden beide vor Freude auflachen?

Und anschließend müßten sie einen Spaziergang machen, sich an den Händen halten, die Enten füttern, während ihr verliebtes Lachen durch den Park schallte. Und müßte Katherine nicht die Zehen ins Wasser stecken und einen dummen Hut tragen, der nur auf dem Kopf blieb, wenn sie ihn mit der Hand festdrückte?

Joe ging aus dem Schlafzimmer, und als er zurückkam, war er angezogen. Plötzlich hatte sie ein schrecklich leeres Gefühl.

»Ich rufe dich an«, versprach er.

»Ja?« Katherine lächelte ironisch, um ihm zu verstehen zu geben, daß sie ihn durchschaute, falls das nicht seine Absicht war. Und wenn er sie wirklich anrufen wollte, dann gehörte zu seiner Erinnerung auch dieses Bild der geheimnisvollen Katherine, auf die er ja so scharf war. Himmel, es war so anstrengend!

»Und natürlich sehen wir uns im Büro«, sagte er.

»Das ist allerdings wahr«, stimmte sie ihm zu.

»Und danke für einen wunderbaren Abend. Und einen wunderbaren Tag«, fügte er noch hinzu.

Sie senkte anmutig den Kopf. »Keine Ursache.«

Das Zuschlagen der Tür fand ein Echo in dem Donnerschlag der Trostlosigkeit tief in ihr. War das alles gewesen?

Aber wenigstens hatte sie ihre überwältigende Bedürftigkeit gezügelt. Besser gezügelt. Besser als beim letzten Mal. Vielleicht war sie endlich darüber hinweg. Wenn das der Fall war, dachte sie traurig, dann hatte es zwölf Jahre gedauert.

59

Die erste Verletzung geht am tiefsten. Und bei Katherine ging sie tiefer als bei den meisten anderen. Sie war neunzehn, als sie ihren ersten Liebeskummer erlebte – ziemlich alt. Vielleicht war das Teil des Problems. Dann, kaum einen Monat später, schrieb sie an ihren Vater und erfuhr, daß er gestorben war. Der Schmerz wurde dadurch noch pointierter.

Als Tara eine Woche später zu ihr sagte: »Fintan und ich haben genug Geld gespart, um aus Knockavoy wegzugehen, und wir finden, du solltest mit uns kommen«, hatte Katherine das Gefühl, daß man ihr eine Lebensrettungsleine zuwarf. Einerseits war ihr Leben vorüber, so daß es ohne Bedeutung war, wo sie den Rest ihrer Tage verbrachte, aber andererseits hatte die Vorstellung zu fliehen einen wilden Reiz.

»Wohin wollt ihr?« fragte sie.

»In eine weit entfernte Stadt«, sagte Tara lockend.

»Nicht Limerick?« hatte Katherine mit unsicherer Stimme gesagt.

»Großer Gott, nein. Weiter weg.«

»Dublin?«

»Noch weiter weg«, hatte Tara geprahlt.

»Nicht ... nicht New York, oder?« Katherine konnte ihre Aufregung kaum verhehlen.

»Ehm ... nein, nicht New York.« Tara war ein wenig beschämt. »Was hältst du von London?«

Katherine wäre lieber noch weiter weg gegangen, nach Los Angeles. Oder nach Wellington. Oder auf den Mond. Aber London wäre auch recht. Am frühen Morgen des 3. Oktobers 1986 waren sie zu dritt an der Euston Station ausgestiegen, hatten sich den *Evening Standard* gekauft und eine Wohnung in Willesden Green gefunden.

In der Woche darauf fand Tara eine Arbeit bei einer Computerfirma, Fintan wurde von einem exklusiven Herrenausstatter eingestellt, und Katherine konnte eine Ausbildungsstelle als Buchhalterin ergattern – und ihr neues Leben begann.

In London gab es viele Männer. Viele, viele Männer. Tara und Fintan krempelten die Ärmel hoch und machten sich ans Werk, während Katherine sich zurückhielt. Das fiel ihr nicht schwer. Doch ihr mangelndes Interesse wurde nicht immer respektiert. Nicht, daß ihr die Männer in Scharen nachliefen, aber gelegentlich wollte sich jemand mit ihr verabreden. Es kostete sie keine Anstrengung, nein zu sagen, und zwar so unhöflich, wie sie konnte. Niemand fragte sie ein zweites Mal.

Doch eines Abends, nachdem sie schon ein Jahr und zwei Monate in London lebten, traf Katherine sich nach der Arbeit mit Tara und ihren Arbeitskollegen in einem Pub. Unter anderem wurde sie einem Simon Armstrong vorgestellt, dem offiziellen Herzensbrecher in der Firma. Selbstbewußt, charmant, gut gebaut und blond wie er war, hatte er bei Frauen viel Erfolg. Aber Katherine nahm kaum Notiz von ihm. Mit großer Feinfühligkeit spürte Simon, daß sie ehrlich nicht an ihm interessiert war – so etwas konnte man nicht vorspielen. Er hätte jede der anwesenden Frauen haben können, aber er wollte unbedingt Katherine. Ihre Unnahbarkeit reizte ihn wie verrückt, und sein Ego sagte ihm, er sei der Mann, der ihre Maske abreißen könnte – er *mußte* es tun.

Katherine war nicht so elegant und attraktiv wie die Frauen, mit denen er sich sonst verabredete, doch deshalb war es für ihn noch wichtiger, sie zu erobern. Er fing an, ihr nachzustellen, ihr den Weg zu versperren und grinsend zu sagen: »Widerstand ist zwecklos.«

Die anderen Frauen sahen konsterniert zu und spotteten über Katherines ordentlich frisiertes Haar und ihre unauffällige Erscheinung. »Vielleicht fühlt er sich an seine Mutter erinnert«, mutmaßten sie.

Simon ließ sich von Tara Katherines Telefonnummer im Büro geben und fragte sie, ob sie mit ihm ausgehen würde. Sie sagte nein. Er rief wieder an. Sie sagte wieder nein. Er sagte, nein sei keine Antwort, die er akzeptieren könne.

Anfangs fand Katherine seine Bemühungen bedrohlich. Dann fühlte sie sich geschmeichelt, und dann erregte es sie. Die Aufmerksamkeit, mit der Simon sie überschüttete, durchbrach ihre Schutzwälle, so daß alte, vergrabene Sehnsüchte an die Oberfläche kamen. Sie wollte geliebt werden. Und wenn sie mit diesem Simon Armstrong eine Beziehung haben konnte, würde ihr Leben wieder ins Lot kommen. Ende gut, alles gut.

Also verabredete sie sich mit ihm. Dann ein zweites Mal. Dann noch einmal. Und nach drei Wochen schlief sie mit ihm. Als er morgens bei ihr aus dem Bett stieg, sagte er, er würde sie abends anrufen – aber er tat es nicht. Also rief sie ihn früh – zu früh – am nächsten Tag an. Sie versuchte das Beben in ihrer Stimme zu unterdrücken und fragte, ob sie sich abends sehen könnten. Als Simon ausweichend antwortete, sagte sie, die Augen fest geschlossen: »Tu mir das bitte nicht an.« Worauf Simon sich natürlich aus dem Staub machte.

Er hatte ohnehin das Interesse verloren. Sie war zu jung und unerfahren, nicht hart genug im Nehmen, und er hatte nur diese Beharrlichkeit entwickelt, um am Ende einen Erfolg verbuchen zu können. Das einzige, was er wirklich faszinierend an ihr gefunden hatte, war ihre Unnahbarkeit, die in dem Moment verflog, als er mit ihr geschlafen hatte. Sie war zwar schlank und hübsch, aber kein Klasseweib, und er mochte Klasseweiber. Ganz abgesehen davon, daß er ihre Bedürftigkeit zu spüren begann, und das machte ihn nervös und rastlos.

Er erkannte Obsession, wenn er die Ursache dafür war.

In den Wochen und Monaten darauf war Katherine völlig benommen und unfähig, die Ereignisse zu verstehen. Sie konnte nicht glauben, daß sie erneut verlassen worden war. Anscheinend war sie noch weniger als vorher in der Lage, mit Männern umzugehen, und sie hatte immer mehr das Gefühl, ihr Leben nicht im Griff zu haben.

Das war das letzte Mal, daß sie sich mit einem Mann eingelassen hatte, schwor sie sich. Diesmal hatte sie ihre Lektion endgültig gelernt.

In den nächsten zwei Jahren ordnete sich ihr Leben: Sie arbeitete viel, bestand ihre Buchhalterprüfungen, lebte mit Fintan und Tara zusammen und wurde Zeugin von deren Liebensabenteuern, während sie sich von alldem fernhielt. Man merkte es ihr nicht an, daß sie der Liebe abgeschworen hatte: Sie kaufte sich schicke, wenn auch nicht zu schicke Kleidung, gab viel Geld für den Friseur aus, plauderte gern mit Männern und ging mit ihren Mitbewohnern aus. Der Unterschied war der, daß sie immer allein nach Hause ging.

Bis sie Alex Holst kennenlernte.

Inzwischen waren fast vier Jahre vergangen, seit sie nach London gekommen waren. Fintan hatte angefangen, für Carmella Garcia zu arbeiten, und Alex war eins der Models in ihrer Agentur. Er hatte einen Dreitagebart, perfekt überkronte Zähne, rabenschwarze Haare und ein unruhiges, freches Lächeln. Als er Katherine vorgestellt wurde, registrierte er alarmiert, daß ihre Augen nicht begehrlich glitzerten. Sie war höflich, aber sehr distanziert, und das raubte ihm den Nerv. Sein alles verschlingendes Ego verlangte nach ihrer Bewunderung.

Er war ein zutiefst unsicherer Mensch, weil er seine Kindheit als übergewichtiger Fettkloß verbracht hatte. Mit Hilfe von Bodybuilding und Bulimie war es ihm gelungen, zu einem schlanken, hübschen Mann zu werden, aber seine Gefühle hatten nicht mitgehalten. In seinem Kopf war er immer noch der kleine Dicke, von den anderen ausgestoßen und verlacht. Als Katherine sich von ihm abwandte, hörte er wieder den Spottgesang der Kinder: »Dickmops, Dickmops.«

Er war zärtlicher, als Simon gewesen war, aber ebenso hartnäckig. Er rief sie laufend an, schickte Blumen und schrieb ein

Gedicht, in dem stand, sie sei die interessanteste und faszinierendste Frau, der er je begegnet war.

Katherines Widerstand war viel heftiger als bei Simon. Als Alex ihr sagte, er verfolge Frauen normalerweise nicht mit dieser Beharrlichkeit, sagte sie abfällig: »Ich wette, das erzählst du jeder.«

Als er schwor, daß er kein Schürzenjäger sei, lachte sie und sagte: »Du mußt mich für eine Idiotin halten.«

Als er sie eines Abends vor dem Büro abpaßte, sagte sie kalt, es sei ein Vergehen, eine Frau zu verfolgen.

Aber er ließ sich nicht abwimmeln, und langsam wurde sie weicher. Sie konnte nicht anders. Seine Bemühungen waren sehr verführerisch, und mit der Zeit schenkte sie seinen Liebesbeteuerungen Glauben, weil sie es sich so sehr wünschte. Dann, eines Abends, erzählte er ihr von der Scham seiner pummeligen Kindheit, und die letzten Barrieren wurden von einer Welle des Mitgefühls fortgerissen.

So wie Simon bot auch Alex eine Möglichkeit, das zu berichtigen, was in ihrer Vergangenheit schiefgelaufen war. Und schließlich, nachdem sie die Zähne zusammengebissen und sich geschworen hatte, daß sie nicht bedürftig erscheinen würde, verabredete sie sich mit Alex.

Es dauerte ein bißchen länger als mit Simon, aber schon bald bemerkte sie, daß sein Interesse nachließ. Als sie ihn danach fragte, leugnete er, daß seine Zuneigung abgenommen habe, aber sie glaubte ihm nicht. Sie bemerkte selbst, wie sie sich von einer fröhlichen, selbstgenügsamen jungen Frau in einen verzweifelten, paranoiden, unsicheren Wurm verwandelte. Und sie konnte nichts tun, um diesen Prozeß aufzuhalten. Sie beschuldigte Alex, daß er anderen Mädchen nachsah und sich nicht genügend um sie kümmerte. Er protestierte, nicht sehr glaubwürdig, daß sie ihm viel bedeute, aber dann rief er drei Tage nicht an. Und als er schließlich doch anrief, teilte er ihr mit, daß er eine andere Frau kennengelernt habe.

Alle ihre alten Wunden rissen wieder auf. Das kränkende Gefühl, daß sie nicht gut genug war, der bodenlose Schmerz, verlassen zu werden, stürzten wieder auf sie ein. Und sie tauchte erneut hinunter in die Hölle des Selbsthasses. Der Schmerz war unerträglich. Sie kam sich vor wie eine Idiotin, wie eine schreckliche Versagerin.

Mit der Zeit rappelte sie sich wieder auf. Und obwohl sie sich schwor, nie, nie wieder, so lange sie lebte, etwas mit einem Mann zu tun zu haben, überzeugte sie sich selbst nicht. Sie hatte sich zweimal ausgetrickst und lebte in Angst und Schrecken, daß sie es wieder tun würde.

Wenn sie mit niemandem zusammen war, verlief ihr Leben in geordneten Bahnen. Sie legte alle Prüfungen zur Prokuristin ab, sie kaufte sich ihr Auto, und schließlich wurde sie Wohnungsbesitzerin. Als sie im Beruf mehr Selbstvertrauen gewann, wandelte sie sich von dem mädchenhaften Typ zu der eleganten, zierlichen Frau, die sie jetzt war.

Aber die Sehnsucht nach Liebe ließ sich nicht unterdrücken. Immer wieder kam sie zurück, wie ein Bumerang, und meistens dann, wenn sie von einem gutaussehenden Mann umworben wurde.

»Vielleicht solltest du dich nicht mit solchen Prachtexemplaren abgeben«, hatte Tara angedeutet. »Die sind meistens in sich selbst verliebt und haben nichts für andere übrig.«

»Ich möchte darüber nicht sprechen«, fuhr Katherine sie an.

»Ich weiß«, seufzte Tara.

Katherine konnte nicht mit einem normalen Mann ausgehen, normale Männer interessierten sie einfach nicht.

Vor Joe hatte sie mit sechs Männern geschlafen. Die längste dieser »Liebesaffären« hatte sieben Wochen gedauert, und alle Männer hatten sie sitzengelassen. Nicht ein einziges Mal hatte sie das gehabt, was sie sich wünschte, nämlich die Oberhand.

Die Angst, verlassen zu werden, führte dazu, daß sie diese Situation vorwegzunehmen versuchte. Sie konnte es nicht ertragen, so lange zu warten, bis der Mann zu der Erkenntnis gelangte, daß sie nur eine normale Frau war und nicht das geheimnisvolle Wesen, das er sich erträumt hatte. Sie nahm die Ereignisse vorweg und verhielt sich von Anfang an wie eine psychotische Hysterikerin. Um damit den unvermeidlichen Ausgang zu beschleunigen. Und so schleppte sie sich durch das Leben – lange Phasen der Enthaltsamkeit, durchbrochen von kurzen Liebesaffären, gefolgt von ausgedehnten Phasen des Wundenleckens. Jedesmal, wenn ein Mann das Interesse an ihr verlor und andeutete, daß sie ihm nicht genügte, wurde die alte Lawine des Schmerzes losgetreten.

Wenn sie die Dinge klar sehen konnte, erkannte sie, daß sie in der Vergangenheit verhaftet war, und das war nicht normal. Sie hatte bis zu ihrem siebenundzwanzigsten Lebensjahr gebraucht – also bis vor vier Jahren –, um den Gedanken zuzulassen, daß es vielleicht die Nachricht vom Tod ihres Vaters so kurz nach der ersten Enttäuschung war, die sie so sehr aus der Bahn geworfen hatte. Schließlich wird jeder einmal sitzengelassen, und nur die, die eine Macke haben, überwinden es nicht. Doch die doppelte Verletzung hatte die Wirkung, daß sie wie eingeschlossen war, hinter einer Mauer. Auf diese Weise waren zwölf Jahre vergangen, und sie konnte wirklich nicht sagen, wo die Zeit geblieben war.

Dann kam der Tag vor zwei Monaten, als sie dem neuen Werbeleiter Joe Roth vorgestellt wurde, und er fing an, sie auf eine Art und Weise mit Aufmerksamkeit zu überschütten, die ihr beängstigend vertraut war.

60

Aber diesmal habe ich es richtig gemacht, dachte Katherine nicht ohne Stolz und betrachtete das zerwühlte Bett. Die Leere nach Joes Abschied war verflogen, jetzt war Katherine aufgekratzt und überdreht nach der Nacht mit ihm.

Sie nahm ein Kissen und preßte es an ihr Gesicht. Gierig atmete sie Joes Geruch ein. Die Erinnerung ließ ein Prickeln der Erregung durch sie hindurchströmen, und sie dehnte und wand sich lustvoll. Sie mußte es unbedingt jemandem erzählen. Es war schon fast Mittag – zu früh, um Tara anzurufen?

Oh, Himmel – Tara! Was war gestern nur passiert? Katherine ging zum Telefon, erreichte aber nur Taras Anrufbeantworter. Sie versuchte es mit Taras Mobiltelefon und wurde mit der Voice-Mail verbunden. Dann wählte sie Livs Nummer und hatte es mit *deren* Anrufbeantworter zu tun. Sie hinterließ eine Nachricht und rief Fintan an.

»Hallo«, sagte er unfreundlich.

»Ich bin's. Soll ich vorbeikommen?«

»Jetzt nicht. Heute abend.«

»Oh, na gut. Du kannst mich auf meinem Mobiltelefon erreichen, wenn du es dir anders überlegst.«

Plötzlich wußte sie nicht, was sie tun sollte. Es kam ihr so vor, als wäre dies der erste Sonntag seit Monaten, an dem die O'Gradys nicht bei ihr waren. Sie war es nicht gewöhnt, Zeit für sich zu haben. Besonders dann nicht, wenn das Beste vom Tag schon passiert war.

Sie hätte die Wohnung von oben bis unten saubermachen können, aber sie war zu aufgedreht für langweiliges Putzen. Sie hätte den Tag auch vor dem Fernseher verbringen und sich die Zusammenfassungen der Serien von der Woche ansehen können. Aber sie fand, daß ihre Fernbedienung sie anklagend ansah. Katherine verspürte plötzlich den Drang, sich bei ihr zu entschuldigen und ihr zu versichern, daß sie immer noch geliebt wurde. Schließlich fuhr sie zu Selfridges, wo sie nicht schnurstracks in die Abteilung für Damenbekleidung ging, sondern sich plötzlich in der für Herrentoilettenartikel wiederfand. Ziellos nahm sie ein After-shave in die Hand, roch daran und stellte es wieder hin. Sie nahm das nächste. Dann das nächste. Sie schlenderte weiter und ging von Auslage zu Auslage, bis sie eine Flasche in der Hand hatte, daran roch und beinahe in Ohnmacht gefallen wäre. Alle Lust und alle Begierde der letzten Nacht stürzten wieder auf sie ein. Sie roch noch einmal an der Flasche, saugte den Duft ganz tief ein, die Augen geschlossen bei der Erinnerung. Ein Rausch! Und wieder. Sie spürte seine Haut, die Erregung, die sich in ihr aufgebäumt hatte wie ein Tier im Käfig, seine zärtlichen, bewundernden Blicke. Sie öffnete die Augen und las das Etikett. Davidoff For Men. Das also benutzte Joe Roth. Die Versuchung, eine Flasche zu kaufen, war mächtig, aber es gelang ihr, sie zu unterdrücken. So etwas zu tun war ein Zeichen von Wahnsinn. Es war nichts dagegen einzuwenden, wenn man daran roch, aber eine Flasche zu kaufen war einfach zu traurig.

»Ihr habt eine gefallene Frau vor euch«, erklärte Katherine, als sie, im Nachglanz ihres Liebesabenteuers erstrahlend, bei Fintan eintraf.

»Ich will davon nichts hören«, sagte Fintan abweisend.

»Ich schon«, sagte Tara, die blaß und erschöpft aussah.

»Und wir auch«, sagten Liv und Milo wie aus einem Munde.

»Und ich auch«, stimmte der leidgeprüfte Sandro mit ein.

Es war am Abend desselben Tages, die Pizzabestellung war schon aufgegeben.

Obwohl Katherine nur wenig geschlafen hatte und sie von dem Gedanken umgetrieben wurde, daß Joe nicht wieder anrufen würde, war sie noch wie im Rausch und gierte danach, die ganze überwältigende Erfahrung noch einmal zu durchleben.

Als sie die Geschichte in allen Einzelheiten erzählte – das Fußballspiel, der Kuß, das Essen im Ivy, das Mr. Stallone-Drama –, unterbrachen die anderen sie mit Fragen.

»Riecht er gut?« fragte Tara.

»Welche Gefühle hattest du dabei?« fragte Milo.

»Wer hat mit allem angefangen?« fragte Sandro.

»Wußtest du, daß er dich küssen würde?« fragte Liv.

»Hast du die zweifarbige Mousse au chocolat genommen?« fragte Tara.

»Und er hat die Rechnung bezahlt, als du auf die Toilette gegangen bist?« fragte Liv.

»Warst du aufgeregt?« fragte Sandro.

»Hat er dein Höschen bewundert?« fragte Tara.

»Hast du die Adresse von Agent Provocateur?« fragte Milo.

Bei jeder Einzelheit staunten sie und freuten sich, während Katherine vor Glück überschäumte.

»Das ist so gut wie Sex«, keuchte Tara, dann wurde sie plötzlich traurig und still. Sie hatte sich geweigert, Katherine zu erzählen, was am Vortag passiert war. »Ich will wirklich nicht darüber sprechen«, sagte sie und fügte dann hinzu: »Mein Gott, ich rede schon wie du.«

Während Katherine von ihren Erlebnissen berichtete, lag Fintan, eine Mary-Quant-Perücke auf dem Kopf, mit miesepetriger, schmollender Miene auf dem Sofa. Doch als die Geschichte auf ihren Höhepunkt zusteuerte, spitzte er ein Ohr (das niedriger sitzende) und hörte widerwillig zu. Dann setzte er sich auf, beugte sich gespannt nach vorn, drückte lautmalerisch seine Zustimmung aus und fragte schließlich: »Und du hast deinen hübschen schwarzen Jil-Sander-Mantel die ganze Nacht einfach auf dem Fußboden im Flur liegenlassen?«

Katherine nickte. Sie war stolz und verlegen zugleich.

»Die ganze Nacht?«

Sie nickte wieder.

»Du hast dich zwischen den Ficks nicht rausgeschlichen, um ihn auf seinen speziellen Bügel zu hängen?«

Triumphierend schüttelte Katherine den Kopf.

»Er ist zwar vom letzten Jahr«, sagte Fintan, »aber immerhin.«

Keiner konnte es fassen, wie viele Einzelheiten Katherine zu berichten hatte. Als sie zu der Stelle kam, wo Joe mitten im Zimmer stand und sich splitternackt auszog, klammerten sie sich aneinander und riefen: »Oh, mein Gott!«

»Phantastisch!« kreischte Tara.

»Köstlich!« rief Liv schrill.

Es klingelte. Der Pizzaservice war da. Sandro war frustriert. »Warum kommt er jetzt?« beschwerte er sich. »Erzähl nicht weiter, kein einziges Wort, bis ich wieder da bin«, befahl er und rannte zur Tür. Als er wieder hereinkam, verschwand er fast hinter dem Stapel Pizzapackungen. »Habe ich was verpaßt?« fragte er ängstlich.

»Nein, aber jetzt kommen die Pizzen dran«, sagte Liv vernünftig.

Ein Chor der Empörung schallte ihr entgegen: »Unsinn! Das hier ist viel spannender. Erzähl weiter, Katherine. Er stand also in voller Größe in deinem Wohnzimmer …«

»In voller Größe ist genau richtig.« Sie lachte in Erinnerung an die Erregung.

»Oh, Mann!«

Sie ging sogar soweit, von dem mitternächtlichen Duschen zu erzählen. »Duschen! Heilige Mutter Gottes!« stöhnten sie.

Milo und Liv wechselten eindeutige Blicke.

»Eigentlich sollte ich das alles nicht erzählen«, sagte Katherine. »Vielleicht ruft er mich nie mehr an. Das ist früher auch vorgekommen.«

»Wenn er nicht anruft, dann rufst du ihn an«, bedrängte Tara sie.

»Nein, ich glaube …«

Milo und Liv hatten es plötzlich schrecklich eilig, ihre Sachen zusammenzusuchen. In großer Hast bedankten sie sich und verabschiedeten sich, dann waren sie weg.

»Aber wir hatten sie eine gute Stunde bei uns, bevor sie wieder miteinander ins Bett gehen mußten«, sagte Tara.

»Eine ganze Stunde?« Fintan grinste. »Dann ist die Liebe schon vorbei, würde ich sagen, von nun an geht's bergab.«

Alle hatten es bemerkt, aber keiner ließ es sich anmerken: Fintan hatte gelächelt!

»Sie bleiben nur der Kinder wegen zusammen«, sagte Katherine und lachte.

»Der Bettdecke wegen, das auf jeden Fall«, sagte Tara. »Gestern haben sie sich eine große Bettdecke gekauft. Ich glaube, sie lieben sie inniglich.«

»Bist du jetzt nicht froh, daß ich dich auf so gemeine Weise zu deinem Glück gezwungen habe?« fragte Fintan mit einem verschlagenen Grinsen. »Schließlich hast du deine Nacht der Leidenschaft mir zu verdanken.«

»Ich dachte, es sei dir piepegal, was ich mache.«

»Ist es mir auch. Oder war es mir, aber da die Sache ja so blendend gelaufen ist, erkläre ich dir hiermit, daß mein Interesse wieder geweckt ist.«

»Wer sagt denn, daß es blendend war? Vielleicht bleibt es bei dieser einen Nacht, und das ist dann um so schlimmer, weil wir in derselben Firma arbeiten.«

»Aber du könntest heute abend eine Nachricht auf dem Anrufbeantworter haben, wenn du nach Hause kommst«, sagte Fintan. »Möglicherweise versucht er in diesem Moment, dich zu erreichen. Hat er die Nummer von deinem Mobiltelefon?«

Sie schüttelte aufgeregt den Kopf. Vielleicht rief er wirklich an. Doch wie enttäuscht war sie, als sie nach Hause kam und die Anzahl der Nachrichten auf ihrem Anrufbeantworter gleich null war.

61

»Ravi«, sagte Tara, »wo kriege ich einen Wagen her?«
»Einen Wagen? Meinst du einen Umzugswagen?«

»Keinen riesigen, aber ja.«

»Keine Ahnung, wir können die Großen fragen.« Er nickte Richtung Vinnie, Teddy und Evelyn.

Plötzlich wurde ihm die Bedeutung ihrer Frage bewußt, und sein Kopf schoß in die Höhe. »Warum? Was ist passiert?«

»Als erstes muß ich eine rauchen.«

»Auf ins Raucherzimmer!«

Tara saß in dem kleinen, gelb gestrichenen Zimmer und nahm einen tiefen Zug von ihrer Zigarette. Ravi, der ein überzeugter Nichtraucher war und nur bei Tara eine Ausnahme machte, sah ihr zu.

»Willst du Thomas verlassen?« Ravi konnte es kaum glauben.

»Sieht so aus.«

»Warum?«

Tara rang sich ein Lächeln ab. »Oh, Ravi. Sogar *du* hast mir klarzumachen versucht, daß die Sache mit Thomas in einer kompletten Schieflage ist, und du bist ein Kind!«

»Ja, aber du hast immer Gründe gewußt, warum es trotzdem in Ordnung ist.«

Tara wand sich. »Gott, lauter Entschuldigungen ...«

»Verläßt du ihn, weil Fintan es will?«

»Nein, weil Fintan es *nicht* will. Er hat seine Meinung geändert, es interessiert ihn nicht mehr. Und ich dachte, ich würde mich darüber freuen. Aber weit gefehlt. Statt dessen war ich deprimiert und fühlte mich wie in der Falle.«

Ravi seufzte leise. Frauen waren so verdammt kompliziert.

»Und als ich am Samstag nachmittag nach Hause kam, ist es zur Explosion gekommen.«

Wieder nahm Tara einen tiefen Zug, als sie die Szene vor ihrem inneren Auge noch einmal entstehen ließ. Kaum war sie zur Tür hereingekommen, hatte Thomas sie angebrüllt: »Bloß weil diese Schwuchtel sich eine unsoziale Krankheit zugezogen hat, ist das noch lange kein Grund für dich, deine Diät nicht einzuhalten, Tara.«

Er hielt die Verpackung von einem Bounty in die Höhe, die er in ihrer Sporttasche gefunden hatte, und in Tara schäumte heiße Wut hoch. *Warum war sie mit diesem schrecklichen Mann zusammen?*

»Wie bitte?« zischte sie.

»Ich habe gesagt«, wiederholte Thomas, »bloß weil diese Schwuchtel ...«

Die ganze Zeit schon trieb er die Sache auf die Spitze und wurde immer gemeiner und dominierender, aber diesmal ging er zu weit.

»Wage es nicht, so von meinem Freund zu sprechen!« sagte Tara mit einem unterschwelligen Drohen in der Stimme.

»Aber ich –«

»Laß es, klar?«

»Ich habe eine Recht auf meine Meinung«, sagte er kämpferisch. »Oder etwa nicht?«

»Nein! Es ist grausam, und außerdem ist es keine unsoziale Krankheit, du unterstellst ihm, daß er selber schuld daran ist.«

»Habe ich ein Recht auf meine Meinung, oder nicht?«

»Aber –«

»HABE ICH EIN RECHT AUF MEINE MEINUNG ODER NICHT?« brüllte er. »Ja oder nein.«

»Es geht hier nicht um Meinungen.« Auch ihre Stimme wurde lauter.

»Ich habe recht. Er ist eine Schwuchtel. Ich sage nichts weiter als die Wahrheit.«

»Du bist widerwärtig und bigott«, sagte sie mit trügerisch ruhiger Stimme. »Ein Höhlenmensch mit rückständigem Macho-Gehabe.«

Zu ihrer Überraschung reagierte er mit einem herzlichen Lachen. »Das stimmt. Das gefällt mir. Sag das noch mal, das mit dem Macho-Gehabe.«

Tara schluckte, sie war sprachlos. Eine Erkenntnis überkam sie: Wer braucht noch Feinde, wenn er einen Freund wie diesen hat?

»Mach schon«, drängte er sie spielerisch, »sag es noch mal.«

»Ich meine es nicht als Kompliment.« Sie hatte die Kiefer zusammengepreßt.

»Ach nein? Es klingt aber wie eins. Ein Höhlenmensch mit rückständigem Macho-Gehabe.« Er lachte, aufrichtig amüsiert. »Aber deswegen liebst du mich.«

Das habe ich jetzt davon.

Jedesmal, wenn sie eine kleine Erkenntnis hatte, daß zwischen ihr und Thomas nicht alles zum Besten war, hatte sie sich alle Mühe gegeben, sie zu übertünchen. Aber alle Verschleierungsmanöver waren jetzt von der Wucht ihres Zorns weggerissen worden, so daß sie den Dingen ins Auge sehen mußte. Und was sie sah, bewirkte, daß sie nicht nur Thomas, sondern auch sich selbst verachtete. Sie hatte Schwulenhasser immer verachtet, und jetzt mußte sie erkennen, daß sie mit einem zusammenlebte. Wo waren ihre Prinzipien? Sie hatte sie auf Eis gelegt, weil ihr Bedürfnis nach einem Mann größer war.

Ein Dominostein nach dem anderen fiel um, und Tara erkannte, daß Thomas' Weigerung, die O'Gradys kennenzulernen, völlig unverzeihlich gewesen war. Seine Weigerung, Fintan zu besuchen, seine gemeinen Anspielungen, was Fintans Krankheit anging, sein abschätziges Desinteresse an einer gemeinsamen Zukunft mit ihr, sein dauerndes Mäkeln an ihrem Gewicht, seine verletzende Kritik an ihrem Aussehen, seine fortwährende Untergrabung ihres Selbstvertrauens, sein ständiges Anpumpen, seine Bevorzugung von Beryl. Und am schlimmsten war, was sie alles zu seiner Entschuldigung angeführt hatte.

Sie hatte Fintan immer verteidigt, wenn Thomas anfing, über ihn herzufallen. Sich selbst hatte sie nie verteidigt, immer hatte sie sich gesagt, es sei zu ihrem Besten. Aber das war ein riesengroßer Irrtum gewesen, und jetzt schämte sie sich in Grund und Boden, und gleichzeitig war sie außer sich vor Wut.

Sie fing an zu weinen. Tränen der Scham, des Zorns und der Trauer.

»Warum flennst du?« fragte Thomas. »Hast du etwa deine Tage?«

»Nein.« Sie schluchzte, als würde ihr das Herz brechen.

»Ach, Tara, hör auf zu heulen. Soll ich dir einen Tee machen?«

»Nein. Laß mich einfach in Frieden.«

Erzürnt sah er sie an. Wie konnte sie nur? Wußte sie nicht, wie empfindlich er war? »In Ordnung«, sagte er beleidigt, »ganz wie du willst.«

Er stapfte aus der Wohnung, und sie weinte und weinte und weinte. Um die verschwendeten Jahre, um das Ende der Hoffnung, wegen der Gemeinheiten Fintan gegenüber, wegen ihrer beschämenden Selbsttäuschung, wegen des glücklichen Lebens, das ihr versagt war, und des leeren Lebens, das sich vor ihr erstreckte.

Irgendwann zwischendurch rief Katherine an, aber Tara keuchte und schluchzte und konnte kaum sprechen.

Sie zündete sich eine Zigarette an, starrte in die Ferne und fragte sich, warum bei ihr immer alles schiefging. *Warum ich? Warum kann ich keine glückliche Beziehung haben? Warum endet es immer damit, daß ich allein bin?*

Seit langem, besonders seit Fintan krank war, war es ihr gelungen, die Augen vor den sich häufenden Einsichten zu verschließen. Aber inzwischen war soviel zusammengekommen, daß sie nicht mehr davor weglaufen konnte.

War Thomas schon immer so gewesen? War er schlimmer geworden? Oder hatte sie es nicht gesehen? Sich geweigert, es zu sehen?

Sie war in einem Schockzustand. Es war zuviel für sie. Etwas in ihr versuchte sie zu schützen und ihr die Wahrheit langsam nahezubringen. Sie versuchte sich einzureden, daß es keinen Grund gab, unglücklich zu sein. Schließlich hatte er angeboten, ihr eine Tasse Tee zu machen – vielleicht war er doch nicht so übel. Aber sie konnte das, was ihr aufgegangen war, nicht mehr wegschieben, obwohl sie das wollte. Ihre Erkenntnisse waren wie eine riesige Last, die sie zum Handeln aufforderte, auch wenn das hieß, daß ihr Leben vorbei war.

Ein paar Stunden später kam Thomas wieder und tat so, als wäre alles in Ordnung. Er wollte mit ihr ausgehen.

»Nein«, sagte sie blaß und unversöhnlich. »Du kannst allein gehen.«

Den ganzen Samstag abend saß sie in der Wohnung und sammelte Kraft, für den nächsten Schritt. Die riesige Kluft zwischen der Erkenntnis, daß sie Thomas verlassen mußte, und deren Ausführung war zu überbrücken.

Den Sonntag verbrachte sie bei Fintan und sagte kein Wort über die Kämpfe, die in ihr tobten. Das lag nicht daran, daß sie es nicht *wollte*, sondern sie *konnte* nicht darüber sprechen. Konnte nicht in Worte fassen, welche enorme Aufgabe vor ihr lag.

Sie beobachtete Milo und Liv, sie hörte sich Katherines berauschende Schilderung an und dachte: *So müßte es eigentlich sein.*

»Jetzt weißt du also«, sagte Tara mit einem gequälten Lächeln zu Ravi, »warum ich einen Wagen brauche.«

»Ich gucke gleich mal in den gelben Seiten«, versprach er.

»Du findest doch auch, daß ich ihn verlassen soll, oder?« fragte sie ihn angsterfüllt.

»Aber du hast mir doch gerade …«

»Ich hatte gehofft, du würdest mir sagen, daß ich völlig übergeschnappt sei.«

»Bist du aber nicht«, sagte er traurig.

»Ich habe solche Angst.« Sie steckte sich eine Zigarette in den Mund, und er gab ihr Feuer. »Vor dem Alleinsein. Alt zu sein und keinen abgekriegt zu haben. Ich werde nie wieder einen Mann finden.«

»Natürlich findest du jemanden.«

»Woher willst du das wissen? Eine dicke Tonne wie ich. Oh, Ravi, du hättest Katherine am Samstag sehen sollen. Diese Aufregung, diese Vorfreude. Es war wunderbar, als wäre sie wieder ein Teenager. Ich habe das richtig gespürt.«

»Ja, aber diese Aufregung dauert nicht lange«, sagte er besorgt. »Auch bei Danielle und mir –«

»Trotzdem«, unterbrach sie ihn, »wenn zwei Menschen eine Beziehung haben, dann sollten sie einander wenigstens mögen, oder?«

»Und du magst Thomas nicht?«

»Nein. Und er mag mich nicht. Wenn er mich mögen würde, dann würde er mir nicht dauernd erzählen, daß ich fett wie eine Tonne bin. Irgendwas stimmt doch nicht, wenn er mich dauernd verändern will, oder?«

»Ja, da hast du vollkommen recht. Das versuche ich dir schon seit langem zu sagen.«

Tara sah nachdenklich an ihm vorbei. »Ich habe es gewußt, und dann auch wieder nicht, falls du weißt, was ich meine.«

»Du hast es gewußt, aber du *wolltest* es nicht wissen.«

Die Schwarzweiß-Stummfilm-Version ihres Lebens in Zeitlupe schaltete plötzlich um auf Farbe mit Ton und lief in normaler Geschwindigkeit.

Der Schock ließ nach, die Trauer trat in den Hintergrund, jetzt hatte Tara nur noch Wut.

Massenhaft Wut.

62

Als Katherine am Montag morgen zur Arbeit kam, war Joe schon da, aber er sah nicht einmal auf. Das war's also, dachte sie mit unaussprechlicher Bitterkeit. Falsch verstanden. Mal wieder.

Bedrückt hängte sie ihren Mantel auf und schlich sich zu ihrem Schreibtisch. In dessen Mitte prangte ein Paket. Eingewickelt in blau-goldenes Designers-Guild-Papier; es enthielt also offensichtlich nicht die neuesten Ausdrucke der Steuergesetzänderungen von der Regierungsdruckerei.

»Was ist das?« fragte sie Charmaine.

»Keine Ahnung, es war schon hier, als ich kam.«

Katherine nahm das Paket in die Hand und befühlte es. Der Inhalt war weich und biegbar.

»Mach es auf«, sagte Charmaine.

»Na gut …«, sagte sie bedächtig. Ob es Grund zur Freude gab? Wer würde ihr ein Paket auf den Tisch legen, wenn nicht Joe?

Vorsichtig, damit das schöne Papier nicht einriß, zog Katherine das Tesafilm ab.

»Reiß es einfach auf!« drängte Charmaine sie. »Mach schon, laß dich gehen.«

Sie tat es, und heraus kam etwas Weißes aus Plastik, das sich vor ihr entfaltete.

»Was soll das denn?« fragte Charmaine.

Katherine betrachtete es und lächelte plötzlich über das ganze Gesicht.

»Was ist das?« fragte Charmaine. Sie war ganz verstört.

»Es ist eine Matte, die man in die Badewanne legt«, sagte Katherine grinsend. »Damit man nicht rutscht.«

Aus dem Augenwinkel sah sie zu Joe hinüber, aber der war sehr beschäftigt. Sehr konzentriert auf das, was er auf seinem Bildschirm sah. Außerordentlich konzentriert. Katherine konnte praktisch sehen, wie seine Nackenmuskeln vor Anspannung zitterten, weil er sich zwang, nicht aufzusehen.

»Und von wem ist das?« fragte Charmaine mißtrauisch.

»Keine Ahnung.«

»Ist keine Karte dabei?«

»Nein.«

»Komisch.«

Als Katherine ihren Computer anschaltete, stellte sie fest, daß sie eine E-Mail bekommen hatte, in der stand: »Damit wir beim nächsten Mal nicht rutschen.«

In Windeseile schrieb sie: »Wann möchtest du das nächste Mal nicht rutschen?«, schickte es ab und wartete. Dann war sie sich unsicher, ob sie zu aufdringlich gewesen war. *Mach schon*, drängte sie Joe, *antworte mir.*

Nach ungefähr drei Minuten sah sie, daß er etwas auf dem Bildschirm anklickte. Oh, er machte seine Mail auf, er las die Nachricht! Ohne eine Miene zu verziehen, schrieb er mit fliegenden Fingern.

Katherine wartete ungeduldig, daß das Mail-Zeichen aufleuchtete. Als es blinkte, klopfte ihr das Herz bis zum Hals. »Möchte so bald wie möglich nicht rutschen. Sag mir, wann es dir paßt«, stand da.

Sie überlegte fieberhaft und schrieb zurück: »Mittwoch abend?« Sie fand, das klang ziemlich cool.

Sekunden darauf war seine Antwort da: »Fürchte, könnte bis dahin rutschen. Mittwoch abend viel zu spät.«

»Verstehe. Morgen abend?« antwortete sie.

»Fürchte, könnte bis dahin rutschen. Morgen viel zu spät«, lautete seine Antwort.

Katherines Finger zitterten vor Freude, als sie schrieb: »Verstehe. Heute abend scheint der sicherste Termin.«

Nicht ein einziges Mal hatten sie Blicke gewechselt.

Den ganzen Tag über waren sie sehr höflich, wenn sie miteinander zu tun hatten. Einmal kam Joe ins Büro, als Katherine gerade hinausgehen wollte. Er trat zurück, um sie vorbeizulassen, und sie vermieden jede Berührung.

»Entschuldigung«, murmelte Katherine.

»Jederzeit.«

»Schönen Dank.«

»Keine Ursache.«

Zwischendurch hatte Katherine das Gefühl, die Aufregung nicht im Zaum halten zu können. Ihr schien es, als müßte sie jeden Moment vor Freude zerbersten. Sie rieb die Beine unter dem Schreibtisch aneinander, um die aufgestaute Erregung abzuleiten. Und dann, als sie Joe sah, groß und professionell in seinem Anzug, wollte sie aufstehen und durch das Büro rufen: »Ich habe Joe Roth splitternackt gesehen und könnte jeden Zentimeter von seinem Körper beschreiben. Er ist wunderschön.«

Am Nachmittag klingelte Katherines Telefon.

Es war Tara. »Kann ich dich um einen Gefallen bitten?«

»Nur zu«, sagte Katherine übermütig. Nichts konnte sie erschüttern.

»Kann ich bei dir einziehen?«

»Oh. Oje.«

»Es tut mir so leid«, sagte Tara zutiefst zerknirscht. »Ich habe natürlich den besten Zeitpunkt ausgewählt, ich weiß. Du und dein neuer Geliebter, ihr wollt es überall treiben, und du bist seit zwei Jahren mannlos, und in der ganzen Zeit hätte ich mich von Thomas trennen können, aber nein, ich mußte bis jetzt damit warten.«

»Hast du dich ... von Thomas ... *getrennt*?«

»Das kann man so nicht sagen. Aber ich *werde* mich von ihm trennen, nach der Arbeit. Ich packe einfach mein Auto voll, und Ravi organisiert im Laufe der Woche einen Wagen für den Rest.«

»Also, ich kann es kaum fassen. Ich bin hoch erfreut«, sagte Katherine aufgeregt. *Natürlich* war sie erfreut, aber mußte es wirklich jetzt sein ...?

Eine Stunde später schickte Joe eine weitere E-Mail an Katherine, in der es hieß: »Bezugnehmend auf unser Nicht-Rutschen heute abend, wohin möchtest du gehen: in ein Restaurant, eine Bar, ins Kino, ins Theater, in einen Fish-and-Chips-Laden, einen Videoladen, einen Nachtclub, zum Kegeln, in ein Jacuzzi oder in meine Wohnung? Das Gewünschte bitte ankreuzen.«

Und Katherine mußte anworten: »Leider hat sich eine kleine Änderung ergeben. Meine Freundin Tara steckt mitten in einem Trennungsdrama ...«

Weil Katherine auf keinen Fall wollte, daß die anderen im Büro die Sache mit ihr und Joe herausfanden, kam Joe eine halbe Stunde nach ihr in ihrer Wohnung an. Als sie die Tür öffnete, stand ein breites Lächeln auf seinem Gesicht, ein starker Gegensatz zu der kühlen Distanziertheit, mit der sie sich den Tag über begegnet waren.

Er umhüllte sie mit seinem Mantel und küßte sie erleichtert.

»Ich hoffe, es ist dir keiner gefolgt«, sagte sie streng.

»Doch, aber ich habe mich in eine chinesische Wäscherei geflüchtet und bin durch die Hintertür wieder raus.«

»In einen schmalen Gang zwischen den Häusern, vollgestellt mit Kartons?«

»Und lauter Hühnern. Dann bin ich eine Feuerleiter hochgeklettert und durch ein Fenster gestiegen.«

»In dem Zimmer lagen ein Mann und eine Frau im Bett?«

»Ich glaube sogar, es waren zwei Männer. Ich habe nur meinen Hut gelüftet und höflich gesagt: ›Entschuldigen Sie vielmals.‹«

»Und der eine sagte: ›Hast du das gesehen?‹, und der andere erwiderte: ›Was denn?‹«

»Aber ich war schon wieder weg.«

Sie lachten vor Vergnügen über die gemeinsam gesponnene Geschichte.

»Danke für die Badematte«, sagte sie verlegen.

»Wann können wir sie ausprobieren?«

Sie schüttelte den Kopf. »Heute abend müssen wir uns anständig benehmen. Tara könnte jede Minute mit einigen ihrer Sachen eintreffen. Es tut mir leid. Ich weiß, du hattest dir etwas anderes vorgestellt.«

»Wir können trotzdem zum Fish-and-Chips-Laden und in die Videothek gehen«, sagte er willig. »Noch ist nicht alles verloren.«

»Ja, aber ...« Es war noch nicht der Zeitpunkt für Abende zu Hause mit einem Video und einem Essen aus dem Take-away. Das schickte sich frühestens nach drei Wochen. »Ich könnte uns etwas kochen«, schlug sie unsicher vor.

»Mir wäre es lieber, wenn du das nicht tun würdest.«

»Ah!«

»Du darfst nicht vergessen, Katherine, du hast mir vor geraumer Zeit erzählt, daß du nicht kochst.«

»Würdest du denn riskieren, einen von mir gemachten Tee zu trinken?«

»Da weiß ich noch was Besseres.« Er zog eine Flasche Wein aus seiner Manteltasche. »Wie findest du das? Das Beste, was Oddbins zu bieten hat.«

»Wie war dein Tag gestern?« rief sie aus der Küche, als sie den Korkenzieher holte.

»Er fing gut an«, sagte er langsam, »aber so nach elf war irgendwie die Luft raus. Und danach war der einzige Lichtblick ein kleiner Ausflug zu Homebase, um die Badematte zu kaufen.«

»Du hättest hier bei mir bleiben sollen«, sagte sie neckend.

»Meinst du?« Er klang überrascht. »Nichts hätte ich lieber getan, aber ich wollte dir nicht auf den Wecker fallen.«

Sie kam wieder ins Zimmer und hoffte, daß die Erleichterung in ihrer Miene nicht zu offensichtlich war.

Gemeinsam gingen sie zu dem Fish-and-Chips-Laden. Es hatte angefangen zu regnen. »Vom Ivy zum Fish-and-Chips-Laden in nur zwei Tagen«, sagte sie trocken und drückte die Tür auf.

»Was nimmst du?« fragte Joe und fing an, die Auswahl der Gerichte von der Tafel über der Theke abzulesen. »Würstchen im Teigmantel? Hühnerflügel? Cheeseburger?«

»Kommt drauf an, was du nimmst.«

»Zwei Gewürzwürstchen und Pommes. Vielleicht können wir uns eine Portion gebratener Zwiebelringe teilen?«

»Wenn ich dir von meinem geräucherten Schellfisch abgebe, kann ich dann was von deinem Würstchen haben?« fragte sie.

»Du kannst soviel von meinem Würstchen haben, wie du willst«, sagte er leise.

Und plötzlich verschwand der Laden um sie herum, und es gab nur noch sie zwei. Sie standen regungslos voreinander und sahen sich in die Augen. Erno hörte hinter seiner Theke aus Resopal und Glas auf zu hantieren und mußte ein paar Tränen verdrücken. Junge Liebe. Es gab nichts Schöneres.

Sie kauften zwei Dosen Tizer-Bier, die sie zum Essen trinken wollten, und Erno packte vier Tütchen Ketchup und ein Solei dazu. Das war seine Art, auf ihr Glück anzustoßen und ihnen alles Gute zu wünschen.

Dann gingen sie in den Video-Laden, wo Joe sofort nach *Ein Herz und eine Krone* griff. »Weißt du noch? Als wir zusammen zum Lunch waren?« Er wurde verlegen. »Als ich dich so lange bedrängt habe, bis du einverstanden warst.«

Jetzt wand sie sich verlegen. »Du hast mich nicht bedrängt.«

»Egal, wir haben darüber gesprochen, wie wir einen regnerischen Abend verbringen würden, und sind beide auf *Roman Holiday* gekommen. Erinnerst du dich?«

Natürlich erinnerte sie sich, aber sie sagte nur: »Ach, kann sein.«

Als der Film um halb zehn zu Ende war und Tara immer noch nicht erschienen war, fiel es ihnen immer schwerer, die Hände voneinander zu lassen.

»Wir dürfen nicht.« Katherine löste sich widerwillig aus einer leidenschaftlichen Umarmung. »Tara kommt bestimmt im ungünstigsten Moment.«

»Na gut«, sagte Joe ganz außer Atem. Als er wieder Luft geschöpft hatte, fragte er: »Warum trennt sie sich denn von ihrem Freund.«

Erst erzählte Katherine zögernd, dann berichtete sie ausführlich über Tara und Thomas und darüber, was für ein Scheusal er war. Dann erzählte Joe von Lindsay, mit der er drei Jahre lang zusammengewesen war.

»Wer hat die Beziehung beendet?« fragte sie und bemühte sich, unbeteiligt zu klingen.

»Saatchi and Saatchi.« Joe lachte. »Man hat ihr eine Stelle in New York angeboten«, erklärte er, »aber unsere Beziehung ging sowieso dem Ende zu.«

»Warst du ... warst du ... verletzt?« fragte sie

»Ja, aber du weißt, was man immer sagt.«

»Was denn?«

»Die Zeit weilt alle Hunde.«

Dann erzählte Katherine von Fintan und seiner Krankheit.

»Einmal hast du bei der Arbeit geweint«, sagte Joe unsicher. »Ich wollte meine Spesenabrechnung einreichen, und du hast gesagt, du hättest schlechte Nachrichten bekommen. Hatte das mit Fintan zu tun?«

Sie sagte vage: »Wahrscheinlich schon.« Sie würde ihm nicht erzählen, daß sie jede Begegnung, die je zwischen ihnen stattgefunden hatte, genauestens im Kopf hatte.

Plötzlich fing sie an, von Milo, JaneAnn und Timothy zu reden und deren Besuch, ihrem ersten, in London. Und wie Milo und Liv sich ineinander verliebt hatten, obwohl für Liv Stil ein wichtiges Lebensprinzip war und Milo bis vor kurzem nie aus seinen abgetragenen Latzhosen herausgekommen war.

»Latzhosen!« rief Joe. Vielleicht war der Typ, mit dem er Katherine damals gesehen hatte, schlicht und einfach Fintans Bruder.

»Ja, genau, Latzhosen«, sagte Katherine verblüfft. »Man trägt sie doch nicht nur in Irland, oder? Es sind blaue Arbeitshosen mit einem Latz vorne –«

»Ich weiß«, sagte Joe und grinste. »Und was ist dieser Milo von Beruf?«

»Er ist Bauer.« Was für eine seltsame Frage.

»Er spielt nicht in einer Band oder so?«

»Milo? Machst du Witze?«

Um elf Uhr klingelte das Telefon. Katherine war überrascht, Tara am Apparat zu haben.

»Wo bist du?«

»Zu Hause. Ich konnte plötzlich nicht«, sagte Tara unglücklich. »Es tut mir leid, daß ich euch euren Abend kaputtgemacht habe.«

»Das hast du gar nicht. Wir hatten einen sehr schönen Abend. Mach dir keine Sorgen.«

»Vielleicht habe ich morgen den Nerv, es zu tun.«

»Genau.«

Katherine legte den Hörer auf. »Sie kommt nicht. Alle zum Einsatz auf der Badematte!«

63

Am Dienstag abend um sieben Uhr stand Tara inmitten von Kisten und Taschen im Wohnzimmer.

Sie war früh aus dem Büro gekommen. Ihr Plan war, alles gepackt zu haben, damit sie ihre Ansprache halten und dann gehen konnte.

Am Abend zuvor war sie vor der letzten Hürde gescheitert, weil ihr der Schritt, ihren Freund und ihr Zuhause zu verlassen und ihr Leben als einsame alte Jungfer zu beschließen, zu gewaltig vorgekommen war. Es schien viel leichter, sich abzufinden und den Mund zu halten. Wozu brauchte man Selbstachtung, wenn man einen Freund hatte?

Und wie nicht anders zu erwarten, war Thomas sehr nett zu ihr gewesen, als ahnte er, daß etwas im Busch war. Er sagte ihr, sie sehe aus, als habe sie abgenommen. Er bot ihr an, das Abendessen zu kochen. Und jedesmal, wenn sie ihren Mut zusammennahm und ihm ihre Entscheidung mitteilen wollte, verwirrte sich alles in ihrem Kopf, und das ganze Vorhaben erschien ihr der reine Wahnsinn.

Aber in einem Rhythmus, bei dem sie zwei Schritte vor und einen zurück machte, erreichte sie schließlich doch den Punkt, an dem sie bereit war. Sie hatte die Dinge zu lange unter den Teppich gekehrt, doch jetzt blieb ihr keine Wahl mehr. Sie rüstete sich mit den Bildern all der Male, als er sie wie Dreck behandelt hatte, und wollte endlich die Konsequenzen ziehen. Zwischendurch schossen ihr noch andere, fast vergessene Erinnerungen durch den Kopf und festigten ihre wütende Entschlossenheit. Sie wollte ihn verletzen und demütigen, wie er sie verletzt und gedemütigt hatte. Wie sie ihm *erlaubt* hatte, sie zu demütigen.

Als sie seinen Schlüssel in der Tür hörte, war ihr Mund plötzlich trocken. Nach einem Tag der Auseinandersetzungen mit aufmüpfigen Teenagern erschöpft, sah er sie kaum an und warf seinen (braune) Schultasche auf die (braune) Couch.

Dann fiel ihm auf, daß etwas anders war als sonst. Die Atmosphäre war anders. Warum stand Tara mitten im Zimmer? Warum saß sie nicht auf dem Sofa? Und wo waren die Bücher? Waren Einbrecher in der Wohnung gewesen?

»Thomas?«

»Was ist?«

»Ich muß dir etwas sagen.«

»Und?«

»Ich trenne mich von dir.«

Er stöhnte. »Ah, Tara, was ist in letzter Zeit bloß los mit dir? Ich komme gerade von der Arbeit und habe keine Lust auf eine von deinen hysterischen Diskussionen.«

»Ich glaube, du hast mich nicht richtig verstanden. Es gibt nichts zu diskutieren. Ich trenne mich von dir.«

Er sah sie an wie ein Goldfisch, seine Augen traten hervor. »Warum?« brachte er heraus.

»Mal sehen«, sagte sie und dachte nach. »Könnte es sein, weil du grundlos grausam bist? Oder krankhaft geizig? Oder ein besessener Kontrollierer? Oder weil du einfach unerträglich bist und ich dich nicht mehr mag? Es ist schwer, es genau zu sagen, Thomas. Ich weiß nur, daß ich nicht ganz bei Trost gewesen sein kann, weil ich zwei Jahre bei dir geblieben bin.«

Sein Gesicht verlor bei jedem Satz an Farbe. »Aber ...«, fing er an und wand sich unter dem überraschenden Angriff. »Aber so bin ich nun mal. Ich sage die Dinge so, wie sie sind, aber ich liebe dich, und alles, was ich sage, ist nur zu deinem Besten.«

»Weißt du was«, sagte sie. »Ich glaube, du müßtest mal eine Therapie machen. Deine Haltung Frauen gegenüber ist wirklich krank.«

»Quatsch.« Thomas klang verächtlich. Seltsamerweise war es nicht das erste Mal, daß eine Freundin das vorschlug...

»Du magst mich nicht mal«, sagte Tara.

»Natürlich mag ich dich.«

»Nein, sonst wärst du viel netter zu mir gewesen.«

In dem Moment bemerkte Thomas erst richtig die Taschen und Kisten um Tara herum und verstand, daß sie und die leeren Regale zusammengehörten. Bücher, Videos, CDs – alles war eingepackt. »Sind das –« Er zeigte auf die Kartons. »Sind deine Sachen da drin?«

»Manche. Ich hole den Rest im Lauf der Woche.«

»Ich kann es nicht fassen.«

Tara registrierte mit einiger Genugtuung, daß er ziemlich benommen aussah.

»Wo würdest du hinziehen?«

»Ich *ziehe* aus«, sagte Tara mit Nachdruck, »zu Katherine.«

»Zu Katherine?«

»Als Übergang«, sagte sie mit Fassung. »Dann überlege ich mir, ob ich mir eine Wohnung kaufe.«

»Eine Wohnung kaufen?«

»Gibt es hier ein Echo?« Sie sah sich um.

»Laß uns noch mal drüber sprechen«, sagte er tapfer. Jetzt, wo sie schon auf dem Weg war, wollte er sie unbedingt zurückhaben. Er war wieder sieben Jahre alt.

»Wir haben schon darüber gesprochen.«

»Wann?«

»Am Tag nach meinem Geburtstag zum Beispiel. Als du gesagt hast, du würdest mich sitzenlassen, wenn ich schwanger würde.«

»Ach, das.«

»Und dann letzten Freitag, als ich dich gefragt habe, ob du mich heiraten würdest.«

»Ich wußte nicht, daß du es ernst meinst«, murmelte er.

»Genau!«

»Tara, verlaß mich nicht.« Er machte eine Pause. »Meine Liebe«, sagte er dann zögernd.

Ihr Entschluß geriet ins Wanken. Noch nie hatte er sie »meine Liebe« genannt.

»Ich gebe zu, daß ich nicht immer gut zu dir war«, sagte er flehend.

»Könntest du das noch mal sagen?«

»Ich gebe zu, daß ich nicht immer gut zu dir war«, wiederholte er, etwas schmollend.

»Das gefällt mir.« Sie lachte unergründlich. »Du warst nicht immer gut zu mir. So kann man es auch ausdrücken.«

»He. Keiner hat dich gezwungen, bei mir zu bleiben.«

»Ich weiß.« Sie lächelte. »Ist das nicht demütigend? Ob du es glaubst oder nicht, ich bin viel saurer auf mich als auf dich.«

»Wie kannst du mir das antun?« Er verlor seine Haltung.

»Wie oft soll ich es dir noch sagen? Weil du ein Scheusal bist.«

»Aber du weißt den Grund dafür. Ich habe es dir gesagt. Meine Mam hat mich verlassen, deshalb kann ich Frauen nur schwer vertrauen. Das hier ist wie damals, als ich am Sonntag morgen aufgestanden bin, und alle ihre Taschen waren gepackt. Es war schrecklich, Tara.«

»Kannst du mal eine andere Platte auflegen?«

Thomas traute seinen Ohren nicht. Seine Wunde, die er gehätschelt und getätschelt, gepflegt und genährt hatte, wurde auf respektloseste Weise mißachtet. Es war sein kostbarstes Attribut, mit dem er Menschen so manipulieren konnte, wie es ihm paßte. Wie konnte es diese dicke Tonne wagen ...!

»Oh, jetzt verstehe ich«, sagte er plötzlich wutschäumend, »du hast einen anderen kennengelernt. Jetzt wird mir alles klar.«

»Das stimmt nicht. Es hat nichts mit einem anderen Mann zu tun. Es hat mit dir zu tun. Und mit mir, leider.«

»Dieser Ravi, ich wette, du vögelst mit ihm.«

»Ich vögel mit niemandem.«

Er sah sie haßerfüllt an. »Nein. Das stimmt wahrscheinlich. Wer würde dich schon nehmen?«

»So kenne ich meinen Thomas. Also, das wär's dann.« Sie zog

sich den Mantel an. »Alles ist wirklich. Wirklich schrecklich, meine ich.«

Wie vor den Kopf geschlagen beobachtete er sie, wie sie die Kartons und Taschen zum Auto trug. Als sie wieder hereinkam, um die zweite Ladung zu holen, weiteten sich seine Augen vor Schreck. »He. Laß meinen Couchtisch stehen!«

»Wessen Couchtisch?«

»Meinen.«

»Und wer hat ihn bezahlt?«

Er antwortete nicht.

»Ich. Er ist also meiner, Thomas«, sagte sie triumphierend.

64

»Yippie!« Fintan zog sich die Marilyn-Monroe-Perücke herunter und ließ sie auf der Faust über seinem Kopf kreisen. »Ich kann es nicht glauben. Glaubst du es, Katherine?«

Bei dem Gedanken an Tara, die seit zwei Tagen ununterbrochen weinte, sagte Katherine: »Ich schon.«

»Erzähl mir, was sie dir erzählt hat. War er am Boden zerstört?«

»Ziemlich, soweit ich gehört habe.«

»Hoho.« Fintan ballte die Hände zu Fäusten. »Ich wäre gern eine Fliege an der Wand gewesen. Schade, daß sie kein Video davon gemacht hat. Wie geht es ihr?«

»Sie ist ziemlich fertig, ehrlich gesagt.«

»Roy Orbison?«

»Nein.« Katherine lächelte geheimnisvoll. Die CD mit Roy Orbison lag zur Zeit unter vier Photoalben in einem Schuhkarton, der bei ihr auf dem Schrank stand. Dorthin hatte Katherine sie verfrachtet, kaum daß Tara mit ihren Kisten eintroffen war, denn sie hatte nicht vor, noch einmal zwei Monate lang »It's oooooh-ver!« zu ertragen.

»Redet sie dauernd davon, daß sie lesbisch werden muß, weil sie nie wieder einen Mann kennenlernen wird?«

»Ja, wie damals.«

»Abendkurse?«

»Sie redet von Mosaikmachen, von einem Portugiesischkurs und Banjostunden. Ich warne dich jetzt schon mal, daß sie plant, dich mit einzubeziehen.«

»Du lieber Gott – *Banjo*-Stunden! Ist es da nicht ein Glück, daß ich morgen für die nächste Ladung Chemotherapie ins Krankenhaus muß und mir so elend sein wird, daß es mir schon reichen wird, ein Banjo auch nur anzugucken?«

»Wirklich ein Glück.«

»Glaubst du, sie wird zu Thomas zurückgehen?«

»Also, er hat schon angerufen und gefragt, ob sie weiterhin Freunde bleiben könnten.«

»Na klar, er wollte mit ihr ins Bett. Und was hat sie gesagt?«

»Sie hat gesagt – es war klasse, was sie gesagt hat, Fintan. Sie hat gesagt: ›Weiterhin? Wie können wir weiterhin Freunde bleiben, wenn wir noch nie Freunde waren?‹«

»Oh, wunderbar! Sie kommt drüber hinweg. Aber wir dürfen auf keinen Fall anregen, daß sie sich mit ihm für gewisse Stunden trifft. Wir wissen ja, was nach Alasdair passiert ist.«

»Genau. Was ist das für ein Kasten da in der Ecke?«

»Mein Heimtrainer. Keine Angst, ich schicke ihn zurück. Jetzt erzähl mal, wie es dir geht.«

»Sehr gut.« Katherine grinste breit wie die Cheshire-Katze in Alice im Wunderland. »Sehr, sehr gut.«

»Immer noch drei Stunden Schlaf pro Nacht?«

»Wenn überhaupt.«

»Und sieh dich an! Das blühende Leben. Wann lerne ich ihn kennen?«

»Wann möchtest du?«

»Besser, wir warten, bis die Chemotherapie vorbei ist. Ich will ja nicht beim ersten Mal über deinen neuen Freund kotzen. Das wäre eine schlechte Umgangsform.« Das Telefon klingelte, und Fintan sagte: »Gehst du mal ran? Du sitzt näher. Wer kann es sein? Oh, diese ganzen gesellschaftlichen Verpflichtungen, meine Güte!«

»Hallo«, sagte Katherine. »Ah, hallo, Mrs. O'Grady. Wirklich? Sind Sie sicher? Nein, das wußte ich nicht. Nein, wirklich nicht. Ich schwöre es, ich habe keine Ahnung. Ich verstehe, ja – ich verst – genau – ich verstehe – Aber warten Sie mal einen Moment. Vielleicht sollten Sie sich erst vergewissern, daß es stimmt, bevor Sie jemanden umbringen.«

Katherine reichte Fintan den Hörer. »Deine Mutter. Hast du schon davon gehört, daß Milo den Hof verkaufen und nach London ziehen will?«

Tara stieg aus dem Bett und strich als erstes einen Tag auf dem Kalender aus, den Katherine ihr gegeben hatte. Zehn. Die zehnte Nacht hintereinander, die sie ohne Thomas verbracht hatte. Die zehnte unendliche, schlaflose Nacht, nachdem ihr Biorhythmus durch die Ortsveränderung und die großen Mengen Alkohol, die sie zu sich nahm, um den Schmerz und die Angst vor der gähnend leeren Zukunft zu betäuben, völlig durcheinandergeraten war.

Ihr unerschütterlicher Mut, den sie gegenüber Thomas an den Tag gelegt hatte, war schon verflogen, bevor sie bei Katherine angekommen war. Fast hätte sie kehrtgemacht und wäre zurückgefahren. Aber sie wußte, daß ihr dieser Weg versperrt war, weil sie Thomas so gründlich gedemütigt hatte. Alle sagten, sie würde über ihn hinwegkommen, aber sie wußte, daß ihr Leben zu Ende war. Sie dachte zurück an die ausgelassenen, sorgenfreien Tage, als sie Ende Zwanzig war und noch viel Zeit vor sich hatte. Natürlich, als Alasdair sie damals sitzengelassen hatte, war sie auch überzeugt gewesen, daß es für sie zu spät sei, aber diesmal, zwei Jahre später, war es wirklich aus und vorbei.

Sie hatte nicht mehr die Kraft, sich aufzurichten und weiterzumachen, die sie früher hatte. Das war ihre letzte Chance gewesen, und sie hatte sie vertan.

Der Gedanke, wieder zu Thomas zu gehen, war sehr verführerisch. Jetzt, nach vollzogener Trennung, kam er ihr nicht mehr so übel vor. Seine Reizbarkeit schien kein so hoher Preis mehr für Zweisamkeit. Zwar hatten sie ihre Unstimmigkeiten, aber sie kannten sich sehr gut. Wieviel Vertrautheit lag doch in dem schnippischen Ton ihrer Unterhaltungen. Besser man hatte jemanden, mit dem man sich streiten konnte, als überhaupt keinen zu haben. Und wenn sie den Mut hatte, sich selbst gegenüber ehrlich zu sein, mußte sie zugeben, daß ihr der Status, Teil eines

Paares zu sein, fehlte. Allein fühlte sie sich unvollständig, eine Versagerin.

Doch trotz ihrer Einsamkeit war sie für Augenblicke tief überzeugt, daß es falsch wäre, zu ihm zurückzukehren. Es sei denn, er würde sich von Grund auf verändern. Und sie wollte sich auf keinen Fall ein zweites Mal so demütigen lassen wie nach der Trennung von Alasdair. *Bitte, lieber Gott, laß mich Thomas nicht anrufen*, betete sie tausendmal am Tag. *Bitte, lieber Gott, gib mir Kraft. Mach, daß er anruft. Mach, daß er mir sagt, er habe sich verändert.*

Katherine war in der Küche und machte für sich und Joe Kaffee. »Hallo«, sagte sie fröhlich. Sie verbrachte nur einen geringen Teil der Nacht schlafend, war aber hellwach und voll präsent, abgesehen davon, daß sie gelegentlich in angenehme Träume abdriftete.

Sie sah auch anders aus. Jedem fiel das auf. Als sich kürzlich ihr kleiner, straffer Po an Fred Franklins Glaskasten vorbeischob, hatte Fred Myles angestoßen und gesagt: »Klasse Arsch. Wenn man dran könnte.«

Dann war Fred erstarrt. »Wessen Arsch war das denn? Der von der Eiskönigin? Verdammt noch mal, tatsächlich! Und darüber habe ich was Nettes gesagt!«

Tara, in Katherines Küche, rang sich ein Lächeln ab.

»Tara«, sagte Katherine bedächtig.

»Was?«

»Guck mal.« Katherine steckte zwei Finger in Taras Rockbund und zog. Eine große Lücke klaffte.

»Oh.« Tara sah erstaunt an sich hinab.

»Ißt du überhaupt was?«

»Das ist der Gang der Dinge. Du trennst dich von einem Mann und kannst nichts essen, dann wirst du elfenhaft schlank und lernst einen neuen Mann kennen. Der Trostpreis der Natur.« Tara lächelte schwach.

»Aber du mußt was essen, Tara.«

»Keine Lust.«

»Laß dich nicht so hängen«, sagte Katherine streng. »Es lohnt sich nicht für ihn.«

»Er war nicht nur schlecht«, sagte Tara. »Manchmal war er nett.«

»Wann, zum Beispiel?«

Tara dachte einen Moment nach. »Er hat immer meine Formulare ausgefüllt. Versicherungs- und Steuersachen. Er wußte genau, wie sehr mir das zuwider war.«

»Das war ja wohl das mindeste, wo du ihn überall hingefahren hast. Gib mir noch ein anderes Beispiel.«

»Er war höflich. Er hat mir die Türen aufgemacht und Stühle zurechtgerückt.«

»Sexistisches Gehabe.«

Tara seufzte schwer. »Also gut, er war sehr geschickt mit den Händen. Als sich meine Silberkette völlig verheddert hatte, hat er sie wieder entwirrt, und sie ist nicht kaputtgegangen. Ich hätte nie die Geduld gehabt.«

Katherine machte: »Hah«, als wäre sie nicht ganz sicher, wie sie ihren Spott für Thomas' geschickte Hände äußern könnte.

»Und wir haben zusammen geraucht und haben versucht, zusammen aufzugeben, und haben es nicht geschafft.« Tara seufzte. »Er hat mir meine Zigaretten angezündet, und ich ihm seine. Das schafft Gemeinsamkeit, und außerdem war ich nie ohne Zigaretten, denn wenn ich keine mehr hatte, hatte er welche.«

»Du meinst, er hat sie dir umsonst gegeben?«

»Nein, bezahlt habe ich sie natürlich.« Tara versuchte ein kleines Lächeln zustande zu bringen. »Aber trotzdem, ich hatte immer welche zur Hand.«

»Nimm's nicht so schwer, es ist gut, daß du ihn los bist. Außerdem war es ja nicht die größte Liebesaffäre der Welt«, sagte Katherine mit mildem Spott.

Da hatte sie recht, mußte Tara zugeben. Dazu war sie weder tragisch noch romantisch genug gewesen. Aber es war *ihre* gewesen. Mit gesenktem Kopf sagte sie: »Ich weiß, daß er dominant ist, und ich weiß, daß er geizig ist, und ich stimme dir zu, daß es für mich wahrscheinlich besser ist, ihn los zu sein, aber wenn man jemandem ein Bein amputiert, weil es von Wundbrand befallen ist, tut es trotzdem weh.«

Katherine freute sich, daß Tara Thomas mit einem von Wundbrand befallenen Bein verglich. Das war ungerecht dem befallenen Bein gegenüber, aber es bedeutete einen Fortschritt.

»Danke, wegen gestern abend«, murmelte Tara dann.

»Schon in Ordnung. Ehm, tut mir leid, daß ich dir den Pullover aufgetrennt habe.«

»Das macht nichts. Ich habe mir was vorgemacht.«

Am Abend zuvor hatte Tara zu Katherines Entsetzen den Pullover, den sie für Thomas strickte, hervorgeholt und gesagt: »Ich stricke ihn fertig und schenke ihn Thomas. Es wäre schade, ihn zu verschwenden.«

»Nein!« Katherine war aufgesprungen, hatte die Nadeln genommen, sie aus dem halb gestrickten Ärmel gezerrt und angefangen, alles aufzutrennen, Reihe für Reihe. »Es ist nur eine Entschuldigung, ihn zu sehen, wie das Geld, das er dir schuldet, und der Duschvorhang, den du dagelassen hast, und wie die Tatsache, daß du vergessen hast, Beryl einen Tritt zu versetzen. Nein, Tara, nein!«

Tara sah sie mit erstaunten Augen an. »Ist schon gut«, flüsterte sie.

Katherine stampfte zu ihrem Platz neben Joe und murmelte: »Tut mir leid, daß du Zeuge dieser Szene geworden bist.«

»Mir wird ganz angst und bange!« Er tat verschreckt, worauf sie lachten und die Spannung sich löste.

Tara fand ihn entzückend. Und so entgegenkommend! Tara vermutete, daß Katherine und Joe die meiste Zeit in Katherines Wohnung waren und sich nicht in trauter Zweisamkeit in Joes Wohnung zurückzogen, damit sie Tara im Auge behalten konnten. Katherine hatte sogar das Telefon aus dem Wohnzimmer ins Schlafzimmer gestellt und Taras Mobiltelefon konfisziert. »Ich kann nicht verhindern, daß du ihn vom Büro aus anrufst, aber wenigstens kannst du es nicht tun, wenn du betrunken nach Hause kommst.«

Eines Nachts hatten Joe und Katherine sich Tara in den Weg gestellt, als sie betrunken mit dem Auto losfahren wollte. »Ich will nicht *zu* ihm fahren«, hatte Tara ärgerlich erklärt, »ich will nur bei ihm *vorbei*fahren.«

»Das erlaube ich nur, wenn du ihn im Vorbeifahren erschießen willst«, hatte Katherine gesagt. »Und jetzt ab ins Bett!«

Tara zwang sich aufzustehen und strich das Datum aus. Zwanzig Tage. Fast drei Wochen. Und nach drei Wochen wäre es bald ein Monat.

Bisher hatte sie es geschafft, ihn nicht anzurufen. Aber das war nur ihrer übermenschlichen Stärke zu verdanken. Jeder Tag kam ihr vor wie ein Tausend-Kilometer-Marsch, auf dem sie dauernd an der Gelegenheit vorbeikam, ihn anzurufen. Manchmal hatte sie regelrecht Schweißausbrüche, solche Anstrengung kostete es sie, ihn nicht anzurufen.

Am Wochenende, ohne die Ablenkung der Arbeit, war die Qual hundertmal so groß.

Nachdem der erste Schmerz der Trennung nachgelassen hatte, mußte sie erkennen, daß sie nicht nur Thomas vermißte, sondern auch alles, was das Zusammensein mit ihm bedeutete: Akzeptanz, Unterstützung, jemand, mit dem man Pläne machen und dem man berichten konnte. Sie war zutiefst dankbar, daß sie Freunde hatte, aber ohne die Selbstverständlichkeit des gemeinsamen Tagesablaufs mit einem Geliebten fühlte sie sich wie ein ungebundenes Element im weiten Raum.

Sie hatte Thomas nie gern angerufen, um zu sagen, daß sie spät zu Hause sein würde, aber jetzt, da es keinen kümmerte, ob sie überhaupt nach Hause kam, schien ihr das etwas Wünschenswertes. Und obwohl sie und Thomas nie richtig in die Ferien gefahren waren, konnte sie jetzt nur hoffen, daß ihre Freunde – vielleicht Milo und Liv oder Katherine und Joe – sie aus Mitleid mitnahmen, wenn sie verreisten. Sie wußte, wie unangemessen diese Gefühle waren, aber dennoch konnte sie sie nicht verdrängen. Am Schluß fühlte sie sich nicht nur einsam, sondern auch noch schuldbewußt.

Ihre nostalgischen Gefühle waren so stark, daß sie sogar die schreckliche, braune, höhlenähnliche Wohnung vermißte. Zwar gehörte sie Thomas, aber es war ihr Zuhause gewesen. Und jetzt lebte sie wie ein Flüchtling im Gästezimmer der Wohnung ihrer Freundin, wo sie befürchtete, Katherine auf die Nerven zu gehen, und sich nicht entspannen konnte. Sie hatte Angst, zuviel Zeit im Bad zu verbringen, traute sich nicht zu sagen, was sie gern im Fernsehen ansehen wollte, befürchtete, zuviel Strom zu verbrauchen, und war sich bewußt, daß jede Unordnung sofort aufgeräumt werden mußte.

Sie labte sich an Phantasievorstellungen, daß Thomas zu ihr kommen und sie leidenschaftlich bitten würde, zu ihr zurückzukommen. Aber abgesehen von dem einen Anruf, als er gefragt hatte, ob sie befreundet bleiben könnten, hatte sie nichts von ihm gehört. Wenn sie ehrlich war, wußte sie, daß es auch keinen geben würde. In seinem Macho-Kodex war es unehrenwert, Schwäche oder Bedürfnisse zuzugeben. Auch wenn er vor Sehnsucht sterben würde, würde er sie nicht anrufen.

Zu der Durchhalteübung eines Lebens ohne Thomas kam noch die kräftezehrende Sorge um Fintan. Nach drei Schüben der Chemotherapie hatte sein Körper immer noch keine Reaktion gezeigt. Die Blutbilder ergaben, daß sich nichts verändert hatte, und man mußte ihn nur ansehen, um sich davon zu überzeugen, daß die Kiwi-Schwellung nicht an Größe eingebüßt hatte.

Die Onkologen sagten immer wieder, daß es seine Zeit dauern würde und daß es ihm schlechtergehen würde, bevor eine Besserung eintreten könne, aber Tara konnte sich damit nicht abfinden und griff alles auf, was sie über alternative Behandlungsmethoden finden konnte.

»Zwanzig Tage – hurra!« Katherine und Joe fingen wild an zu klatschen, als Tara in die Küche kam.

Tara zuckte zusammen. »Es ist Montag morgen – wie könnt ihr so fröhlich sein?«

»Zeit für deinen morgendlichen Katzenjammer«, sagte Katherine strahlend.

»Danke. Mein Kummer heute ist, daß ich keinen habe, der mit mir den *Pferdeflüsterer* sehen will.«

»Aber Thomas wäre nie mit dir gegangen.«

»Laß mir bitte meine rosige Sicht auf die Vergangenheit«, sagte Tara mit Würde.

»Wir wollen den *Pferdeflüsterer* auch nicht sehen«, sagte Katherine.

»An welchem Abend wollen wir ihn uns nicht ansehen?« fragte Joe und blickte Katherine mit einem strahlenden Lächeln an.

Einige Sekunden vergingen, in denen sie sich entrückt ansahen, bevor Katherine sagte: »Nächsten Dienstag.«

»Ihr braucht ihn nicht zu sehen«, erklärte Tara. »Bei euch findet die romantische Liebesaffäre im wirklichen Leben statt. Ich gehe zur Arbeit.«

»Viel Spaß an deinem einundzwanzigsten Tag ohne Thomas.«

»Heute wird es spät werden.« Sie machte eine Pause und hoffte, jemand würde darauf bestehen, daß sie zeitig wieder nach Hause käme, aber als niemand etwas sagte, fuhr sie fort: »Ich gehe ins Fitneß-Studio, und dann gehe ich aus.«

»Mit wem?«

»Kommt drauf an, wen ich finden kann – Ravi, einen Obdachlosen, mir egal. Ich weiß, ich verhalte mich genauso, wie in jedem Ratgeber beschrieben, mit den ganzen Ablenkungsmanövern und Sauftouren.«

»Aber wenigstens hast du mit der Tradition gebrochen und bisher noch keinen abgeschleppt«, sagte Katherine verständnisvoll.

»Und zwar jemanden, den man nie eines zweiten Blickes gewürdigt hätte, wenn man nicht gerade eine Trennung hinter sich hätte«, fügte Joe mit einem wissenden Lächeln hinzu.

»Laßt mir Zeit. Wer weiß, was noch passiert.«

Als Tara die Tür hinter sich zuzog, wurde ihr bewußt – wie so häufig in letzter Zeit –, daß alles ganz falsch war. Warum mußte sie die Tür einer anderen Wohnung auf- und zumachen, wenn ihre eigene Wohnungstür ganz in der Nähe war?

Es war gar nicht weit von hier. Sie stand auf der Straße und stellte sich die Häuser und Straßen und Büros vor, die sich zwischen ihr und ihrem eigentlichen Zuhause, ihrem eigentlichen Leben erstreckten.

Ich will nach Hause.

Das geht aber nicht, sagte sie sich. Sie riß sich zusammen und ging zu ihrem Auto.

»Morgen, Tara«, begrüßte Ravi sie fröhlich, als sie das Büro betrat. »Ich habe großartige Neuigkeiten. Hier in *Elle* steht, daß es einen neuen Lippenstift von Max Factor gibt. Sie sagen nicht, daß er unauslöschlich ist, aber daß er sich selbst erneuert, was – ich weiß ja nicht, was du denkst, aber ich glaube, das ist ebenso gut. Mein Gefühl sagt mir, daß wir Boots bald einen Besuch abstatten werden.«

»Wirklich?« Tara war angetan. »Erzähl mir genau, was da steht, Ravi.«

»Anscheinend trägt man ihn auf, und jedesmal, wenn man denkt, die Farbe ist schwächer geworden, preßt man die Lippen zusammen ...« Ravi machte es ihr mit einem Schmatzen vor, »... und schon ist er wieder so frisch wie in dem Moment, als man ihn aufgetragen hat.«

Taras Telefon klingelte. Liv war am Apparat. »Was ist los?« fragte Tara. »Wieder JaneAnn?«

Liv seufzte. »Die Frau ist wie ein Racheengel. Aber nein, hast du zufälligerweise Drogen?«

»Wie bitte?«

»Haschisch.«

»Nicht zur unmittelbaren Verfügung. Wozu brauchst du das?«

»Für Fintan. Er fühlt sich hundsmiserabel nach der Chemo vor zwei Tagen, und jemand hat ihm gesagt, daß Haschisch die Übelkeit lindert. Aber ich habe keine Ahnung, wo man welches bekommt. Ich bin Innenarchitektin! Mir bietet man höchstens Kokain an.«

65

»He, Mann, ich habe libanesischen Roten besorgt«, sagte Tara und schwenkte einen Beutel mit einem kleinen braunen Plättchen vor Fintan. »Kann auch marokkanischer Schwarzer sein. Ich habe keine Ahnung, was der Unterschied ist. Das Theater, das Ravi und ich hatten, das Zeug aufzutreiben. Ein Freund eines Freundes eines Freundes hat eine Schwester, die einen Freund hat, deren Kollege sich mit uns in einer Billardhalle in Hammersmith getroffen hat, wo er uns den Stoff verkauft hat. Mann. He«, rief sie plötzlich, »was ist das für ein köstlicher Duft? Kuchen?«

Fintan führte sie in die Küche, wo auf einem Backblech noch ein Kuchenstück übrig war.

»Haschplätzchen«, erklärte Fintan. »Tut mir leid, Tara. Sandro hat heute nachmittag zwanzig Gramm Blem erstanden. Du und Ravi, ihr hättet euch die Mühe sparen können. Mann«, fügte er noch hinzu.

»Ah, mach dir keine Gedanken über uns – wir hatten einen Riesenspaß. Habe seit Ewigkeiten so was nicht mehr gemacht. Also Plätzchen helfen auch gegen Übelkeit?«

»Ich habe sie gerade erst verdrückt. Aber ich hoffe doch stark, daß sie die gewünschte Wirkung haben. Es ist einfach so langweilig, wenn man dauernd das Gefühl hat, sich übergeben zu müssen.«

»Ich drück dir die Daumen. Was sollen wir heute abend machen?« fragte Tara. »Die Idee, daß wir uns sinnlos bekiffen, ist sehr verlockend. Dann könnten wir zu der Rund-um-die-Uhr-Tankstelle gehen und deren Vorrat an Bounties aufkaufen –«

»– wobei wir allerdings kein Wort rausbringen, weil wir uns die ganze Zeit grundlos ausschütten vor Lachen.«

»Wir dürfen natürlich nicht vergessen, daß das Zeug aus rein medizinischen Gründen hier ist. Mißbrauch nicht erlaubt. Aber es würde Spaß machen, wenn wir uns bekiffen könnten. Es ist Jahre her.«

»Das Problem ist nur«, sagte Fintan, »daß ich ausgehe.«

»Du gehst aus? Wohin?«

»Zu Sandros Weihnachtsfeier.«

»Jetzt? Es ist gerade mal der erste Dezember.«

»Der einzige Abend, an dem sie einen Tisch im Nobu bekommen konnten. Kannst du dir vorstellen, daß es bis zum vierten Januar ausgebucht ist?«

»Hast du denn die Kraft zu gehen?«

»Wo ein Wille ist, ist auch ein Weg.« Er lachte. »Ich will mich amüsieren. Essen, trinken, fröhlich sein.«

»Bist du dir sicher? Ich meine, du bist krank ...«

»Oh, es klingelt, das muß mein Taxi sein.« Fintan stand auf und ging zur Tür. Tara entdeckte etwas, das ihr die Kehle zuschnürte.

»Ist es eine Weihnachtsfeier mit Verkleiden?«

»Nein.«

»Warum hast du dann einen Spazierstock?«

»Ach, der. Ich habe ganz vergessen, dir davon zu erzählen, wegen der ganzen Aufregung mit dem Haschisch und der Übelkeit.«

»Und das wäre?«

»Die letzte Chemo hat den Nerven in meinen Füßen übel mitgespielt.«

»Inwiefern übel mitgespielt?« fragte sie. Bodenlose Angst breitete sich in ihr aus. Das hier wurde immer schlimmer.

»Ich habe so ein empfindliches Gefühl in den Füßen, sie tun weh, wenn ich sie zu sehr belaste, und da hilft ein Stock.« Er lachte, als er ihr Gesicht sah. »Oh, mach nicht so ein trauriges Gesicht! Es ist doch nur vorübergehend, Tara. Wenn ich mit der Chemo fertig bin, wird das alles wieder gut. Jetzt sag mir lieber, ob meine Perücke richtig sitzt.«

Sie sah zu, wie seine abgemagerte Gestalt mit der Tina-Turner-Perücke auf unsicheren Beinen zur Tür humpelte, und dachte: *Er ist nur ein Jahr älter als ich.* »Soll ich morgen vorbeikommen?« fragte sie. Er ging voraus und knipste die Lichter aus, und sie folgte ihm.

»Nein. Ich gehe mit siebenundzwanzig meiner engsten Freunde in einen Club, aber du kannst gern mitkommen.«

»Du gehst in einen Club?«

»Du hast ganz richtig gehört, in einen Club.« Fintan klang gereizt. »Rage, rage against the dying of the light – ja, der Zorn gegen das vergehende Licht. Genau das habe ich vor: Ich will meinen Zorn loswerden.«

Tara wurde das Herz schwer, als sie erkannte, daß Fintan nicht ganz der Zen-Bekehrte war, wie sie gedacht hatte. »Du bist wütend?«

»Nicht richtig wütend. Zumindest nicht gerade jetzt. Aber wenn meine Tage gezählt sind, dann will ich soviel wie möglich aus ihnen herausholen.«

Darauf konnte sie nichts erwidern, eine seltsame Mischung aus Scham und Bewunderung machte sie stumm.

»Ich werde kämpfen«, versprach er, »oder wenigstens tanzen. Solange noch das Blut in meinen Adern fließt und Sister Sledge sich auf dem Plattenteller dreht, geht das Leben weiter.«

66

»Ich komme gerade aus dem Büro«, stöhnte Tara, als sie, nach Zigarettenrauch und Alkohol riechend, in die Wohnung kam. »Das macht mich noch ganz fertig.«

»Viel zu tun?« fragte Katherine verständnisvoll.

»Und wie!« erklärte Tara. »Gestern abend das Projektessen, gestern mittag der Teamlunch, dann der Bürolunch am Tag davor, heute Drinks auf unserer Etage, morgen der Lunch von unserer Abteilung, am Nachmittag Glühwein in der Marketing-Abteilung, und einen Abend später die Weihnachtsfeier der Firma. Verdammte Weihnachtszeit, sie bringt mich noch um. Und meine Leber bettelt schon um Gnade.«

»Ich weiß genau, was du meinst«, sagte Katherine.

Bei Breen Helmsford war jedoch der Unterschied zwischen der Weihnachtszeit und dem Rest des Jahres hinsichtlich der Häufigkeit der Festivitäten nicht so deutlich spürbar.

Die Weihnachtszeit mit all den Feiern hätte für Tara zu keinem besseren Zeitpunkt kommen können. Der viele Alkohol und die allgemeine Ausgelassenheit vertrieben die bösen Geister von ihrer Tür. »Ich muß allerdings zugeben, daß ich so pleite bin wie alle Länder der dritten Welt zusammen« sagte Tara.

»Du bist immer pleite«, erinnerte Katherine sie.

»Aber jetzt ist es noch schlimmer. Alkohol und Taxis, Taxis und Alkohol. Und natürlich Klamotten. Vielleicht muß ich meine Kreditkarten wieder zerschneiden.« Tara konnte nicht aufhören, sich Sachen zum Anziehen zu kaufen, obwohl es für sie ein trauriger Trost war, daß sie wieder in Größen hineinpaßte, an die noch vor sechs Wochen gar nicht zu denken war. »Noch zwei

Wochen dieser Qualen«, klagte sie, zwang sich dann aber zu einem Lächeln, »dann passe ich wieder in Jeans. Guck mal, was für einen hübschen Rock ich mir für den Abteilungslunch morgen gekauft habe.«

»Sehr schön«, sagte Katherine bewundernd. »Wo findet er statt? Geht ihr in ein Restaurant?«

»Ehrlich gesagt, nein.«

Es war beschlossen worden, den Abteilungslunch in der Firma abzuhalten, weil es unmöglich war, in den umliegenden Restaurants einen Tisch zu bekommen. Entweder waren sie ausgebucht, oder sie hatten Wind davon bekommen, daß sich im Jahr zuvor die Lunchparty der Entwicklungsabteilung von GK Software bis zum Abend ausgedehnt und die Reservierungen für den Abend durcheinandergebracht hatte.

Obwohl inzwischen fast ein Jahr vergangen war, bekreuzigte sich der polnische Restaurantbesitzer jedesmal, wenn er an GK Software vorbeikam, und wechselte auf die andere Straßenseite, um bloß nicht einem der wilden Angestellten der Firma zu begegnen.

Diesmal begann alles etwas gemessen. Die Frauen verließen um halb elf ihre Arbeitsplätze, um sich zurechtzumachen, obwohl der Lunch erst um ein Uhr stattfinden sollte. Sowieso wurde den Morgen über nicht gearbeitet, weil alle behaupteten, sie seien zu aufgeregt. Natürlich stimmte das nicht, aber eine gute Gelegenheit, sich vor der Arbeit zu drücken, ließ man sich nicht entgehen.

»Wie findest du ihn, Ravi?« fragte Tara und führte ihm ihren neuen Rock vor.

»Was soll ich beurteilen? Rock oder Lippenstift?«

»Ach, blöde Lippenstifte! Leider war der Selbstauffrischer auch nicht das Gelbe vom Ei. Wieder reingefallen.«

»Oh, Tara, ich hab hier was für dich.« Ravi wühlte in seiner Schreibtischschublade. »Das könnte die Antwort auf alle deine Probleme sein. Hier, ich hab's.« Er schwenkte eine Seite, die er aus einer Zeitschrift herausgerissen hatte. »Tätowierung! Man kann sich die Lippen tätowieren lassen. In Kalifornien. Hört sich ziemlich scheußlich an, aber wenigstens müßtest du dir nie mehr Gedanken über deinen Lippenstift machen.«

»Danke, Ravi, aber ich glaube nicht.« Tara war gerührt. »Das ist ganz lieb von dir, aber was ist, wenn ich plötzlich eine andere Farbe haben will?«

»Schade. Ich wollte es dir auf jeden Fall sagen.«

»Du bist so aufmerksam!«

Um ein Uhr drängten sich dreißig Mitarbeiter im Konferenzzimmer, wo Sherry, aufgewärmter Truthahnbraten und pappige Cracker auf sie warteten. Dem Sherry wurde herzhaft zugesprochen. Wie immer saßen Tara und Ravi nebeneinander und machten ihre amüsierten Bemerkungen über das Geschehen um sie herum.

»Sieh dir Vinnie an.« Tara lachte, ihr Gesicht war gerötet. »Er hat einen Schwips. Sogar sein Schädel ist rot.«

»Er hat ja nicht viel Gelegenheit auszugehen. Wahrscheinlich ist er aus der Übung, was das Trinken angeht.«

»Gieß mir doch noch mal von dem süßen Sherry ein, Ravi, mein Guter.«

»Nur noch ein Glas«, sagte er und ahmte eine verkniffene Damenstimme nach. Sie prosteten sich zu.

Sehr viel später gingen einige verantwortungsbewußte Menschen wie Vinnie wieder an die Arbeit, andere, allen voran Tara und Ravi, blieben und amüsierten sich prächtig.

Doch gegen halb fünf, als die Kombination aus der Mangelernährung der letzten Wochen und dem exzessiven Alkoholgenuß des Tages bei Tara ihre Wirkung zeigte, schlug ihre Stimmung um. Sie weinte wegen Fintan, dann wegen Thomas, dann wieder wegen Fintan. »'siso schrecklich«, schluchzte sie, »'sis nicht zum Aushalten. Und wenn er stirbt? Sag nich, daß er nich stirbt, denn wahrscheinlich stirbt er. 's bricht mir noch das Herz. Viel schlimmer, als Thomas zu verlieren, viel, viel schlimmer.«

Dann sah sie Ravi flehentlich an und sagte: »Ravi, mir iss schlecht.«

»Achtung!« brüllte Ravi, als er Tara zur Damentoilette halb zog und halb trug. »Entschuldigung, die Damen«, sagte er zu dem überraschten Trio, drei Mädels aus der Gehaltsabteilung, die sich für ihr Abteilungsweihnachtsessen fein machten. »Es ist ein Notfall.«

»Das sieht man«, sagten sie und machten rasch Platz.

»So wird es uns in zwei Stunden auch gehen«, sagten sie erwartungsvoll, als sie zusahen, wie Ravi Tara das Haar aus dem Gesicht hielt, während sie sich ins Waschbecken hinein von einem Teil des Sherrys wieder trennte.

»Ich möchte nach Hause, Ravi«, sagte Tara, als sie fertig war. »Kannst du mich nach Hause bringen?«

»Klar. Bleib, wo du bist, und ich besorge ein Taxi. Paßt auf sie auf«, sagte er zu den Mädels aus der Gehaltsabteilung.

Als Ravi weg war, nahm eins der Mädchen eine Tube Zahnpasta aus der Tasche und bestand darauf, daß Tara sich den Mund ausspülte. »Laß mich in Ruhe!« sagte Tara und wedelte sie mit der Hand fort.

»Das ist doch ein Süßer«, sagte das Mädchen.

»Gar nicht Süßer, das ist Ravi.«

Doch die Mundspülung erwies sich als überflüssig, denn kaum war sie vollzogen, mußte Tara sich erneut übergeben. Und dann wieder.

Der dösige Steve kam und klopfte an die Tür der Damentoilette, als das Taxi da war.

»Mußt du noch mal … noch mal … du weißt schon, bevor wir gehen?« fragte Ravi diskret. Doch nein, Tara hatte alles von sich gegeben, vorerst wenigstens. Statt dessen flossen ihr wieder die Tränen.

Die Tür wurde aufgerissen, und herein kam Amy, gertenschlank und wunderhübsch. »Tara«, sagte sie überrascht, »was hast du denn? Warum weinst du?«

Obwohl sie sich seit Wochen nicht gesehen hatten, hatte Amy

nicht vergessen, wie freundlich Tara zu ihr gewesen war, nachdem Amy die Polizei auf Lorcan gehetzt hatte.

»Mein Freund stirbt, und mit meinem Lover ist es vorbei.«

Amy erkannte die schlechte Nachricht sofort. »Oje, das ist ja schrecklich! Das mit deinem Lover, oh, du Arme, du Arme.« Dann hatte sie eine wunderbare, eine phantastische Idee. »Ich weiß was! Mein Freund hat einen richtig netten Freund. Der würde dir bestimmt gefallen. Er heißt Benjy. Wir können im Januar mal zu viert ausgehen.«

»Gute Idee«, sagte Tara mit tränenerstickter Stimme. »Findest du nicht, Ravi?«

»Großartig.«

»Solange du dich nicht in Lorcan verliebst.« Amy kicherte nervös.

»Mach ich nicht.«

Ravi führte Tara, tränenüberströmt und auf wackligen Beinen, durch den Eingangsbereich, wo sich eine Gruppe elegant gekleideter Männer aus der Gehaltsabteilung versammelt hatte, um zu ihrem Abteilungsweihnachtsessen zu gehen. Mit offenen Mündern starrten sie hinter Tara mit ihrem verquollenen Gesicht her.

»Sie hat was Schlechtes gegessen«, behauptete Ravi.

Als Ravi ihr die paar Stufen zum Ausgang herunterhalf, würgte Tara erneut.

»Warte ...«, keuchte Ravi und sah sich nach einem geeigneten Behälter um. »Versuch es –«

Doch zu spät. Tara erbrach den Rest des Sherrys über das Treppengeländer. »Tut mir leid, Ravi«, sagte sie mit belegter Zunge, »'sis eklig.«

»Mach dir nichts draus, Tara«, besänftigte Ravi sie und hoffte inständig, daß der Taxifahrer sich nicht weigern würde, sie zu befördern. »Kann das jemand wegwischen, bitte?« rief er über die Schulter, aber natürlich eilte niemand hilfsbereit herbei. Die Männer aus der Gehaltsabteilung hatten nicht die Absicht, sich ihre Anzüge mit dem Erbrochenen eines anderen zu beschmieren. Das einzige Erbrochene, das sie auf ihren Jacketts dulden würden, wäre ihr eigenes.

Wenig später kam Alvin Honeycomb, der Geschäftsführer von GK Software, aus dem Lift und eilte durch den Empfangsbereich. Groß und gutaussehend, mit silbergrauen Schläfen, rauschte er in seinem dunkelblauen Kaschmirmantel, einen Lederaktenkoffer in der Hand, an den wartenden Männern vorbei. Auch er hatte noch etwas vor. »Schönen Abend noch«, rief er mit seiner wohltönenden Stimme, als er dem Ausgang zustrebte. Er rühmte sich seines freundlichen Umgangs mit seinen Mitarbeitern und wartete auf die vielstimmige Antwort: »Guten Abend, Mr. Honeycomb.« Die paar Stufen zum Ausgang pflegte er im Laufschritt zu nehmen – es war wie ein kleiner Tanz, eine perfekte Folge eleganter Schritte in seinen weichen italienischen Mokassins – und dann auf die Straße zu treten, wo er jedesmal das leere Taxi, das zufällig gerade vorbeikam, herbeiwinkte. Doch diesmal, als er das Geländer umfaßte und im Begriff war, seinen kleinen Steptanz zu vollführen, legte er seine Hand in Taras oral ausgeschiedenen Sherry. Mr. Honeycomb riß die Augen weit auf, als seine Hand auf dem glitschigen Erbrochenen bis zum Ende des Geländers glitt und seinen Körper mit sich riß, als würde er in ein Schwimmbecken stürzen. Seine Füße suchten auf den Stufen Halt und fanden ihn nicht, und bevor er wußte, wie ihm geschah, war er die sieben Stufen hinuntergepurzelt und auf die Straße hinausgerollt, was ihm eine gestauchte Schulter und eine Platzwunde am Kinn einbrachte. Sein Aktenkoffer hüpfte über den eisigen Bürgersteig, und für ein paar Sekunden blieb Mr. Honeycomb völlig benommen auf dem Bauch ausgestreckt liegen. Ein festlich gekleidetes Paar auf dem Weg zu einer Weihnachtsfeier ging um ihn herum, und der Mann sagte: »Also ehrlich, manche übertreiben es mit dieser Feierei. Sie sollten nicht soviel trinken, wenn sie es nicht vertragen.«

Als Tara am folgenden Morgen aufwachte, fühlte sie sich nicht so schlecht. In ihrem Kopf war ein schwaches Brummen, und sie fühlte ihre Füße auf dem Boden nicht, aber sie konnte aufstehen und duschen und sich anziehen, und dann richtete sie ihr kleines Schwarzes und die schwarzen Keilsohlensandalen für die Party am Abend her.

Sie fuhr zur Arbeit, ohne richtig wahrzunehmen, was sie tat. Als sie ins Büro kam, begegnete sie Mr. Honeycomb auf der Treppe. Woher er wohl die Wunde am Kinn hatte? fragte sie sich. Wahrscheinlich war er im Vollrausch auf die Schnauze gefallen. Ein leuchtendes Beispiel für seine Mitarbeiter!

Sie winkte ab, als die anderen in ihrer Abteilung sich besorgt nach ihr erkundigten, und lächelte ihnen beruhigend zu. »Danke«, hauchte sie Ravi zu. Zum Glück spürte sie keine Schuldgefühle und keine Scham. Sie war wie betäubt.

Dann stellte sie fest, daß jemand – wahrscheinlich Vinnie – ihr einen Termin um zehn mit zwei erzürnten Kunden aufgedrückt hatte. Sie waren schon da und sahen tatsächlich ziemlich erzürnt aus. Zum Glück war sie zur Arbeit gekommen, statt den Tag im Bett zu verbringen und hin und wieder nach einer Brechschüssel zu verlangen, wie man hätte erwarten können.

Doch als Tara die Kunden in ein Besprechungszimmer bat, wurde ihr plötzlich bewußt, daß sie immer noch sturzbetrunken war. Schlimmer noch, sie konnte ihre Worte nicht richtig artikulieren. »Mister Forde, Mister Ransom, setzen Sie sich doch.«

Ihre Zunge war dick geschwollen und ließ sich nicht von ihrem Gaumen lösen. Vor Angst brach ihr der Schweiß aus. »Ja, ich verstehe ihre Bescherde über den Service unserer Firma sehr gut«, sagte sie verzweifelt.

War sie in einem Traum?

Sie konnte sich nicht verteidigen, ihr fielen nicht die passenden Argumente ein. Ihr zentrales Nervensystem funktionierte nicht richtig, die Signale, die normalerweise von den Nervenenden zu ihrem Gehirn sausten, versickerten in einer sirupähnlichen Masse.

Es war viel zu heiß in dem kleinen Zimmer.

Und dann roch sie es. Ein Geruch, der zu keinem Zeitpunkt in einem Besprechungszimmer angemessen war, und keinesfalls um Viertel nach zehn am Morgen.

Alkohol. Sie konnte den Alkohol riechen. Warm und abgestanden drang er aus all ihren vor Angst geweiteten Poren.

Das reicht, beschloß sie in dem Moment. *Es war genug.* Sie hatte die obligatorische Phase des Trinkens und Feierns und der Selbstzerstörung im Anschluß an eine Trennung durchlaufen. Jetzt mußte sie versuchen aufzuhören.

67

Das erste, was Frank Butler jedesmal fragte, wenn er Tara am Flughafen Shannon abholte, war: »Wann fliegst du wieder?« Aber als er Tara und Katherine diesmal am Mittwoch vor Weihnachten abholte, kam diese Frage an zweiter Stelle. Das erste war: »Ich habe gehört, daß Fintan Aids hat.«

»Nein, Dad, es ist kein Aids. Er hat Krebs.«

»Von wegen Krebs! Die versuchen einen für dumm zu verkaufen. Hier lang, das Auto steht da drüben.« Er schlängelte sich durch die Menschenmenge in der Ankunftshalle und sagte: »Denken die denn, daß wir nie die Zeitung lesen oder die Nachrichten gucken?«

»Es stimmt wirklich, Mr. Butler«, schaltete Katherine sich ein, in einem Ton, der eine gute Mischung aus Höflichkeit und Bestimmtheit war. »Es ist kein Aids.«

Das verunsicherte Frank. Katherine Casey log nicht. Sie war ein braves Kind. Obwohl er eine Veränderung an ihr bemerkte. Ja, wenn das nicht so völlig unwahrscheinlich wäre, würde er sagen, daß *Verwegenheit* das richtige Wort sei.

»Wann fliegst du wieder?« herrschte er Tara an.

»Neujahr.«

»Wahrscheinlich soll ich dich bringen.«

»Ganz recht.«

Dann fiel ihm etwas ein, und seine Miene erhellte sich. Hier kannte er die Fakten. »Na«, sagte er, »ich habe gehört, daß Milo O'Grady sich mit einer Geschiedenen aus der Schweiz zusammengetan hat, und jetzt will sie, daß er die Farm verkauft.«

»Sie ist nicht aus der Schweiz!«

»Und sie ist auch nicht geschieden, Mr. Butler.«

»Und sie will auch nicht, daß er die Farm verkauft. Es ist seine eigene Entscheidung.«

»Aber die zwei haben sich zusammengetan, Mr. Butler, wenn das ein Trost für Sie ist.«

Frank war entmutigt. Mit finsterer Miene warf er ihre Koffer in den Kofferraum seines Cortina, dann musterte er Tara. »Hast ganz schön abgespeckt.«

»Danke, Dad!«

»Du warst aber auch richtig in die Breite gegangen. Mit so einem Vollmondgesicht, hahaha!«

Déjà vu, dachte Tara verdutzt. *Genauso hat sich Thomas auch immer angehört. Ich muß verrückt gewesen sein, daß ich mir das habe bieten lassen.* Und zum ersten Mal wußte sie, daß sie lieber ein Leben lang einsam sein würde, als noch einmal so zu leben.

Katherine und Tara waren für zehn Tage in Irland. Weil die Flüge zwischen London und Irland in der Weihnachtszeit so begehrt waren, hatten sie ihren schon im März gebucht. Damals war Katherine stolz auf ihre weise Voraussicht gewesen, doch jetzt bereute sie sie bitter. Die Vorstellung, zehn Tage ohne Joe zu sein, war schrecklich.

Fintan war in London geblieben, weil die nächste Chemo fällig war. Er hatte darauf bestanden, daß Tara und Katherine nach Irland reisten. »Man wird mir die Bude einrennen«, beschwerte er sich. »Sandro ist hier, und Milo und Liv bleiben auch. Harry, Didier, Neville, Geoff, Will, Andrew, Claude, Geraint und Stephanie bestehen darauf, am ersten Weihnachtstag zu uns zu kommen. Und JaneAnn und Ambrose kommen aus Irland.«

»Holla«, sagte Tara staunend. »JaneAnn und Liv! Hat deine Mutter Liv inzwischen verziehen, daß sie Milo aus Knockavoy gestohlen hat?«

»Nein, aber sie wird sich benehmen müssen.«

»Wo ist Mam?« fragte Tara ihren Vater, als sie nach Hause kamen.

»Hier!« Fidelma eilte ins Zimmer und strahlte vor Freude. Sie trug ein T-Shirt mit der Aufschrift: ›Meine Nachbarin war in England und hat mir nur dieses dumme T-Shirt mitgebracht‹, das über und über mit Federn bedeckt war. »Ich habe gar keine Zeit«, erklärte sie. »Ich wollte nur schnell guten Tag sagen. Wir sind gerade beim Truthahnrupfen im Schuppen. Es sind so viele Federn in der Luft, daß ich beinahe fliegen kann. Meine Güte«, sagte sie dann, »du bist ja ein richtiges Dünnerchen geworden. Ist das wegen dem Freund?«

Tara nickte. Ihre Unterlippe begann zu zittern, und die Tränen traten ihr in die Augen. Aber Weinen war in Ordnung, sie war bei ihrer Mutter.

»Und bestimmt auch wegen Fintan.« Fidelma wäre am liebsten selbst in Tränen ausgebrochen, aber es war nicht der richtige Zeitpunkt. »Vergiß deine Sorgen einfach mal«, sagte sie tröstend und schloß Tara in die Arme. »Jetzt bist du ja erst einmal zu Hause. Paß auf, wenn du wieder fährst, sieht alles ganz anders aus.«

Tara schmiegte sich an die weiche Wärme des mütterlichen Körpers und atmete die heilende Kraft der Mutterliebe ein. Jetzt mußte sie nicht mehr tapfer sein, ihre Mammy würde die Last eine Weile für sie tragen. Zum ersten Mal seit langer Zeit fühlte sie sich geborgen.

Tara hatte ein schönes Weihnachtsfest. Sie freute sich, zu Hause zu sein, und sie freute sich, ihre drei Brüder wiederzusehen, die sich trotz ihres fortgeschrittenen Alters – sie waren dreiundzwanzig, vierundzwanzig und achtundzwanzig – wie ausgelassene pubertierende Jugendliche gebärdeten. Katherine jedoch zählte die Tage, bis sie wieder nach London zurückkehren konnte. Sie telefonierte stundenlang mit Joe in Devon, und keiner von beiden konnte das Gespräch beenden.

»Leg du auf.«

»Nein, du.«
»Nein, du.«
»Also gut, wir zählen bis drei, dann legen wir beide auf.«
»Ist gut.«
»Also, eins …«
»… zwei …«
»… drei!«
»Joe?«
»Ja?«
»Du hast nicht aufgelegt.«
»Ich weiß. Entschuldige bitte. Aber du auch nicht.«

Am Weihnachtsmorgen fragte ihre Großmutter sie: »Hat er dir eigentlich was zu Weihnachten geschenkt, dein junger Mann?«

»Ja, Granny«, schnurrte Katherine, »er hat mir einen Stern geschenkt.«

»Was meinst du damit, er hat dir einen Stern geschenkt?«

»Er hat einen neuen Stern nach mir benennen lassen. Irgendwo da oben«, sagte sie und deutete mit dem Kopf in die Höhe, »gibt es einen Stern, der Katherine Casey heißt. Er hat gesagt, ich sei ein Stern, verstehst du?« sagte sie vertraulich. »Deswegen schien es das Richtige, einen Stern nach mir zu benennen.«

»Als ich jung war, haben wir uns gefreut, wenn wir einen Anhänger für unser Armband bekamen«, murmelte Agnes. Alle Anzeichen wiesen darauf hin, daß die kleine Katherine, wenn auch spät, so werden würde wie ihre Mutter.

Und Frank Butler und Agnes waren nicht die einzigen, die Katherines Veränderung bemerkten. »Keine Ahnung, wieso, aber sie wird immer mehr wie ihre Mutter«, sagten die Menschen in den Geschäften und Pubs von Knockavoy kopfschüttelnd.

»Nicht daß sie diese Hippiekleider trägt oder so.«

»Nein, nein, sie zieht sich hübsch an. Guckt nur, da geht sie!«

Alle Männer, die bei Formans an der Theke standen, drehten sich nach Katherine um, die draußen in einem kurzen schwarzen Lederrock und einer enganliegenden Jacke vorbeiging.

»Die Typen in Foremans' Alki-Ecke starren dir nach«, murmelte Tara. Katherine warf einen Blick in die Richtung und sah, daß eine ganze Reihe von Gesichtern mit Knollennasen sie betrachteten. Tara erwartete, daß der Blitz in die Bar einschlagen würde, so daß den Männern Hören und Sehen verging. Aber Katherine lächelte freundlich, und Tara seufzte. Sie hatte vergessen, daß es eine neue, bessere Katherine Casey gab.

Die Männer an der Bar brummten übereinstimmend: »Sie hat so ein Funkeln in den Augen.«

»... sieben, sechs, fünf, vier, drei, zwei, eins. Frohes neues Jahr!«

Tara betrachtete die halb gerauchte Zigarette in ihrer Hand. »Jetzt habe ich sie angefangen, also muß ich sie zu Ende rauchen«, murmelte sie. Anschließend zerbröselte und zerbrach sie mit großem Zeremoniell die restlichen sechzehn Zigaretten in der Packung und warf alles in den Aschenbecher in Formans' Pub.

»Aua.« Timothy O'Grady wand sich. »Wetten, daß das weh getan hat?«

»Nein«, log Tara unbekümmert. »Hiermit beginnt mein eigener, persönlicher Fastenmonat. Kein Essen, kein Trinken und auf gar keinen Fall Rauchen!«

Vierzehn Stunden später saßen Katherine und Tara in der Nichtraucherhalle von Shannon und warteten auf ihren Flug nach Heathrow.

»Jetzt habe ich seit vierzehn Stunden keine Zigarette geraucht«, verkündete Tara stolz. »Vierzehn Stunden.«

»Elf davon hast du verschlafen«, sagte Katherine nüchtern.

»Guck dir den Mann da drüben an.« Tara zeigte auf einen Mann in der Raucherhalle, der an seiner Zigarette zog, als würde sein Leben davon abhängen. »Ist doch eklig, oder? Wie kann er sich das nur antun? Diese ganzen Stoffe, die in seinen Körper gehen?«

Zehn Minuten später öffnete Tara eine Packung Nicorette-Kaugummi. »So geht es doch auch«, sagte sie und kaute wie wild. »Wer braucht schon Zigaretten?«

Zwanzig Minuten später saß Tara in der Raucherabteilung. Sie kaute immer noch auf dem Kaugummi, und gleichzeitig zog sie heftig an der Zigarette, die sie von dem Mann geschnorrt hatte.

»Ich bin Raucherin«, erklärte sie ihm traurig. »Damit muß ich mich wohl abfinden.«

68

Tara fing mit Abendkursen an. Sie betrank sich jetzt nicht mehr jeden Abend, sondern beschränkte sich auf jeden zweiten, manchmal sogar jeden dritten Abend, so daß sie die übrige Zeit irgendwie ausfüllen mußte, und Besuche im Fitneß-Studio und bei Fintan lenkten sie nicht hinreichend ab. Aber den Banjounterricht gab sie nach einem Abend wieder auf. »Es war zu schwer«, sagte sie. »Und hast du eine Ahnung, was so ein Banjo kostet? Das bringt einen an den Bettelstab.«

Auch im Mosaikkurs erging es ihr nicht viel besser. »Viel zu fummelig. Diese ganzen kleinen Plättchen, das macht einen ganz verrückt.«

Und über den Portugiesischkurs sagte sie: »Die Leute in dem Kurs hatten alle 'ne Macke. Na ja, macht nichts, im Meditationskurs, im Batikkurs und beim Kanufahren sind noch Plätze frei. Irgendwas davon macht bestimmt Spaß.«

Mitnichten.

»Meditation. Mein Gott, wie langweilig! Ich war mit den Nerven am Ende, weil es so still war. Wie bei einer schrecklich schwierigen Abendeinladung.«

Nach einem Abend im Batikkurs fragte sie empört: »Sehe ich etwa aus wie eine Hippiebraut?«

Über das Kanufahren sagte sie nicht viel, als sie, die Haare naß und strähnig, in die Wohnung humpelte.

»Hat es Spaß gemacht?« fragte Joe.

»Nicht besonders. Sie haben mich mit dem Kanu eine Rolle machen lassen, und ich dachte, ich würde ertrinken. Dann habe ich mir das Knie aufgeschlagen, und meine Haare sind auch hinüber.«

An dem Abend hatte sie einen Tiefpunkt, und ihr Status als Alleinlebende wurde ihr besonders schmerzlich bewußt. Sie sehnte sich nach Trost und Wärme, nach jemandem, der sie in den Arm nahm und ihr über den Schock, ins kalte Wasser gestoßen worden zu sein, hinweghalf, nach jemandem, der ihr angeschlagenes Knie heil pustete.

Abendkurse waren gestrichen, beschloß sie. Zu Beginn eines Kurses spürte sie jedesmal ein Gefühl der Hoffnung in sich aufkeimen, eine Erwartung, daß es ihr gleich bessergehen werde. Und dann kam die Enttäuschung. Es hatte keinen Sinn, darauf zu bauen, daß sie ihre Einsamkeit durch ein neues Hobby überwinden könnte.

Ihr einziges Hobby war jetzt: Thomas-nicht-anrufen. Eine Aufgabe, der sie sich mit zusammengebissenen Zähnen stellte. Kein Tag verging, an dem sie nicht als erstes beim Aufwachen an ihn dachte. Aber Katherine erinnerte sie daran, wieviel schlimmer es am Anfang gewesen war, und seitdem waren schon zehn Wochen vergangen. »Weißt du noch«, sagte sie, »du hast kaum geschlafen und nichts gegessen. Und daß ich dich das letzte Mal daran hindern mußte, nachts zu ihm zu fahren, ist auch schon vor Weihnachten gewesen.«

»Wahrscheinlich hast du recht«, sagte Tara langsam. »Für mich ist es ein echter Erfolg, daß ich ihn nicht angerufen habe. Wenn man bedenkt, wie schwach ich bin. Ich habe die Willensstärke einer Zecke.«

»Du hast das ganz großartig gemacht. Und du wirst um so schneller über ihn hinwegkommen, wenn du keinen Kontakt hast. Wenn man die Trennung in Schritten vollzieht, verlängert man nur den Schmerz. Als würde man ein Pflaster langsam abziehen. Wenn man es brutal macht, ist der Schmerz am Anfang schlimmer, aber auf lange Sicht ist es leichter.«

Was Katherine sagte, tröstete Tara, aber es machte sie auch unglücklich. Sie wollte Thomas hinter sich lassen, doch gleichzeitig – und das war das Verrückte und Paradoxe daran – war sie traurig bei dem Gedanken, daß er dann für immer ihrer Vergangenheit angehören würde.

Sie schleppte sich durch ihr Leben. Manchmal konnte sie sich selber sehen: eine Frau über dreißig mit einer guten Stelle – auch wenn sie arm wie eine Kirchenmaus war, lag das nicht an ihrem Gehalt –, die viel arbeitete, täglich ins Fitneß-Studio ging, schöne Kleider kaufte, mannlos ihr Leben fristete und die Lücken mit guten Freunden und Weißwein füllte. All das war klischeehaft, und sie empfand sich als Versagerin.

Sie sehnte sich nach den Zeiten, als sie so moppelig war, daß sie sich die *Vogue* nicht mehr kaufte, weil es ihr das Herz brach, all die schönen Kleider anzusehen, die ihr niemals passen würden – damals hatte sie wenigstens einen Freund.

Die Besuche bei Fintan waren für Tara, Katherine, Milo und Liv zur Routine geworden, so wie das Zähneputzen am Morgen. Wenn sie ihn einen Tag nicht zu sehen bekamen, fanden sie das komisch.

Die extremen Gefühle, die sie empfanden, als seine Diagnose ganz frisch war, hatten sich eingependelt. Obwohl sie nun mit einer schrecklichen, dauerhaften Belastung lebten und bei jedem kleinsten Zwicken, das Fintan spürte, in Panik gerieten, war das Entsetzen nicht mehr so unmittelbar. Der akute Schock war gewichen, das die Norm Überschreitende war assimiliert worden. Anders wäre es auch nicht möglich, erklärte Liv. »Wenn man eine Last trägt, gewöhnt man sich mit der Zeit daran. Es ist immer noch eine Last und eine Bürde, aber der Schock, den man in dem Moment gespürt hat, da sich das Gewicht auf einen legt, vergeht.«

Auch hatte niemand mehr dieselbe Hoffnung wie am Anfang – nach vier Anwendungen von Chemotherapie war bei Fintan keine sichtbare Besserung eingetreten.

Selbst Fintans Gefühlsschwankungen zwischen Zorn, Verzweiflung und Hoffnung waren nicht mehr so extrem. In gewisser Weise schien alles sehr normal.

Hin und wieder jedoch brach der bizarre Schrecken der Situation durch. Wie an dem Abend, als Katherine, Joe und Fintan ins Theater gingen und anschließend kein Taxi für Fintan bekommen konnten.

»So ein Mist, daß ich dich nicht mitnehmen kann«, klagte Katherine, während sie am Straßenrand warteten und ein Taxi nach dem anderen an ihnen vorbeifuhr, und jedes hatte das Licht ausgeschaltet. »Das ist das Problem mit einem Zweisitzer.«

»Ich setze mich auf Joes Schoß«, schlug Fintan vor.

Lachend schimpfte Katherine mit ihm, weil er fortwährend mit Joe flirtete, dann erkannte sie, daß er es ernst meinte. Schockiert stellte sie fest, daß es tatsächlich möglich wäre, so dünn und abgemagert war Fintan.

Auf der Fahrt nach Hause, bei der Fintan wie die Puppe eines Bauchredners auf Joes Schoß saß und Joe beschützend die Arme um ihn gelegt hatte, war Katherine stumm vor Trauer.

Milo wollte seinen Hof verkaufen und verkündete, daß er Landschaftsgärtner werden wollte. »Mir gefällt es in London, aber ich vermisse das Land«, sagte er. »Ich möchte die Erde zwischen meinen Fingern fühlen. Jeder lebt auf seine Weise.«

Liv sah aus, als würde sie vor Bewunderung in Ohnmacht fallen.

»Bist du glücklich, Liv?« fragte Tara sie.

»Glücklich?« erwiderte Liv zögernd. »Glücklich gibt's bei mir nicht, aber ich nehme kein Prozac, kein Johanniskraut, kein Nachtkerzenöl, kein Vitamin B mehr und habe schon seit Ewigkeiten nicht mehr an Selbstmord gedacht.«

»Aber mit Milo, bist du mit ihm glücklich?«

Livs Augen leuchteten. »Oh, er ist wunderbar! Für mich ist er ein richtiger Glücksfall. Er hat meine Sichtweise von der Welt verändert. Wenn es zu regnen anfängt, macht er sich keine Sorgen darüber, daß seine Haare sich krausen könnten – das kommt ihm gar nicht in den Sinn –, sondern er sagt: ›Das ist ein schöner Regen, gut für die Pflanzen.‹ Und für ihn hat alles seine Zeit: Er ist nicht traurig, wenn der Löwenzahn verblüht, sondern er freut sich über die Pusteblume. Aber natürlich«, fügte Liv eilig hinzu, damit man nicht denken könnte, in ihrem Garten blühten nur Rosen, »man darf nicht vergessen, daß wir uns wegen Fintans Krankheit kennengelernt haben. Das hat uns einander sehr nahe gebracht, aber andererseits ... es heißt auch, daß wir Sorgen und Schuldgefühle haben. Und natürlich ist JaneAnn sauer auf mich. Es ist eben nichts vollkommen.«

»Das stimmt«, sagte Tara und versuchte, nicht zu lächeln.

»Aber«, gab Liv dann fairerweise zu, »es könnte nicht besser sein.«

Ungefähr Mitte Februar erreichte sie die Nachricht, daß Thomas eine neue Freundin hatte. Es war Marcy, die Frau, die auf Eddies Geburtstagsparty erzählt hatte, sie hoffe, durch künstliche Befruchtung schwanger zu werden.

»Das paßt«, sagte Tara tapfer. »Sie muß es bitter nötig haben.«

Obwohl alle ihr zur Seite standen, war die Nachricht ein heftiger Schlag für sie. »Die Eifersucht bringt mich um«, gestand sie. Sie war blaß und angespannt. »Ich muß immer daran denken, wie nett er zu mir war.«

»Er war nie nett zu dir«, erwiderte Katherine.

»Doch, das war er, Katherine. Am Anfang war er richtig süß. Warum hätte ich mich sonst mit ihm zusammengetan? Und warum bin ich so lange bei ihm geblieben?«

»Das weißt du am besten.«

»Weil ich wollte, daß es wieder so wie am Anfang werden würde. Ich weiß, daß die Trennung besser für mich ist, aber irgendwie denke ich immer noch, daß er mir gehört. Und jetzt ist er zu ihr süß, und nicht zu mir.«

»Er wird ihr das Leben noch vergällen.«

»Das ist kein Trost. Denn eigentlich sollte es mein Leben sein, das er vergällt.« Tara vergrub den Kopf in den Händen und klagte: »Ich bin es so leid, diese Gefühle zu haben. Und was es noch tausendmal schlimmer macht, ist die Tatsache, daß sie so dünn ist.«

»Hast du in letzter Zeit mal in den Spiegel geguckt?« Katherine ließ den Blick über Taras durch Hungern und Fitneß-Übungen schlank gewordenen Körper gleiten.

»Sie ist dauerhaft dünn«, flüsterte Tara. »Sie ist eine echte Dünne. Ich bin nur eine Hochstaplerin, und es wird nicht lange dauern, dann bin ich wieder dick.« Dann riß sie sich zusammen und sagte tapfer: »Es ist einfach ein weiterer Schritt. Wenn ich den hinter mich gebracht habe, wird es mir viel besser gehen. Es bedeutet nur«, sagte sie traurig, »daß es jetzt wirklich kein Zurück mehr gibt.«

»Wolltest du etwa zu ihm zurück?« fragte Sandro schockiert.

»Nein, das nicht, aber ... wenn der Verflossene eine neue kennenlernt, ist es eine neue Stufe des ›Vorbei‹.« Sie versuchte ein Lächeln. »Es ist ein Schock. Und es ist nicht angenehm zu denken, daß er in seinem Leben ohne mich zurechtkommt.«

»Aber du kommst in deinem Leben auch ohne ihn zurecht«, tröstete Liv sie.

»Ach, das stimmt nicht. Ich habe niemanden kennengelernt. Es macht mich richtig sauer, daß Männer sich im Handumdrehen mit einer Neuen arrangieren. Bei ihm hat es nur drei Monate gedauert. Ich finde das unfair.«

»Du könntest dich auch mit jemandem zusammentun, wenn du es unbedingt wolltest«, sagte Fintan. »Zum Beispiel hast du in den letzten vier Wochen mit zwei Männern geschlafen.«

Tara schüttelte sich. »One-Night-Stands im Zustand der Volltrunkenheit mit zwei der häßlichsten Männer in der nördlichen Hemisphäre. Mit dem Elefantenmenschen und seinem häßlichen Bruder. Das habe ich nur gemacht, weil ich mich nach Zärtlichkeit gesehnt habe.«

»Das sind die Regeln«, frohlockte Fintan. »Frauen gehen mit Männern ins Bett, um Zärtlichkeit zu bekommen, und Männer sind zärtlich zu Frauen, damit sie mit ihnen ins Bett gehen.«

»Aber diese Geschichten für eine Nacht bringen es nicht. Danach fühle ich mich nur noch mieser«, behauptete Tara.

»Was macht denn dein liebster Ravi?« fragte Fintan ganz unschuldig.

»Ravi? Der Ravi, mit dem ich arbeite? Der Ravi, der drei Jahre jünger ist als ich? Der Ravi, der die ganze Nacht aufbleibt und Nintendo spielt? Der Ravi, der dachte, *Stirb langsam* sei ein Dokumentarfilm? *Der* Ravi? Der freut sich des Lebens, Fintan, warum fragst du?«

»Nur so, aus Höflichkeit.« Er grinste. »Ist er noch mit Danielle zusammen?«

»Nein, Weihnachten haben sie sich getrennt.«

»Ist das wirklich wahr?« Fintan und Sandro stießen sich vor Vergnügen in die Rippen. »Ist – das – wirklich – wahr? Er ist also frei? Es gäbe Schlimmeres, als es mit ihm zu versuchen.«

Tara sah Fintan finster an. »Wenn ich nur einen Gedanken daran verschwende, dann sollte mich jemand erschießen.«

Am nächsten Tag begegnete Tara Amy in der Eingangshalle ihres Bürogebäudes.

»Hallo.« Amy strahlte. »Wie geht's? Hab dich seit einer Ewigkeit nicht gesehen. Seit vor Weihnachten.«

»Oh, Mann.« Tara schlug die Hände vor das Gesicht. »Jetzt fällt es mir wieder ein. Wir haben uns an dem schrecklichen Tag gesehen, als ich im Vollrausch war und mich dauernd übergeben mußte. Schande, Schande.«

»Mach dir nichts draus. Ich habe mir an dem Abend eine Alkoholvergiftung zugezogen, und sie haben mir eine Spritze in den Po gegeben, damit ich aufhöre, mich zu übergeben.«

Tara lachte erleichtert. Sie bewunderte Amys präraffaelitische Schönheit und nahm beruhigt zur Kenntnis, daß sie auch nur menschlich war.

»Wir sollten mal zusammen ausgehen«, sagte Amy. »Oder bist du wieder mit deinem Freund zusammen?«

Bekümmert schüttelte Tara den Kopf.

»Ich weiß nicht, ob du dich daran erinnerst, aber ich habe dir von dem Freund meines Freundes erzählt, Benjy. Der ist richtig nett, und ich mache jede Wette, daß ihr euch gut verstehen würdet. Wie wär's, wenn wir alle zusammen mal ausgehen würden?«

»Okay«, sagte Tara und spürte ein leichtes Kribbeln. Vielleicht wäre er ja halbwegs passabel. »Wann?«

»Samstag abend?«

»Geht nicht. Der Samstag danach?«

»In Ordnung.«

»Und er ist nett, dieser Barney?«

»Benjy. Ja, richtig nett.«

»Na, wenn er so ist wie dein Freund, dann ist er ganz große Klasse«, schwärmte Tara. Weil sie sich abwandte, bemerkte sie nicht den entsetzten Blick in Amys hübschen Augen.

69

»Und auch im einunddreißigsten Jahr unseres Wettbewerbs geht der Preis für die beste Molekülzusammenstellung an Katherine Casey.« Joe lächelte auf Katherine hinab, die sich nackt auf seinem Bett räkelte. »Und zwar nicht nur auf der Erde, mußt du wissen«, erklärte er gelehrt, »sondern im ganzen Universum.«

»Wir müssen aufstehen«, sagte sie nicht sehr überzeugend.

»Kommt gar nicht in Frage, junges Fräulein.« Joe machte ein ernstes Gesicht. »Erst muß der Onkel Doktor Sie untersuchen.«

Katherine kicherte und spürte, wie ihr Herz vor Erregung schneller schlug. Dieses Spiel war noch besser, wenn man am Anfang angezogen war, aber so machte es auch Spaß.

»Nun sagen Sie mal, was Sie haben!« Joe beugte sich mit ernster Miene über sie.

»Es tut weh.«

»Wo tut es weh?«

Sie zögerte, dann zeigte sie auf ihren Unterleib. »Da.«

»Wo genau?« wollte er wissen. »Ich habe nicht viel Zeit. Zeigen Sie mir die Stelle.«

»Hier.« Sie berührte sich flüchtig und wand sich vor Verlegenheit und Erregung.

Joe legte eine kühle Arzthand auf ihr Schambein und begann sie, wie nebenbei, mit dem Daumen zu streicheln. »Hier?«

»Tiefer.«

»Ms. Casey, Sie müssen mir die Stelle schon genau zeigen.«

Sie schloß die Augen, nahm seine Hand und legte sie an die Stelle.

»Hier?« fragte er.

»Weiter innen«, stöhnte sie.

»Hier?«

»Ja.«

Eine Weile später sagte Katherine – und sie klang gedämpft, weil sie unter Joe lag: »Jetzt müssen wir aber wirklich aufstehen.«

Auf dem Weg ins Badezimmer stolperte sie beinahe über die Gewichte, die im Flur langsam einstaubten. Im Badezimmer stand eine vertrocknete Grünpflanze auf der Fensterbank, und es gab nur Head-'n'-Shoulders-Shampoo und keinen Conditioner.

Joes Wohnung war auf vertrauenerweckende Weise die eines Junggesellen. Aber nicht mehr lange. Katherine hatte ihre Pläne.

Kurz darauf kam sie, in ein verschlissenes beigefarbenes Handtuch gewickelt, wieder ins Schlafzimmer. »Ich bin spät dran und muß meine Bluse noch bügeln.«

Joe versuchte, ihr das Handtuch wegzuziehen. »Nein, laß das und geh jetzt in die Dusche, sonst kommst du zu spät zur Arbeit.«

»Jawohl, Madame.«

Mit hängenden Schultern ging er ins Badezimmer.

Als er ins Schlafzimmer kam, hatte sie sich schon angezogen, und er musterte sie in ihrem hellblauen Kostüm. »Möglicherweise die beste Freundin in der ganzen Welt«, sagte er zärtlich.

»Ich wette, du trinkst Carling Black Label«, sagte sie mit dem Blick auf seine Lendengegend. »Nun zieh dich an.«

»In Ordnung.« Er seufzte.

Sie fönte sich die Haare, schminkte sich und suchte in ihrem Portemonnaie nach Münzen.

»Oh, Joe, ich brauche Kleingeld für die U-Bahn.«

»Bitte, bedien dich.« Er schlug seine Anzugjacke zurück und machte einen Hüftschwung in ihre Richtung.

»Nein«, kicherte sie, »ich steck doch meine Hand nicht in deine Hosentasche.«

»Wenn du Geld für die U-Bahn brauchst, dann bleibt dir nichts anderes übrig.«

Einen kurzen Moment zögerte sie, dann ließ sie ihre Hand in die geheime Höhle seiner Tasche gleiten, über seinen harten

Hüftknochen und in die Tiefen der Tasche, wo die Münzen lagen. Aber ihr Interesse an den Münzen war erloschen, weil sie darunter etwas anderes erfühlte. Eine warme, weiche Schwellung, die sich ausdehnte und bewegte, steif und lebendig wurde unter ihrer Berührung. Sie fing an zu tasten und zu streicheln und...

»Nein!« rief sie aus. »So kommen wir nie ins Büro!«

Sie griff nach einigen Münzen, nahm, was sie brauchte, und ließ den Rest wieder zurückfallen.

»Entschuldigung«, sagte sie verlegen. »Ich komme später darauf zurück.«

»Das glaube ich auch.« Er lächelte. »Wie wär's mit einer Begegnung auf der Männertoilette im Büro?«

»Nein.«

»Schade.«

»Das wollte ich mir für deinen Geburtstag aufheben. Jetzt hast du die Überraschung kaputtgemacht.«

»Meinst du das ernst?« fragte er neugierig. Er war sich bei ihr nie sicher – sie war eine so merkwürdige Mischung aus Prüderie und Gier.

»Da mußt du wohl bis Juli warten, um es herauszufinden.« Sie nahm ihre Tasche. »Mann, ist dieses Telefon schwer!«

Katherine hatte ihr Telefon ausgestöpselt und es mit zu Joe genommen, falls Tara plötzlich auf die Idee kommen sollte, Thomas anzurufen. »Wir sehen uns im Büro.« Sie küßte ihn. »Gib mir einen Vorsprung von zehn Minuten.«

»Du mußt mir das nicht jeden Morgen sagen«, sagte Joe sanft. »Ich weiß es ja. Aber ich wünschte mir, wir müßten uns nicht vor unseren Kollegen verstecken. Genierst du dich mit mir?« Er lachte, aber sie merkte, daß er tatsächlich verletzt war.

»Nein«, sagte sie verwirrt. »Natürlich geniere ich mich nicht. Ich mag es einfach nicht, wenn die anderen wissen, was ich privat mache. Ich muß eine gewisse Autorität wahren, und wenn die anderen wissen, daß ich mit dir schlafe, denken sie, ich bin ein *Mensch*, und dann versuchen sie noch, mich mit ihren Spesen zu übertölpeln ...« Sie dachte einen Moment nach. Vielleicht sah sie es zu eng. Was machte es schließlich schon? »Also gut, solange wir nicht zusammen zur Tür reinkommen.«

Sie waren inzwischen schon seit fast fünf Monaten zusammen, und für Katherine war jeder Tag wie ein Wunder. Wenn sie im November gewußt hätte, daß die Sache im April noch aktuell sein würde! Ein Geringerer als Joe wäre angesichts der ganzen Dramen in Katherines Leben schreiend davongelaufen, aber Joe krempelte einfach die Ärmel hoch und nahm die Dinge in Angriff. Er erlebte Taras Trennungstraumata aus erster Hand und hatte geduldig ihre Klagegeschichte angehört. Und wenn es gelegentlich zu später Stunde zu einem Handgemenge zwischen Tara und Katherine kam, weil Tara Katherine das Telefon entreißen wollte, hatte er den Schiedsrichter gespielt.

Wichtiger noch war, daß er Katherine in ihrer Freundschaft zu Fintan unterstützte. Er beschwerte sich nie, weil sie soviel Zeit mit Fintan verbrachte, und schien nichts dagegen zu haben, Fintan häufig zu besuchen. Er hatte nicht einmal etwas einzuwenden gehabt, als Fintan bei der ersten Begegnung ganz unverhohlen mit ihm flirtete.

»Danke«, sagte Katherine, als sie nach Hause fuhren.

»Danke wofür?«

»Weil du es so gelassen hinnimmst, daß er dich angemacht hat.«

»Was gibt es da zu danken?« hatte Joe gefragt. »Ein gutaussehender Mann flirtet mit mir? Ich fühle mich geschmeichelt.«

Die Gefühle und Ereignisse waren so intensiv und konzentriert, daß Katherine und Joe schon nach kurzer Zeit sehr eng verbunden waren. Noch nie hatte eine ihrer Beziehungen so lange gedauert. Und es war schon lange her, daß sie einem Mann so sehr vertraut hatte wie Joe. Allerdings vertraute sie ihm nicht *ganz*. »Aber ich vertraue dir so viel, daß ich dir sagen kann, daß ich dir nicht vertraue.« Sie lachte.

»Danke.« Es war ihm vollkommen ernst. »Und laß dir Zeit. Ich hab es nicht eilig. Viele Menschen vertrauen mir.«

Obwohl sie ihre Vergangenheit hütete, als wäre sie ein kostbares Juwel, hatte sie schließlich doch das Gefühl, sie sollte aufhören, ihre Familie als großes Geheimnis zu behandeln. Sie kannte seine Geschichte, und ihr Schweigen, wann immer die Sprache auf ihre Eltern kam, schien ihr mit der Zeit ziemlich übertrieben. Also erzählte sie ihm eines Tages die Geschichte von ihrer verrückten Mutter und ihrem nicht vorhandenen Vater.

»Und ich dachte, du würdest mir beichten, du hättest jemanden umgebracht«, rief er, als sie nach der dramatischen Einleitung mit den Tatsachen herausrückte. »Warum tust du so, als sei es etwas, dessen man sich schämen müsse?«

»Du meinst, ich muß mich nicht schämen?«

»Natürlich nicht.«

»Aber ich bin unehelich.«

»Du bist Katherine Casey«, erwiderte er.

Obwohl sie danach ein paar Stunden ins Bett mußte, weil ihre Enthüllung sie dermaßen erschöpft hatte, bewegte sich Katherine langsam, Zoll für Zoll, auf ein angstfreies Leben zu. Und Joe erfuhr immer mehr über sie und ihr Wesen.

70

»Es ist komisch«, sagte Tara eines Tages zu Katherine.

»Was denn?«

»Ich glaube, ich bin über Thomas hinweg.«

»Das ist doch phantastisch! Na, es mußte ja auch leichter werden. Joe sagt immer: ›Die Zeit weilt alle Hunde‹.«

»Aber ich meine nicht nur, daß es leichter geworden ist«, sagte Tara eindringlich, »ich meine, als ich heute morgen aufgewacht bin, war es vorbei.«

An dem Morgen war es ihr nicht wie an allen anderen Tagen ergangen, als sie nach dem Aufwachen ein paar verwirrte Sekunden lang keinen Schmerz spürte, bis er dann in aller Schärfe, wie bei einem Photo, das entwickelt wird, wieder deutlich vor ihr stand.

»Es ist weg, wie weggeblasen«, sagte Tara. »Mein Leben mit ihm scheint einer anderen zu gehören, und es kommt mir so *vernünftig* vor, ihn überwunden zu haben, weil er mich einfach nicht verdient hat.«

»Wem erzählst du das?«

»Jetzt tut er mir nur noch leid.«

»Übertreib's mal nicht.«

»Aber Katherine, er wird nie glücklich sein.«

»Gut. Könnte keinen Besseren treffen.«

»Ich hätte mir noch so große Mühe geben können, ich hätte ihn nie zufriedengestellt. Wenn ich mich auf fünfzig Kilo runtergehungert hätte, dann hätte er sich über etwas anderes beschwert. Denn das Problem war nicht *ich*, sondern *er*.«

»Und das sagst du nicht einfach nur so?«

»Nein! Ist das nicht wunderbar? Die ganze Zeit wollte ich mich vor ihn hinstellen, damit er sehen würde, wie dünn ich geworden bin, und jetzt ist es mir völlig einerlei, ob er es je herausfindet. Und was mit Marcy ist, interessiert mich auch nicht im geringsten. Du hast recht, er wird ihr das Leben zur Hölle machen. Und ich bin mir sicher, daß er ihr erzählt hat, ich hätte ständig geflennt, so wie er es mir von seinen früheren Freundinnen erzählt hat, und sie wird denken, sie darf keine negativen Gefühle zeigen, so wie ich es auch gedacht habe. Aber es geht mich nichts mehr an. Denn mein Leben ist nicht mehr die Hölle, und das gefällt mir!«

Sie hielten sich an den Händen und vollführten einen kleinen Freudentanz.

»Und ich behaupte nicht, daß ich unbedingt Kinder *will*, aber jetzt habe ich wenigstens die Wahl, im Gegensatz zu Marcy. Die wäre mit einem Gang zur Samenbank viel besser bedient gewesen. Danke, Katherine, für alles. Daß du mir Unterschlupf gewährt hast – ich fange gleich an diesem Wochenende an, nach einer eigenen Wohnung zu suchen – und daß du mich ertragen hast. Aber ganz besonders bin ich dir dankbar, weil du mir nicht erlaubt hast, ihn anzurufen oder zu ihm zu gehen.«

»Es war viel besser für dich, daß du keinen Kontakt hattest«, pflichtete Katherine ihr bei. »Sonst verlängert man nur den Schmerz und gibt der Hoffnung wieder neue Nahrung.«

»Trotzdem kann ich es kaum glauben«, sagte Tara staunend. »Es sind erst fünf Monate vergangen, seit ich ausgezogen bin, und ich hatte immer gedacht, daß diese Art von Liebeskummer jahrelang andauert. Eigentlich so lange, bis man einen neuen Mann kennenlernt. So war das früher bei mir immer.«

»Ich weiß.« Katherine hatte die lange Reihe von Taras Freunden über zehn Jahre miterlebt. »Das ist praktisch ein Wunder. Bisher war es immer wie bei einem Staffellauf. Kaum war es mit einem vorbei, hattest du schon den nächsten.«

»War es wirklich so?«

»Aber ja.«

»Natürlich möchte ich einen Freund haben«, gab Tara zu. »Die Einsamkeit ist manchmal geradezu erdrückend. Und fairerweise muß ich zugeben, daß ich zweimal mit einem Mann geschlafen habe.« Bei der Erinnerung schauderte ihr regelrecht.

»Aber wenigstens hast du es dabei belassen. Du hast keine Beziehung mit ihnen angefangen.«

»Das lag daran, daß es Vollidioten waren, und ich habe genug Zeit in meinem Leben mit Idioten vertan. Ich will das nicht mehr.«

»Merkst du das eigentlich?« fragte Katherine ganz aufgeregt. »Früher warst du anders. Du wärst lieber mit dem letzten Trottel gegangen, als allein zu bleiben. Du hast dich verändert.«

»Du dich auch.«

»Wir haben uns alle verändert. Liv ist auch anders. Du natürlich. Wahrscheinlich hast du recht, und ich habe mich auch verändert. Woran liegt das?«

»Meinst du nicht, es liegt an Fintan?«

Katherine versuchte, ihre Gedanken in Worte zu fassen: »Es hat damit zu tun, daß er krank ist. Dabei ist es so schwer, immer daran zu denken, daß man jeden Tag voll erleben und jede Sekunde nutzen soll. Manchmal vergißt man es einfach und nimmt die Dinge als selbstverständlich hin.«

»Aber dann gibt es Tage, wenn ich ihn ansehe«, unterbrach Tara sie, »und er ist so jung und dem Tod soviel näher als ich, und dann denke ich: So könnte es mir auch gehen, und dann … habe ich … ich meine …« Sie zögerte, dann lächelte sie beglückt und sagte: »Dann möchte ich mein Leben besser leben.«

»Genau das wollte ich sagen.« Katherine strahlte und wiederholte: »Ich möchte mein Leben besser leben.«

»Und wieder zu Thomas zurückzugehen hätte nicht bedeutet, das Leben besser zu leben«, sagte Tara, »und wenn ich mit einem Idioten zusammen bin, lebe ich mein Leben auch nicht besser. Aber sich in Joe Roth zu verlieben heißt, sein Leben besser zu leben.«

»Also, bitte –«

»Ich weiß, das geht mich nichts an. Leider hast du dich nicht in jeder Hinsicht verändert«, sagte Tara mit Bedauern. »Soll ich noch was anderes sagen?«

»Was denn?«

»Ich weiß nicht, ob ich Thomas wirklich geliebt habe.«

»Das verstehe ich.«

»Und weißt du, warum ich das glaube?«

»Nein. Warum?«

»Weil ich, glaube ich, Alasdair nie überwunden habe. Ich habe darüber nachgedacht, und weißt du was?«

»Was denn?«

»Ich werde Alasdair anrufen.«

Katherine hatte ein mulmiges Gefühl. Es wäre auch zu schön gewesen. Sie hatte Tara schon ihr Mobiltelefon zurückgeben wollen. Zum Glück hatte sie es noch nicht getan. »Aber er ist doch verheiratet«, sagte sie. »Und du hast seit Jahren nicht mit ihm gesprochen.«

»Oh, ich meine nicht, daß ich wieder was mit ihm anfangen will«, sagte Tara rasch. »Ich will die Sache nur zu einem Abschluß bringen. Und da ist die Zeit doch günstig, solange ich in Größe achtunddreißig passe.«

Katherine sah sie besorgt an.

»Sei ganz beruhigt«, sagte Tara. »Auch wenn ich unbedingt einen Mann haben wollte – was im Moment gar nicht der Fall ist –, brauchst du dir keine Sorgen zu machen, denn ich habe am Samstag eine Verabredung. Die Frau, die in meiner Firma arbeitet – ich habe dir von ihr erzählt –, ihr Freund hat einen Freund.«

»Hattet ihr das nicht schon vor Ewigkeiten vor?«

»Doch, aber dann war sie krank, dann war sie weg, dann hatte ich zu tun, aber am Samstag treffen wir uns, das haben wir jetzt ausgemacht.«

Katherine hoffte, daß Tara die Idee, Alasdair anzurufen, fallenlassen würde oder daß sie ihn nicht ausfindig machen könnte. Um so besorgter war sie, als Tara erzählte, sie habe mit ihm gesprochen, er arbeite noch in derselben Firma, und sie würde sich am Donnerstag nach der Arbeit mit ihm auf einen Drink treffen.

Am Donnerstag abend um halb zehn saßen Katherine und Joe vor dem Fernseher und tranken ein Glas Wein, als Tara zurückkam.

»Na, wie war's?«

»Er hat einen Bauch, kriegt eine Glatze und ist rundum glücklich. Sie haben ein Kind, einen kleinen Jungen, und seine Frau bekommt im August das zweite Kind.«

»Aha.«

»Es wäre gelogen, Katherine, wenn ich sagen würde, daß ein winziger Teil von mir nicht eine klitzekleine Hoffnung gehabt hätte.«

»Was du nicht sagst.«

»Mir wurde das erst bewußt, als ich ihn traf.«

»Sieh mal einer an.«

»Aber ich hatte auch ein paar Fragen. Wie konnte er so lange mit mir zusammensein und im nächsten Moment so schnell eine andere heiraten? Er sagte, es gebe keine Erklärung. Er habe vom ersten Moment an das Gefühl gehabt, daß es richtig sei, als er seine Keine-Ahnung-wie-sie-heißt kennengelernt habe. Es habe sich irgendwie richtig angefühlt.«

Katherine und Joe vermieden es, sich anzusehen.

»Aber ihr hättet ihn sehen sollen«, rief Tara aus. »Ich habe ihn kaum erkannt. Er sieht aus wie der Vater von jemandem. Alasdair mit einem Bauch! Wißt ihr noch, wie dünn er war? Entschuldigung, Joe, du kennst ihn ja gar nicht, aber du kannst mir glauben, er war dünn wie eine Bohnenstange. Jetzt hat er richtige Fettpolster. Wahrscheinlich kommt das, wenn man glücklich ist. Sieht so aus, als hättet ihr beiden auch ein bißchen zugelegt.«

Sie rutschten unruhig hin und her.

»Er hat gesagt, ich sähe phantastisch aus.«

»Das stimmt ja auch.«

»Aber es war klar, daß es ihn nicht interessierte.«

»Mach dir nichts draus.«

»Also kann man sagen, daß ich wenigstens in dieser Beziehung mein Leben jetzt auf die Reihe kriege.«

»Das ist doch wunderbar.«

71

»Im äußersten Notfall kannst du auch so tun, als wärst du schwul«, redete Lorcan auf Benjy ein. »Oder daß du Zweifel hinsichtlich deiner Sexualität hast.«

»Aber warum?« fragte Benjy. Das war doch das letzte, was ihm angeraten schien, wenn man eine Frau ins Bett bekommen wollte.

»Weil«, erklärte Lorcan seufzend – Benjy war einfach sehr schwer von Begriff – »weil einer Frau nichts besser gefällt, als zu denken, daß sie einen Mann von seinen homosexuellen Neigungen geheilt hat. Es ist eine Herausforderung und ein Egotrip. Sie hat dann nichts Eiligeres zu tun, als einen ins Bett zu schleppen und zu fragen: ›Tut das gut? Wie fühlt sich das an?‹, und wenn du sie dann richtig vögelst, statt dich beschmutzt zu fühlen, wird sie das als ihren Sieg empfinden.«

»Wenn du meinst.« Benjy hatte seine Zweifel. Lorcans Ratschläge hatten ihm nie Glück gebracht. Er hatte sich noch nicht von der Niederlage bei der Party am letzten Wochenende erholt, als Lorcan ihm sein nicht funktionierendes Feuerzeug geliehen hatte. Die Frau war nicht von seiner Verletzbarkeit wie bezaubert gewesen, als das Feuerzeug nicht anspringen wollte, sondern hatte die Nase gerümpft und gesagt: ›Ein echter Loser‹, bevor sie sich abwandte.

Lorcan ging in den Flur und rief in Richtung Amys Schlafzimmer: »Erzähl uns doch mehr von dieser Tara. Hast du nicht gesagt, sie ist pummelig?«

»Ja, obwohl nicht mehr so pummelig wie noch vor einiger Zeit. Eigentlich, das fällt mir jetzt erst auf, ist sie gar nicht mehr pummelig. Und sie ist sehr hübsch …«

»Na, ist auch egal«, sagte Lorcan ungeduldig und zog die Wohnzimmertür zu. Amy sollte das, was er jetzt sagte, auf keinen Fall hören. »Also, sie ist eine Dicke.«

»Amy hat gerade gesagt, daß sie nicht mehr dick ist.«

»Sie wollte nur was Nettes sagen, damit du anbeißt. Auf jeden Fall ist dir das Glück hold, Benjy, mein Guter.«

»Wieso denn?« Benjy fand es nicht so toll, daß er mit einer Dicken verkuppelt werden sollte.

»Also, paß auf, ich habe eine erstklassige Methode für dich. Hör dem Meister gut zu, Benjy, denn so mußt du es machen. Es ist nicht nötig, daß du zu dieser Tara sagst: ›He, Dicke! Ich mache es auch aus Mitleid‹, denn sie weiß, daß sie dick ist, und du weißt es auch, okay? Du sagst also nicht, daß sie ein paar Kilo abnehmen könnte, statt dessen beklagst du dich, daß alle Frauen immer dünn sein wollen. Ist das klar?«

Benjy nickte bedächtig.

»Du sagst einfach in normalem Gesprächston, als würdest du gar nicht merken, daß sie praktisch aus allen Nähten platzt, du sagst einfach, es würde gar nicht stimmen, daß Männer nur dünne Frauen mögen. Du erzählst ihr, Männer würden sich nie darüber unterhalten, wie irre diese spindeldürre Frau war, daß ihre Rippen überall zu sehen waren und daß sie wie das Opfer einer Hungerkatastrophe aussah. Kein Mann würde davon schwärmen, daß er sich an dem spitzen Hüftknochen einer Frau verletzt hatte, oder würde einen Steifen bekommen, wenn er ihre dünnen Arme sieht. Capito?«

Benjy nickte.

»Dann – immer noch im Unterhaltungston – fängst du an, über Models herzuziehen. Du sagst, daß kein Mann mit Blut in den Adern eine Frau haben will, die wie ein magersüchtiger Teenager aussieht. Du kannst Jody Kidd erwähnen. Natürlich wissen wir beide, daß eine Nacht mit Jody Kidd der Himmel auf Erden wäre, aber das sagst du der dicken Tara nicht. Und bevor die dicke Tara weiß, wie ihr geschieht, denkt sie, sie ist im Himmel, und kann es kaum erwarten, es mit dir zu treiben.«

»Mann, du bist unglaublich. Du hast nicht ein Fünkchen Moral.«

»Danke.« Lorcan zuckte die Achseln und sagte: »Du brauchst nicht zu übertreiben. Wozu sind Freunde denn da?«

»Es gibt nur ein Problem«, gestand Benjy verlegen. »Ich weiß nicht, ob ich eine Dicke will.«

»Dicke haben ihre guten Seiten. Was sage ich dir immer?«

»Ich soll eine Frau fragen, welches Shampoo sie benutzt.«

»Und außerdem?«

Benjy wußte die Antwort nicht, und Lorcan explodierte: »Habe ich dir nicht schon tausend Mal gesagt, daß Dicke sich mehr Mühe geben?«

»Entschuldigung.«

»Hörst du eigentlich zu, wenn ich dir was sage?«

»Doch, doch. Es tut mir leid.«

»Ach, vergiß es. Wenigstens strengst du dich an. Und jetzt sage ich dir noch was – und das wissen die meisten Leute gar nicht –: Dicke fühlen sich gut an.«

»Würdest du mit einer Dicken schlafen?« fragte Benjy voller Hoffnung. Wenn Lorcan, sein Held und Mentor, es tun würde, dann war es vielleicht in Ordnung.

»Klar würde ich das machen«, erklärte Lorcan großspurig. »Kein Problem. Obwohl«, fügte er hinzu, »ich würde mich nicht in der Öffentlichkeit mit einer zeigen. Aber bei einer in der Wohnung, da hätte ich keine Probleme, mit ihr Salami-Verstecken zu spielen.«

»Na gut. Aber vielleicht ist diese Tara ja nett.« Benjy hatte immer noch Hoffnung.

»Ja, möglich.« Lorcans Augen wurden schmal. »Vielleicht ist sie nett.«

Lorcan ging ins Badezimmer und machte sich fertig. Er fühlte sich seltsam niedergeschlagen. Was hatte er bloß? Seit einem halben Jahr ungefähr plagten ihn neue und besorgniserregende Gefühle, und Benjy Hilfestellung zu geben reizte ihn nicht mehr so wie früher. Er hatte nicht dieselbe Energie oder Freude an diesen Dingen. Er führte sich immer noch wie der böse Junge auf, vernachlässigte Amy oder flirtete mit anderen Frauen, wenn sie dabei war, was sie kreuzunglücklich machte. Aber es machte nicht den gleichen Spaß wie früher. Bei dem Gedanken, sich zu binden oder gar Kinder zu haben, hatte er immer schallend gelacht, aber in letzter Zeit hatte er gelegentlich sehnsuchtsvoll an einen kleinen Lorcan gedacht. Oder vielleicht sogar ein kleines Mädchen. Wer weiß?

Er war fast vierzig. Er seufzte. Die Midlife-crisis nahte.

Schwungvoll zog er Amys Bürste durch sein volles, seidiges Haar, und es wurde ihm leichter ums Herz. Sein Haar konnte noch jedesmal seine Stimmung heben. Eine Weile spielte er sein Lieblingsspiel: Er strich mit der Bürste langsam durch die Haare bis zu den Haarspitzen und zog sie ganz lang und glatt, bis zum Äußersten – und dann riß er die Bürste heraus und ließ sein Haar in seine ursprüngliche gewellte Position zurückspringen. Er wurde dieses Spiel nie leid.

Auf diese Weise amüsierte er sich eine Zeitlang, er schob das Haar zurück, strich es glatt, zupfte hier, zipfelte dort, ordnete es neu, dann nahm er wieder die Bürste – und sah etwas, das ihm das Blut in den Adern erstarren ließ: In den Borsten hatten sich Haare verfangen. Viele Haare. Rote Haare. *Seine* Haare.

Er ließ die Bürste aus seiner erschlafften Hand fallen und untersuchte seine krönende Pracht genauer. Jeder verlor Haare, aber waren die Haare in der Bürste erste Anzeichen einer düsteren Zukunft? Sorgfältig tastete er seine Kopfhaut ab und mußte zu seinem Entsetzen feststellen, daß sein Haar schütterer zu sein schien als noch vor kurzem. Ihm gingen die Haare aus! Vor seinem panikerfüllten inneren Auge sah er schon kahle Stellen. Er würde doch nicht etwa eine – bei dem Wort stockte ihm der Atem – *Glatze* bekommen? Er brauchte seine Haarpracht. Besonders für seine Karriere. Aber alles schien zu Ende zu gehen, bevor es richtig angefangen hatte.

Er merkte, wie tief seine Angst saß, als ihm sein Vater einfiel, der früh eine Glatze bekommen hatte, aber das war nicht so schlimm, wenn man Postbote war. Lorcan jedoch war ein international bekannter Schauspieler. Sein Aussehen garantierte ihm sein Einkommen. Was sollte er tun? überlegte er wild. Wenn er auf dem Kopf kahl war – würde er den Kranz drum herum lang lassen wie Michael Bolton? Oder sollte er sich die restlichen Haare abrasieren und als Glatzkopf herumlaufen wie Grant Mitchell?

Niedergeschlagen und den Tränen nah bei diesen Gedanken sah er wieder in den Spiegel. Und fragte sich, warum er sich solche Sorgen machte. Er hatte jede Menge Haare. Massenhaft. Lange, üppige, glänzende, leuchtende Haare. Er würde sie mit einem Shampoo waschen, das Fülle verlieh. Das war alles, was es brauchte. Und ein bißchen mehr Stand über der Stirn. Es gab ja die Haarkur von Wella, die er schon immer ausprobieren wollte, jetzt bot sich die Gelegenheit.

Er zeigte mit dem Finger auf sein Spiegelbild, zwinkerte und schnalzte mit der Zunge und summte dann mit einem zustimmenden Grinsen: »›Don't go changin'‹.«

»Wie sehe ich aus?« Schlank und sexy in einem schwarzen Catsuit stolzierte Tara vor Katherine und Joe auf und ab.

»Phantastisch. Tara –«

»Vielleicht ist dieser Benjy ja nett«, überlegte Tara.

»Tara, als du in der Dusche warst, hat Sandro wegen Fintan angerufen.«

»Oh, nein«, stöhnte Tara und ließ sich in einen Sessel fallen.

»Keine Angst, es sind gute Nachrichten.«

Tara linste ängstlich zwischen ihren Fingern hindurch.

»Sehr gute Nachrichten! Er hat gesagt, daß die Tumore in den letzten Tagen dramatisch geschrumpft seien.«

Tara saß wie erstarrt, das Gesicht immer noch halb hinter den Händen verborgen.

»Der Tumor an seinem Hals ist um die Hälfte kleiner, sagt Sandro, und die auf der Bauchspeicheldrüse kann man kaum noch fühlen.«

»Oh, Gott sei Dank.« Tara lachte unter Tränen. »Wurde auch höchste Zeit, nach sechs Monaten Chemotherapie. Und was ist mit dem Zwerchfell und dem Knochenmark?«

»Sie müssen noch weitere Untersuchungen machen, aber wenn die Tumore in den Lymphdrüsen zurückgegangen sind, kann man annehmen, daß die an den anderen Stellen auch geschrumpft sind.«

»Ich kann es gar nicht fassen.« Tara seufzte. »Ich kann es nicht fassen. Ich fasse es nicht. Es gab so lange nichts Positives, und ich war mir schon fast sicher, na ja, daß es kaum, ehm, na ja, kaum Hoffnung gab.«

»Ich weiß.«

»Ich hatte mich schon damit angefunden – also, nicht abgefunden«, sagte sie hastig, »aber wenn keine Besserung eingetreten wäre, dann wäre es kein so riesiger Schock gewesen. Du weißt, wie ich das meine, oder?«

Katherine nickte.

»Aber das sind ja phantastische Nachrichten!« In Taras Augen glänzten die Tränen.

»Wir sollten uns lieber nicht allzu viele Hoffnungen machen.« Katherine mahnte zur Vorsicht. »Die Krankheit ist so unberechenbar.«

»Oh, aber wir müssen uns ein bißchen Hoffnung machen. Sollen wir ihn besuchen gehen?«

»Nein.« Katherine verbarg nur mühsam ihre Ungeduld. »Wir besuchen ihn morgen. Triff du dich mit deinen Leuten und mach dir einen schönen Abend.«

Sie wollte Tara dringend loswerden, weil ihr seit dem Vortag etwas unter den Nägeln brannte, was sie unbedingt mit Joe besprechen wollte.

»Also gut. Bis später dann.«

»Mach's gut. Tschüs.«

Die Tür fiel ins Schloß.

72

»Joe?«

»Mmmm?«

»Ist mal was zwischen dir und Angie gewesen? Angie im Büro?«

Katherine spürte, daß er plötzlich steif wurde, als wäre ihm vor Schreck das Blut in den Adern gestockt, dann reckte er sich und setzte sich aufrecht hin. Er sah sie mit trauriger Miene an.

»Du mußt mir das nicht erzählen«, sagte sie schnell, obwohl sie wollte, daß er es erzählte. »Es geht mich nichts an, aber gestern hat sie uns zusammen zur Arbeit kommen sehen und mich gefragt, ob wir etwas miteinander hätten. Ich habe es geleugnet, aber sie schien betroffen, und deshalb ... habe ich mich gefragt, ob was zwischen euch war? War was?«

Er sah sie mit endloser Zärtlichkeit an, dann verzog er das Gesicht wie vor Schmerzen. Er hob an zu sprechen, und sie sah ihn an und wünschte sich zutiefst, daß er nein sagen würde. »Ja«, sagte er. Sie spürte, wie ein Gewicht sich auf sie senkte. Bleib ruhig, sagte sie zu sich selbst. Mach nicht alles kaputt.

»Wie lange?« Ihr Herz klopfte wie wild. »Ich meine, was ist –, ich meine, habt ihr euch öfter gesehen? Warst du in sie verliebt?«

»Nein«, sagte er mutlos. »Nichts von alledem. Es war nur eine Nacht.«

Eine Nacht war schlimm genug, dachte sie, und ihr Innerstes wurde von eifersüchtigem Schmerz zerfressen. Sie dachte an Angie, so schlank und hübsch, und wollte Joe umbringen. Und sie hatte das schreckliche Gefühl, daß sie wußte, von welcher Nacht die Rede war. Das machte es noch schlimmer. Einen Tag, nachdem sie ihn der sexuellen Belästigung beschuldigt hatte, war er abends mit Angie in den Pub gegangen und hatte am nächsten Tag im Büro die gleichen Kleider wie am Vortag getragen. Damals hatte sie ein schlechtes Gefühl gehabt, und jetzt hatte sie ein noch schlechteres. Immer wieder hatte sie in den letzten fünf Monaten Joe fragen wollen, was damals passiert sei, aber sie hatte sich nicht getraut, für den Fall, daß es nicht die Antwort war, die sie gern gehört hätte. Aber nachdem sie Angies Erschütterung mitbekommen hatte, *mußte* sie fragen.

»Ich hätte es nicht tun sollen«, sagte Joe unglücklich. »Normalerweise tue ich so etwas nicht. Aber ich bin auch ein Mensch und mache Fehler.«

»Ich bin mir sicher, Angie Hiller würde es nicht gern hören, daß man sie einen Fehler nennt«, sagte Katherine hochmütig.

»Nein, das habe ich nicht gemeint, aber daß ich mich mit ihr eingelassen habe, war ein Fehler.«

»Eingelassen? Ich dachte, es sei nur eine Nacht gewesen.«

»Es war nur eine Nacht.«

»Muß ja ganz schön intensiv gewesen sein, wenn du das –« Sie holte tief Luft, bevor sie ihm entgegenschleuderte: »– *einlassen* nennst.«

»Es war nur ein Wort. Offensichtlich das verkehrte.«

Katherine hielt den Atem an und wartete darauf, daß er sagen würde, er habe Angie nur geküßt und sei dann auf der Couch eingeschlafen, weil er zu betrunken war, um mit ihr zu schlafen. Aber er sagte nichts, deswegen fragte sie ihn: »Du hast also mit ihr geschlafen?«

»Ja.«

»Ich meine, du hast Sex mit ihr gehabt.« Sie hatte das Gefühl, sich übergeben zu müssen.

Er nickte. Ja.

Das Gefühl der Übelkeit verstärkte sich noch. »Und dann hast du allen erzählt, sie sollen Angie ›Gillette‹ nennen. Das ist ja sehr erwachsen von dir, Joe.«

»Das habe ich nicht getan.« Schrecken und Widerwille zeichneten sich in seiner Miene ab. »Ich weiß nicht, wer damit angefangen hat – wahrscheinlich Myles –, aber es kam nicht von mir.«

»Ja, aber anscheinend hast du allen erzählt, du hättest mit ihr geschlafen. Gut gemacht, Joe!«

»Ich habe niemandem etwas gesagt. Angie hat es Myles erzählt, wenn du es unbedingt wissen willst.«

»Hast du sie danach noch einmal gesehen?«

»Nicht, wie du denkst. Am nächsten Tag haben wir uns noch einmal getroffen, und ich habe mich entschuldigt für das, was passiert war, und gesagt, es würde nicht wieder vorkommen.«

»Und was meinst du, wie sie sich gefühlt hat?« Ein bitteres Gefühl der Wut kam in ihr auf. »Du schleppst sie ab, nimmst sie mit ins Bett und vögelst sie, und dann sagst du ihr, einmal reicht. Wie ehrenhaft!«

»Es tut mir leid«, sagte er.

»Was tut dir leid?« fragte sie kalt. »Du kannst doch machen, was du willst.«

»Bitte, sei nicht so«, bat er sie sanft.

»So – wie?«

»Warum bist du so böse? Wir waren damals noch gar nicht zusammen. Es war sogar kurz nachdem du das mit der sexuellen Belästigung gesagt hast –«

Ich weiß, wollte sie schreien.

»– und ich dachte, du machst dir nichts aus mir. Und, ehrlich gesagt, Katherine, ich war ziemlich fertig –«

»Und natürlich war es da das beste, mit einer anderen Frau zu schlafen. Typisch Mann.«

»Es hätte nicht passieren dürfen«, sagte er noch einmal. »Es tut mir leid, daß ich es gemacht habe. Es ist zwar keine Entschuldigung, aber ich war betrunken und fertig. Ich war einfach daneben, ich habe einen Fehler gemacht. Menschen machen Fehler.«

Ihr Mund war eine kleine, schmale Linie.

»Jeder hat eine Vergangenheit«, sagte er sanft. »Keiner fängt eine neue Beziehung an, ohne seine Vorgeschichte mitzubringen.«

Sie sagte nichts. Dann brach sie das Schweigen und schleuderte ihm entgegen: »Warum hast du es mir nicht gesagt?«

»Ich habe es versucht. Aber du hast gesagt, du wolltest unsere früheren Liebesgeschichten nicht erörtern, erinnerst du dich?«

»Ja, aber ... damit habe ich nur gemeint, ich wollte dir nicht von meinen erzählen. Aber du solltest von deinen erzählen.«

Er seufzte. »Das ist jetzt aber nicht fair, oder, Katherine?«

»Du hast mir von Lindsay erzählt«, sagte sie und änderte die Stoßrichtung. »Warum hast du mir von Lindsay erzählt, aber nicht von Angie?«

»Ich habe es versucht«, rief er. »Aber du hast gesagt, du brauchst Zeit und du könntest mir nicht gleich vertrauen. Das habe ich respektiert. Ich wollte nichts überstürzen oder dich bedrängen –«

»Wie, glaubst du, ist das für mich?« unterbrach sie ihn. »Ich gehe jeden Tag zur Arbeit, und jetzt stellt sich heraus, daß Angie sich die ganze Zeit einen gelacht hat, weil sie mit meinem Freund geschlafen hat.«

»Aber sie hat von uns nichts gewußt. Und warum sollte sie lachen? Du bist schließlich meine Freundin, nicht Angie.«

»Ach, ich habe also das große Los gezogen«, höhnte sie.

Sie wußte, daß sie sich nicht mehr unter Kontrolle hatte und im Begriff war, alles zu zerstören, aber sie konnte sich nicht bremsen. Sie hörte, wie die bitteren, verletzenden Worte aus ihr hervorsprudelten, spürte, wie sie ihr Erleichterung brachten und sie gleichzeitig verbrannten, aber sie konnte den Ausbruch nicht stoppen.

»Katherine«, sagte er zärtlich, »wenn du Angst hast, daß es wieder geschehen könnte oder daß ich dir untreu sein könnte, dann irrst du dich so sehr. Ich sage das nicht, weil du böse auf mich bist, sondern weil meine Gefühle für dich –« Joe brach ab. Er meinte, den Schlüssel im Schloß gehört zu haben. In dem Moment stürzte Tara ins Zimmer mit, so schien es im ersten Augenblick, einer ganzen Horde von Menschen. Er seufzte. Es wurde Zeit, daß Tara eine Wohnung für sich fand.

Als Joe noch versuchte, ein Lächeln auf sein Gesicht zu zaubern, plapperte Tara munter drauflos und zeigte auf die Leute hinter sich. »Wir kamen sowieso hier vorbei, und da habe ich gedacht, es wäre doch nett, wenn ihr euch kennenlernen würdet, weil alle schon voneinander gehört haben. Das ist Amy aus dem Büro, das hier ist Benjy ...« Sie machte eine Pause und sagte tonlos: »für mich« zu Katherine und Joe, dann hielt sie sich den Bauch und verdrehte die Augen, womit sie andeutete, daß sie sich am liebsten übergeben würde, und fuhr dann fort: »Und das ist ...«

Joe sah den Mann entsetzt an. Er erkannte ihn sofort. Es war unmöglich, ihn nicht zu erkennen. Mit seiner großen Gestalt, seinen breiten Schultern und den langen roten Haaren füllte er fast den ganzen Raum aus. Es war der verwöhnte Schauspieler aus dem Butterwerbespot, Lorcan Irgendwer.

Anscheinend hatte auch Lorcan Joe erkannt, denn er unterbrach Taras Vorstellungszeremonie und rief laut und überrascht aus: »He, wir kennen uns doch.«

Joe runzelte die Stirn und machte sich auf ein unangenehmes Gespräch gefaßt, doch dann spürte er eine unerklärliche Angst in sich aufsteigen. Er folgte Lorcans Blick und merkte, daß Lorcan nicht ihn ansah, sondern Katherine.

73

Katherine war leichenblaß. »Hallo«, sagte sie schwach.

»Hallo«, Lorcan grinste und schnipste mit den Fingern, weil ihm ihr Name nicht gleich einfallen wollte. Er konnte sich nicht erinnern, woher er sie kannte, aber er vermutete, daß er irgendwann mit ihr geschlafen hatte. Was war er doch für ein toller Hecht!

Tara, die dabei war, die beiden miteinander bekanntzumachen, hielt inne, als sie merkte, daß die Dynamik sich verändert hatte und sie den Ablauf nicht mehr gestaltete. »Kennt ihr euch etwa?« trompetete sie verwundert und sah von Lorcan zu Katherine und wieder zurück.

»Ich glaube schon.« Lorcan lächelte Katherine geheimnisvoll zu. »Oder?«

Sie nickte.

In dem Moment veränderte sich ohne ersichtlichen Grund die Stimmung im Raum. Joe saß starr und erschrocken auf dem Sofa. Benjy, Amy und Tara standen stumm und ohne ein Lächeln im Zimmer. Von Katherine gingen fühlbare, aber unbegreifliche Schwingungen aus.

»Ich habe euch gar nicht erkannt, im angezogenen Zustand«, sagte Tara fröhlich, in dem Bemühen, die düstere, unheilträchtige Atmosphäre zu vertreiben. Aber das ließ die allgemeine Anspannung nur noch steigen. Hinter sich konnte Tara Amys Angst praktisch fühlen. Besser, sie riechen.

»Du bist… ah… ehm…« Lorcan versuchte sich an ihren Namen zu erinnern. Jessica? Inez? Mary? Gott, es könnte jeder Name sein. Eine Frau unverfänglich Babe zu nennen hatte Lorcan schon manchmal aus der Patsche geholfen, besonders am Morgen danach, wenn er aufwachte und sich nicht mehr an den Namen der Frau neben sich erinnern konnte, aber hier würde ihm das nichts nützen. Und woher kannte er sie genau? »Ich kann mir einfach keine Namen merken«, sagte Lorcan mit einem um Verzeihung bittenden Lächeln und blickte auf Katherine hinunter, die wie benommen auf dem Sofa saß. Sie sah süß aus, fand er, er hätte nicht übel Lust, die Erinnerung aufzufrischen.

Trotz des Schocks war Katherine voller Zorn auf sich selbst. Wie oft hatte sie darum gebetet, daß sie ihm wiederbegegnen würde, damit sie dann so tun könnte, als hätte sie ihn noch nie gesehen? Wie lange hatte sie geübt, erwachsene Männer mit einer verächtlich hochgezogenen Augenbraue zu verängstigten Kindern zu machen, damit sie es im richtigen Moment ihm gegenüber anwenden könnte? Und jetzt konnte sie nicht einmal den Kopf von der Sofalehne heben!

Aber beschämender noch als ihre Unfähigkeit, sich zu rühren, war ihr Wunsch, daß er sich an sie erinnern möge. Zitternd sah sie ihn an und wünschte sich inständig, daß ihm wenigstens ihr Name einfiel. Aber es war tatsächlich schon lange her …

»Ich bin Katherine«, flüsterte sie.

Lorcan lächelte strahlend und schlug sich mit der flachen Hand an die Stirn. »Ja, natürlich. Katherine. Jetzt fällt's mir wieder ein.«

»Katherine mit K«, sagte Katherine langsam und deutlich.

Lorcan wiederholte mit einem nachgiebigen Lächeln: »Na, klar, Katherine mit …« Dann brach er ab, und das Blut wich aus seinem Gesicht. Himmel! Er bereute es auf der Stelle, je erwähnt zu haben, daß er sie von irgendwoher kannte. »Du siehst anders aus«, sagte er unbeholfen.

»Es ist schon lange her.«

»Ja, das stimmt, tatsächlich. Es ist bestimmt schon, warte mal, sieben Jahre her?«

»Zwölfeinhalb«, sagte sie, bevor sie sich bremsen konnte.

Und dann haßte sie sich wirklich, mit voller Inbrunst. Wie konnte sie so durchschaubar sein?

»Du hast es dir gut gemerkt.« Lorcan lachte nervös. Er war sehr, sehr daran interessiert zu gehen und bewegte sich auf die Tür zu, doch in dem Moment bemerkte er den Mann neben Katherine mit K. Herr im Himmel, was wurde hier gespielt? Es war der hübsche junge Werbemensch, der ihn aus dem Butterwerbespot rausgeschmissen hatte. Mit einem plötzlich aufkommenden Gefühl der Paranoia, das ihm die Kehle abschnürte, überlegte Lorcan, ob dies ein abgekartetes Spiel sei. Eine Art Gericht, ein nochmaliges Ablaufen seines Lebens? Die Vergangenheit, die ihn jetzt doch noch einholte? Hielten sich noch andere erzürnte Frauen und verärgerte Kollegen im Schlafzimmer versteckt und warteten auf ihren Auftritt? Doch dann schalt er sich wegen seiner Dummheit. Reiner Zufall. Nichts anderes konnte es sein. »He«, sagte er und versuchte seine Beklommenheit hinter einem lauten, abfälligen Lachen zu verstecken, »das ist ja Joe, Joe Roth.«

»Lockery Liggery.« Joe nickte mit feindseliger Höflichkeit. »Was für eine Überraschung.«

»Lorcan ist mein Name.«

»Hab ich das nicht gesagt?« Joes unschuldiger Ton täuschte keinen.

Ein Glitzern stand plötzlich in Lorcans Augen. Er hatte die Demütigung, die er an dem Drehtag erlitten hatte, nicht vergessen. Auch nicht die Armut, in der er seither lebte, oder die Tatsache, daß seine Karriere weiterhin in der Flaute war.

»Seid ihr zwei ...?« Lorcan zeigte mit dem Finger auf Katherine und Joe.

»Sind wir zwei was?« fragte Joe.

»Seid ihr ein Paar?«

»Was geht Sie das an?« fragte Joe höflich.

»Nein, sagt nichts, ihr seid verheiratet.« Lorcan lachte.

»Wir sind nicht verheiratet«, sagte Katherine mit einer Stimme, die aus weiter Ferne kam.

»Wunderbar!« sagte Lorcan erfreut. Dann setzte er sich, was mit allgemeiner Bestürzung wahrgenommen wurde, neben Katherine auf das Sofa und küßte sie mit Bedacht auf die Wange. »Es gibt also noch Hoffnung.«

Amy gab einen leisen, bekümmerten Laut von sich, und Joe hob verärgert an: »Moment mal –«

Aber während alle anderen ungläubig zusahen, kehrte Katherine sich von Joe ab und wandte sich, wie eine Blume der Sonne, Lorcan zu.

74

Sie hatte ihm noch nie widerstehen können, und jetzt war nicht der Moment, damit anzufangen.

Sie war fast neunzehn gewesen und hatte in einer Bar in Limerick gestanden, wo sie sich mit einer Kollegin unterhielt, als Lorcan sie erblickte. Er war gelangweilt und auf der Lauer, wie eine Katze, die eine Weile keinen Vogel gefangen hatte, und plötzlich verflüchtigte sich das Gefühl der Leere. »Sieh dir die süße Kleine da an«, sagte er zu seinem Freund Jack.

»Sie sieht nicht aus wie dein Typ«, entgegnete Jack überrascht.

»Sie ist ein Mädchen«, erklärte Lorcan, »das ist mein Typ. Gib mir Rückendeckung, ich wage einen Vorstoß.«

Als Delores, ihre Kollegin, zum Zigarettenholen ging, hörte Katherine plötzlich hinter sich eine sanfte, schokoladendunkle Stimme, die fragte: »Hat es weh getan?«

Verblüfft drehte sie sich um. Und blickte in das Gesicht des schönsten Mannes, den sie je in ihrem – zugegebenermaßen behüteten – Leben gesehen hatte. Er lehnte an der Theke, den Ellbogen aufgestützt, lächelte auf sie hinunter und brachte ihr Gesicht mit seiner offenen Bewunderung zum Lodern. »Hat was weh getan?«

Er sprach nicht gleich, sondern ließ den Blick aus seinen sherrybraunen Augen auf ihr ruhen. »Als du vom Himmel gefallen bist.«

Sie errötete und überlegte, ob dies als Anmache galt. Wenn ja, dann war es das erste Mal für sie. »Ich bin nicht vom Himmel, ich bin aus Knockavoy.« Sie hatte immer schon gewußt, daß sie nicht besonders schlagfertig war, trotzdem war sie bitter enttäuscht von ihrer Antwort.

Aber Lorcan lachte. »Das finde ich gut. ›Ich bin nicht vom Himmel, ich bin aus Knockavoy.‹ Das gefällt mir.«

Ein nicht benennbares Wohlgefühl durchströmte Katherine.

»Wie heißt du?« fragte Lorcan sanft.

»Katherine. Katherine mit K«, fügte sie mit einer solchen Ernsthaftigkeit hinzu, daß er bezaubert war.

»Und ich heiße Lorcan. Lorcan mit L.«

Sie kicherte. »Es könnte wohl kaum Lorcan mit K sein. Es sei denn«, fügte sie nachdenklich hinzu, »das K wäre stumm.«

Dann kicherte sie wieder, und Lorcan sah ihre kleinen weißen Zähne, ihre frische Haut ohne eine Spur von Make-up, ihr glattes, glänzendes Haar, ihre mädchenhafte Selbstsicherheit, und spürte den altbekannten Rausch. Er wußte, daß er die Sache vorsichtig beginnen mußte, weil sie diese Reinheit, diese Sauberkeit ausstrahlte. Nicht nur in ihrer Erscheinung, sondern auch in ihrem Verhalten: kein kokettes Senken der Augenlider, keine Doppeldeutigkeiten, kein flirtendes Schmollen. Er fühlte sich von der Aura ihrer Tugendhaftigkeit mächtig angezogen. Und verspürte den Wunsch, sie zu beschmutzen.

»Erzähl mir doch, Katherine mit K, wie hat es dich nach Limerick verschlagen?«

»Ich mache eine Lehre als Buchhalterin«, sagte sie stolz.

Es gelang ihm, einen interessierten Eindruck zu machen und sie darüber auszufragen, und sie erzählte vorbehaltlos die ganze Geschichte: daß sie sehr gute Noten in ihrer Abschlußprüfung erzielt habe, daß sie seit neun Monaten in Limerick lebe, welches Glück sie gehabt habe, einen Ausbildungsplatz bei Good and Elder zu bekommen, daß sie ein möbliertes Zimmer mit Kochgelegenheit habe, daß sie ihre besten Freunde aus Knockavoy, Tara und Fintan, vermisse, daß sie sie aber manchmal vom Büro aus anriefe und jedes zweite Wochenende nach Hause fahre.

»Warum kommen die nicht auch nach Limerick und suchen sich hier Arbeit?« fragte Lorcan mit großer Anteilnahme.

»Die haben zu Hause Arbeit im Hotel gefunden. Sie wollen Geld zusammensparen und ins Ausland gehen.«

»Na, hoffentlich kommen sie dich ab und zu besuchen.«

»Eigentlich nicht«, erklärte sie freimütig. »Meistens müssen sie nämlich Samstagabend arbeiten, und ich arbeite während der Woche, und abends muß ich lernen, es wäre also ein bißchen unsinnig ...«

»Und die Leute in deinem Büro, sind die nett?«

»Ja, das schon.« Katherine ließ den Blick einen Moment schweifen und senkte dann die Stimme. »Sie sind nur ein bißchen alt.«

»Du hast also nicht so viele Freunde hier?«

»Nein, nicht viele, könnte man sagen.«

Trotzdem stellte Katherine ihn den alten Schachteln aus der Firma vor, mit denen sie in der Bar war, und er mußte sich ewig mit ihnen unterhalten. Als er es nicht mehr aushielt, flüsterte er Katherine ins Ohr: »Sollen wir fliehen, du und ich? Dann können wir irgendwohin gehen, wo wir uns richtig unterhalten können.« Als sie auf der Straße waren, schlug Lorcan lässig vor: »Wollen wir zu dir gehen?«

Katherine hielt einen Moment den Atem an. Glaubte er, sie sei eins von den dummen, jungen Mädchen vom Lande? »Nein«, sagte sie entschlossen, »wir gehen in eine andere Bar.«

Lorcan lachte auf. »Du bist sehr klug, Katherine mit K. Recht hast du, vorsichtig zu sein, aber mir kannst du vertrauen.«

»Aber das würde jeder sagen!«

»Sehe ich aus wie ein Vergewaltiger?« fragte er mit verletzter Unschuld und breitete seine Arme aus.

»Wie soll ich wissen, wie ein Vergewaltiger aussieht?« erwiderte sie schnippisch.

Lorcan stellte sich vor sie hin, legte seine großen Hände auf ihre schmalen Schultern und kam ganz nah an sie heran. »Ich würde dir nicht weh tun«, versprach er ihr mit seiner eindringlichen, melodischen Stimme. »Ehrlich nicht.«

Katherine war von seiner Aufrichtigkeit so beeindruckt, daß sie verstummte. Sie glaubte ihm. In Gegenwart seiner machtvollen Männlichkeit hatte sie das Gefühl, als gehörte sie hierhin und hätte schon immer hier sein sollen. Das letzte Stück des Puzzles, das ihr Leben war, setzte sich an die richtige Stelle. »Also gut.« Sie keuchte. »Du kannst auf eine Tasse Tee zu mir kommen, aber keine faulen Tricks.« Sie drohte ihm streng mit dem Finger, den er mit spielerischem Knurren zu schnappen versuchte, woraufhin Katherine sich vor Lachen schüttelte.

»Komm, gehen wir.« Lorcan legte seinen Arm um ihre Taille und zog sie halb, halb trug er sie über den Bürgersteig.

»Ich meine es ernst.« Sie blickte ihm ins Gesicht, während er sie die Straße entlangführte. »Keine faulen Tricks.«

»Abgemacht«, stimmte Lorcan ihr zärtlich zu.

Aber es kam doch zu faulen Tricks.

Kaum hatte sie ihm in ihrem Zimmer einen Tee gemacht, stellte er seine Tasse auf den Stapel Buchhaltungsbücher. Dann nahm er ihr die Tasse aus der Hand und stellte sie ebenfalls ab.

»Was machst du?« sagte sie mit einem Krächzen.

»Ich will nicht, daß du deinen Tee verschüttest.«

»Wieso sollte ich?«

»Weil es schwierig ist, Tee zu trinken, wenn man dabei geküßt wird.«

Sie war außer sich vor Angst. Er war also doch ein Vergewaltiger! Sie machte den Mund auf und wollte protestieren, aber er zog sie zu sich heran und legte seine Arme hart und fest um sie. Dann senkte er sein schönes Gesicht zu ihr herab, legte seine wunderschönen Lippen auf ihre und küßte sie.

Sie spürte einen winzigen Moment des Widerwillens, aber bevor sie Lorcan noch zurückstoßen konnte, war sie gefangen. Sie war schon geküßt worden, aber nie so, und als er aufhörte, wollte sie, daß er weitermachte. Zögernd öffnete sie die Augen, und ihr Körper war nach vorne geneigt, suchte seinen.

»Sehen wir uns morgen, Katherine mit K?«

»Ja«, sagte sie ganz außer Atem.

Als die Nonnen ihnen erzählten, sie sollten nie schwarze Lackschuhe zu einem Rock anziehen, weil Männer so einen Blick auf ihre sich in den Schuhen spiegelnden Unterhosen erhaschen könnten, hatte sogar Katherine gelacht. Dennoch hatten sich ihr einige der Lehren der katholischen Kirche tief eingeprägt. Wie Tara und Fintan ihr Leben lebten, ging sie nichts an, aber sie hatte die Absicht, als Jungfrau in die Ehe zu gehen. Sie war fest entschlossen, mit Lorcan nicht bis zum Letzten zu gehen, und nie war ein Entschluß fester. Aber sie wollte, daß er sie küßte, und das tat er auch.

Sie verbrachten jeden Abend zusammen, manchmal gingen sie in seine Wohnung, aber meistens in ihr Zimmer. Dort lagen sie auf ihrem schmalen Bett und küßten sich stundenlang, während die Buchhaltungslehrbücher auf ihrem winzigen Schreibtisch einstaubten. Es waren lange, heiße, forschende Küsse, bei denen er halb auf ihr lag. Das Gewicht seines Körpers war beängstigend und köstlich gleichzeitig, ein Bein hatte er über ihre Schenkel gelegt, seine Hand streichelte ihre Taille, ihr Körper drängte sich an seinen.

Sie war erregt von dem rauchigen, erwachsenen, männlichen Geruch seines Jacketts, von dem seidigen Haar zwischen ihren Fingern, seinem Stöhnen, wenn sie seinen Nacken streichelte, seinem heißen, süßen Mund auf ihrem … Aber als er anfing, mit dem Verschluß ihres BHs zu spielen, war sie entsetzt: weil er es wagte, aber auch weil sie es wollte. Sie schob ihn weg, setzte sich auf und erklärte ihm, daß sie nicht zu dieser Sorte gehöre und daß er sich unterstehen solle, so etwas je wieder zu versuchen. Er entschuldigte sich ausgiebig.

Aber beim nächsten Mal versuchte er es erneut, und Katherine war wie ein Racheengel. »Geh nach Hause«, verlangte sie.

Er war am Boden zerstört. Er weinte sogar und schwor, es nie wieder zu tun, aber sie sagte nur: »Geh bitte.«

Also ging er, und sie weinte sich die Augen aus, weil sie dachte, nun sei alles vorbei. Obwohl sie erst seit zwei Wochen miteinander gingen, hatte sie sich nie so verlassen und allein gefühlt.

Aber am nächsten Tag, um sieben Uhr in der Frühe, klopfte es heftig an ihre Zimmertür, und als sie aufmachte, stand Lorcan davor, blaß und mitgenommen nach einer schlaflosen Nacht, ein

Bild der Zerknirschung. Wortlos stürzten sie einander in die Arme, dann führte sie ihn zu ihrem Bett, wo er sich niederlegte. Und als er ihr das Nachthemd aufknöpfte und ihre Brüste berührte und ihre Brustwarzen mit seinen Zähnen zu heißen, harten Spitzen machte, protestierte sie nicht.

Obwohl sie wußte, daß es verboten war, gefiel es ihr sehr. Scham vermischte sich mit einem schmutzigen, lüsternen Verlangen, und jedesmal, wenn sie zusammen waren, wollte sie Lorcan sagen, er solle es nicht wieder tun, aber sie brachte es nicht fertig. Schließlich beschwichtigte sie sich selbst, indem sie alles oberhalb der Taille für erlaubt erklärte. Das machten die anderen ja auch. Tara hatte Jungen ihre Brüste berühren lassen, seit sie vierzehn war. Und solange Katherine und Lorcan nichts »da unten« machten, war es nicht so schlimm. Außerdem war er verrückt nach ihr. Und so lieb. Alles an ihr gefiel ihm.

Bei einem der zärtlichen Gespäche, die zwischen den Küssen stattfanden, erhielt sie die Gewißheit, daß dies etwas Besonderes sei. Lorcan sah sie bedeutungsvoll aus halbgeschlossenen Augen an und sagte: »Ich wette, du hattest schon jede Menge Freunde.«

»Nein.« Sie war noch zu unerfahren, um zu lügen. »Nicht viele, nur zwei.«

»Jetzt bin ich richtig eifersüchtig«, sagte er eingeschnappt, und es war nicht gespielt.

»Nein, nein, sei nicht eifersüchtig«, beruhigte sie ihn. »Es waren doch nur Jungen, die in Knockavoy Ferien machten. Es war doch nicht wie … wie das hier.«

»Und, hat es sich gelohnt, auf mich zu warten?« Er schmunzelte.

»Ja.« Lorcan war ihre Belohnung, weil sie so brav gewesen war. Wer geduldig wartet, wird schließlich belohnt.

»Und du«, fragte sie schüchtern, »hattest du vor mir viele Freundinnen?« Sie wappnete sich. Bestimmt hatte er viele gehabt. Besonders, wenn man bedachte, daß er sieben Jahre älter war als sie. Und auch noch so gut aussah.

»Ein paar«, sagte er unbestimmt. »Nichts Besonderes.«

Im Flüsterton erzählte sie Tara und Fintan am Telefon, daß sie einen Freund habe. Nach und nach erzählte sie, daß er sehr gut aussah, daß sie verrückt nach ihm sei, und daß er verrückt nach ihr sei. Wann würden die beiden nach Limerick kommen, damit sie ihnen ihren Freund vorstellen konnte?

Doch keiner der beiden konnte in den nächsten vier Wochen kommen, da sie Nachtschicht hatten.

»Oh«, sagte Katherine enttäuscht.

»Es tut uns leid. Wir möchten ihn unheimlich gern kennenlernen«, sagte Tara. »Erzähl noch mal, wie gut er aussieht! Ist er so schön wie Danny Hartigan?«

Katherine lachte spöttisch. Danny Hartigan war im vorletzten Sommer zwei Wochen lang Taras Schatz gewesen, und jetzt war er der Maßstab, an dem alle anderen Jungen gemessen wurden. Doch im Vergleich zu Lorcan war er ein Nichts. »Viel besser als Danny Hartigan. Er sieht aus wie ein Filmstar, und übrigens ist er Schauspieler.«

»Was du nicht sagst.« Tara konnte ihren Neid nicht verhehlen. Ein Schauspieler! »Das erzählst du erst jetzt?«

Katherine hörte, wie Tara Fintan zurief: »Er ist Schauspieler.« Dann sprach Tara wieder in die Muschel.

»Haben wir ihn schon mal irgendwo gesehen?« fragte sie. »Kennen wir ihn?«

»Vielleicht«, sagte Katherine mit stolzgeschwellter Brust. »Du kennst doch die Werbung für den Weichspüler? Wenn die Männer beim Fußballspielen sind und ...«

»Ich fasse es nicht!« sagte Tara mit Staunen. »Nicht der Schiedsrichter, der ihnen sagt, sie sollen ihre Trikots ausziehen? Der ist PHANTASTISCH!«

»Phantastisch«, hörte Katherine Fintan im Hintergrund. »Nein, nicht der Schiedsrichter«, mußte Katherine zugeben. »Er ist einer der Spieler am rechten Spielfeldrand.«

»Reg dich wieder ab.« Tara sprach zu Fintan. »Es ist nicht der Schiedsrichter.

»Man sieht ihn sehr gut«, erklärte Katherine. »Er rennt weg, und man sieht ihn gut von hinten … Weißt du, wen ich meine?«

»Ich glaube nicht«, sagte Tara zweifelnd.

»Er hat rote Haare und ist sehr groß.«

»Rote Haare! Davon hast du noch nichts erzählt. Und groß? Meinst du wirklich, er sieht gut aus? Hört sich eher an wie Beaker aus der *Muppet Show*!«

»So sieht er überhaupt nicht aus«, sagte Katherine eingeschnappt.

»Entschuldige, ich wollte dir nicht den Spaß verderben. Aber sag doch, ist es was Ernstes?«

»O ja, ich glaube schon«, entgegnete Katherine zuversichtlich.

»Heiliger Bimbam! Versuch, ein Foto von ihm zu bekommen, und besuche uns als erstes im Hotel, wenn du am Freitag abend ankommst.«

»Ehm, ich wollte nicht kommen«, erklärte Katherine hastig. »Ich dachte, ich bleibe dieses Wochenende hier, damit ich mit ihm zusammensein kann.«

»Schon wieder?«

Lorcan gab ihr das Gefühl, unwiderstehlich zu sein. Wenn er sie küßte, wurde ihr ganz heiß, und sie wurde schwach; wenn er an ihren Brustwarzen saugte, dachte sie, sie müsse explodieren. Manchmal, wenn sie allein war, berührte sie sich durch ihr Höschen hindurch und war überrascht über das prickelnde, erregende Gefühl. Obwohl sie eine Weile nicht mehr zur Beichte gegangen war, konnte sie sich nicht vorstellen, wieder zu gehen.

Dann kam der Tag, an dem sie wie gewöhnlich auf ihrem Bett lagen und sich leidenschaftlich küßten. Plötzlich hörte sie, wie ein Reißverschluß aufgezogen wurde und Lorcan an sich herumhantierte. Beim Rascheln von Jeans und Baumwolle wurde ihr bewußt, daß Lorcan sich die Hosen herunterließ. »Was machst du da?« fragte sie entgeistert.

»Du brauchst nichts zu machen«, sagte er mit heiserer Stimme, während er sich streichelte. »Nur einmal anfassen. Nur einmal.«

»Nein!«

»Bitte. Du magst es bestimmt.«

»Das darf man nicht.«

»Wieso darf man das nicht? Wir haben uns doch lieb!«

Das hörte sie zum ersten Mal, und sie war hoch erfreut. Doch das würde ihre Entschlossenheit nicht erschüttern. »Wir sollten das nicht tun …«

»Sollten wir wohl. Wir haben uns ja lieb.«

Und so erlaubte sie ihm zitternd, ihre Hand zu nehmen und sie zu seinem steifen Penis zu führen. Sie hatte die Augen zugekniffen und zuckte zusammen, sobald ihre Fingerspitzen die überraschend zarte Haut berührten, ohne die Steifheit oder die Größe des Glieds recht zu bemerken. »Okay«, sagte sie und zog ihre Hand zurück. »Hoffentlich bist du jetzt glücklich. Ich mache das nicht noch einmal.«

Sie meinte es aufrichtig, aber als sie das nächste Mal zusammen waren, zog er sich wieder die Hosen aus. Doch statt sich damit zufriedenzugeben, daß sie mit den Fingerspitzen über seine Erektion fuhr, legte er ihre Hand um seinen Penis und umschloß sie mit seiner Hand. Dann fing er an, seine Hand mit ihrer auf und ab zu bewegen, auf und ab.

»Nein«, bat sie.

»Fester«, keuchte er. »Schneller! Ich liebe dich. Schneller.«

Das kleine Bett hüpfte auf und ab.

Sein Atem in ihrem Ohr ging stoßweise, und sein rotes, lustverzerrtes Gesicht machte ihn zu einem Fremden. Sie fühlte sich beschmutzt und erniedrigt, und als sich eine warme Flüssigkeit über ihre Hand ergoß, war sie richtig angeekelt.

Aber nachdem er gegangen war und sie allein dasaß, spürte sie bei der Erinnerung daran eine Erregung. Daß sie diese Gefühle in ihm entstehen lassen konnte! Sie fühlte sich mächtig und sexy, gefährlich und erwachsen, und sie wollte es wieder machen. Angst stieg in ihr hoch bei dem Gedanken, daß sie möglicherweise eine Todsünde begangen hatte. Wenn sie jetzt sterben würde, müßte sie dann bis in alle Ewigkeit im Fegefeuer schmoren? Obwohl die Vernunft ihr sagte, daß die Vorstellung vom Höllenfeuer einfach nur abergläubischer Unsinn sei, hatte sie Angst. Man konnte es nicht wissen. Wenn es nun doch stimmte?

Sie hätte zur Beichte gehen und eine Absolution bekommen können, damit sie, für den Fall, daß sie plötzlich tot umfiel, in Sicherheit war. Aber sie wußte, daß der Priester ihr auftragen würde, diese Dinge nie wieder zu machen und womöglich Lorcan nie wieder zu sehen.

Und das konnte sie unmöglich zulassen. Sie war regelrecht süchtig nach dem, was sie auf ihrem kleinen Bett taten, und Lorcan nicht mehr zu sehen, war unvorstellbar für sie. Sie versuchte also, ihre Augen davor zu verschließen, wie weit sie gesunken war, und überzeugte sich davon, daß die Frage nach der Todsünde nicht gestellt werden mußte, weil sie sich liebten. Sie hatte sich immer eingeredet, daß sie nicht bis zum Letzten gehen würde. Selbst Tara war noch nicht so weit gegangen. Doch im Lauf der Wochen hatte Lorcan Katherines Widerstand soweit überwunden, daß seine Hosen jedesmal, wenn sie auf dem Bett lagen, heruntergezogen waren, während ihr Höschen bis zur Mitte des Oberschenkels gestreift war und er seine Erektion auf ihre Scham legen durfte.

»Aber nicht weiter, ja?« flüsterte sie.

»Nein, natürlich nicht«, flüsterte er zurück.

Aber manchmal stieß er mit dem Penis gegen ihre Scham, und das löste bei beiden eine so heftige Erregung aus, daß er einen weiteren Stoß wagte.

»Aber nicht reintun«, flehte sie.

»Nein, ich tu ihn nicht rein«, beruhigte er sie. »Ich bewege ihn nur ein bißchen … so … gefällt dir das?«

Sie nickte. Es war das schönste Gefühl, das sie je gehabt hatte. Und solange sie nicht weitergingen, hatte sie nichts zu befürchten.

»Kann ich ihn ein bißchen bewegen?« murmelte Lorcan.

»Meinetwegen, aber nicht reintun.«

»Mach ich doch nicht.«

Nach einer Weile sagte Katherine halb entsetzt: »Ich glaube, du tust ihn rein.«

»Nein, keine Angst«, sagte er, und seine Hüften bewegten sich rasch auf und ab, »er ist davor, ich bewege mich nur.«

Doch seine Hüftbewegungen wurden stärker und heftiger, und in dem Moment, als Katherine von einer mächtigen, erschütternden Empfindung gepackt wurde, sagte Lorcan triumphierend: »Jetzt ist er drin!«

Danach weinte sie, und er hielt sie in den Armen und streichelte sie und sagte immer wieder: »Es wird wieder gut, Baby, wird alles wieder gut.«

Sie wandte ihm ihr tränenüberströmtes Gesicht zu und sagte kreuzunglücklich: »Wir machen das nie wieder. Und glaub ja nicht, daß du mich überreden kannst, denn das kannst du nicht. Es ist das Schlimmste, was ich je gemacht habe. Wenn ich jetzt sterben müßte, würde ich in die Hölle kommen.«

Aber sie machten es noch einmal. Wieder eine Ausnahme und ohne Wiederholung. Dann noch einmal. Und als Lorcan davon sprach, daß sie Vorkehrungen treffen sollten, fuhr sie ihn an, daß dazu keine Veranlassung sei, weil sie es nie wieder tun würden.

Aber natürlich machten sie es wieder. Nicht, weil Lorcan drohte, die Sache zu beenden, wenn sie nicht bereit sei. Das hatte er gar nicht nötig. Ihr eigener unzuverlässiger Körper war es, der sie immer wieder verführte – sie konnte Lorcan einfach nicht widerstehen.

Und in den Stunden der Scham- und Ekelgefühle fand sie Trost in dem Gedanken, daß er sie liebte. Wenn sie erst verheiratet waren, hätte es alles seine Richtigkeit, dann würde es rückblickend gerechtfertigt.

Nicht, daß vom Heiraten gesprochen worden wäre, aber es schwang indirekt mit. In seinen Blicken für sie, wenn sie sich sahen, in der Wärme seiner Stimme, wenn er sagte, daß er sie liebte.

75

Benjy war der erste, der sprach und das schreckliche Schweigen in Katherines Wohnzimmer durchbrach.

»He«, sagte er und fragte sich, warum er immer derjenige war, der für Lorcan die Dinge ins reine bringen mußte, »das beweist mal wieder, daß es nur dreizehn Menschen auf der Erde gibt und sie den Rest mit Spiegeln machen. Aber ich glaube, wir sollten gehen. Amy? Tara? Lorcan?«

»Ja, das wäre das beste«, sagte Amy mit erstickter Stimme.

Lorcan ließ nicht erkennen, ob er verstanden hatte.

»Aber hier gefällt es mir«, sagte Lorcan sanft, grausam. Dann lächelte er Katherine an, die wie gelähmt war und zwischen ihm und Joe eingeklemmt saß. Das Lächeln hieß soviel wie: Ich komme wieder.

Mit träger Anmut erhob Lorcan sich, er hatte es nicht eilig. »Bis dann«, schnurrte er und ging mit schwingenden Schritten zur Tür.

»Bis dann«, sagten auch Benjy und Tara, die das Zimmer nicht schnell genug verlassen konnten.

Amy wollte sich auch verabschieden, aber als sie den Mund aufmachte, kam nur ein Krächzen heraus.

Die Tür schlug zu, das Schweigen wogte durch das Zimmer, und in der Leere vibrierten lauter böse Gefühle.

»Woher kennst du Lorcan?« fragte Katherine Joe mit tonloser Stimme. Sie sah ihn nicht an.

»Ich habe mit ihm einen Werbespot gemacht. Beziehungsweise, ich habe ihn nicht mit ihm gemacht.«

»Wie meinst du das?«

»Er war so widerspenstig, daß wir einen anderen Schauspieler holen mußten.«

»Typisch Lorcan. Der große Star.« Er wußte nicht, ob sie das ernst meinte.

»Woher kennst du ihn?«

»Ich habe an ihn meine Unschuld verloren – und vieles mehr«, sagte sie ausdruckslos.

Bei ihren Worten erfüllte ihn kalte Angst. Er wollte den Arm um sie legen, aber sie entwand sich. »Nein.«

»Nein?«

»Ich möchte, daß du gehst«, sagte sie eisig.

»Schick mich jetzt nicht weg«, bat er sie.

»Ich möchte, daß du gehst.«

Joe verstand sie nicht. Er wußte, daß sich etwas unwiderruflich verändert hatte, daß er Katherine verloren hatte. Hatte es damit zu tun, daß sie wegen Angie böse war? Oder hatte es mit Lorcan zu tun? Er vermutete, daß Lorcan eher der Grund war. Als Lorcan im Zimmer war, hatte Joe das Gefühl gehabt, nicht zu existieren.

»Geh jetzt«, befahl sie ihm.

Verzweifelt machte er einen weiteren Versuch, aber sie war unerreichbar für ihn.

»Ich rufe morgen an«, sagte er und ging widerstrebend.

Tara war zutiefst betroffen, als sie eine Stunde später wiederkam.

»Katherine, es tut mir leid, es tut mir so leid. Was für ein schrecklicher Zufall! Wenn ich nur die geringste Idee gehabt hätte, daß du diesen Lorcan kennst, dann hätte ich ihn nicht mitgebracht.«

»Du bist früh zurück«, stellte Katherine mit unbewegter Miene fest.

»Na ja ...« Der Abend war eine Katastrophe gewesen, weil die Spannung zwischen Amy und Lorcan alles vergiftete. »Habe ich das richtig verstanden?« fragte Tara. »Lorcan ist Beaker aus der *Muppet Show*? Der, mit dem gegangen bist, als du in Limerick warst?«

Katherine nickte langsam.

»Und er hat dich sitzengelassen?«

»Ja. Er hat mich sitzengelassen.«

»Fintan und ich hatten immer gedacht, daß es Liebeskummer war.«

»Aber ich wollte nicht darüber sprechen.«

»Das haben wir gemerkt«, entgegnete Tara trocken.

»Tut mir leid.«

»Er sieht sehr gut aus«, sagte Tara. »Kein Wunder, daß du so am Boden zerstört warst, als du nach Knockavoy zurückgekommen bist. Aber er ist ein Arsch. Er denkt, er ist ein Geschenk Gottes. Und wie er mit dir vor seiner Freundin geflirtet hat.«

»Ja, so ist Lorcan.«

Ihre erstickte Stimme beunruhigte Tara. Besorgt betrachtete sie Katherine, die aussah, als stünde sie unter Drogen.

»Habt ihr was geraucht?«

»Nein.«

»Bist du betrunken?«

»Nein.«

»Ist alles in Ordnung.«

»Bestens.«

»Du wirkst ... als wärst du nicht ganz da. Bist du unglücklich? War es ein großer Schock, Lorcan wiederzusehen?«

»Warum sollte es?«

»Das müßtest du mir erklären.« Tara sah sie genau an. »Wo ist übrigens Joe?«

»Scheiß auf Joe.«

Tara blieb der Mund offenstehen. »Was soll das heißen?«

»Joe hat mit einer Frau im Büro geschlafen.«

»Oh, nein. Oh, nein. Sag, daß das ein Witz ist.«

»Es ist kein Witz.«

»Das hätte ich nie für möglich gehalten, nicht bei Joe. Und er schien doch verrückt nach dir zu sein. Männer, sie sind doch alle gleich, alles Schweine, jeder einzelne, bis zum allerletzten. Und das geht schon die ganze Zeit, seit ihr zusammen seid?«

Katherine machte den Mund auf, sagte aber nichts. Oh, Mist, es ließ sich nicht vermeiden, sie mußte mit der Wahrheit herausrücken. »Es ist passiert, bevor wir zusammenkamen. Aber trotzdem. Er hat es mir nie erzählt, und ich arbeite im selben Büro mit ihr –«

»Moment mal. Können wir mal eben die Fakten überprüfen? Katherine, bist du übergeschnappt? Du bist wütend, weil er mit einer Frau geschlafen hat, bevor es zwischen euch gefunkt hat? Hattest du erwartet, daß er Jungfrau ist? Daß er sich für dich aufspart?«

»Nein, aber –«

»Du hast auch mit anderen geschlafen, mit Beaker von der *Muppet Show*, um nur einen zu nennen. Du hast kein Recht, dich zu beklagen, wenn Joe das gleiche getan hat. Mensch, komm wieder auf den Teppich! Zeig mir jemanden, der keine Vergangenheit hat, und ich zeige dir einen unerträglichen Langweiler.«

Katherine hob die Schultern und ließ sie wieder fallen.

»Hat es vielleicht doch etwas mit dieser Wiederbegegnung mit Lorcan zu tun?« Tara war richtig besorgt. »Du hast nicht etwa Hoffnungen, mit ihm wieder etwas anzufangen? Denn das wäre völlig hirnverbrannt, Katherine.«

»Ich weiß.«

»Es ist zwölfeinhalb Jahre her. Ein Menschenleben. Er hat eine Freundin, und du hast Joe.«

»Wenn Joe anruft«, sagte Katherine mit kalter Endgültigkeit, »ich bin nicht für ihn zu sprechen. Verstanden?«

»Bis wann?«

»Bis ich mir's anders überlege.«

»Aber –«

»Es ist meine Wohnung.«

Und damit war das Gespräch beendet.

Am nächsten Morgen rief Joe mehrmals an und hinterließ Nachrichten auf dem Anrufbeantworter. »Sprich bitte mit mir, Katherine«, flehte er, und seine Höflichkeit konnte seine Verzweiflung nicht verbergen.

Tara konnte es kaum ertragen, ihn zu hören. »Komm jetzt«, sagte sie um zwei Uhr, »wir müssen zu Fintan.«

»Weggehen?« Katherine sah sie entsetzt an. »Ich gehe nicht weg.«

»Aber... warum nicht? Möchtest du nicht seine Schwellungen sehen? Oder besser, seine verschwundenen Schwellungen?«

»Heute nicht.«

»Aber Katherine, seit sechs Monaten warten wir darauf, daß eine Besserung eintritt. Jetzt ist es soweit. Ist es dir gleichgültig?«

»Nein, aber ich möchte heute nicht zu ihm gehen. Es tut mir leid. Es tut mir wirklich leid«, sagte sie noch einmal, anscheinend aufrichtig.

»Katherine, bitte, ich möchte dir helfen«, sagte Tara flehend. »Du bist komisch. Sprich mit mir, bitte.«

»Geh du zu Fintan. Gib ihm einen Kuß von mir. Wir sehen uns später.«

Schweren Herzens ging Tara, und Katherine atmete erleichtert auf.

Sie war froh, allein zu sein. Sie wußte, daß sie sich seltsam verhielt, aber es war, als könnte sie sich aus der Ferne zuschauen und nicht einschreiten. Als würde sie eine aufgezogene Puppe beobachten, die unkontrolliert herumwanderte, an Türen und Wänden anstieß, ohne Rücksicht auf die eigene Sicherheit. So lange hatte sie sich vorgestellt, Lorcan wiederzubegegnen, daß sie es kaum glauben konnte, daß er einfach in ihr Wohnzimmer spaziert war. Der Schock hatte ihre Verbindung mit der Wirklichkeit unterbrochen. Obwohl mehr als ein Jahrzehnt vergangen war, hatte sie immer das Gefühl gehabt, es sei nicht richtig vorbei. Es war eine unerledigte Angelegenheit, und weil die Vergangenheit die Gegenwart prägte, war sie wichtiger als die Gegenwart.

Im Lauf der Jahre hatte sie sich viele Szenen ausgemalt. In den meisten hatte Lorcan sich, um Verzeihung bittend, vor ihr auf die Knie geworfen, dann hatte sie ihn eine Weile lang leiden lassen und ihm dann verziehen. In anderen Versionen hatte er angenommen, er könne einfach da weitermachen, wo er aufgehört hatte, und sie hatte ihn mit einer Auswahl ihrer eingeübten Blicke und schneidenden Bemerkungen vernichtet.

Wenn Lorcan zurückkam – und sie war überzeugt, daß er innerhalb der nächsten Tage zurückkommen würde –, dann, so war ihr Plan, hätte sie die Zügel fest in der Hand. Dann würde das Ende umgeschrieben, diesmal nach ihren Vorstellungen. Auch wenn sie im voraus nicht wußte, ob sie ihn darin für immer von sich wies oder ob sie gemeinsam in den Sonnenuntergang davonritten. Möglicherweise beides.

Das, was sie sicher wußte, war die Tatsache, daß das Ende, so wie es war, nicht bleiben konnte. Die Bilder der letzten Begegnung hingen ihr immer noch nach, und auch jetzt wand sie sich bei der Erinnerung daran.

»Wir müssen heiraten.« Katherine sah Lorcan fest an.

»Warum?«

Sie zögerte einen Moment und blickte sich im Pub um. Sie hatte gedacht, es sei besser, wenn sie ihm ihre Neuigkeiten an einem öffentlichen Ort erzählen könnte, aber jetzt war sie sich nicht mehr so sicher. »Weil«, sagte sie und schluckte. Sie konnte kaum fortfahren: »Weil ich ein Kind bekomme.« Sie wußte zwar, daß Lorcan sie nicht sitzenlassen würde, dennoch war sie nervös, weil die Leute sich immer erzählten, daß sich die Männer in diesem heiklen Moment gern aus dem Staub machten. Aber sie beruhigte sich, indem sie sich sagte, nur dumme, sorglose Mädchen wurden sitzengelassen, und niemand war so umsichtig wie sie. »Sag doch was«, drängte sie ihn. »Bist du böse? Wenn, dann ist das ungerecht, es gehören immer zwei dazu ...«

Aber er sah nicht böse aus, nur verdrossen. »Ich kann dich nicht heiraten«, sagte er mitleidig und ratlos.

»Warum nicht?« Ihre Stimme war schrill, und ihre Augen waren wie zwei tiefe Höhlen in ihrem weißen Gesicht.

»Weil«, sagte er deutlich gereizt, »ich schon verheiratet bin.«

Sie wäre beinahe ohnmächtig geworden. In ihren Ohren rauschte das Blut, und der Pub verwandelte sich in den Vorraum der Hölle. Während sie den Blick auf Lorcan gerichtet hielt, nahm sein vertrautes Gesicht die Züge eines Teufels an. Sein sinnlicher Mund wurde zu einer grausamen schmalen Linie, seine feingeschnittene Nase war plötzlich spitz und gebogen, und seine rehbraunen Augen leuchteten wie rotglühende Kohlen. »Das verstehe ich nicht«, sagte sie, und das stimmte auch.

»Ich bin schon verheiratet«, fuhr er sie an, und seine Schuldgefühle machten ihn noch gereizter. »Ich kann dich nicht heiraten, weil ich schon verheiratet bin.«

»Das kann nicht sein«, sagte sie und versuchte, den Alptraum abzuschütteln. »Du hast das nie gesagt.«

»Ach, nun komm schon. Du mußt es doch gewußt haben.«

»Ich habe es nicht gewußt. Sonst hätte ich nicht... wäre ich niemals ...«

»Ach so, du wolltest mich dazu kriegen, dich zu heiraten, und deshalb bist du schwanger geworden«, beschuldigte Lorcan sie und drehte den Spieß um.

»Das stimmt nicht«, verteidigte sie sich. Ihr Atem ging stoßweise und flach. »Aber ich dachte, wenn wir zusammen... wir zusammen ...«, sie zwang sich zum Weitersprechen, »wenn wir zusammen schlafen, dann würdest du mich heiraten.«

»Ja, aber das hatte ich nicht vor, und das tue ich auch nicht. Es geht nicht«, fügte er freundlicher hinzu.

»Das glaube ich nicht, das glaube ich nicht«, murmelte Katherine immer wieder, das Gesicht in die Hände vergraben. Katherine Casey ließ sich nicht von einem Mann schwängern, der sie dann nicht heiraten wollte. Das kam in ihren Plänen einfach nicht vor.

Sie sah ihn an. »Dann müssen wir eben zusammenleben. Und zwar gleich.« Das war längst nicht ideal und weit davon entfernt, achtbar zu sein, aber anders ging es nicht. »Ich meine«, sagte sie unbeholfen, »ich nehme an, du bist von deiner Frau getrennt.«

Er atmete heftig aus. »Die Annahme ist falsch.«

Und wieder dachte sie, sie würde die Besinnung verlieren.

»Ich meine ja nicht unbedingt eine legale Trennung.« Sie klammerte sich an Strohhalme. »Aber ihr lebt doch nicht zusammen, oder?«

»Wir leben zusammen, doch.« Lorcan sah zur Tür und überlegte, wie er wohl entkommen könnte.

»Was meinst du damit?« kreischte sie. »Ich war doch in deiner Wohnung. Da war keine Frau.«

»Sie war verreist.«

»Verreist?« fragte Katherine benommen. Sie sah die Pflanzen, das Gewürzregal, die Schalen mit Potpourri überall. Sie hatte gedacht, Lorcan hätte das so eingerichtet.

»Ja, jedesmal, wenn du da warst, war sie verreist«, bestätigte Lorcan. Er war am Ende.

Katherine konnte nicht sprechen. Sie konnte kaum atmen, so überwältigend war die Bedeutung dessen, was er sagte: *Du bist seine Geliebte. Eine Geliebte! Wie konnte das nur geschehen?*

In Momenten wie diesen wünschte Lorcan sich, er hätte seinen Pimmel für sich behalten. Das Zusammensein mit Katherine hatte ihm gefallen. Sie war süß. Und er war beeindruckt von seiner meisterhaften Verführung, die er genau im richtigen Tempo vorgenommen hatte, aber jetzt war er sich nicht so sicher, daß die Nachwirkungen es wert waren. Und nun war sie auch noch schwanger – Himmel, was für ein Schlamassel! Damit wollte er nichts zu tun haben.

Katherine war in Angstschweiß gebadet, aber sie sah einen Ausweg. »Du mußt deine Frau verlassen, auf der Stelle. Komm schon«, sagte sie und wurde mutiger. »Wir gehen zusammen zu ihr und sagen es ihr. Sofort.«

Sie kramte ihre Sachen zusammen, doch Lorcan war von Panik erfüllt. Katherine war manchmal so heftig, so unnachgiebig, wenn sie die Welt nach ihren Vorstellungen neu gestalten wollte. Lorcan wollte seine Frau nicht verlassen. Jetzt jedenfalls noch nicht. Trotz seiner gelegentlichen Untreue hing er sehr an Fiona. Sie paßten zusammen. Abgesehen davon lebte er von ihrem Geld.

Die Vorstellung, mit Katherine zu leben und – Gott bewahre – *einem Kind*, erschreckte ihn zutiefst. Katherine würde ihn zu einem Vorortleben zwingen, und er müßte den Rasen mähen, zur Messe gehen, Windeln wechseln, Garagen umbauen, Schlafzimmer renovieren und endlos mehr, während sie zum Kaffeeklatsch ging, Kataloge für Wintergärten wälzte und sich mit den Nachbarn über deren Anbauvorhaben anlegte. Was ihm anfangs reizvoll an Katherine erschienen war, schnürte ihm jetzt die Luft ab.

Außerdem hatte er von ihr bekommen, was er wollte. Die aufregende Jagd war vorüber, und jetzt hatte er Angst.

»Nein«, sagte er fest. »Laß Fiona aus dem Spiel.«

Daß er beschützend von einer anderen Frau sprach, versetzte ihr den schlimmsten Schmerz, den sie je gespürt hatte. Sie wußte nicht, daß es solche Schmerzen gab. »Aber du willst mir doch nicht sagen, daß du sie liebst?«

Das hatte er nicht vorgehabt, aber plötzlich kam es ihm wie eine sehr gute Idee vor. »Natürlich liebe ich sie. Sie ist meine Frau.«

»Aber das geht nicht, du liebst mich.«

Als er nichts erwiderte, sagte sie: »Du liebst mich doch, oder? Das hast du doch immer gesagt.«

»Ich weiß, aber ... es tut mir leid. Hör zu, ich mag dich sehr gern, und du bist sehr attraktiv ...« Er druckste herum. Sie litt fürchterlich. »Es tut mir leid«, wiederholte er, »Ich war wieder ein böser Junge und –«

»*Wieder?* Du meinst, das ist schon öfter vorgekommen? Ich bin nicht die erste?«

Er schüttelte langsam den Kopf. Sie war nicht die erste.

»Aber ich bedeute dir viel, oder?« Sie gab ihm die Möglichkeit, es wiedergutzumachen.

Bevor sie diese schlimme Nachricht zu Ende denken konnte, flatterten ihre Gedanken zu einer anderen Schreckensmeldung. Soviel Furchtbares stürzte auf sie ein, daß sie nicht wußte, was sie sich zuerst vornehmen sollte. »Aber ich bekomme ein Kind«, sagte sie mit hysterischer Stimme.

Himmel, was für eine Katastrophe, dachte Lorcan unbehaglich. Er konnte ihr nicht einmal empfehlen, eine Abtreibung vornehmen zu lassen, weil er kein Geld hatte, das er ihr geben konnte. »Was sollen wir denn tun?« fragte sie und sah ihn flehentlich an.

»Ich bin doch nicht derjenige, der schwanger ist.« Lorcan wand sich innerlich, weil sie ihm Schuldgefühle machte.

»Was willst du damit sagen?«

»*Du* bist schwanger. *Ich* habe das nicht gewollt. Ich wollte, daß du Vorkehrungen triffst, aber du hast dich geweigert. Jetzt kannst du damit machen, was du willst. Du kannst es bekommen oder auch nicht. Es ist deine Entscheidung.«

»Was willst du damit sagen?« Sie hatte schon eine Vermutung, aber sie hoffte verzweifelt, daß sie sich irrte.

»Ich glaube, es ist das beste, wenn ich mich da nicht einmische«, sagte er und war stolz auf sich, weil er das so freundlich gesagt hatte.

»Aber du mußt dich da einmischen«, rief sie außer sich. »Es geht nicht anders. Du mußt deine Frau verlassen und –«

»Wirklich, Katherine, ich glaube –«

»So heiße ich nicht«, schrie sie wild. Als er sie verwirrt ansah, sagte sie: »Ich heiße Katherine mit K. Das ist dein spezieller Name für mich. Sag ihn!«

»Katherine«, sagte er laut und deutlich, »ich glaube, es ist das beste, wenn wir uns nicht mehr sehen.«

»NEIN! Du darfst mich nicht verlassen!«

»Es ist das beste.«

»Für dich vielleicht, aber was soll ich machen?«

»Du schaffst das schon«, sagte er und wandte sich von ihr ab. »Du schaffst das schon, du kriegst das schon hin.«

»Bitte«, preßte sie hervor, »bitte.« Dann hörte sie sich sagen: »Ich flehe dich an.«

Aber es war wie ein Alptraum in Zeitlupe: Er stand auf und wollte gehen. Sie wußte, daß alles vorbei sein würde und sie ihn nie wiedersehen würde, wenn sie ihn jetzt gehen ließ.

Er ging, aber sie klammerte sich an seinen Arm und wurde mitgezogen. Ein Hocker fiel um, und er versuchte, sie abzuschütteln. Sie stieß sich an der Theke und spürte keinen Schmerz. Die Gäste sahen auf, er sprach mit ihr. Er sagte harte, grausame Worte. *Geh weg. Laß mich in Ruhe.* Ein Klirren, als ein Glas zu Boden fiel und der Inhalt sich schäumend über den Holzboden ergoß. Der Barmann kam auf sie zu.

»Liebst du mich denn nicht?« hörte sie sich schreien, und ihre Stimme überschlug sich.

»Nein«, sagte er.

Nein.

76

Tara bestand darauf, Fintan abzutasten, als wäre sie von der Drogenfahndung. Sie fuhr mit den Händen über seinen Körper und war erstaunt, wie weit die Schwellungen zurückgegangen waren. »Weißt du, was ich fühle?« sagte sie, als sie seine Seite untersuchte.

»Was?«

»NICHTS!« rief sie aus. »Ich fühle nichts!« Sie trat zurück und betrachtete ihn – er war kahl, elend dürr und auf einen Stock gestützt. Aber die Schwellung an seinem Hals hatte nur noch die Größe einer Weintraube. »Du siehst phantastisch aus«, erklärte sie. »Zum Reinbeißen. Wie fühlst du dich?«

»Hervorragend. Ich platze vor Energie und esse mit Bombenappetit. Die Zukunft sieht rosig aus. Aber wo sind Katherine und mein lieber Joe?«

»Halt dich gut fest! Ich muß euch beiden was erzählen.« Und sie unterhielt Fintan und Sandro mit einem Bericht der dramatischen Ereignisse des vergangenen Tages.

»Beaker aus der *Muppet Show*«, sagte Fintan immer wieder und schüttelte ungläubig den Kopf. »Nach all den Jahren, wer taucht da auf? Nur der Beaker aus der *Muppet Show*!«

Aber als sie ihnen erzählte, was mit Joe war, waren sie entgeistert. »Das kann sie Joe nicht antun«, jammerten sie. »Was hat das Mädel nur?«

»Ich mache mir schreckliche Sorgen um sie«, gab Tara zu. »Eigentlich wollte ich sie gar nicht allein lassen. Es kommt einem vor, als hätte sie ein Bus gestreift.«

»Du glaubst nicht etwa, sie hat Joe davongeschickt, weil sie Beaker wiedergetroffen hat, oder?« fragte Fintan.

»Nein!« Sandro war entsetzt. »Wie kann sie Interesse an einem haben, der ihr das kleine Bambina-Herz gebrochen hat?«

»Vielleicht will sie sich an ihm rächen. Was meinst du, Tara?« fragte Fintan. »Und sie hat vor, mit ihm ins Bett zu gehen und in letzter Minute die Schotten dicht zu machen und ihm zu sagen, daß es mit ihm und seinem putzigen kleinen Pimmel nichts wird.«

»Ich weiß es wirklich nicht«, sagte Tara verzweifelt. »Es ist ganz unmöglich zu wissen, was mit ihr los ist.«

»Gott, würden wir das nicht alle liebend gern machen mit einem alten Arsch, der uns sitzengelassen hat?« meinte Fintan träumerisch. »Jedenfalls, mach dir keine Sorgen, Sandro, sie kriegt das schon hin. Beaker hat eine Freundin, er ist also aus dem Rennen.«

Tara bezweifelte jedoch, daß Amy ein großes Hindernis für Lorcans Abenteurerlust war.

»Und Joe wird ihr den Kopf zurechtsetzen.« Seit Joe ein Treffen zwischen Fintan und Dale Winton arrangiert hatte, war Fintan überzeugt, daß Joe *alles* ins Lot bringen konnte.

Tara wurde etwas leichter ums Herz. »Du hast recht. Wahrscheinlich hat sie einen Riesenschreck gekriegt, aber sie wird drüber hinwegkommen, über kurz oder lang.«

»Und wie war deine Verabredung, Tara?«

»Oh, Mann, er war schrecklich. Klein, untersetzt, Glatze.«

»Aber war er nett?«

»Er war okay, aber ich will mich nicht wegwerfen. Der nächste, mit dem ich mich einlasse, muß schon einiges vorweisen können. Ich will nichts mehr mit irgendwelchen Trotteln zu tun haben. Lieber bleibe ich allein.«

»Grundgütiger!« rief Fintan. »Du hast dich aber verändert. Und was ist mit deiner Torschlußpanik, Tara?«

»Ja«, wollte auch Sandro wissen, »wo ist die Tara Ohne-Mann-bin-ich-ein-Nichts Butler?«

»Die Tara Lieber-gehe-ich-mit-einem-Trottel-der-mich-beschimpft-als-allein-ins-Bett Butler?« fügte Fintan hinzu.

»War ich nicht erbärmlich?« Sie schauderte. »Torschlußpanik, also wirklich! Habe ich nicht noch mein ganzes Leben vor mir?«

»Ebenso wie meine Wenigkeit«, sagte Fintan mit überschäumender Lebensfreude.

»Ich habe keine Ahnung, was sich verändert hat«, gestand Tara. »Ich weiß nur, daß ich kein Selbstvertrauen hatte, als ich mit Thomas zusammen war. Ich dachte, ich würde ohne ihn nicht überleben, aber jetzt habe ich begriffen, daß er der Grund war, warum ich kein Selbstvertrauen hatte. Und es ist wunderbar, nicht ständig in Angst und Schrecken zu leben.«

»Wieso in Angst und Schrecken?«

»Vor dem Alleinsein. Ich dachte, das wäre das Schlimmste, was mir passieren könnte, aber jetzt ist es passiert, und es ist kein bißchen schlimm. Es ist sogar ganz schön.«

»Schön?« Fintan zog eine Augenbraue hoch. »Soweit ist es also schon.«

»Schön, manchmal«, gab sie zu. »Ich will damit nicht sagen, daß ich mich nicht häufig einsam fühle. Und ich hätte Lust auf einen tollen Typen. Aber ich war unglaublich einsam, als ich mit Thomas zusammen war. Wenigstens habe ich jetzt, da ich allein bin, die Chance, einen Mann kennenzulernen. Ganz ausgeschlossen ist das ja nicht, wie man an Katherine sieht. Sie hat einen richtig netten Mann kennengelernt, und sie ist sogar noch älter als ich.«

»Ganze sechs Wochen. Aber ich mag deine Einstellung. Es ist alles ein großes Abenteuer. Und was ist mit Ravi?«

»Ach, Fintan, hör auf. Ravi ist ein Freund.«

»Aha, und ich glaube, er wäre gern mehr als ein Freund.« Sandro zwinkerte ihr bedeutungsvoll zu.

»Hast du da ein Mars in der Tasche, oder bist du einfach überglücklich, mich zu sehen?« witzelte Fintan.

»Mir wär das Mars lieber, schönen Dank.«

»Aber er ist verrückt nach dir, stimmt's?«

Tara wurde rot und wand sich unbehaglich. »Vielleicht. Er hat nie etwas gesagt, aber, na ja, wer weiß ... Obwohl, ich glaube, er mochte mich lieber, als ich dick war. Allerdings könnte er Glück haben, denn bald habe ich wieder Größe vierzig. Das ist das Problem, wenn man keine Probleme hat. Zufriedenheit macht dick.«

»Du pendelst dich einfach nur ein«, tröstete Fintan sie. »Am Anfang sahst du etwas verzweifelt aus, sozusagen geschrumpft. Oh, ich weiß, ich bin auch nicht gerade das Paradebeispiel für einen wohlgenährten Kerl. Aber im Moment siehst du phantastisch aus. Straff und schlank. Eigentlich«, fuhr Fintan, an Sandro gerichtet, fort, »würden Tara und Ravi ein wunderbares Paar abgeben, meinst du nicht?«

»Er hat einen klasse Körper«, stimmte Sandro ihm zu.

»Ach, hört auf! Ich mag ihn sehr, aber ich bin noch nicht soweit.« Sie wußte nicht recht, wie sie das beschreiben sollte. »Ich will mit verschiedenen Männern ausgehen«, erklärte sie. »Ich will unbeschwert sein und mich vergnügen. Ich hatte so lange keine Freiheit, jetzt habe ich es nicht eilig, sie wieder aufzugeben.«

»Wenn er nun nicht auf dich wartet?«

»Das macht nichts, Fintan! Das macht mir nichts aus!«

»Großartig«, hauchte er. »Einfach großartig.«

Drei Kilometer Luftlinie entfernt war ein heftiger Streit im Gang. Amy schrie Lorcan an. Nach Monaten der schlechten Behandlung war seine unverschämte Art, mit Taras Freundin zu flirten, der Tropfen, der das Faß zum Überlaufen brachte.

Sie hatten bis tief in die Nacht gestritten und gleich am nächsten Morgen wieder damit angefangen. »Wie konntest du mich dermaßen demütigen?« Ihr schönes Gesicht war wutverzerrt und von Tränen überströmt.

»Wie?« fragte er gedehnt. »Ganz leicht. Hast du das nicht gemerkt? Ich habe öffentlich mit einer anderen Frau geflirtet.«

»Aber warum?« kreischte sie. »Ich verstehe das nicht. Warum bist du mit mir zusammen, wenn du mich nur quälen willst?«

Weil es so leicht ist.

Ihre Stimme wurde immer schriller und brach in einer Höhe ab, bei der Glas zerspringen würde. »Warum tust du das? Was willst du denn vom Leben? Kannst du mir mal sagen, was du *willst?*«

Diese Frage hatte er bestimmt schon tausendmal gehört. Er schwieg und schien darüber nachzudenken.

Dann sagte er mit einem grausamen Lächeln: »Ein Heilmittel für Aids.« Das letzte Mal, als ihm jemand diese Frage gestellt hatte – das war zwei Wochen her, damals war es die zutiefst verletzte Apothekerin Colleen gewesen –, hatte er geantwortet: »Was ich vom Leben will? Wie wär's mit einer Frau, die wie ein Kaninchen fickt und sich nachts um zwei in eine Pizza verwandelt?«

Ihm fielen keine cleveren Antworten mehr ein. Es stimmte zwar, daß die Frauen keine Gelegenheit haben würden, die Antworten zu vergleichen, aber sein Stolz verbot es ihm, die gleiche Antwort zweimal zu verwenden. Doch diese clevere Antwort wollte Amy nicht mehr schlucken.

»Raus!« schrie sie. Sie richtete sich auf und zeigte mit dem ausgestreckten Arm zur Tür. »Geh!«

Lorcan schmunzelte nachsichtig. »Du bist schön, wenn du dich aufregst.« Das war gelogen. Amy sah verquollen und häßlich aus.

»Raus!« sagte sie wieder.

»Hast du Aktien von der British Telecom?«

Sie sah ihn mit wütender und gleichzeitig fragender Miene an.

»Weil nämlich«, erklärte er lachend, »die BT-Gewinne in den Himmel steigen werden, wenn du mich tausendmal angerufen hast, um mich zu bitten, zu dir zurückzukommen.«

»Raus!«

Er schlenderte zur Tür. Bevor er sie hinter sich zuzog, steckte er den Kopf noch einmal herein. »Ich brauche ungefähr eine halbe Stunde, um nach Hause zu kommen. Warte also mit dem ersten Anruf bis dann.«

Gemächlich spazierte er zur U-Bahn-Station und lächelte vergnügt ob seiner gelungenen Antworten. Doch er war noch nicht weit gekommen, da breitete sich in ihm eine Art Katerstimmung aus. Aus beträchtlicher Höhe landete er unsanft wieder auf dem Boden, das gute Gefühl wurde von weniger angenehmen Empfindungen vergiftet. Es war immer wieder das gleiche. Jedesmal, wenn sich die Gelegenheit bot, den bösen Jungen zu spielen, konnte er nicht widerstehen. Und es hatte immer solchen Spaß gemacht. Doch als sich das erhebende Gefühl ganz verflüchtigte, konnte er sich dem Gedanken nicht verschließen, daß es vielleicht an der Zeit sei, Amy gehen zu lassen; er sollte aufhören, sie zu quälen, und sie freigeben. Je mehr er darüber nachdachte, desto klarer wurde ihm, daß längst eine andere fällig war – vielleicht, um es diesmal richtig zu machen. Und vielleicht war er dieser anderen schon begegnet ...

Die Zeit war reif, um das Leben und Treiben des Lorcan Larkin gründlich zu überdenken.

»He«, sagte er und lachte vor sich hin, »sieht aus, als würde ich erwachsen.«

Amy nahm den Hörer ab und wählte eine Nummer. Es war nicht die von Lorcan.

77

Am Montag ging Katherine nicht zur Arbeit. Sie bat Tara, sie krank zu melden.

»Warum? Bist du wirklich krank?«

»Mehr oder weniger.«

»Du siehst nicht krank aus.«

»Tust du es für mich oder nicht?«

»Warum gehst du nicht? Du hast so was noch nie gemacht.«

»Ich kann Joe nicht gegenübertreten.«

»Warum sprichst du nicht mit ihm? Du bedeutest ihm so viel!«

»Bitte, Tara.«

»Und warum gehst du nicht raus? Seit Samstag bist du nicht aus dem Haus gegangen.«

»Oh, bitte, Tara, bitte, bitte«, flehte Katherine mit einer Eindringlichkeit, die Tara einen Schrecken einjagte.

Tara hatte keine Ahnung, was mit Katherine los war, aber es machte ihr große Angst. Katherine zeigte der Welt ein weißes, unbewegtes Gesicht, aber es war deutlich, daß unter der Oberfläche die Kämpfe tobten. Tara wollte sie nicht allein lassen. Es konnte alles mögliche passieren. Obwohl sie sich keine Gründe dafür denken konnte, hatte sie halb die Befürchtung, daß Katherine Selbstmord begehen könnte. Irgendwas war völlig in Unordnung geraten. Es hatte am Samstag abend angefangen, und Joe war offensichtlich nicht die Ursache dafür. Er war einfach ein unschuldiger Dritter.

»Bitte, Tara.«

»Also gut.« Sich so hilflos zu fühlen war ihr unerträglich.

An dem Tag rief Tara mindestens ebenso häufig bei Katherine an wie Joe. Als sie nach Hause kam, hatte Katherine sich zum

Ausgehen fertiggemacht, die Haare gefönt und Make-up aufgelegt.

»Gehst du weg?« fragte Tara in der verzweifelten Hoffnung, daß Katherine sich mit Joe treffen würde.

»Nein.«

»Oh. Schön, daß du dich für mich so fein herrichtest.«

»Ha ha.«

»Selber ha ha.«

Sie verbrachten den Abend in angespannter Stimmung, sahen ohne große Lust fern und taten so, als ob das Telefon nicht alle halbe Stunde klingelte und Joe weitere Nachrichten auf Band sprach.

Immer wieder sah Tara Katherine von der Seite her an. Der Eindruck von gespannter Erwartung, der von ihr ausging, zusammen mit dem perfekten Make-up und der sorgfältig zurechtgemachten Frisur, wiesen auf etwas hin. Als *Panorama* zu Ende war, fiel es Tara plötzlich wie Schuppen von den Augen. »Du wartest auf ihn, stimmt's?«

Katherine drehte steif den Kopf. Angst stand in ihren Augen. »Hmmmm?« sagte sie nervös.

»Du wartest auf Lorcan, oder? Deswegen bist du nicht weggegangen. Er weiß deine Telefonnummer nicht, aber er weiß, wo du wohnst, und du hast Angst, er könnte kommen, wenn du nicht da bist.«

Katherine schwieg, und Tara wußte, daß sie recht hatte. Katherines verrücktes Verhalten brach Tara fast das Herz. Sie sprang auf und setzte sich neben Katherine. »Hör mir zu«, sagte sie mit großer Eindringlichkeit. »Sieh mich bitte an, Katherine, bitte!«

Langsam sah Katherine sie mit feindseligem Blick an.

»Du mußt zur Vernunft kommen«, sagte Tara bestimmt. »Dieser Lorcan war deine erste große Liebe. Den ersten vergessen wir nie. Du warst jung und ein bißchen naiv. Und er sieht außerordentlich gut aus, was die Sache erschwert. Ich bin mir sicher, es war ein großer Schock für dich, als er am Samstag abend plötzlich vor dir stand, und natürlich ist man danach aufgewühlt und verwirrt. Das ist jedem von uns schon passiert. Wenn mir Thomas jetzt über den Weg laufen würde, wäre ich sicher auch ganz durcheinander. Und das wäre auch in Ordnung. Aber nicht auf ewig, denn das Leben muß weitergehen. Und besonders für dich, denn du hast Joe.«

Bei Joes Namen huschte ein Flackern über Katherines Gesicht, dann verschloß es sich wieder.

»Komm schon, Katherine, es ist lange her. Schließ ab damit und laß es hinter dir. Das wäre jetzt das Richtige. Guck mal, ich habe Thomas überwunden. Wenn ich das kann, kann das jeder.«

»Thomas hat dich nicht geschwängert«, sagte Katherine, und ihre Lippen bewegten sich kaum. Tara ließ die Worte im Schweigen verhallen. Das saß. »Und Thomas war nicht verheiratet«, fügte Katherine mit tonloser Stimme hinzu.

»Willst du mir sagen ...?« Tara konnte nicht weitersprechen, als ihr die Bedeutung der Worte richtig klar wurde. »Du warst von Lorcan schwanger? Und er war verheiratet? Als du neunzehn warst?«

Katherines tote, erloschene Augen sprachen Bände.

»Oh, mein Gott, Katherine! Warum hast du denn nichts gesagt!«

Katherine rang um Worte – einfach irgend etwas – und sah Tara stumm an. Wie konnte sie den Horror erklären, jung, allein und schwanger zu sein? Die Hölle, in die sie hinabgestiegen war? Der Schmerz, Lorcan gehen zu lassen und ihm nicht sofort hinterherzulaufen?

Und die schlimmste Wahrheit, die ihr erst ein paar Tage später dämmerte, daß sie – als Unverheiratete, schwanger von einem verheirateten Mann – *wie ihre Mutter war*. Die Mutter, von der sie sich ihr Leben lang mit aller Anstrengung unterscheiden wollte.

Neunzehn Jahre der Gottesfurcht und Ordnungsliebe, der gebügelten Kleider und gewissenhaft gemachten Hausaufgaben, der Pünktlichkeit und Tadellosigkeit hatten nichts bewirkt. Sie war sogar fast genauso alt wie ihre Mutter damals. Ihre Mutter war zwanzig gewesen.

»Erzähl es mir doch, bitte«, bedrängte Tara sie. Sie war sehr besorgt. »Ich weiß, daß es nicht leicht ist.«

»Nicht so schwer wie damals.« Katherine biß die Zähne zusammen. »Du kannst dir nicht vorstellen, wie sehr ich nicht schwanger sein wollte. Ich habe auf meinem Bett gelegen und auf meinen Bauch geguckt und hätte am liebsten geschrien. Ich wollte einfach die ganze Zeit schreien, Tara.«

»Warum?« Tara konnte kaum sprechen.

»Weil irgendwo da drinnen, so klein, daß ich es nicht sehen konnte, etwas mein Leben zerstörte. Ein kleiner Fremdkörper wuchs in mir und wurde größer. Nie habe ich mich so gefangen gefühlt. Es war, als wäre ich im Gefängnis, aber in meinem eigenen Körper. Und ich konnte nicht raus.«

Tara nickte unglücklich.

»Ich wollte meinen Bauch weghaben. Ich wünschte mir, das Mädchen im Zirkus zu sein, das in drei Teile gesägt wird und deren Mittelteil in einem Holzkasten beiseite geräumt wird. Ich wollte einfach, daß alles, was daran beteiligt war, weggenommen würde.«

Sie sah Tara an und hoffte verzweifelt, daß sie sie verstand. Dann erzählte sie ihr, daß sie manchmal an ihrer Haut gezerrt hatte, in dem unmöglichen Versuch, ihren Bauch loszuwerden, damit nur die nichtschwangere Katherine zurückbleiben würde.

»Hast du eine Abtreibung machen lassen?« fragte Tara sanft.

Abtreibung.

»Du weißt, daß ich nicht für Abtreibung bin, oder wenigstens nicht dafür war.« Katherine konnte Tara nicht in die Augen sehen, als sie sich daran erinnerte, daß sie in der Schule immer den Nonnen zugestimmt hatte, die erklärten, Abtreibung sei Mord und das Ungeborene habe ein Recht auf Leben. Aber all das war wie weggeblasen, als die schreckliche Angst sie überkam. Von dem Moment an, da Lorcan sie verlassen hatte, wollte sie eine Abtreibung machen lassen. Sie konnte keinen anderen Ausweg sehen, wenn ihr Leben nicht völlig ruiniert werden sollte.

Sie wußte, daß sie im Fegefeuer schmoren würde, aber das kümmerte sie nicht. Sie war ohnehin schon in der Hölle.

Wenn sie nur das Kind wegmachen lassen könnte, würde sie einen Schlußstrich ziehen, und von dem Tag an würde sie sich bemühen, so gut wie möglich zu leben. Sie würde sich doppelt anstrengen, ein redliches und untadeliges Leben zu führen. Sie hatte andere unverheiratete Mädchen gekannt, die schwanger geworden waren, und sie hatten ihre Kinder bekommen und sie geliebt. Aber sie, Katherine Casey, war anders. Irgendwo, gar nicht so tief verborgen, war sie der Ansicht, daß Schwangerschaft die Strafe für Mädchen war, die ein ungezügeltes, hemmungsloses Leben führten. Und weil ihr Verhalten immer so vorbildlich gewesen war, dachte sie, es sei das Letzte, was ihr zustoßen könne. Das Letzte, was sie verdiente.

»Katherine ...«, rief Tara sie sanft, »komm, sprich mit mir, Katherine.«

»Ich konnte keinem davon erzählen«, sagte sie. Die Stimme versagte ihr fast, und ihre Augen füllten sich mit Tränen. »Ich habe mich so allein gefühlt.«

»Du hättest Fintan und mir davon erzählen können.«

»Das ging nicht, Tara, es ging nicht. Wenn ich es euch gegenüber zugegeben hätte, dann hätte ich es auch selber erkennen müssen. Ich wollte einfach, daß es vorbei war, und es war einfacher, diesen Teil meines Lebens zu vergessen, wenn nur ich davon wußte.«

»Gott, das ist ja schrecklich.« Tara war leichenblaß. »Du hast das also alles allein gemacht? – Aber du hättest es deiner Mutter erzählen können, die hätte dich nicht verurteilt.«

»Nein.« Katherine stimmte ihr bekümmert zu. »Sie hätte sich womöglich noch gefreut. Und dann hätte sie eine Abtreibung organisiert und mich vielleicht als leuchtendes Beispiel hingestellt.«

Aber Katherine hätte nie wieder die moralisch Überlegene spielen können. Es war schon schlimm genug, daß sie so wie ihre Mutter war, aber daß ihre Mutter davon *erfahren* würde ...

»Was hast du dann gemacht?« fragte Tara behutsam. Sie war überzeugt, daß es wichtig für Katherine war, darüber zu sprechen.

Katherine seufzte tief und wappnete sich, in die Hölle der Vergangenheit zu blicken. »Ich hatte keine Ahnung, wie man eine ... eine –«, auch jetzt noch konnte sie das Wort kaum aussprechen, »– Abtreibung organisiert. Ich wußte nur, daß es in Irland illegal war und daß ich nach England fahren müßte.«

Tara nickte verständnisvoll und hoffte, daß es nicht zu deutlich wurde, wie erschüttert sie von der Geschichte war: Wie Katherine – unter Übelkeit leidend, mit empfindlichen Brüsten, verängstigt und mit zweihundert Pfund in der Tasche – in den Zug nach Dublin stieg. Dort gab es eine Stelle, wo man ihr helfen würde. Wie sie sich des vollen Ausmaßes ihrer Lage und ihres Vorhabens kaum bewußt wurde. Wie sie ihre Gedanken fest auf die Zukunft gerichtet hatte, wenn sie von diesem Alptraum befreit sein würde.

Sie empfand es als entsetzliche Schmach, die Beratungsstelle zu betreten, und war überzeugt, daß jemand sie erkennen würde. Aber die Leute waren freundlich und verständnisvoll. Sie wurde von einem Arzt untersucht, der bestätigte, daß sie in der achten Woche schwanger war. Dann mußte sie ein Gespräch mit einer Beraterin führen, die ihr die Alternativen zu einem Abbruch erklärte. »Ich will das alles nicht hören«, hatte Katherine mit zugeschnürter Kehle gesagt. »Ich will einfach nur ... es soll einfach nur weg ... bitte.«

Die Beraterin nickte. Sie hatte das schon so oft gesehen, diese jungen Mädchen in entsetzlicher Panik und so verängstigt über das, was ihnen zustieß, daß sie keinen klaren Gedanken fassen konnten.

»Sind Sie sich ganz sicher?«

Als Katherine nickte, hatte die Beraterin sanft gesagt: »Also gut, in Liverpool gibt es eine Klinik, ich mache da jetzt einen Termin. Wann können Sie fahren?«

»Sofort.« Katherine versuchte, mit fester Stimme zu sprechen. »Sobald es geht.«

Die Beraterin hatte sie allein in dem winzigen Zimmer gelassen, wo sie auf der Stuhlkante saß und wartete. Nach einer Viertelstunde kam sie zurück und lächelte Katherine mit einer Wärme zu, die dennoch den Eisblock in Katherines Innerem nicht zum Schmelzen zu bringen vermochte. »Es ist alles vorbereitet«, sagte sie ruhig. »Ich habe die Einzelheiten hier aufgeschrieben. Heute abend um acht geht eine Fähre. Dann sind Sie um …«

Das Folgende war aus weiter Ferne an Katherines Ohr gedrungen: Züge, Stadtpläne, ein Taxi zur Klinik, die Rückreise, ein weiteres Gespräch mit der Beraterin. »Danke«, hatte sie sich sagen hören.

Den ganzen restlichen Tag lief sie durch Dublin, aber hinterher konnte sie sich daran nicht mehr erinnern. Da sie nichts weiter zu tun hatte, war sie viel zu früh am Hafen. Als sie in dem barackenartigen Warteraum auf der Bank saß, spürte sie plötzlich etwas Warmes, Feuchtes. Sie nahm ihre kleine Tasche und rannte zur Damentoilette, und dort stellte sie fest, daß sie blutete. Erst dann bemerkte sie den Schmerz.

Die Fähre fuhr ohne sie, und am nächsten Morgen, nun nicht mehr schwanger, stieg sie wieder in den Zug nach Limerick, aber das Gefühl, in einem Alptraum zu sein, dauerte an.

»Aber du hast keine Abtreibung machen lassen.« Tara versuchte, ihr die hellere Seite zu zeigen.

»Nein, aber ich hätte es getan«, sagte Katherine dumpf. »Und deswegen ist es genauso schlimm.«

»Das finde ich nicht.«

»Es fühlt sich so an.«

»Und dann bist du nach Knockavoy gekommen und hast nichts darüber sagen wollen«, erinnerte sich Tara. »Du warst so bitter. Jetzt verstehe ich, warum.«

»Dann habe ich an meinen Vater geschrieben«, erzählte Katherine weiter. Es machte jetzt nichts mehr aus, wenn sie den Rest auch noch preisgab.

»Und was hat der gesagt?« Tara versuchte, die Ruhe zu bewahren. Wenn der Vater Katherine so kurz nach der Sache mit Lorcan auch zurückgewiesen hatte, dann war es kein Wunder, daß sie Männern gegenüber so abweisend war.

»Er war tot«, sagte sie schlicht. »Er war sechs Monate und sechs Tage vorher gestorben.«

»Und wie hast du dich dann gefühlt?«

Katherine zögerte und versuchte, die richtigen Worte zu finden. »Ich wollte auch sterben.«

Tara stieß erschrocken den Atem aus.

»Dann sind wir nach London gezogen, und ich habe eine katastrophale Affäre nach der anderen gehabt, und jetzt das hier.«

»Aber ich habe auch eine katastrophale Affäre nach der anderen gehabt«, entgegnete Tara.

»Aber nicht so wie ich.«

Dem mußte Tara zustimmen. »Es muß damit zu tun haben, daß du das mit deinem Vater gleich nach der schrecklichen Sache mit Lorcan erfahren hast.«

»Kann sein.«

»Gott sei Dank hast du mir jetzt alles erzählt. Anscheinend mußte Lorcan am Samstag abend hier aufkreuzen.« In Katherines Augen trat ein Leuchten, und Taras Herz wurde schwer. »Weil dadurch deine Vergangenheit plötzlich offen daliegt«, sagte sie schnell, »und du damit abschließen kannst.«

»Ach so.«

»Ich hatte also recht? Du hast hier gewartet, falls er kommt?«

»Tara, versteh doch, bitte. Es war nie zu Ende. Es hat mich verfolgt.«

»Wieso hast du gedacht, er würde kommen?«

»Ich hatte so ein Gefühl.«

Tara musterte sie skeptisch. »Eher Sehnsucht. Aber selbst wenn er gekommen wäre, was hätte es dir geholfen? Du denkst doch hoffentlich nicht im Traum daran, noch mal etwas mit ihm anzufangen, oder?«

Tara war entsetzt, als Katherine das nicht sofort von sich wies.

»Ich weiß nicht, was ich will«, sagte Katherine voller Verzweiflung. Ihre Verwirrung war echt. »Ich möchte einfach nicht mehr dieses Gefühl haben, wenn ich über mein Leben und meine Vergangenheit nachdenke.«

»Und du hast geglaubt, daß ließe sich ändern, wenn du noch einmal was mit ihm anfängst? Nach dem, wie er dich behandelt hat, hättest du lieber besonders und ganz außerordentlich *gemein* zu ihm sein sollen!«

»Aber das will ich doch auch!«

Selbst das beunruhigte Tara. Lorcan sah zu gut aus, er war zu charmant, zu sexy, zu gefährlich. Er ging immer als Sieger hervor. Und die Art, wie Katherine darüber sprach, so als würde er tatsächlich jeden Moment an der Tür klingeln, war noch beunruhigender.

»Was hast du vor?«

Katherine dachte an all ihre Phantasien und sagte vage: »Ich habe keinen richtigen Plan, es kommt ganz drauf an.«

»Aber es wird nicht dazu kommen«, sagte Tara beschwichtigend. »Und du kannst trotzdem mit der Vergangenheit abschließen. Wir kümmern uns um eine Therapie für dich, und ich helfe, wo ich kann, und natürlich wird Joe dir auch helfen. Und Liv ist auch noch da, die ist natürlich eine unerschöpfliche Informationsquelle, was diese Dinge angeht. Obwohl, wenn man es bedenkt, dann hast du es eigentlich schon geschafft, so wie es mit Joe läuft –«

Es klingelte an der Tür, und sie schraken beide auf.

»Wer kann denn das ...?« sagte Tara. »Es ist zehn vor zwölf.«

Katherine schoß die Röte ins Gesicht. »Ich glaube, das ist für mich«, sagte sie matt.

»Wer ist es denn? Joe?«

Es war Lorcan.

78

»Ich fasse es nicht«, hauchte Tara, als Katherine auf den Türöffner drückte.

Was für eine Dreistigkeit! Dann war Katherines Vorstellung also doch nicht so abwegig gewesen.

Katherine machte die Wohnungstür auf. Die Knie wurden ihr weich, als sie ihn sah in all seiner großen, starken Männlichkeit. Der bewundernde Blick seiner dunklen Augen warf sie um zwölf Jahre zurück. Seine arrogante Art, die Löwenmähne aus dem Gesicht zu streichen, hatte sich kein bißchen verändert. »Komm rein.« Sie bemühte sich, ihre Rachegefühle unter Verschluß zu halten, damit sie nicht beim Anblick seiner berückenden Erscheinung zerstoben. Sie war wieder neunzehn und wie benommen, daß er tatsächlich da war.

Er schlenderte vor ihr ins Wohnzimmer, wo Tara mit versteinerter Miene saß.

»Hallo«, sagte sie kühl. »Wir haben dich nicht erwartet.«

»Katherine vielleicht schon.« Lorcans bedeutungsvoller, bedauernder Blick ließ Tara wissen, daß er sich liebend gern mit ihr befassen würde, wenn er sich nicht für ihre Mitbewohnerin aufgespart hätte.

»Woher hast du die Telefonnummer?« fragte Tara unbeeindruckt. Anscheinend wußte er nicht, daß sie sich nichts mehr von Männern bieten ließ.

»Oh, ich habe nicht angerufen«, sagte er und bedachte sie mit einem Lächeln, das ausdrückte: Du bist eine sagenhaft attraktive Frau.

»Verstehe.«

»Tara, würde es dir etwas ausmachen ...?« Katherine versuchte, höflich zu bleiben.

Tara stampfte aus dem Zimmer. Sie war überrascht über ihre heftige Wut. Lorcan war ein Mistkerl erster Güte, das sah doch jeder. Zum ersten Mal hatte Tara eine Ahnung davon, wie frustrierend es für die anderen um sie herum gewesen sein mußte, als sie immer wieder mit ungeeigneten Männern ankam.

Die Wohnzimmertür wurde zugeschlagen, und Katherine und Lorcan sahen sich an, er saß auf dem Sofa, sie auf einem Sessel.

»Nun denn«, sagte er.

»Ja«, sagte sie mit bebenden Lippen. Sie hatte das Gefühl zu schweben, es war ein unangenehmes, schwereloses Gefühl. Sie konnte nicht richtig begreifen, daß er ihr wirklich gegenübersaß.

»Warum bist du gekommen?« fragte sie in einem abweisenden Ton, der sie einige Anstrengung kostete. In der ersten Version ihrer Phantasievorstellungen, mit denen sie sich all die Jahre getröstet hatte, hatte Lorcan mit einem Erguß leidenschaftlicher Erklärungen aufgewartet, wie zum Beispiel: »Ich habe dich nie vergessen, dich gehen zu lassen, war der größte Fehler meines Lebens, laß uns die letzten zwölf Jahre schnell vergessen, wir haben schon soviel Zeit verschwendet ...«, und das hätte ihr eine wunderbare Möglichkeit gegeben, ausführlich darzulegen, daß er sich seine Reue sonstwohin stecken könne.

Aber so sagte er einfach entspannt und selbstbewußt: »Ich finde es toll, daß wir uns über den Weg gelaufen sind. Wie ist es dir ergangen?« Dann überraschte er sich selbst, als er fortfuhr: »Und ich würde gern wissen ...« Er brach ab und sah sie aus seinen sherrybraunen Augen an. »Ich würde gern wissen, was mit dem Kind geschehen ist.«

Wie ein schlüpfriger Aal entglitt ihr ihre Wut. Sie hätte außer sich sein sollen vor Zorn, daß es ihm erst nach so langer Zeit einfiel, sich nach seinem Kind zu erkundigen, statt dessen fühlte sie sich halbwegs getröstet.

»Erzähl«, bedrängte er sie. »Hast du das Kind bekommen? Kann ich es kennenlernen?«

Sie schüttelte den Kopf.

»Du hast es also wegmachen lassen?« fragte er.

Sie zögerte, dann sagte sie: »Nein.«

»Nein?«

»Ich hatte eine Fehlgeburt.«

»Aber du hattest daran gedacht, es wegmachen zu lassen?«

Sie nickte beschämt.

Es gab also kein Kind. Lorcan war erleichtert. Er wußte nicht, warum er überhaupt gefragt hatte – anscheinend war er von dem Gedanken, daß er irgendwo einen prächtigen Sohn hatte, ziemlich angetan gewesen. Aber mal ehrlich, wer wollte schon diese Verantwortung?

»Da wären wir also.« Lorcan wollte unbedingt die unmittelbar anstehende Sache vorantreiben. Die Situation entwickelte sich nicht so, wie Katherine es sich in endlosen Nächten ausgemalt hatte. Er war weder zerknirscht noch dreist genug. Sie hatte sich vorgestellt, daß sie ihm seine Entschuldigungen vor die Füße werfen würde, wie eine Handvoll Sand. Und für den Fall, daß er sie zu verführen versuchte, hatte sie so viele bösartige und scharfzüngige Antworten eingeübt, daß sie dachte, sie könnte ihn mühelos beschämen und erniedrigen. (Die Bandbreite reichte von: »Habe ich gesagt, du darfst mich berühren?« bis zu ihrer Lieblingsbemerkung: »Sexuelle Belästigung ist eine strafbare Handlung.«) Aber im Moment hatte sie das Gefühl, sie würde sich nicht einmal aus einer Papiertüte befreien können. Seine Gegenwart lähmte sie, und sie konnte die Unwirklichkeit, die jedem ihrer Worte, jedem seiner Blicke anhaftete, nicht abschütteln.

Mit großer Mühe gewann sie wieder die Kontrolle über sich.

»Ich habe dich jedesmal in *Briar's Way* im Fernsehen gesehen, wenn ich in den Ferien in Irland war.« Sie zwang sich zu einem hochnäsigen Lächeln. »Du warst wie im wirklichen Leben.«

»Hahaha.« In *Briar's Way* hatte Lorcan einen falschzüngigen Frauenheld gespielt. »Na ja, man tut, was man kann.«

»Jetzt bist du nicht mehr dabei.«

»Nein, das habe ich hinter mir gelassen.« Lorcan fragte sich, ob sie wußte, was für eine Talfahrt seine Karriere in den letzten Jahren gemacht hatte.

»Du hast so einiges hinter dir gelassen.« Sie lächelte sarkastisch. »Wo ist deine Frau geblieben?«

»Wir haben uns getrennt.« Ungefähr zu der Zeit, als er anfing, ordentlich zu verdienen, aber das brauchte er ja nicht zu erwähnen.

»Warum?«

»Tja. *C'est la vie.* Manches klappt, manches klappt nicht.«

»Aber warum habt ihr euch getrennt?«

Lorcan wurde unruhig. Warum hörte sie nicht auf damit? Selbst nach all den Jahren erinnerte er sich daran, wie hartnäckig sie sein konnte. Wenn sie erst mal etwas zu fassen bekam, gab sie es nicht mehr heraus. »Wir haben uns auseinandergelebt«, versuchte er es noch einmal.

»Schade, daß ihr euch nicht auseinandergelebt habt, als du mich geschwängert hast«, sagte sie schnippisch.

»So ist das eben. Aber hör zu«, sagte er hastig. »Darf ich dir sagen, daß du zu einer schönen Frau geworden bist? Du warst immer eine ganz Süße, aber jetzt bist du bewundernswert.«

Sie wollte ihn gerade nach seiner Freundin fragen, als er sich vorbeugte und seine Hand auf ihre Wange legte. Die Berührung von seinen Fingerspitzen war wie ein Stromstoß. Jeder Nerv in ihrem Körper vibrierte, und jeder vernünftige Gedanke wurde aus der Bahn geworfen.

»Du bist zu einer wunderschönen Frau geworden«, sagte er mit rauher Stimme. Er führte seine Handfläche an ihrer Wange entlang, bis zu ihrem Haaransatz. Sie wußte, daß sie sich eine erstklassige Gelegenheit entgehen ließ, die zweite Version ihrer Phantasievorstellung auszuagieren, bei der sie ihm mit dem Ellbogen einen scharfen Stoß in die Rippen geben würde, in Antwort auf seine Dreistigkeit. Aber sie konnte sich nicht rühren, so überwältigt war sie von dem Gefühl, in die Zeit damals zurückversetzt zu sein.

»Setz dich neben mich.« Er klopfte mit der Hand auf das Sofakissen.

Sie schüttelte den Kopf.

»Mach schon.« Er lächelte gierig. Sein Rücken tat ihm weh, weil er sich vorbeugte. In letzter Zeit hatte er öfter Probleme mit dem Rücken gehabt. Er müßte sich einmal untersuchen lassen ...

Er hatte sich nicht gedacht, daß Katherine ihm soviel Widerstand entgegensetzen würde. Am Samstag abend hatte er den Eindruck gehabt, sie wäre auf der Stelle mit ihm durchgebrannt. Aber inzwischen hatte sie sich wieder an ihren Zorn erinnert, es war also höchste Zeit, schweres Geschütz aufzufahren. »Weißt du was, Katherine mit K?« sagte er und sah ihr tief in die Augen. »Ich habe dich nie, niemals vergessen.«

»Das glaube ich nicht.«

»Es stimmt aber.«

Sie schüttelte den Kopf.

»Ich schwöre, daß es wahr ist«, wiederholte er. »Du warst etwas ganz Besonderes, und wenn ich damals nicht verheiratet gewesen wäre ...« Die Aufrichtigkeit in seinem Blick bahnte sich hell und heilend einen Weg in ihr Herz. »Komm doch, setz dich neben mich«, bat er sie wieder.

Sie konnte sich nicht zurückhalten. Wie ein Automat stand sie steif aus dem Sessel auf und setzte sich neben ihn. Sie wußte nicht, was sie dazu bewog. In ihrem Kopf wirbelten der Wunsch nach Rache und andere Gefühle durcheinander – wie die Lust, die sie mit neunzehn empfunden hatte, und das Bedürfnis, den Lauf ihrer Geschichte zu ändern.

Als sie sich gesetzt hatte, nahm Lorcan ihr schmales Gesicht in seine großen, vertrauenerweckenden Hände, als wollte er sie küssen. Sie wußte, daß sie ihn in die Nieren stoßen oder ins Gesicht schlagen sollte, aber alle geplanten Reaktionen waren gelöscht. Ihr Zorn und ihre Rachegelüste waren stumpf geworden. Stattdessen war der Gedanke, daß er sie immer noch begehrte, wie Balsam für ihre Seele.

Aber irgendwas hatte sie ihn noch fragen wollen … Was war es nur?

Dann fiel es ihr wieder ein. »Was ist mit deiner Freundin?«

»Mach dir wegen ihr keine Sorgen.« Lorcan lachte leise und sah sie mit einem Blick an, der besagte: Du bist die speziellste Frau der Welt. »Mit ihr ist es vorbei.« Dann machte er sich bereit, die Lorcan-Larkin-Extravaganz zu verabreichen, die Art Kuß, die Frauen zerschmelzen läßt: zart, aber fest; sanft, aber machohaft; fordernd, aber spielerisch; erotisch, aber tröstlich.

Unfähig, sich zu rühren, sah Katherine zu, wie er so nahe kam, daß sein Gesicht verschwamm. Bevor seine Lippen ihre berührten, sagte er noch: »Sie war nichts Besonderes.«

Sie war nichts Besonderes.

Sie war nichts Besonderes.

Die Worte hallten in Katherines Kopf nach. Mit plötzlicher, ungebetener Klarheit wußte sie, was Lorcan damals gesagt hätte, wenn seine Frau von ihr erfahren hätte. »Ach, diese kleine Katherine? Mach dir keine Gedanken um die, die hat mir nichts bedeutet, sie war nichts Besonderes.«

Mit einem Mal dachte sie an Joe. Er würde sie niemals so behandeln. Er würde *niemanden* so behandeln.

Lorcan kam immer näher, und Katherine spürte seine Lippen auf ihren. Plötzlich schnappte sie nach Luft und entwand sich seiner Umarmung. »Ich muß ins Bad«, keuchte sie.

Zu ihrer Überraschung beklagte er sich nicht, doch dann sah sie seinen verständnisvollen Blick und begriff, daß er annahm, sie wolle sich die Zähne putzen, bevor sie in seine Arme sank.

Mit zittrigen Knien schaffte sie es bis zur Tür. Kaum hatte sie sie hinter sich geschlossen, als Tara hinzustürzte und Katherine ins Badezimmer zerrte. »Was machst du da drinnen?« fragte sie mit einem hysterischen Flüstern.

Katherine sah sie panikerfüllt an. »Ich weiß es nicht.«

»Darf ich dich daran erinnern, daß er sich am Samstag abend nicht einmal an deinen Namen erinnern konnte? Und deinen Nachnamen weiß er immer noch nicht, sonst hätte er deine Telefonnummer von der Auskunft erfragen können. Und warum kreuzt er hier so spät auf? Wo war er vorher? Sag bloß nicht, daß er gearbeitet hat, denn Amy hat gesagt, er hat zur Zeit keine Arbeit.« Tara hatte die letzten zwanzig Minuten wie auf Kohlen gesessen, und jetzt sprudelten alle ihre Bedenken hervor. »Und überhaupt, was ist mit Amy?«

»Es ist aus zwischen ihnen«, murmelte Katherine. »Hat er gesagt.«

»Und du glaubst ihm? Gott, er muß sich ja wirklich ausführlichst bei dir entschuldigt haben.«

Katherine zögerte nur den Bruchteil einer Sekunde, aber das reichte schon.

»Oh, nein«, sagte Tara ungläubig, »du meinst, er hat sich gar nicht entschuldigt? Großer Gott!«

Katherine war kreidebleich. »Ich meine ... ich dachte ...« Aber wie sie es auch drehte und wendete, sie konnte es nicht leugnen. Tara hatte recht.

Lorcan hatte sich nicht entschuldigt. Sie war im Begriff gewesen, sich von ihm küssen zu lassen, ohne zu protestieren. Wie konnte das passieren? *Sie* war angeblich diejenige, die die Situation im Griff hatte, nicht er. Aber sie war so ohnmächtig und gedemütigt wie damals, vor über zwölf Jahren, als er sie in dem Pub sitzengelassen hatte. Mit seinem guten Aussehen und seinem Charme hatte er ihr so sehr den Kopf verdreht, daß sie nicht richtig denken konnte – wie damals.

»Es tut mir leid, daß ich so grausam zu dir bin, aber du würdest das gleiche für mich tun. Und du hast es schon getan, all die Abende, an denen du mich daran gehindert hast, zu Thomas zu fahren.«

»Das hier ist was anderes«, versuchte Katherine zu widersprechen, ohne rechte Überzeugung. Jetzt, da Lorcan nicht mehr vor ihr saß, ordneten sich ihre Gedanken, und sie fühlte sich erniedrigt und beschmutzt, weil sie sich so bereitwillig in seine Arme hatte werfen wollen.

»Lorcan Larkin ist ein übles Arschloch«, beharrte Tara. »Du brauchst dir bloß anzusehen, wie er seine Freundin behandelt.

Und Katherine, bedenke doch, bitte, ich flehe dich an, denk daran, was er dir angetan hat. Und er würde es wieder tun. Er war der größte Fehler deines Leben.«

»Aber er war mein Lieblingsfehler.«

»Er ist ein Mistbolzen. Ich verstehe nicht, wie du ihn überhaupt hereinlassen konntest. Ich gebe ja zu, daß er sehr gut aussieht und du wahrscheinlich immer noch scharf auf ihn bist, aber nach allem, was er dir angetan hat!«

»Ich dachte, wenn ich ihn noch einmal sehen würde, könnte ich die Vergangenheit in Ordnung bringen.« Katherine fand es immer schwieriger, ihr Verhalten zu rechtfertigen. »Mein Leben ist eine einzige Katastrophe, und das hat alles mit ihm zu tun. Ich dachte, wenn er freundlich zu mir wäre oder ich schrecklich zu ihm, würde ich endlich zur Ruhe kommen.«

»Dein Leben ist aber keine Katastrophe!« sagte Tara erregt. »Die Vergangenheit *ist* geordnet, aber du kannst es nicht sehen. In deinem Kopf ist alles noch so wie damals, als Lorcan abgehauen ist, aber sieh dich doch mal aus meiner Sicht. Du hast eine gute Stelle, du hast ein schönes Auto, du hast wunderbare Freunde, aber das Wichtigste ist, daß du eine Beziehung hast, die gut ist. Joe und du, das geht gut! Ihr seid jetzt fünf Monate zusammen. Er ist verrückt nach dir, und du bist verrückt nach ihm. Es läuft gut. Es ist ein *Erfolg*.«

»Früher oder später wird er meiner überdrüssig sein«, sagte Katherine traurig. »So ist es jedesmal.«

»Aber nicht mit Joe. Ihr seid über den Punkt hinaus. Er kennt dich.«

»Warum ist es diesmal anders?«

Tara suchte verzweifelt nach Gründen. »Es könnte mit Fintan zu tun haben.« Sie tappte im dunkeln. »Weil du dir so viele Sorgen um ihn gemacht hast, hattest du keine Zeit, neurotisch zu sein.«

Tara hatte nur auf gut Glück geraten, aber zu ihrer Überraschung nickte Katherine bedächtig. »Himmel, vielleicht hast du recht.« Sie ließ sich auf dem Badewannenrand nieder. »Gott, ich glaube, du hast recht.«

»Und wenn du dich nicht ziemlich schnell am Riemen reißt und mit diesem Lorcan-Wahnsinn aufhörst, dann verlierst du Joe.«

»Dann verliere ich Joe«, wiederholte Katherine, und der Gedanke, ohne ihn sein zu müssen, warf sie um. Sie konnte es kaum ertragen.

Die Erinnerungen liefen in ihr ab wie ein Film: der Abend, an dem Joe und sie versucht hatten, ein richtiges Essen zu kochen, und beinahe seine Küche in Brand gesteckt hatten; die vielen Stunden, die Joe gutmütig mit Fintan verbrachte; die Armdrück-Wettbewerbe, die er sie gewinnen ließ; die Ally-McBeal-Sendung, die er unaufgefordert für sie aufgenommen hatte; der Mac-Lippenstift *in fast der richtigen Farbe*, den er ihr gekauft hatte; seine Bemühungen, ihr Auto zu reparieren, nachdem es zum soundsovielten Male gestreikt hatte; sein großes Verständnis, als sie ihm von ihrem Vater erzählte. Das Gefühl der Gemeinsamkeit. Und es war gegenseitig. Sie dachte daran, wie sie Joe getröstet hatte, als Arsenal fünf zu null gegen Chelsea verloren hatte; wie sie ihm ein paar neue Wallace-und-Gromit-Socken gekauft hatte, weil seine alten Löcher hatten; wie sie Cashew-Butter für ihn ausfindig gemacht hatte, weil er einmal gesagt hatte, daß er sie gern äße; wie sie sich größte Mühe gegeben hatte zu verstehen, wie die erste Liga funktionierte, einfach nur, um ihm einen Gefallen zu tun; wie es ihr nichts ausmachte, das Auto zur Reparatur zu bringen, nachdem Joe nichts hatte ausrichten können, und von Lionel, dem Mechaniker, zu hören, Joe habe es nur noch schlimmer gemacht.

Bevor sie Joe kennenlernte, war ihr Leben ein kaltes, steriles, weißes Blatt gewesen, jetzt war es ein Gemälde mit wilden, wunderschönen Farben. Sie konnte das nicht aufgeben, es würde sie umbringen. Sie war erstaunt, mit welcher Klarheit sie ihr Vorher-Nachher-Leben plötzlich sah, und erkannte, wieweit sie sich entwickelt und verändert hatte, wie erfüllt und vielfältig ihr Leben jetzt war.

Und sich vorzustellen, daß sie bereit gewesen war, all das fortzuwerfen für einen Mann, der sie mutwillig und mühelos zerstören würde.

Es war, als erwachte sie aus einem Traum. Aus einem Traum, in dem die verrücktesten Dinge sinnvoll erschienen waren, aber die, im wachen Zustand betrachtet, unlogisch und lächerlich waren.

»Weißt du was, Tara?« sagte sie mit großen, staunenden Augen. »Ich glaube, du hast recht. Das mit Joe und mir, das ist Wirklichkeit, nicht wahr? Ich bilde mir das nicht ein, oder? Es funktioniert wirklich. Und er mag mich wirklich. Tara, ich muß ihn anrufen.«

»Ahem.« Tara nickte höflich in Richtung Wohnzimmer. »Da ist nur das kleine Problem mit dem rothaarigen Mann, der darauf wartet, bedient zu werden.«

»Was soll ich mit ihm machen? Möchtest du ihn mir nicht abnehmen?«

»Ich will nichts mit ihm zu tun haben, selbst dann nicht, wenn er meine letzte Rettung wäre. Sag ihm einfach, er soll gehen.«

»Einfach so? Nachdem er mich geschwängert und dann sitzengelassen hat?« Aus dem Übermut des Gefühls der Befreiung heraus fragte Katherine: »Könnte ich ihn nicht ein bißchen demütigen? Nur ein kleines bißchen?«

Tara überlegte und sagte dann zögernd: »Also gut, aber sei vorsichtig! Bei näherem Kontakt mit dem Typen wird das Gehirn zu Mus. Wenn du in fünf Minuten nicht wieder draußen bist, komme ich dich holen.«

Katherine mußte sich gar nicht überlegen, was sie ihm sagen würde. Sie hatte es schon millionenfach geübt. Mit schwingenden Hüften ging sie zurück ins Wohnzimmer.

»Wo waren wir stehengeblieben?« fragte Katherine verführerisch.

»Ungefähr hier«, sagte er und plazierte seine Lippen auf ihren. Doch bevor der Kuß richtig in Gang kam, löste sie sich von ihm.

»Nein.« Sie rückte von ihm ab.

»Nein?« sagte er überrascht.

»Tut mir leid.« Sie seufzte bedauernd. »Du machst mich einfach nicht an.«

»Was –«

»Du bist nicht mehr so wahnsinnig attraktiv. Und weißt du was?« Sie sah ihn an und erkannte, daß es sogar der Wahrheit entsprach. »Dein Haar wird dünn.«

Er wurde kreidebleich. »Das habe ich deiner lesbischen Freundin zu verdanken, stimmt's?« sagte er wütend. »Du warst ganz scharf, bevor du ins Bad gegangen bist.«

»Das stimmt nicht, es hat mit nichts und niemandem zu tun außer mit der Tatsache, daß du mich nicht antörnst. Tut mir leid.« Sie lächelte ihn hübsch an.

»Du lügst, du Schlange.«

»Wie redest du mit mir?« Plötzlich war sie eisig. »Wie kannst du es wagen?«

Sie warf ihm einen Blick der Stufe drei zu, und er zuckte zurück. Sie war wie ein Tier!

»Und wie konntest du mich damals so behandeln?« Ein Blick der Stufe vier folgte. Ihm stockte der Atem. Sie war wie ein *verrückt gewordenes* Tier. Tollwütig!

»Und wie kannst du es wagen, hierherzukommen und so zu tun, als hättest du dich nicht schäbig benommen? Sag mir das!«

Sie atmete tief ein und hoffte, es würde klappen. Sie war ein bißchen aus der Übung. Sie biß die Kiefer zusammen und entrang sich den Medusenblick. Mit Genugtuung sah sie den entsetzten Ausdruck in seinem Gesicht und wußte, daß es ihr gelungen war.

Verschreckt vor Angst sah er sie an. Sie war böse. Richtig böse.

»Schon gut, ich gehe«, sagte er.

»Wird auch höchste Zeit.«

»Schlange«, murmelte er.

Er ging an Tara vorbei, die wie ein Wachhund im Flur saß. »Schlange«, murmelte er wieder.

»Arsch«, sagte sie fröhlich.

Roger in der Wohnung unter Katherines hätte beinahe einen Herzinfarkt bekommen, als Lorcan die Tür mit aller Wucht zuschlug.

Tara und Katherine sahen sich an. Lachen oder weinen – Katherine konnte sich nicht entscheiden, bis Tara in Lachen ausbrach und Katherine mit einfiel.

»Ich bin so froh«, sagte Katherine und rang nach Atem, »daß mir der Medusenblick gelungen ist, wo ich ihn doch all die Jahre nur für Lorcan geübt hatte.«

»Sehr gut. Und, rufst du jetzt Joe an, oder fährst du zu ihm?«

»Du meinst, ich soll die Sache mit Angie vergessen?«

»Katherine!«

»Schon gut, schon gut, ist schon vergessen.«

79

Mit großen Schritten eilte Lorcan die Straße entlang, von wütender Selbstgerechtigkeit erfüllt. Was für eine Unverschämtheit! Wie konnte sie sich erdreisten! Er hatte den Annäherungsversuch nur gemacht, um dem hübschen Joe Roth eins auszuwischen und weil ihm langweilig war. Sonst hätte er sich niemals an sie herangemacht.

Er hatte sie doch nicht ernsthaft als Nachfolgerin für Amy in Erwägung gezogen? *Natürlich nicht.* Gut, er mußte zugeben, daß sie süß aussah, er hätte nichts dagegen gehabt, sie mal umzulegen, außerdem hatte er wissen wollen, was mit dem Kind geschehen war. Aber so wichtig war es nun auch nicht. Und was war das für eine Frau, die bereit war, ihr Kind abzutreiben? Schlimmer noch, die bereit war, *sein* Kind abzutreiben? Krank, das war's, sie war krank.

Lorcan war für den Moment entfallen, daß er in Fragen der Verhütung zu der Gruppe Männer gehörte, die die Stalltür verschlossen, *nachdem* das Pferd ausgebüchst war. Voller selbstgefälliger Empörung marschierte er weiter durch die Nacht.

Ein staubblauer Karmann Ghia brauste an ihm vorbei und lenkte ihn einen Augenblick ab. Wie die meisten Männer fand Lorcan Gefallen an schönen Autos. Dann erkannte er Katherine am Steuer und sah, daß sie ihm lachend einen Finger entgegenreckte.

Was passierte hier?

War die Welt aus den Fugen geraten?

Er ging weiter. Der Schock, daß Katherine ihn hatte abblitzen lassen, machte sich schmerzhaft bemerkbar. Das war ihm noch nie geschehen. Buchstäblich noch nie. Er war neununddreißig Jahre alt, und soweit er sich zurückerinnern konnte, hatte ihn noch nie eine Frau abgewiesen. Verwirrt und verunsichert fuhr er sich mit den Händen durch das Haar und versuchte, sich zu beruhigen. Doch als er unter einer Laterne sah, daß sich einige rote Haare in seinen Fingern verfangen hatten, blieb er wie angewurzelt stehen. Herr im Himmel! Wie weit war es mit ihm gekommen?

Eine Frau hatte ihm soeben gesagt, er solle sich vom Acker machen. Seine Haare gingen ihm aus. Er hatte keine Arbeit. Plötzlich verpuffte all sein Ärger, und er fühlte sich schrecklich alt. Alt, verbraucht, überholt. Abgehalftert, erschöpft, niedergeschlagen.

Dann fiel ihm Amy ein. Die liebe Amy. Die geduldige, gutmütige, treue Amy. Sie würde ihn nicht wegschicken. Sie würde ihn mit offenen Armen wieder aufnehmen, die Schmerzen wegpusten, sein Selbstbewußtsein wiederaufrichten. Was hatte er sich bloß dabei gedacht, als er den Zeitpunkt für gekommen hielt, ihr den Laufpaß zu geben? Er war verrückt gewesen!

Er wollte zu ihr. Eine bescheuerte Idee, mit Katherine anzubändeln. Und das Mädchen am Nachmittag, Deedee. Amy war viel schöner. Ja, wenn er ehrlich darüber nachdachte, vielleicht … vielleicht … *liebte* er Amy sogar.

Er schritt mächtig aus und wünschte sich, er hätte das Geld für ein Taxi. Es schien ihm von äußerster Dringlichkeit, so schnell wie möglich zu Amy zu kommen und ihr seine Gefühle zu gestehen. Er hatte immer gedacht, er würde nie wieder heiraten wollen. Aber mit Amy konnte er sich traute Zweisamkeit vorstellen. Einen Ort, an dem er sein müdes (kahl werdendes) Haupt betten konnte. Vielleicht würde er sogar ein paar Kinder haben. Die Schauspielerei würde er aufgeben. Das war ohnehin nur was für eingebildete, oberflächliche Ich-Besessene. Er würde sich eine ordentliche Arbeit suchen. Ehrliche Arbeit für ehrlichen Lohn.

Auf der leeren Straße rollte ein Taxi auf ihn zu, das Schild war erleuchtet. Erfreut hielt Lorcan es an. Amy würde den Fahrpreis bezahlen, wenn er bei ihr ankam.

Als das Taxi vor Amys Haus hielt, sagte Lorcan zu dem Fahrer: »Warten Sie bitte einen Moment, ich hole schnell das Geld von meiner Freundin.«

»Lassen Sie Ihr Jackett da, zur Absicherung.«

»Es dauert keine Minute.«

»Das Jackett bleibt hier.«

»Meinetwegen.«

Nach dem dritten Klingeln machte Amy die Tür auf. Sie war in ein Handtuch gehüllt und hatte offensichtlich schon geschlafen. »Oh, hallo«, sagte sie mit ausdrucksloser Stimme.

»Hi.« Sein Lächeln umfing sie. Er konnte gar nicht aufhören zu lächeln, so froh war er, sie zu sehen, seine Liebste, seinen Engel, die Frau, die er liebte.

Sie machte keine Anstalten, ihn einzulassen, deswegen wagte er einen Schritt nach vorn und fragte: »Kann ich reinkommen?«

»Nein.«

»Oh, Baby, es tut mir leid. Wegen neulich abend, wegen dieser Katherine. Ich habe nur Spaß gemacht, habe ein bißchen geflirtet. Du weißt doch, was ich für einer bin.« Sein Lächeln sagte: So bin ich nun mal.

»Ich weiß jetzt tatsächlich, was du für einer bist«, stimmte sie ihm zu, »Benjy hat mir viel über dich erzählt.« Benjy war hinter ihr im Flur aufgetaucht.

»Hi, Benjy, alter Freund«, sagte Lorcan abwesend und wandte sich wieder Amy zu. »Wir beide müssen mal miteinander reden.« Sein Lächeln versprach, daß gute Zeiten anbrechen würden. »Du könntest, wie man so schön sagt, etwas erfahren, was dich interessiert.« Irritiert bemerkte er, daß Benjy immer noch dastand. Lorcan warf ihm unter Stirnrunzeln einen Blick zu, der bedeutete: Verpiß dich und laß uns allein.

Als Benjy sich nicht verzog, runzelte Lorcan erneut die Stirn und sagte: »Würdest du uns bitte allein lassen, Mann?«

Erst in dem Moment fiel Lorcan etwas Seltsames auf. Es war nach zwei Uhr morgens – was hatte Benjy da in Amys Wohnung zu suchen? Warum hatten die beiden Handtücher umgeschlungen? Was wurde hier gespielt?

»Wir sind verliebt«, verkündete Benjy.

Lorcan lachte laut auf vor Entzücken. »Ich weiß, daß du in sie verliebt bist«, sagte er belustigt, »sie war schon immer dein Fall. Aber sie gehört mir.«

»Das stimmt nicht«, sagte Amy. »Ich gehöre Benjy.«

Lorcans Gesicht zuckte wild. Er wußte nicht, ob er lachen oder sich aufregen, ob er sie verhöhnen oder eine Erklärung fordern sollte. »Aber ich liebe dich, Amy«, sagte er schließlich.

»Und ich liebe Benjy«, sagte sie darauf.

Das stimmte nicht ganz. Aber sie mochte ihn sehr, und mit der Zeit würde sie ihn vielleicht lieben. Lorcan hatte sie zu oft verletzt, sie wollte sich nicht mehr mit ihm abgeben. Sie wollte einfach ein ruhiges Leben mit einem Mann, der ihr zu Füßen lag. Benjy hatte versprochen, immer treu zu sein und sie auf ewig zu lieben.

»Nicht alle Männer sind Schweine«, hatte er ihr versichert. »Ich zum Beispiel.«

Und sie hatte ihm geglaubt.

Er sah nicht gut genug aus, um ein Schwein zu sein.

»Habt ihr etwa –?« Lorcan verschlug es die Sprache, als er seinen Blick von Amy zu Benjy wandern ließ. »Habt ihr etwa den Akt vollzogen?«

»Aber ja.« Sie nickten beide bestätigend.

»Das glaube ich nicht«, war das einzige, was Lorcan darauf einfiel.

»Mach dir nichts draus«, sagte sie. »Im Lauf der Zeit wirst du es schon glauben.«

»Du bist mir vielleicht ein feiner Freund«, fiel Lorcan über Benjy her. »Nach allem, was ich für dich getan habe! Nach all meinen Ratschlägen, wie du dir ein nettes Mädchen angeln kannst – und das ist meine Belohnung. Wirklich, ein feiner Freund, du Hund.«

»Deine Ratschläge stanken doch zum Himmel. Außerdem brauchte ich sie nicht«, sagte Benjy zufrieden. »Meine aufrichtige Liebe für Amy war völlig ausreichend.«

Als Amy langsam die Tür zuschob, fiel Lorcan ein, daß er noch ein anderes Problem hatte. »He«, rief er, »könntet ihr mir fünf Pfund für das Taxi leihen?«

»Nein.«

Und die Tür schlug vor seiner Nase zu.

Der Taxifahrer war schon des öfteren ausgeraubt worden und hatte sich mit einem Hammer ausgerüstet, den er für solche Fälle unter dem Sitz verstaut hatte. Er würde sich nicht scheuen, ihn zu benutzen.

Lorcan Larkin hatte die Rechnung ohne den Wirt gemacht, und jetzt wurde sie ihm präsentiert, ohne Abzüge oder Ermäßigungen, und der volle Betrag war sofort fällig.

In Battersea machte Joe Roth seine Wohnungstür auf und sah Katherine auf der Matte stehen.

»Hallo«, sagte sie. »Es tut mir leid, daß ich so spät komme, aber ich möchte dir was erzählen. Darf ich?«

Epilog

Das magere Mädchen am Empfang des Restaurants in Camden – einer Chrom-und-Glas-Konstruktion – fuhr mit dem türkisfarbenen Fingernagel an den Namen auf der Liste entlang und murmelte: »Casey, Casey, wo bist du denn? Ah, hier, Tisch achtzehn. Sie sind –«

»– die ersten?« beendete Katherine fragend den Satz für sie.

»Nein, ich wollte sagen, Sie sind an dem Tisch da drüben am Fenster. Ein paar von Ihrer Gruppe sind schon da.«

»Entschuldigt, daß wir zu spät kommen«, sagte Katherine. »Eine Haarkrise. Jedenfalls, alles Gute zum Geburtstag, Tara!«

»Was ist das Gute daran?« fragte Tara und grinste. »Wie gut hast du dich an deinem zweiunddreißigsten Geburtstag gefühlt?«

»Außerordentlich gut, um ehrlich zu sein.« Katherine lächelte Joe strahlend an.

»Ich mich auch«, meldete sich Liv.

»Ich kann mich an meinen nicht mehr erinnern, es ist so lange her«, warf Milo ein, »aber es heißt, ich sei zufrieden gewesen.«

»Wie geht's der Schwangeren?« fragte Katherine.

»Ihr geht's großartig. Kotzt sich morgens die Seele aus dem Leib, aber ab Mittag geht es ihr prächtig.«

Liv lächelte glückselig und mütterlich und hatte die Hände auf dem Bauch gefaltet, obwohl sie erst in der neunten Woche war und ihr Bauch flach wie ein Brett. Zufriedenheit umspülte sie wie sanfte Wellen.

»Ist wirklich alles in Ordnung?« fragte Milo besorgt. »Soll ich dir ein Kissen für den Rücken bringen? Hat der Heißhunger nach Zeitungspapier nachgelassen?«

»Zeitungspapier?«

»Ich habe gestern das Fernsehprogramm aufgegessen«, gab Liv verlegen zu. »Milo war sauer.«

»Das sollst du doch nicht erzählen«, schalt Milo sie zärtlich. »Ich war gar nicht sauer. Ich habe sie nur gebeten, beim nächsten Mal die Wirtschaftsseite zu nehmen. – Oh, hier kommen ja Fintan und Sandro.«

Gespannt und nervös setzten sich alle aufrecht hin. Es war drei Monate her, daß Fintan seine Chemotherapie beendet hatte, und an dem Nachmittag hatte er seine erste Nachuntersuchung beim Onkologen gehabt. Alle hofften, er sei als geheilt entlassen worden.

Bei seinem Gang durch das Lokal verfolgten ihn die Augen der Kellner und die der meisten anderen Gäste. Er war groß und hager und stützte sich auf einen Stock. Auf seinem Schädel war eine zarte Schicht blonden Flaums sichtbar. Babyhaar, sagte Jane-Ann. Bei der Geburt sei er blond gewesen.

»Aids«, sagten die Freitagabendgäste und nickten sich aufgeregt zu. »Aids, keine Frage.«

»Könnte auch Alopezie sein.«

»Niemals, guck doch mal, wie dünn der ist. Und das ist doch bestimmt sein Geliebter. Jede Wette, es ist Aids.«

Sandro ging einen halben Schritt hinter Fintan, beide lächelten. Hieß das, sie brachten gute Nachrichten? »Herzlichen Glückwunsch zum Geburtstag!« Sie umarmten Tara. »Wir wissen, daß du erst morgen Geburtstag hast, aber trotzdem alles Gute.«

»Schönen Dank, aber jetzt erzählt uns erst mal, was der Onkologe gesagt hat«, sagte Tara.

»Er meint, den Abend überlebe ich auf jeden Fall.«

»Nein, jetzt mal ernst. Wie sieht die Langzeitprognose aus?«

»Nach der *langen* Langzeitprognose werde ich wohl sterben.« Als Fintan die entsetzten Gesichter seiner Freunde sah, lachte er. »Wir müssen *alle* sterben.« Aber sein Lachen war fröhlich, nicht bitter.

»Und ist der Krebs, also, ich meine, hat er aufgehört zu wachsen?« fragte Milo besorgt.

»Im Moment benimmt er sich vorbildlich. Er ist abgetaucht und hält sich bedeckt. Aber sie haben mir deutlich zu verstehen gegeben, daß er zurückkommen kann. Er muß nicht, aber er kann.«

»Aber er *muß* nicht«, betonte Sandro.

»Das müssen wir einfach abwarten«, sagte Fintan. »Also habe ich immer noch Torschlußpanik, aber es ist nicht mehr so schlimm.«

Tara sah Fintan an und hörte sich sagen: »Bedrückt dich die Ungewißheit nicht?« Im nächsten Augenblick hätte sie sich umbringen können wegen ihrer Taktlosigkeit. Aber Fintan lächelte, und sein Lächeln strahlte Helligkeit und Lebendigkeit und Lebensfreude aus. »Nein«, sagte er und überraschte sie mit der Gegenfrage: »Dich denn?«

»Was meinst du?«

»Bedrückt dich die Ungewißheit?«

Sie wollte schon sagen, daß es hinsichtlich ihrer Lebenserwartung keine Ungewißheit gebe, dann biß sie sich beschämt auf die Lippe. Man vergaß so leicht all die Dinge, die sie im letzten Jahr gelernt hatten. »Nein«, sagte sie dann und lächelte. »Ich bin froh darüber. Und wenn es mir wieder einfällt, dann wird alles um so – jetzt lach nicht – kostbarer.«

»Wer lacht denn?«

»Ich finde, das verlangt nach Champagner«, sagte Joe.

»Und du, Tara«, fragte Fintan neugierig, »wie war deine Lunchverabredung mit – wie hieß er noch? Ich komme gar nicht so schnell mit – Gareth?«

»Gareth ist richtig. Ich sag's mal so: Ihr könnt noch eine Weile warten mit den Er-und-Sie-Handtüchern.«

»Eine Katastrophe?«

»Nicht unbedingt eine Katastrophe, aber er hatte keinen sehr ausgeprägten Sinn für Humor.«

»Wie meinst du das?«

»Gareth«, sagte Tara und seufzte, »ist der Typ, der mit einem in den Ferien in den Dschungel fährt und dann vom Hotelfenster aus sagt: ›Das ist ein Dschungel da draußen.‹ Ihr wißt, was ich meine.«

»Gehört alles zu des Lebens reicher Vielfalt«, tröstete Katherine sie.

»So ist es, und mein Leben ist zur Zeit sehr reich an Vielfalt.«

»Aber du hast auch deinen Spaß.«

»Ja, das kann man sagen.«

»Und wenn du fertig bist mit dem Spaß, dann kannst du dich mit deinem dir treu ergebenen Ravi niederlassen.«

»Jesus, Maria und heiliger Josef, hört auf damit! Könnt ihr mal aufhören, dauernd von Ravi zu reden?«

Einen Moment herrschte betretenes Schweigen, dann murmelte Milo: »Mich dünkt, die Dame protestiert zuviel.«

»Mich dünkt es desgleichen.« Joe nickte.

»Mich dünkt es auch«, sagte Katherine.

»Sprecht bitte Englisch«, sagte Liv.

»Also gut, also gut!« Tara gab sich geschlagen. »Meinetwegen, ihr habt recht. Ich bin verrückt nach Ravi, und demnächst heiraten wir.«

»Das würde mich nicht überraschen«, sagte Fintan ruhig.

»Jetzt reicht es aber! Ich möchte gern meine Geschenke entgegennehmen, Mr. DeMille. Ich hoffe, ihr habt alle daran gedacht, daß ich eine Wohnung möblieren muß und es leid bin, Wasser in einem Kochtopf heiß zu machen und auf einem durchgelegenen Schlafsofa zu schlafen.«

»In den letzten vier Wochen haben wir von nichts anderem gehört.«

»Ausgezeichnet. Wer von euch schenkt mir also ein Bett?«

»Hoffentlich nicht ich«, sagte Fintan besorgt. »Ich muß einen ganzen Monat im voraus arbeiten, bevor ich mein erstes Gehalt bekomme, und da es eine Halbtagsstelle ist, ist es auch nur die halbe Knete.«

Tara gab Fintan ein Päckchen. »Nein, du hast mir das geschenkt.

Bald kommt der Tag«, sagte sie träumerisch, »wenn Carmella Garcia sich vor dir auf die Knie werfen und dich anflehen wird, wieder für sie zu arbeiten.«

»Klar, aber inzwischen ist es mir nicht mehr wichtig«, sagte Fintan und riß das Geschenkpapier auf. »Ich wünsche ihr alles Gute. Was ist das denn? Eine Tischdecke aus Haifischhaut?«

»Ein Duschvorhang.«

»Oh, sehr schön. Herzlichen Glückwunsch, Liebste! Nimmst du auch Buttergutscheine?«

Während Tara begeistert über ihren neuen Wasserkessel, den aufblasbaren Hocker, den CD-Halter in Giraffenform, einen Gutschein für Aero und den Duschvorhang in die Hände klatschte, fragte Fintan: »Entschuldige, daß ich das frage, aber hat Ravi dir auch was zum Geburtstag geschenkt?«

Tara sah verlegen drein und sagte schließlich: »Ja, schon.«

»Darf ich fragen, was es war?«

»Also«, sagte Tara, und dann wich die Verlegenheit ihrem Entzücken, und sie fuhr fort: »Er hat mir was ganz Wunderbares geschenkt. Ihr wißt doch, daß ich schon seit Ewigkeiten nach einem kußechten Lippenstift suche?«

Sie nickten leicht verhalten.

»Ravi hat dieses tolle Zeug aufgetrieben, das sich Lipcote nennt und das man *über* den Lippenstift aufträgt. Es ist so eine farblose Flüssigkeit, man läßt sie eine Minute lang trocknen, und dann würde auch ein Bombenangriff sie nicht wieder abkriegen. Und wißt ihr was? Es funktioniert wirklich. Es ist erstaunlich, aber es funktioniert. Guckt her!«

Sie nahm ihr Gin-Tonic-Glas und sagte: »Guckt zu, wie ich meine Lippen an das Glas *presse*. Wie ich sie am Glas reibe. Und jetzt – kein Schimmer von Lippenstift... na ja, vielleicht der winzigste Hauch. Ist das nicht erstaunlich?«

»Erstaunlich.«

Der Champagner wurde gebracht. Joe löste den Korken, und Fintan und Sandro stießen sich an und kicherten übermütig, als der weiße Schaum aus der Flasche sprudelte.

»Tut mir leid, Liv, du bekommst nichts«, sagte Katherine und schenkte sechs Gläser voll.

»Worauf trinken wir?«

»Auf Fintan selbstverständlich«, sagte Tara.

»Nein, auf Tara, es ist ihr Geburtstag«, entgegnete Fintan großherzig.

»Oh, nein, es soll etwas würdiger sein, bitte«, protestierte Tara.

»Worauf dann?«

»Auf das Leben«, sagte Liv und hob ihr Glas mit Milch.

»Ja, das ist gut«, stimmten die anderen zu und griffen nach ihren Champagnergläsern

Sieben Gläser stießen klingend aneinander, und sieben Stimmen sagten im Chor: »Auf das Leben!«

Danksagung

Dank an alle bei Michael Joseph und Penguin. Besonderen Dank meiner Lektorin Louise Moore für ihre Vorausschau und Begeisterung, ihr Lob, ihre Freundschaft und ihr sorgfältiges und gewissenhaftes Lektorat.

Dank allen bei Poolbeg für die harte Arbeit und die Unterstützung. Besondere Erwähnung verdient die Lektorin Gaye Shortland für ihre Beratung.

Dank meinem Agenten Jonathan Lloyd und allen bei Curtis Brown.

Dank an diejenigen aus dem »harten Kern«, die mich seit dem ersten Buch begleiten und dieses Buch gelesen haben, während ich es schrieb, und die mich mit ihren Vorschlägen und Bemerkungen zum Weiterschreiben ermutigt haben: Jenny Boland, Caitriona Keyes, Rita-Anne Keyes und Louise Voss.

Dank an Tadhg Keyes, der mich beraten hat, was hippe junge Männer so tragen.

Dank an Conor Ferguson, Niall Hadden und Alex Lyons für ihr Insider-Wissen aus der Welt der Werbung.

Dank an Liz McKeon für ihre Ausführungen über Toning-Tables.

Dank an Dr. Paul Carson, Isabel Thompson bei HUG, Barry Dempsey und AnneMarie McGrath von der Irish Cancer Society und allen vom Terrence Higgins Trust, die mir großzügig und geduldig meine Fragen beantwortet haben.

Dank an Mrs. Mary Keyes, dich mich mit Redewendungen aus dem County Clare versorgt hat und darauf bestand, die Flut der Schimpfwörter einzudämmen.

Dank an Emily Godson für die Hinweise aus der Schauspieler-Szene in Los Angeles.

Dank an Neville Walker und Geoff Hinchley, daß sie mir Einblick gewährt haben, wie sich der schwule Mann in der Großstadt amüsiert. (Ich hatte keine Ahnung!)

Viele andere haben mir praktische Ratschläge gegeben, mir Mut zugesprochen und mich unterstützt. Ich bin ihnen allen sehr dankbar. Ich hoffe, ich habe niemanden ausgelassen, und falls doch, so tut es mir sehr leid: Suzanne Benson, Suzie Burgin, Paula Campbell, Ailish Connelly, Liz Costello, Lucinda Edmonds, Gai Griffin, Suzanne Power, Eileen Prendergast, Morag Prunty und Annemarie Scanlon.

Dank meinem geliebten Tony für die Unterstützung im Alltag und den emotionalen Beistand. Dafür, daß er das Buch las, als es entstand, und mir versicherte, daß ich keine absolute Niete sei. Daß er treppauf, treppab gelaufen ist, um mir Tee zu bringen. Daß er mir bei der Entwicklung der Charaktere und der Handlung, bei der Rechtschreibung und der Grammatik und bei so vielem mehr geholfen hat. Ich könnte ohne ihn nicht sein.

Und schließlich Dank an Kate Cruise O'Brien, die mit mir bis zu ihrem tragischen und unerwarteten Tod im März 1998 an diesem Buch gearbeitet hat.